Chouette

6e 5e 3e 4e

11-15 ANS

Maths la compil'

Gérard Bonnefond
Daniel Daviaud
Bernard Revranche

Hatier

Maquette de principe : Frédéric Jély
Mise en pages : STDI-Grafatom
Édition : Stéphanie Herbaut
Illustrations : Clémence Itssaga, Stéphane Mattern, Mathieu de Muizon, Adrien Siroy (dessins de la chouette)

ISBN 978-2-401-06476-8

Bienvenue dans ta compil' Chouette !

Sommaire

NIVEAU 6e

TEST

NOMBRES ET CALCULS

ESPACE ET GÉOMÉTRIE

GRANDEURS ET MESURES

COMPLÉMENTS

CORRIGÉS

NIVEAU 5e

TEST

NOMBRES ET CALCULS

GESTION DE DONNÉES

GÉOMÉTRIE ET MESURES

ALGORITHMIQUE ET PROGRAMMATION

COMPLÉMENTS

CORRIGÉS

NIVEAU 4e

NIVEAU 3e

Tu te rends compte Thalès, elle est 350 fois plus grande que moi !

NIVEAU 6e

Cette partie te propose un **entraînement guidé** sur les principales notions du programme de 6e :

La partie comprend aussi :

TEST

1. Réponds à chaque question du test en cochant la bonne réponse : A, B ou C.
2. Vérifie chaque réponse à l'aide du corrigé en bas de la page 9.
3. Si ta réponse n'est pas juste, entoure le numéro du chapitre : il est à réviser en priorité.

NOMBRES ET CALCULS

CHAPITRE

1. Le nombre 3,045 est égal à : — 1 p. 10

☐ **A.** $3 + \frac{4}{10} + \frac{5}{100}$ ☐ **B.** $3 + \frac{4}{100} + \frac{5}{1\,000}$ ☐ **C.** $3 + \frac{45}{100}$

2. Si $a = 25{,}42$ et si $b = 25 + \frac{2}{10} + \frac{4}{100}$ alors : ☐ **A.** $a < b$ ☐ **B.** $a = b$ ☐ **C.** $a > b$ — 2 p. 12

3. Trois points A, B et C sont sur une droite graduée. L'abscisse de A est 5, celle de B est 2 et celle de C est 3. Alors : — 3 p. 14

☐ **A.** A est entre B et C ☐ **B.** B est entre A et C ☐ **C.** C est entre A et B

4. Calcule mentalement $58{,}7 \times 0{,}01$. Tu trouves : ☐ **A.** 5,87 ☐ **B.** 58,07 ☐ **C.** 0,587 — 4 p. 16

5. Le quotient arrondi à 1 près de 329 par 31 est : ☐ **A.** 11 ☐ **B.** 10,7 ☐ **C.** 10 — 5 p. 18

6. La fraction $\frac{18}{5}$ est égale à : ☐ **A.** 18,5 ☐ **B.** 13 ☐ **C.** 3,6 — 6 p. 20

7. Les $\frac{3}{7}$ de 42 font : ☐ **A.** 18 ☐ **B.** $\frac{45}{7}$ ☐ **C.** 98 — 7 p. 22

8. Le résultat de $0{,}1 \times (36 - 2) + (5 \times 10)$ est : ☐ **A.** 51,6 ☐ **B.** 53,4 ☐ **C.** 8,4 — 8 p. 24

9. Si tous les crayons sont au même prix et si 11 crayons coûtent 77 euros, alors 13 crayons coûtent : ☐ **A.** 79 euros ☐ **B.** 143 euros ☐ **C.** 91 euros — 9 p. 26

10. Raphaël a acheté une chemise à 25 euros et un pantalon à 50 euros. Le marchand lui accorde 20% de réduction sur la chemise et 30% de réduction sur le pantalon. Raphaël va donc payer : — 10 p. 28

☐ **A.** 20 euros ☐ **B.** 55 euros ☐ **C.** 37,50 euros

ESPACE ET GÉOMÉTRIE

CHAPITRE

11. Les droites (AB) et (DC) de la figure sont perpendiculaires à la droite (AD). Donc (AB) et (DC) sont : — 11 p. 30

☐ **A.** parallèles ☐ **B.** perpendiculaires ☐ **C.** sécantes

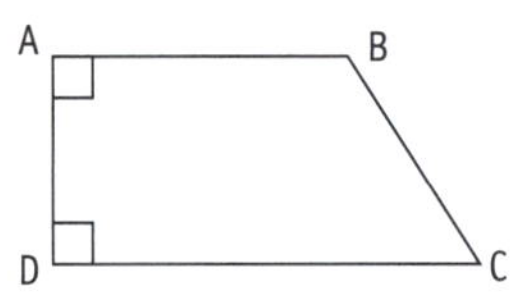

12. Par rapport au cercle de centre O et de rayon 2 cm, le point M tel que OM = 4 cm est : — 12 p. 32

☐ **A.** à l'extérieur ☐ **B.** à l'intérieur ☐ **C.** sur le cercle

13. Sur la figure donnée, la médiatrice de [OU] : — 13 p. 34

☐ **A.** passe par F ☐ **B.** ne passe pas par F

☐ **C.** est parallèle à [UF]

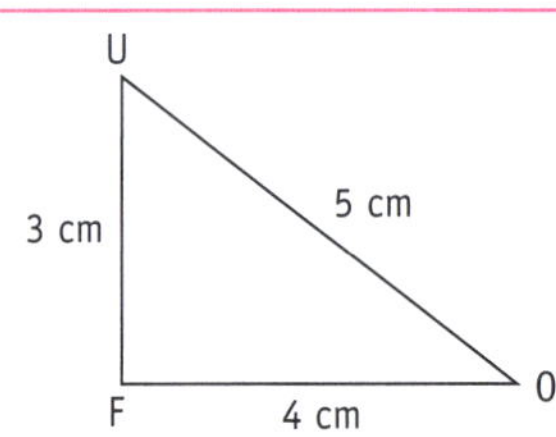

14. Le plus long côté d'un triangle rectangle est appelé : — 14 p. 36

☐ **A.** l'hypoténuse ☐ **B.** la diagonale ☐ **C.** l'oblique

ESPACE ET GÉOMÉTRIE (SUITE)

CHAPITRE

15. Les diagonales d'un losange non carré sont :
☐ A. de même longueur ☐ B. perpendiculaires ☐ C. parallèles

15 p. 38

16. Les points O et I de la figure sont symétriques par rapport à la droite :
☐ A. (RT) ☐ B. (OI) ☐ C. (OR)

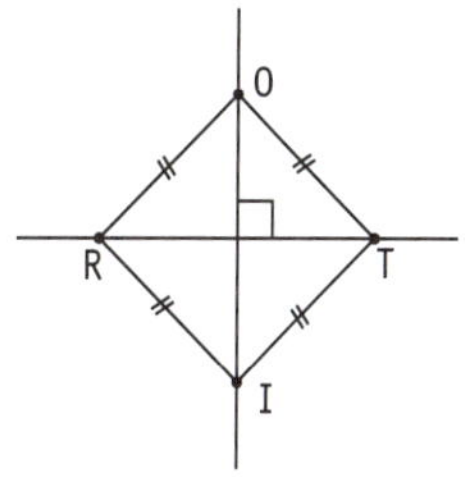

16 p. 40

17. Le nombre d'arêtes d'un parallélépipède rectangle est : ☐ A. 6 ☐ B. 9 ☐ C. 12

17 p. 42

18. Un prisme possède 8 sommets. Alors sa base est un :
☐ A. triangle ☐ B. quadrilatère ☐ C. octogone

18 p. 44

GRANDEURS ET MESURES

CHAPITRE

19. Entre 3 h 50 min 20 s et 5 h 30 min 10 s de la même demi-journée, il s'est écoulé :
☐ A. 1 h 39 min 50 s ☐ B. 2 h 20 min 10 s ☐ C. 9 h 20 min 30 s

19 p. 46

20. Quelle est la plus grande distance ?
☐ A. 5 m + 4 cm ☐ B. 0,54 dam ☐ C. 5 m + 40 mm

20 p. 48

21. Le périmètre d'un cercle de rayon 5 cm est :
☐ A. $< 31{,}4159$ cm ☐ B. $= 31{,}4159$ cm ☐ C. $> 31{,}4159$ cm

21 p. 50

22. L'aire d'un triangle rectangle dont les côtés de l'angle droit mesurent 14 cm et 9 cm est :
☐ A. 63 cm ☐ B. 63 cm^2 ☐ C. 126 cm^2

22 p. 52

23. Le volume d'un cube de 4 cm d'arête est égal à :
☐ A. 16 cm^3 ☐ B. 64 cm^3 ☐ C. 64 cm^2

23 p. 54

24. Les points A, O et B de la figure sont alignés. Et l'angle $\widehat{BOC}$ mesure 43°. Donc $\widehat{AOC}$ mesure :
☐ A. 86° ☐ B. 137° ☐ C. 47°

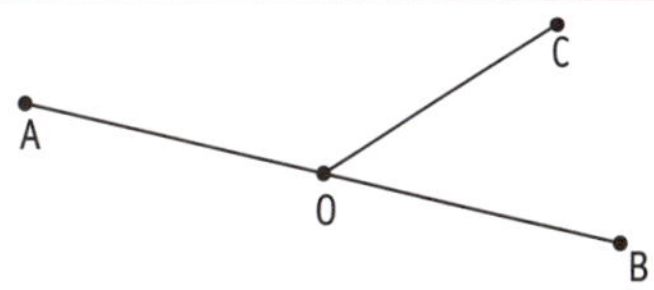

24 p. 56

Réponses :
1. B 2. C 3. C 4. C 5. A 6. C 7. A 8. B 9. C 10. B 11. A 12. A 13. B 14. A 13. B 14. A
15. B 16. A 17. C 18. B 19. A 20. B 21. C 22. B 23. B 24. B

NOMBRES ET CALCULS

1 Connaître les nombres décimaux

Que signifie l'écriture à virgule d'un nombre décimal ?

partie entière

2 3 4 7 , 0 2 5

2 milliers 2 000
3 centaines 300
4 dizaines 40
7 unités 7
0 dixième 0,0
2 centièmes 0,02
5 millièmes 0,005

2 347,025

Les chiffres écrits après la virgule sont les **décimales**.
Exemple : 5 est la troisième décimale de 2 347,025.

★ 1 Additions mentales

Sans poser d'opérations, trouver les nombres qui manquent.

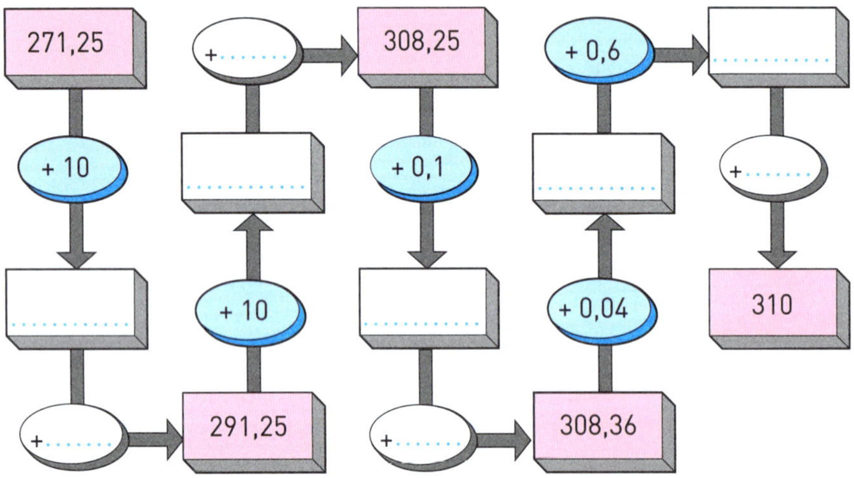

COUP DE POUCE
Il faut réfléchir. Que se passe-t-il quand on ajoute 10 ? Etc.

★ 2 Des zéros inutiles

Réécrire les nombres suivants en supprimant les zéros inutiles (lorsqu'il y en a).

003,8 = ... 040 = ... 013,50 = ... 040,0 = ...

13,508 = ... 10,07 = ... 75,0 = ... 1,001 0 = ...

057,040 = ... 0,000 30 = ... 0,000 1 = ... 020,020 = ...

COUP DE POUCE
Exemples :
054,7 = 54,7
15,10 = 15,1.
Mais :
4,02 ≠ 4,2.

★ 3 Nombres décimaux égaux

Joindre par un trait les nombres décimaux égaux.

03,70 30,70 03,07

3,070 3,700 030,70

4 Partie entière d'un nombre décimal

Inscrire, au bout de chaque flèche, la partie entière du nombre donné.

a. 6,38 → ....

b. 6,99 → ....

c. 0,715 → ....

d. 5 → ....

e. 7,28 × 10 → ....

f. 15,3 + 0,9 → ....

ATTENTION
Pour les deux derniers calculs, effectue l'opération avant de chercher la partie entière.

5 Dizaines et dixièmes, etc.

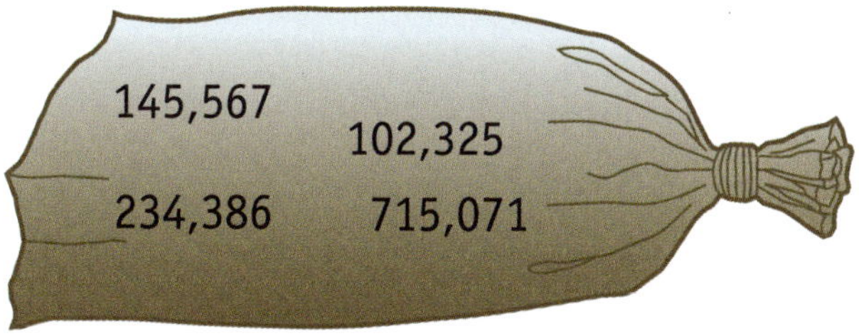

Parmi les quatre nombres enfermés dans ce sac,

a. celui qui a le chiffre des dizaines égal au chiffre des dixièmes est : ....

b. celui qui a le chiffre des centaines égal au chiffre des centièmes est : ....

6 Fractions décimales

a. Écrire les nombres suivants avec une virgule.

$34 + \frac{1}{10} + \frac{2}{100} =$ ....

$70 + \frac{9}{10} + \frac{1}{100} =$ ....

$5 + \frac{5}{100} =$ ....

$25 + \frac{7}{10} + \frac{2}{1\,000} =$ ....

$\frac{1}{10} + \frac{8}{100} =$ ....

$\frac{9}{10} =$ ....

INFO
Une fraction est décimale lorsque son dénominateur est 10, 100, 1 000...

b. Écrire les nombres suivants avec des fractions décimales.

15,78 = ...

3,195 = ...

30,04 = ...

78,102 = ...

53,700 = ...

0,248 = ...

7 L'entier le plus proche

Inscrire, au bout de chaque flèche, le nombre entier le plus proche du nombre décimal donné.

a. 2,35 → ....

b. 0,9 → ....

c. 17,51 → ....

d. 0,4 → ....

e. 25,099 → ....

f. 25,990 → ....

INFO
Comme tu le verras dans la double page suivante, l'entier le plus proche est « l'arrondi à 1 près. »

Corrigés p. 60

NOMBRES ET CALCULS

2 Comparer des nombres décimaux

Comment comparer des nombres décimaux ?

Les symboles $<$, $>$, $\leqslant$ et $\geqslant$

- Quand je vois $<$, je dis « **est strictement inférieur à** ».
- Quand je vois $>$, je dis « **est strictement supérieur à** ».
- Quand je vois $\leqslant$, je dis « **est inférieur ou égal à** ».
- Quand je vois $\geqslant$, je dis « **est supérieur ou égal à** ».
- L'**ordre croissant** va du plus petit au plus grand : $2 < 4 < 5 < 10$.
- L'**ordre décroissant** va du plus grand au plus petit : $100 > 90 > 70 > 50$.

Méthode

5,24
4,351

On a $5 > 4$, donc $5{,}24 > 4{,}351$.

74,256
74,293

On a $5 < 9$, donc $74{,}256 < 74{,}293$.

1 Compléter avec le signe $>$ ou le signe $<$

a. 13,9 3,9
b. 21,01 12,99
c. 36,71 36,84
d. 36,7 36,081
e. 157,127 157,13
f. 18,001 18,01

> **INFO**
> C'est ce qu'on appelle « comparer » deux nombres.

2 Ordre croissant

Écrire les lettres B, R, T, E, O, U dans l'ordre croissant des nombres (on obtient ainsi un mot de la langue française).
Les trois questions **a.**, **b.** et **c.** sont indépendantes.

a. B = 1,234 56 — R = 12,345 6 — T = 12 345,6
E = 123 456 — O = 123,456 — U = 1 234,56 ....

b. B = 123,456 — R = 234,561 — T = 612,345
E = 561,234 — O = 345,612 — U = 456,123 ....

c. B = 0,11111 — R = 1,11101 — T = 1,11011
E = 1,11110 — O = 1,01111 — U = 1,10111 ....

> **COUP DE POUCE**
> Indications de solution :
> **a.** Meuh !
> **b.** Miam !
> **c.** Ohé matelot !

3 Ordre décroissant

Même exercice dans l'ordre décroissant.

a. B = 3,21 — R = 1,23 — T = 2,13
E = 1,32 — O = 3,12 — U = 2,31 ....

b. B = 50 — R = 0,08 — T = 6
E = 0,009 — O = 400 — U = 0,7 ....

c. B = 12,12 — R = 12,21 — T = 22,11
E = 11,22 — O = 21,21 — U = 21,12 ....

> **COUP DE POUCE**
> Indications de solution :
> **a.** Dehors !
> **b.** Fermé !
> **c.** Ça chauffe !

Comment encadrer, arrondir, tronquer ?

Encadrement d'un nombre décimal

$3 < 3{,}141\,59 < 4$ est un encadrement **à 1 près**.
$3{,}1 < 3{,}141\,59 < 3{,}2$ est un encadrement **à 0,1 près**.
$3{,}14 < 3{,}141\,59 < 3{,}15$ est un encadrement **à 0,01 près**.

Arrondi d'un nombre décimal

On arrondit **par défaut** lorsque la décimale qui suit est 0, 1, 2, 3, ou 4, et **par excès** lorsque la décimale est 5, 6, 7, 8, ou 9.

Exemples :

Nombre donné	6,348	1,61	4,75
Arrondi à 1 près	6	2	5
Arrondi à 0,1 près	6,3	1,6	4,8

« Tronquer » signifie « couper ».

Remarques :
- Quand on arrondit par défaut, on obtient une « troncature ».
- L'arrondi à 1 près est l'entier le plus proche.
- La troncature à 1 près est la partie entière.

4 Trouver l'inconnu

Compléter les encadrements.

a. 19,92 < □□,□□ < 19,94

b. 5 < 6,□23 < 6,1

COUP DE POUCE
Inscris un chiffre dans chaque rectangle.

5 Trouver les inconnus

a. Trouver tous les nombres de la forme □□,□ tels que 12,3 < □□,□ < 12,8.

....

b. Donner la liste des nombres de la forme 3,□□1 compris entre 3,18 et 3,22.

....

6 Encadrer par des entiers et arrondir

a. Encadrer chacun des nombres ci-dessous par deux entiers consécutifs.

.... < 36,2 < .... ; .... < 315,9 < .... ; .... < 999,03 < ....

b. L'arrondi à 1 près de 36,2 est : ....

Celui de 315,9 est : ....

Celui de 999,03 est : ....

INFO
« Consécutifs » signifie « qui se suivent ».

7 Troncatures

Inscrire, au bout de chaque flèche, la troncature à 0,1 près du nombre donné.

a. 9,81 → ....

b. 4,18 → ....

c. 6,023 → ....

d. 6,559 57 → ....

e. 1,47 + 1,73 → ....

f. 2,759 + 3,18 → ....

Corrigés p. 60-61

NOMBRES ET CALCULS

3 Utiliser une droite graduée

Comment repère-t-on un point sur une droite graduée ?

- Chaque point d'une droite graduée correspond à un nombre et vice versa : on dit que le nombre est l'**abscisse** du point.
  Ce nombre permet de situer le point sur la droite.

Exemple :

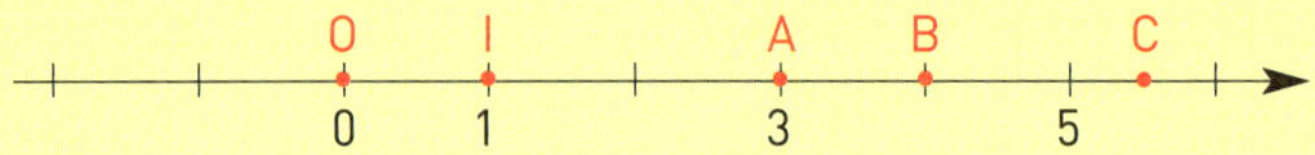

Le point O a pour abscisse 0 ; c'est le point « origine ».
L'abscisse de I est 1.
A, B et C ont pour abscisses 3, 4 et 5,5.

1 Afficher des abscisses (1)

Inscrire dans chaque case le nombre entier qui convient.

2 Afficher des abscisses (2)

Inscrire dans chaque case le nombre décimal qui convient.

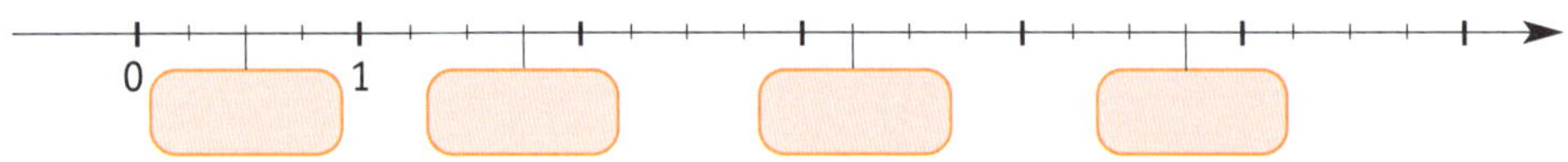

COUP DE POUCE
Pense que $\frac{1}{4} = 0,25$

3 Marquer des points

Sur la droite graduée suivante, marquer les points A, B, C et D.

Point	A	B	C	D
Abscisse	0,2	1,4	2,6	3,8

4 Marquer des points pour comparer des nombres

a. Placer le point A qui a pour abscisse $\frac{1}{2}$ et le point B qui a pour abscisse 0,5.
Que peut-on dire des points A et B ? Que peut-on dire des nombres $\frac{1}{2}$ et 0,5 ?

....

b. Placer le point C qui a pour abscisse $\frac{7}{2}$ et le point D qui a pour abscisse 3,5.
Que peut-on dire des points C et D ? Que peut-on dire des nombres $\frac{7}{2}$ et 3,5 ?

....

INFO
Deux points confondus ont la même abscisse.

5 Encadrer des abscisses (1)

Encadrer les abscisses des points B, C et D par deux entiers consécutifs.

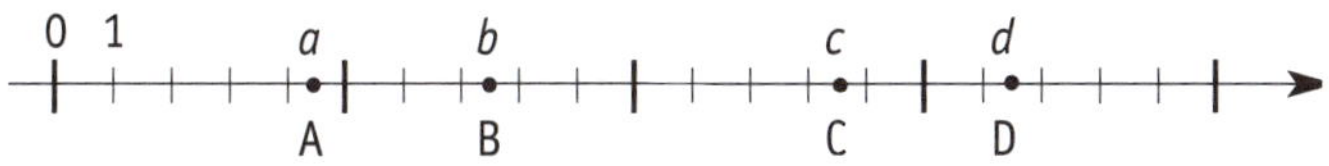

.... $<b<$ ....

.... $<c<$ ....

.... $<d<$ ....

COUP DE POUCE

D'abord, il faut repérer les points ayant pour abscisse 0 et 1.
Exemple :
Pour le point A,
$4<a<5$

6 Encadrer des abscisses (2)

Encadrer les abscisses des points B, C et D par deux nombres décimaux ayant un chiffre après la virgule.

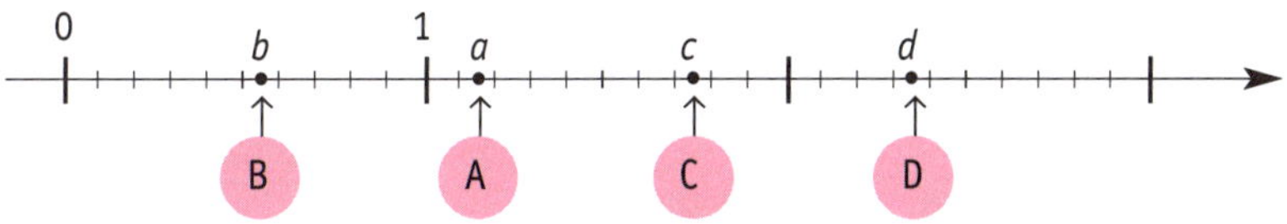

.... $<b<$ ....

.... $<c<$ ....

.... $<d<$ ....

COUP DE POUCE

Exemple :
Pour le point A,
$1{,}1<a<1{,}2$

7 La grippe de Maxou

Cette semaine, Maxou a eu la grippe :

- le 1er jour, il se portait bien, sa température était de 37 °C,
- le 2e jour, il avait un peu de fièvre : 38 °C,
- le 3e jour, sa température est montée à 41 °C et le médecin a dit qu'il avait la grippe,
- le 4e jour il semblait guéri car sa température était redescendue à 38 °C,
- le 5e jour, la fièvre a repris : 41 °C à nouveau,
- le 6e jour, la température est retombée à 37 °C et le voilà guéri pour de bon.

Marquer sur le graphique les points correspondant au récit et rejoindre ces points par des segments.

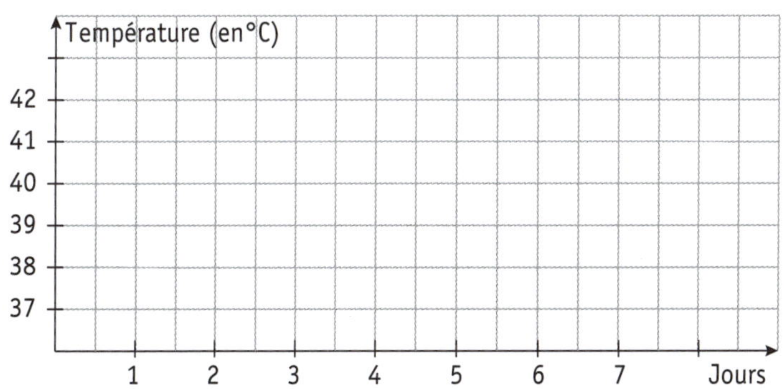

INFO

Deux droites graduées perpendiculaires permettent de construire un graphique qui illustre les variations de température.

NIVEAU 6e

Corrigés p. 61

NOMBRES ET CALCULS

4 Multiplier des nombres entiers et décimaux

Quels sont les mots à connaître ?

$41 \times 7 = 287$

facteurs : 41 et 7 — produit : 287

On dit que 287 est **multiple** de 7 et de 41.

★ 1 Multiples

a. Les multiples de 17 s'obtiennent en multipliant 17 par des nombres entiers quelconques. Par exemple, 51 et 170 sont des multiples de 17 car $51 = 17 \times 3$ et $170 = 17 \times 10$.
Trouver tous les multiples de 17 inférieurs à 100.

....

b. Dans la liste suivante, rayer les nombres qui ne sont pas multiples de 13.
26 ; 23 ; 91 ; 130 ; 113 ; 42.

Comment poser une multiplication ?

```
     4,27      2 chiffres } après la virgule
   × 5,3       1 chiffre  }
   -----
    1281
   2135
   ------
   22,631      3 chiffres après la virgule
```

★★ 2 Opérations à trous

```
a.   □ 3 □ 1       b.     2 9       c.     □ □       d.       3 9
   ×       □          × □ □            ×   2 3           ×   □ □
   ----------         -------          -------           ---------
   3 0 □ 4 7            □ 8              □ 9                 □ 9
                      □ 7              4 □                 □ □ 6
                      -------          -------           ---------
                      □ □ □            □ □ □             □ □ □ □
```

COUP DE POUCE
Commence par chercher le chiffre des unités qui manque.
Profite de cette occasion pour réviser les tables de multiplication.

★ 3 Calcul posé

Effectuer les multiplications suivantes.

a. $6{,}15 \times 7$ **b.** $0{,}125 \times 8$ **c.** $1{,}4 \times 1{,}4$ **d.** $4{,}05 \times 3{,}2$ **e.** $20{,}6 \times 4{,}01$

COUP DE POUCE
Vérifie ensuite avec une calculatrice.

Comment multiplier par 10, par 100..., par 0,1, par 0,01... ?

- 36,52 × 10 = 365,2
- 1,8 × 100 = 180

On décale la virgule vers la droite :
- d'un rang,
- de deux rangs.

- 72,5 × 0,1 = 7,25
- 19 × 0,01 = 0,19

On décale la virgule vers la gauche :
- d'un rang,
- de deux rangs.

★ 4 Multiplications par 10, par 100...

Compléter les égalités suivantes.

a. 258 × 10 = ...

b. 2,7 × 1 000 = ...

c. 0,015 × 10 = ...

d. 19,92 × 100 = ...

e. 20 × 1 000 = ...

f. 0,3 × 100 = ...

★ 5 Multiplications par 0,1, par 0,01...

Compléter les égalités suivantes.

a. 3 600 × 0,01 = ...

b. 15 × 0,1 = ...

c. 0,07 × 0,01 = ...

d. 31,41 × 0,1 = ...

e. 100 × 0,01 = ...

f. 1,6 × 0,1 = ...

★ 6 Multiplications par 0,001...

Compléter les égalités suivantes.

a. 10 000 × 0,001 = ...

b. 34 800 × 0,001 = ...

c. 4 359,1 × 0,001 = ...

d. 123 456 × 0,001 = ...

★ 7 Perrette et le bol de lait

Perrette boit chaque jour 0,25 L de lait. Combien de litres de lait aura-t-elle bu en 3 ans ?

(On considère des années de 365 jours.) ....

....

★ 8 Va prendre l'aire dans le jardin

Calculer l'aire, en mètres carrés, d'un jardin rectangulaire ayant 10,50 m de longueur et 7,10 m de largeur.

....

....

INFO

Pour calculer l'aire d'un rectangle, on multiplie la longueur par la largeur, qu'elles soient entières ou décimales.

Corrigés p. 61-62

5 Diviser avec des nombres décimaux

Comment effectuer une division décimale ?

Division de 27 par 4 (cas d'un quotient exact)

Les chiffres en couleur montrent comment on continue la division pour trouver un quotient décimal.
Ici, on trouve un reste nul, donc le quotient obtenu est exact.
Vérification : $4 \times 6{,}75 = 27$.

2 7	4
3 **0**	6**,75**
2 0	
0	

Lorsqu'on écrit ce zéro, on place la virgule dans le quotient.

quotient exact

Division de 44 par 3 (cas d'un quotient approché)

Le quotient est compris entre 14 et 15.
Son arrondi à 0,01 près est 14,67.
Sa troncature à 0,1 près est 14,6.
(Arrondi et troncature : voir page 13.)

4 4	3
1 4	1 4**, 6 6 6**
2 **0**	
2 0	
2 0	
2	

quotient approché

Division d'un nombre décimal par un entier

Lorsqu'on abaisse la première décimale (qui est ici le 6), on place la virgule dans le quotient.
Vérification : $48 \times 5{,}7 = 273{,}6$.

2 7 3 , 6	4 8
3 3 **6**	5 **, 7**
0 0	

quotient exact

☆ 1 Divisions décimales

Effectuer les divisions décimales pour trouver un quotient approché à 0,01 près.

a. 1 9 | 11
....
....
....

b. 1 0 0 | 7
....
....
....
....

c. 7 1 | 70
....
....
....

COUP DE POUCE
On veut deux décimales au quotient. Vérifie à la calculatrice !

☆ 2 Divisions qui s'arrêtent

Poursuivre les divisions suivantes jusqu'à ce qu'elles s'arrêtent.

a. 7 0 | 25
....
....

b. 1 | 8
....
....
....

c. 1 5, 7 5 | 9
....
....
....

COUP DE POUCE
• Une division s'arrête lorsque le reste est zéro.
• Vérifie à la calculatrice !

3 ...et à un milligramme près

On partage 3 000 g de beurre en 7 parts égales. Chaque part pèse :

a. à 1 g près : ....
b. à 1 dg près : ....
c. à 1 cg près : ....
d. à 1 mg près : ....

COUP DE POUCE
- Divise en allant assez loin après la virgule puis arrondis.
- 1 g = 10 dg = 100 cg = 1 000 mg

NIVEAU 6e

4 Partage équitable

Pour préparer une fête, Aloys a déboursé 8,25 €, Brice a déboursé 7,60 €, Clara a déboursé 12,80 € et Dyna a déboursé 10,75 €.

a. Calculer la dépense totale.

....

b. Ils veulent partager les frais en 4 parts égales.

Calculer le montant d'une part. ....

c. Qui devra encore débourser ? et combien ? ....

....

d. Qui sera remboursé ? et de combien ? ....

....

Comment diviser par 10, par 100, par 1 000 ?

- 39,5 ÷ 10 = 3,95
- 250 ÷ 100 = 2,50

On décale la virgule vers la gauche :
- d'un rang,
- de deux rangs.

Pour vérifier : 3,95 × 10 = 39,5 et 2,50 × 100 = 250.

Remarques :
Diviser par 10, c'est multiplier par 0,1.
Diviser par 100, c'est multiplier par 0,01.
Diviser par 1000, c'est multiplier par 0,001.

5 Divisions par 10, par 100, par 1000

Compléter les égalités suivantes.

a. 378 ÷ 10 = ...
b. 93,5 ÷ 10 = ...
c. 75 ÷ 1 000 = ...
d. 500,5 ÷ 100 = ...
e. 18,3 ÷ 1 000 = ...
f. 36 000 ÷ 100 = ...

6 Le prix des pommes de terre

J'ai acheté 100 kg de pommes de terre pour 115 €. Quel est le prix du kilogramme ?

....

7 Rangée de rosiers

Le long d'un mur de 23 m, j'ai planté 11 rosiers régulièrement espacés, en mettant un rosier à chaque bout du mur. Calculer la distance qui sépare deux rosiers.

....

Corrigés p. 62

6 Considérer une fraction comme un quotient

Comment désigner les termes d'une fraction ?

- $\frac{5}{8}$ est une fraction.

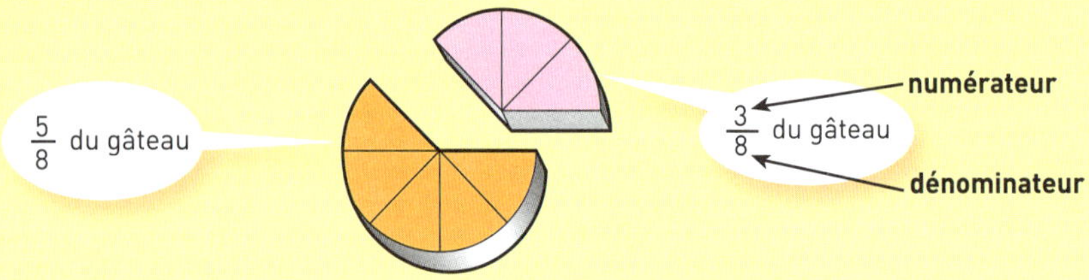

1 Fractions d'aire

Pour chaque partie ❶, ❷ et ❸ du rectangle, écrire la fraction du rectangle que représente cette partie.

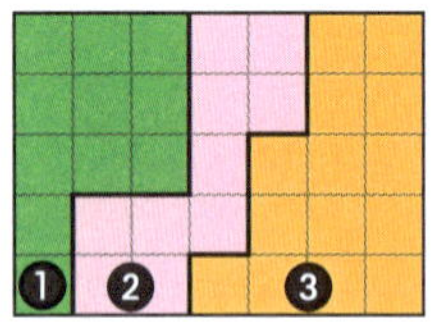

....

2 À l'heure

Quelle fraction d'heure représente 45 min ? 20 min ? 10 min ? 6 min ? 5 min ?

....

COUP DE POUCE
On sait déjà que :
30 min = ½ h
15 min = ¼ h.

Fractions et quotients : est-ce pareil ?

- Oui ; en voici deux exemples :
  - Le quotient 705 ÷ 99 peut s'écrire $\frac{705}{99}$.

    Il vaut **environ** 7,121.

```
705  | 99
 120 |------
  210| 7,121...
   120
    21
     .
     .
```

  - Le quotient 3 ÷ 4 peut s'écrire $\frac{3}{4}$.

    Il vaut **exactement** 0,75.

    On a donc 3 ÷ 4 = $\frac{3}{4}$ = 0,75.

```
30 | 4
 20|-----
  0| 0,75
```

3 Quotients et fractions (1)

Écrire les quotients suivants avec une fraction puis avec un nombre décimal.

a. 35 ÷ 56 = ... = ...

b. 51 ÷ 34 = ... = ...

c. 29 ÷ 8 = ... = ...

d. 8 ÷ 100 = ... = ...

4 Quotients et fractions (2)

Écrire les quotients suivants avec une fraction puis en donner une valeur approchée arrondie à 0,01 près.

a. 37 ÷ 55 = ... ≈ ....

b. 52 ÷ 33 = ... ≈ ....

c. 2 ÷ 3 = ... ≈ ....

d. 10 ÷ 9 = ... ≈ ....

5 Abscisse fractionnaire (1)

Compléter les cases en y inscrivant une fraction égale à l'abscisse de A, B, C et D.

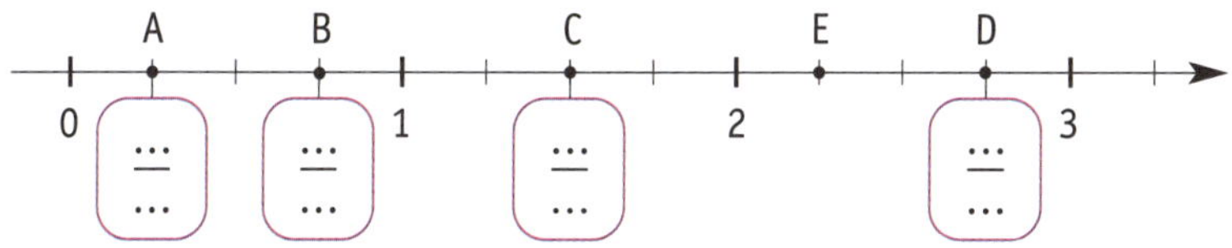

> **COUP DE POUCE**
> Les unités sont partagées en 4 quarts.
> Cherche le nombre de quarts depuis zéro.
> *Exemple* : l'abscisse de E est $\frac{9}{4}$.

6 Abscisse fractionnaire (2)

Sur la droite graduée ci-dessous, placer les points :

Point	A	B	C	D	E	F
Abscisse	$\frac{2}{3}$	$\frac{4}{3}$	$\frac{3}{3}$	$\frac{6}{3}$	$\frac{5}{3}$	$\frac{10}{3}$

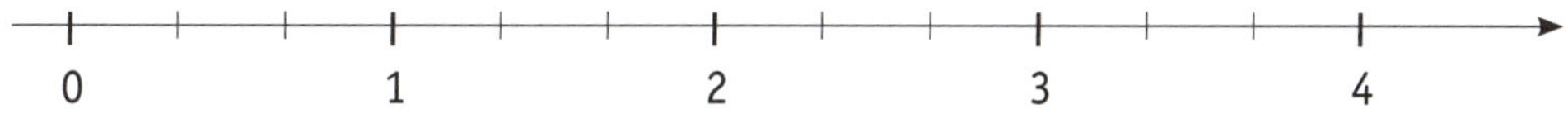

Un nombre décimal peut-il toujours s'écrire sous forme de fraction ?

- Oui ; en voici trois exemples : $0{,}3 = \frac{3}{10}$; $2{,}37 = \frac{237}{100}$; $3 = \frac{3}{1}$.

7 Bizarre ?

Quels sont les nombres décimaux représentés par les deux fractions $\frac{5}{4}$ et $\frac{15}{12}$?

....

Que remarque-t-on ? ....

Comment trouver une fraction égale à une autre ?

- On ne change pas une fraction quand on multiplie son numérateur et son dénominateur par un même nombre.
  - *Exemple 1* : $\frac{3}{4} = \frac{3 \times 2}{4 \times 2} = \frac{6}{8}$ $\left(\text{en effet } \frac{3}{4} = 0{,}75 \text{ et } \frac{6}{8} = 0{,}75\right)$.
  - *Exemple 2* : $\frac{3{,}2}{1{,}71} = \frac{3{,}2 \times 100}{1{,}71 \times 100} = \frac{320}{171}$ (ainsi un quotient de nombres décimaux est toujours égal à un quotient de nombres entiers, c'est-à-dire une fraction).

8 Fractions égales

Compléter.

a. $\frac{1{,}3}{5} = \frac{13}{....}$ **b.** $\frac{....}{4} = \frac{9}{12}$ **c.** $\frac{30}{60} = \frac{....}{2}$ **d.** $\frac{75}{100} = \frac{3}{....}$

9 Quotients égaux

Dans chaque cas, trouver un quotient d'entiers égal au quotient suivant.

a. $\frac{0{,}5}{1}$ = ... **b.** $\frac{3{,}5}{1{,}7}$ = ... **c.** $\frac{0{,}75}{0{,}1}$ = ... **d.** $\frac{16}{6{,}4}$ = ...

Corrigés p. 62-63

NOMBRES ET CALCULS

7 Calculer une fraction d'une quantité

Comment multiplier un nombre par une fraction ?

Exemple

Calculer les $\frac{3}{8}$ de 548, c'est multiplier 548 par $\frac{3}{8}$.

On peut procéder de deux façons :

$(548 \div 8) \times 3 = 68{,}5 \times 3 = 205{,}5$

On divise d'abord par 8 pour calculer la valeur d'un huitième puis on multiplie par 3.

ou bien :

$(548 \times 3) \div 8 = 1644 \div 8 = 205{,}5$

On multiplie d'abord par 3 puis on divise par 8.

Règle générale

Multiplier un nombre par $\frac{a}{b}$ $(b \neq 0)$ c'est :

- le diviser par b puis multiplier le résultat obtenu par a ;

ou bien

- le multiplier par a puis diviser le résultat obtenu par b.

1 Calculer

Calculer de deux façons les produits $21 \times \frac{3}{7}$ et $2{,}1 \times \frac{5}{3}$.

....

....

2 Calculer

Calculer les deux produits $2{,}24 \times \frac{3}{8}$ et $\frac{5}{3} \times 0{,}51$.

....

....

3 Compléter les schémas de calcul suivants

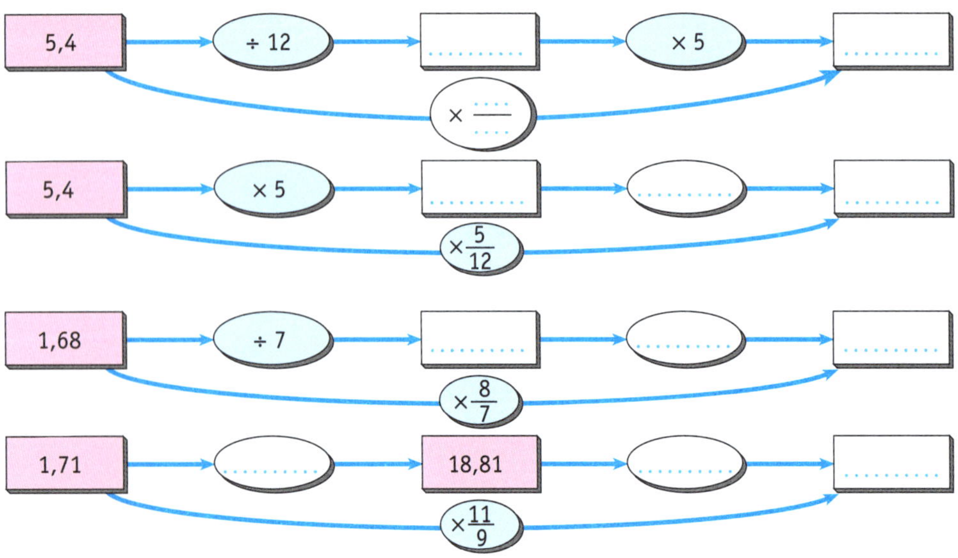

COUP DE POUCE

Entraîne-toi. Comme les meilleurs athlètes !

4 Calculer

a. $0 \times \frac{3}{4} =$ ....
c. $100 \times \frac{1}{4} =$ ....
e. $100 \times \frac{0}{4} =$ ....

b. $1 \times \frac{3}{4} =$ ....
d. $100 \times \frac{4}{1} =$ ....
f. $300 \times \frac{4}{3} =$ ....

ATTENTION
À calculer mentalement (autant que possible).

5 Avec les tiers

Combien valent les deux tiers puis les cinq tiers de 12,3 ?

....

6 Avec les quarts

Combien valent les trois quarts puis les neuf quarts de 5,6 ?

....

Comment prendre une fraction d'une quantité ?

- Les $\frac{2}{3}$ de 33 kg, c'est 22 kg, car $33 \times \frac{2}{3} = (33 \div 3) \times 2 = 11 \times 2 = 22$.
- Les $\frac{4}{5}$ de 17,50 €, c'est 14 €, car $17{,}5 \times \frac{4}{5} = (17{,}5 \div 5) \times 4 = 3{,}5 \times 4 = 14$.

7 Exprimer en minutes

$\frac{3}{4}$ d'heure : ....
$\frac{5}{6}$ d'heure : ....

COUP DE POUCE
Calcule mentalement si possible.

8 Exprimer en centimètres

$\frac{3}{4}$ de mètre : ....

$\frac{7}{5}$ de mètre : ....

9 Exprimer en kilogrammes

$\frac{3}{8}$ d'une tonne : ....

$\frac{31}{25}$ d'un quintal : ....

INFO
Tonne ? Quintal ? Voir le tableau des unités de mesure à la fin du livre.

10 Taille

a. Je mesure 171 cm. Calculer les $\frac{10}{9}$ de la taille d'un homme qui mesure 9 cm de plus que moi. ....

....

b. Je mesure 171 cm. Calculer la taille d'un homme qui mesure 9 cm de plus que les $\frac{10}{9}$ de ma taille. ....

Corrigés p. 63-64

8 Utiliser des parenthèses

Comment calculer une expression où figurent des parenthèses ?

On commence par calculer à l'intérieur des parenthèses.

Exemple : $a = (2 \times 11) - \left[\left(4 \times \frac{3}{8}\right) + \frac{6}{5}\right]$

$= 22 - (1{,}5 + 1{,}2)$

$= 22 - 2{,}7$

$= 19{,}3$

1 Calcul mental

Effectuer, sans poser d'opérations.

a. $(2 \times 17) - (3 \times 11) =$ ....

b. $2 \times (4 - 0{,}4) =$ ....

c. $(5 - 2{,}1 + 0{,}1) \times 5 =$ ....

d. $21 - [(4 \times 3) + 5] =$ ....

COUP DE POUCE
Tu peux vérifier avec ta calculatrice, à condition qu'elle accepte les parenthèses.

Comment calculer en ligne ?

- Calculer **« en ligne »**, c'est présenter les calculs sans poser les opérations.
Exemple : calculer « en ligne » $(5 \times 9) - [12 + (7 \div 2)]$.
$(5 \times 9) - [12 + (7 \div 2)] = 45 - (12 + 3{,}5) = 45 - 15{,}5 = 29{,}5$

2 Avec des 2

Calculer « en ligne ».

a. $(222 + 2) - (22 \times 2) =$ ....

b. $[(2 + 22) \times 2] - 22 =$ ....

3 Avec des 3

Calculer « en ligne ».

a. $333 - [(3 \times 33) - 3] + (3{,}3 \times 3) =$ ....

b. $(3 \times 3{,}33) + \frac{3{,}3}{3} =$ ....

4 Avec des 6

Dans les égalités suivantes, les parenthèses ont été supprimées. Les replacer.

a. $6 \times 6 + 6 \times 6 = 72$

b. $6 + 6 \times 6 + 6 = 48$

COUP DE POUCE
Si tu ne vois pas directement la solution, fais des essais.

★★ 5 **Avec des 5**

Dans les égalités suivantes, les parenthèses ont été oubliées. Les replacer.

a. $5 \times 5 + 5 \times 5 = 250$ **b.** $5 \times 5 + 5 \times 5 = 150$

★★ 6 **Remise en place**

Placer convenablement les nombres 5, 6, 7 et 8 dans les cases, pour que les égalités proposées soient exactes.

a. $(\square \times \square) + \square - \square = 33$

b. $(\square \times \square) - \square + \square = 29$

★ 7 **Au marché**

Alex revient du marché avec 5 kg de pommes à 1,20 € le kg, 10 kg de haricots à 0,90 € le kg et 4 salades à 1,10 € pièce. Combien a-t-il déboursé ?

....

....

> **COUP DE POUCE**
> Pour les exercices 7, 8 et 9, écris une seule expression avec des parenthèses puis calcule-la.

★ 8 **Musique**

J'ai acheté deux DVD à 19 € l'un, trois CD à 7,30 € l'un et un livre à 11,40 €. J'avais 100 € dans mon portefeuille, combien me reste-t-il ?

....

....

★★ 9 **Vive la rose**

Les roses coûtent 0,45 € pièce pour les deux premières douzaines et 0,40 € pour les suivantes. Combien paiera-t-on 50 roses ?

....

....

★★ 10 **Compter fleurette**

Comment « combiner les feuilles pour trouver la fleur » ?
Écrire l'expression trouvée avec des parenthèses.

> **ATTENTION**
> Pour la dernière fleur, deux réponses sont possibles.

....

Corrigés p. 64

NIVEAU 6e

9 Traiter des problèmes de proportionnalité

Comment traiter un problème de proportionnalité par la méthode du « passage à l'unité » ?

- Si le prix d'un kilo de tomates est le même, quelles que soient les quantités achetées, et si je sais que 3 kg ont coûté 2,55 €, alors je peux calculer le prix de 8 kg de tomates (par exemple).
  - Prix de 1 kg : 2,55 ÷ 3 = 0,85.
  Donc 1 kg coûte 0,85 €.
  - Prix de 8 kg : 0,85 × 8 = 6,80.
  Donc 8 kg coûtent 6,80 €.
  - On dit alors que le prix est **proportionnel** à la quantité.

C'est la méthode du « passage à l'unité » (on passe par le prix de 1 kg).

★ 1 À la bonne tomate !

On sait que 3 kg de tomates coûtent 2,55 €.
Calculer au brouillon et remplir le tableau suivant.

Nombre de kg	0	1	2	3	4	5
Prix en euros				2,55		

★ 2 Le prix des chemises

Six chemises coûtent 93 €. Combien coûtent 11 chemises ?

....

....

....

★★ 3 À vitesse constante

On a chronométré les temps mis par un bolide sur un circuit de course.
Or, il manque deux données dans le tableau.
Retrouver ces données.

Nombre de tours parcourus	7	13	
Temps mis (en secondes)	196		252

....

....

COUP DE POUCE
Le nombre de tours est proportionnel à la durée car la vitesse est supposée constante.

★★ 4 Partage

Yannis, Clara et Alizée sont passionnés de mangas. Ils en ont acheté 12 (tous au même prix) pour 33 €. Yannis en a pris 5, Clara 3 et Alizée le reste. Combien vont-ils payer chacun ?

....

....

....

Comment traiter un problème de proportionnalité par la méthode du « coefficient de proportionnalité » ?

- L'exemple du prix des tomates (voir exercice 1) montre que les nombres de la seconde ligne peuvent se calculer en multipliant ceux de la première ligne par un même facteur (qui est ici le prix d'un kg de tomates : 2,55 ÷ 3 = 0,85 €).

Nombre de kg	2	**3**	6
Prix en euros	1,70	**2,55**	5,10

× 0,85

Coefficient de proportionnalité

★ 5 Chez un second marchand de tomates

Ce marchant affiche 5 kg de tomates pour 4,50 €.
Déterminer le coefficient de proportionnalité et remplir le tableau.

Nombre de kg	5	7		0,5
Prix en euros	4,50		11,70	

......

Le coefficient de proportionnalité est : ....

....

Comment traiter un problème de proportionnalité dans des cas simples ?

- Prix des crevettes : 100 g pour 4,60 €.
  Combien coûtent 300 g, 50 g, puis 350 g ?
  - 300 g, c'est 3 fois 100 g
    $4,60 \times 3 = 13,80$
    donc 300 g coûtent 13,80 €.
  - 50 g, c'est la moitié de 100 g
    $4,60 \div 2 = 2,30$
    donc 50 g coûtent 2,30 €.
  - 350 g, c'est 300 g + 50 g
    $13,80 + 2,30 = 16,10$
    donc 350 g coûtent 16,10 €.

Chaque hectogramme de crevettes coûte 4,60 €. Le prix est donc proportionnel à la quantité.

On aurait pu calculer le prix d'un gramme (passage à l'unité), mais ici il y a beaucoup plus simple.

★ 6 Consommation d'essence

Une voiture a consommé 13 litres d'essence pour parcourir 200 km.
Dans les mêmes conditions, combien consommera-t-elle pour parcourir 100 km, 50 km, puis 350 km ?

....

....

COUP DE POUCE
Inutile de chercher la consommation pour 1 km !

★ 7 À bicyclette

En roulant toujours à la même vitesse, Paulette parcourt 50 km en 3 heures.
Quelle distance parcourt-elle en 1 h 30 ? en 6 h ? en 4 h 30 ?

....

....

Corrigés p. 64-65

10 Appliquer un taux de pourcentage

Comment appliquer un taux de pourcentage ?

Première méthode

Exemple : calculer 22 % de 400,

c'est effectuer $400 \times \frac{22}{100} = (400 \div 100) \times 22 = 4 \times 22 = 88$. On obtient 88.

Seconde méthode

22	?
100	400

(× 4)

Lorsque les nombres en présence sont simples, il est souvent plus rapide de penser à la proportionnalité. Ici on remarquera que 400 c'est 4 fois 100 ; donc 22 % de 400 c'est 4 × 22, c'est-à-dire 88.

1 Prix du service

Compléter ce ticket de caisse.

CRÊPERIE FIFI

Crêpe à la sardine	3,40 €
Crêpe au fromage	2,40 €
Crêpe au sorbet	2,80 €
Sous-total :	.... €
+ service 15 % :	.... €
Total :	.... €

2 Station-service

Compléter cette facture.

Station Dubois

4 litres d'huile	15,20 €
joint de vidange	0,60 €
filtre à huile	9,20 €
Sous-total:	...... €
+ T.V.A. 20 %:	...... €
Total:	...... €

COUP DE POUCE Effectue les calculs au brouillon !

3 Appliquer un pourcentage

Compléter le tableau.

Les \ de	5	10	200	750
50 %	2,5			
70 %				
200 %				

COUP DE POUCE Tu peux presque tout faire de tête !

4 Un questionnaire à choix multiples (un Q.C.M.)

Entourer, dans chaque cas, la bonne réponse.

a. Les 30 % de 300, c'est : 30 60 90

b. Les 80 % de 200, c'est : 16 160 280

c. Les 100 % de 55, c'est : 55 550 5,5

COUP DE POUCE Pense à la deuxième méthode exposée ci-dessus.

5 De toutes les couleurs

Dans un collège de 500 élèves, il y a 50 % de bruns, 25 % de blonds, 20 % de châtains et 5 % de roux. Calculer le nombre d'élèves de chaque catégorie.

....

....

6 **Au supermarché**

Pour la semaine commerciale, le supermarché Rubin propose une réduction de 8 % à sa clientèle. Jade achète un livre marqué 24 €. Combien va-t-elle le payer ?

....

....

ATTENTION
Calcule d'abord la réduction !

NIVEAU 6e

7 **Espace vert**

Enzo prend livraison d'une tondeuse coûtant 1 100 €.
Il a déjà versé 30 % à la commande. Combien lui reste-t-il à payer ?

....

....

8 **Hausse des prix**

Dans un pays imaginaire, les prix ont augmenté de 6,3 % en un an.
Combien coûte aujourd'hui un objet qui valait 220 € il y a un an ?

....

....

COUP DE POUCE
Calcule d'abord l'augmentation !

9 **Achat par correspondance**

J'achète un jouet par correspondance.
Un fournisseur A le propose à 45 euros, frais de port inclus.
Un fournisseur B propose le même jouet à 40 euros, mais il faut ajouter 15 % pour le port.

Que choisir ? ....

....

10 **Les bonnes affaires**

Qu'est-ce qui est le moins cher : un short à 25 € avec une remise de 40 %, ou un polo à 20 € avec une remise de 20 % ?

....

....

....

11 **Négociations**

a. Tu veux acheter un smartphone dont le prix affiché est 120 €.
Le vendeur te dit : « Je t'accorde un rabais de 20 % ; cela fera donc 100 € tout rond ».

Es-tu d'accord ? ....

b. Finalement, le smartphone de la question précédente ne te plaît pas. Tu en choisis un autre dont le prix affiché est 90 €. Alors le vendeur te dit : « J'allais justement mettre le prix à jour, il a augmenté de 10 %. Donc il vaut maintenant 100 € pile ».

Es-tu d'accord ? ....

Corrigés p. 65-66

11 Connaître et construire des droites

Que signifient les mots « parallèles », « perpendiculaires », « sécantes » ?

Vocabulaire

- *d* et *d'* sont **parallèles** : *d* // *d'*
- *d* et *D* sont **perpendiculaires** : *d* ⊥ *D*
- *d'* et *D'* sont **sécantes** en S.

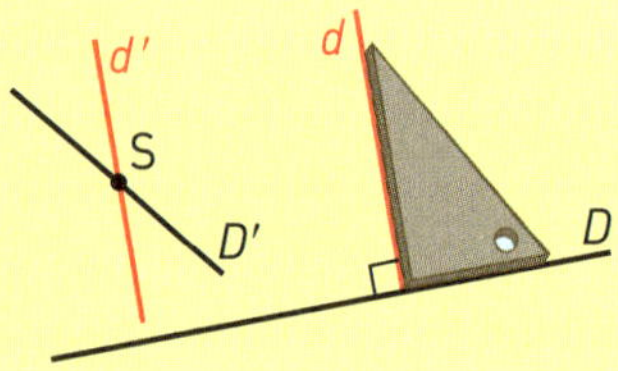

Propriétés

- Si deux droites *d* et *d'* sont perpendiculaires à une même troisième *D*, alors ces deux droites sont parallèles.
- Si deux droites *d* et *d'* sont parallèles, alors toute droite perpendiculaire à l'une est perpendiculaire à l'autre.

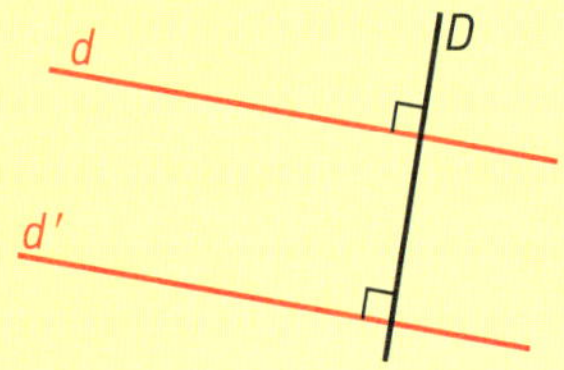

1 Vocabulaire

Dans la figure ci-contre :

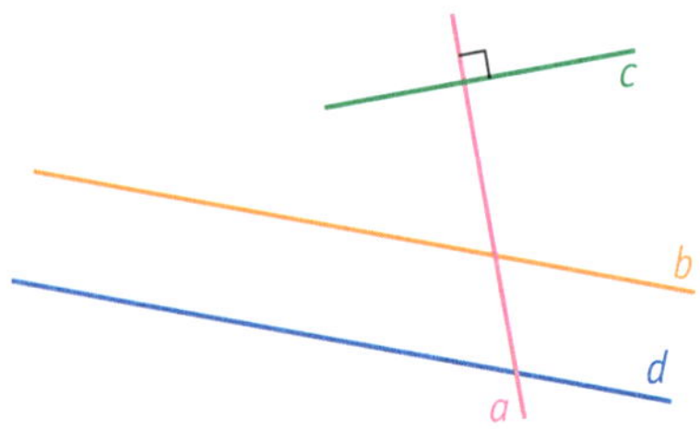

a. Deux droites sont parallèles.

Lesquelles ? ....

b. Citer deux droites perpendiculaires.

....

c. Citer deux droites sécantes sans être perpendiculaires. ....

d. Les droites *c* et *d* sont-elles sécantes ? ....

ATTENTION Deux droites sécantes ne se coupent pas toujours sur la feuille !

2 Sans équerre, ni compas

Dans chacun des cas :

- placer un point B tel que les droites (AB) et *d* soient parallèles.
- placer un point C tel que les droites (AC) et *d* soient perpendiculaires.
- placer un point D tel que (AD) et *d* soient sécantes sans être perpendiculaires.

a.

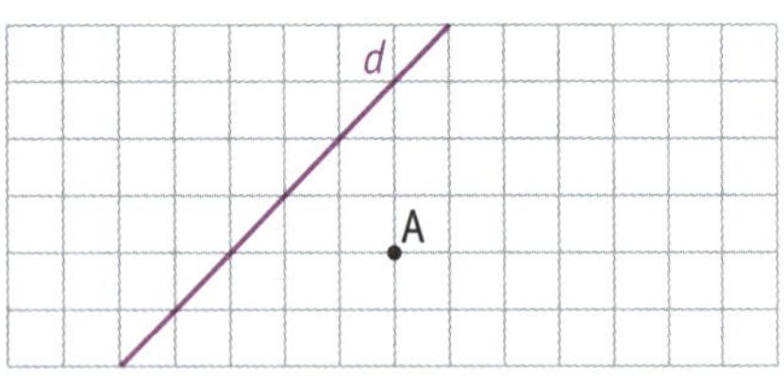

b.

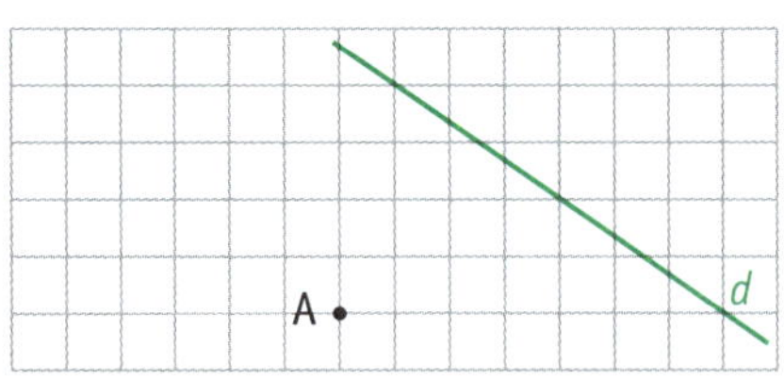

COUP DE POUCE Il y a souvent plusieurs réponses possibles.

Comment construire une parallèle avec une équerre ?

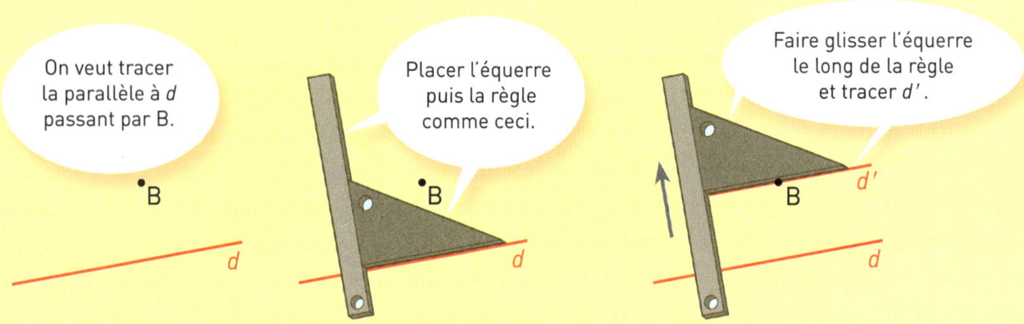

3 Avec une équerre

- Tracer la droite *D* passant par A et perpendiculaire à *d*.
- Tracer la droite *d'* passant par A et perpendiculaire à *D*.

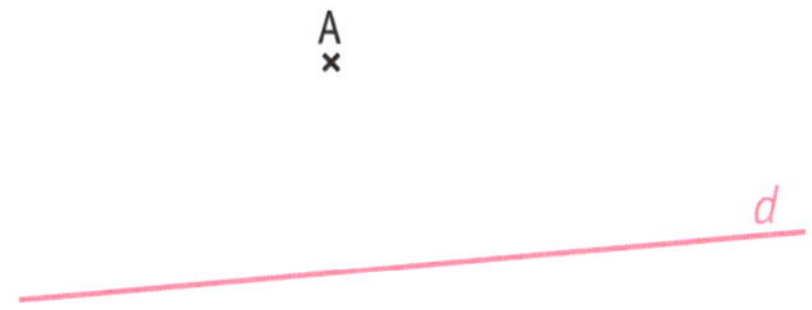

Que peut-on dire des droites *d* et *d'* ? ....

COUP DE POUCE

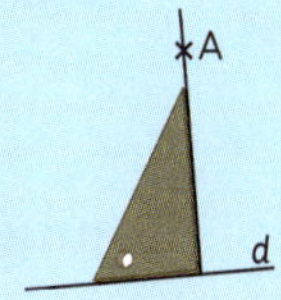

NIVEAU 6e

Que signifient les mots « segment » et « demi-droite » ?

- En rouge, le **segment** [AB] d'extrémités A et B :

- En bleu, la **demi-droite** [O*x*) d'origine O :

4 Segments et demi-droites

ATTENTION
Ne pas confondre AB, [AB] et [AB).

a. À l'aide d'un compas, placer sur la demi-droite [J*x*) le point C tel que JC = AB. Puis, sur [J*y*), placer le point D tel que JD = AB.

b. Quelle est la position de J dans le segment [CD] ? ....

5 Distance d'un point à une droite

Une route droite (AB) relie les points A et B.
Un piéton part du point P pour rejoindre la route (AB) en parcourant la plus courte distance possible.
Il atteint ainsi un point H.

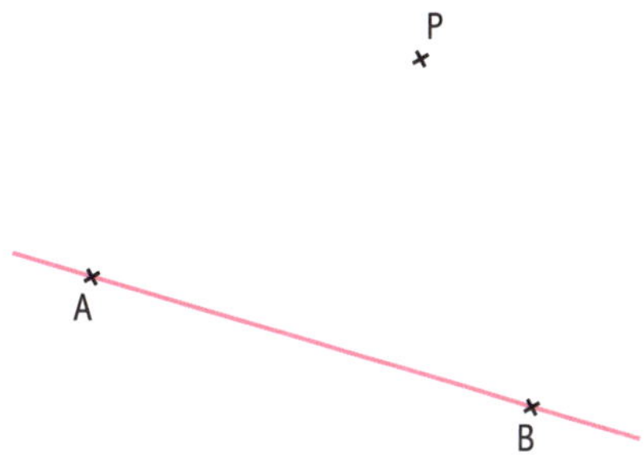

a. Construire le point H. Quel est l'instrument de cette construction ? ....

b. Mesurer sur le dessin la distance du point P à la droite (AB) : ....

6 Points alignés

On dit que des points sont **alignés** quand ils sont situés sur une même droite (tracée ou non).

Parmi les 8 points ci-dessous, trouver 3 points alignés : ....

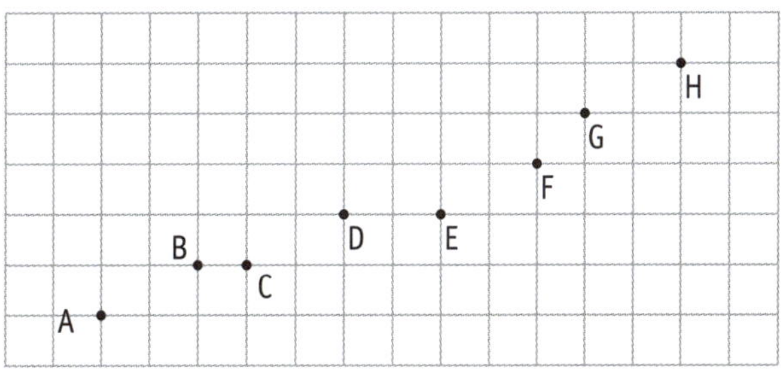

Corrigés p. 66

ESPACE ET GÉOMÉTRIE

12 Construire des cercles

Comment s'imaginer le cercle, le centre, le rayon, le diamètre ?

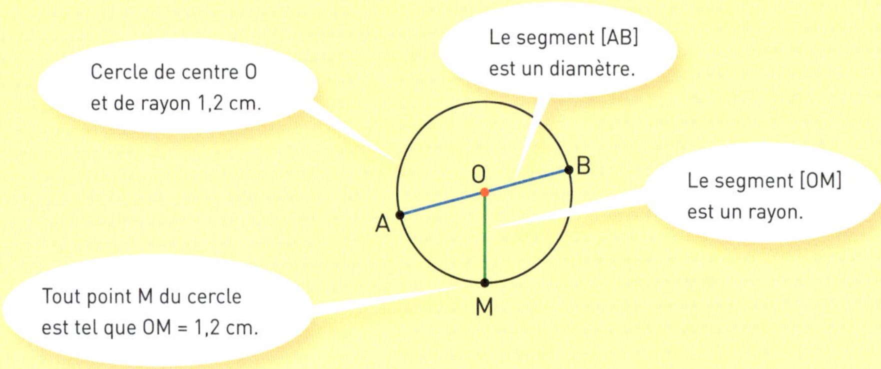

Un point N tel que ON = 1,2 est sur le cercle.

★ 1 Couronne

Construire et colorier la région des points situés à plus de 1,5 cm de A et à moins de 2 cm de A.

•A

COUP DE POUCE
Il y a deux cercles à tracer.

★★ 2 Hexagone régulier

a. Tracer un cercle de centre C et de 3 cm de rayon. Marquer un point H sur ce cercle. Construire au compas, sur ce cercle, les points E, X, A, G et O tels que HEXAGO soit un hexagone régulier.

•C

b. Calculer le périmètre de cet hexagone.

....

....

c. Joindre C aux six sommets de l'hexagone.
Que peut-on dire des six triangles ainsi dessinés ?

....

....

INFO
a. Hexagone régulier :

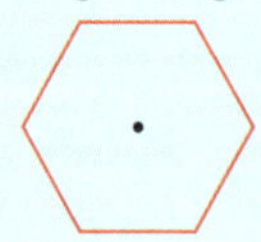

COUP DE POUCE
Voir chapitre 14.

3 Partage d'un triangle

A, B et C sont trois points d'un cercle de centre O.
Comment partager le triangle ABC en trois triangles isocèles ?

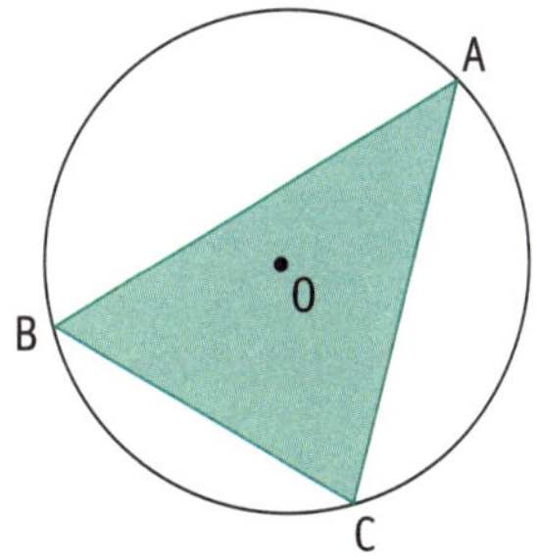

Justifier ....

....

....

....

> **COUP DE POUCE**
> Voir chapitre 14.

4 Construire un triangle ayant trois côtés de longueurs connues

a. Construire un triangle ABC tel que AB = 3,5 cm, AC = 4 cm et BC = 6 cm.

b. Calculer le périmètre du triangle ABC.

....

....

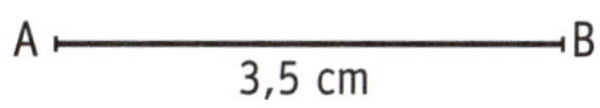

> **COUP DE POUCE**
> Utilise le compas pour reporter une longueur.

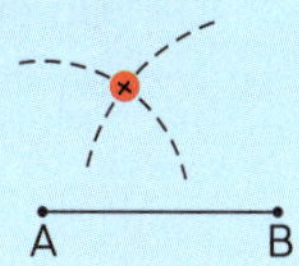

5 Le ballon de rugby et l'œuf

a. Construire un ballon ovale en suivant le modèle ci-dessous.

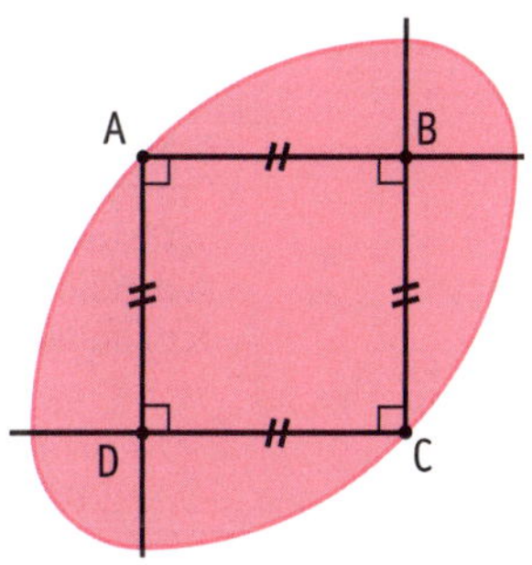

b. Même question avec un œuf.

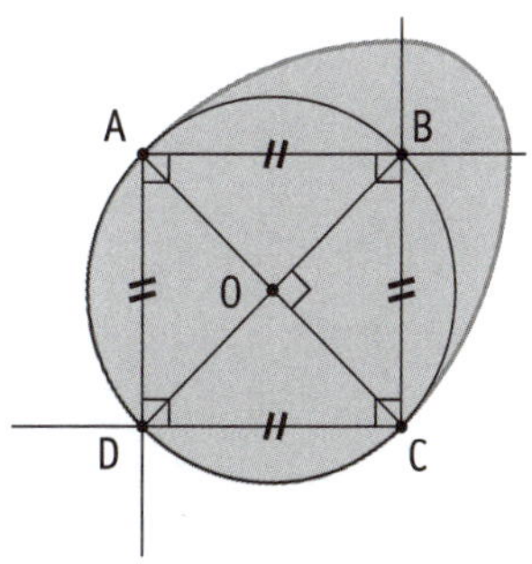

> **ATTENTION**
> Pour chaque arc de cercle, repère bien le centre et le rayon.

> **COUP DE POUCE**
> Construis d'abord un carré ABCD.

Corrigés p. 66-67

ESPACE ET GÉOMÉTRIE

13 Connaître et construire la médiatrice d'un segment

Qu'est-ce que la médiatrice d'un segment ?

Définition et propriété

- La **médiatrice** du segment [AB] est la perpendiculaire à (AB) passant par le milieu de [AB].
- La médiatrice de [AB] est constituée des points situés à égale distance de A et de B. On dit que ces points sont **équidistants** de A et B.

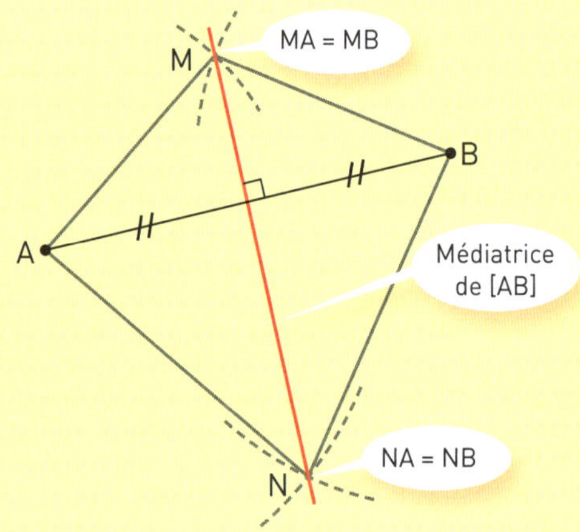

Construction

- Choisir un écartement de compas (ni trop grand, ni trop petit).
- Tracer deux arcs de cercle de centre A, de part et d'autre de [AB].
- Avec le même écartement, tracer deux arcs de cercle de centre B, de part et d'autre de [AB].
- Ces arcs se coupent en M et N. Tracer la droite (MN) : c'est la médiatrice de [AB].

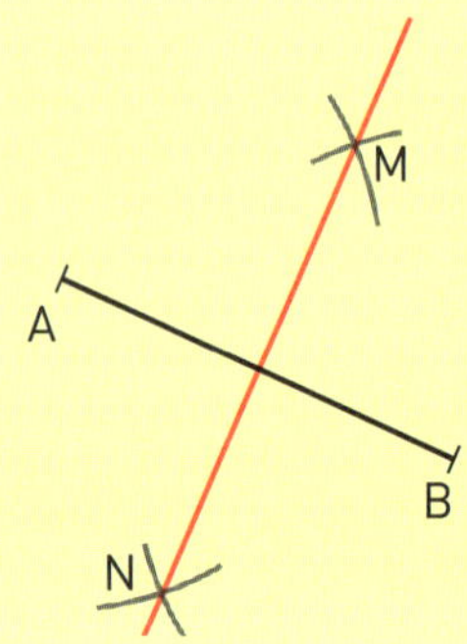

1 Médiatrices de deux segments

a. Construire les médiatrices de [AB] et [AC].
b. Y a-t-il un point à égale distance de A, B et C ?

Pourquoi ? ....

....

....

....

....

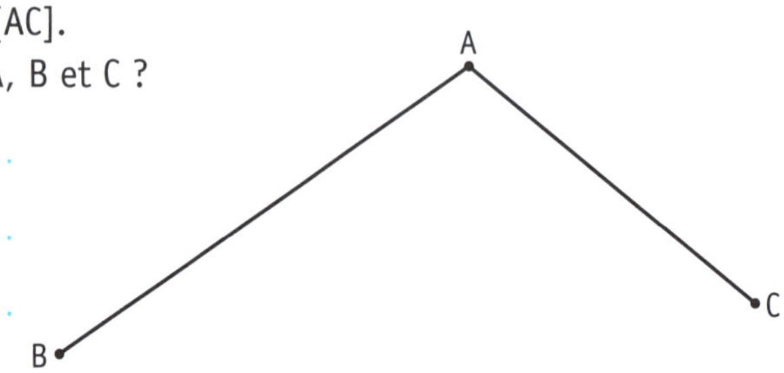

COUP DE POUCE
a. Prends ton compas.
b. Chaque point de la médiatrice de [AB] est équidistant de A et B.

2 Avec trois points alignés A, B et C

a. Construire les médiatrices de [AB] et [BC].
b. Que peut-on dire de ces deux médiatrices ?

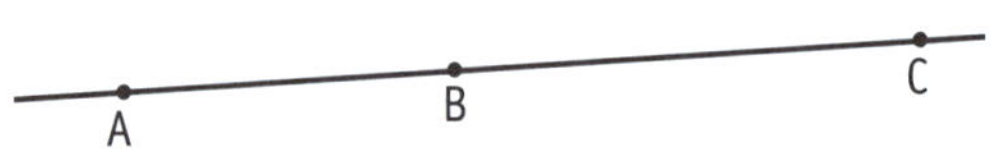

Justifier : ....

....

....

3 Cercle « circonscrit » à un triangle

a. Construire les médiatrices des trois côtés du triangle ABC.

b. On appelle O le point commun aux trois médiatrices.
Expliquer pourquoi O est à égale distance des trois sommets.

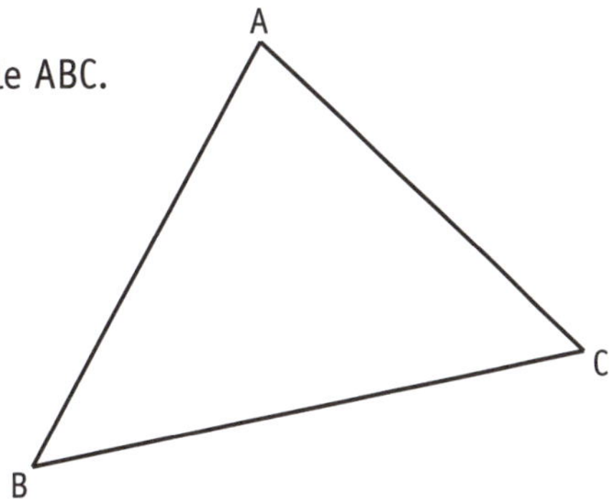

....

....

....

c. Tracer le cercle de centre O passant par A, B et C.

COUP DE POUCE
Si la construction est précise, on voit les trois médiatrices se couper en un même point.

4 Une médiatrice dans un rectangle

a. Construire la médiatrice de la diagonale [BD].

b. Cette médiatrice passe-t-elle par A ? Pourquoi ?

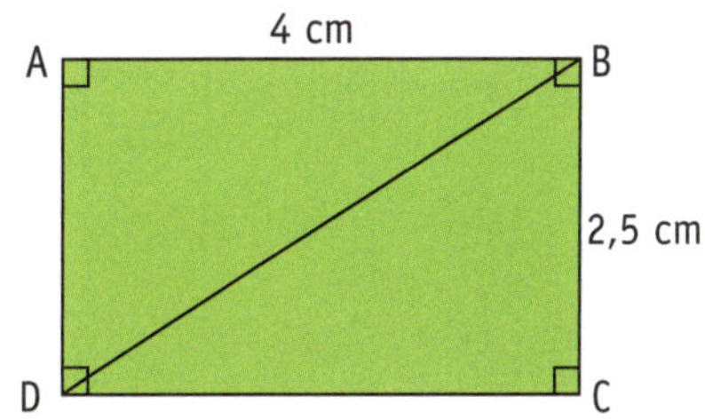

....

....

5 Une médiatrice dans un carré

a. Construire la médiatrice de la diagonale [BD].

b. Cette médiatrice passe-t-elle par A ? Pourquoi ?

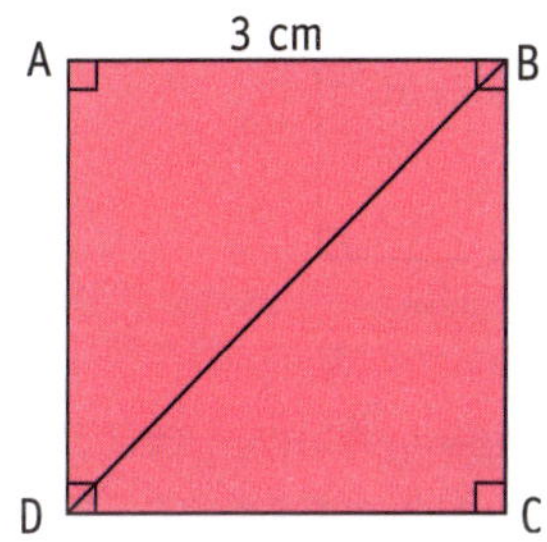

....

....

6 Chacun chez soi

Dans une île, il y a deux villages A et B. Malheureusement, les moutons de A vont brouter dans les prairies de B et vice versa. Alors les habitants ont décidé de construire une clôture pour séparer les deux territoires.
Le territoire du village A est constitué des points qui sont plus près de A que de B.
Le territoire de B est constitué des points qui sont plus près de B que de A.
Quelle est la frontière ?
La construire.

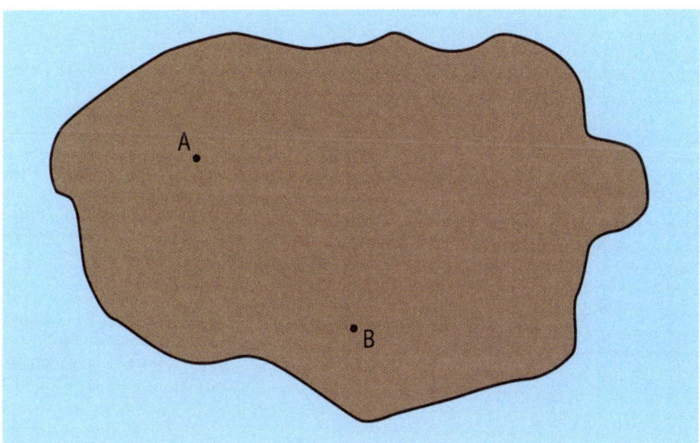

....

Corrigés p. 67

14 Connaître les triangles particuliers

Quels sont les triangles particuliers ?

Triangle isocèle

Triangle ABC isocèle en A

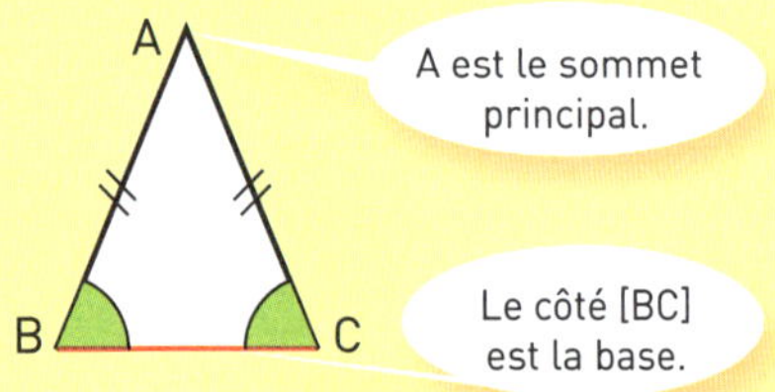

- Deux côtés ont la même longueur : ici, AB = AC.
- Les deux angles « à la base » ont même mesure : ici, $\widehat{ABC} = \widehat{ACB}$.

Triangle équilatéral

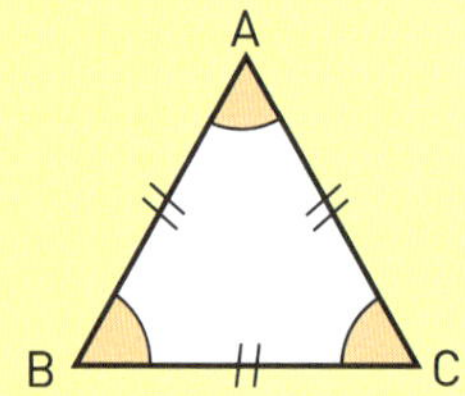

- Les trois côtés ont la même longueur.
- Les trois angles ont la même mesure : 60°.

Triangle rectangle

Triangle ABC **rectangle en A** : l'angle $\widehat{BAC}$ est droit.

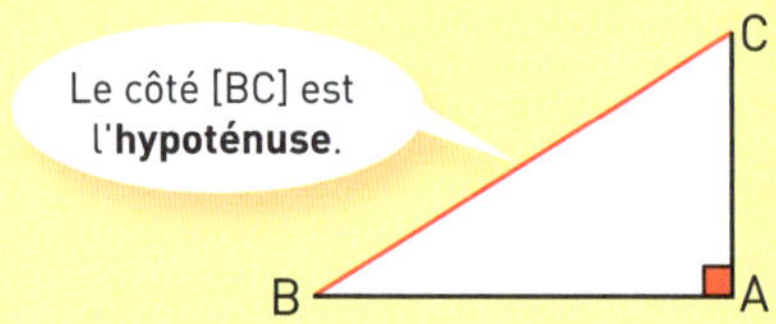

Triangle rectangle isocèle

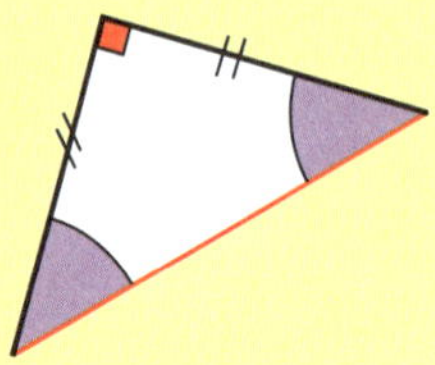

- Triangle à la fois rectangle et isocèle.
- Les angles aigus mesurent 45°.

1 Triangles rectangles

Citer les six triangles rectangles tracés sur cette figure.

....

....

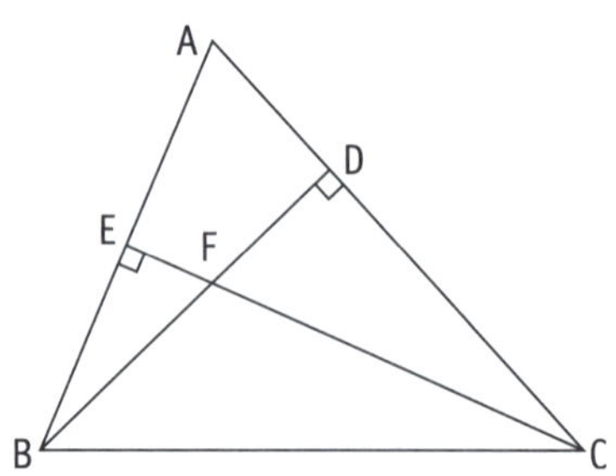

2 Triangles isocèles

Citer les huit triangles isocèles de cette figure.

....

....

....

....

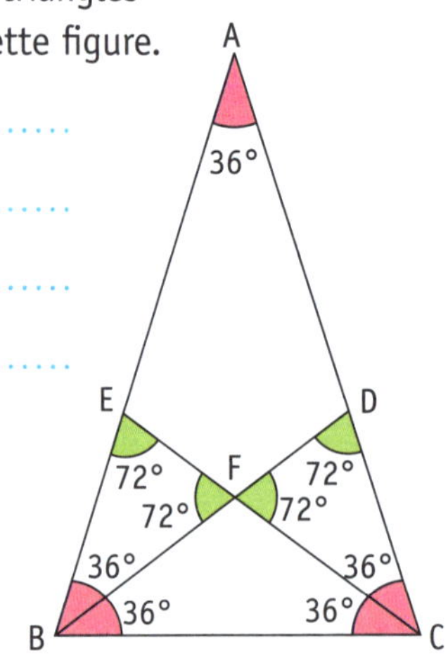

ATTENTION

Avant de faire ces exercices, tu peux revoir la mesure des angles au chapitre 24.

INFO

Un triangle ayant deux angles de même mesure est isocèle.

3 Construction d'un triangle équilatéral

Construire, à l'aide du compas, un triangle ABC équilatéral (les sommets A et B sont donnés).

A •

B •

★★ 4

Construction de triangles isocèles

En s'inspirant des petits modèles en marge, construire un triangle…

a. …PIF isocèle en I, tel que PF = 6 cm et PI = 5 cm.

b. …ZEN isocèle en Z, tel que EN = 4 cm et $\widehat{NEZ} = 65°$.

P 6 cm F

E 4 cm N

c. Quel est le périmètre de PIF ? ....

COUP DE POUCE

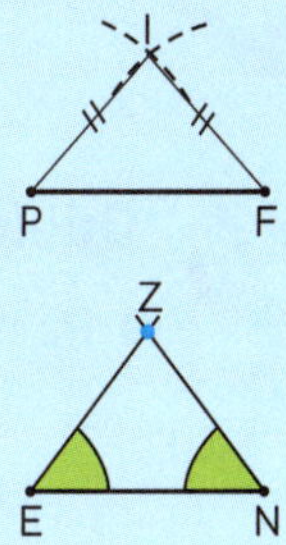

★★ 5

Construction de triangles rectangles

En s'inspirant des petits modèles en marge, construire un triangle…

a. …EAU rectangle en A, tel que AU = 4,2 cm et AE = 3,5 cm.

b. …VIN rectangle en I, tel que VI = 5 cm et VN = 6 cm.

A U

V I

COUP DE POUCE

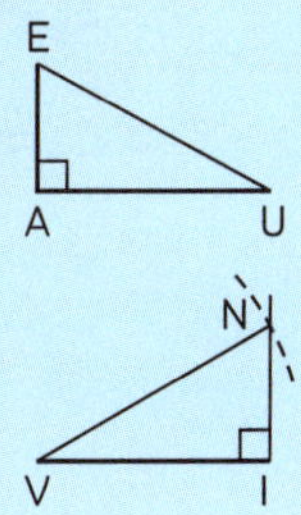

c. …KIR rectangle en I, tel que KI = 4 cm et $\widehat{IKR} = 30°$.

d. …LIE rectangle en I, tel que LE = 5,5 cm et $\widehat{ILE} = 35°$.

K I

L E

COUP DE POUCE

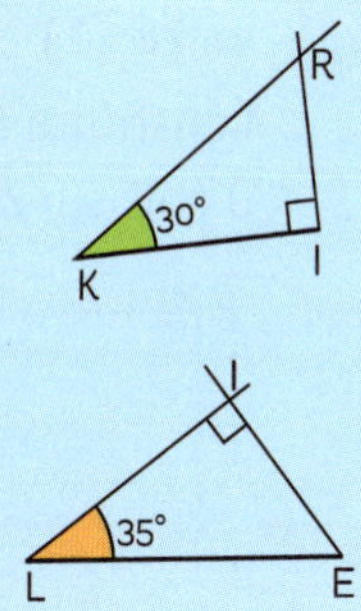

NIVEAU 6e

Corrigés p. 68-69

15 Connaître les quadrilatères particuliers

Quels sont les quadrilatères particuliers ?

Rectangle

Un rectangle est un quadrilatère ayant 4 angles droits.

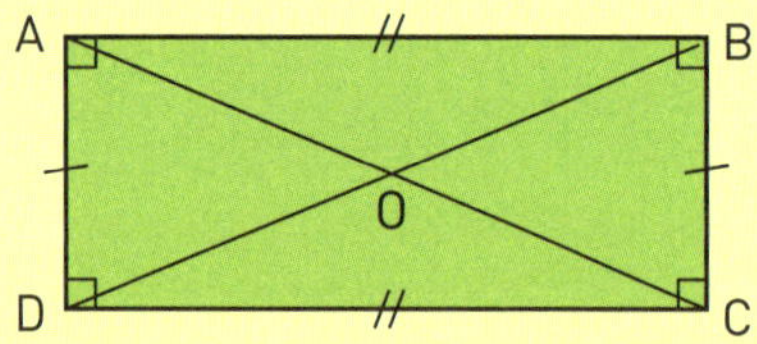

- Côtés opposés parallèles et de même longueur.
- Diagonales de même longueur et se coupant en leur milieu.

Losange

Un losange est un quadrilatère ayant tous ses côtés de même longueur.

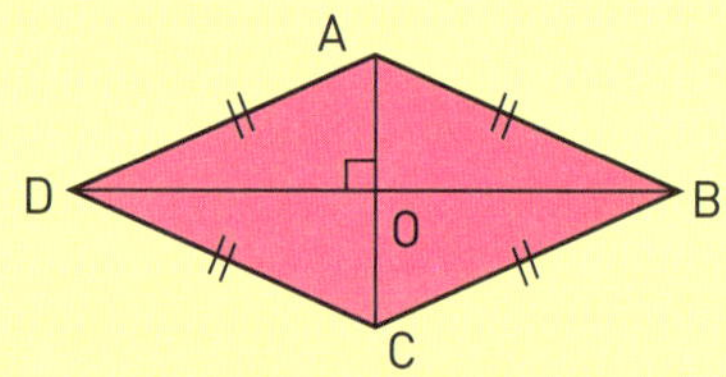

- Côtés opposés parallèles.
- Diagonales perpendiculaires et se coupant en leur milieu.
- Angles opposés de même mesure.

Carré

Un carré est un quadrilatère qui est à la fois un rectangle et un losange.

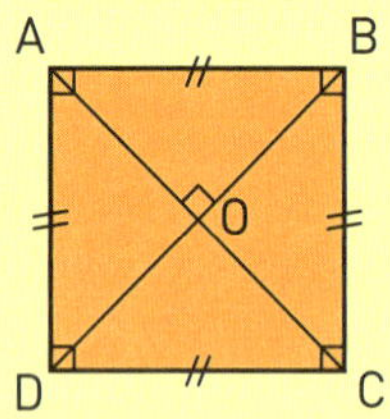

Le carré a toutes les propriétés du rectangle et du losange.

Parallélogramme

Un parallélogramme est un quadrilatère ayant ses côtés opposés parallèles.

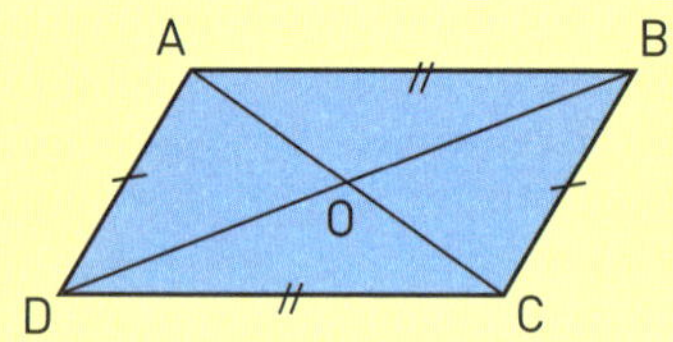

- Côtés opposés parallèles et de même longueur.
- Diagonales se coupant en leur milieu.

1 Carré (1)

Construire un carré ROND tel que O soit sur *d* et D sur *d'*.

2 Carré (2)

Compléter le carré SNCF dont on a dessiné la diagonale [SC].

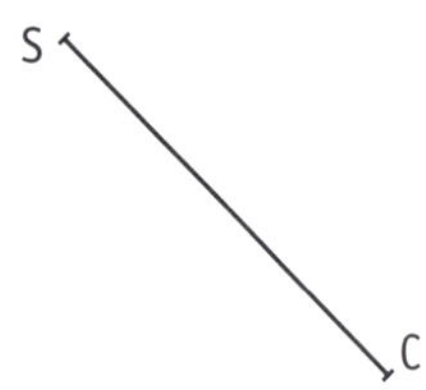

COUP DE POUCE

Pour l'exercice 2, que sais-tu des diagonales d'un carré ?

3 Carré dans un cercle

a. Tracer un cercle de centre O et marquer un point A sur le cercle.

b. Construire un carré ABCD ayant ses 4 sommets sur le cercle.

4 ★★ **D'un rectangle à un…**

a. Construire un rectangle ABCD.

b. Déterminer les milieux des quatre côtés. Former un quadrilatère en joignant ces quatre milieux.

c. Quelle est la nature de ce dernier quadrilatère ?

....

> **COUP DE POUCE**
> Pour déterminer le milieu d'un segment sans mesurer, tu peux construire la médiatrice de ce segment.

5 ★★ **Dans un carré**

ABCD est un carré.

Citer les huit triangles rectangles isocèles de cette figure.

....

....

....

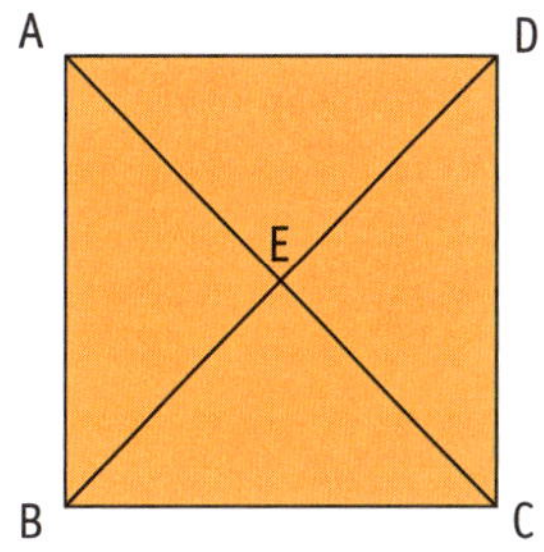

6 ★★ **Parallélogramme**

Construire le sommet D du parallèlograme ABCD.

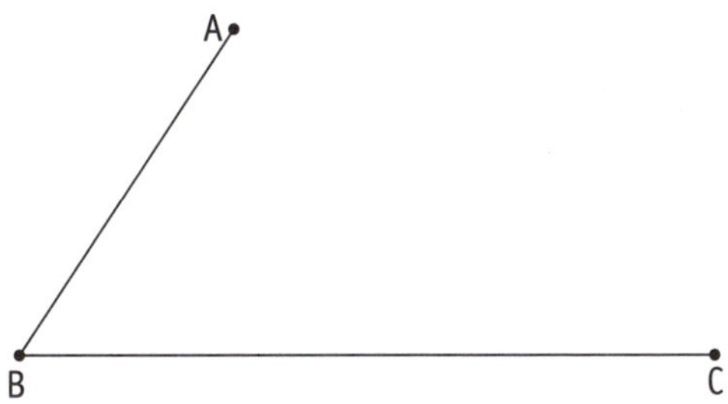

7 ★ **Partages**

a. Partager ce rectangle en 2 triangles rectangles.

b. Partager ce rectangle en 4 triangles isocèles.

c. Partager ce parallélogramme en un losange et un autre parallélogramme.

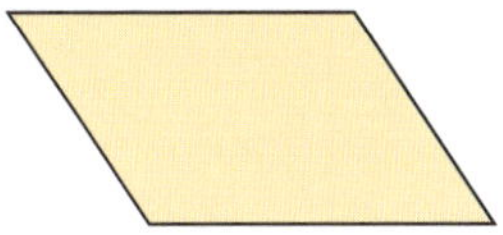

d. Partager ce losange en 2 triangles isocèles.

e. Partager ce losange en 4 triangles rectangles.

> **COUP DE POUCE**
> Tu peux utiliser les propriétés des diagonales. Les solutions ne sont pas toujours uniques.

Corrigés p. 69

16 Construire des symétriques

Qu'appelle-t-on « points symétriques » par rapport à une droite ?

- A′ est le symétrique du point A par rapport à la droite *d*.
- A et A′ sont superposables par pliage autour de *d*.
- **La droite *d* est la médiatrice du segment [AA′].**
- Seuls les points de la droite *d* sont confondus avec leur symétrique.

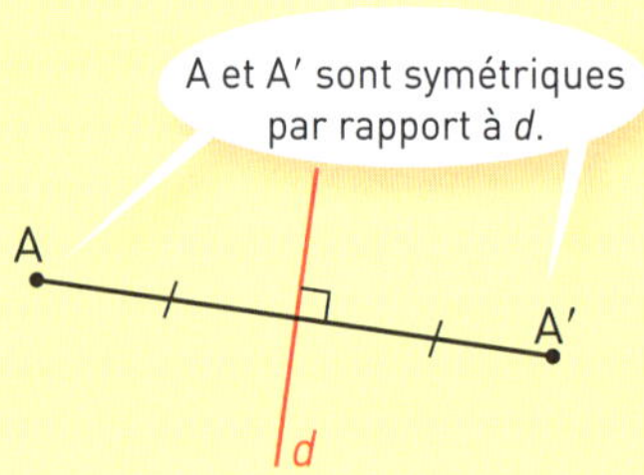

1 Ai-je bien compris ?

a. Placer le symétrique P′ du point P par rapport à la droite *d*.

b. Compléter les phrases suivantes.

- La droite *d* est la .... du segment [PP′].
- Le symétrique de I par rapport à *d* est ....
- Le point I est .... de P et de P′. Donc le triangle PP′I est ....

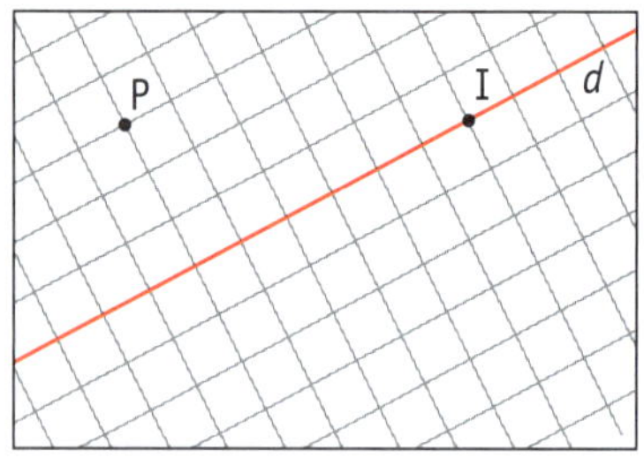

2 Sur un quadrillage

Marquer les symétriques A′, B′, C′ et D′ des points A, B, C et D par rapport à la droite *d*.

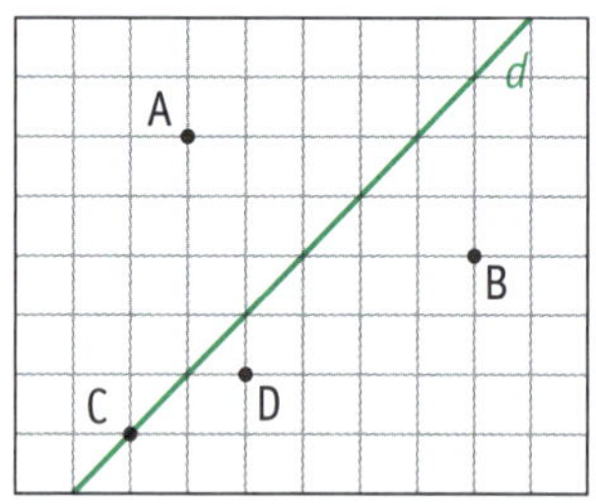

Qu'appelle-t-on « figures symétriques » par rapport à une droite ?

- *ℳ′* est la figure symétrique de la figure *ℳ* par rapport à la droite *d*.
- *ℳ* et *ℳ′* sont superposables par pliage autour de *d*.
- On dit aussi que *d* est : l'**axe de symétrie** de la figure obtenue en réunissant *ℳ* et *ℳ′*.

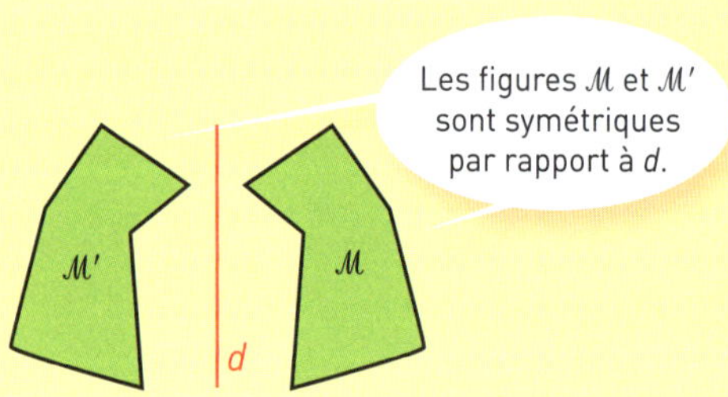

3 Figure sur quadrillage (1)

Compléter la figure coloriée pour que *d* soit son axe de symétrie.

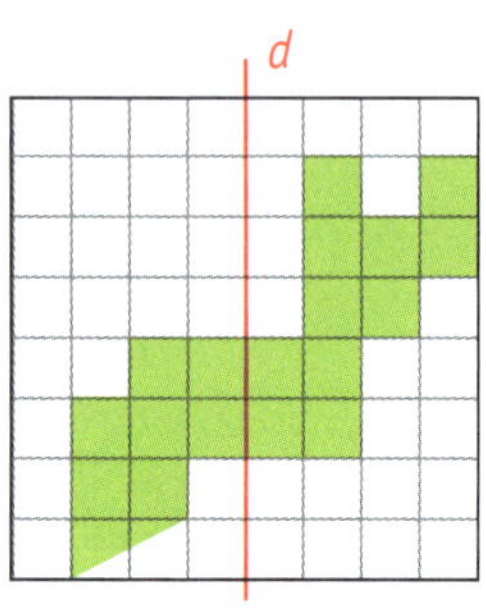

4 Figure sur quadrillage (2)

Compléter la figure coloriée pour que d_1 et d_2 soient ses axes de symétrie.

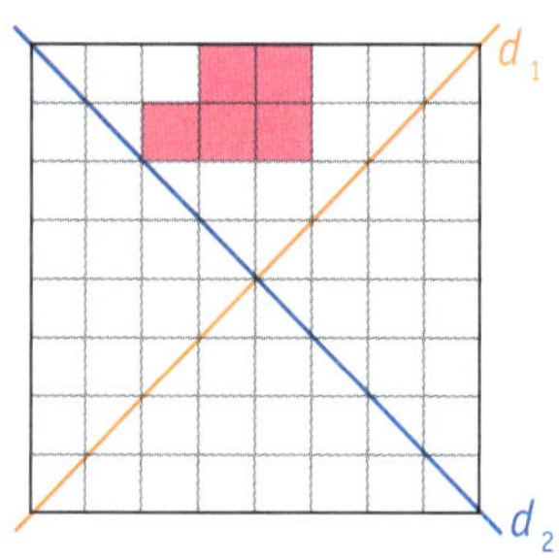

ATTENTION
Pour les exercices 3 et 4, tu dois colorier le moins de cases possible.

COUP DE POUCE
Exercice 4 : commence par compléter de façon que d_1 soit un axe de symétrie.

Comment construire le symétrique d'un point M par rapport à une droite *d* ?

1re étape

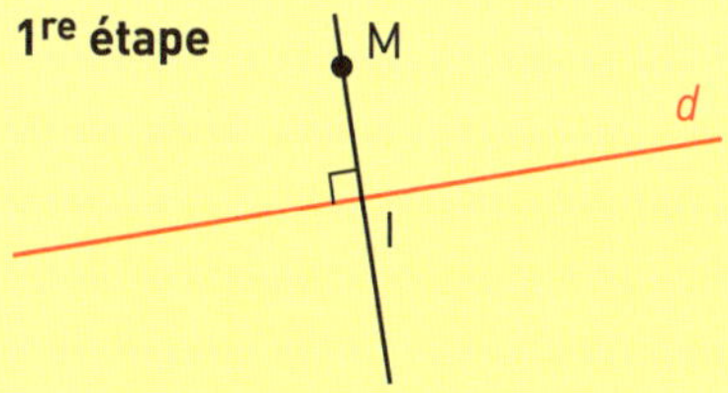

On trace (avec l'équerre) la perpendiculaire à *d* passant par M. Elle coupe *d* en I.

2e étape

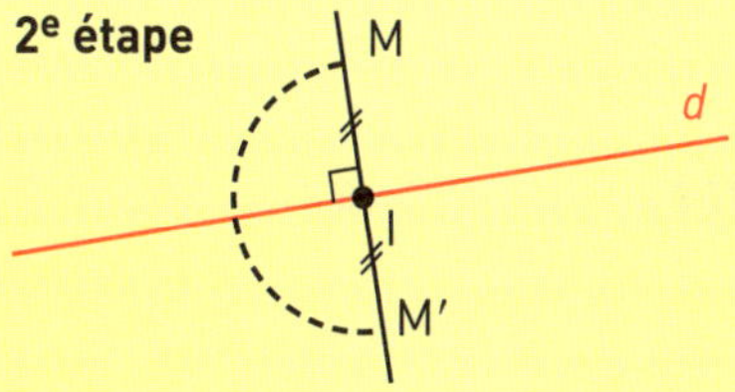

Sur cette perpendiculaire, on marque (avec le compas piqué en I) le point M′ tel que : IM′ = IM.

★ 5 Triangle isocèle

Construire le triangle isocèle FOC sachant que (O*x*) est son axe de symétrie.

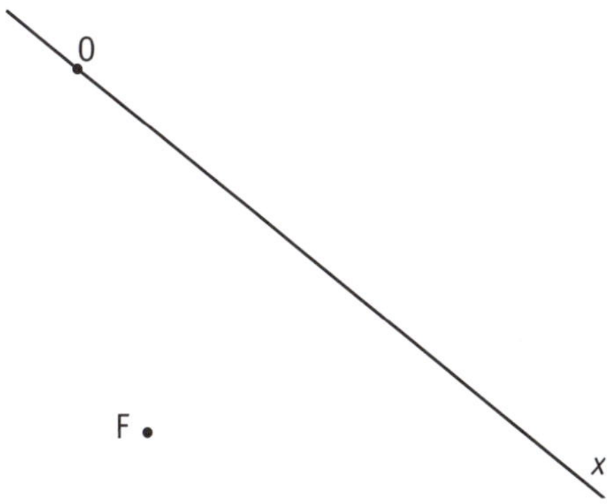

★★ 6 Triangle équilatéral

a. Construire un triangle équilatéral SPI sachant que *d* est l'un de ses axes de symétrie et que P est sur *d*.

b. Construire ses deux autres axes de symétrie.

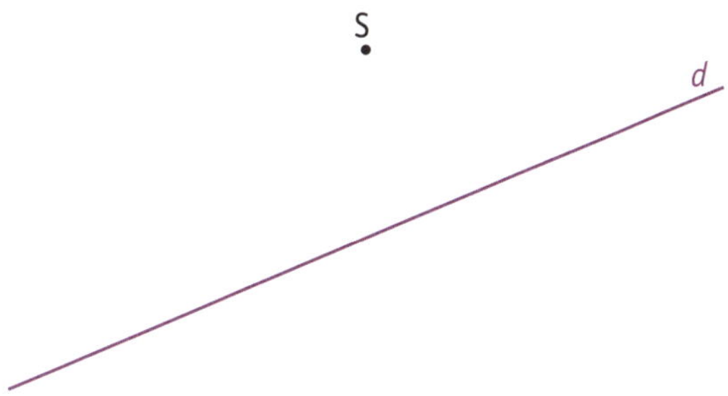

★ 7 Rectangle

a. Construire le rectangle SURF sachant que *d* est l'un de ses axes de symétrie.

b. Construire son second axe de symétrie *d*′.

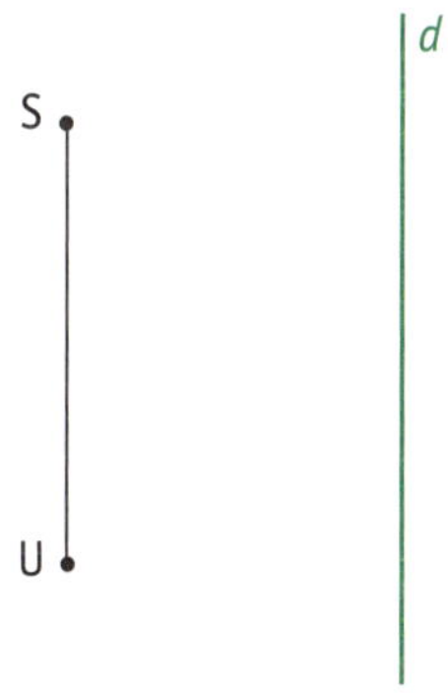

★★ 8 Losange

a. Construire le losange PING sachant que *d* est l'un de ses axes de symétrie.

b. Tracer son second axe de symétrie *d*′.

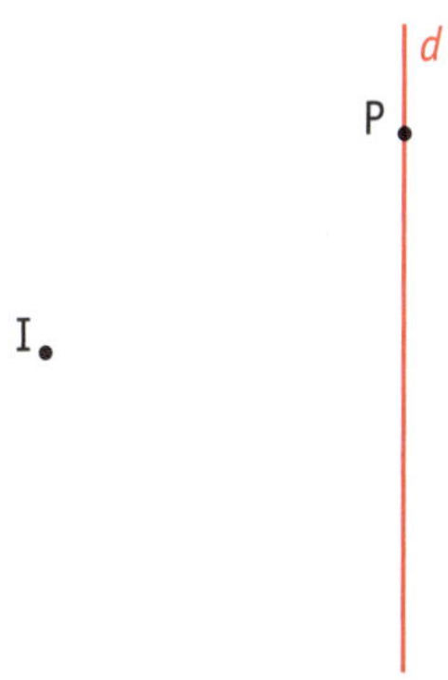

Corrigés p. 70

17 Connaître les parallélépipèdes rectangles

Qu'est-ce qu'un parallélépipède rectangle ?

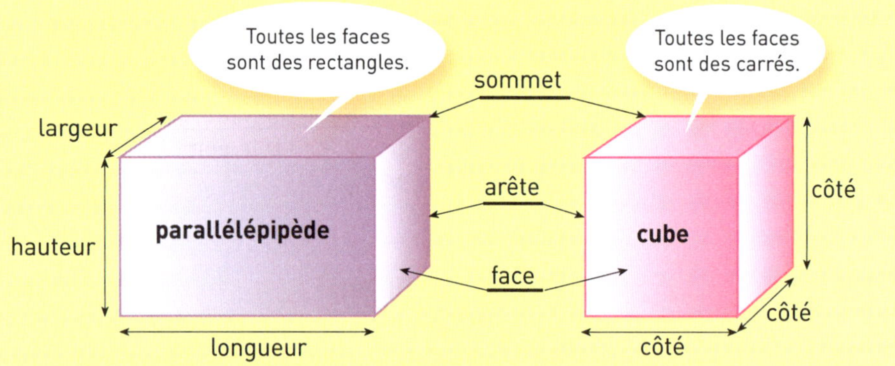

Remarques : • Le cube est un parallélépipède rectangle particulier.
• On peut dire « **pavé droit** » au lieu de « parallélépipède rectangle ».

★ 1 Combien ?

Dans un parallélépipède, il y a .... faces, ... arêtes et .... sommets.

> **ATTENTION**
> Ne te limite pas à ce qui apparaît sur un dessin. Pense aux faces cachées...

★★ 2 Longueur des arêtes

a. Un cube a 10 cm d'arête.
Calculer la longueur totale de toutes ses arêtes.

....

b. Un parallélépipède a pour dimensions : 15 cm ; 12 cm ; 8 cm.
Calculer la longueur totale de toutes ses arêtes.

....

> **COUP DE POUCE**
> **b.** N'hésite pas à manipuler un cube ou un parallélépipède. C'est parfois une aide très utile.

★ 3 Le paquet cadeau

Quelle longueur de ruban faut-il pour ficeler ce paquet sachant qu'on emploie 40 cm pour le nœud ? (voir figure)

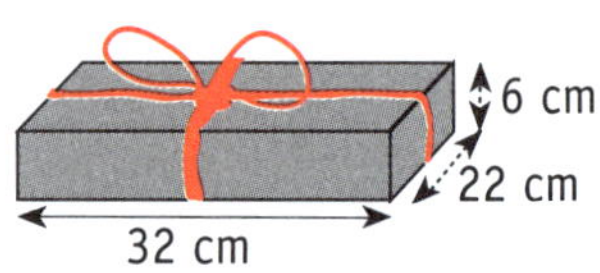

....

....

★ 4 Perspective

Compléter ces dessins représentant deux pavés droits en perspective.

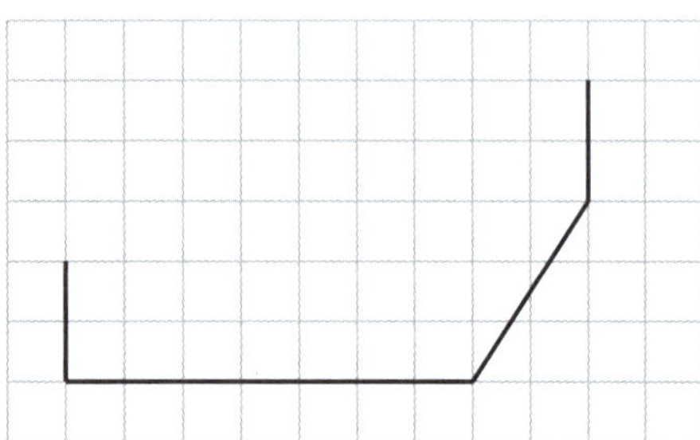

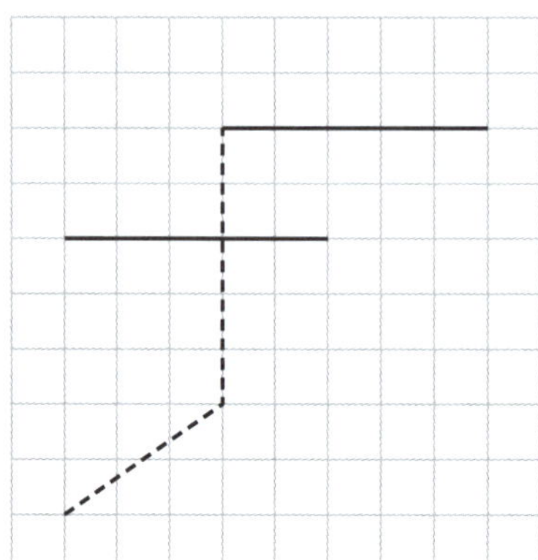

> **COUP DE POUCE**
> Les arêtes cachées sont en pointillés.

Comment construire un parallélépipède à partir d'un patron ?

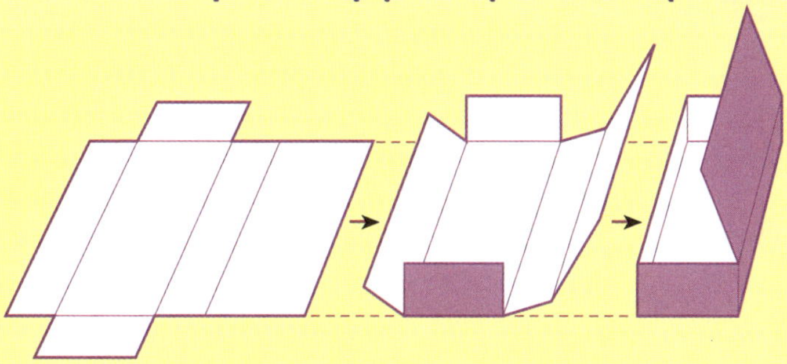

5 Un patron à compléter

Voici un patron incomplet d'un parallélépipède.
Ajouter les faces manquantes sans dépasser le quadrillage.

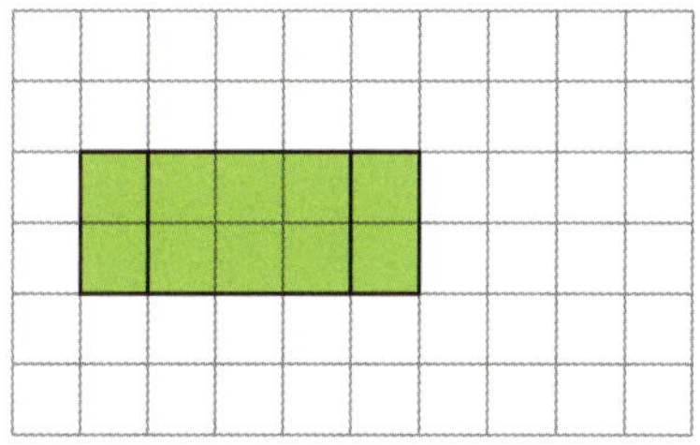

COUP DE POUCE
Il y a quatre manières de le faire. Essaie de les trouver sur un brouillon.

6 Patron, pas patron ?

Parmi les dessins suivants, indiquer ceux qui sont des patrons de cubes.

....

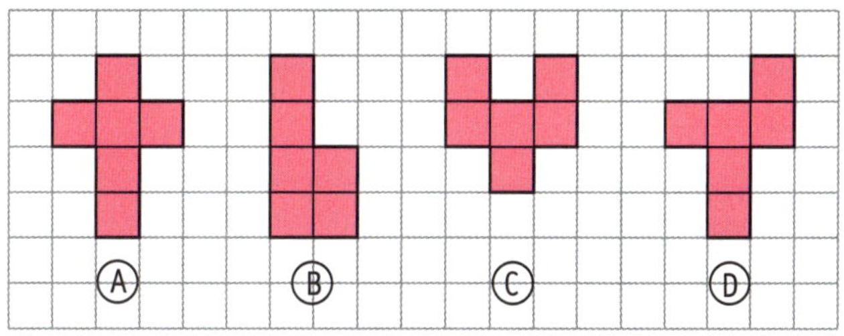

7 De quoi se sucrer !

Des morceaux de sucre ont la forme de petits parallélépipèdes ayant 3 cm de long, 2 cm de large et 1 cm de haut.

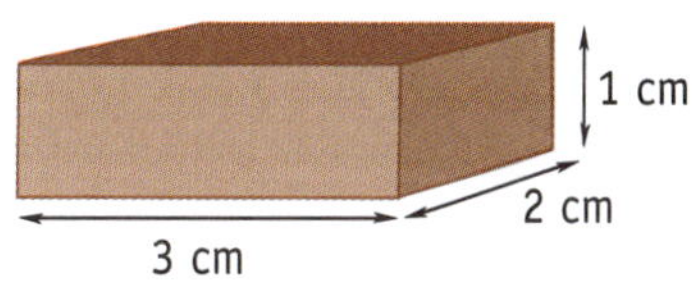

On les range dans une boîte dont les dimensions intérieures sont 18 cm, 12 cm et 7 cm (voir dessin).

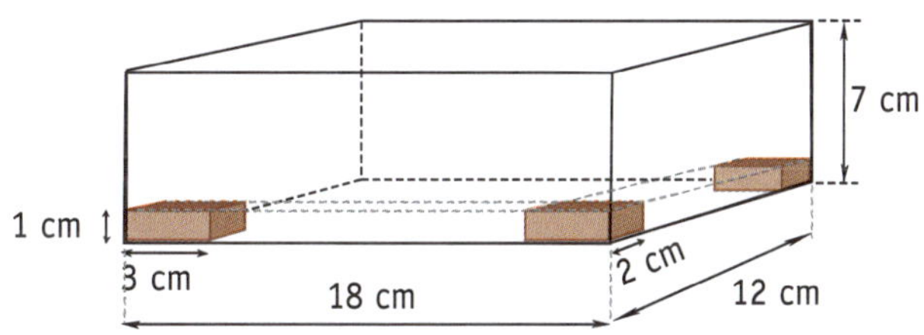

a. Combien peut-on aligner de morceaux « en longueur » ? ....

b. Combien peut-on aligner de morceaux « en largeur » ? ....

c. Combien peut-on aligner de morceaux « en hauteur » ? ....

d. Combien peut-on ranger de morceaux de sucre dans la boîte ? ....

....

e. Pourrait-on en mettre davantage en rangeant les morceaux autrement ?

....

COUP DE POUCE
d. Combien de morceaux dans une couche ?

Corrigés p. 70-71

18 Explorer des prismes et des pyramides

Comment reconnaître un prisme droit et une pyramide régulière ?

En voici deux exemples.

- **Un prisme droit à base pentagonale (5 côtés)**
- **Une pyramide régulière à base carrée**

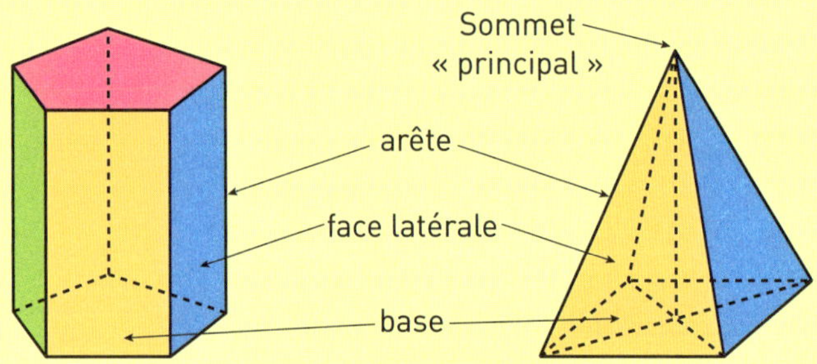

Il a deux bases opposées et superposables. On dit que le prisme est **droit** lorsque les faces latérales sont des rectangles. (« Latéral » veut dire : « sur un côté ».)

Remarque : les pavés droits sont des prismes à base rectangulaire.

Elle a une seule base et un sommet « principal ». On dit que la pyramide est **régulière** lorsque les faces latérales sont des triangles isocèles et que les côtés de la base sont égaux.

1 Sommets, faces et arêtes de prismes

a. Examiner le prisme à base pentagonale ci-dessus.

Il a .... sommets, ... faces et .... arêtes.

b. Imaginer un prisme droit à base triangulaire.

Il a .... sommets, ... faces et .... arêtes.

c. Si un prisme a 12 sommets, que peut-on dire de sa base ?

....

d. Si un prisme a 10 faces, que peut-on dire de sa base ?

....

e. Si un prisme a 30 arêtes, que peut-on dire de sa base ?

....

COUP DE POUCE

Aux questions **a.** et **b.** des exercices 1 et 2 tu réponds par des nombres.

2 Sommets, faces et arêtes de pyramides

a. Examiner la pyramide à base carrée ci-dessus.

Elle a .... sommets, ... faces et .... arêtes.

b. Imaginer une pyramide à base pentagonale.

Elle a .... sommets, ... faces et .... arêtes.

c. Si une pyramide a 4 faces, que peut-on dire de sa base ?

....

d. Si une pyramide a 7 sommets, que peut-on dire de sa base ?

....

e. Si une pyramide a 24 arêtes, que peut-on dire de sa base ?

....

Comment réaliser un patron de prisme ou de pyramide ?

Prisme droit à base triangulaire

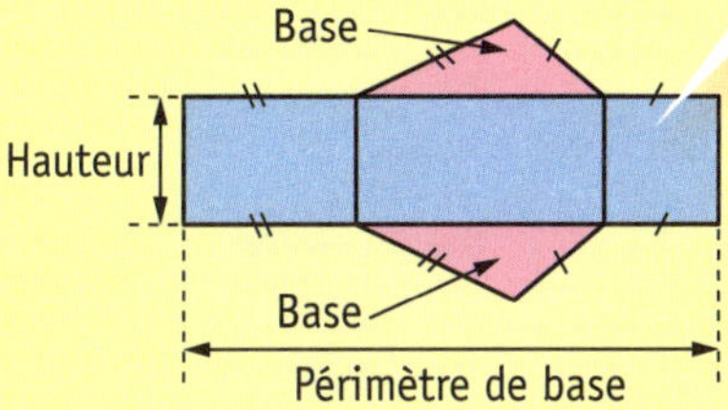

Construction :

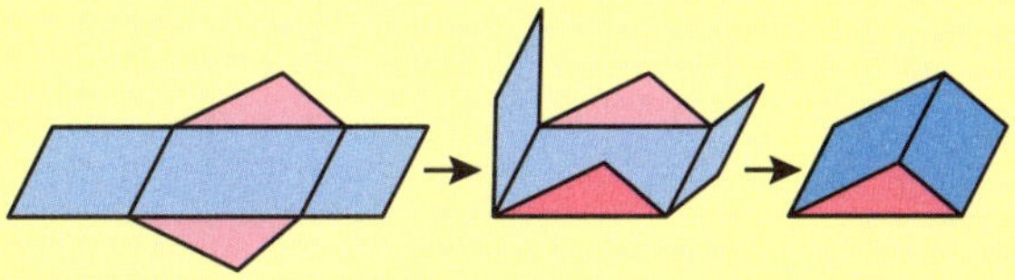

Pyramide régulière à base carrée

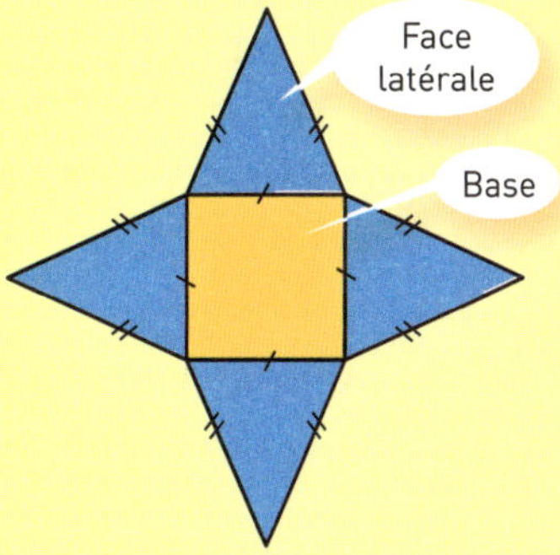

Construction :
On replie les quatre triangles isocèles pour que les quatre sommets se rejoignent.

★★ 3 Un patron qui dit tout

Voici un patron de prisme droit.

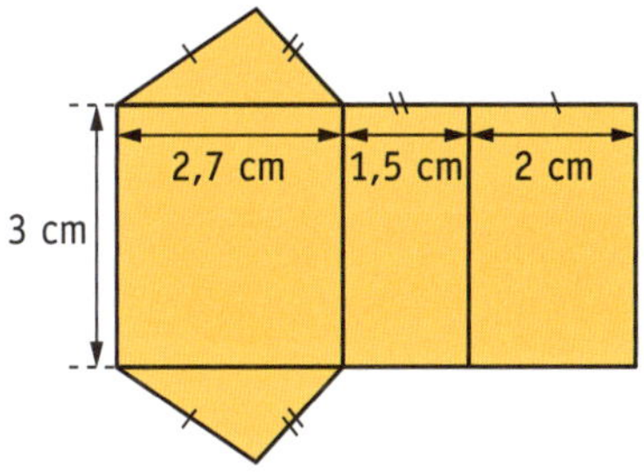

a. Calculer le périmètre de la base de ce prisme. ....

b. Calculer son aire latérale.

....

★★ 4 Pyramides cachées

HAUTFOND est un cube de centre K.

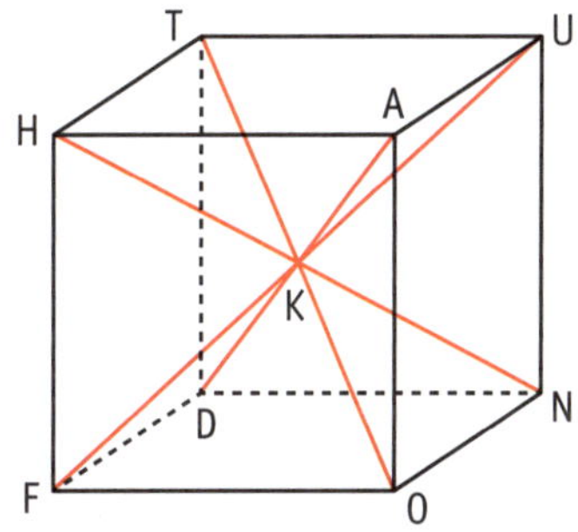

Citer les six pyramides régulières à base carrée tracées sur ce dessin.

....

....

★ 5 Les faces effacées

Ce patron de prisme a perdu plusieurs faces.

a. Combien la base a-t-elle de côtés ? ....

b. Dessiner les faces manquantes de façon qu'elles aient chacune un côté commun avec le rectangle ABCD.

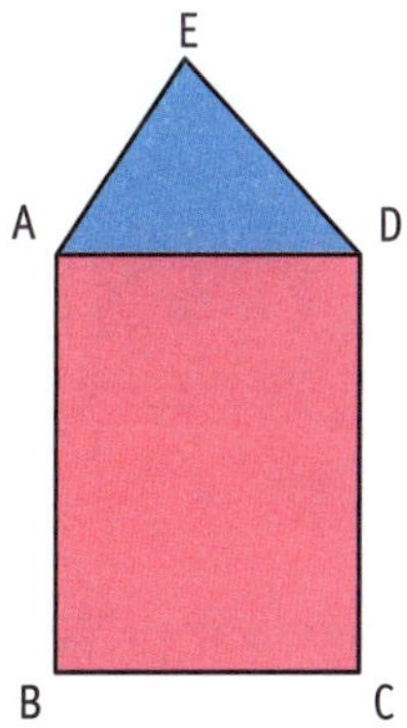

Corrigés p. 71

GRANDEURS ET MESURES

19 Calculer des durées

Quelles sont les unités de durée ?

- la **seconde** : s
- la **minute** : 1 min = 60 s
- l'**heure** : 1 h = 60 min = 3600 s
- le **jour** : 1 j = 24 h

1 Combien de secondes ?

Convertir en secondes. *Exemple :* 3 min 5 s : (3 × 60) + 5 = 185 s.

a. 4 min 20 s : ....

b. 30 min : ....

c. 1 h 40 min : ....

d. 2 h 59 s : ....

2 Vrai ou faux ?

a. Il y a plus de 10 000 secondes dans 3 heures. ....

b. Il y a plus de 1 000 000 secondes dans deux semaines. ....

COUP DE POUCE
Fais les calculs au brouillon.

Comment additionner ou soustraire deux durées ?

Additionner

Exemple :

```
   3 h  30 min  15 s
 + 1 h  40 min  12 s
 -------------------
   4 h  70 min  27 s  = 5 h  10 min  27 s
```

On a transformé 60 min en 1 h.

Soustraire

On veut calculer (3h 30 min 15 s) – (1 h 40 min 12 s).

- **Première méthode** : on raisonne sur un **axe chronologique**.

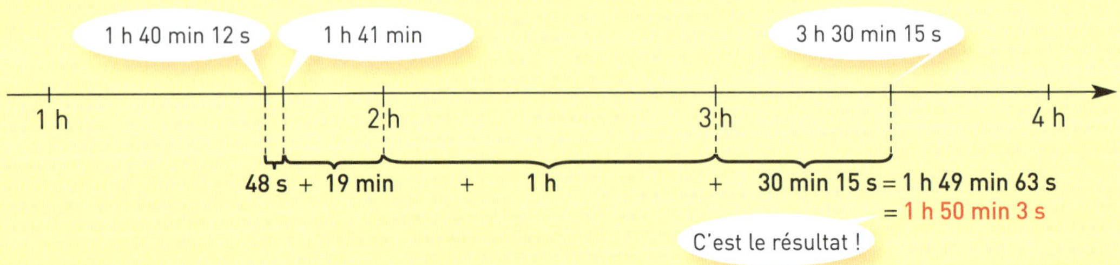

- **Seconde méthode** : on pose la soustraction.

Problème car 40 > 30

```
   3 h  30 min  15 s
 – 1 h  40 min  12 s
 -------------------
          ?
```

On remplace 3 h 30 min par 2 h 90 min.

Maintenant, on peut soustraire.

```
   2 h  90 min  15 s
 – 1 h  40 min  12 s
 -------------------
   1 h  50 min   3 s
```

3 Additions

a.
```
   7 h 18 min 30 s
 + 2 h 30 min 19 s
 -----------------
 .................
```

b.
```
   3 h 12 min 50 s
 + 1 h 13 min 35 s
 -----------------
 .................
 = ...............
```

c.
```
   1 h 55 min 30 s
 + 4 h 12 min 17 s
 -----------------
 .................
 = ...............
```

4 **Soustractions**

a. 3 h 41 min 19 s
− 2 h 20 min 4 s
= ....

b. 2 h 8 min 25 s
− 1 h 18 min 5 s
= ....

→ ....
− ....
= ....

c. Vérifier la soustraction **b.** à l'aide d'un axe chronologique.

....

1 h ——— 2 h ——— 3 h

.... + ... + ... = ...

> **COUP DE POUCE**
> **b.** Tu ne peux pas calculer 8 min − 18 min. Alors transforme 2 h 8 min en…

5 **Le banquet**

a. À 10 h 44 min, Tata Leptipla programmait son four pour 1 h 35 min de cuisson. À quelle heure le four s'est-il arrêté ?

....

....

b. À 11 h 17 min, Tonton Marmiton avait chaud car il avait surveillé son cochon de lait à la broche pendant 2 h 28 min. À quelle heure avait-il commencé ?

....

....

c. À la fin de la journée, Marcel a fait la vaisselle entre 23 h 12 min 27 s et 1 h 28 min 17 s du matin. Pendant combien de temps a-t-il travaillé ?

....

....

> **COUP DE POUCE**
> Opération posée ou axe chronologique ? À toi de choisir !

Comment exprimer une durée en heures, minutes et secondes ?

- Combien y a-t-il d'heures, minutes et secondes dans 17 000 s ?

17000	60
500	283
200	
20	

Il y a 283 min.

Il reste 20 s.

283	60
43	4

Il y a 4 h.

Il reste 43 min.

On a effectué 2 divisions euclidiennes.

Donc 17 000 s = 4 h 43 min 20 s.
Vérification : $4 \times 3600 + 43 \times 60 + 20 = 17\,000$.

6 **Combien d'heures, minutes et secondes ?**

a. Combien d'heures, minutes et secondes dans 5 000 s ? ....

b. Même question pour 2 100 s. ....

> **COUP DE POUCE**
> Pose les divisions et ne néglige pas les restes.

Corrigés p. 71-72

NIVEAU 6e

Plus d'exercices sur www.hatier-entrainement.com

20 Mesurer des longueurs et des masses

Quelles sont les unités de longueur et de masse ?

Unités de longueur

Elles servent à exprimer une distance, une longueur, une largeur, une hauteur, une épaisseur, une profondeur, une taille, un périmètre…
En France (et dans bien d'autres pays) on utilise le **mètre** et ses dérivés.
Le tableau suivant aide à effectuer des changements d'unités.

kilomètre	hectomètre	décamètre	mètre	décimètre	centimètre	millimètre	
km	hm	dam	m	dm	cm	mm	
			1	0	0	0	← 1 m = 10 dm = 100 cm = 1 000 mm
4	8	0	7				← 4 807 m = 4,807 km
			0	0	5	0	← 5 cm = 0,05 m = 50 mm

Unités de masse

Elles servent à exprimer le résultat d'une pesée.
En France on utilise le gramme et ses dérivés.
Pour changer d'unité, le tableau suivant peut aider.

kg	hg	dag	g	dg	cg	mg	
1	0	0	0				← 1 kg = 1 000 g
0	9	3	0				← 930 g = 0,93 kg
		3	5	4	7		← 35,47 g = 3 547 cg

Pour les grandes masses, on utilise souvent la **tonne** (1 t = 1 000 kg) ou le **quintal** (1 q = 100 kg).

Un quintal, des quintaux.

1 Changement d'unités de longueur

COUP DE POUCE Fais des tableaux si tu as des difficultés.

a. 2 km = ……… m 35 cm = ……… m 3,5 hm = ……… m
18 dm = ……… m 50 dam = ……… m 5 mm = ……… m

b. 0,3 m = ……… cm 35 mm = ……… cm 10,5 m = ……… cm
5 dm = ……… cm 0,9 km = ……… cm 1,5 mm = ……… cm

2 Changement d'unités de masse

a. 5 kg = ……… g 3 hg = ……… g 500 cg = ……… g
50 mg = ……… g 2,54 kg = ……… g 5 dg = ……… g

b. 3 000 g = ……… kg 250 g = ……… kg 20 dag = ……… kg
70 hg = ……… kg 7,3 t = ……… kg 50 quintaux = ……… kg

3 Pots de yaourt

J'ai un paquet de 8 pots contenant chacun 125 g de yaourt. Combien y a-t-il de kg de yaourt dans ce paquet ? ………………………………………………

★ 4 La plus longue distance

Qui a parcouru la plus longue distance : une souris qui a fait 600 fois la longueur de sa cage (80 cm) ou un nageur qui a fait 16 longueurs de sa piscine (25 m) ?

....

....

★ 5 La plus lourde charge

Qu'est-ce qui est le plus lourd : 350 paquets de 40 g ou 3 paquets de 5 kg ?

....

....

★ 6 Tours de brouette

Jules doit déplacer un tas de gravier pesant une tonne avec une brouette pouvant contenir 35 kg de gravier. Combien fera-t-il de tours ?

....

....

★ 7 Périmètre d'un triangle

Calculer, en mètres, le périmètre de ce triangle.

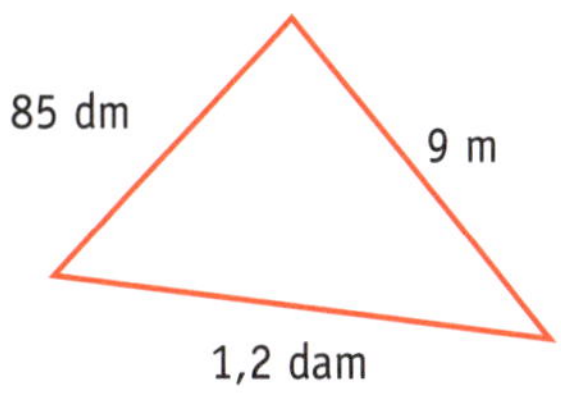

....

....

ATTENTION C'est malin de donner les longueurs avec des unités différentes !

★ 8 Comparer deux périmètres (1)

Le rectangle ABCD est partagé en 2 parcelles par la ligne courbe AC.
Quelle est la parcelle qui a le plus grand périmètre ?

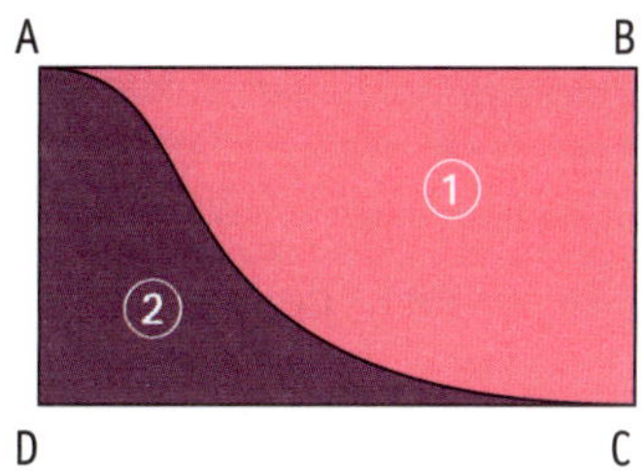

....

....

ATTENTION Il y a un piège !

★ 9 Comparer deux périmètres (2)

Comparer les périmètres de ces deux triangles en reportant leurs côtés sur une droite.

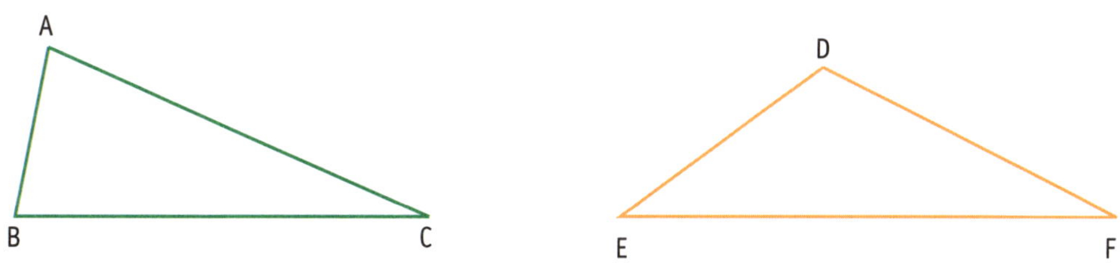

ABC ⊢―――――――――――――――――――――――――――――

DEF ⊢―――――――――――――――――――――――――――――

Conclusion : ....

COUP DE POUCE Utilise le compas cela évite de mesurer.

Corrigés p. 72-73

21 Calculer la longueur d'un cercle

Comment calculer la longueur d'un cercle ?

Formule

La **longueur** d'un cercle de rayon *R* est :

$2 \times \pi \times R$ ou bien $\pi \times 2 \times R$ ou bien encore $\pi \times$ diamètre

La lettre grecque π se prononce « pi ».

Le nombre π vaut approximativement 3,141 592 7.
Dans la pratique, on utilise souvent une valeur approchée à 0,01 près : 3,14.

Vérifier avec la touche [π] d'une calculatrice.

Exercice résolu

Énoncé : Calculer la longueur d'un cercle de 4 cm de rayon.
Solution : La longueur du cercle est π x 2 x *R*.

- **Première méthode**

En remplaçant *R* par 4 et π par 3,14 on obtient : $3{,}14 \times 2 \times 4 = 25{,}12$.
La longueur du cercle est donc 25,12 cm environ.

- **Seconde méthode** (*plus précise*)

Sur une calculatrice on tape [π][×][8][=], et on obtient : 25,132 741.
La longueur du cercle est donc 25,13 cm environ.

★ 1 Calculs

Compléter le tableau ci-contre avec des résultats calculés à 0,01 près.

	A	B	C	D
Rayon	3 cm			0,7 cm
Diamètre		5 cm		
Longueur du cercle			6 cm	

COUP DE POUCE
Utilise la touche [π].

★ 2 Au stade

Quelle est, à 1 cm près, la longueur de la piste ?

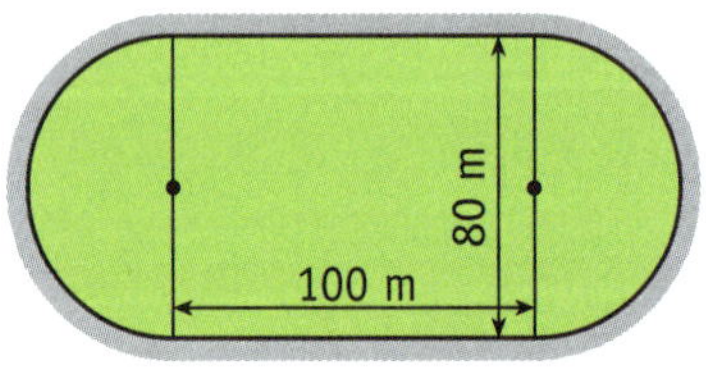

....

....

....

★★ 3 Cercle et carré

Sachant que le périmètre du carré mesure 17 cm, calculer à 1 mm près la longueur du cercle.

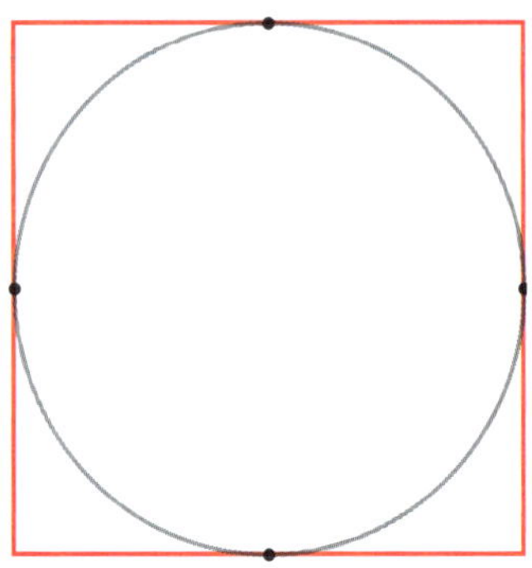

....

....

....

....

4 **Comparaison**

Laquelle de ces deux figures a le plus long périmètre ?

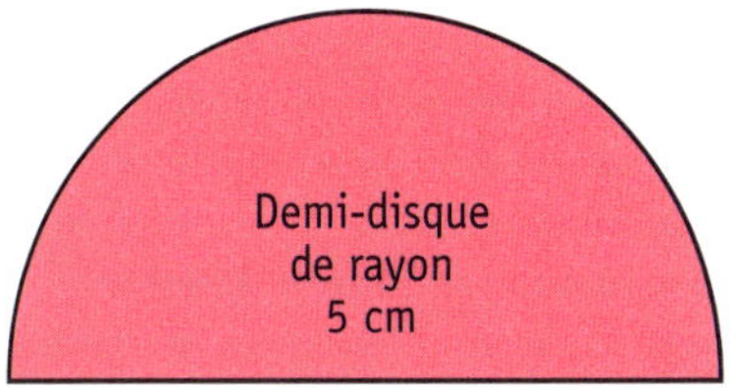

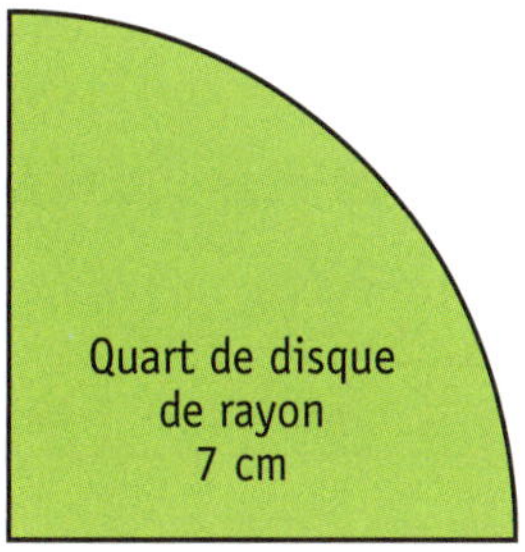

5 **Le circuit**

Tous les cercles ont 10 m de rayon.
Quelle est, à 1 cm près, la longueur du circuit en couleur ?

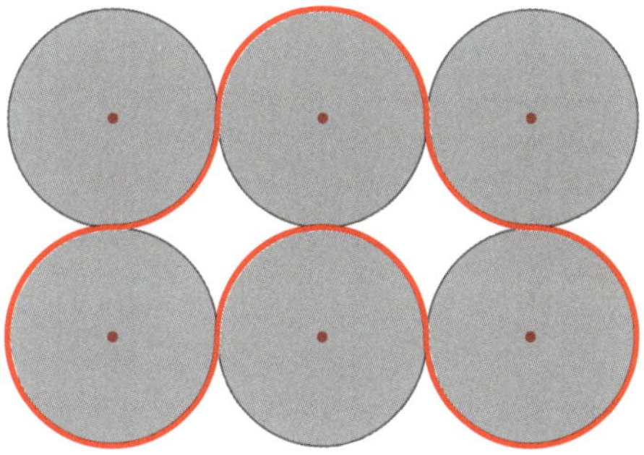

COUP DE POUCE

Il y a des demi-cercles, des quarts de cercle et des trois quarts de cercle.

6 **Le trèfle à quatre feuilles**

TREF est un carré de 3 cm de côté.
Combien mesure, à 1 mm près, le tour de ce trèfle à 4 feuilles ?

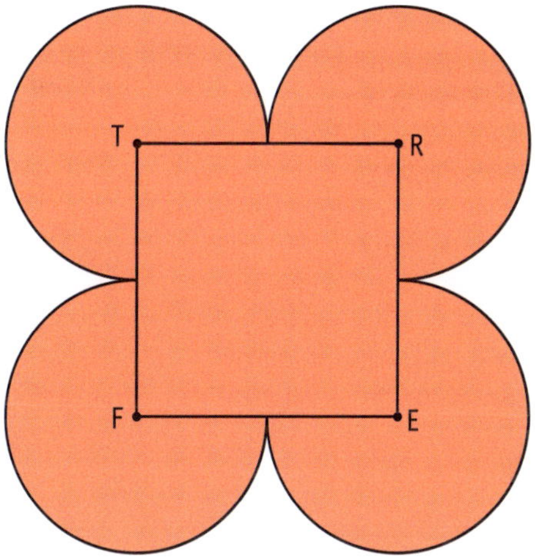

7 **La fraction $\frac{22}{7}$**

a. Donner une valeur décimale approchée de $\frac{22}{7}$ à 0,01 près.

b. Calculer le périmètre d'un cercle de 28 cm de diamètre en remplaçant π par $\frac{22}{7}$.

INFO

On obtient parfois des calculs très simples en remplaçant π par $\frac{22}{7}$ (qui en est proche).

Corrigés p. 73-74

22 Calculer des aires

Quelles relations y a-t-il entre les unités d'aire ?

- Les unités d'aire sont le mètre carré (m^2) et ses dérivés :

km^2	hm^2	dam^2	m^2	dm^2	cm^2	mm^2

1 m = 10 dm et 1 m^2 = 100 dm^2

Explication :

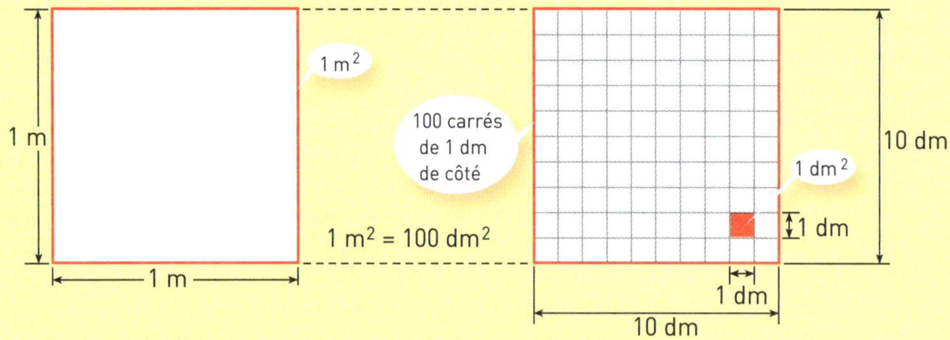

- Et plus généralement :

Exemple :
1 km^2 = 100 hm^2
1 hm^2 = 0,01 km^2
1 cm^2 = 100 mm^2
1 mm^2 = 0,01 cm^2

D'après ce qui précède, 153 000 mm^2 = 1 530 cm^2 = 15,3 dm^2 ;
0,005 4 km^2 = 0,54 hm^2 = 54 dam^2.

1 Convertir en m^2

a. 35 dam^2 = ...

b. 50 dm^2 = ...

c. 2 001 dam^2 = ...

d. 3 650 dm^2 = ...

e. 5 hm^2 = ... dam^2 = ... m^2

f. 11 200 cm^2 = ... dm^2 = ... m^2

g. 0,23 hm^2 = ... = ... m^2

h. 100 000 cm^2 = ... = ... m^2

COUP DE POUCE
Pour les dernières conversions, passe par une unité intermédiaire.

2 **Convertir en dm²**

a. 3,7 m² = ...

b. 68,5 cm² = ...

c. 0,25 m² = ...

d. 3 740 cm² = ...

e. 0,12 dam² = ... m² = ... dm²

f. 36 500 mm² = ... cm² = ... dm²

g. 3 dam² = ... = ... dm²

h. 105 000 mm² = ... = ... dm²

COUP DE POUCE
Pour les dernières conversions, passe par une unité intermédiaire.

Quelles sont les formules d'aire à connaître ?

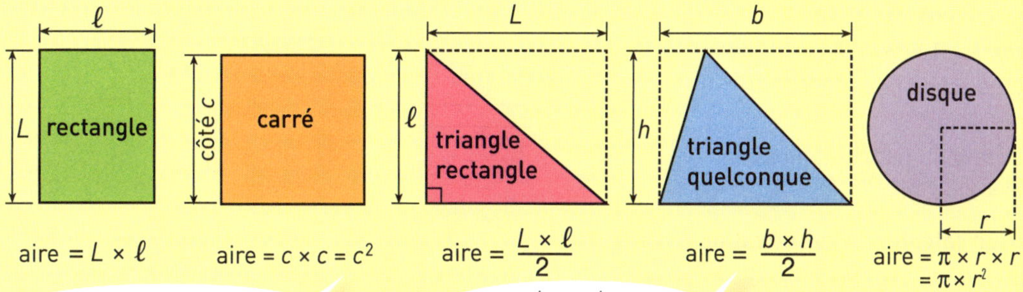

aire = $L \times \ell$ — aire = $c \times c = c^2$ — aire = $\frac{L \times \ell}{2}$ — aire = $\frac{b \times h}{2}$ — aire = $\pi \times r \times r = \pi \times r^2$

On prononce : « c au carré ».

On dit : $\frac{\text{base} \times \text{hauteur}}{2}$

3 **Dallage**

On veut recouvrir une place de 320 m² avec des dalles de 20 dm².

Est-ce que 1 500 dalles suffiront ? ....

....

4 **Quelle est l'aire**

a. d'un carré de 6,5 cm de côté ? ....

b. d'un rectangle de 14 dm de long sur 9,5 dm de large. ....

c. d'un disque de 4 dam de rayon (valeur exacte puis valeur approchée à 0,1 près).

....

5 **L'aire d'un terrain**

Calculer l'aire (en m²) du terrain représenté ci-contre.

....

....

....

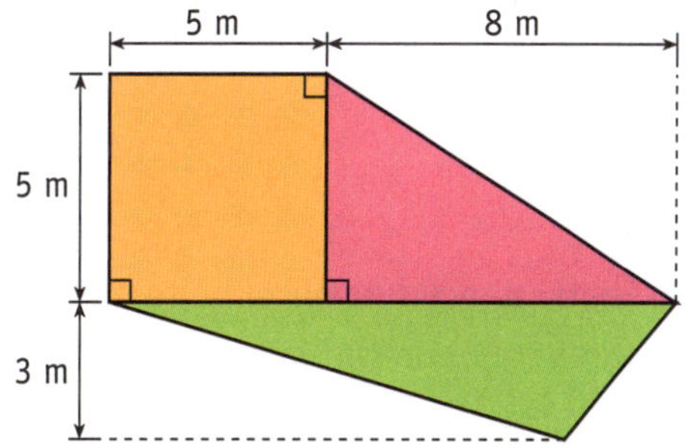

COUP DE POUCE
Calcule d'abord l'aire de chaque partie !

NIVEAU 6e

Corrigés p. 74

GRANDEURS ET MESURES

23 Mesurer des volumes

Comment peut-on calculer un volume ?

- **Le centimètre cube**
  Le volume d'un cube de 1 cm d'arête est 1 centimètre cube (on note : 1 cm^3).

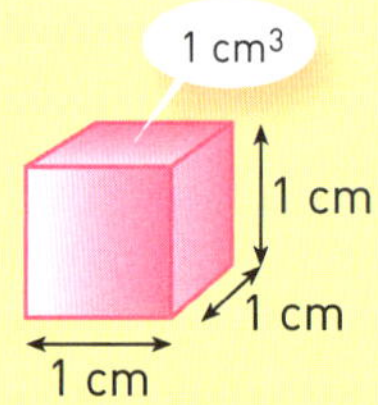

- **Exemple de calcul de volume**
  Combien y-a t-il de cm^3 dans un parallélépipède de dimensions 4 cm, 3 cm et 2 cm ?
  Remplissons le parallélépipède avec des cubes de 1 cm^3.
  Pour faire la première couche, on utilise $4 \times 3 = 12$ cm^3.
  Or, il faut 2 couches pour remplir le parallélépipède.
  Donc, le volume du parallélépipède est de $4 \times 3 \times 2 = 24$ cm^3.

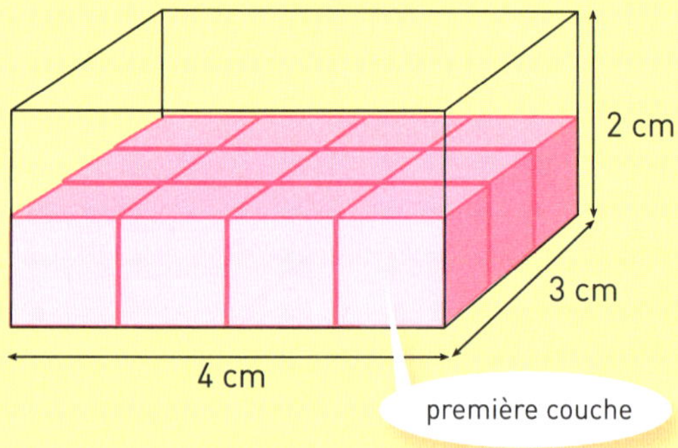

- **Formule pour calculer le volume d'un pavé droit**
  Volume = longueur × largeur × hauteur
  Si les dimensions sont en m, le volume est en m^3. Si elles sont en cm, il est en cm^3, etc.

★ 1 Volume d'un cube

Voici un cube de 2 cm d'arête. Combien contient-il de cm^3 ?

....

On dit que son volume est : ....

ATTENTION
Il ne suffit pas de compter les cm^3 apparents.

★ 2 Volume d'une boîte d'allumettes

Les arêtes mesurent 7 cm, 5 cm et 2 cm.
Calculer le volume de la boîte en cm^3 :

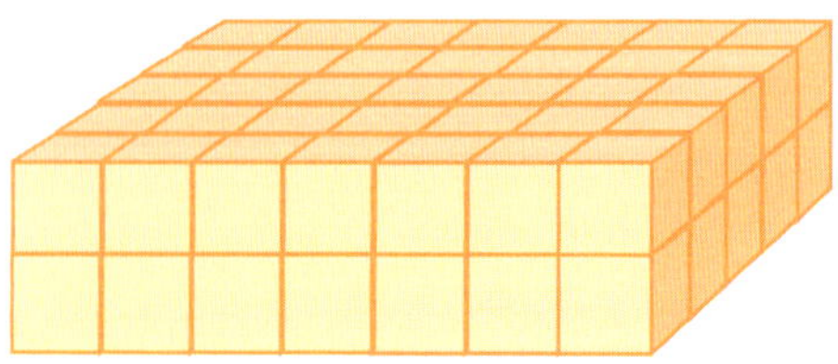

....

COUP DE POUCE
Cherche d'abord le nombre de cm^3 dans une couche.

★★ 3 Boîtes de cubes

a. Eliott a reçu une grande boîte de cubes, tous de mêmes dimensions. Tout près de sa boîte, il a réalisé trois alignements de cubes correspondant à la largeur, la longueur et la hauteur de la boîte.
Combien de cubes peut contenir la boîte d'Eliott ?

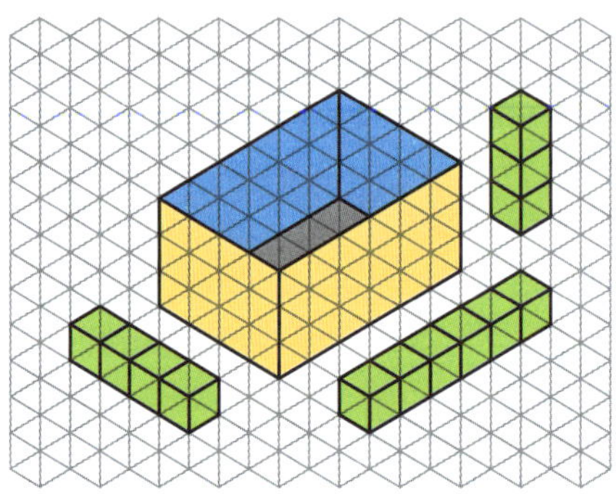

....

....

b. Séréna, la sœur d'Eliott, a reçu une autre boîte qui accepte 5 cubes en largeur, 7 cubes en longueur et 2 cubes en hauteur. Qui a la plus grande boîte, Eliott ou Séréna ?

....

4 **Les petits cubes dans les grands**

a. Observer la figure et calculer le nombre de cm^3 dans 1 dm^3.

....

....

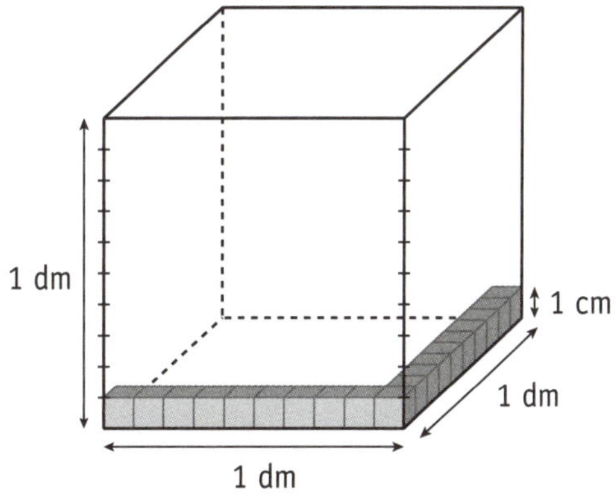

b. En changeant l'échelle de la figure, on pourrait remplacer cm par mm et dm par cm. Cela montrerait que :

1 cm^3 = ... mm^3.

De la même façon, on prouverait que :

1 m^3 = 1 000 ....

INFO
Les égalités (re)découvertes ici sont à retenir.

Quelles unités pour les volumes et les contenances ?

Unités de volume

Ce sont le mètre cube (m^3) et ses dérivés (dm^3 ; cm^3 ; mm^3).
Les unités de volume vont de 1 000 en 1 000 :
1 m^3 = 1 000 dm^3 ; 1 dm^3 = 1 000 cm^3 ; 1 cm^3 = 1 000 mm^3.

Unités de contenance

Ce sont le litre (L), le décilitre (dL), le centilitre (cL) et le millilitre (mL).
Les unités de contenance vont de 10 en 10 (comme celles de longueur et de masse) :
1 L = 10 dL ; 1 dL = 10 cL ; 1 cL = 10 mL.
Il y a aussi le décalitre et l'hectolitre : 1 dal = 10 L ; 1 hl = 100 L.

Lien entre volume et contenance

1 L = 1 dm^3 ; 1 mL = 1 cm^3 ; 1000 L = 1 m^3.

5 **Pour casser la graine**

a. On stocke du grain dans une caisse ayant 1,2 m de longueur, 70 cm de largeur et 50 cm de hauteur. Combien cette caisse contient-elle de dm^3 ?

....

b. Après avoir rempli la caisse, on y prélève chaque jour 2 litres de grain pour soigner les volailles. Au bout de combien de jours la caisse sera-t-elle vide ?

....

6 **À tire-larigot**

Un tonneau contient un demi-mètre cube de grenadine. Chaque jour de la semaine, Gaston va tirer 2 magnums de 1,5 litre pour désaltérer sa famille. Le dimanche, il en tire le double. Dans combien de semaines le tonneau sera-t-il vide ?

....

....

....

Corrigés p. 74-75

GRANDEURS ET MESURES

24 Mesurer et reporter des angles

Comment mesure-t-on un angle ?

Unité de mesure d'angle

Le **degré** est une unité d'angle :
un angle droit mesure 90 degrés (90°).

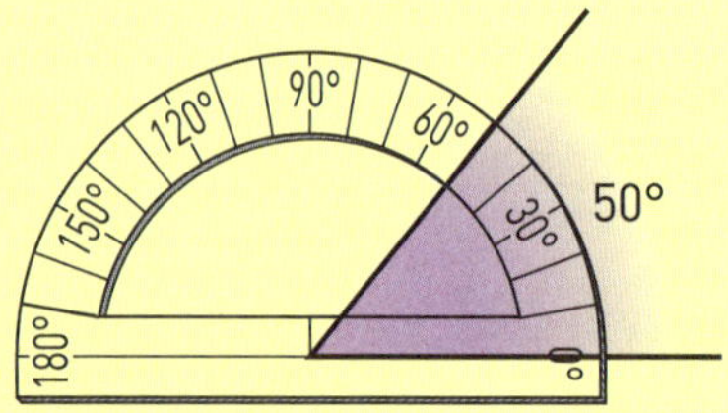

On mesure un angle avec un **rapporteur**.

Les différents angles à connaître

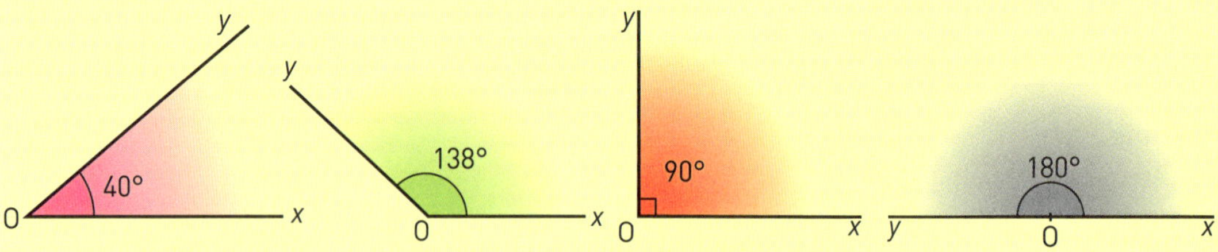

Angle **aigu** $0° < \widehat{xOy} < 90°$

Angle **obtus** $90° < \widehat{xOy} < 180°$

Angle **droit**

Angle **plat**

1 Mots et mesures

Compléter chaque phrase par l'un des mots : **obtus, aigu, plat, droit** et indiquer la mesure de chaque angle.

a. $\widehat{BEC}$ est .... $\widehat{BEC}$ = ...

b. $\widehat{BEL}$ est .... $\widehat{BEL}$ = ...

c. $\widehat{LEC}$ est .... $\widehat{LEC}$ = ...

d. $\widehat{CBE}$ est .... $\widehat{CBE}$ = ...

e. $\widehat{ECB}$ est .... $\widehat{ECB}$ = ...

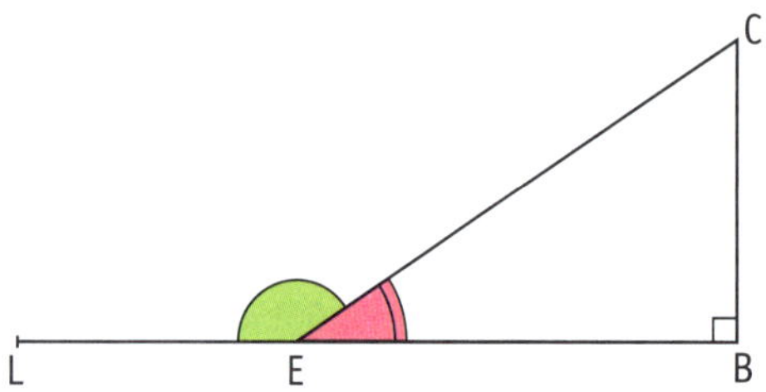

COUP DE POUCE
Pour les exercices 1 à 3, utilise le rapporteur et prolonge les côtés de l'angle s'ils sont trop courts !

2 Bien droit

a. Construire les angles $\widehat{xOy}$ et $\widehat{yOz}$ tels que $\widehat{xOy} = 63°$ et $\widehat{yOz} = 27°$.
Les angles ne doivent pas se superposer.

b. Que dire de l'angle $\widehat{xOz}$?

....

3 Bien plat

a. Construire les angles $\widehat{xOy}$ et $\widehat{yOz}$ tels que $\widehat{xOy} = 73°$ et $\widehat{yOz} = 107°$.
Les angles ne doivent pas se superposer.

b. Que dire de l'angle $\widehat{xOz}$?

....

4 Construction d'un triangle

a. Construire un triangle ABC tel que $\hat{A} = 50°$ et $\hat{B} = 55°$.

b. On sait que la somme des angles d'un triangle vaut 180°.
Calculer la mesure de $\hat{C}$ et vérifier sur la figure avec le rapporteur.

....

COUP DE POUCE
On ne précise pas les longueurs des côtés. Essaie d'occuper toute la place disponible.

5 Construction d'un quadrilatère

a. Construire un quadrilatère ABCD tel que :
AB = 8 cm (déjà dessiné)
$\hat{A} = 50°$, $\hat{B} = 80°$,
BC = 4 cm et $\hat{C} = 110°$.

b. On sait que la somme des angles d'un quadrilatère vaut 360°.
Calculer la mesure de $\hat{D}$ et vérifier avec le rapporteur.

....

....

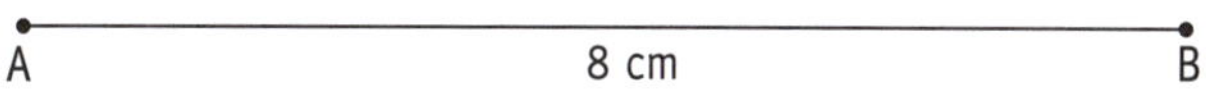

6 Élection cantonale

Sur 3 500 votants, M. Propre a obtenu 25 % des voix, M. Rétro en a obtenu 35 % et Mme Rose 40 %.

a. Calculer le nombre de voix obtenu par chacun des candidats.

M. Propre : ....

M. Rétro : ....

Mme Rose : ....

b. Sur un diagramme circulaire (ou « camembert »), on veut construire 3 secteurs représentant le vote.

COUP DE POUCE
b. Calcule 25 %, 35 % puis 40 % de 360°.

Pourcentage	25	35	40	100
Angle				360°

Angle de M. Propre : ....

Angle de M. Rétro : ....

Angle de Mme Rose : ....

c. Construire les 3 secteurs et les colorier de 3 couleurs différentes.

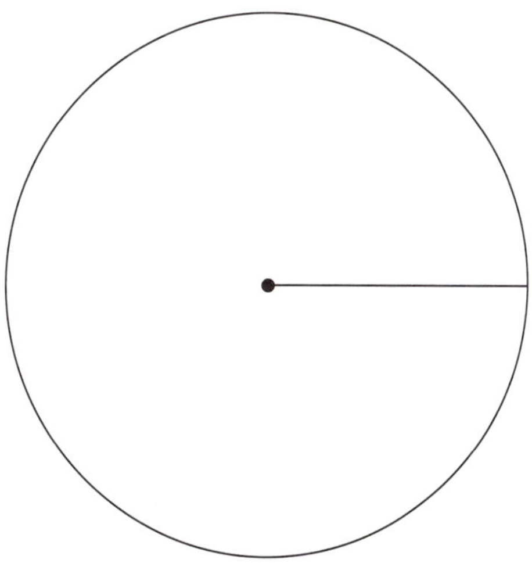

Corrigés p. 75

POUR FAIRE LE POINT

Bilan

Vers la cinquième

1 Le bon choix

INFO Calculs divers.

Pour chaque question, choisir la bonne réponse.

1. Le reste de la division entière de 128 par 11 est :

a. 11 **b.** 13 **c.** 7

2. On ajoute l'un des trois nombres suivants à 2 017. Pour que la somme soit divisible par 9, on doit choisir :

a. 8 **b.** 9 **c.** 0

3. Les longueurs des côtés du triangle ci-contre augmentent de 15 %. Alors son nouveau périmètre vaut :

a. 92,15 mm

b. 107 mm

c. 105,8 mm

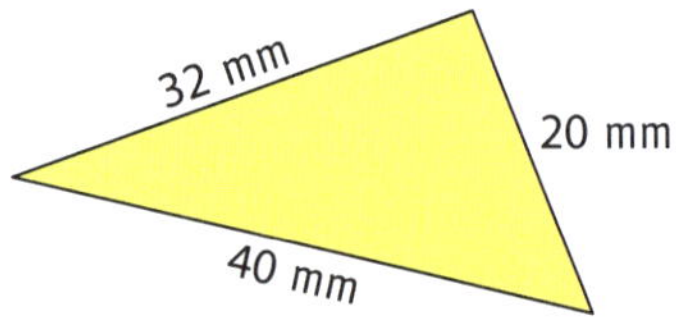

4. L'expression $(7 \times 8) - [14 - (9 \div 2)]$ est égale à :

a. 37,5 **b.** 46,5 **c.** 53,5

5. 125 cm^3 est égal à :

a. $\frac{1}{8}$ de litre **b.** 12,5 mL **c.** 1,25 dm^3

2 Cercle encadré

INFO Cercle.

Dans un carré ABCD, on considère le cercle de centre O et de rayon 1,5 cm (voir la figure ci-contre).

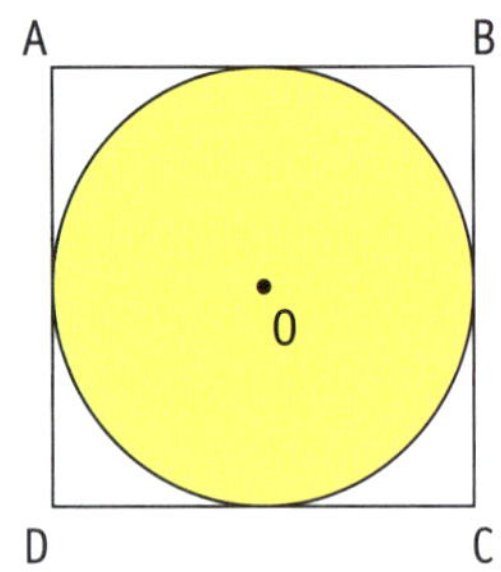

1. Calculer le périmètre du cercle arrondi à 0,01 cm.

2. Calculer le périmètre du carré.

3. Placer deux points Z et Y alignés avec O et B et tels que OZ = OY = 1,5 cm.

4. Tracer sans l'équerre le diamètre du cercle perpendiculaire à (BD).

5. Marine a écrit OC < 1,5 cm. Es-tu d'accord avec ce résultat ? Justifier.

3 Triangle, losange et compagnie

INFO Géométrie.

1. Construire, avec le compas, le triangle ABC ci-contre.

2. Construire le sommet D du losange ABCD.

3. Construire la médiatrice *d* de [BC].

4. Que dire des droites *d* et (AD) ? Justifier.

5. La droite *d* coupe (AD) en Z.
Que dire du triangle ZBC ? Justifier.

6. Quel est le symétrique de B par rapport à la droite *d* ? Justifier.

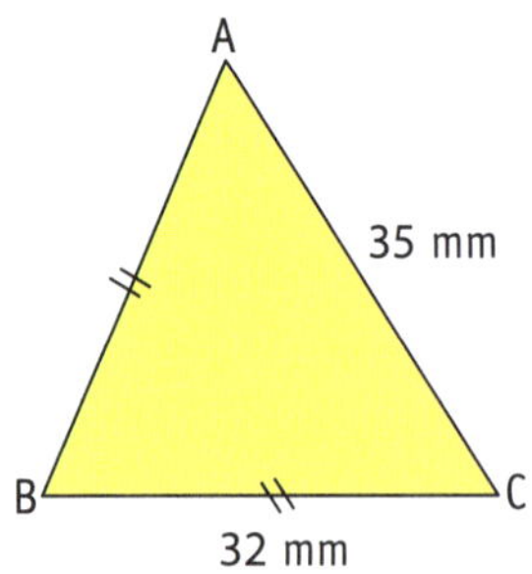

4 Jus de pomme

INFO Proportionnalité et divisions.

Une variété de pomme donne 2 L de jus pour 5 kg de pommes.

1. On a rempli une cuve de 25 hL. Combien de kg de pommes a-t-on pressés ?

2. Le jus de pomme est mis dans des bouteilles de $\frac{3}{4}$ de litre.
Combien de bouteilles pleines a-t-on obtenues ?

3. La dernière bouteille est-elle plus qu'à moitié pleine ?

4. On range ces bouteilles dans des casiers de 12 bouteilles.
Combien de casiers faut-il prévoir pour ranger toutes ces bouteilles ?

5 Au rapporteur

La figure ci-contre a été dessinée à main levée.
Elle est composée de deux triangles rectangles.
On sait que AB = 5 cm, $\hat{a} = 35°$ et $\hat{b} = 23°$.

1. Construire, en vraie grandeur, cette figure.
2. Mesurer l'angle $\widehat{ACD}$.

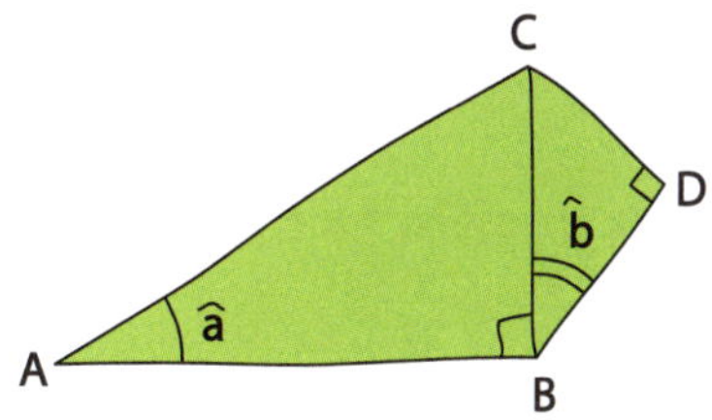

INFO Constructions géométriques.

6 Questions de temps

1. Une personne a vécu un milliard de secondes.
A-t-elle dépassé sa trentième année ? (Prendre des années de 365 j.)
2. Il est très exactement 17 h 58 min 49 s.
Le feu rouge m'indique qu'il reste 4 min 23 s à attendre.
À quelle heure passera-t-il au vert ?
3. Est-il vrai qu'il fallut plus de deux ans et demi à Shéhérazade pour raconter ses contes des Mille et Une Nuits ?
4. Sabrina a utilisé son téléphone portable de 23 h 47 min à 1 h 19 min.
Combien de temps a-t-elle utilisé son portable ?

INFO Mesure du temps.

7 C'est du solide

1. Vladimir a empilé des cubes de la façon ci-contre.
Son édifice a une hauteur de 21 cm.
Calculer le volume de l'édifice.
2. Une pyramide a le même nombre d'arêtes qu'un pavé droit. Que peut-on dire de sa base ?
3. Un prisme droit a 7 faces. Combien a-t-il de sommets ?
4. Le patron de cube ci-contre a un périmètre de 182 cm.
Calculer le volume du cube.

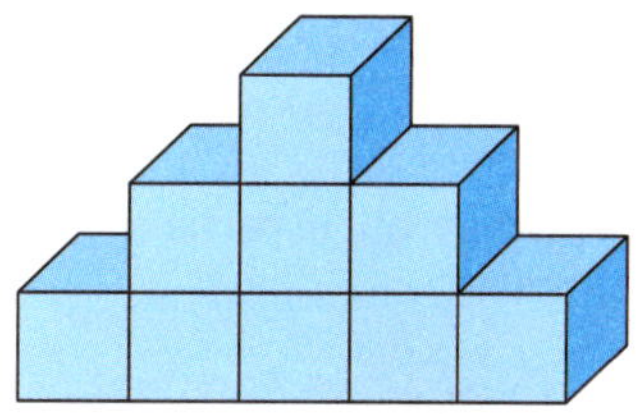

INFO Solides.

8 Les aires : la coampil'

Un terrain est composé de 4 parcelles : un triangle, un triangle rectangle, un carré de 80 m de côté et un rectangle de 250 m sur 120 m. Le terrain totalise 330 m dans sa plus grande dimension (voir figure). Calculer l'aire totale du terrain.

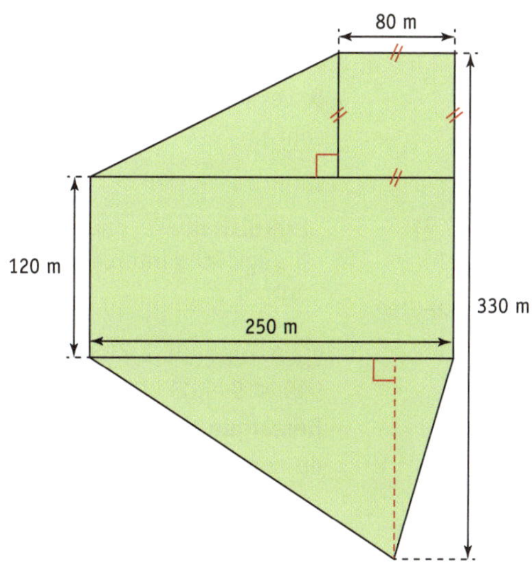

INFO Calculs d'aires.

NIVEAU 6e

Corrigés p. 76

Corrigés du niveau 6e

1 Connaître les nombres décimaux

1

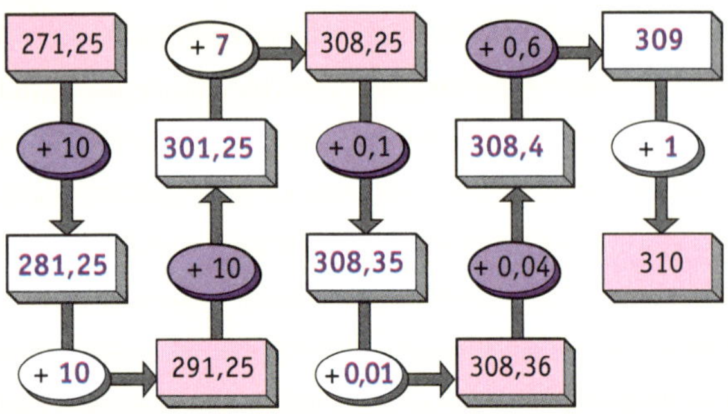

2 003,8 = 3,8
013,50 = 13,5
13,508 = 13,508
75,0 = 75
057,040 = 57,04
0,000 1 = 0,000 1
040 = 40
040,0 = 40
10,07 = 10,07
1,001 0 = 1,001
0,000 30 = 0,000 3
020,020 = 20,02

EXPLICATION
Les zéros inutiles sont placés avant la partie entière et après la dernière décimale non nulle.

3 En enlevant les zéros inutiles, on voit les nombres égaux.

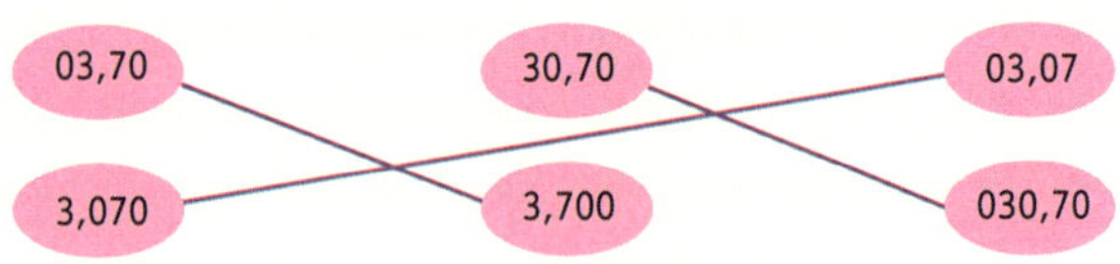

03,70 = 3,700 = 3,7
30,70 = 030,70 = 30,7
3,070 = 03,07 = 3,07

4 **a.** 6,38 → 6
b. 6,99 → 6
c. 0,715 → 0
d. 5 → 5
e. 7,28 × 10 → 72
f. 15,3 + 0,9 → 16

EXPLICATION
e. 7,28 × 10 = 72,8 donc la partie entière est 72.
f. 15,3 + 0,9 = 16,2 donc la partie entière est 16.

5 **a.** 234,386 a 3 dizaines et 3 dixièmes.
b. 715,071 a 7 centaines et 7 centièmes.

6 **a.** $34 + \frac{1}{10} + \frac{2}{100} = 34,12$

$70 + \frac{9}{10} + \frac{1}{100} = 70,91$

$5 + \frac{5}{100} = 5,05$

$25 + \frac{7}{10} + \frac{2}{1\,000} = 25,702$

$\frac{1}{10} + \frac{8}{100} = 0,18$

$\frac{9}{10} = 0,9$

b. $15,78 = 15 + \frac{7}{10} + \frac{8}{100}$

$3,195 = 3 + \frac{1}{10} + \frac{9}{100} + \frac{5}{1\,000}$

$30,04 = 30 + \frac{4}{100}$

$78,102 = 78 + \frac{1}{10} + \frac{2}{1\,000}$

$53,700 = 53 + \frac{7}{10}$

$0,248 = \frac{2}{10} + \frac{4}{100} + \frac{8}{1\,000}$

EXPLICATION
Les dixièmes donnent la première décimale.
Les centièmes donnent la seconde décimale.
Les millièmes donnent la troisième décimale.

7 **a.** 2,35 → 2
b. 0,9 → 1
c. 17,51 → 18
d. 0,4 → 0
e. 25,099 → 25
f. 25,990 → 26

2 Comparer des nombres décimaux

1 **a.** 13,9 > 3,9
b. 21,01 > 12,99
c. 36,71 < 36,84
d. 36,7 > 36,081
e. 157,127 < 157,13
f. 18,001 < 18,01

2 **a.** 1,234 56 < 12,345 6 < 123,456 < 1 234,56 < 12 345,6 < 123 456
BROUTE
b. BROUET
c. BOUTRE

3 **a.** 3,21 > 3,12 > 2,31 > 2,13 > 1,32 > 1,23
BOUTER
b. OBTURE
c. TOURBE

4 **a.** 19,92 < 1 9 , 9 3 < 19,94
b. 5 < 6, 0 23 < 6,1

EXPLICATION
Il s'agit ici d'intercaler un nombre décimal entre deux autres.

5 **a.** Les nombres de la forme ❑ ❑ , ❑ tels que : 12,3 < ❑ ❑ , ❑ < 12,8 sont :
12,4 12,5 12,6 et 12,7

b. Les nombres de la forme 3, ❑ ❑ 1 compris entre 3,18 et 3,22 sont :
3,181 3,191 3,201 et 3,211

EXPLICATION
Il s'agit ici d'intercaler quatre nombres décimaux entre deux autres.

6 **a.** 36 < 36,2 < 37 ; 315 < 315,9 < 316 ; 999 < 999,03 < 1 000
Remarque : le plus petit des deux entiers est la partie entière du nombre encadré.

b. L'arrondi à 1 près de 36,2 est : 36
Celui de 315,9 est : 316
Celui de 999,03 est : 999

7 a. 9,81 → 9,8
b. 4,18 → 4,1
c. 6,023 → 6
d. 6,559 57 → 6,5
e. 1,47 + 1,73 → 3,2
f. 2,759 + 3,18 → 5,9

EXPLICATION
e. 1,47 + 1,73 = 3,2
f. 2,759 + 3,18 = 5,939

3 Utiliser une droite graduée

1

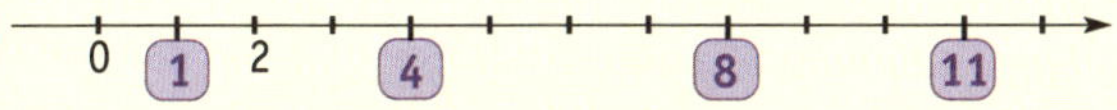

EXPLICATION
Ici, chaque petit segment correspond à une unité entière.

2

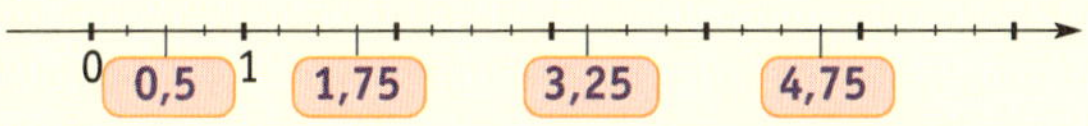

EXPLICATION
Les unités sont coupées en 4 et :
$\frac{1}{2} = 0,5 \quad \frac{1}{4} = 0,25 \quad \frac{3}{4} = 0,75.$

3

Point	A	B	C	D
Abscisse	0,2	1,4	2,6	3,8

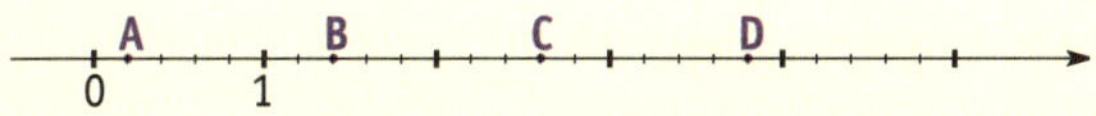

EXPLICATION
Les unités sont coupées en 5 et :
$\frac{1}{5} = 0,2 \quad \frac{2}{5} = 0,4 \quad \frac{3}{5} = 0,6 \quad \frac{4}{5} = 0,8.$

4

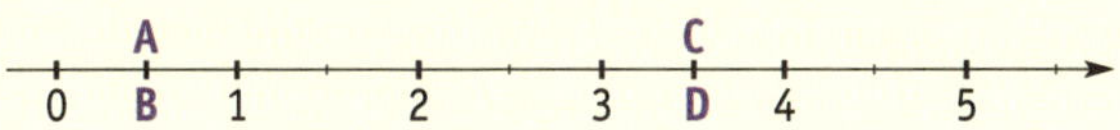

a. A et B sont confondus : $\frac{1}{2} = 0,5$.

b. C et D sont confondus : $\frac{7}{2} = 3,5$.

5

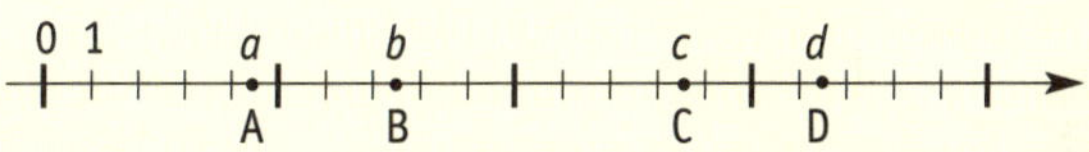

$7 < b < 8 \qquad 13 < c < 14 \qquad 16 < d < 17.$

Remarque : 7 est la partie entière de *b*, 13 est celle de *c*, 16 est celle de *d*.

6

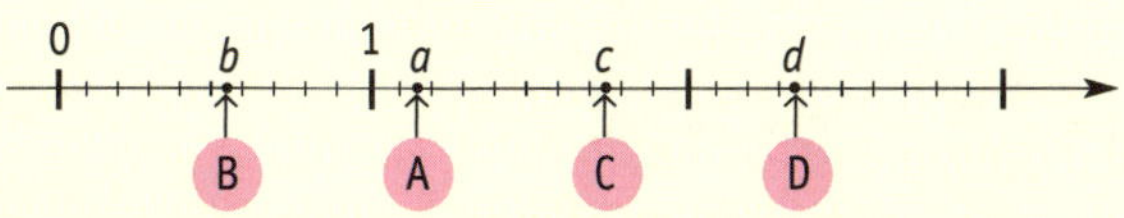

$0,5 < b < 0,6 \qquad 1,7 < c < 1,8 \qquad 2,3 < d < 2,4.$

EXPLICATION
Cette droite est graduée en dixièmes. Alors on compte les dixièmes.

7

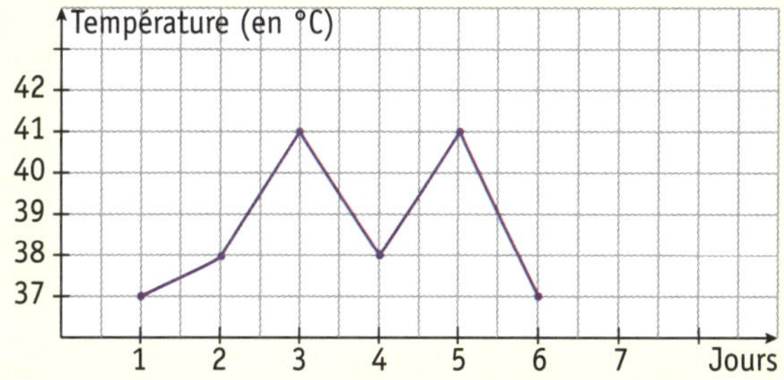

Remarque : ce graphique montre parfaitement les deux poussées de fièvre qui caractérisent la grippe.

4 Multiplier des nombres entiers et décimaux

1 a. Les multiples de 17 inférieurs à 100 sont :
0, 17, 34, 51, 68 et 85.
En effet, 0 × 17 = 0 ; 1 × 17 = 17 ; 2 × 17 = 34 ; etc.
b. 26 ; ~~23~~ ; 91 ; 130 ; ~~113~~ ; ~~42~~.

EXPLICATION
26 = 2 × 13 ; 91 = 7 × 13 ; 130 = 10 × 13.
Mais quand on divise 23, 113 et 42 par 13, la division ne tombe pas juste.

2 a.
```
  4 3 2 1
×       7
---------
3 0 2 4 7
```

b.
```
    2 9
×   3 2
-------
    5 8
  8 7
-------
  9 2 8
```

c.
```
    2 3
×   2 3
-------
    6 9
  4 6
-------
  5 2 9
```

d.
```
     3 9
×    4 1
--------
     3 9
 1 5 6
--------
 1 5 9 9
```

3 a.
```
  6,15
×    7
------
 43,05
```

b.
```
 0,125
×    8
------
 1,000 = 1
```

c.
```
   1,4
×  1,4
------
    56
   14
------
  1,96
```

d.
```
   4,05
×   3,2
-------
    810
  1 215
-------
 12,960 = 12,96
```

e.
```
   20,6
×  4,01
-------
    206
   000
  824
-------
 82,606
```

4 a. $258 \times 10 = 2\,580$
b. $2{,}7 \times 1\,000 = 2\,700$
c. $0{,}015 \times 10 = 0{,}15$
d. $19{,}92 \times 100 = 1\,992$
e. $20 \times 1\,000 = 20\,000$
f. $0{,}3 \times 100 = 30$

5 a. $3\,600 \times 0{,}01 = 36$
b. $15 \times 0{,}1 = 1{,}5$
c. $0{,}07 \times 0{,}01 = 0{,}0007$
d. $31{,}41 \times 0{,}1 = 3{,}141$
e. $100 \times 0{,}01 = 1$
f. $1{,}6 \times 0{,}1 = 0{,}16$

6 a. $10\,000 \times 0{,}001 = 10$
b. $34\,800 \times 0{,}001 = 34{,}8$
c. $4\,359{,}1 \times 0{,}001 = 4{,}3591$
d. $123\,456 \times 0{,}001 = 123{,}456$

7 En 3 ans, Perrette aura bu :
$0{,}25 \times 365 \times 3 = 273{,}75$ litres de lait.

8 $10{,}50 \times 7{,}10 = 74{,}55$.
L'aire du jardin est donc $74{,}55\ m^2$.

5 Diviser avec des nombres décimaux

1

CONSEIL
Il faut veiller à placer correctement la virgule dans le quotient (relire éventuellement les rappels sur fond jaune).

a.

1 9	11
8 0	1,72
3 0	
8	

c.

7 1	70
1 0	1,01
1 0 0	
3 0	

b.

1 0 0	7
3 0	14,28
2 0	
6 0	
4	

2

CONSEIL
Suivre les exemples de la page 18.

a.

7 0	25
2 0 0	2,8
0 0	

c.

1 5, 7 5	9
6 7	1,75
4 5	
0	

b.

1	8
1 0	0,125
2 0	
4 0	
0	

3 En divisant 3 000 g par 7, on trouve des grammes.
Il faut donc 4 chiffres après la virgule pour un résultat arrondi au mg près.

3 000	7
20	428,5714
60	
40	
50	
10	
30	
2	

a. à 1 g près : 429 g.
b. à 1 dg près : 428,6 g.
c. à 1 cg près : 428,57 g.
d. à 1 mg près : 428,571 g.

4 a. Dépense totale :
$8{,}25 + 7{,}60 + 12{,}80 + 10{,}75 = 39{,}40$ €.
b. Montant d'une part : $39{,}40 \div 4 = 9{,}85$ €.
c. Ceux qui devront débourser :
Aloys : $9{,}85 - 8{,}25 = 1{,}60$ €.
Brice : $9{,}85 - 7{,}60 = 2{,}25$ €.
d. Ceux qui seront remboursés :
Clara : $12{,}80 - 9{,}85 = 2{,}95$ €.
Dyna : $10{,}75 - 9{,}85 = 0{,}90$ €.
Remarque :
Vérification : la somme déboursée par Aloys et Brice est égale à la somme remboursée à Clara et Dyna.
$1{,}60 + 2{,}25 = 3{,}85$ $2{,}95 + 0{,}90 = 3{,}85$

5

CONSEIL
Déplacer la virgule comme il est indiqué page 19.

a. $378 \div 10 = 37{,}8$
b. $93{,}5 \div 10 = 9{,}35$
c. $75 \div 1\,000 = 0{,}075$
d. $500{,}5 \div 100 = 5{,}005$
e. $18{,}3 \div 1\,000 = 0{,}0183$
f. $36\,000 \div 100 = 360$

6 Prix du kilogramme : $115 \div 100 = 1{,}15$ €.
Remarque : une division par 10, par 100 ou par 1 000 s'effectue mentalement.

7 Schéma des 11 rosiers

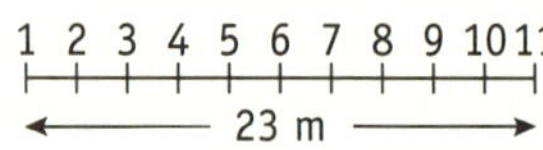

Le mur est divisé en 10 intervalles mesurant chacun $23 \div 10 = 2{,}3$ m.

6 Considérer une fraction comme un quotient

1

CONSEIL
On compte les carreaux de chaque partie.

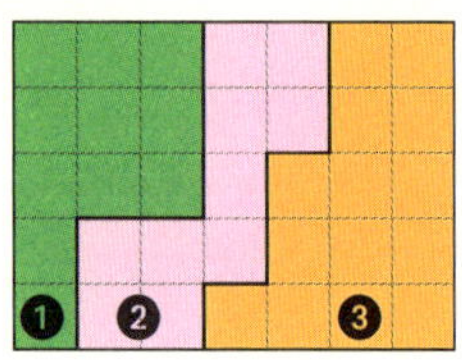

1 $\frac{11}{35}$ 2 $\frac{10}{35}$ 3 $\frac{14}{35}$

2 $45\text{ min} = \frac{3}{4}\text{ h}$; $20\text{ min} = \frac{1}{3}\text{ h}$; $10\text{ min} = \frac{1}{6}\text{ h}$;
$6\text{ min} = \frac{1}{10}\text{ h}$; $5\text{ min} = \frac{1}{12}\text{ h}$.

3 a. $35 \div 56 = \frac{35}{56} = 0{,}625$
b. $51 \div 34 = \frac{51}{34} = 1{,}5$
c. $29 \div 8 = \frac{29}{8} = 3{,}625$
d. $8 \div 100 = \frac{8}{100} = 0{,}08$

EXPLICATION
Ici, on poursuit les divisions jusqu'à ce qu'elles s'arrêtent.

4 **a.** $37 \div 55 = \frac{37}{55} \approx 0{,}67$ **c.** $2 \div 3 = \frac{2}{3} \approx 0{,}67$

b. $52 \div 33 = \frac{52}{33} \approx 1{,}58$ **d.** $10 \div 9 = \frac{10}{9} \approx 1{,}11$

EXPLICATION
Ici, les divisions ne s'arrêtent pas : on se contente d'un quotient approché.
Le signe ≈ signifie « est proche de ».

5

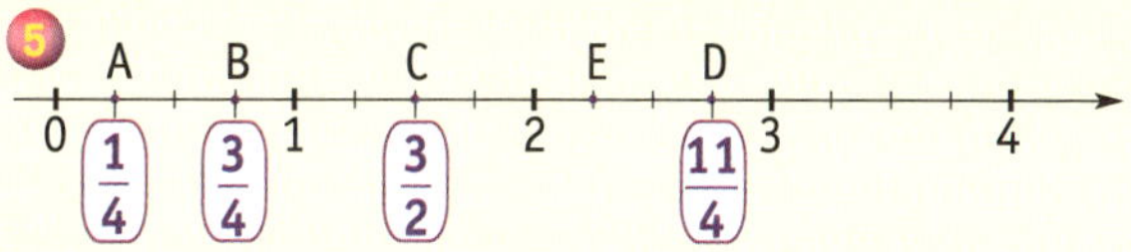

Remarque :
pour C, on peut répondre aussi $\frac{6}{4}$ car $\frac{6}{4} = \frac{3}{2}$.

6

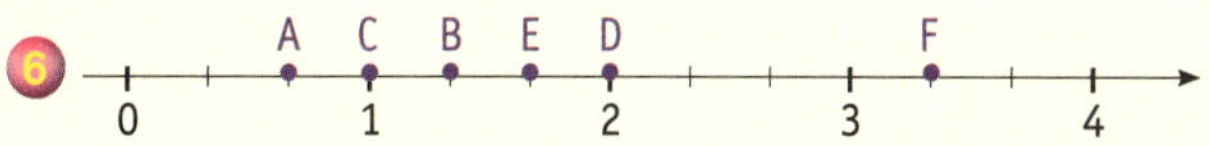

Remarque : on observe que $\frac{3}{3} = 1$ et que $\frac{6}{3} = 2$.

7 Dans les deux cas, la division donne 1,25.
Ces deux fractions sont égales puisqu'elles représentent le même nombre décimal.

EXPLICATION
Deux écritures fractionnaires différentes peuvent représenter un même nombre.

8 **a.** $\frac{1{,}3}{5} = \frac{13}{50}$; car $\frac{1{,}3}{5} = \frac{1{,}3 \times 10}{5 \times 10} = \frac{13}{50}$.

b. $\frac{3}{4} = \frac{9}{12}$; car $\frac{9}{12} = \frac{3 \times 3}{4 \times 3} = \frac{3}{4}$.

c. $\frac{30}{60} = \frac{1}{2}$ **d.** $\frac{75}{100} = \frac{3}{4}$

9 **a.** $\frac{0{,}5}{1} = \frac{1}{2}$ **c.** $\frac{0{,}75}{0{,}1} = \frac{75}{10}$

b. $\frac{3{,}5}{1{,}7} = \frac{35}{17}$ **d.** $\frac{16}{6{,}4} = \frac{160}{64}$

Remarque :
On peut aussi répondre : $\frac{5}{10}$ au lieu de $\frac{1}{2}$

$\frac{15}{2}$ au lieu de $\frac{75}{10}$ car $\frac{15 \times 5}{2 \times 5} = \frac{75}{10}$;

$\frac{5}{2}$ au lieu de $\frac{160}{64}$ car $\frac{5 \times 32}{2 \times 32} = \frac{160}{64}$.

On voit ainsi qu'il est toujours possible de supprimer les virgules dans l'écriture des quotients.

7 Calculer une fraction d'une quantité

1 $(21 \times 3) \div 7 = 63 \div 7 = 9$
ou $(21 \div 7) \times 3 = 3 \times 3 = 9$.
$(2{,}1 \times 5) \div 3 = 10{,}5 \div 3 = 3{,}5$
ou $(2{,}1 \div 3) \times 5 = 0{,}7 \times 5 = 3{,}5$.

2 $(2{,}24 \div 8) \times 3 = 0{,}28 \times 3 = 0{,}84$
$(5 \times 0{,}51) \div 3 = 2{,}55 \div 3 = 0{,}85$

EXPLICATION
Pour le second calcul, il faut éviter de commencer par diviser 5 par 3 car la division ne tombe pas juste.

3

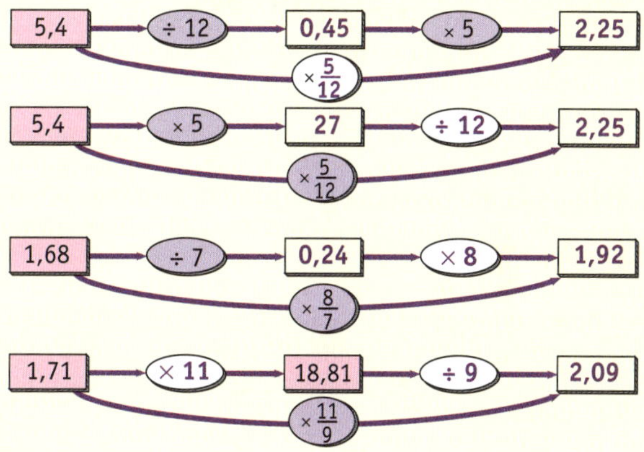

4 **a.** $0 \times \frac{3}{4} = 0$ **d.** $100 \times \frac{4}{1} = 400$

b. $1 \times \frac{3}{4} = \frac{3}{4}$ **e.** $100 \times \frac{0}{4} = 0$

c. $100 \times \frac{1}{4} = 25$ **f.** $300 \times \frac{4}{3} = 400$

5 $12{,}3 \times \frac{2}{3} = 8{,}2$ $12{,}3 \times \frac{5}{3} = 20{,}5$

6 $5{,}6 \times \frac{3}{4} = 4{,}2$ $5{,}6 \times \frac{9}{4} = 12{,}6$

7 $\frac{3}{4}$ d'heure : $60 \times \frac{3}{4} = 45$ (en min).

$\frac{5}{6}$ d'heure : $60 \times \frac{5}{6} = 50$ (en min).

8 $\frac{3}{4}$ de mètre : $100 \times \frac{3}{4} = 75$ (en cm).

$\frac{7}{5}$ de mètre : $100 \times \frac{7}{5} = 140$ (en cm).

9 $\frac{3}{8}$ d'une tonne : $1\,000 \times \frac{3}{8} = 375$ (en kg).

$\frac{31}{25}$ d'un quintal : $100 \times \frac{31}{25} = 124$ (en kg).

10 **a.** L'homme mesure 171 + 9 = 180 cm

et $180 \times \frac{10}{9} = 200$ cm = 2 m.

b. $171 \times \frac{10}{9} = 190$.

Donc l'homme mesure 190 + 9 = 199 cm = 1,99 m.

> **EXPLICATION**
>
> **a.** On ajoute 9 puis on multiplie par $\frac{10}{9}$.
>
> **b.** On multiplie par $\frac{10}{9}$ puis on ajoute 9.
>
> Et on constate que ce n'est pas la même chose !

8 Utiliser des parenthèses

1 **a.** (2 × 17) – (3 × 11) = 34 – 33 = 1
b. 2 × (4 – 0,4) = 2 × 3,6 = 7,2
c. (5 – 2,1 + 0,1) × 5 = 3 × 5 = 15
d. 21 – [(4 × 3) + 5] = 21 – [12 + 5] = 21 – 17 = 4

> **EXPLICATION**
> On ne pose pas d'opérations mais on s'autorise à écrire des résultats intermédiaires. On appelle cela « calculer en ligne ».
> **d.** On rencontre ici des parenthèses dans des crochets. Dans ce cas, on commence par effectuer à l'intérieur des parenthèses les plus internes.
> Sur une calculatrice il n'y a pas de crochets, mais on peut emboîter des paires de parenthèses.

2 **a.** (222 + 2) – (22 × 2) = 224 – 44 = 180.
b. [(2 + 22) × 2] – 22 = (24 × 2) – 22 = 48 – 22 = 26.

> **EXPLICATION**
> Toujours sans poser d'opérations et sans prendre une calculatrice.

3 **a.** 333 – [(3 × 33) – 3] + (3,3 × 3)
= 333 – (99 – 3) + 9,9 = 333 – 96 + 9,9
= 237 + 9,9 = 246,9.

b. $(3 \times 3{,}33) + \frac{3{,}3}{3} = 9{,}99 + 1{,}1 = 11{,}09$.

4 **a.** (6 × 6) + (6 × 6) = 72
b. 6 + (6 × 6) + 6 = 48

5 **a.** 5 × (5 + 5) × 5 = 250
b. [(5 × 5) + 5] × 5 = 150

> **EXPLICATION**
> **b.** On a aussi :
> 5 × [5 + (5 × 5)] = 150.

6 **a.** (5 × 7) + 6 – 8 = 33

b. (5 × 6) – 8 + 7 = 29

7 (5 × 1,20) + (10 × 0,90) + (4 × 1,10)
= 6 + 9 + 4,40 = 19,40. Alex a déboursé 19,40 €.

> **EXPLICATION**
> Pour cet exercice, on obtient le résultat d'un seul coup en calculant une expression contenant trois multiplications et deux additions.

8 100 – [(2 × 19) + (3 × 7,30) + 11,40]
= 100 – [38 + 21,90 + 11,40]
= 100 – 71,30 = 28,70. Il me reste 28,70 €.

> **EXPLICATION**
> Cette fois, l'expression qui donne la solution contient 2 multiplications, 2 additions et 1 soustraction.

9 Dans ce problème, les roses ne sont pas toutes au même prix.
Deux douzaines font 24 et 50 = 24 + 26.
Prix des 50 roses : (0,45 × 24) + (0,40 × 26)
= 10,80 + 10,40 = 21,20 €.

10

(5 × 100) + (6 × 8)

[(4 + 4) × 50] + 9

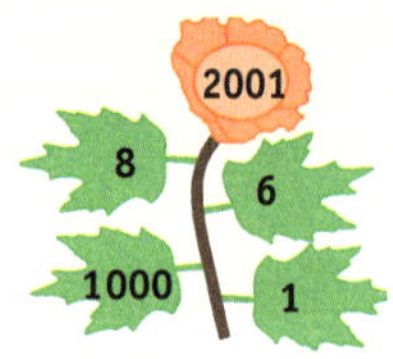

[(8 – 6) × 1 000] + 1

(500 ÷ 5) – (2 + 3)

Remarque : pour la dernière fleur, on a également :
[500 ÷ (3 + 2)] – 5

9 Traiter des problèmes de proportionnalité

1 On a vu page 26, que 1 kg coûte 0,85 €.

Nombre de kg	0	1	2	3	4	5
Prix en euros	0	0,85	1,70	2,55	3,40	4,25

Donc 2 kg coûtent 0,85 × 2 = 1,70 €, etc.

2 Prix d'une chemise : 93 ÷ 6 = 15,50 (euros).
Prix de 11 chemises : 15,50 × 11 = 170,50 (euros).

> **EXPLICATION**
> Pour trouver le prix d'une chemise, on poursuit la division après la virgule. Ne pas hésiter à la poser.
> Quand il s'agit d'une somme d'argent, on va jusqu'aux centimes.

3

Nombre de tours parcourus	7	13	9
Temps mis (en secondes)	196	364	252

Temps mis pour 1 tour : 196 ÷ 7 = 28 (s).

Temps mis pour 13 tours : 28 × 13 = 364 (s), donc 6 min 4 s.

Nombre de tours en 252 s : 252 ÷ 28 = 9 (tours).

Remarque : on peut observer que l'on passe de la 1re à la 2e ligne du tableau en multipliant par 28.

4 Prix d'un manga : 33 ÷ 12 = 2,75 (euros).

Yannis a payé : 2,75 × 5 = 13,75 (euros).

Clara a payé : 2,75 × 3 = 8,25 (euros).

Alizée en a donc 12 – (5 + 3) = 4

pour 2,75 × 4 = 11 (euros).

CONSEIL

Pour vérifier, on additionne les sommes payées par chacun et on retrouve 33 €.

5 Coefficient de proportionnalité : 4,50 ÷ 5 = 0,90 €.

C'est aussi le prix au kilogramme.

Nombre de kg	5	7	13	0,5
Prix en euros	4,50	6,30	11,70	0,45

× 0,90

EXPLICATION

Dans la 3e colonne : 11,70 ÷ 0,90 = 13.

6

CONSEIL

Prendre modèle sur l'exemple du prix des crevettes, juste au dessus de cet exercice.

Pour 100 km, moitié de 200 km, il faudra :

13 ÷ 2 = 6,5 (litres).

Pour 50 km, moitié de 100 km, il faudra :

6,5 ÷ 2 = 3,25 (litres).

Pour 350 km, (200 + 100 + 50), il faudra :

13 + 6,5 + 3,25 = 22,75 (litres).

7 Il y a proportionnalité parce que la vitesse est supposée constante.

En 1 h 30, moitié de 3 h, Paulette parcourt

50 ÷ 2 = 25 (km).

En 6 h, double de 3 h, Paulette parcourt

50 × 2 = 100 (km).

En 4 h 30, qui valent 3 h + 1 h 30, Paulette parcourt

50 + 25 = 75 (km).

10 Appliquer un taux de pourcentage

1

CRÊPERIE FIFI

Crêpe à la sardine	3,40 €
Crêpe au fromage	2,40 €
Crêpe au sorbet	2,80 €
Sous-total :	8,60 €
+ service 15 % :	1,29 €
Total :	9,89 €

Service :

$8,60 \times \frac{15}{100} = 1,29$

2

Station Dubois

4 litres d'huile	15,20 €
joint de vidange	0,60 €
filtre à huile	9,20 €
Sous-total:	25,00 €
+ T.V.A. 20 %:	5,00 €
Total:	30,00 €

T.V.A. :

$25 \times \frac{20}{100} = 5$

3

Les \ de	5	10	200	750
50 %	2,5	5	100	375
70 %	3,5	7	140	525
200 %	10	20	400	1 500

EXPLICATION

- 50 % c'est la moitié, 200 % c'est le double.
- Pour les trois premières colonnes, on peut calculer mentalement.

4 **a.** Les 30 % de 300, c'est : 90 car c'est 3 fois 30.

b. Les 80 % de 200, c'est : 160 car c'est 2 fois 80.

c. Les 100 % de 55, c'est : 55 car c'est tout.

5 Et si on faisait un tableau ?

Bruns	Blonds	Châtains	Roux
$500 \times \frac{50}{100} = 250$	$500 \times \frac{25}{100} = 125$	$500 \times \frac{20}{100} = 100$	$500 \times \frac{5}{100} = 25$

Il y a donc 250 bruns, 125 blonds, 100 châtains et 25 roux.

6 On calcule la réduction et on la soustrait au prix affiché.

Réduction : 24 × 8 ÷ 100 = 1,92 €.

Elle va payer : 24 – 1,92 = 22,08 €.

7 On calcule le premier versement et on le soustrait au prix total.

Enzo a déjà versé 1 100 × 30 ÷ 100 = 330 €.

Il lui reste à payer 1 100 – 330 = 770 €.

8 On calcule l'augmentation et on l'ajoute au prix initial.

L'augmentation est de : 220 × 6,3 ÷ 100 = 13,86 €.

Le nouveau prix de l'objet est :

220 + 13,86 = 233,86 €.

9 Pour le fournisseur B, le port coûte $40 \times \frac{15}{100} = 6$ €.

Donc le jouet revient à 40 + 6 = 46 €.

Il est donc préférable de commander chez le fournisseur A.

10 Un tableau facilitera la comparaison.

	Remise	Prix avec la remise
Short	$25 \times \frac{40}{100} = 10$ €	$25 - 10 = 15$ €
Polo	$20 \times \frac{20}{100} = 4$ €	$20 - 4 = 16$ €

Donc le moins cher est le short.

11 **a.** La remise de 20 %, appliquée à 120 € vaut :
$120 \times \frac{20}{100} = 24$ €.
Donc le prix devrait baisser à $120 - 24 = 96$ € (au lieu de 100 €).
On n'est donc pas d'accord avec le vendeur.
b. L'augmentation de 10 % appliquée à 90 €, vaut
$90 \times \frac{10}{100} = 9$ €.
Donc le nouveau prix devrait être $90 + 9 = 99$ € (au lieu de 100 €).
Donc, une fois de plus, on n'est pas d'accord avec ce vendeur.

11 Connaître et construire des droites

1

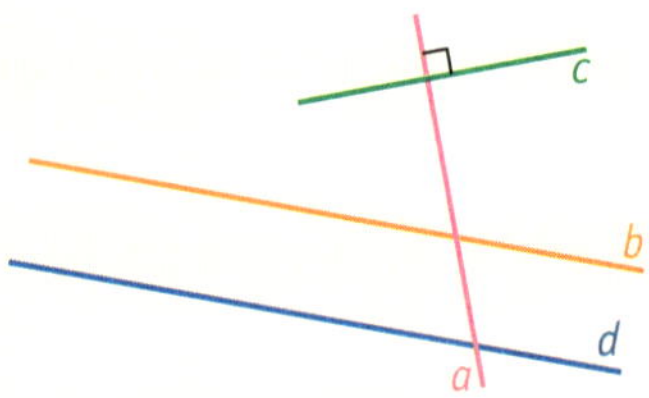

a. *b* et *d* sont parallèles.
b. *a* et *c* sont perpendiculaires.
c. *a* et *b* (par exemple) sont sécantes sans être perpendiculaires.
d. Oui, *c* et *d* sont sécantes.

EXPLICATION
Ces deux droites sont sécantes, mais il faut prolonger le dessin pour voir leur point d'intersection.

2
a.

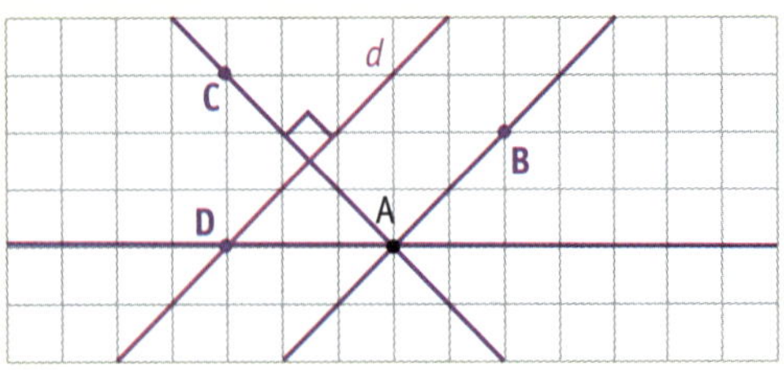

b.

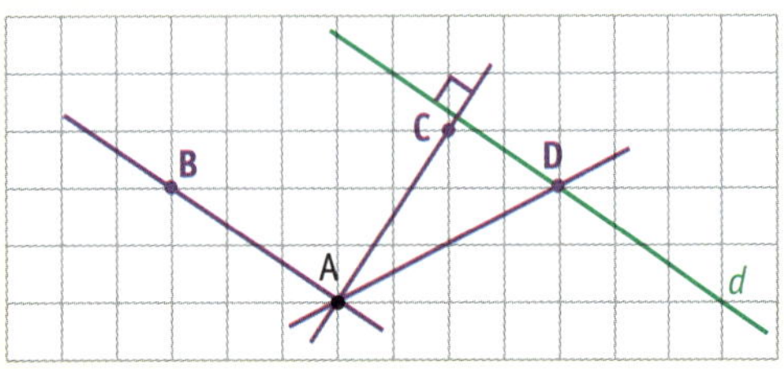

EXPLICATION
Sur un quadrillage, il faut compter les carreaux pour trouver la parallèle et la perpendiculaire.

3

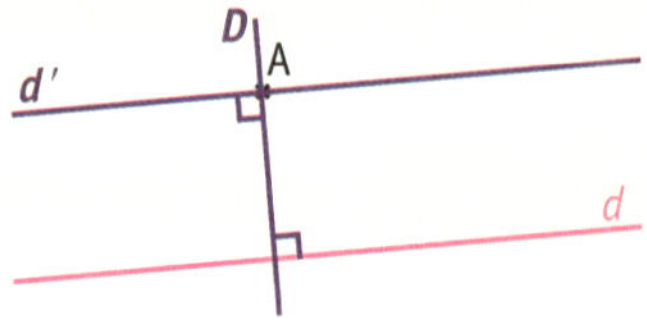

Les droites *d* et *d'* sont parallèles parce qu'elles sont toutes les deux perpendiculaires à *D*.

4 **a.**

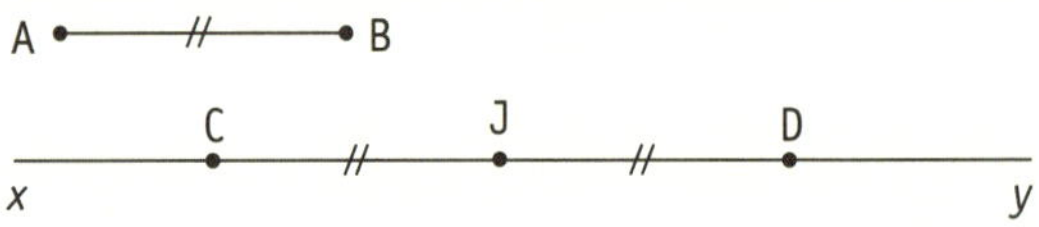

b. J est le milieu du segment [CD].

5 **a.** Avec l'équerre, construire la perpendiculaire à (AB) passant par P. Elle coupe (AB) en H.
b. PH = 2,5 cm, c'est la distance du point P à la droite (AB).

6 À l'aide d'une règle, on peut observer que A, D et G sont alignés, ainsi que A, C et F.

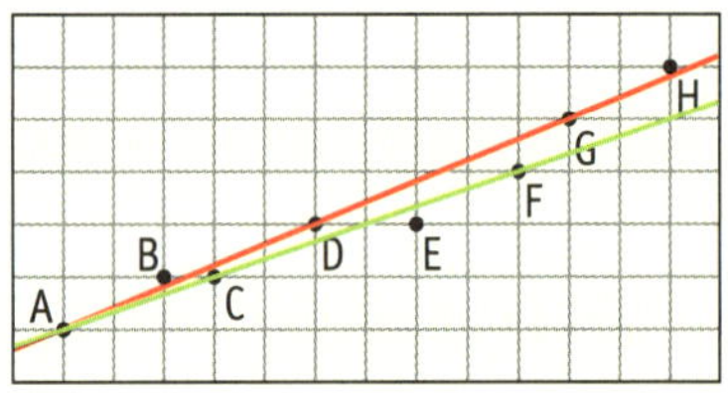

12 Construire des cercles

1

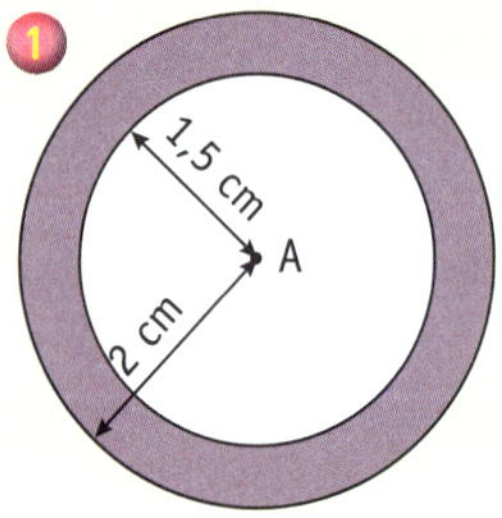

2 **a.**

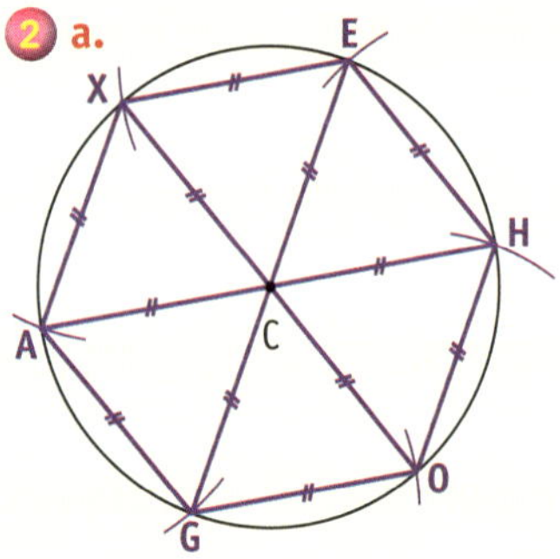

Remarque : c'est une construction très classique, à connaître.
b. Périmètre de cet hexagone : $6 \times 3 = 18$ cm
c. Les six triangles dessinés sont équilatéraux car leurs trois côtés ont une longueur égale au rayon du cercle.

3 On joint O à A, à B et à C.
Les triangles OAB, OAC et OBC ont deux côtés de longueur égale au rayon du cercle. Donc ils sont isocèles.

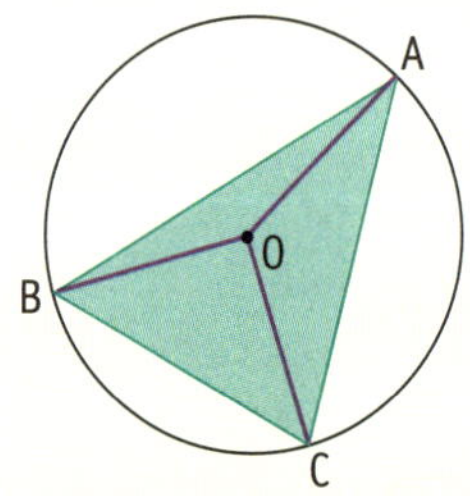

EXPLICATION
Ce partage est possible lorsque O est à l'intérieur du triangle ABC.

4

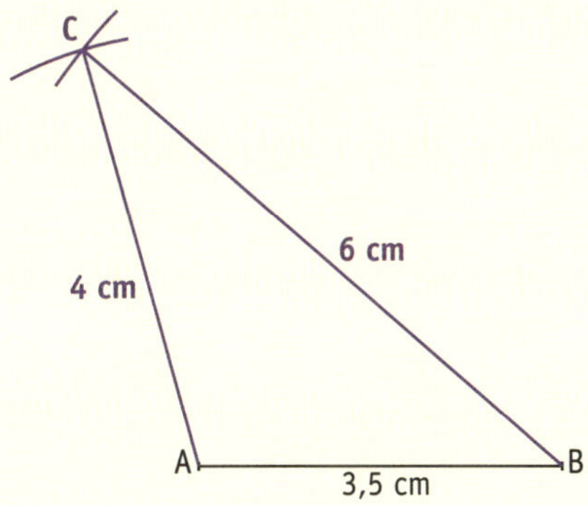

a. Utiliser un compas : tracer un arc de cercle de centre A et de rayon 4 cm, puis un autre de centre B et de rayon 6 cm. Ces deux arcs se coupent en C.

b. Le périmètre du triangle ABC est :
3,5 + 4 + 6 = 13,5 cm.

5

EXPLICATION
a. On trace un carré ABCD, puis 4 arcs de cercle de centres respectifs A, B, C et D.
b. On trace un carré ABCD, puis un cercle de centre O et trois arcs de cercle de centres respectifs A, B et C.

13 Connaître et construire la médiatrice d'un segment

1 a.

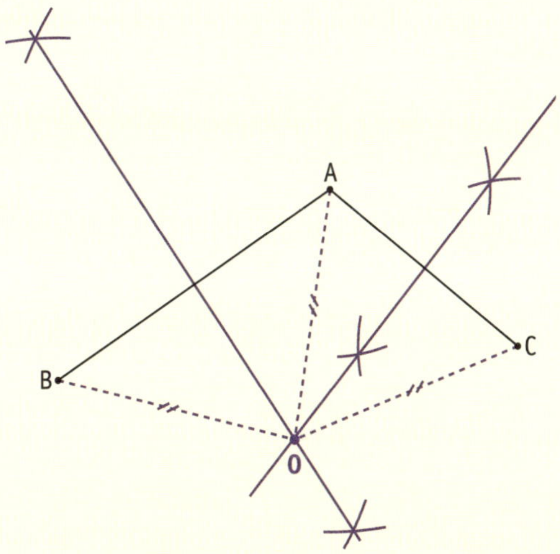

b. On appelle O le point commun aux deux médiatrices. D'une part OB = OA car O est un point de la médiatrice de [AB]. D'autre part OA = OC car O est un point de la médiatrice de [AC]. Donc OB = OA = OC. Donc O est à égale distance de A, B et C.

2 a.

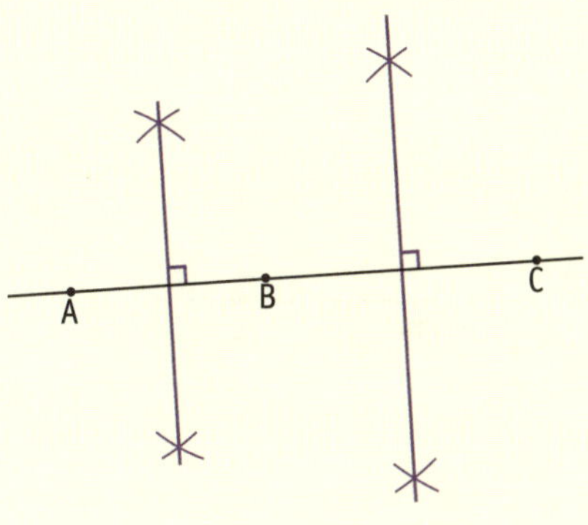

b. La médiatrice d'un segment est perpendiculaire à ce segment donc ces deux médiatrices sont parallèles car elles sont perpendiculaires à une même droite.

3 a.

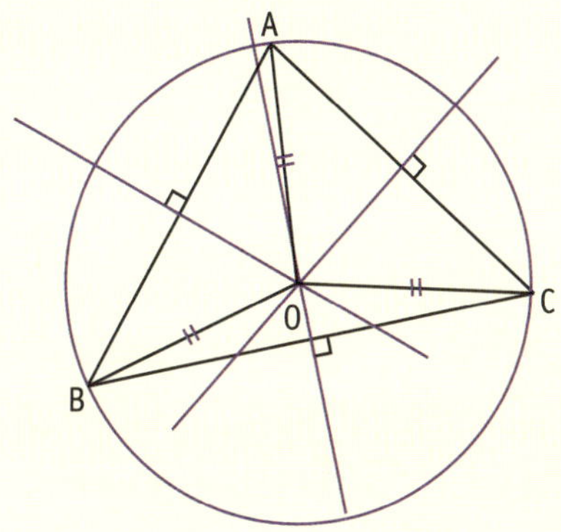

b. Comme à l'exercice 1, il faut savoir que tout point de la médiatrice de [AB] est à égale distance de A et de B.
OA = OB car O est un point de la médiatrice de [AB]. OB = OC car O est un point de la médiatrice de [BC].

c. Le cercle « circonscrit » à un triangle passe par les trois sommets du triangle.

4 a.

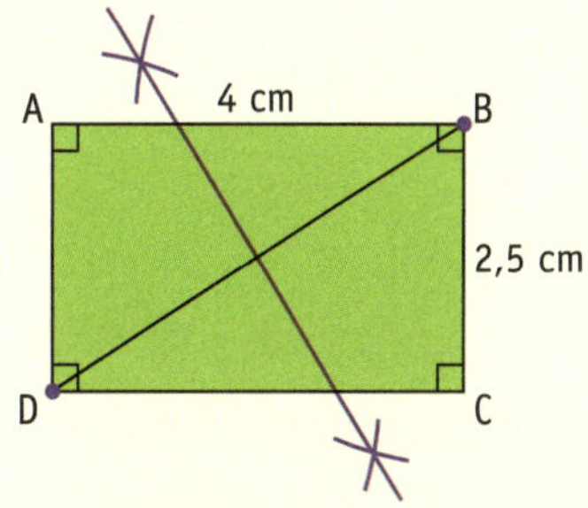

b. Cette médiatrice ne passe pas par A parce que AB ≠ AD.

5 a.

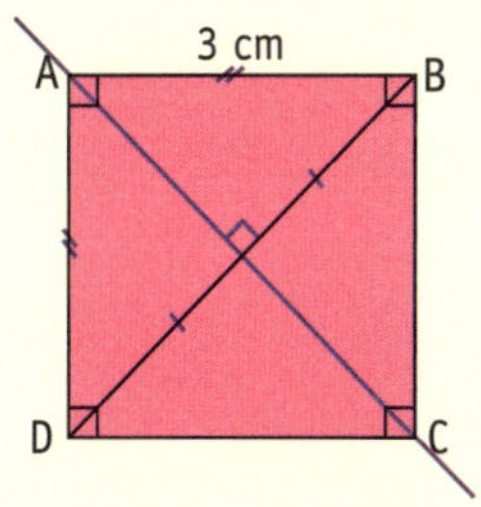

b. Cette médiatrice passe par A parce que AB = AD.
Remarque : les diagonales d'un carré sont médiatrices l'une de l'autre.

6

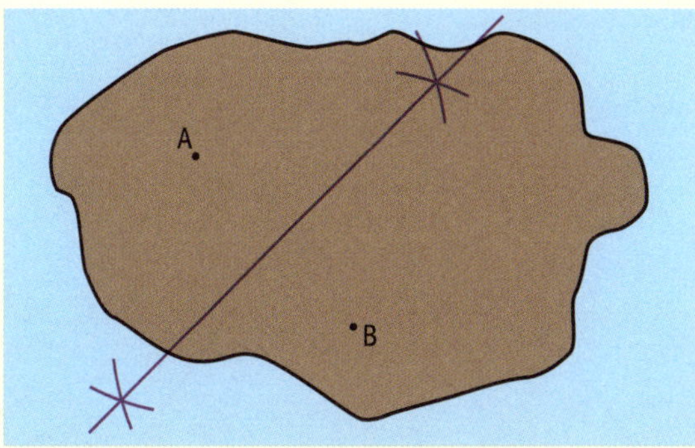

La frontière est la partie îlienne (située dans l'île) de la médiatrice de [AB].
Désormais les moutons pourront jouer à « saute-médiatrice ».

14 Connaître les triangles particuliers

1

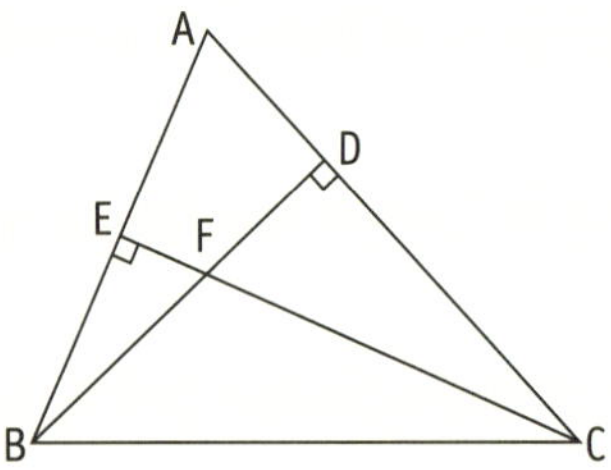

BDA, BDC, CEA, CEB, BEF et CDF sont des triangles rectangles.

EXPLICATION
En E et en D, il y a deux angles droits.

2

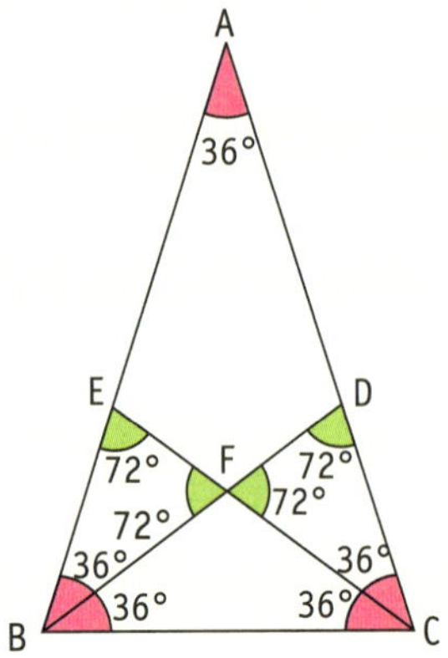

ABC, FBC, ABD, ACE, BEC, BDC, BEF et CDF sont des triangles isocèles.

Remarque : Il y a trois triangles isocèles ayant un angle obtus ; ils sont plus difficiles à voir.

3

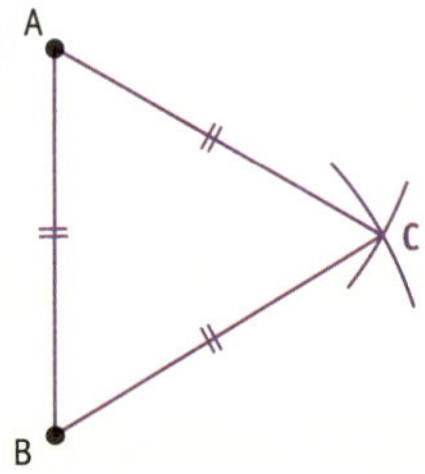

Remarque : ne rien mesurer ! En deux coups de compas, on trouve un point C tel que AB = BC = AC.

4 a. ...PIF isocèle en I tel que PF = 6 cm et PI = 5 cm.

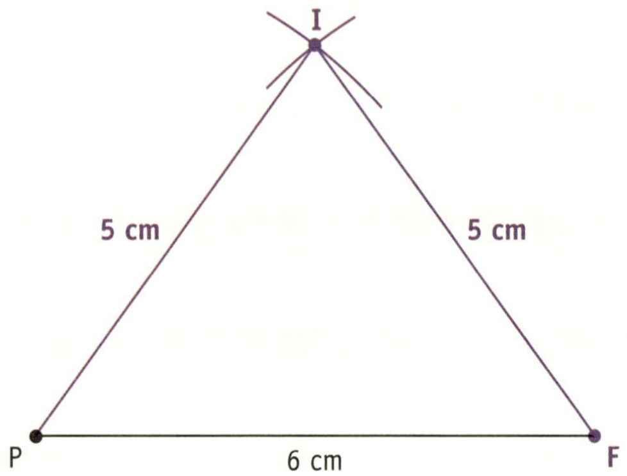

b. ...ZEN isocèle en Z tel que EN = 4 cm et $\widehat{NEZ}$ = 65°.

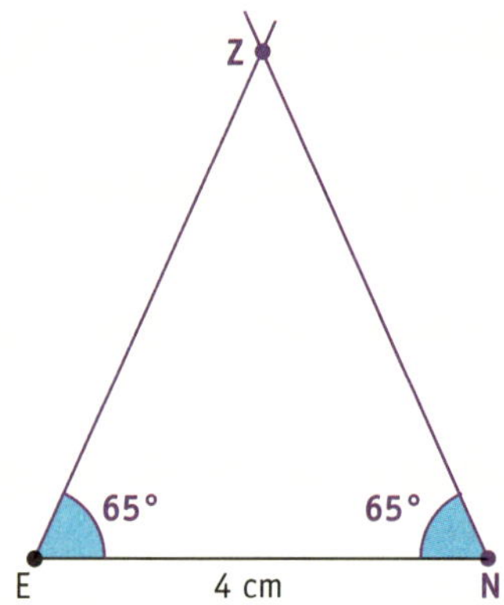

c. Le périmètre de PIF est 6 + 5 + 5 = 16 (en cm)

EXPLICATION
Commencer par les bases [PF] pour PIF et [EN] pour ZEN.
Puis utiliser :
- le compas pour PIF,
- le rapporteur pour ZEN.

5 a. ...EAU rectangle en A, tel que AU = 4,2 cm et AE = 3,5 cm.

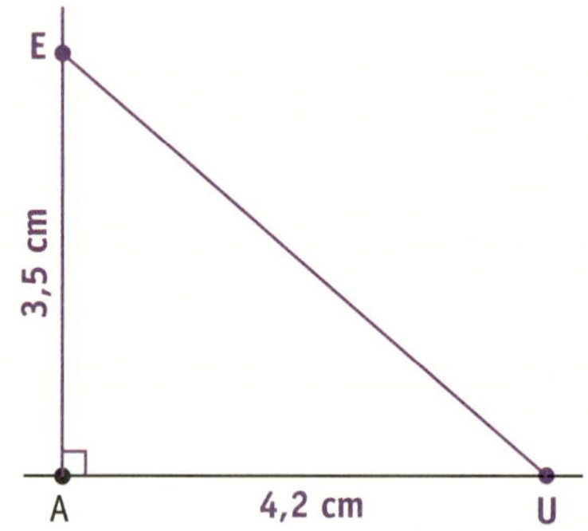

b. ...VIN rectangle en I, tel que VI = 5 cm et VN = 6 cm.

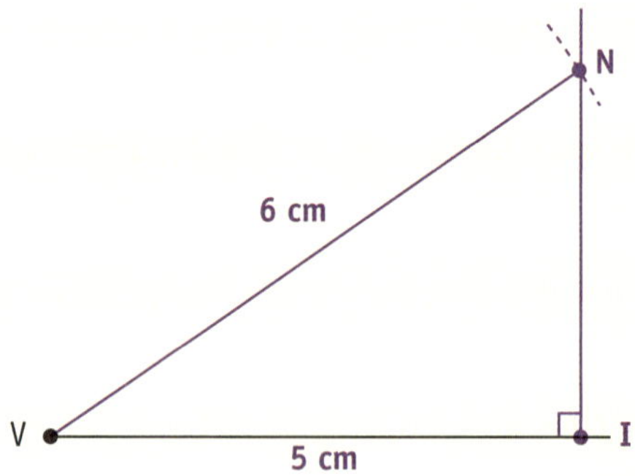

c. ...KIR rectangle en I, tel que KI = 4 cm et $\widehat{IKR}$ = 30°.

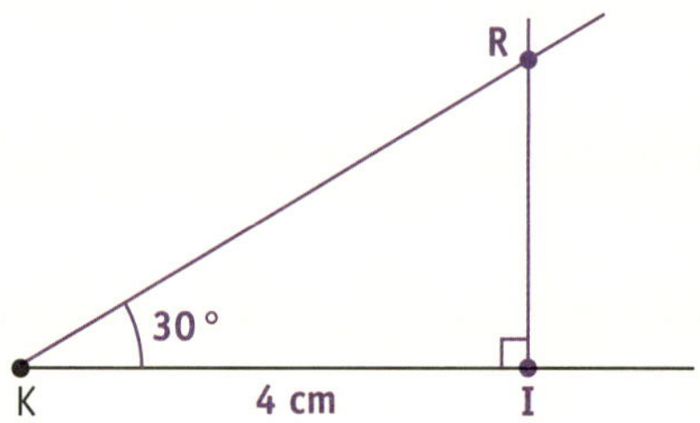

d. ...LIE rectangle en I, tel que LE = 5,5 cm et $\widehat{ILE}$ = 35°.

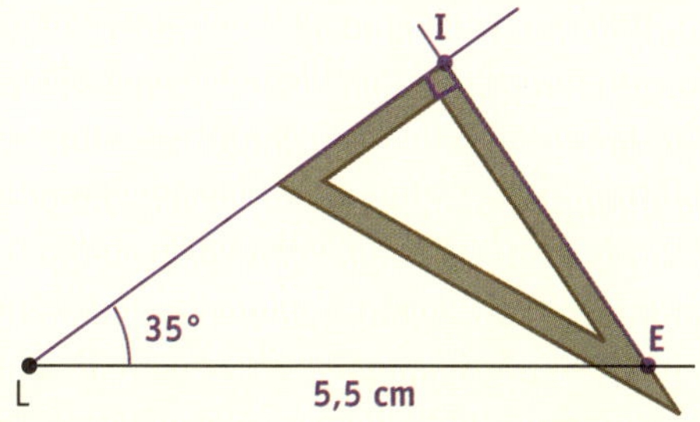

EXPLICATION

a. Tracer (AU) et (AE) perpendiculaires en A. Placer ensuite U et E.
b. Tracer le segment [VI] de longueur 5 cm. Tracer la perpendiculaire en I à (VI). Un arc de cercle de centre V et de rayon 6 cm coupe cette perpendiculaire en N.
c. Placer I à 4 cm de K.
Tracer, à l'équerre, la perpendiculaire à (KI) passant par I. Puis tracer au rapporteur, le second côté de l'angle $\widehat{IKR}$.
d. Placer E. Tracer le second côté de $\widehat{ILE}$. Tracer ensuite la perpendiculaire à ce côté passant par E.

15 Connaître les quadrilatères particuliers

1

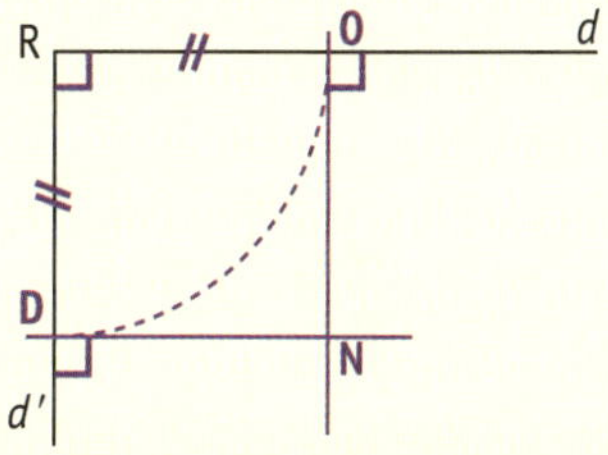

EXPLICATION

On peut placer O et D au compas puis tracer deux perpendiculaires avec l'équerre pour obtenir N.

2

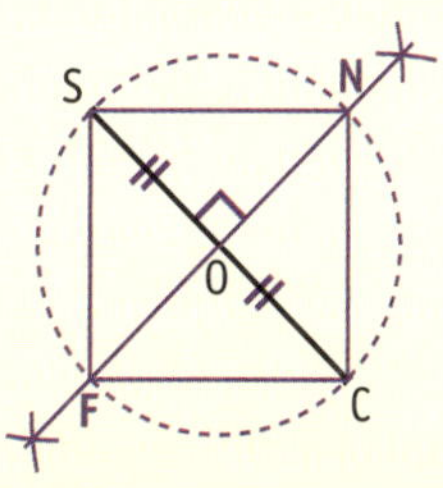

EXPLICATION

On peut construire la médiatrice de [SC] puis le cercle de diamètre [SC]. On obtient alors les points N et F.

3 **a. b.**

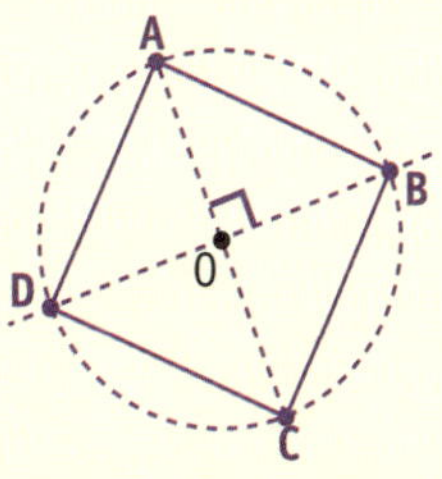

EXPLICATION

- La droite (OA) coupe le cercle en C.
- La perpendiculaire à (AC) passant par O coupe le cercle en D et B.

4

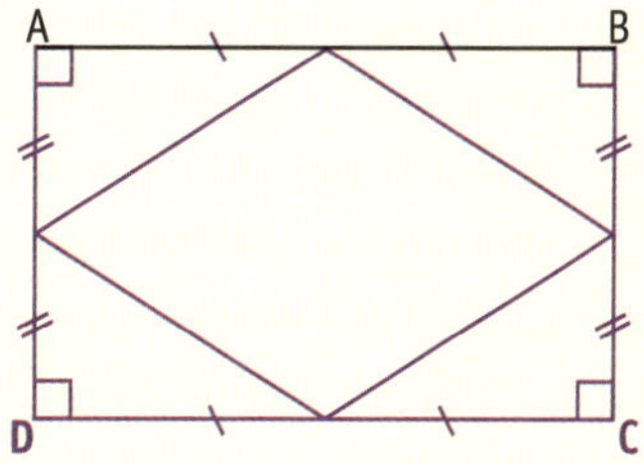

a. On construit le rectangle avec une équerre.
b. On détermine les milieux en construisant la médiatrice de deux côtés comme [AB] et [BC].
c. C'est un losange.

5

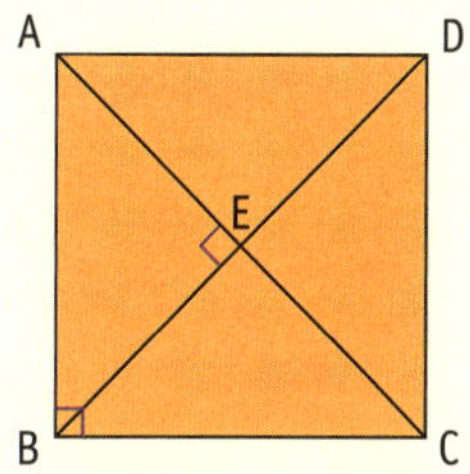

Il y en a 4 petits : EAB, EBC, ECD, EDA et 4 grands : ABC, BCD, CDA, DAB.

Remarque : Tous les triangles de cette figure sont rectangles isocèles.

6

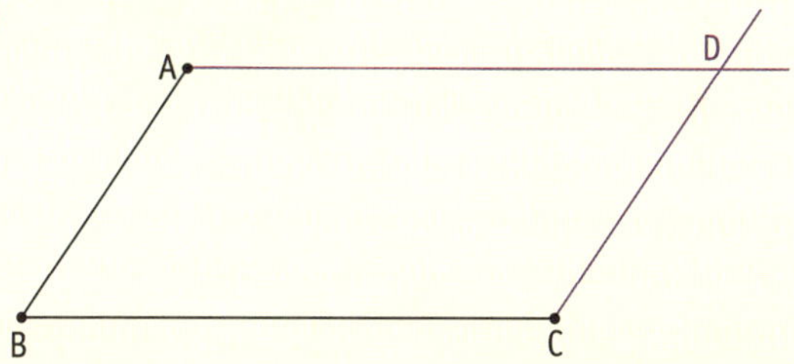

EXPLICATION

On peut construire la parallèle à (BC) passant par A, puis la parallèle à (AB) passant par C. Ces deux droites se coupent en D.

7 **a.**

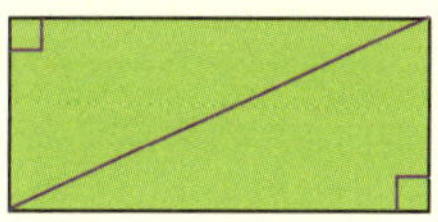

b.

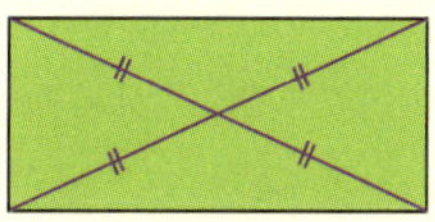

c.

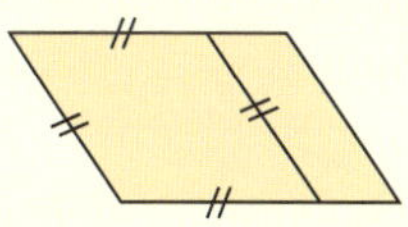

d.

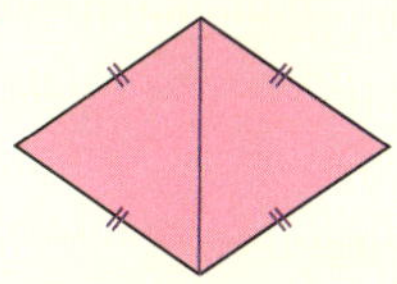

e.

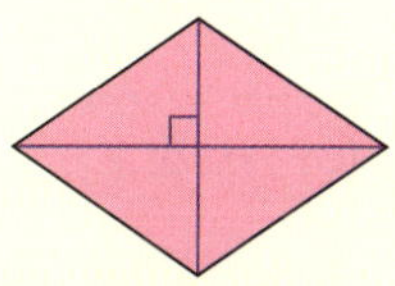

ou bien

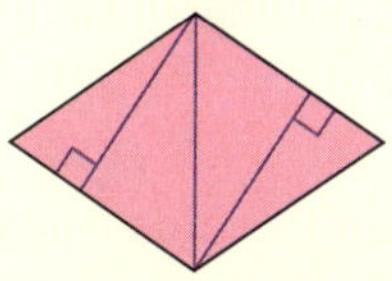

EXPLICATION

b. Les quatre triangles sont isocèles parce que les diagonales d'un rectangle sont égales et se coupent en leur milieu.
d. Autre solution : on trace la diagonale horizontale.
e. Les quatre triangles sont rectangles parce que les diagonales d'un losange sont perpendiculaires. D'autres constructions sont possibles.

16 Construire des symétriques

1 a.

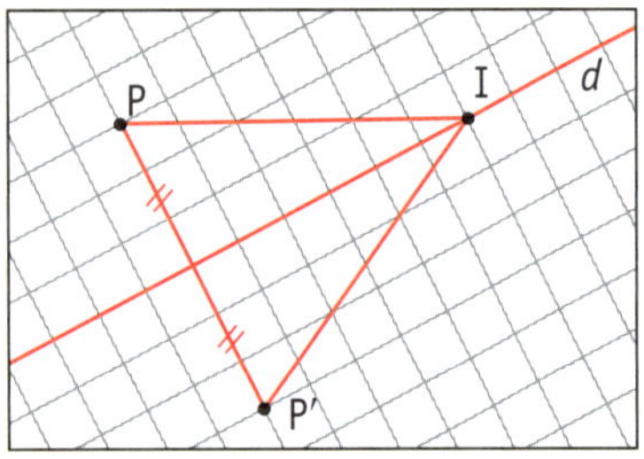

b. • La droite *d* est la médiatrice du segment [PP′].
• Le symétrique de I par rapport à *d* est I (puisque I est sur *d*).
• I est équidistant de P et de P′. Donc le triangle PP′I est isocèle (puisque PI = P′I).

2

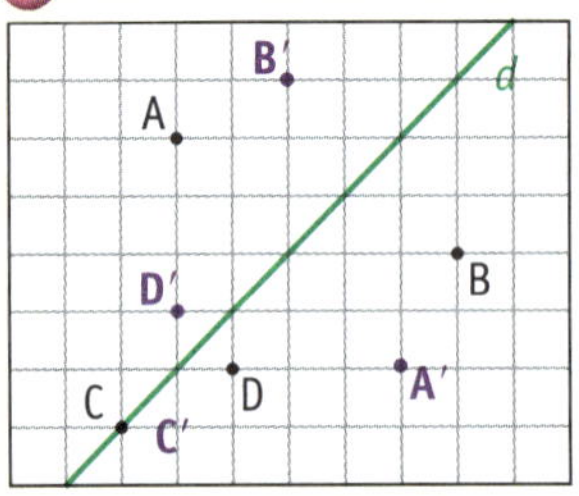

3

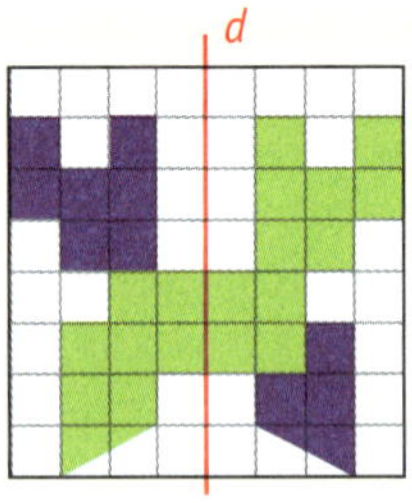

4

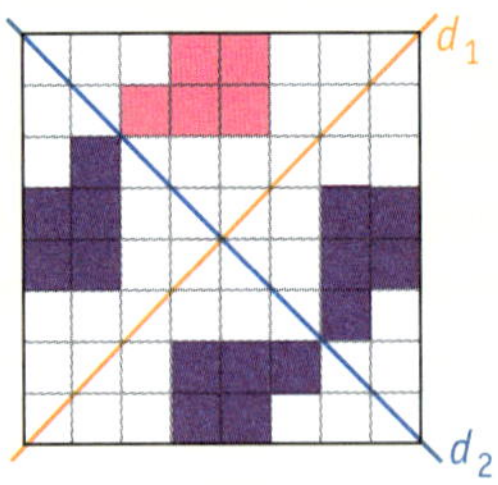

5

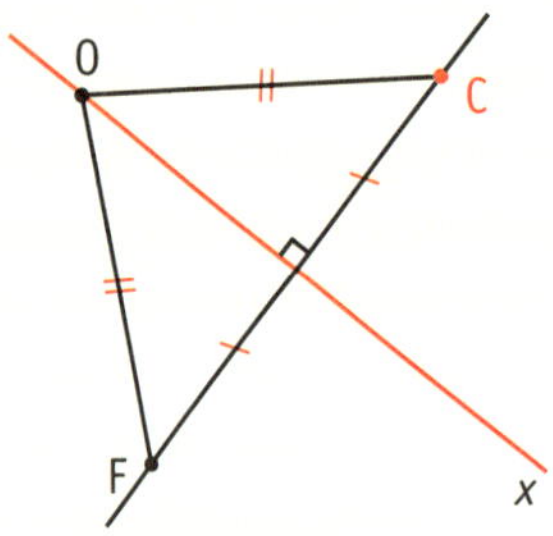

EXPLICATION
Pour l'exercice 5, tracer à l'équerre la perpendiculaire à (Ox) passant par F.
Puis, au compas, placer le point C tel que OC = OF. Tracer enfin les côtés [OF] et [OC].

6 a. b.

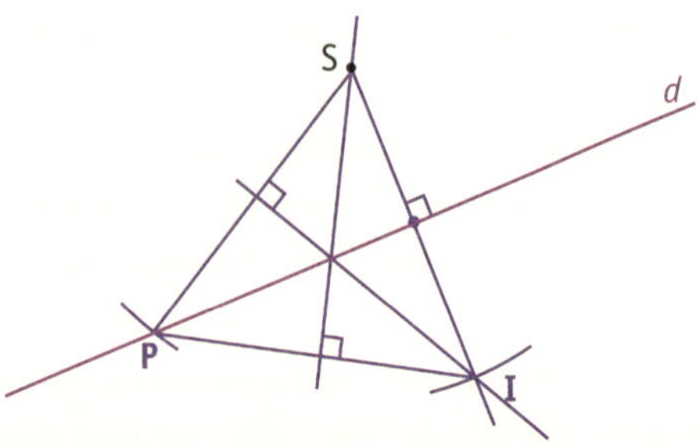

EXPLICATION
a. Construire I, symétrique de S par rapport à d. Puis, au compas, placer P tel que SP = SI.
b. Les médiatrices des côtés d'un triangle équilatéral sont ses axes de symétrie.

7 a. b.

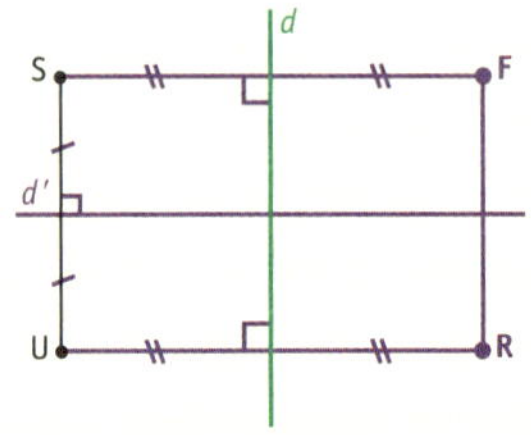

EXPLICATION
a. On construit F et R symétriques de S et U par rapport à d. Puis on trace [FR], [FS] et [UR].
b. On trace la médiatrice de [SU] par exemple.

8 a. b.

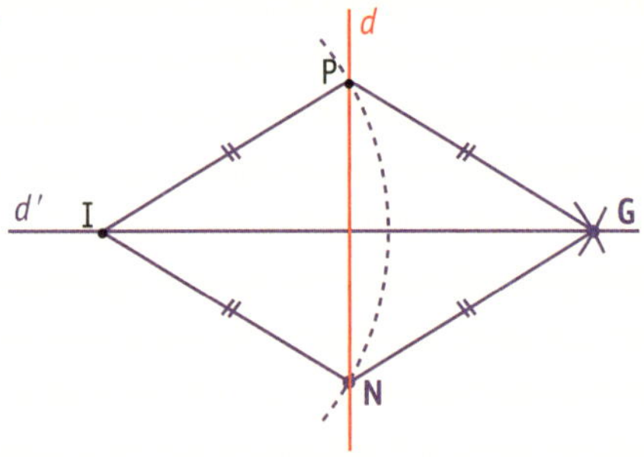

EXPLICATION
a. Avec le compas, on place N sur d tel que IN = IP puis G tel que PG = IP et NG = IP.
b. d′ = (IG).

17 Connaître les parallélépipèdes rectangles

1 Dans un parallélépipède, il y a 6 faces, 12 arêtes et 8 sommets.
Remarque : ces résultats serviront dans les exercices suivants.

2 a. Un cube a 10 cm d'arête.
Longueur des arêtes : $12 \times 10 = 120$ cm.
b. Un parallélépipède a pour dimensions : 15 cm ; 12 cm ; 8 cm.
Longueur des arêtes :
$(15 \times 4) + (12 \times 4) + (8 \times 4) = 60 + 48 + 32 = 140$ cm.

EXPLICATION
a. Longueur totale des arêtes : 12 fois la longueur d'une arête.
b. Il y a 4 arêtes de 15 cm, 4 arêtes de 12 cm et 4 arêtes de 8 cm. (Manipuler une boîte d'allumettes, par exemple, pour en être sûr).

3

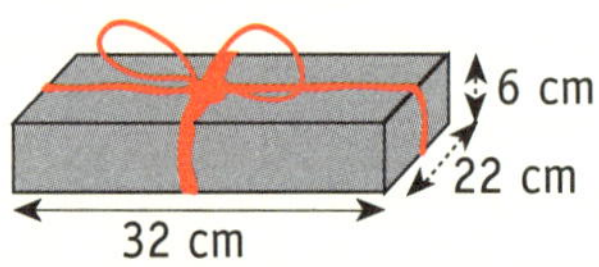

Longueur de ruban :
$(32 \times 2) + (22 \times 2) + (6 \times 4) + 40$
$= 64 + 44 + 24 + 40 = 172$ cm $= 1{,}72$ m.

EXPLICATION
Regardons bien : il faut 2 longueurs, 2 largeurs, 4 hauteurs et le nœud.

4

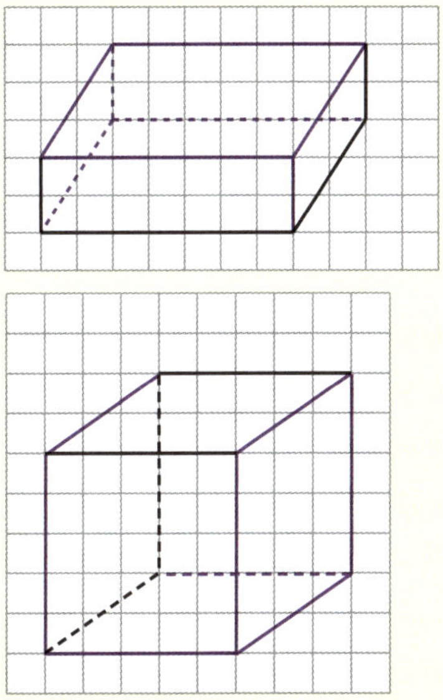

EXPLICATION
Dans les deux pavés, il y a trois arêtes cachées, donc en pointillés.

5 Les quatre manières de placer les faces manquantes, sans dépasser le quadrillage sont :

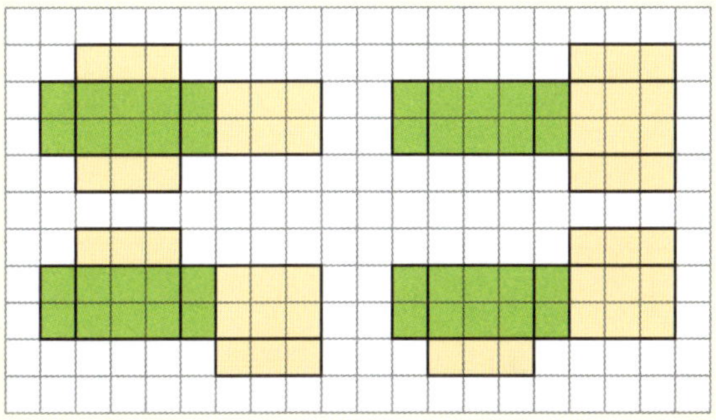

6

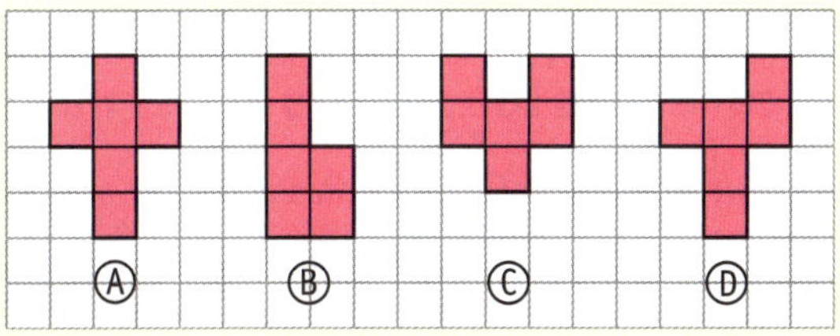

Les patrons de cubes sont : Ⓐ et Ⓓ.

CONSEIL
Pour être vraiment sûr de la réponse, on peut dessiner sur un quadrillage, découper et plier chaque dessin.

7

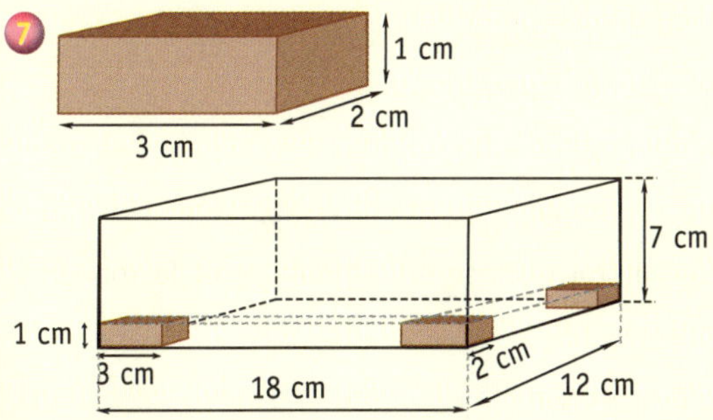

a. En longueur : $18 \div 3 = 6$ morceaux.
b. En largeur : $12 \div 2 = 6$ morceaux.
c. En hauteur : 7 morceaux.
d. $(6 \times 6) \times 7 = 252$. On peut ranger 252 morceaux de sucre dans la boîte.
e. On ne peut pas en mettre davantage en rangeant les morceaux autrement puisqu'elle est pleine avec 252 morceaux.

18 Explorer des prismes et des pyramides

1 **a.** 10 sommets, 7 faces, 15 arêtes.
b. 6 sommets, 5 faces, 9 arêtes.
c. C'est un hexagone (6 côtés).
d. C'est un octogone (8 côtés).
e. C'est un décagone (10 côtés).
Remarque : on voit que, si la base a n côtés, alors le prisme possède $(2 \times n)$ sommets, $(n + 2)$ faces et $(3 \times n)$ arêtes.

2 **a.** 5 sommets, 5 faces, 8 arêtes.
b. 6 sommets, 6 faces, 10 arêtes.
c. C'est un triangle.
d. C'est un hexagone.
e. C'est un dodécagone (12 côtés).
Remarque : on voit que, si la base a n côtés, alors la pyramide possède $(n + 1)$ sommets, $(n + 1)$ faces et $(2 \times n)$ arêtes.

3 **a.** Le périmètre de la base est la somme des largeurs des faces rectangulaires : $2{,}7 + 1{,}5 + 2 = 6{,}2$ cm.
b. L'aire latérale est celle du rectangle formé par les trois faces latérales : $6{,}2 \times 3 = 18{,}6$ cm².

4 Chacune des six pyramides a pour base une face du cube et pour sommet principal le point K.
D'où : HAUTK, FONDK, HFDTK, AONUK, HFOAK, TDNUK.

5 **a.** Les faces latérales d'un prisme sont des rectangles. Donc le triangle du patron est forcément la base du prisme. Donc la base a trois côtés.
b.

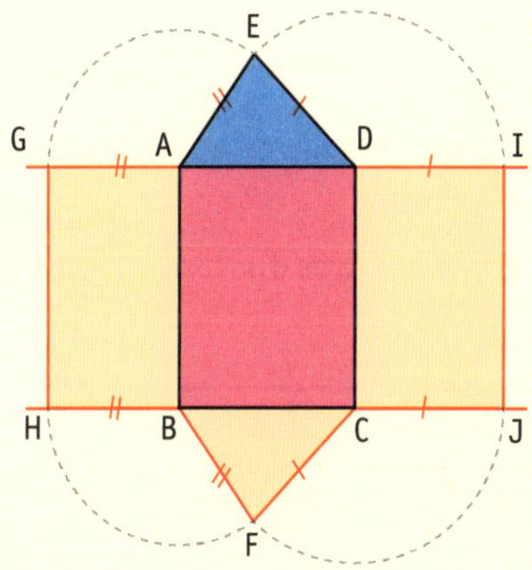

Pour cette construction, on prolonge à la règle les segments [AD] et [BC]. Puis à l'aide du compas, on construit les sommets G, H, I, J, F des trois faces manquantes. Enfin on achève le dessin à la règle.

19 Calculer des durées

1

CONSEIL
Il faut savoir que 1 min = 60 s et que 1 h = 3 600 s.

a. 4 min 20 s : (4 × 60) + 20 = 260 s.
b. 30 min : (30 × 60) = 1 800 s.
c. 1 h 40 min : 3 600 + (40 × 60) = 6 000 s.
d. 2 h 59 s : (2 × 3 600) + 59 = 7 259 s.

2

CONSEIL
Ces questions ressemblent à des devinettes ; un petit calcul nous apporte la bonne réponse.

a. 3 × 3 600 = 10 800. Donc c'est vrai.
b. Dans un jour, il y a 3 600 × 24 = 86 400 s.
Dans 2 semaines, il a 86 400 × 14 = 1 209 600. Donc c'est vrai.

3 a.
  7 h 18 min 30 s
+ 2 h 30 min 19 s
―――――――――
  9 h 48 min 49 s

b.
  3 h 12 min 50 s
+ 1 h 13 min 35 s
―――――――――
  4 h 25 min 85 s = 4 h 26 min 25 s

c.
  1 h 55 min 30 s
+ 4 h 12 min 17 s
―――――――――
  5 h 67 min 47 s = 6 h 07 min 47 s

EXPLICATION
Lorsqu'on obtient plus de 60 s ou plus de 60 min dans le résultat, on réécrit ce résultat différemment.

4 a.
  3 h 41 min 19 s
– 2 h 20 min 4 s
―――――――――
  1 h 21 min 15 s

b.
  2 h 8 min 25 s
– 1 h 18 min 5 s
―――――――――
  ?
→
  1 h 68 min 25 s
– 1 h 18 min 5 s
―――――――――
  50 min 20 s

Remarque : il n'y a pas assez de minutes en haut. Alors on remplace 2 h 8 min par 1 h 68 min.

c. Vérification de la soustraction **b.** à l'aide d'un axe chronologique.

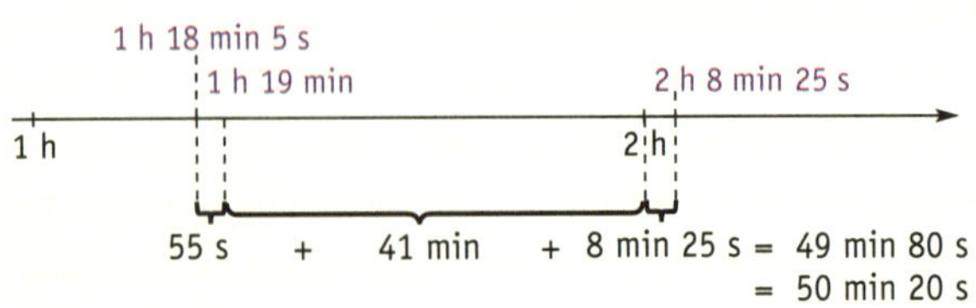

EXPLICATION
Il y a 55 s entre 1 h 18 min 5 s et 1 h 19 min.
Il y a 41 min entre 1 h 19 min et 2 h.
Il y a enfin 8 min 25 s à ajouter.

5 a.
  10 h 44 min
+ 1 h 35 min
―――――――――
  11 h 79 min = 12 h 19 min

Le four s'est arrêté à 12 h 19 min.

b.
  11 h 17 min
– 2 h 28 min
―――――――――
  ?

On a 28 > 17. Donc on remplace le premier terme par 10 h 77 min.

  10 h 77 min
– 2 h 28 min
―――――――――
  8 h 49 min

Tonton avait commencé à 8 h 49 min.
c. On peut utiliser efficacement un axe chronologique.
Mais on peut aussi écrire que 1 h 28 min 17 s du matin, c'est 25 h 28 min 17 s de la veille.
On pose alors la soustraction suivante :

  25 h 28 min 17 s
– 23 h 12 min 27 s
―――――――――
Hélas, 27 > 17.

Alors on pose :

  25 h 27 min 77 s
– 23 h 12 min 27 s
―――――――――
  2 h 15 min 50 s

Donc Marcel a lavé la vaisselle pendant 2 h 15 min 50 s.

6 a.

5 0 0 0	60
2 0 0	83
2 0	

8 3	60
2 3	1

Donc 5 000 s = 1 h 23 min 20 s

b.

2 1 0 0	60
3 0 0	35
0	

Donc 2 100 s = 35 min

20 Mesurer des longueurs et des masses

1 **Remarque :** plus on s'entraîne et plus on est à l'aise.

a. 2 km = 2 000 m — 35 cm = 0,35 m
3,5 hm = 350 m — 18 dm = 1,8 m
50 dam = 500 m — 5 mm = 0,005 m
b. 0,3 m = 30 cm — 35 mm = 3,5 cm
10,5 m = 1 050 cm — 5 dm = 50 cm
0,9 km = 90 000 cm — 1,5 mm = 0,15 cm

2 a. 5 kg = 5 000 g — 3 hg = 300 g
500 cg = 5 g — 50 mg = 0,05 g
2,54 kg = 2 540 g — 5 dg = 0,5 g
b. 3 000 g = 3 kg — 250 g = 0,25 kg
20 dag = 0,2 kg — 70 hg = 7 kg
7,3 t = 7 300 kg — 50 quintaux = 5 000 kg

Remarque : le quintal s'utilise en agriculture et la tonne est très courante.

3 125 g × 8 = 1 000 g = 1 kg.

EXPLICATION
On commence par calculer le poids de yahourt en g, puis on convertit en kg.

4 La souris a parcouru :
600×80 cm = 48 000 cm = 480 m.
Le nageur a parcouru : $16 \times 25 = 400$ m.
Donc la souris a parcouru la plus longue distance.

5 350×40 g = 14 000 g = 14 kg.
3×5 kg = 15 kg.
Les 3 paquets de 5 kg sont les plus lourds.

EXPLICATION
Même démarche qu'à l'exercice précédent.

6 1 tonne = 1 000 kg.
La division de 1 000 par 35 donne 28 au quotient et 20 au reste.
Jules devra donc faire 29 tours de brouette. Pour le dernier, il n'y aura que 20 kg de gravier dans la brouette.

7

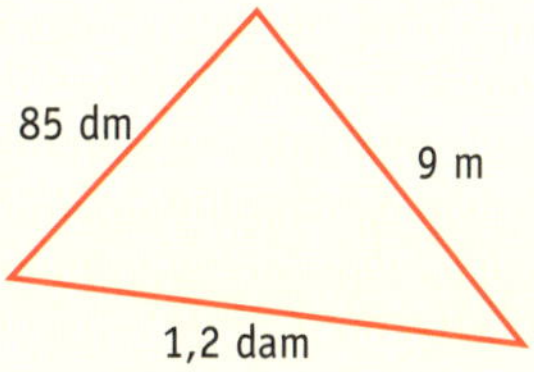

85 dm = 8,5 m et 1,2 dam = 12 m.
Périmètre du triangle (en m) : $8{,}5 + 9 + 12 = 29{,}5$.

EXPLICATION
Convertir d'abord toutes les longueurs dans une même unité.
Le périmètre d'un triangle est la somme des longueurs des côtés.

8

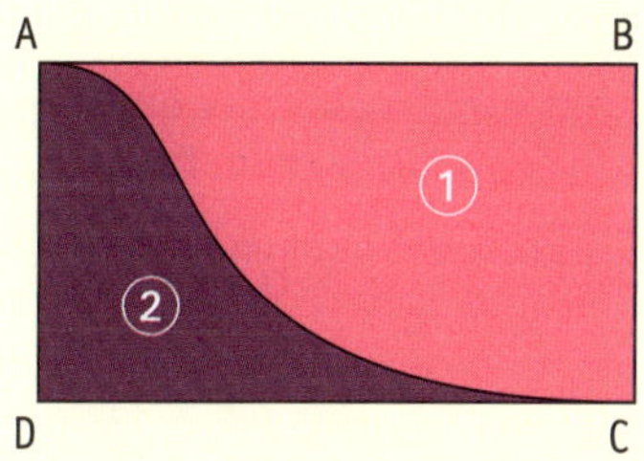

Pour chaque parcelle, le périmètre se compose d'une longueur du rectangle, d'une largeur, et de la ligne courbe AC.
Donc les deux parcelles ont le même périmètre.

EXPLICATION
Deux figures peuvent avoir le même périmètre et des aires différentes et ceci peut surprendre.

9

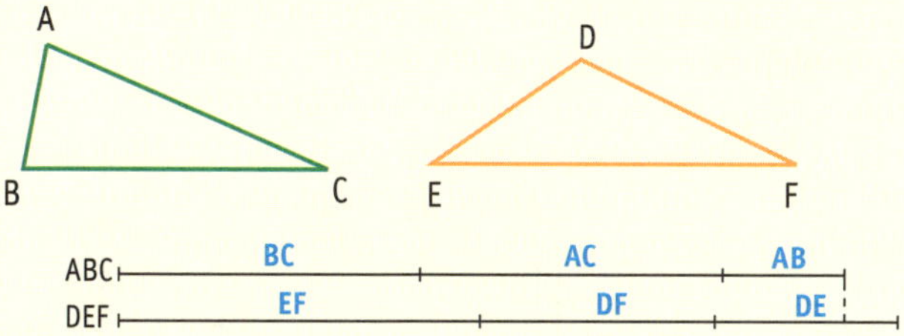

Donc ABC a le plus petit périmètre.
Remarque : on voit ici qu'il est parfois possible de comparer des longueurs sans connaître leurs mesures.

21 Calculer la longueur d'un cercle

1

	A	B	C	D
Rayon	3 cm	2,5 cm	0,95 cm	0,7 cm
Diamètre	6 cm	5 cm	1,91 cm	1,4 cm
Longueurdu cercle	18,85 cm	15,71 cm	6 cm	4,40 cm

EXPLICATION
Pour C, diamètre = $6 \div \pi$ et rayon = diamètre $\div 2$

2

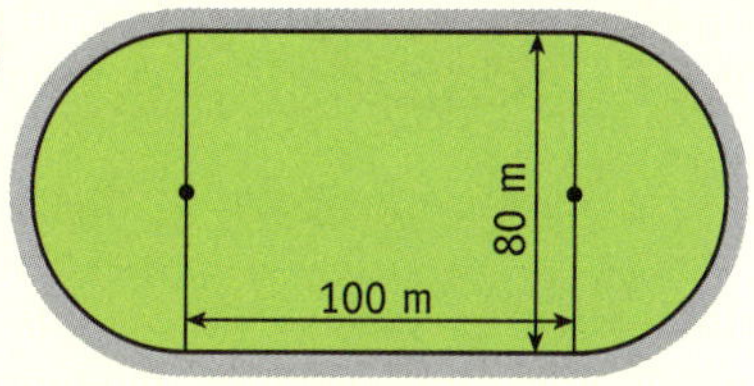

La piste est constituée de deux longueurs de rectangle et deux demi-cercles (qui valent un cercle).
Longueur de la piste (en m) : $(100 \times 2) + 80 \times \pi \approx 451{,}33$ m.

3

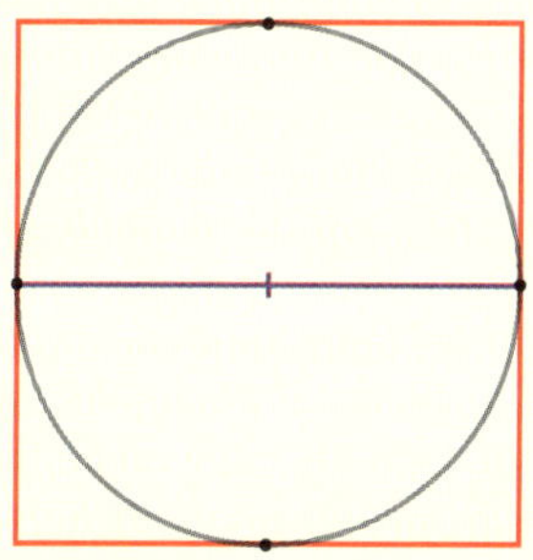

Côté du carré (en cm) :
$17 \div 4 = 4{,}25$.
C'est aussi le diamètre du cercle.
Longueur du cercle (en cm) :
$4{,}25 \times \pi \approx 13{,}4$ à 1 mm près.

EXPLICATION
On calcule d'abord le diamètre du cercle qui est le côté du carré.
Ensuite on calcule la longueur du cercle.

4

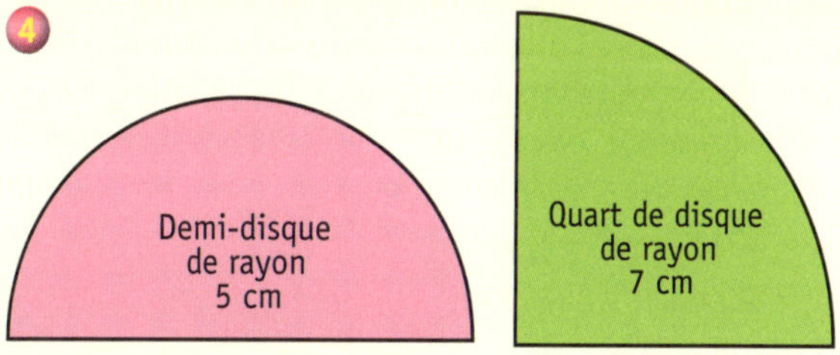

Périmètre du demi-disque (en cm) : $10 + (10 \times \pi \div 2) \approx 25{,}71$.
Périmètre du quart de disque (en cm) : $14 + (14 \times \pi \div 4) \approx 25$.
Donc le demi-disque a le plus long périmètre.

EXPLICATION
- Il faut bien distinguer diamètre et rayon.
- Seul le calcul permet de répondre.

5 Deux demi-cercles valent un cercle.
3 quarts de cercle et 1 quart de cercle valent 1 cercle.

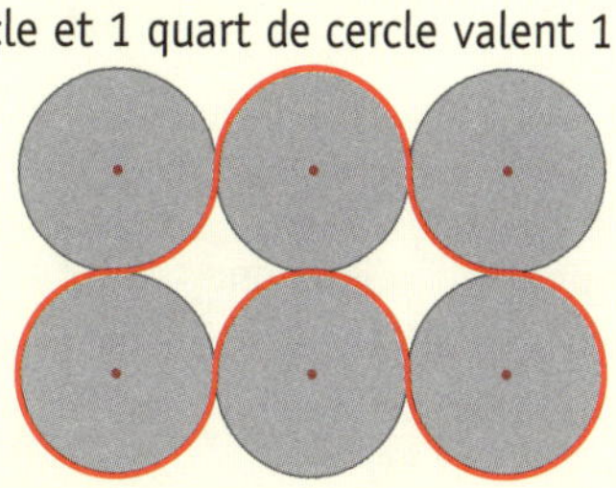

Le circuit équivaut à 3 cercles.
Sa longueur (en m) est : $10 \times 2 \times \pi \times 3 \approx 188{,}50$ m à 1 cm près.

6 Le diamètre des cercles est égal au côté du carré, c'est-à-dire 3 cm.

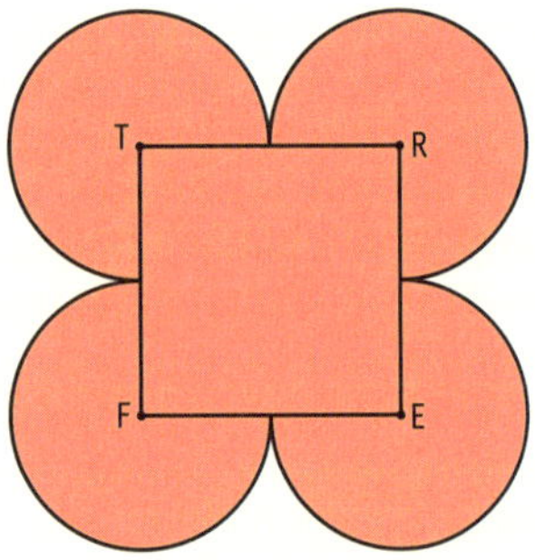

Ce tour vaut 4 fois les $\frac{3}{4}$ d'un cercle de 3 cm de diamètre, c'est-à-dire $4 \times \frac{3}{4} \times (\pi \times 3) \approx 28{,}3$ cm à 1 mm près.

EXPLICATION
Plus simplement : $4 \times \frac{3}{4}$ de tour, c'est 3 tours ;
d'où $3 \times (\pi \times 3) = 9\pi \approx 28{,}3$ cm.

7 a. $22 \div 7 \approx 3{,}14$ b. $28 \times \frac{22}{7} = 88$ (en cm).

EXPLICATION
$\frac{22}{7}$ n'est pas égal à π : ces deux nombres n'ont que deux décimales en commun.
Mais $\frac{22}{7}$ est aussi précis que 3,14 à 0,01 près.

22 Calculer des aires

1 a. 35 dam^2 = 3 500 m^2
b. 50 dm^2 = 0,5 m^2
c. 2 001 dam^2 = 200 100 m^2
d. 3 650 dm^2 = 36,5 m^2
e. 5 hm^2 = 500 dam^2 = 50 000 m^2
f. 11 200 cm^2 = 112 dm^2 = 1,12 m^2
g. 0,23 hm^2 = 23 dam^2 = 2 300 m^2
h. 100 000 cm^2 = 1 000 dm^2 = 10 m^2

EXPLICATION
À chaque étape,
- on multiplie le nombre par 100 lorsqu'on va vers l'unité immédiatement plus petite ;
- on divise le nombre par 100 lorsqu'on va vers l'unité immédiatement plus grande.

2 a. 3,7 m^2 = 370 dm^2
b. 68,5 cm^2 = 0,685 dm^2
c. 0,25 m^2 = 25 dm^2
d. 3 740 cm^2 = 37,4 dm^2
e. 0,12 dam^2 = 12 m^2 = 1 200 dm^2
f. 36 500 mm^2 = 365 cm^2 = 3,65 dm^2
g. 3 dam^2 = 300 m^2 = 30 000 dm^2
h. 105 000 mm^2 = 1 050 cm^2 = 10,5 dm^2

EXPLICATION
Même démarche qu'à l'exercice précédent.

3 Aire de 1 500 dalles : 20 dm^2 × 1 500 = 30 000 dm^2 = 300 m^2.
Donc 1 500 dalles ne suffiront pas.

EXPLICATION
Le plus facile est de calculer l'aire de 1 500 dalles et de comparer à 320 m^2.

4 a. Aire du carré = côté × côté.
Aire du carré : 6,5 × 6,5 = 42,25 cm^2.
b. Aire du rectangle = longueur × largeur.
Aire du rectangle : 14 × 9,5 = 133 dm^2.
c. Aire du disque = $\pi \times r \times r$.
Aire du disque = $4 \times 4 \times \pi = 16\pi \approx 50{,}3$ dam^2.

5 On calcule séparément les aires des trois parties.
Aire du carré = 5 × 5 = 25 m^2.
Aire du triangle rectangle : 8 × 5 ÷ 2 = 20 m^2.
Aire du triangle quelconque : 13 × 3 ÷ 2 = 19,5 m^2.
Donc l'aire du terrain est 25 + 20 + 19,5 = 64,5 m^2.

EXPLICATION
Le triangle quelconque a pour base : 5 + 8 = 13 m. Et pour hauteur, 3 m, même si celle-ci n'est pas tracée.

23 Mesurer des volumes

1

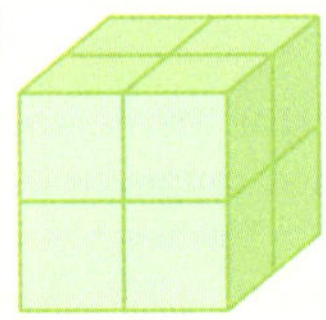

Nombre de cm^3 : (2 × 2) × 2 = 8
On dit que son volume est : 8 cm^3.

EXPLICATION
Dans cet exercice et dans les suivants, on se demande combien il y a d'unités dans une couche et combien il y a de couches.

2 Dans une couche il y a (7 × 5) cm^3 soit 35 cm^3. Et il y a 2 couches.

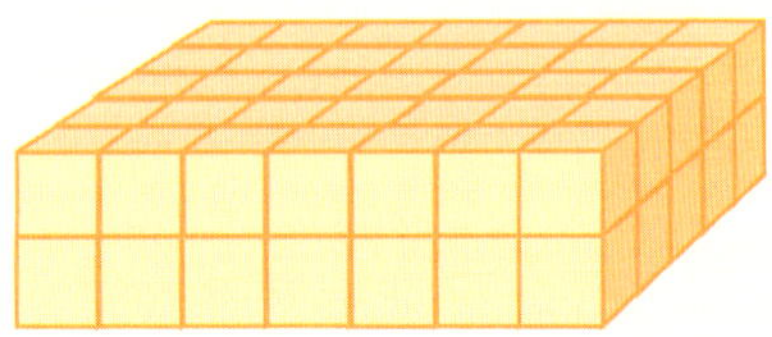

Donc le volume en cm^3 est : (7 × 5) × 2 = 70 cm^3.

3 a. Pour la boîte d'Eliott, une couche contient 4 × 6 = 24 cubes. Et la boîte contient 3 couches, donc 24 × 3 = 72 cubes.
b. Pour la boîte de Séréna, le même raisonnement donne (5 × 7) × 2 = 35 × 2 = 70 cubes. C'est donc la boîte d'Eliott qui contient le plus de cubes.

4 a. Nombre de cm^3 dans 1 dm^3 :
10 × 10 × 10 = 1 000
donc 1 dm^3 = 1 000 cm^3.

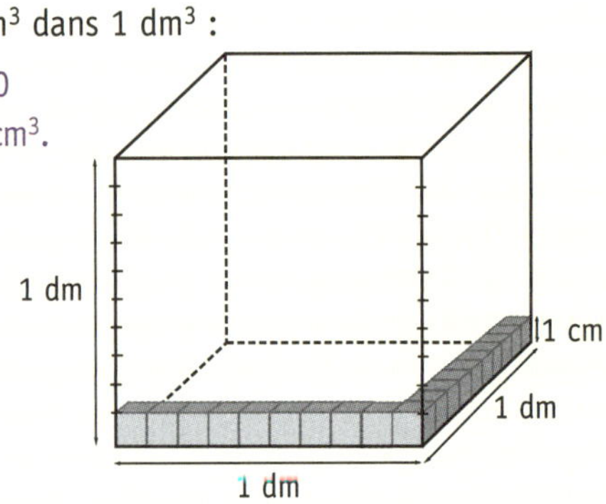

b. 1 cm^3 = 1 000 mm^3.
Et de la même façon on prouverait que : 1 m^3 = 1 000 dm^3.

EXPLICATION
On retient que les unités de volume vont de 1 000 en 1 000 :
1 m^3 = 1 000 dm^3
1 dm^3 = 1 000 cm^3
1 cm^3 = 1 000 mm^3.

5 **a.** En décimètres, les trois dimensions sont 12 dm, 7 dm et 5 dm. Donc la caisse contient $(12 \times 7) \times 5 = 420$ dm^3 ou L.
b. $420 \div 2 = 210$. La caisse sera vide au bout de 210 jours.

EXPLICATION
On doit savoir remplacer sans hésiter les litres par les dm^3 et vice versa, car 1 litre = 1 dm^3.

6 Consommation hebdomadaire de grenadine :
$(1{,}5 \times 2 \times 6) + (1{,}5 \times 4) = 18 + 6 = 24$ litres.
Le tonneau contient un demi-mètre cube, soit 500 L. La division de 500 par 24 donne 20 au quotient et 20 au reste. Donc la panne sèche aura lieu au cours de la 21e semaine.

24 Mesurer et reporter des angles

1

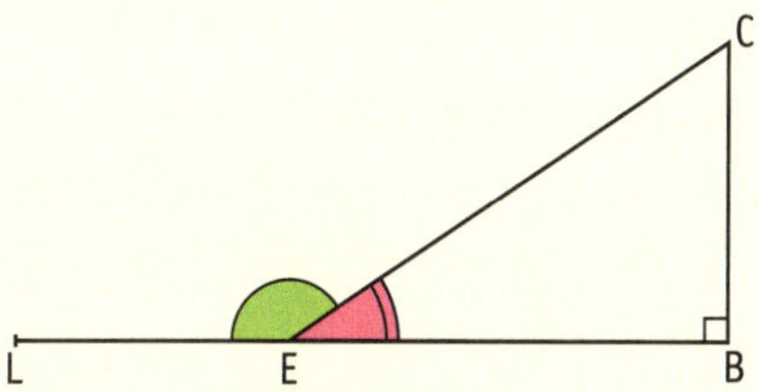

a. $\widehat{BEC}$ est aigu — $\widehat{BEC} = 33°$
b. $\widehat{BEL}$ est plat — $\widehat{BEL} = 180°$
c. $\widehat{LEC}$ est obtus — $\widehat{LEC} = 147°$
d. $\widehat{CBE}$ est droit — $\widehat{CBE} = 90°$
e. $\widehat{ECB}$ est aigu — $\widehat{ECB} = 57°$

Remarques :
- Ce vocabulaire est à savoir.
- « Obtus » prend toujours un s, même au singulier.

2 **a.**
Il ne suffit pas de savoir mesurer un angle, il faut aussi savoir construire, à l'aide du rapporteur, un angle de mesure connue.

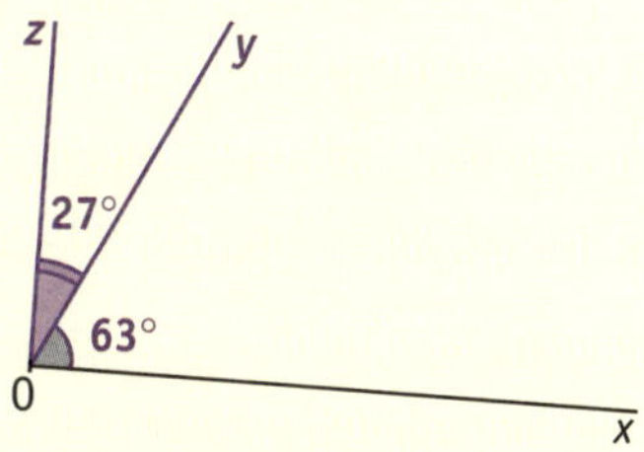

b. $\widehat{xOz}$ mesure $63° + 27° = 90°$. Donc il est droit.

CONSEIL
On vérifiera à l'équerre que $\widehat{xOz}$ est droit.

3 **a.**

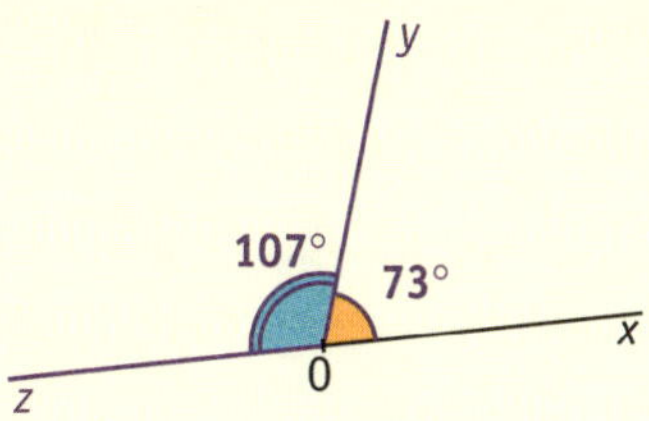

b. $\widehat{xOz}$ mesure $73° + 107° = 180°$. Donc il est plat.

CONSEIL
On vérifiera à la règle que $\widehat{xOz}$ est plat.

4 **a.** On trace le segment [AB]. Puis, à l'aide du rapporteur, on construit les angles $\hat{A}$ et $\hat{B}$ en respectant les mesures indiquées. Les deux côtés ainsi obtenus se coupent en C.

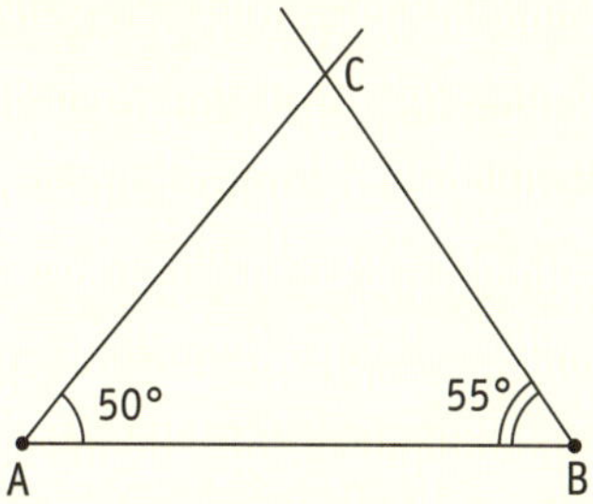

b. $\hat{C} = 180° - (50° + 55°) = 180° - 105° = 75°$.
Si le rapporteur confirme cette mesure, alors la figure est correcte.

5 **a.** On construit les angles $\hat{A}$ et $\hat{B}$ au rapporteur, en respectant leurs mesures.
Sur le côté issu de B, on place le point C à 4 cm. Puis on construit l'angle $\hat{C}$ de 110°.
Enfin, on place la lettre D au dernier sommet de la figure.

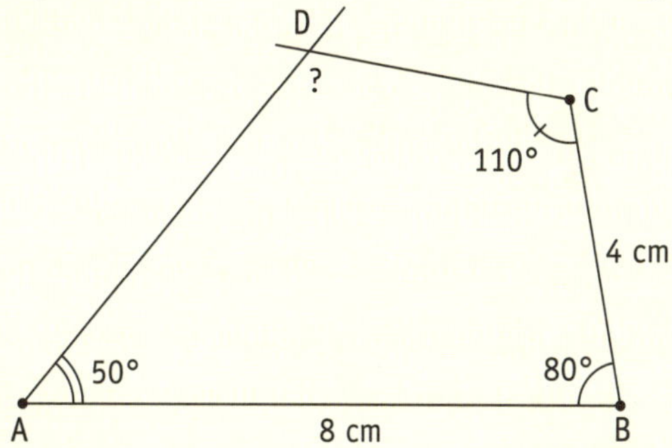

b. $\hat{D} = 360° - (50° + 80° + 110°) = 360° - 240° = 120°$.
Si le rapporteur confirme cette mesure, alors la figure est correcte.

6 **a.** Nombre de voix obtenu par chacun des candidats :
M. Propre : $3\,500 \times 25 \div 100 = 875$.
M. Rétro : $3\,500 \times 35 \div 100 = 1\,225$.
Mme Rose : $3\,500 \times 40 \div 100 = 1\,400$.

b.

Pourcentage	25	35	40	100
Angle	90°	126°	144°	360°

Angle de M. Propre : $360 \times 25 \div 100 = 90°$
Angle de M. Rétro : $360 \times 35 \div 100 = 126°$
Angle de Mme Rose : $360 \times 40 \div 100 = 144°$

c.

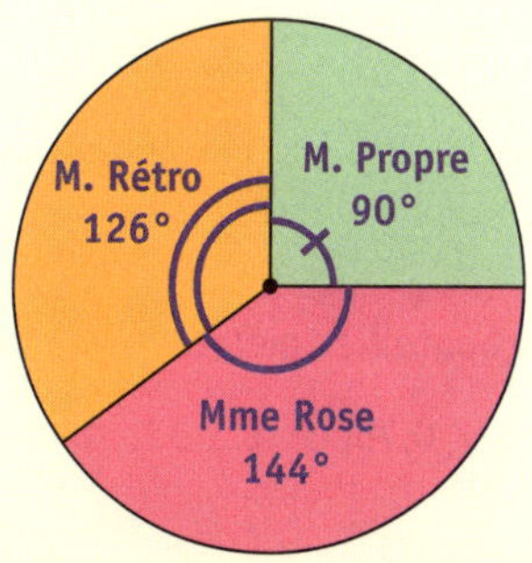

EXPLICATION
a. Pour calculer les nombres de voix, on applique les taux de pourcentage à 3 500.
b. Pour calculer les angles, on applique les taux de pourcentage à 360, car il y a 360° dans un tour complet.

Bilan : vers la cinquième

1 **1.** $128 = 11 \times 11 + 7$. Donc la bonne réponse est **c.**
2. $2\,017 + 8 = 2\,025$ dont la somme des chiffres est 9. Donc la bonne réponse est **a.**
3. Après augmentation, le 1er côté mesure $40 + 40 \times 0{,}15 = 46$, le second $32 + 32 \times 0{,}15 = 36{,}8$ et le dernier 23. Donc le nouveau périmètre mesure $46 + 36{,}8 + 23 = 105{,}8$. Donc la bonne réponse est **c.**
4. $(7 \times 8) - [14 - (9 \div 2)] = 56 - [14 - 4{,}5] = 56 - 9{,}5 = 46{,}5$. Donc la bonne réponse est **b.**
5. $1\text{ L} = 1\,000\text{ cm}^3$ et $1\,000 \div 8 = 125$. Donc la bonne réponse est **a.**

2 **1.** Le périmètre du cercle mesure $2 \times 1{,}5 \times \pi \approx 3 \times 3{,}14 \approx 9{,}42$ cm.

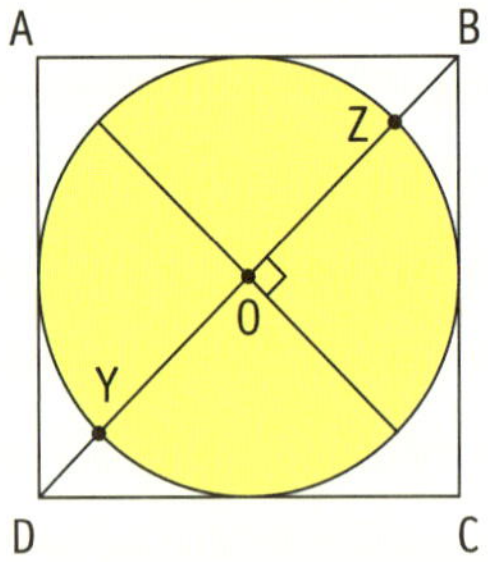

2. Côté du carré $2 \times 1{,}5 = 3$ cm.
Périmètre : $4 \times 3 = 12$ cm.
3. Comme OZ = OY = 1,5 cm, Z et Y sont sur le cercle.
4. Pour tracer ce diamètre, on pose la règle sur les points A et C.
5. C est à l'extérieur du cercle, donc OC > 1,5 cm. Marine s'est trompée.

3 **1.** On peut commencer par tracer [AC], puis construire B avec le compas.

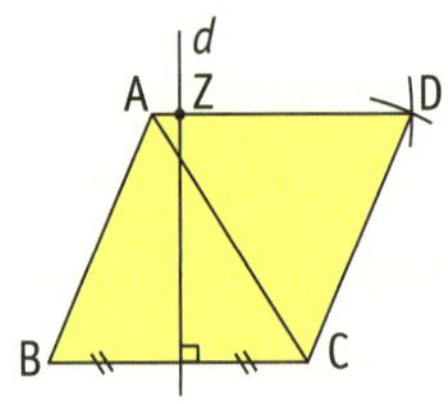

2. Les 4 côtés du losange ont la même longueur, d'où la construction de D avec le compas.
3. On construit *d* de manière habituelle.
4. (AD)//(BC) comme côtés opposés d'un losange. *d* est perpendiculaire à (BC) par définition. Si deux droites sont parallèles, toute perpendiculaire à l'une est perpendiculaire à l'autre. Donc *d* est perpendiculaire à (AD).
5. Comme Z est sur *d*, ZB = ZC donc ZBC est isocèle en Z.
6. C est le symétrique de B par rapport à *d* car *d* est la médiatrice de [BC].

4 **1.** 25 hL = 2 500 L.

Volume (en litres)	2 500	2
Masse (en kg)	…	5

Le coefficient de proportionnalité est $5 \div 2 = 2{,}5$, donc la masse de pommes est $2\,500 \times 2{,}5 = 6\,250$ kg.

2. $\frac{3}{4}$ L = 0,75 L. Le nombre de bouteilles pleines est la partie entière du quotient de 2 500 par 0,75, soit 3 333 bouteilles pleines.
3. Dans la dernière bouteille, il y a :
$2\,500 - 3\,333 \times 0{,}75 = 0{,}25$ L,
ce qui représente moins de la moitié de la bouteille.
4. $3\,334 \div 12 \approx 277{,}83$ donc 278 casiers.

5 **1.**

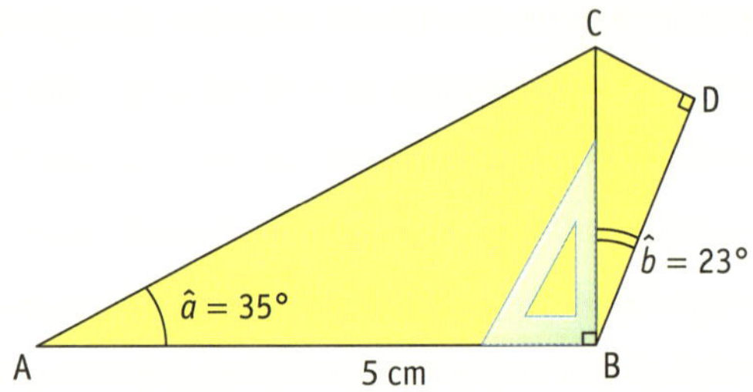

On trace [AB] puis on élève la perpendiculaire à (AB) passant par B à l'aide de l'équerre.
On construit l'angle $\hat{a}$ à l'aide du rapporteur et on obtient C.
On construit l'angle $\hat{b}$ puis on trace la perpendiculaire à (BD) passant par C.
2. On mesure $\widehat{ACD} = 122°$.

6 **1.** En 30 ans, il y a $30 \times 365 \times 24 \times 3\,600 = 946\,080\,000$ s, ce qui est inférieur à 1 milliard. Donc oui.
2. Le feu passera au vert à 17 h 58 min 49 s + 4 min 23 s = 17 h 62 min 72 s = 17 h 63 min 12 s = 18 h 03 min 12 s.
3. En divisant 1 001 par 365 on obtient au quotient 2 et au reste 271. La réponse est donc oui.
4. De 23 h 47 min à minuit, il y a 13 min. Donc Sabrina a utilisé son portable pendant 13 min + 1 h 19 min = 1 h 32 min.

7 **1.** La hauteur de l'édifice mesure 3 côtés du cube. Le côté du cube mesure donc $21 \div 3 = 7$ cm. Il y a 9 cubes d'où le volume de l'édifice $9 \times 7 \times 7 \times 7 = 3\,087\text{ cm}^3$.
2. Un pavé droit a 12 arêtes, la pyramide aussi. Donc la base de la pyramide a $12 \div 2 = 6$ arêtes. La base est un hexagone.
3. Le prisme a $7 - 2 = 5$ faces latérales. Donc sa base a 5 arêtes et donc 5 sommets. Le prisme a donc 10 sommets.
4. Le périmètre du patron comporte 14 arêtes. Chaque arête mesure donc $182 \div 14 = 13$ cm.
Le volume du cube est $13 \times 13 \times 13 = 2\,197\text{ cm}^3$.

8 L'aire du carré mesure $80 \times 80 = 6\,400\text{ m}^2$.
L'aire du rectangle mesure $250 \times 120 = 30\,000\text{ m}^2$.
L'aire du triangle rectangle $(250 - 80) \times 80 \div 2 = 170 \times 80 \div 2 = 6\,800\text{ m}^2$.
L'aire du triangle $250 \times (330 - 80 - 120) \div 2 = 250 \times 130 \div 2 = 16\,250\text{ m}^2$.
Aire du terrain : $6\,400 + 30\,000 + 6\,800 + 16\,250 = 59\,450\text{ m}^2$.

NIVEAU 5e

Cette partie te propose un **entraînement guidé** sur les principales notions du programme de 5e :

La partie comprend aussi :

TEST

1. Réponds à chaque question du test en cochant la bonne réponse : A, B ou C.
2. Vérifie chaque réponse à l'aide du corrigé en bas de la page 79.
3. Si ta réponse n'est pas juste, entoure le numéro du chapitre : il est à réviser en priorité.

NOMBRES ET CALCULS

CHAPITRE

1. **L'expression $6 + 5 \times 4 \div 2$ est égale à :** ☐ **A.** 16 ☐ **B.** 22 ☐ **C.** 13 — 1 p. 80

2. **L'opposé du nombre relatif 4 est :** ☐ **A.** $\frac{1}{4}$ ☐ **B.** – 4 ☐ **C.** 0,4 — 2 p. 82

3. **Le plus grand de ces trois nombres relatifs est :**
☐ **A.** – 7,61 ☐ **B.** – 7,7 ☐ **C.** – 7,609 — 3 p. 84

4. **L'expression $-4{,}5 + 6{,}3 + (-3 + 1{,}2)$ est égale à :**
☐ **A.** 0 ☐ **B.** 3,6 ☐ **C.** – 3,6 — 4 p. 86

5. **L'expression $(6 - 8) + [3 + (5 - 2)] - (4 - 7 + 1)$ est égale à :**
☐ **A.** – 6 ☐ **B.** 0 ☐ **C.** 6 — 5 p. 88

6. **La plus petite de ces trois fractions est :** ☐ **A.** $\frac{13}{18}$ ☐ **B.** $\frac{7}{9}$ ☐ **C.** $\frac{5}{6}$ — 6 p. 90

7. **L'expression $\frac{21}{18} - \frac{7}{6}$ est égale à :** ☐ **A.** $\frac{14}{12}$ ☐ **B.** 0 ☐ **C.** $\frac{14}{18}$ — 7 p. 92

8. **En remplaçant a par 3 et b par 7 dans l'expression $5a + 3 - 2b + 1$ on obtient :**
☐ **A.** 14 ☐ **B.** 17 ☐ **C.** 5 — 8 p. 94

9. **L'expression $5 \times (8 + 3) - 11 \times (2 + 3)$ est égale à :**
☐ **A.** 0 ☐ **B.** 24 ☐ **C.** 18 — 9 p. 96

GESTION DE DONNÉES

CHAPITRE

10. **Si 2,5 kg de rôti coûtent 40 €, alors 3,2 kg de ce même rôti coûtent :**
☐ **A.** 42,5 € ☐ **B.** 51,2 € ☐ **C.** 43,2 € — 10 p. 98

11. **Parmi les 32 élèves d'une classe, il y a 4 redoublants. Le pourcentage de redoublants est :**
☐ **A.** 4 % ☐ **B.** 8 % ☐ **C.** 12,5 % — 11 p. 100

12. **Sur la droite graduée suivante, l'abscisse de F est égale à :**

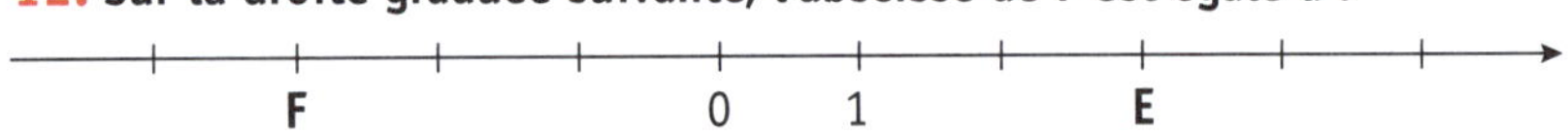

☐ **A.** 3 ☐ **B.** – 3 ☐ **C.** – 4 — 12 p. 102

13. **Dans une classe de 32 élèves, on compte 18 garçons.**
La fréquence des filles de cette classe est :
☐ **A.** 43,75 % ☐ **B.** 56,25 % ☐ **C.** 14 % — 13 p. 104

14. **Voici une série statistique :**

Valeur	5	7	10
Effectif	3	2	3

La moyenne pondérée de cette série est : ☐ **A.** 7,375 ☐ **B.** 7,33 ☐ **C.** 0,36363… — 14 p. 106

GESTION DE DONNÉES (SUITE)

CHAPITRE

15. Quand on choisit un nombre entier au hasard, la probabilité que le reste de la division de ce nombre par 5 soit égal à 4 est égale à :

☐ **A.** 0,2 ☐ **B.** $\frac{1}{2}$ ☐ **C.** $\frac{1}{4}$

15 p. 108

GÉOMÉTRIE ET MESURES

CHAPITRE

16. Si le point M est sur la médiatrice de [AB] alors :

☐ **A.** (MA) ⊥ (AB) ☐ **B.** MA = AB ☐ **C.** MA = MB

16 p. 110

17. Dire que A est le symétrique de O par rapport à B signifie que :

☐ **A.** A est le milieu de [OB] ☐ **B.** O est le milieu de [AB] ☐ **C.** B est le milieu de [AO]

17 p. 112

18. Les lettres suivantes ayant un centre de symétrie mais aucun axe de symétrie sont :

☐ **A.** A, M et C ☐ **B.** I, H et O ☐ **C.** N, S et Z

18 p. 114

19. Les angles $\widehat{e}$ et $\widehat{f}$ sont opposés par le sommet et la somme de leurs mesures est égale à 142°. Alors l'angle $\widehat{e}$ mesure :

☐ **A.** 38° ☐ **B.** 90° ☐ **C.** 71°

19 p. 116

20. Lorsque les diagonales d'un quadrilatère se coupent en leur milieu, on sait que c'est un :

☐ **A.** losange ☐ **B.** parallélogramme ☐ **C.** hexagone

20 p. 118

21. Peut-on construire un triangle de côtés 8 cm, 4 cm et 2 cm ?

☐ **A.** Oui, sans problème ☐ **B.** Seulement avec du bon matériel ☐ **C.** Non

21 p. 120

22. L'aire d'un triangle de 1 m de base et de 60 cm de hauteur est :

☐ **A.** 0,3 m^2 ☐ **B.** 300 cm^2 ☐ **C.** 60 cm^2

22 p. 122

23. Un disque a 14 cm de périmètre. En multipliant ce périmètre par le rayon du disque, on obtient :

☐ **A.** l'aire du disque ☐ **B.** deux fois l'aire du disque ☐ **C.** le diamètre du disque

23 p. 124

24. Le volume d'une boîte de conserve cylindrique mesurant 11 cm de diamètre et 10 cm de hauteur est :

☐ **A.** strictement inférieur à 1 litre ☐ **B.** égal à 1 litre ☐ **C.** strictement supérieur à 1 litre

24 p. 126

25. 100 m en 10 s correspond à une vitesse de :

☐ **A.** 36 km/h ☐ **B.** 32 km/h ☐ **C.** 10 km/h

25 p. 128

ALGORITHMIQUE ET PROGRAMMATION

CHAPITRE

26. L'instruction cacher **du logiciel Scratch efface :**

☐ **A.** le lutin ☐ **B.** l'écran ☐ **C.** les erreurs

26 p. 130

Réponses :
1. A 2. B 3. C 4. A 5. C 6. A 7. B 8. C 9. A 10. B 11. C 12. B 13. A 14. A
15. A 16. C 17. C 18. C 19. C 20. B 21. C 22. A 23. B 24. A 25. A 26. A

NIVEAU 5e

NOMBRES ET CALCULS

1 Respecter les priorités

- Tu peux commencer par revoir le chapitre 8 du niveau 6e p. 24.

Comment utiliser les règles de priorité des opérations ?

- En l'absence de parenthèses, on effectue les **multiplications** et les **divisions** avant les **additions** et les **soustractions**.
  Exemples :
  $a = 2 + 3 \times 5 = 2 + 15 = 17$ $\qquad$ $b = 15 \times 3 - 8 \div 2 = 45 - 4 = 41.$
- S'il n'y a que des multiplications et des divisions, on effectue les calculs dans l'ordre, de **gauche à droite** :
  $c = 3 \times 4 \div 5 \times 2 = 12 \div 5 \times 2 = 2{,}4 \times 2 = 4{,}8.$

★ 1 Priorité de × sur +

$a = 4 \times 4 + 4 \times 4 =$ ……………………………………

$b = 4 + 4 \times 4 + 4 =$ ……………………………………

$c = 4 + 4 \times 4 \times 4 =$ ……………………………………

$d = 6 + 6 \times (6 \times 6 + 6) =$ ……………………………………

COUP DE POUCE
Pour *d*, effectue d'abord les calculs à l'intérieur des parenthèses.

★ 2 La chasse aux fausses

Parmi les égalités suivantes, certaines sont fausses. Corriger alors le second membre.

a. $3 \times 9{,}2 + 0{,}2 - 1 = 26{,}8$ ……………………………………

b. $5 \times 0{,}7 - 0{,}7 = 0$ ……………………………………

c. $67 + 3 \times 100 = 7\,000$ ……………………………………

d. $15 \div 3 + 2 - 2 = 1$ ……………………………………

★ 3 Trop, c'est trop !

Dans les expressions suivantes, rayer les parenthèses inutiles puis effectuer le calcul.

$a = ((3 \times 7) + (7 \times 8)) =$ ……………………………………

$b = (5 + 4) + (5 \times 4) =$ ……………………………………

$c = 11 \times (8 \times 9) =$ ……………………………………

$d = 2 + (9 - (7 + 1)) =$ ……………………………………

★★ 4 Avec 2 016

Compléter les cases avec l'un des signes +, –, × pour que les égalités soient vraies.

0 = 2 ☐ 0 ☐ 1 ☐ 6	2 = 2 ☐ 0 ☐ 1 ☐ 6
6 = 2 ☐ 0 ☐ 1 ☐ 6	7 = 2 ☐ 0 ☐ 1 ☐ 6
8 = 2 ☐ 0 ☐ 1 ☐ 6	9 = 2 ☐ 0 ☐ 1 ☐ 6

COUP DE POUCE
Exemple :
7 = 2 + 0 – 1 + 6.
Cette réponse n'est pas unique.

5 **Bien barrer**

Barrer les expressions qui ne sont pas égales à 15.

$a = 5 + 4 + 3 \times 2 \times 1$ $\quad$ $b = 5 + 4 \times 3 + 2 \times 1$ $\quad$ $c = 5 + 4 \times 3 \times 2 + 1$

6 **Suppression**

Supprimer une paire de parenthèses dans les expressions suivantes pour que les égalités soient vraies.

$a = (9 + 5) \times (8 + 2) = 114$ $\quad$ $b = (9 + 5) \times (8 + 2) = 59$ $\quad$ $c = 2 + 3 \times ((5 + 2) \times 4) = 41$

7 **Traduction**

Écrire sous forme de calculs « en ligne » puis effectuer :

a. le produit de 3 par la somme de 7 et 9.

....

b. la somme de 16 et du produit de 4 par 5.

....

c. la somme des produits de 13 par 11 et de 14 par 19.

....

8 **Périmètre et aire**

a. Calculer le périmètre de cette figure.

....

....

....

b. Calculer son aire. ....

....

....

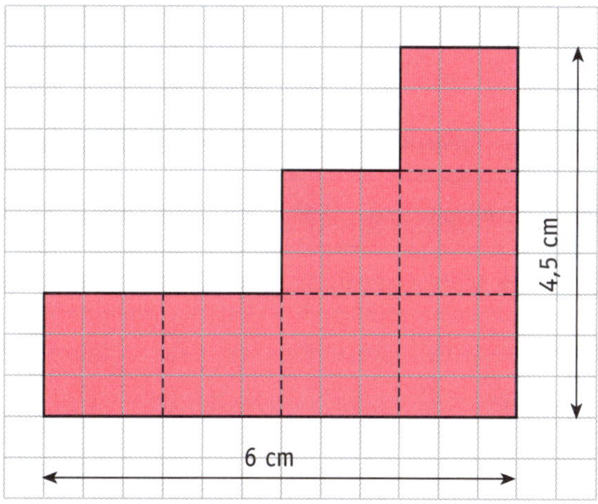

9 **Calcul d'un périmètre**

Calculer, à 0,1 cm près, le périmètre de cette figure.

....

....

....

....

....

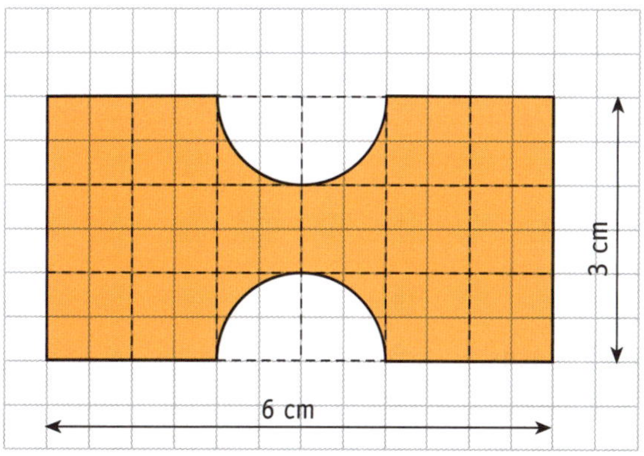

COUP DE POUCE

Vérifie, dans le formulaire de géométrie au début de ton livre, sur le rabat, la formule du périmètre d'un cercle.

Corrigés p. 134

2 Utiliser des nombres relatifs

Où rencontre-t-on des nombres relatifs ?

Exemples de nombres relatifs

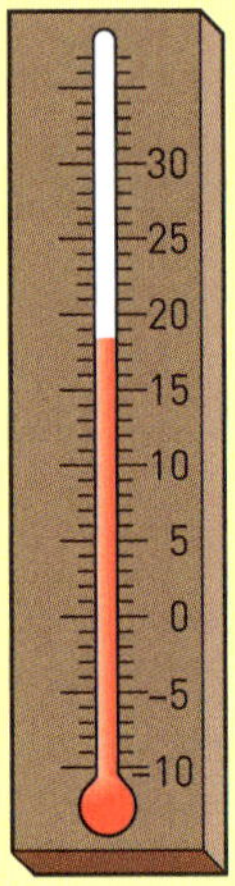

Sur ce thermomètre,
on peut lire des **nombres relatifs.**

nombres positifs
(supérieurs à zéro)

nombres **de signe +** (mais souvent écrits sans le signe)

nombres négatifs
(inférieurs à zéro)

nombres **de signe –**

Zéro est à la fois **positif et négatif.**

Nombres relatifs opposés

Les nombres – 2 et + 2 sont opposés.
+ 4,3 et – 4,3 sont aussi des nombres opposés ; etc.
L'opposé de 0 est 0.

– 5 et + 3 sont de signes contraires mais ne sont pas opposés.

1 Le thermomètre

a. Compléter le tableau suivant, en observant le thermomètre.

Niveau du liquide	A			F	H			R	U
Température (°C)	+ 10	+ 40	0			– 4	– 6		

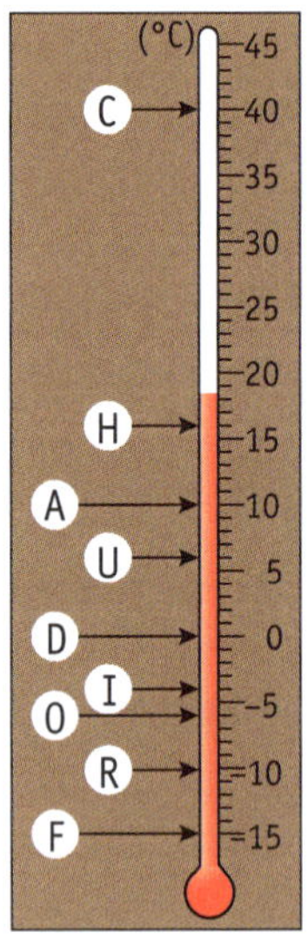

b. Donner deux températures représentées par deux nombres relatifs opposés.

....

c. Donner deux températures de signes contraires mais non opposées.

....

2 Trouver la phrase fausse

a. + 5 et + 8 sont positifs.
b. – 2 et – 9 sont négatifs.
c. 3 et – 4 sont de signes contraires.
d. 30 et – 30 sont opposés.
e. 2 et – 3 sont opposés.

La phrase fausse est : ....

ATTENTION
Ne confonds pas « opposés » et « de signes contraires ».

★ 3 Altitudes et profondeurs

Dans le tableau suivant placer le signe + ou le signe – devant chaque altitude (une profondeur est une altitude négative).

Mer Rouge	Mont Blanc	Mer Baltique	Pic du Vignemale	Col Bayard	Mer Adriatique	Mer Noire
.... 3 040 m	.... 4 807 m	.... 470 m	.... 3 298 m	.... 1 248 m	.... 1 260 m	.... 2 245 m

★ 4 Avant ou après Jésus-Christ

Une date comme 200 avant Jésus-Christ peut se noter par le nombre négatif – 200.
Une date comme 400 après Jésus-Christ peut se noter par le nombre positif + 400.
Dans le tableau suivant placer le signe + ou le signe – devant chaque date.

Fondation légendaire de Rome par Romulus	Bataille de Marignan	Bataille d'Alésia	Les Hébreux quittent l'Égypte sous la conduite de Moïse	Fin de la Grande Guerre	Naissance de Jésus-Christ
.... 753	.... 1 515	 52	.... 1 440	.... 1 918	 0

INFO Zéro est à la fois positif et négatif.

★ 5 Opposés

Compléter le tableau.

5			–10	52,7		–8		0	
– 5	– 2	1,8			+ 85		+ 3,6		–1,1

Opposé

★★ 6 Petits matins frais

a. Pendant ses 7 jours de vacances en montagne, Julien a relevé les températures à 8 h du matin. Il a tracé le graphique ci-contre.
Compléter le tableau suivant.

Jour	1	2	3	4	5	6	7
Température (°C)							

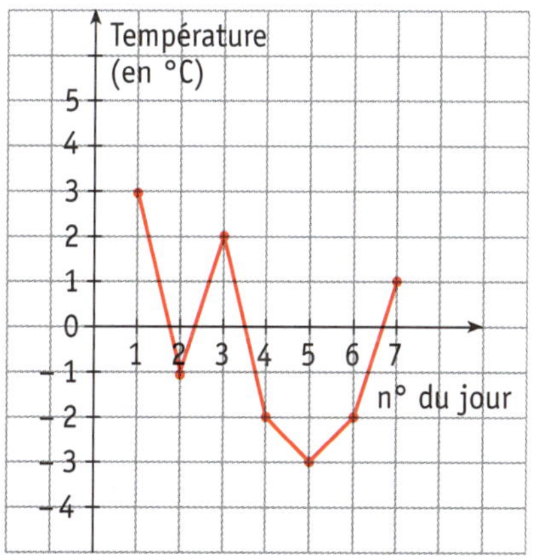

INFO Lis les températures sur l'axe vertical. Les températures négatives sont représentées par des points situés en dessous de l'axe des abscisses.

b. En même temps que Julien, Norman a relevé, dans une autre station, les températures suivantes :

Jour	1	2	3	4	5	6	7
Température (°C)	–3	–2	2	5	0	1	–1

Représenter cette suite de températures sur le graphique ci-dessus (avec une autre couleur).

NIVEAU 5e

Corrigés p. 134-135

NOMBRES ET CALCULS

3 Comparer des nombres relatifs

Comment comparer des nombres relatifs ?

Rangement des nombres entiers relatifs

$-7 < -6 < -5 < -4 < -3 < -2 < -1 < 0 < 1 < 2 < 3 < 4 < 5 < 6 < 7$

Comparaison de deux nombres...

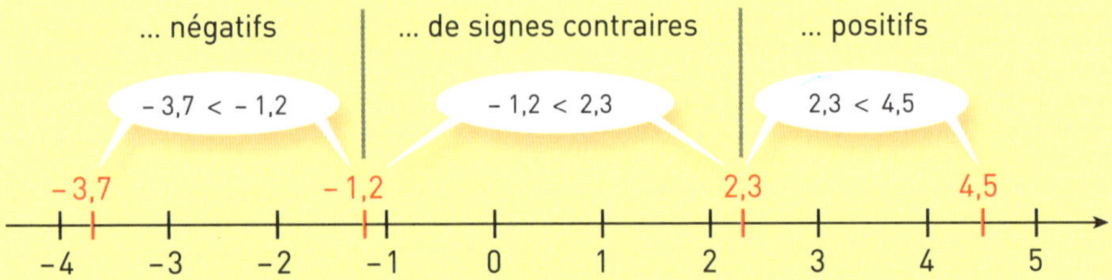

- Tout nombre **positif** est **supérieur ou égal à 0.**
- Tout nombre **négatif** est **inférieur ou égal à 0.**
- Tout nombre **positif** est **supérieur ou égal à** tout nombre **négatif.**

1 Comparaisons (1)

Compléter avec $<$, $=$ ou $>$.

a. 6 3
b. -32 ..... -26
c. -7 ..... -89
d. -3 ..... $3{,}1$
e. -8 ..... -8
f. -12 18
g. $8{,}2$ ..... $-1{,}2$
h. $18{,}7$ ..... $-18{,}7$
i. $0{,}6$ ..... -1
j. 0 ..... $6{,}3$
k. $5{,}4$ ..... $-5{,}4$
l. -35 ..... $0{,}1$

INFO
$a < b$ se lit :
« *a* est strictement inférieur à *b* ».

2 Comparaisons (2)

Compléter avec $\leqslant$ ou $\geqslant$.

a. 119 47
b. $5{,}34$ ..... $3{,}44$
c. 0 ..... -5
d. $-3{,}51$ ..... $-3{,}52$
e. -6 ..... -6
f. -6 0
g. 8 0
h. $-3{,}46$ ..... $-3{,}56$
i. $-2{,}31$ ..... $2{,}31$
j. 0 0
k. -2 ..... -135
l. $0{,}01$ ..... $0{,}1$

INFO
$a \leqslant b$ se lit :
« *a* est inférieur ou égal à *b* ».
Remarque :
$a \leqslant a$ et
$a \geqslant a$ aussi.

3 Bien entourées

Entourer les phrases vraies.

a. $-1{,}3 < -6{,}7$
b. $-3 \leqslant 24$
c. $-1\,995 > -8$
d. $0 < 131$
e. $0 \leqslant -1{,}8$
f. $8{,}5 \leqslant 0$
g. $-8 \leqslant 0$
h. $2 < -3$
i. $-1{,}2 \leqslant -1{,}3$
j. $0 \geqslant 0$
k. $0{,}1 > -79$
l. $-6 \leqslant -6$

4 Devinette

Quel est le nombre x tel que : $x \leqslant -7$ et $x \geqslant -7$? ....

INFO
« et » signifie
« à la fois ».

5 Trouver les erreurs

Parmi les inégalités suivantes, certaines sont fausses. Les rayer.

a. $-3{,}21 \leqslant -3{,}201$

b. $-2{,}91 \geqslant -3{,}27$

c. $-8{,}34 \leqslant -8{,}43$

d. $-3{,}5 \leqslant -12$

e. $8{,}66 \geqslant 8{,}56$

f. $-5{,}73 \leqslant -4{,}99$

6 Ordre croissant

Ranger dans l'ordre croissant les nombres suivants.

12,3 ; – 2,31 ; 1,23 ; – 3,12 ; 3,21 ; – 1,32.

....

INFO
Dans l'ordre croissant signifie : du plus petit au plus grand.

7 Ordre décroissant

Ranger dans l'ordre décroissant les nombres suivants.

1,001 ; – 0,101 ; 10,01 ; – 11 ; 0,011 ; – 10,01.

....

INFO
Dans l'ordre décroissant signifie : du plus grand au plus petit.

NIVEAU 5e

8 Dans l'Antiquité

Nous vivons actuellement aux environs de l'an 2000 après J.-C.
Ranger dans l'ordre croissant quelques dates voisines de l'an 2000 avant J.-C.

– 2010 ; – 1992 ; – 2002 ; – 1999 ; – 1997 ; – 2000.

....

9 Coincés

Donner la liste des nombres entiers relatifs compris entre – 3,99 et 4,99.

....

10 Encadrements

Encadrer les nombres suivants par deux entiers relatifs consécutifs.

a. .... < 2,1 < ....

b. .... < 10,5 < ....

c. .... < – 5,8 < ....

d. .... < – 10,5 < ....

e. .... < – 0,2 < ....

f. .... < – 3,14 < ....

COUP DE POUCE
Exemples d'encadrements :
$2 < 2{,}4 < 3$ avec 2 et 3 consécutifs.
$-6 < -5{,}7 < -5$ avec – 6 et – 5 consécutifs.

11 Les thermomètres

L'alcool gèle à – 112 °C et bout à 78 °C. Le mercure gèle à – 39 °C et bout à 357 °C.
Dans quel intervalle de températures peut-on utiliser indifféremment des thermomètres à alcool ou à mercure ?

....

....

....

COUP DE POUCE
Représente les intervalles sur une droite graduée.

Plus d'exercices sur www.hatier-entrainement.com

Corrigés p. 135

NOMBRES ET CALCULS

4 Additionner des nombres relatifs

Comment additionner des nombres relatifs ?

Addition de deux nombres de même signe

Exemples : (+ 4,5) + (+ 2,3) = + 6,8

(− 4,5) + (− 2,3) = − 6,8

On additionne 4,5 et 2,3 et on donne à la somme le signe des deux nombres.

Addition de deux nombres de signes contraires

Exemples : (+ 4,5) + (− 2,3) = + 2,2

On met + car 4,5 > 2,3

On calcule 4,5 − 2,3 = 2,2

(− 4,5) + (+ 2,3) = − 2,2

On met − car 4,5 > 2,3

Cas particulier de deux nombres opposés

La somme de deux nombres opposés est égale à zéro.

Exemple : (+ 4) + (− 4) = 0

1 Additions de deux termes

$a = (-3) + (+5) =$ .... $d = 26 + (-4{,}5) =$ .... $g = 1 + (-99) =$ ....

$b = 6 + (-8) =$ .... $e = -2 + (-4) =$ .... $h = 1{,}5 + (-3) =$ ....

$c = 0 + 5 =$ .... $f = -0{,}1 + (-0{,}3) =$ .... $i = 15 + (-15) =$ ....

INFO

Habituellement on écrit 17 au lieu de (+ 17).

2 Additions en chaînes

$a = -1 + (-4) + 6 =$ ....

$b = 4 + (-5{,}5) + 1 =$ ....

$c = -3 + (-2) + (-10) + 20 =$ ....

$d = 8 + 1 + (-9) + 0 + (-4) =$ ....

$e = 100 + (-10) + 1 + (-1\,000) =$ ....

$f = -5 + 7 + 5 + (-7) =$ ....

ATTENTION

Tu peux vérifier avec une calculatrice. Mais comment tapes-tu un nombre négatif sur ta calculatrice ?

3 Grille de nombres

Compléter la grille.

+	− 4	− 3,2	− 7	0	2	5,6	7	4,8
− 5,6								
− 8								
− 2,7								
− 0,5								

4 Le damier

Compléter chaque case blanche en y inscrivant la somme des nombres marqués sur les 4 cases voisines en couleur.

		0		0		0		
	7		– 2		1		4	
0		– 8		0		3		0
	6		0		3		6	
0		3		4		– 6		0
	4		1		– 4		– 1	
0		– 6		6		8		0
	1		– 2		– 9		– 5	
		0		0		0		

COUP DE POUCE

Exemple :

	– 4	
6	**– 2**	3
	– 7	

car
$-4+3+(-7)+6$
$=-2$

5 Chassez l'intrus

L'une de ces quatre sommes n'est pas égale aux autres. Laquelle ? ....

$a = -3 + (-8) + 3 + 5$

$b = -6 + (-1) + 4$

$c = -9 + 16 + (-10)$

$d = 10 + (-2) + (-5)$

6 Les deux égales

Parmi ces sommes, il y en a deux qui sont égales. Lesquelles ? ....

$a = 7 + (-4) + 0 + (-8)$

$b = 10 + (-3) + (-9) + 2$

$c = -3 + (-5{,}1) + (-0{,}9) + 8$

$d = 6{,}3 + 5{,}2 + (-3{,}5) + (-9)$

7 Avec le geste auguste du « sommeur »

$a = (-1) + 2 + (-3) + 4 + (-5) + 5 + (-4) + 3 + (-2) + 1 =$ ....

....

$b = (-10) + 9 + (-8) + 7 + (-6) + 5 + (-4) + 3 + (-2) + 1 =$ ....

....

$c = (-1) + 2 + (-3) + 4 + (-5) + 6 + (-7) + 8 =$ ....

....

COUP DE POUCE

Observe avant de calculer !

Corrigés p. 136

NIVEAU 5e

5 Soustraire des nombres relatifs

Comment soustraire des nombres relatifs ?

Pour soustraire, on ajoute l'opposé :
$x - y = x + \text{opp}(y) = x + (-y)$

Exemples :
- (+ 5,3) – (– 3,2) = (+ 5,3) + (+ 3,2) = 8,5
- (– 1,2) – (+ 9,5) = (– 1,2) + (– 9,5) = – 10,7
- 4 – 7 = 4 + (– 7) = – 3
- (– 5) – (– 5) = – 5 + 5 = 0
- (+ 9) – (– 9) = 9 + 9 = 18
- 0 – 8 = 0 + (– 8) = – 8

1 Premières soustractions

a = 7 – 2 = ...

b = 7 – (– 3) = ...

c = – 2 – (– 7) = ...

d = 2 – 7 = ...

e = – 3 – 7 = ...

f = – 7 – (– 2) = ...

g = 1 – 2 000 = ...

h = – 103 – 7 = ...

i = 13 – 213 = ...

j = 0 – (– 5) = ...

2 Carrés magiques

Compléter les carrés magiques suivants.

a.

– 4	– 5	
	– 3	
	– 1	

b.

– 2		– 6
		4
		2

c.

		2,4
	0,3	
– 1,8		1

INFO

Dans un carré magique, la somme des nombres situés sur une ligne, sur une colonne ou sur une diagonale, est toujours la même.

Exemple :

3 Grillades

Compléter les grilles suivantes.

a.

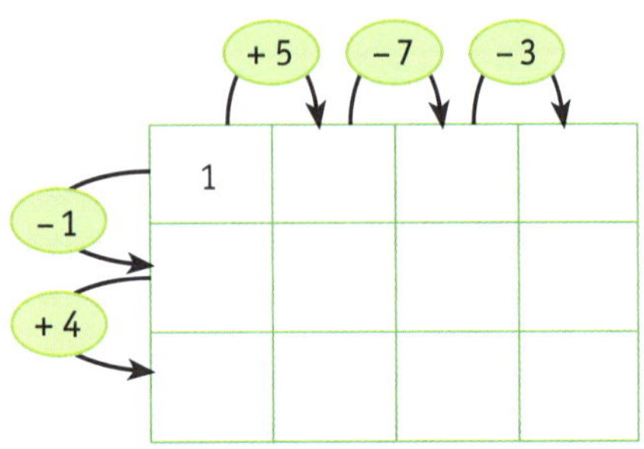

b.

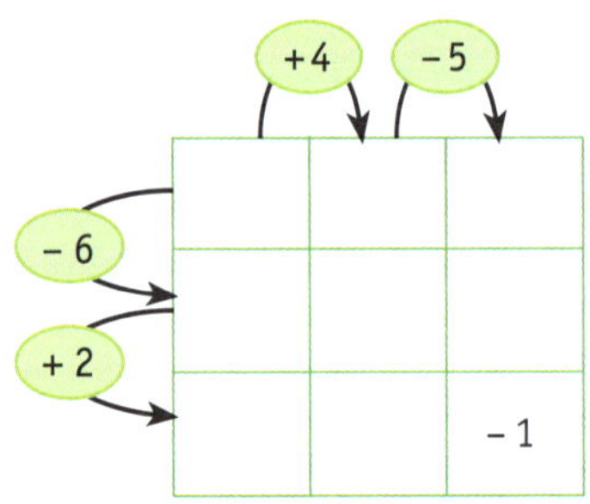

INFO

On ajoute 5.

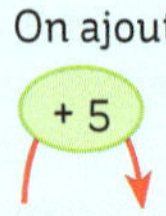

On soustrait 7.

c.

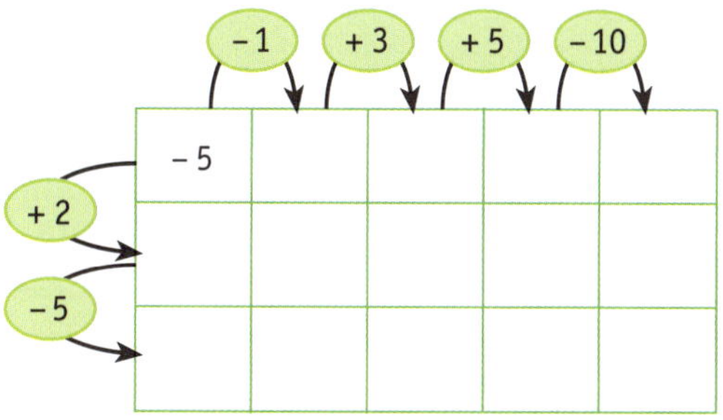

d.

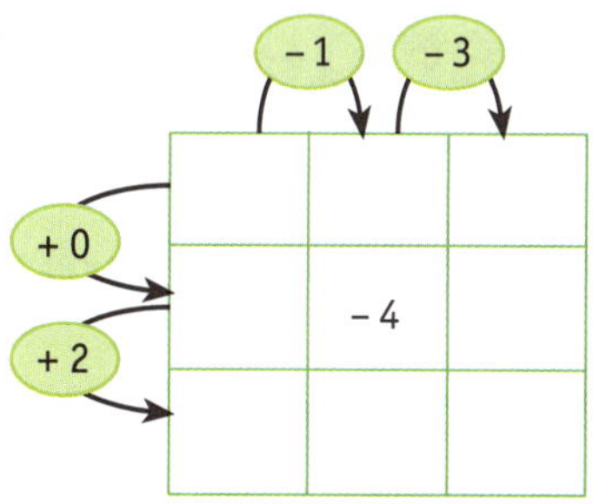

Comment calculer une expression ?

- Pour calculer une expression, on peut appliquer la démarche suivante :
  - effectuer les calculs à l'intérieur des parenthèses,
  - transformer les soustractions en additions,
  - effectuer les additions.

Exemple :

$(7 - 5) + (2 - 3) - (- 8 + 5 + 1)$
$= 2 + (-1) - (- 2)$
$= 2 + (-1) + (+ 2)$
$= 3$

4 Additions et soustractions (1)

Calculer les expressions suivantes.

$a = - 12 + (- 4) - 3 =$ ....

$b = 8{,}2 - 4{,}1 + (- 6{,}1) =$ ....

$c = (- 22) + (- 40) - (- 50) =$ ....

$d = (+ 33) - (- 44) + (- 22) - (+ 55) =$ ....

5 Additions et soustractions (2)

Calculer les expressions suivantes.

$a = (7 - 4) + (3 - 8) =$ ....

$b = (- 6 + 4) + (35 - 13{,}5) =$ ....

$c = (5 - 7{,}5 + 1) - (2 + 7 - 3) =$ ....

$d = (200 - 2\,000) + (2\,000 - 20\,000) =$ ....

COUP DE POUCE
Effectue d'abord les calculs entre parenthèses.

6 En somme, on ne peut s'y soustraire

Calculer les expressions suivantes.

$a = (- 5 - 4) - (- 3 - 2) =$ ....

$b = 9 - (11 - 4 + 5) =$ ....

$c = (- 6 + 2 - 14) + (2 - 3) - (8 - 13) =$ ....

Corrigés p. 136-137

6 Comparer des fractions

• Tu peux commencer par revoir le chapitre 6 du niveau 6e p. 20.

Comment changer l'écriture d'une fraction ?

▸ En multipliant ou en divisant par un même nombre (non nul) le numérateur et le dénominateur d'une fraction, on obtient une **fraction égale** à la première fraction.

$\dfrac{k \times a}{k \times b} = \dfrac{a}{b}$ $\dfrac{k}{k} = 1$

▸ **Cette propriété permet de...**

• **Simplifier** une fraction

$\dfrac{56}{40} = \dfrac{8 \times 7}{8 \times 5} = \dfrac{7}{5}$

On a simplifié par 8

• **Remplacer** une fraction par une autre fraction de même valeur mais ayant un autre dénominateur

$\dfrac{2}{3} = \dfrac{?}{12}$

Réponse : $\dfrac{2}{3} = \dfrac{2 \times 4}{3 \times 4} = \dfrac{8}{12}$

• **Supprimer** des virgules dans un quotient

$\dfrac{7}{0{,}25} = \dfrac{7 \times 100}{0{,}25 \times 100} = \dfrac{700}{25} = 28$ et $\dfrac{6{,}1}{34{,}7} = \dfrac{6{,}1 \times 10}{34{,}7 \times 10} = \dfrac{61}{347}$

1 Simplifications

Simplifier les fractions suivantes.

$a = \dfrac{4}{6} = \dfrac{2 \times 2}{2 \times 3} = \dfrac{\dots}{\dots}$ $b = \dfrac{2}{20} = \dfrac{\dots \times \dots}{\dots \times \dots} = \dfrac{\dots}{\dots}$ $c = \dfrac{6}{12} = \dfrac{\dots}{\dots}$ $d = \dfrac{25}{35} = \dfrac{\dots}{\dots}$

2 Fractions égales

Compléter.

$a = \dfrac{7}{4} = \dfrac{7 \times \dots}{4 \times \dots} = \dfrac{\dots}{12}$

$b = \dfrac{8}{5} = \dfrac{\dots \times \dots}{\dots \times \dots} = \dfrac{\dots}{20}$

$c = \dfrac{3}{20} = \dfrac{\dots \times \dots}{\dots \times \dots} = \dfrac{21}{\dots}$

$d = \dfrac{25}{35} = \dfrac{\dots \times 5}{\dots \times \dots} = \dfrac{\dots}{7} = \dfrac{\dots \times \dots}{\dots \times \dots} = \dfrac{\dots}{14}$

COUP DE POUCE
Multiplie le numérateur et le dénominateur par un **même** nombre.

3 Même dénominateur (1)

Écrire des fractions égales à A et à B et ayant un même dénominateur.

a. $A = \dfrac{17}{8} = \dfrac{\dots}{\dots}$ et $B = \dfrac{8}{4} = \dfrac{\dots}{\dots}$

b. $A = \dfrac{31}{100} = \dfrac{\dots}{\dots}$ et $B = \dfrac{4}{10} = \dfrac{\dots}{\dots}$

4 Même dénominateur (2)

Même exercice avec :

a. $A = \dfrac{2}{3} = \dfrac{\dots}{\dots}$ et $B = \dfrac{3}{2} = \dfrac{\dots}{\dots}$

b. $A = \dfrac{7}{6} = \dfrac{\dots}{\dots}$ et $B = \dfrac{7}{10} = \dfrac{\dots}{\dots}$

COUP DE POUCE
a. Prends 6 pour dénominateur commun.
b. Prends 30 pour dénominateur commun.

5 Chasse aux virgules

Écrire les quotients suivants avec des dénominateurs entiers.

$a = \dfrac{3{,}6}{7{,}49} = \dots\dots$ $b = \dfrac{48}{0{,}009} = \dots\dots$ $c = \dfrac{3{,}14}{2{,}2} = \dots\dots$

Comment comparer des fractions ?

- Des fractions de même dénominateur sont rangées dans l'ordre de leurs numérateurs.

  Exemple : $\frac{12}{23} < \frac{15}{23}$

- Pour comparer deux fractions, on les écrit avec un même dénominateur.

6 Comparaisons (1)

Compléter avec < ou >.

a. $\frac{25}{16}$ ..... $\frac{31}{16}$

b. $\frac{31}{17}$ ..... $\frac{30}{17}$

c. $\frac{20}{100}$ ..... $\frac{19}{100}$

d. $\frac{89}{100}$ ..... $\frac{850}{1\,000}$

7 Comparaisons (2)

Compléter avec < , > ou = en ayant d'abord modifié la première fraction.

a. $\frac{13}{3} = \frac{....}{....}$ ..... $\frac{24}{6}$

b. $\frac{4}{10} = \frac{....}{....}$ ..... $\frac{31}{100}$

c. $\frac{155}{500} = \frac{....}{....}$ ..... $\frac{312}{1\,000}$

d. $\frac{11}{5} = \frac{....}{....}$ ..... $\frac{55}{25}$

COUP DE POUCE
Écris les deux fractions avec le même dénominateur.

8 Rangement

a. Compléter les égalités suivantes.

$\frac{3}{4} = \frac{....}{12}$ $\frac{1}{2} = \frac{....}{12}$ $\frac{2}{3} = \frac{....}{12}$

b. Ranger dans l'ordre croissant les six fractions suivantes : $\frac{10}{12}$; $\frac{7}{12}$; $\frac{11}{12}$; $\frac{3}{4}$; $\frac{1}{2}$; $\frac{2}{3}$.

....

c. Vérifier en utilisant une valeur approchée de chaque fraction.

....

COUP DE POUCE
b. Utilise les résultats du **a.**

9 Fractions d'un carré

Chaque partie coloriée est une fraction du carré. Indiquer cette fraction au-dessus de chaque figure et ranger ces fractions dans l'ordre croissant.

A = ... *B* = ... *C* = ... *D* = ... *E* = ... *F* = ...

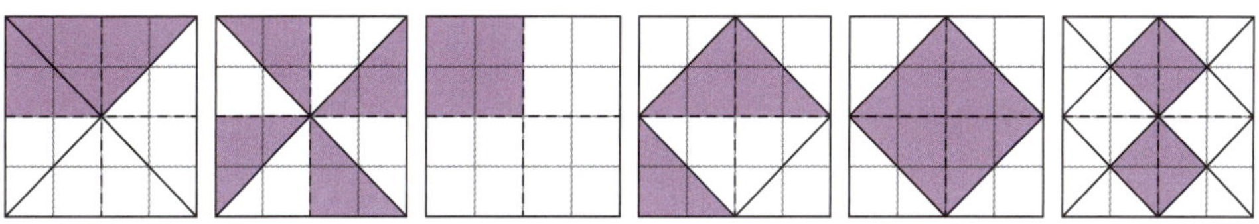

....

....

NIVEAU 5e

Corrigés p. 137-138

Plus d'exercices sur www.hatier-entrainement.com

7 Additionner et soustraire des fractions

Comment additionner et soustraire des fractions ?

- **Dans le cas où les deux fractions ont le même dénominateur :**

Exemples : $\frac{2}{7}+\frac{4}{7}=\frac{2+4}{7}=\frac{6}{7}$ | $\frac{13}{9}-\frac{8}{9}=\frac{13-8}{9}=\frac{5}{9}$

Pour additionner deux fractions de même dénominateur, on ajoute les numérateurs et on garde le dénominateur commun.

Remarque : parfois on peut simplifier.

$\frac{5}{12}+\frac{3}{12}=\frac{5+3}{12}=\frac{8}{12}=\frac{2\times4}{3\times4}=\frac{2}{3}$ | $\frac{11}{4}-\frac{3}{4}=\frac{11-3}{4}=\frac{8}{4}=2$

- **Dans le cas où un dénominateur est multiple de l'autre :**

Exemples : $\frac{4}{7}+\frac{5}{14}=\frac{4\times2}{7\times2}+\frac{5}{14}=\frac{8}{14}+\frac{5}{14}=\frac{13}{14}$

$\frac{4}{7}-\frac{5}{14}=\frac{4\times2}{7\times2}-\frac{5}{14}=\frac{8}{14}-\frac{5}{14}=\frac{3}{14}$

On transforme $\frac{4}{7}$ pour avoir un dénominateur commun.

1 Avec le même dénominateur

Calculer et, si possible, simplifier.

a. $\frac{1}{5}+\frac{2}{5}=$ ....

b. $\frac{4}{7}-\frac{2}{7}=$ ....

c. $\frac{2}{15}+\frac{4}{15}=$ ....

d. $\frac{17}{15}-\frac{2}{15}=$ ....

2 Même exercice

a. $\frac{5}{10}+\frac{3}{10}=$ ....

b. $\frac{17}{25}-\frac{12}{25}=$ ....

c. $\frac{21}{24}+\frac{8}{24}=$ ....

d. $\frac{27}{8}-\frac{3}{8}=$ ....

3 Avec un dénominateur multiple de l'autre

Calculer et, si possible, simplifier.

a. $\frac{3}{10}+\frac{2}{100}=$ ....

b. $\frac{2}{100}-\frac{6}{1000}=$ ....

c. $\frac{1}{3}+\frac{1}{6}=$ ....

d. $\frac{3}{4}-\frac{5}{8}=$ ....

4 Même exercice

a. $\frac{5}{77}+\frac{4}{7}=$ ....

c. $\frac{5}{6}+\frac{1}{3}=$ ....

b. $\frac{5}{10}-\frac{1}{2}=$ ....

d. $\frac{13}{20}-\frac{2}{5}=$ ....

5 Avec des entiers

Calculer.

a. $1+\frac{1}{4}=$ ....

c. $\frac{2}{3}+5=$ ....

b. $3-\frac{2}{3}=$ ....

d. $7-\frac{5}{4}=$ ....

COUP DE POUCE

- $1=\frac{a}{a}$
- $a=\frac{a}{1}$

6 Avec des tableaux

Compléter les tableaux. Simplifier les résultats, si possible.

a.

a	$\frac{7}{25}$		$\frac{4}{5}$	$\frac{9}{14}$	$\frac{5}{4}$	
b	$\frac{4}{25}$	$\frac{4}{31}$	$\frac{2}{10}$	$\frac{2}{7}$	$\frac{3}{4}$	$\frac{2}{5}$
a + b		$\frac{11}{31}$				$\frac{11}{5}$

b.

a	$\frac{7}{25}$	$\frac{5}{24}$		$\frac{14}{5}$	$\frac{9}{4}$	$\frac{2}{3}$
b	$\frac{4}{5}$		$\frac{4}{6}$	$\frac{13}{20}$	$\frac{21}{16}$	
a + b		$\frac{1}{3}$	$\frac{11}{3}$			$\frac{13}{18}$

7 Le budget des Pensatou

Compléter la case vide par une fraction.

....

....

....

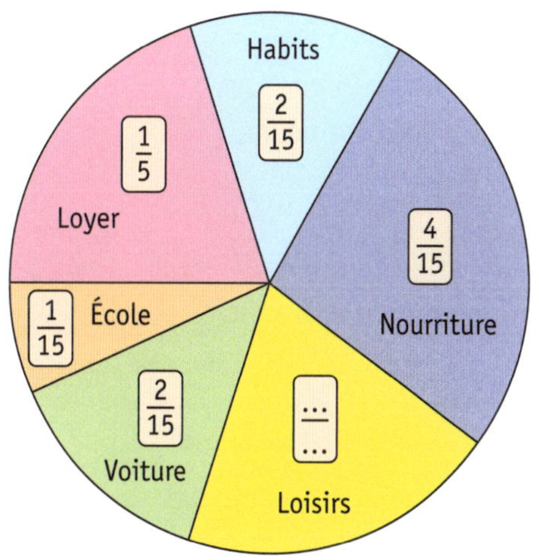

NIVEAU 5e

Corrigés p. 138

8 Découvrir le calcul littéral

Comment utiliser des lettres dans un calcul ?

Exemple d'écriture littérale

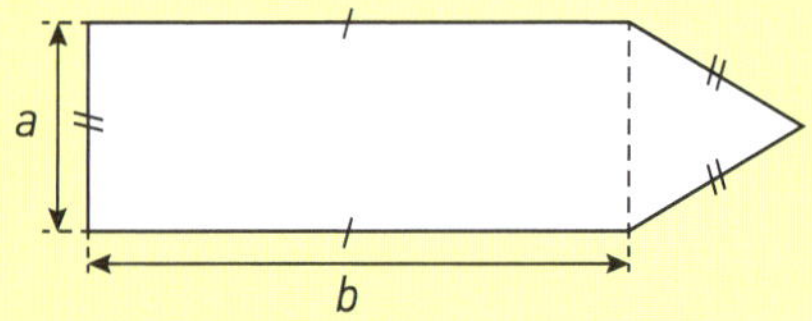

Pour $a = 2{,}3$ cm et $b = 6{,}2$ cm, le périmètre P de la figure ci-contre vaut : $P = 3 \times 2{,}3 + 2 \times 6{,}2 = 19{,}3$ cm.
En utilisant les lettres a et b on obtient : $P = 3a + 2b$.
On dit que P est exprimé **en fonction de** a et b.
Cette formule peut maintenant s'utiliser pour toutes les autres valeurs de a et b.

Alléger l'écriture d'une expression

Exemples : $x \times y$ peut s'écrire xy ; $3 \times a$ peut s'écrire $3a$;
$2 \times (b + 1)$ peut s'écrire $2(b + 1)$; mais bien sûr 2×3 ne s'écrit pas 23.

★ 1 Podium

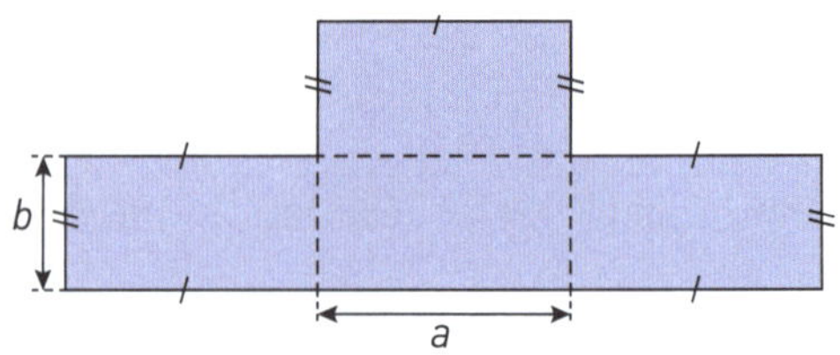

a. Exprimer le périmètre p de cette figure en fonction de a et b :

$p =$ ....

b. Théa a écrit $p = 4(a + b) + 2a$. Est-ce correct ? ....

c. Calculer p pour $a = 9{,}2$ et $b = 2{,}9$.

$p =$ ....

d. On double a et on triple b. Exprimer le nouveau périmètre p en fonction de a et de b :

$p =$ ....

★★ 2 Et π alors ?

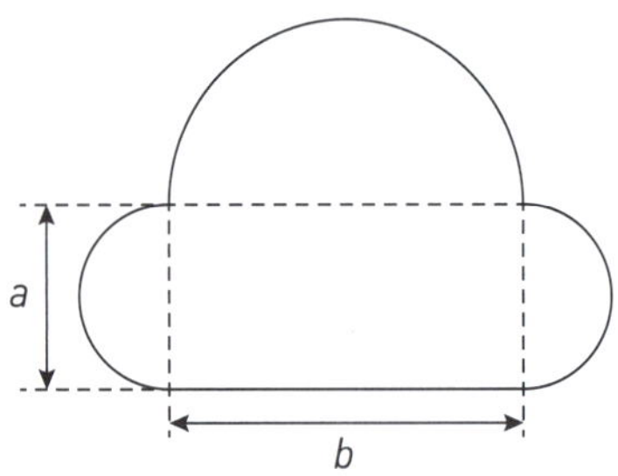

a. On donne $a = 2$ cm et $b = 5$ cm.
Calculer le périmètre p de cette figure.
(Prendre $\pi = 3{,}14$.)

$p =$ ....

b. Exprimer p en fonction de a, b et π.

$p =$ ....

★★ 3 Avec un tableau

Compléter le tableau suivant.

a	b	c	ac	bc	$(a + b)c$	$ac + bc$
5	11	3				
13	9			45		
4			12	15		

INFO
On observe que $(a + b)c = ac + bc$.
Cette formule sera étudiée en 4e.

4 Vrai ou faux ?

Compléter la case par V ou F.

a. Si $x = 0{,}25$ et $y = 1$ alors $3y = 4x + 2$ ☐

b. Si $x = 1{,}5$ et $y = 2{,}5$ alors $3y = 4x + 2$ ☐

c. Si $x = 10$ et $y = 14$ alors $3y = 4x + 2$ ☐

d. Si $x = 0{,}01$ et $y = 0{,}65$ alors $3y = 4x + 2$ ☐

5 Des chiffres et des lettres

Compléter :

a. Si $x = 2$ et $y = 1$ alors $3x + 5y =$ ……………………

b. Si $a = 3$ et $b = 5$ alors $a + 2 \times 5 + b =$ ……………………

c. Si $r = 4$ et $h = 7$ alors $2rh =$ ……………………

d. Si $x = 6$ et $y = 2$ alors $3 + 5x + y =$ ……………………

6 Des chiffres et des lettres (bis)

On cherche une formule permettant de calculer le nombre N des carrés qui composent l'équerre à l'étape n.

étape 1 étape 2 étape 3 étape 4

a. Léa propose $N = 2n - 1$. Vérifier sa formule pour les 4 premières étapes.

……………………………………………………

b. On peut démontrer que la formule de Léa est correcte.

Combien obtient-on de carrés à l'étape 2 021 ? ……………………

……………………………………………………

c. Proposer une formule qui donne le périmètre P en fonction de n (on suppose que le côté mesure 1 cm). ……………………

Quelle est l'étape qui correspond à un périmètre $P = 2\,024$ cm ? ……………………

7 Simplifier les écritures

a. $7 \times a + 2 \times b =$ ……………………

b. $r \times h =$ ……………………

c. $2 \times \pi \times r =$ ……………………

d. $4 \times \pi \times r \times r =$ ……………………

e. $c \times c \times c =$ ……………………

f. $2x \times x \times 3x =$ ……………………

NIVEAU 5e

INFO
Cette formule contiendra la lettre n ; on dit que l'on exprime N en fonction de n.

INFO
ab signifie a multiplié par b, $2b$ signifie 2 multiplié par b mais 23 ne signifie pas 2×3

Corrigés p. 138-139

9 Utiliser la distributivité

Qu'est-ce que la distributivité et comment l'utiliser ?

- La multiplication est **distributive** par rapport à l'addition et à la soustraction.

$k \times (a + b) = k \times a + k \times b$
$k \times (a - b) = k \times a - k \times b$

• Dans un sens

Exemples :

$12 \times 21 = 12 \times (20 + 1) = 12 \times 20 + 12 \times 1 = 240 + 12 = 252$
$15 \times 39 = 15 \times (40 - 1) = 15 \times 40 - 15 \times 1 = 600 - 15 = 585$

• Dans l'autre

Exemples :

$4 \times 11 - 4 \times 7 = 4 \times (11 - 7) = 4 \times 4 = 16$
$7 \times 9 + 7 = 7 \times 9 + 7 \times 1 = 7 \times (9 + 1) = 7 \times 10 = 70$

Excellent pour le calcul mental.

1 De la pratique…

Effectuer de deux façons différentes.

$a = 11 \times (7 + 6)$ = { $11 \times$ .... = ...
{ $11 \times 7 + 11 \times 6 = 77 +$ ....

$b = 13 \times (100 - 2)$ = { ....
{ ....

$c = 40 \times (40 + 3)$ = { ....
{ ....

$d = (20 - 3) \times 15$ = { ....
{ ....

2 Encore…

Effectuer de deux façons différentes.

$a = 7 \times (13{,}1 + 14{,}3)$ = { ....
{ ....

$b = (5{,}4 + 9{,}8) \times 23$ = { ....
{ ....

$c = 2{,}3 \times 5{,}7 + 2{,}3 \times 4{,}3$ = { ....
{ ....

$d = 9{,}73 \times 15{,}3 - 9{,}73 \times 14{,}3$ = { ....
{ ....

COUP DE POUCE
On emploie les égalités
$ka + kb = k(a + b)$
$ka - kb = k(a - b)$

3 Une multiplication

Calculer les expressions suivantes en n'effectuant dans chaque cas qu'une seule multiplication.

$a = 151 \times 47 + 151 \times 53 =$ ……………………………

$b = 13 \times 2{,}3 + 5{,}7 \times 13 =$ ……………………………

$c = 21 \times 3{,}4 + 21 \times 5{,}4 - 0{,}8 \times 21 =$ ……………………………

$d = 32 \times 23{,}5 - 3{,}5 \times 32 =$ ……………………………

INFO
On généralise facilement :
$ka + kb - kc$
$= k(a + b - c)$

4 Mentalement

Calculer mentalement les expressions suivantes.

$a = 2{,}5 \times 17{,}3 + 2{,}5 \times 2{,}7 =$ ……………………………

$b = 2{,}5 \times 17{,}3 - 2{,}5 \times 7{,}3 =$ ……………………………

$c = 22{,}4 \times 41 + 77{,}6 \times 41 =$ ……………………………

$d = 22{,}4 \times 41 - 41 \times 2{,}4 =$ ……………………………

COUP DE POUCE
a. Combien vaut $17{,}3 + 2{,}7$?
d. N'oublie pas que $a \times b = b \times a$.

5 Multiplications par 9 et par 99

Calculer mentalement les expressions suivantes.

$a = 37 \times 9 \quad = 37 \times (10 - 1) =$ ……………………………

$b = 375 \times 9 \quad =$ ……………………………

$c = 37 \times 99 \quad = 37 \times (100 - 1) =$ ……………………………

$d = 375 \times 99 =$ ……………………………

6 Multiplications par 11 et par 101

Calculer mentalement les expressions suivantes.

$a = 37 \times 11 \quad =$ ……………………………

$b = 375 \times 11 \quad =$ ……………………………

$c = 37 \times 101 \quad =$ ……………………………

$d = 375 \times 101 =$ ……………………………

7 À la boulangerie

Garry achète 3 pains à 0,85 € l'un et 3 baguettes à 0,65 € l'une.
Calculer de deux façons le montant des achats de Garry.

……………………………

……………………………

……………………………

NIVEAU 5e

Corrigés p. 139-140

GESTION DE DONNÉES

10 Utiliser la proportionnalité

• Tu peux commencer par revoir le chapitre 9 du niveau 6e p. 26.

Comment calculer un quatrième nombre quand il y a proportionnalité ?

Exemple :

Nombre de pantalons	3	5
Prix (en euros)	243	x

(×....)

On trouve **le coefficient de proportionnalité** : $\frac{243}{3} = 81$

D'où $x = 5 \times \frac{243}{3} = 5 \times 81 = 405$

Donc 5 pantalons valent 405 €.

Ici le coefficient de proportionnalité est le prix d'un pantalon : $\frac{243}{3}$ = **81 €**

1 Recherche d'un quatrième nombre (1)

Trouver le nombre manquant dans les tableaux de proportionnalité suivants.

a.

5	7
12,5	

b.

4	9
	11,7

c.

17	1
	3

2 Recherche d'un quatrième nombre (2)

Même exercice avec les tableaux suivants.

a.

6	8,4
6,9	

b.

202,5	1 575
	63

c.

33,6	
24	2,1

3 Laissons passer l'orage

Nous entendîmes le tonnerre 20 secondes après avoir vu l'éclair.
Quelle distance nous séparait de l'orage ?

....

INFO
La vitesse du son est de 340 m / s.

4 Heures et minutes

Compléter le tableau de proportionnalité suivant.

h	1	0,5		0,15		0,8		0,2	0,75
min	60		24		42		15		

ATTENTION
0,50 h désigne une demi-heure et non pas 50 min.

5 Autour du cercle

Compléter le tableau de proportionnalité où L est le périmètre du cercle de rayon R.
Utiliser la calculatrice et donner des valeurs approchées avec 2 décimales.

R (m)	10	15	12			7
L (m)				6,28	150	

6 Ça marche ?

a. Un menuisier fabrique des escaliers qu'il vend aux tarifs suivants.

Nombre de marches	9	12	16	18
Prix en euros	235	280	340	370

Le prix est-il proportionnel au nombre de marches ?

....

....

....

b. Le menuisier dessine le plan d'un escalier à l'échelle 1/10.
Compléter le tableau de proportionnalité.

Dimensions réelles (cm)	60		125	4,8	21
Dimensions sur le plan (cm)		43			

(× .....)

7 Petits pavés

Dans le tableau suivant la lettre H désigne la hauteur des pavés de base 7 cm^2 et V désigne leur volume en cm^3.

H (cm)	4	2,5	6	10	8,5	
V (cm^3)						91

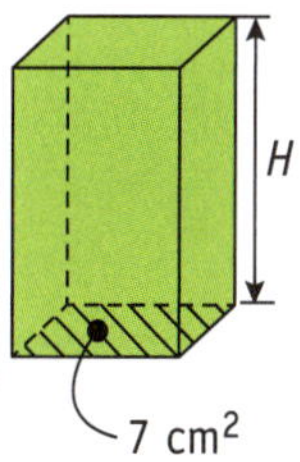

Ce tableau est un tableau de proportionnalité. Pourquoi ?

....

Le compléter.

8 Tableau de proportionnalité et graphique

a. Compléter le tableau de proportionnalité suivant.

(× .....)

2	3			0
1,4		2,8	3,15	

b. Représenter graphiquement les données du tableau.

c. Que dire des points du graphique ?

....

....

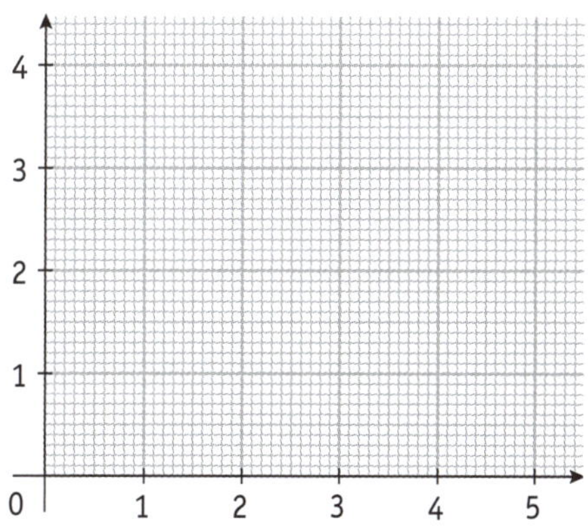

COUP DE POUCE
Compare, à l'aide de la calculatrice, $\frac{235}{9}$ et $\frac{370}{18}$, par exemple.

COUP DE POUCE
« à l'échelle 1/10 » signifie que chaque dimension de l'escalier est divisée par 10 pour être représentée sur le plan.

COUP DE POUCE
Les nombres de la première ligne du tableau sont à placer sur l'axe horizontal (axe des abscisses). Voir le chapitre 12 page 102.

Corrigés p. 140-141

GESTION DE DONNÉES

11 Calculer un taux de pourcentage

• Tu peux commencer par revoir le chapitre 10 du niveau 6e p. 28.

Comment calculer un taux de pourcentage ?

▸ *Exemple* :
Dans un collège, il y a 264 filles sur un total de 550 élèves.
Calculons le taux de pourcentage de filles dans ce collège :

On utilise un tableau de proportionnalité.

Nombre d'élèves	550	100
Nombre de filles	264	?

$\frac{264}{550}$

$100 \times \frac{264}{550} = 48$

Il y a 48 % de filles dans ce collège.

1 Calculs de taux de pourcentage

COUP DE POUCE
Utilise un tableau de proportionnalité.

a. Les .... % de 450, c'est 135.

b. Les .... % de 35, c'est 91.

c. Les .... % de 350, c'est 49.

d. Les .... % de 30, c'est 22,2.

e. Les .... % de 123, c'est 12,3.

f. Les .... % de 46, c'est 23.

g. Les .... % de 57, c'est 57.

h. Les .... % de 9, c'est 18.

2 Un peu d'aires

Un carré ABCD de 50×50 a été partagé en trois rectangles R_1, R_2 et R_3.

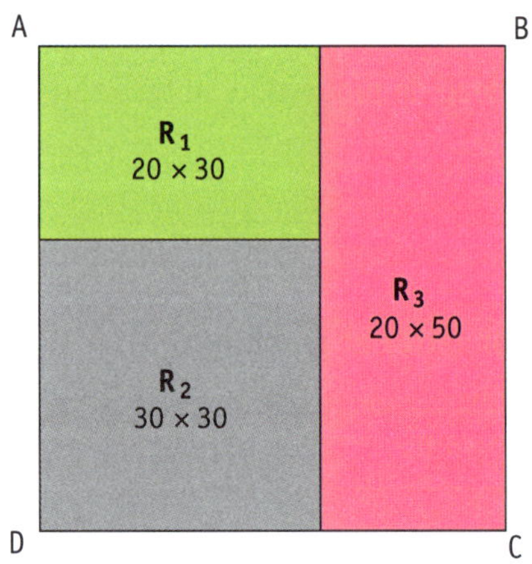

a. Quel pourcentage d'aire occupe le rectangle R_1 dans le carré ABCD ?

....

....

....

....

b. Même question avec le carré R_2.

....

....

c. Même question avec le rectangle R_3.

....

....

d. Quel pourcentage du côté AB représente le côté du carré R_2 ?

....

....

INFO
En mathématiques, on peut aussi raisonner sans utiliser d'unités pour les dimensions.

3 « Vingt fois sur le métier remettez votre ouvrage »

L'un des trois auteurs d'un livre de mathématiques a consacré :

① : 517 h pour l'écriture du manuscrit ② : 204 h pour la relecture des épreuves

③ : 36 h pour la mise en page ④ : 60 h en déplacements.

a. Combien d'heures de travail a-t-il totalisées (déplacements compris) ? ....

....

b. Quels pourcentages du temps total a-t-il consacrés à chacun des quatre postes ? (Arrondir à 0,1 % près.)

① : ....

....

② : ....

....

③ : ....

....

④ : ....

....

COUP DE POUCE
Vérifie en ajoutant les 4 pourcentages.

NIVEAU 5e

4 Budget vacances

Pour camper pendant trois semaines à la montagne, la famille Pensatout adopte le budget vacances correspondant au diagramme ci-dessous.

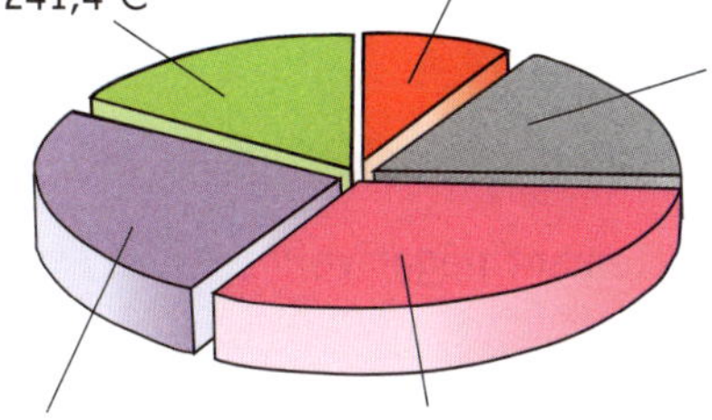

a. Calculer le budget total. ....

b. Combien coûte la nourriture ? ....

c. Compléter le diagramme après avoir calculé les pourcentages manquants.

....

....

....

Corrigés p. 141

GESTION DE DONNÉES

12 Dessiner et exploiter des graphiques

Comment repérer des points sur une droite graduée ?

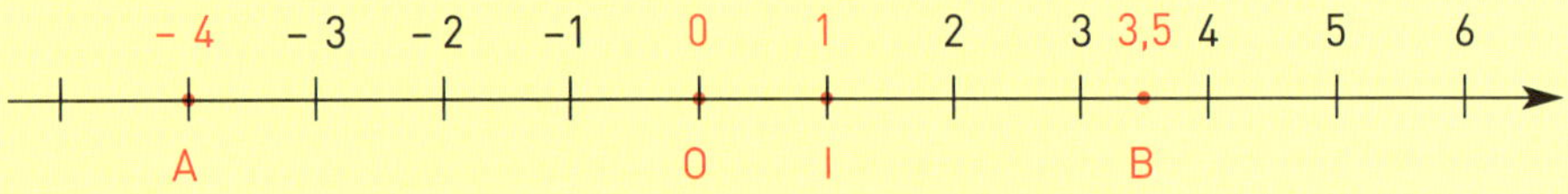

Sur la droite ci-dessus, le point I a pour abscisse 1, l'abscisse de A est – 4, celle de B est 3,5.

1 Sur une droite graduée

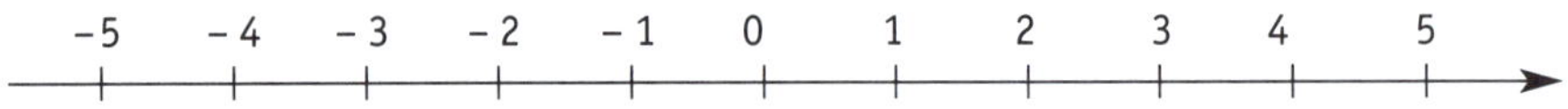

Placer le point A d'abscisse 3, le point B d'abscisse – 1,5, le point C d'abscisse – 3, le point I d'abscisse 1 et le point O d'abscisse nulle.
Placer « au mieux » le point P d'abscisse π.

2 Pour savoir

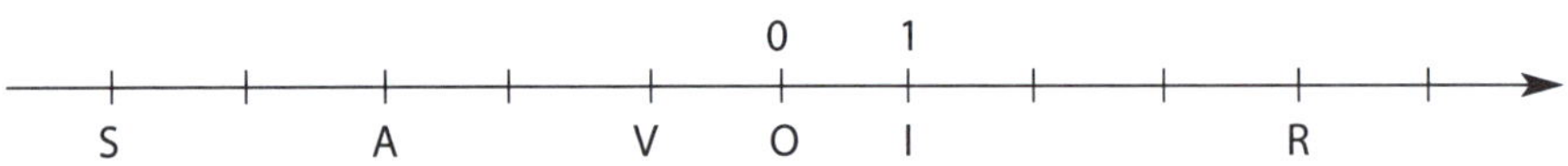

a. Quelles sont les abscisses des points S, A, V, O, I, R ?

....

....

b. Placer le point L d'abscisse – 4, le point E d'abscisse 3 et le point N d'abscisse 2.

c. Donner le point qui a la plus grande abscisse strictement négative : ....

Citer deux points ayant des abscisses oppposées : ....

Comment repérer des points dans le plan ?

- Deux droites graduées qui se coupent en O permettent d'indiquer la position d'un point du plan.
  Sur le plan ci-dessous, le point A a pour **abscisse** 3 et pour **ordonnée** 2.
  Les **coordonnées** du point A sont (3 ; 2). Les coordonnées du point O sont (0 ; 0).

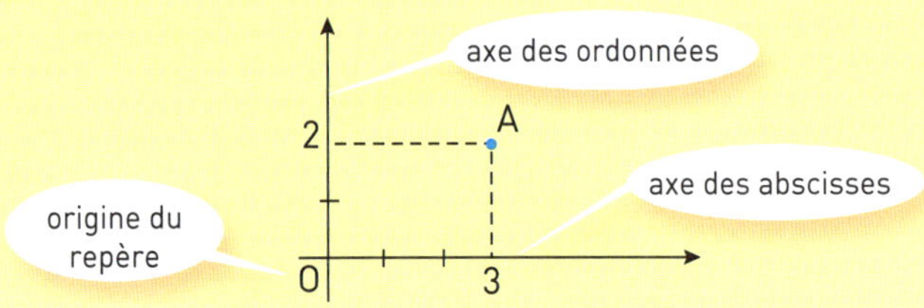

3 Repérage dans le plan

La courbe suivante représente la hauteur de l'eau dans un port en fonction de l'heure.

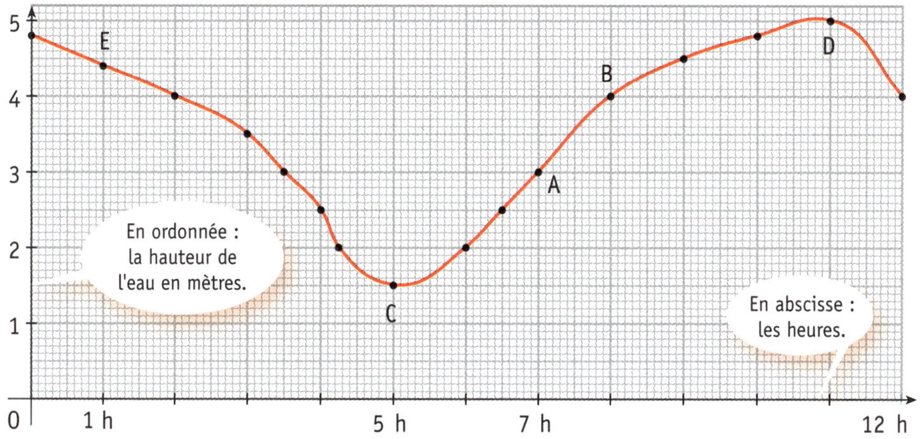

> **INFO**
> Les points ayant pour abscisse zéro sont sur l'axe des ordonnées.

Répondre en lisant le graphique ci-dessus.

a. Quelles sont les coordonnées du point A ? A (....... ; ....) ; du point B ? ....

b. Quelles sont les coordonnées du point E ? .... ; du point C ? ....

c. L'un des points de la courbe a pour abscisse 3. Quelle est son ordonnée ? ....

Même question pour le point d'abscisse 8 ? ....

et pour le point d'abscisse 0 ? ....

d. Quelles sont les abscisses des points de la courbe dont l'ordonnée est 3 ? ....

e. Placer le point F de coordonnées (2 ; 4).

Le point G de coordonnées (4 ; 2) est-il sur la courbe ? ....

Placer le point H de coordonnées (6 ; 2).

f. Donner les coordonnées du point de la courbe ayant la plus grande ordonnée :

.... ; ayant la plus petite ordonnée : ....

4 Petit rat deviendra grand

Le tableau ci-contre donne la masse moyenne d'un rat (en grammes) en fonction de son âge.

Âge en jours	0	10	100	200	300	400	500	600	700
Masse moyenne	5	50	130	190	240	270	290	300	305

a. Construire la courbe de croissance de notre petit rat.

b. Marquer le point B (600 ; 300).

c. Sur la courbe, marquer le point A d'abscisse 300. Quelle est son ordonnée ? ....

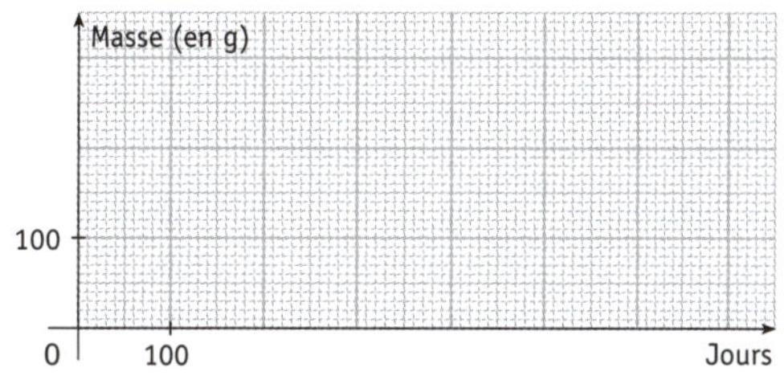

d. La masse du petit rat est-elle proportionnelle à son âge ?

....

NIVEAU 5e

Corrigés p. 141-142

13 Représenter et traiter des données

Comment calculer des moyennes et des fréquences ?

- *Exemple* : Pendant 5 jours, on a noté les nombres d'heures d'ensoleillement sur une plage :
  9 h ; 3 h ; 7 h ; 1 h ; 8 h.
  La **moyenne** des heures d'ensoleillement est $m = \dfrac{9+3+7+1+8}{5}$ donc $m = 5{,}6$ h.
- Les **fréquences** (souvent exprimées en pourcentage) s'obtiennent à l'aide de la formule :

$$\text{fréquence} = \frac{\text{effectif}}{\text{effectif total}}$$

Exemple : Dans une classe de 24 élèves, 9 élèves portent des lunettes.
Calculer la fréquence des élèves portant des lunettes.
On a : effectif total = 24, effectif = 9 d'où fréquence = $\dfrac{9}{24} = 0{,}375 = 37{,}5\ \%$

1 Semaine pluvieuse

Voici les hauteurs quotidiennes d'eau de pluie tombées à Chouette-Ville en une semaine :
17 mm ; 5 mm ; 32 mm ; 2 mm ; 3 mm ; 10 mm ; 8 mm.

a. Calculer la moyenne des hauteurs d'eau : ....

b. En tapant le premier nombre sur la calculatrice, Bécassine s'est trompée et elle a obtenu une moyenne de 13 mm. Quel nombre a-t-elle tapé ? ....

2 C'est un devoir

Après avoir corrigé ses copies, un professeur construit le diagramme en bâtons ci-contre.

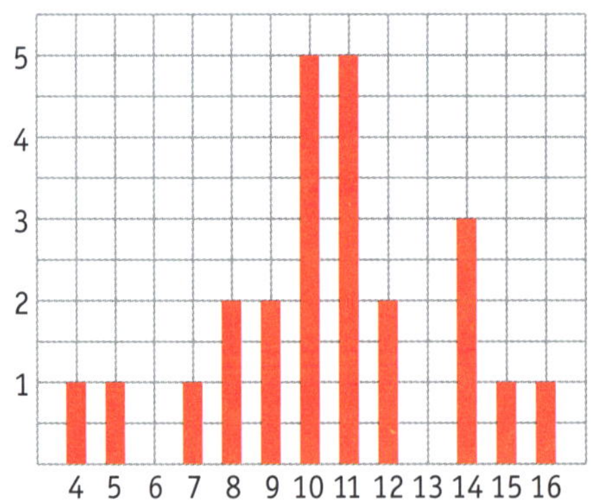

a. Combien de fois a-t-il mis la note 12 ?

....

b. Quelles sont les notes figurant sur trois copies au moins ? ....

c. Calculer l'effectif de la classe : ....

d. Compléter le tableau des fréquences exprimées en pourcentage (arrondir à 0,1 près).

Note	4	5	7	8	9	10	11	12	14	15	16
Fréquence (en %)											

e. Calculer la fréquence des devoirs qui n'ont pas obtenu la moyenne :

....

COUP DE POUCE
b. Le professeur n'a mis qu'une seule fois la note 4.

3 **Allez les bleus !**

Voici les tailles (en cm) de 24 joueurs minimes d'un club de football.

134	136	156	152	146	139	158	140
145	148	138	151	147	148	162	156
141	151	147	160	157	143	153	149

a. Compléter le tableau suivant où l'on regroupe les tailles en 7 classes.

Taille (en cm)	$130 \leqslant T < 135$	$135 \leqslant T < 140$	$140 \leqslant T < 145$	$145 \leqslant T < 150$	$150 \leqslant T < 155$	$155 \leqslant T < 160$	$160 \leqslant T < 165$
Effectif							

b. Construire l'histogramme représentant ce tableau.

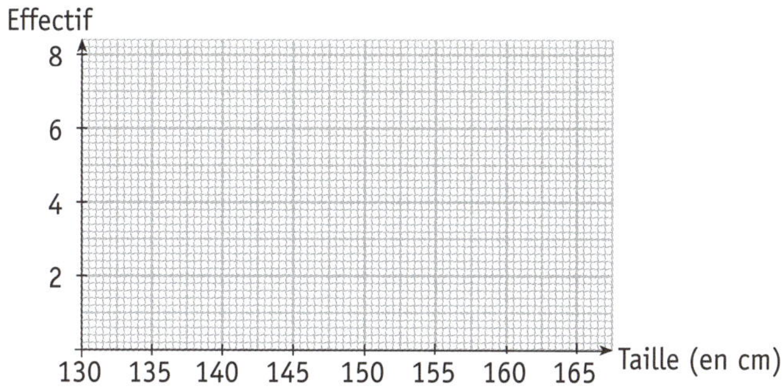

c. À l'aide de la calculatrice, calculer la moyenne des tailles de joueurs :

....

COUP DE POUCE

a. Entre 135 et 140 cm (140 exclu), il y a trois joueurs. L'effectif de la classe « $135 \leqslant T < 140$ » est donc 3.

INFO

Un histogramme est un diagramme en bâtons épais. Chaque bâton a pour base la classe correspondante.

4 **Diagramme circulaire**

Voici le « camembert » des cinq sports pratiqués par les 288 adhérents d'un club.
Compléter le tableau suivant en mesurant d'abord les angles sur le dessin.
Arrondir les fréquences à 0,1 % près.

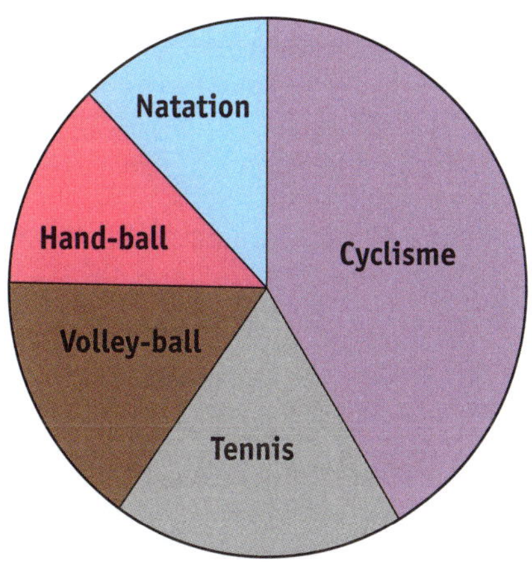

Sport	**Cyclisme**	**Natation**	**Hand-ball**	**Volley-ball**	**Tennis**	**Total**
Degrés						360°
Effectif						288
Fréquence (en %)						100 %

COUP DE POUCE

Prolonge les rayons pour mieux mesurer les angles.
Rappelle-toi que : fréquence $= \dfrac{\text{effectif}}{\text{effectif total}}$.

Corrigés p. 142

14 Calculer des moyennes pondérées

Qu'est-ce qu'une série statistique ?

Voici un exemple de série statistique

Répartition des familles d'une petite ville selon le nombre d'enfants mineurs.

Nombre d'enfants	0	1	2	3	4	5	6	7
Nombre de familles	290	170	155	95	43	27	20	10

Nombre total de familles : 810.

Moyenne pondérée

Le nombre moyen d'enfants par famille est :

C'est la moyenne des nombres 0, 1, ..., 7 **pondérée** par les nombres de familles.

$$\frac{0 \times 290 + 1 \times 170 + 2 \times 155 + 3 \times 95 + 4 \times 43 + 5 \times 27 + 6 \times 20 + 7 \times 10}{290 + 170 + 155 + 95 + 43 + 27 + 20 + 10} = \frac{1\,262}{810} \approx 1{,}56$$

à 0,01 près

1 À partir d'un tableau

Valeur	2	5	7	10
Effectif	8	21	18	3

Calculer la moyenne de cette série statistique.

$m = \dfrac{2 \times 8 + 5 \times \ldots + \ldots \times \ldots + \ldots \times \ldots}{8 + \ldots + \ldots + \ldots}$

$m = \ldots\ldots\ldots\ldots\ldots\ldots\ldots\ldots$

2 À partir d'un tableau (bis)

Valeur	– 3	0	5	9
Effectif	3	3	2	2

Calculer la moyenne de cette série.

$m = \ldots\ldots\ldots\ldots\ldots\ldots\ldots\ldots$

$m = \ldots\ldots\ldots\ldots\ldots\ldots\ldots\ldots$

3 Diagramme en bâtons

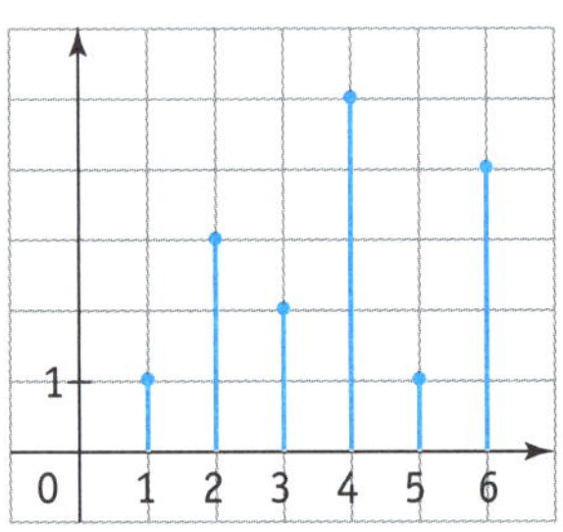

a. Compléter le tableau suivant.

Valeur	1	2	3	4	5	6
Effectif	1	3				

b. Calculer la moyenne de cette série statistique.

$m = \ldots\ldots\ldots\ldots\ldots\ldots\ldots\ldots\ldots\ldots\ldots\ldots$

INFO

Les valeurs de la série se lisent sur l'axe des abscisses, les longueurs des bâtons indiquent les effectifs.

4 Diagramme en bâtons (bis)

Ce graphique donne la répartition des familles selon le nombre d'enfants dans le village de Chouette-Ville.

Calculer le nombre moyen d'enfants par famille.

....

....

....

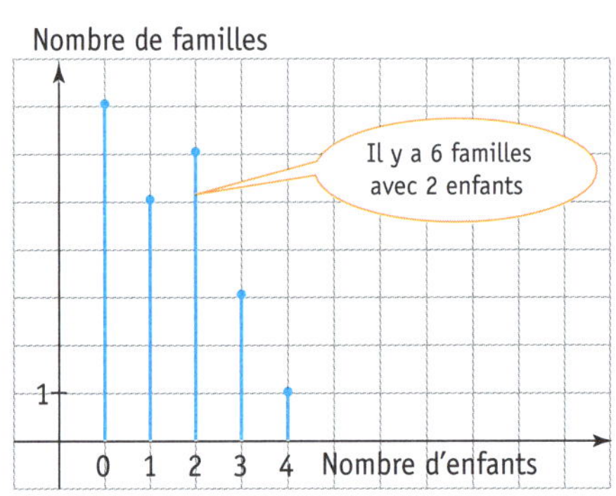

COUP DE POUCE

Le nombre demandé est :

$$\frac{\text{nombre total d'enfants}}{\text{nombre total de familles}}$$

★★ 5 À Chouette-Ville en avril

Voici la liste des températures relevées à Chouette-Ville chaque jour du mois d'avril.

Jour	1	2	3	4	5	6	7	8	9	10	11	12	13	14	15
Température	7	6	6	5	2	5	7	12	12	15	17	17	17	15	12
Jour	16	17	18	19	20	21	22	23	24	25	26	27	28	29	30
Température	12	12	9	9	12	12	15	17	20	20	17	17	20	20	20

a. Compléter le tableau suivant.

Température						12			
Nbre de jours						7			

> **COUP DE POUCE**
> Fais les calculs au brouillon.

b. Calculer la température moyenne en avril. ....

★★ 6 Élève très moyen en français !

Au trimestre 1, Julien a eu 2 fois la note 6, 3 fois la note 10 et 3 fois la note 12.
Au trimestre 2, Julien a eu 3 fois la note 8, 2 fois la note 10 et 4 fois la note 12.

a. Calculer la moyenne de Julien au premier trimestre puis au second, à 0,01 près.

....

....

b. Calculer la moyenne des deux trimestres, à 0,01 près. ....

c. Contrairement au résultat obtenu à la question **b.**, Julien prétend qu'il a la moyenne sur les deux trimestres. Il a calculé la moyenne de toutes ses notes obtenues au cours des deux trimestres. Refaire son calcul. A-t-il raison ?

....

....

★ 7 Moyennes et tableur

Las d'effectuer des grands calculs avec des petits moyens, Erwan lance son tableur et construit la feuille de calculs suivante.

	A	B	C	D	E	F
1	Valeur	2	5	7	10	Somme
2	Effectif	8	21	18	3	
3	Produit					
4				Moyenne =		
5						

> **COUP DE POUCE**
> En F2, inscris la fonction =SOMME(B2:E2). « B2:E2 » signifie de B2 jusqu'à E2.

a. Quelles formules doit-il inscrire en B3, en C3, en D3 et en E3 ? ....

....

Puis en F2, en F3 et en F4 ? ....

b. Les données ci-dessus sont celles de l'exercice 1. Retrouve-t-on la même moyenne ? ......
c. Tester le tableau avec les données de l'exercice 2.
d. En insérant cinq colonnes supplémentaires, retrouver le résultat de l'exercice 5.

Corrigés p. 142-143

15 Mesurer le hasard

Qu'est-ce que la probabilité d'un événement ?

Un premier exemple

Le jeu consiste à jouer à pile ou face avec une pièce.
On a 1 chance sur 2 d'obtenir pile et, bien sûr, 1 chance sur 2 d'obtenir face.

On dit que « La **probabilité** d'obtenir pile est $\frac{1}{2}$ ». Celle d'obtenir face aussi.

Un second exemple

On tire une carte au hasard dans un jeu de 32 cartes.
On a 1 chance sur 32 d'obtenir le roi de cœur. La probabilité d'obtenir le roi de cœur est $\frac{1}{32}$.
On a aussi 4 chances sur 32 d'obtenir un as, c'est-à-dire 1 chance sur 8.
La probabilité d'obtenir un as est donc $\frac{4}{32} = \frac{1}{8}$
On a donc 12,5 % de chance d'obtenir un as.

$$\frac{4}{32} = \frac{\text{nombre d'as}}{\text{nombre de cartes}} = \frac{\text{nombre de cas favorables}}{\text{nombre de cas possibles}}$$

Événement

Dans l'exemple ci-dessus, « Obtenir un as » est un **événement** de probabilité $\frac{1}{8}$.
« Obtenir le roi de cœur » est un événement de probabilité $\frac{1}{32}$
La probabilité d'un événement est comprise entre 0 et 1.

1 Lancer d'un dé

On lance un dé à 6 faces.

a. Quelle est la probabilité d'obtenir un 2 ? ....

b. Quelle est la probabilité d'obtenir un nombre pair ? ....

INFO
En l'absence de précision, on suppose que toutes les faces ont la même probabilité de sortir.

2 L'astragale romain

Pour jouer aux dés, les Romains utilisaient des osselets d'agneau appelés astragales.
Un astragale comporte 4 faces numérotées I, II, III, IV, mais les quatre faces sont différentes et n'ont pas la même probabilité d'apparaître.
On lance un astragale. Compléter le tableau.

Obtenir	I	II	III	IV
Probabilité	$\frac{4}{10}$	$\frac{4}{10}$	$\frac{1}{10}$	…

INFO
La somme des probabilités de tous les cas possibles est égale à 1.

3 Dans l'urne

Dans une urne, on dispose de 2 boules rouges, 4 boules blanches et 1 boule noire.
On prend une boule au hasard. Quelle est la probabilité d'obtenir :

a. une boule blanche ? ....

b. la boule noire ? ....

c. une boule qui n'est pas blanche ? ....

4 Dans ma classe

a. Compléter le tableau suivant.

	Garçons	Filles	Total
Pratiquent l'informatique	6	12	
Ne pratiquent pas l'informatique	4	8	
Total			

b. On choisit un élève au hasard.

On note E_1 l'événement « Choisir une fille qui pratique l'informatique »,

E_2 l'événement « Choisir un garçon »,

et E_3 l'événement « Choisir un élève qui ne pratique pas l'informatique ».

Calculer la probabilité de E_1, puis celle de E_2, puis celle de E_3 ....

....

INFO

Choisir un élève « au hasard » signifie que tous les élèves ont la même probabilité d'être choisis.

5 À la loterie

Dans un carnet de 100 billets de loterie, 1 billet permet de gagner 100 €, 9 autres 10 €, 20 autres 2 €. Les billets restants ne rapportent rien.

On choisit au hasard un billet dans le carnet.

a. Quelle est la probabilité de gagner 10 € ? ....

b. Quelle est la probabilité de ne rien gagner ? ....

6 Taper le carton

On tire une carte au hasard dans un jeu de 32 cartes.

a. Quelle est la probabilité d'obtenir un roi ?

....

b. Quelle est la probabilité d'obtenir un roi ou une reine ?

....

c. Quelle est la probabilité d'obtenir un roi ou un trèfle ?

....

COUP DE POUCE

a. Combien y a-t-il de rois dans un jeu de 32 cartes ?

7 Pile ou face

On jette une pièce deux fois de suite.

a. Compléter le tableau.

1er jet / 2e jet	Pile	Face
Pile		FP
Face		

b. Quelle est la probabilité d'obtenir :

- 2 fois pile ? ....
- 2 fois face ? ....
- 1 fois pile et 1 fois face ? ....

COUP DE POUCE

b. Lis les réponses dans le tableau.

Corrigés p. 143

GÉOMÉTRIE ET MESURES

16 Revoir et construire la médiatrice

- Tu peux commencer par revoir le chapitre 13 du niveau 6e p. 34.

Comment construire la médiatrice d'un segment ?

Avec l'équerre et la règle graduée

La médiatrice du segment [AB] est la perpendiculaire à la droite (AB) passant par le milieu de [AB].
D'où la construction ci-contre.

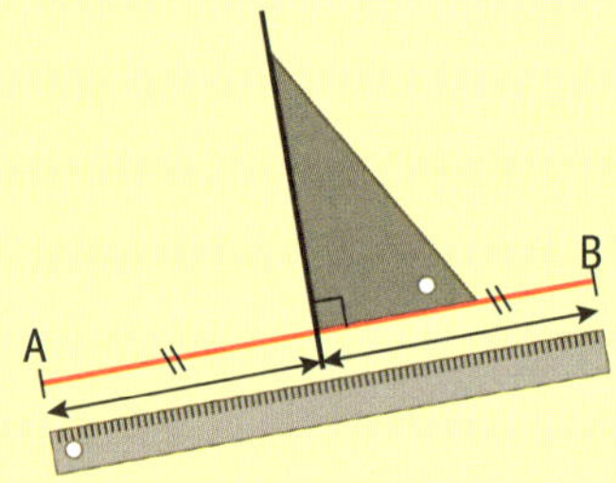

Avec la règle et le compas

La médiatrice de [AB] est l'ensemble des points **équidistants** de A et de B.
Avec le même écartement de compas, on commence par tracer des arcs de cercle de centre A et B.
Puis on trace la médiatrice avec la règle.

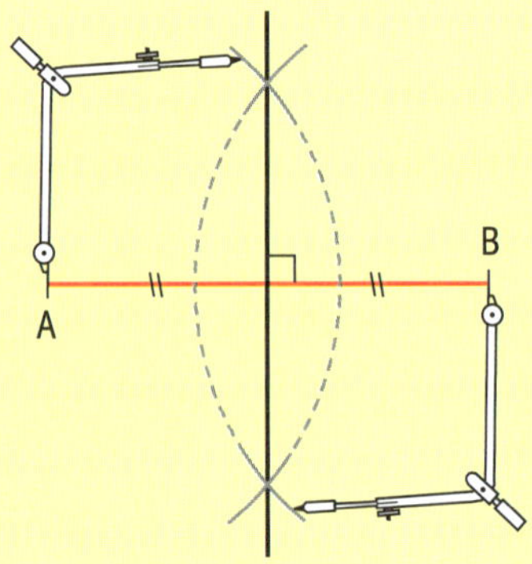

1 Dans un triangle isocèle

Le triangle LMT est isocèle en T.

a. Construire la médiatrice d de [LM].

b. Expliquer pourquoi d passe par T.

....

c. Compléter la phrase suivante :

La médiatrice d est aussi la .... du triangle LMT issue de ....

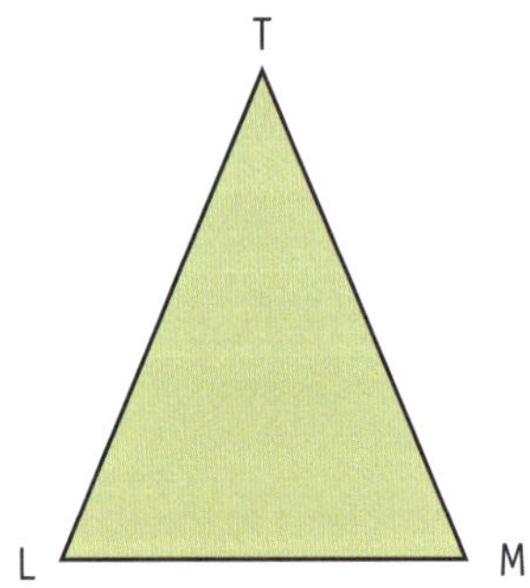

2 Avec un triangle rectangle

Le triangle ABC est rectangle en B.

a. Construire la médiatrice de [AC]. Elle coupe (AB) en E et (BC) en F.

b. Expliquer pourquoi AE = CE.

....

....

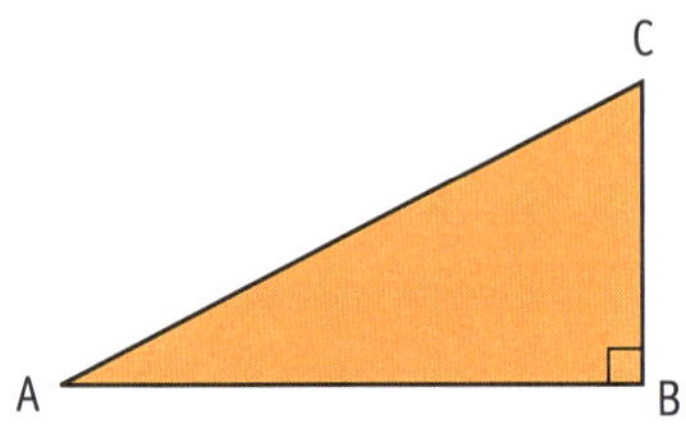

c. Que dire du triangle FAC ?

....

d. Vérifier, à l'aide de l'équerre, que (EC) $\perp$ (AF).

3 ★★ **Avec un triangle isocèle**

Le triangle BON est isocèle en O.

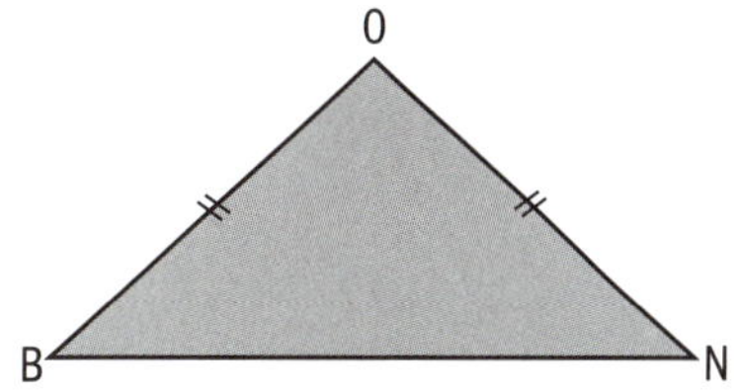

a. Tracer le cercle $\mathcal{C}$ de centre N et passant par O.
Tracer l'arc de cercle de centre O passant par B qui coupe le cercle $\mathcal{C}$ en D sous la droite (BN).

b. Démontrer que DN = ON, puis que DN = DO.

....

c. Construire la médiatrice du segment [ON]. Expliquer pourquoi elle passe par D.

....

....

d. Que dire du triangle DON ? ....

4 ★ **Une démonstration**

a. Construire les trois médiatrices du triangle ABC.
Elles se coupent en O.

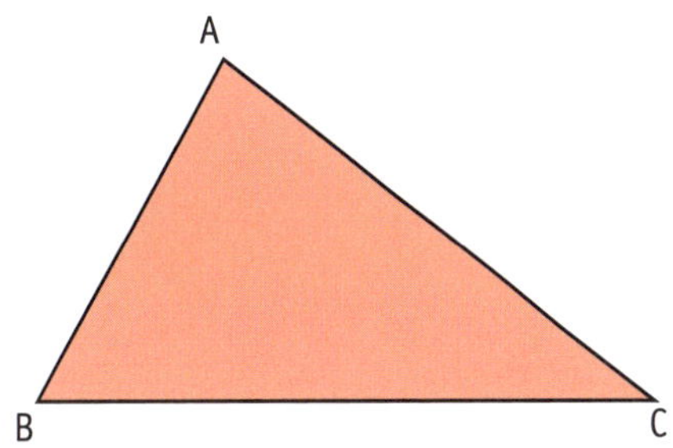

b. Expliquer pourquoi OA = OB.

....

Et pourquoi OB = OC.

....

c. Donc OA = ... = ...

et les points A, B et C sont sur un même cercle de centre ....

d. Tracer finalement le cercle de centre O passant par A, B et C.

> **INFO**
> **d.** On dit que ce cercle est circonscrit au triangle ABC.

5 ★★ **Le puits**

Trois voisins habitant en A, B et C veulent forer un puits situé à égale distance des trois maisons.

a. Construire le point P où sera foré le puits.

b. Placer une quatrième maison en un point D situé à la même distance du puits que les trois autres maisons.

> **COUP DE POUCE**
> Pour le **b.**, il y a plusieurs solutions.

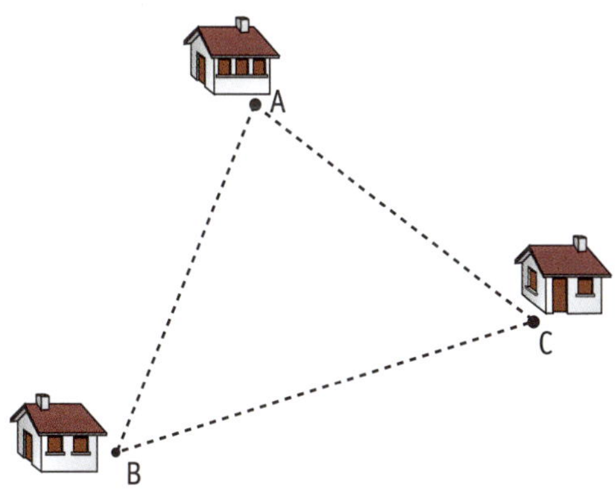

NIVEAU 5^{e}

Corrigés p. 144

Plus d'exercices sur www.hatier-entrainement.com

GÉOMÉTRIE ET MESURES

17 Construire des symétriques par rapport à un point

• Tu peux commencer par revoir le chapitre 16 du niveau 6e p. 40.

Que signifie : « A′ est le symétrique de A par rapport à O » ?

• A′ est le symétrique de A par rapport à O si **O est le milieu de [AA′]**.
• Seul le point O est symétrique de lui-même.

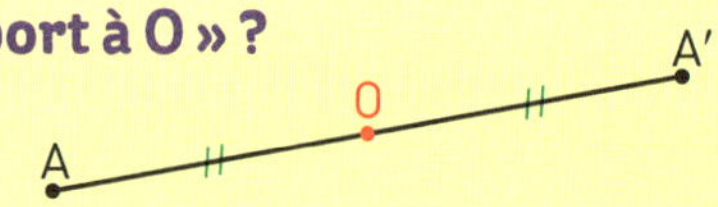

On dit aussi que A et A′ sont symétriques par rapport à O.

1 Symétriques de points (1)

Marquer en couleur les symétriques A′, B′, C′, D′ et E′ des points A, B, C, D et E par rapport au point O.

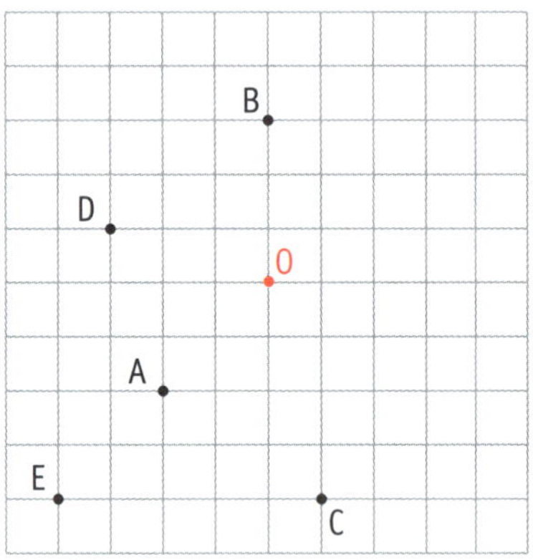

2 Symétriques de points (2)

Même travail qu'à l'exercice précédent.

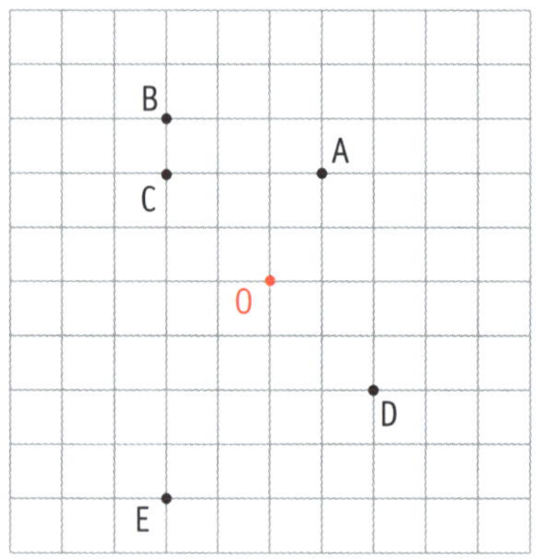

COUP DE POUCE
Compte les carreaux pour construire les symétriques sur les quadrillages.

Quelles sont les propriétés utiles ?

• Le symétrique d'une droite *d* par rapport à O est une droite **parallèle** à *d*.
• Le symétrique par rapport à O d'un segment [AB] est un segment [A′B′] de **même longueur**.
• Le symétrique d'un cercle par rapport à O est un cercle de **même rayon**. Les centres sont symétriques par rapport à O.

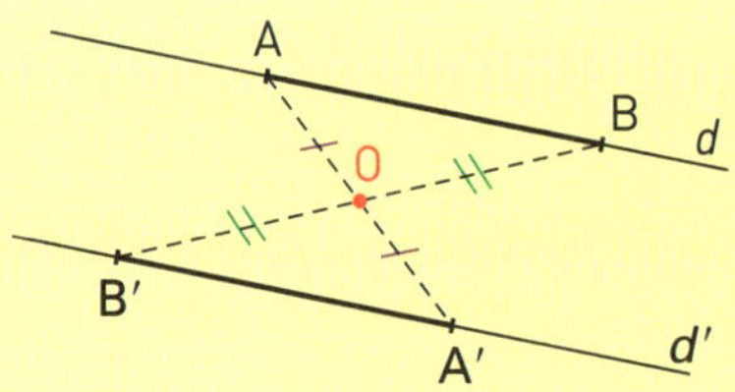

3 Symétrique d'un triangle (1)

Construire le symétrique du triangle par rapport au point O.

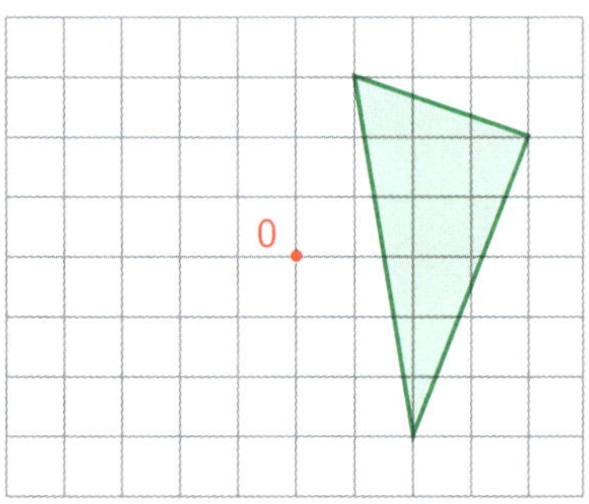

4 Symétrique d'un triangle (2)

Même travail qu'à l'exercice précédent.

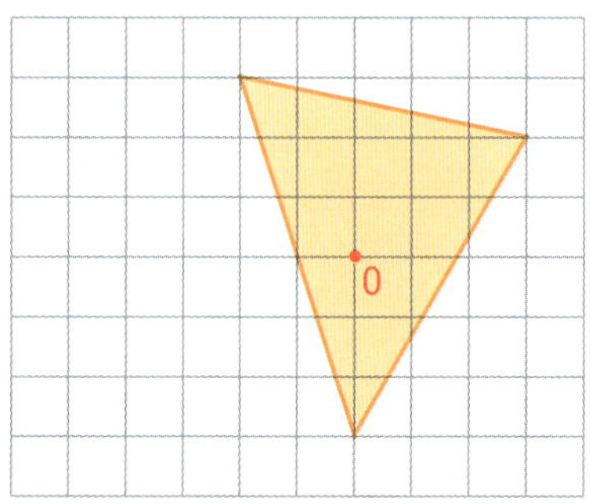

5 Symétrique d'un triangle (3)

O est le milieu de [AC].

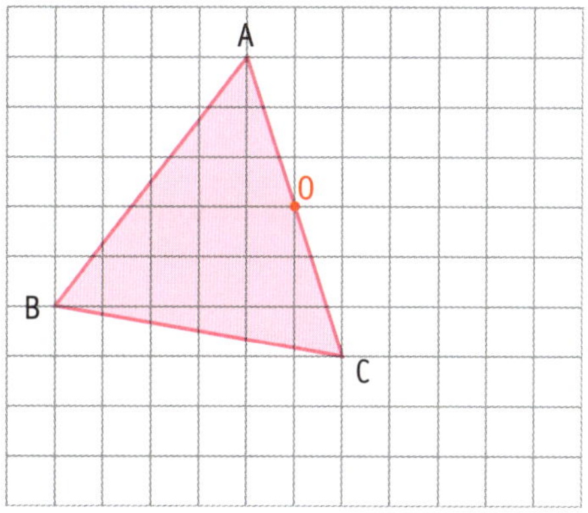

a. Construire D le symétrique de B par rapport à O.

b. Quel est le symétrique par rapport à O :

- de A ? ......
- de C ? ......
- de D ? ......

c. Quel est le symétrique par rapport à O

- du segment [BC] ? ......
- du segment [AB] ? ......

d. Que dire du quadrilatère ABCD ? ....

6 Le TOUR

a. Construire le symétrique T′O′U′R′ du quadrilatère TOUR, par rapport au point J.

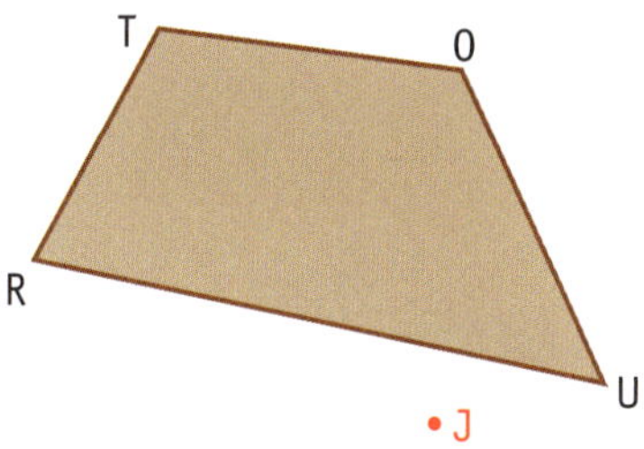

b. En ajoutant les périmètres de TOUR et de T′O′U′R′ on obtient 22,8 cm.
Quel est le périmètre de TOUR ?

....

....

COUP DE POUCE

a. À l'aide de la règle et du compas commence par construire T′ tel que J soit le milieu de [TT′].

7 Symétrique d'une droite

Construire le point A symétrique de E par rapport à O, puis le point B symétrique de F par rapport à O.
Que dire des droites (AB) et (EF) ?

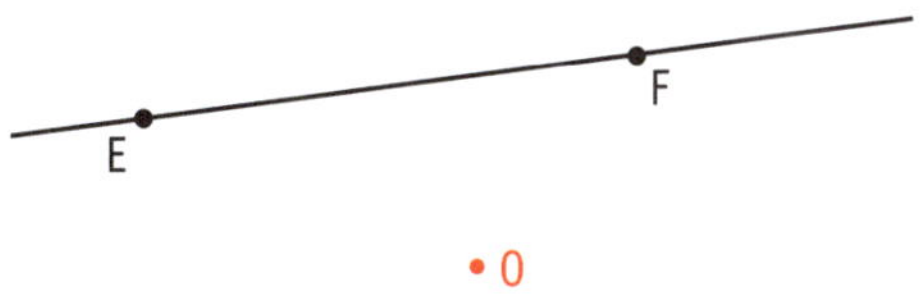

....

....

8 Symétriques d'un cercle

a. Construire le symétrique du cercle par rapport au point A.

b. Même travail avec le point B.

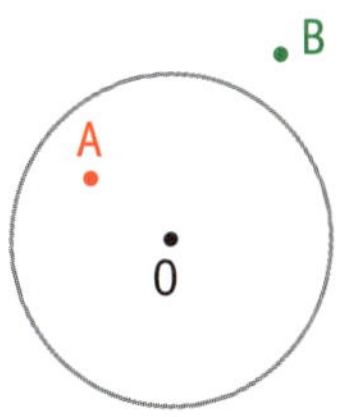

NIVEAU 5e

Corrigés p. 144-145

18 Reconnaître des axes et des centres de symétrie

Quels sont les éventuels axes de symétrie d'une figure ?

- *Exemples :*

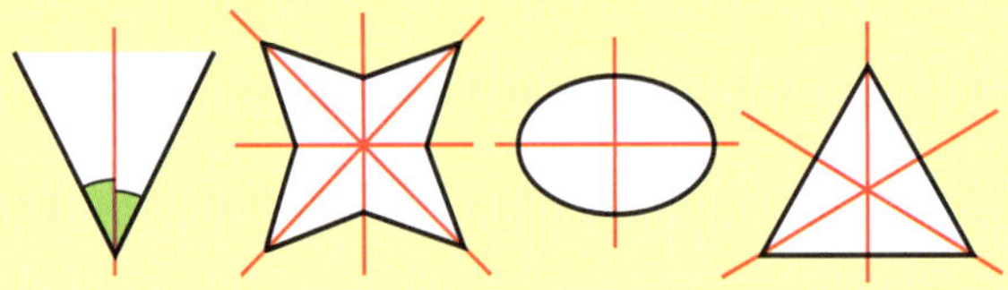

1 axe 4 axes 2 axes 3 axes

- *Contre-exemples :*

aucun axe de symétrie

1 Mal axé

Colorier un minimum d'autres cases pour que ces figures soient symétriques par rapport à la droite Δ.

a.

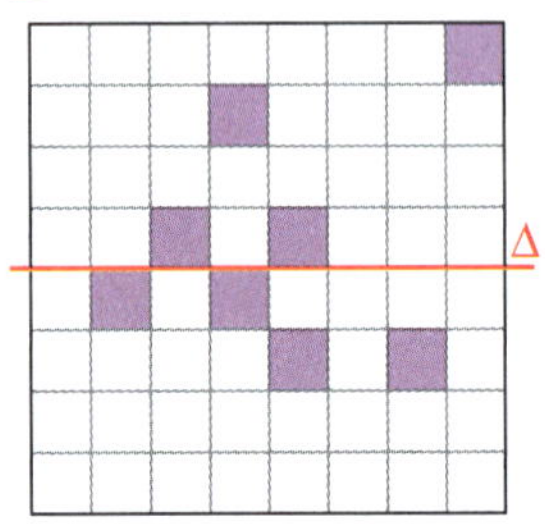

b.

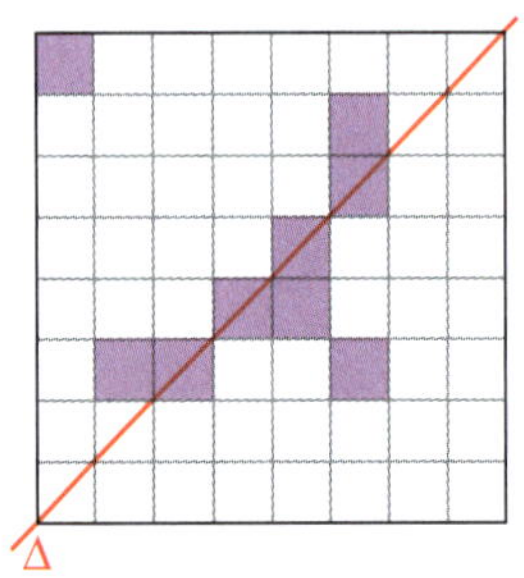

c.

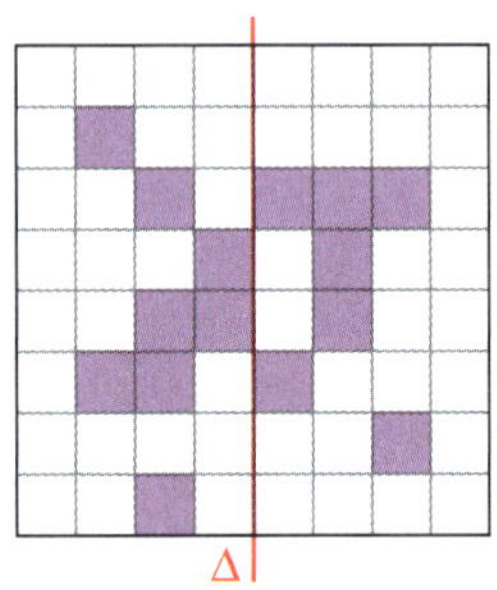

INFO

Δ est une lettre grecque qui se lit « delta ».
Rappel :

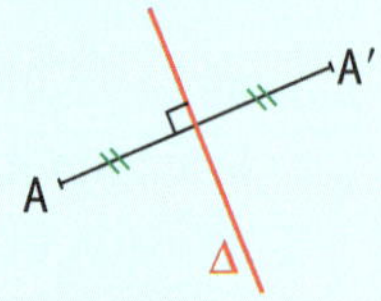

A et A′ sont symétriques par rapport à Δ, car Δ est la médiatrice de [AA′].

Quels sont les éventuels centres de symétrie d'une figure ?

- *Exemples :*

- *Contre-exemples :*

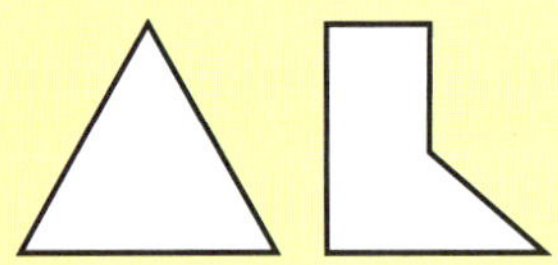

pas de centre de symétrie

2 Mal centré

Colorier un minimum d'autres cases pour que O soit centre de symétrie de ces figures.

a.

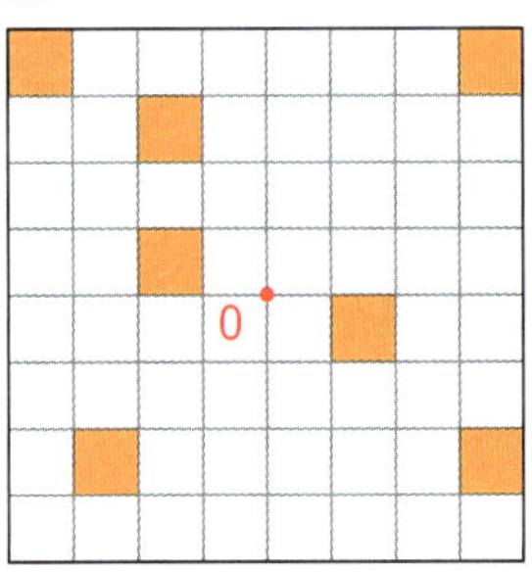

b.

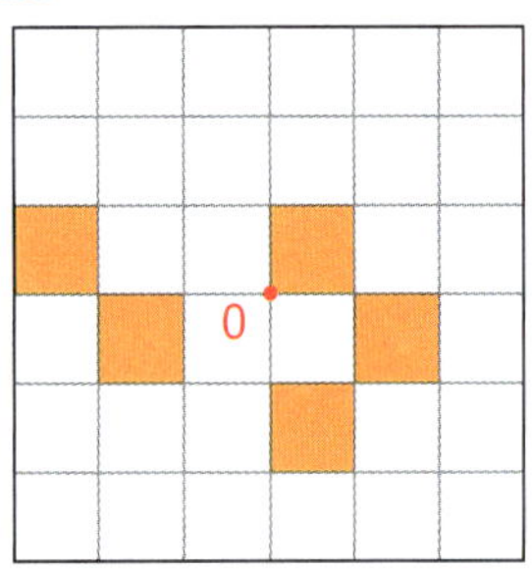

c.

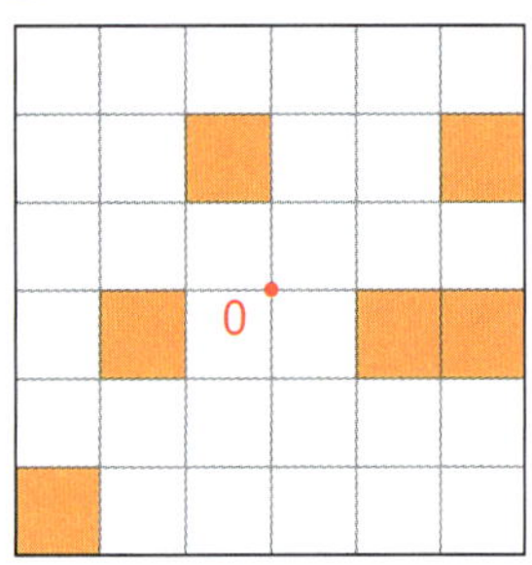

3 Objets géométriques (1)

Sur chaque dessin, tracer les axes et centres de symétrie (s'ils existent !).

triangle équilatéral

rectangle

parallélogramme

> **COUP DE POUCE**
> Tu peux utiliser l'équerre, la règle ou le compas.

4 Objets géométriques (2)

Même travail qu'à l'exercice précédent.

carré

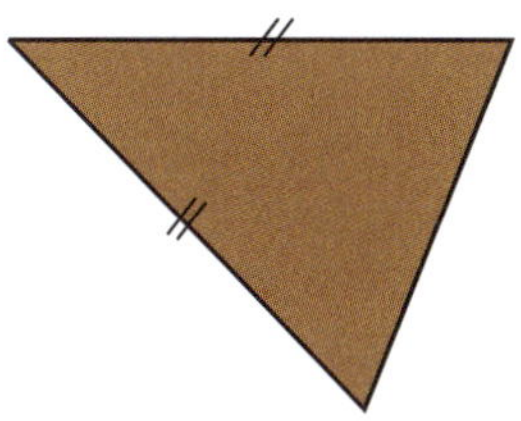
triangle isocèle

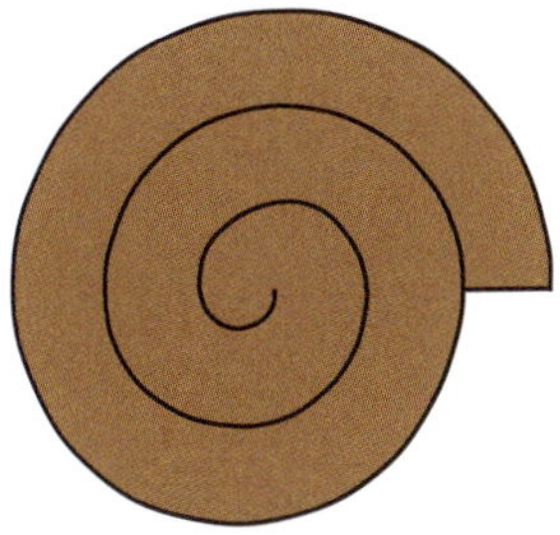
spirale

5 Rosace et fleur

Dans chaque cas, la figure possède deux axes de symétrie d et Δ.
Seule une partie de la figure a été dessinée.

a. Compléter les deux dessins à l'aide du compas.

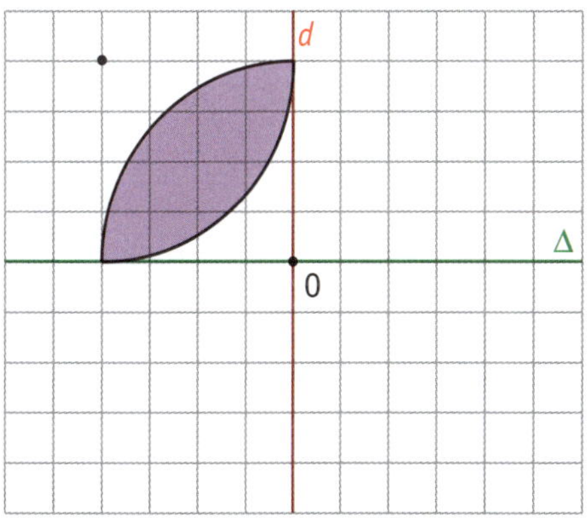

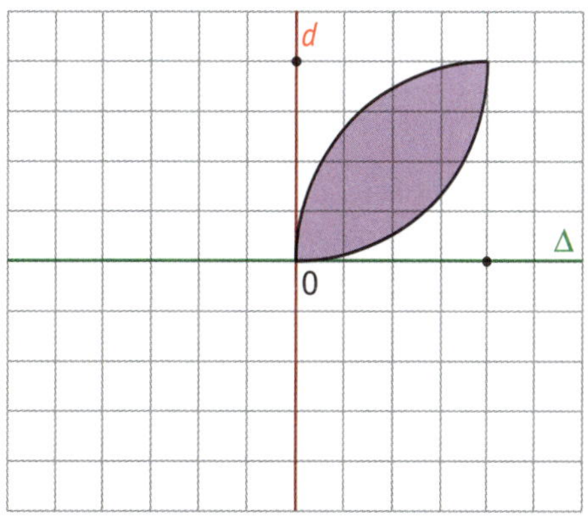

> **COUP DE POUCE**
> Commence par placer les symétriques des centres des arcs de cercle.

b. Ces figures admettent-elles un centre de symétrie ? ....

Si oui, lequel ? ....

Admettent-elles d'autres axes de symétrie ? ....

Si oui, les tracer.

Corrigés p. 145-146

19 Étudier les angles symétriques

Qu'est-ce que le symétrique d'un angle ?

Par rapport à une droite

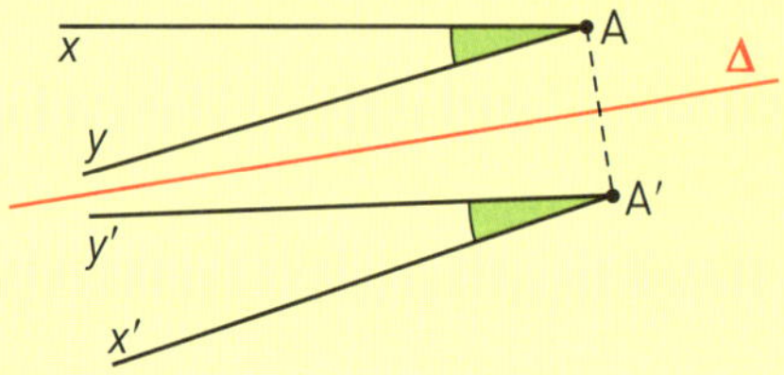

Par rapport à un point

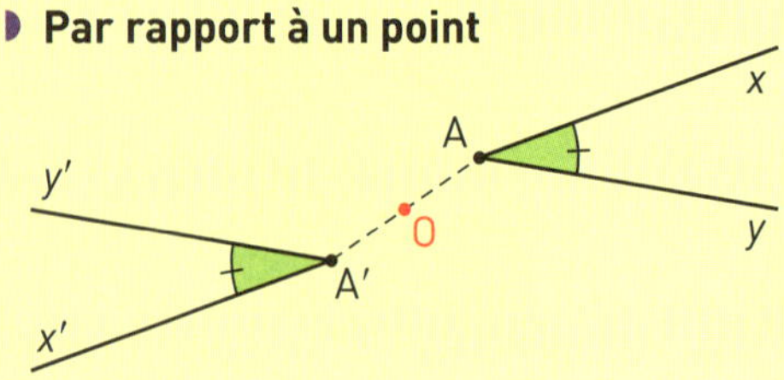

Propriété

Deux angles symétriques par rapport à une droite ou à un point ont la même mesure.

1 Avec un triangle

a. Tracer le symétrique F'A'C' du triangle FAC par rapport au point J.
b. Noter sur le dessin les angles de même mesure.

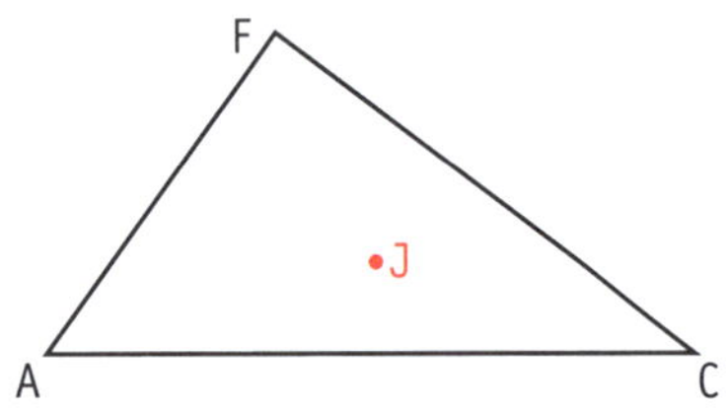

2 Avec un quadrilatère

a. Tracer le symétrique T'O'Q'P' du quadrilatère TOQP par rapport à la droite *d*.
b. Colorier d'une même couleur les angles de même mesure.

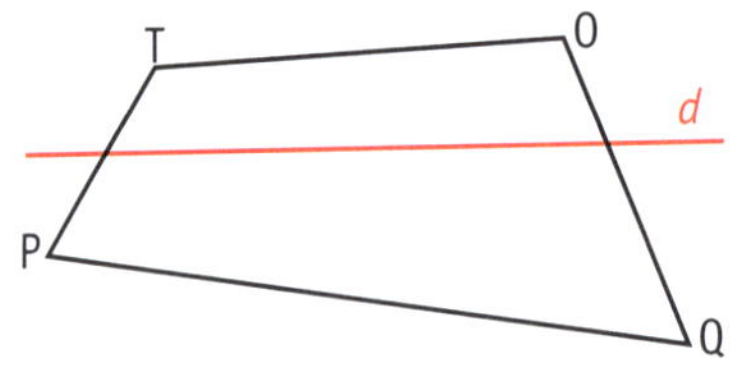

INFO

Exercice 2. Rappel :

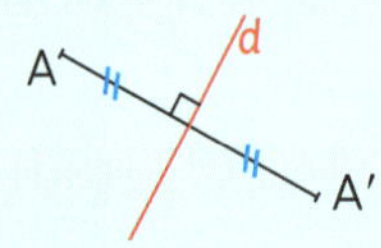

A et A′ sont symétriques par rapport à d.

Quelles sont les propriétés à connaître ?

Angles et droites sécantes

Les angles **opposés par le sommet** ont même mesure. (En effet, ils sont symétriques par rapport à J.)

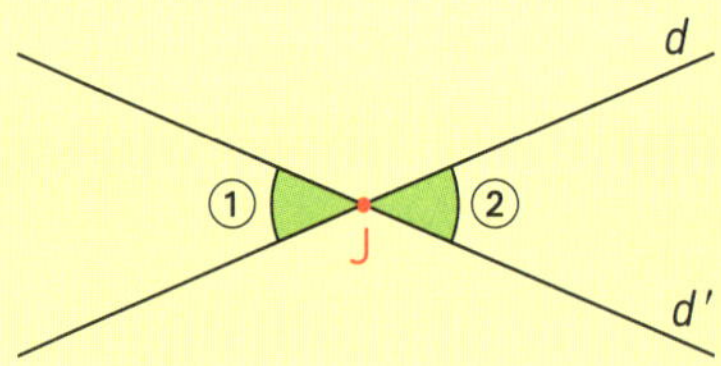

Angles et droites parallèles

Propriétés

• Si les droites *d* et *d′* sont parallèles alors :
– les angles **alternes internes** ② et ③ ont même mesure ;
– les angles **correspondants** ① et ④ ont même mesure.

Les angles ② et ③ ont la même mesure car ils sont symétriques par rapport au milieu I de [AB].

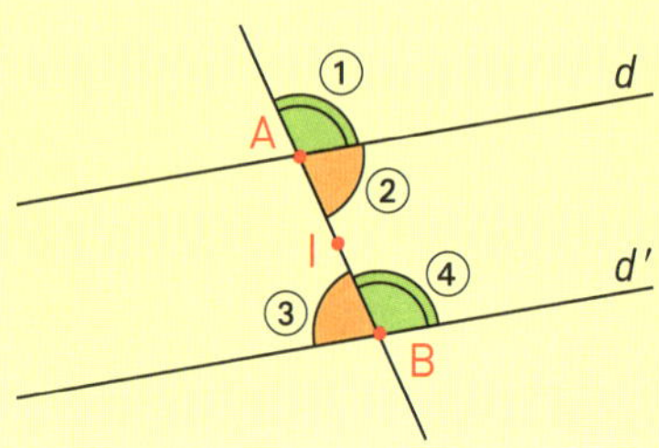

Réciproques

• Si les angles **alternes internes** ② et ③ ont même mesure alors les droites *d* et *d′* sont parallèles.
• Si les angles **correspondants** ① et ④ ont même mesure alors les droites *d* et *d′* sont parallèles.

3 Avec des parallèles

Les droites D, D' et D'' sont parallèles.

Donner la mesure des angles :

$\widehat{a}$ = ... $\widehat{b}$ = ...

$\widehat{c}$ = ... $\widehat{d}$ = ...

$\widehat{e}$ = ... $\widehat{f}$ = ...

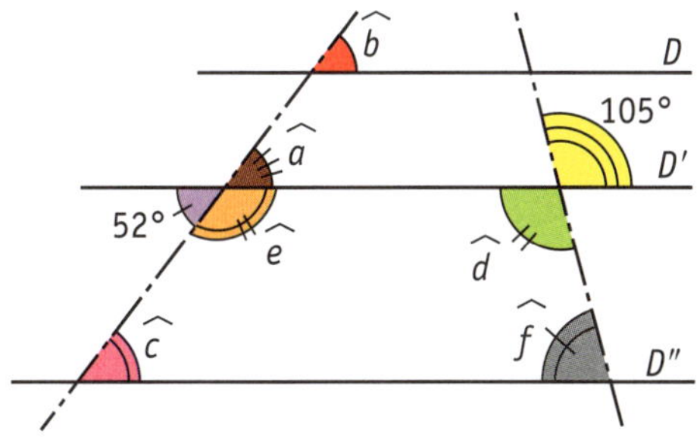

4 Parallèles ?

Les droites (Ay) et (Bz) sont-elles parallèles ? Pourquoi ?

....

....

....

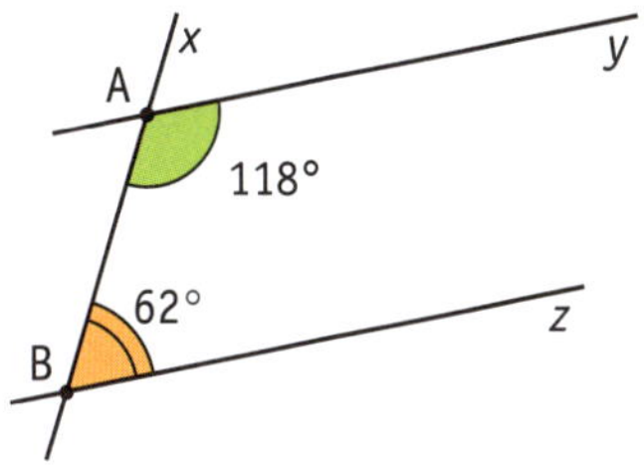

5 Avec un trapèze ABCD

a. Tracer la parallèle à (BD) passant par C.
Tracer la parallèle à (AC) passant par D.
Ces deux droites se coupent en O.

b. Indiquer sur le dessin les angles mesurant 28° puis ceux mesurant 22°.

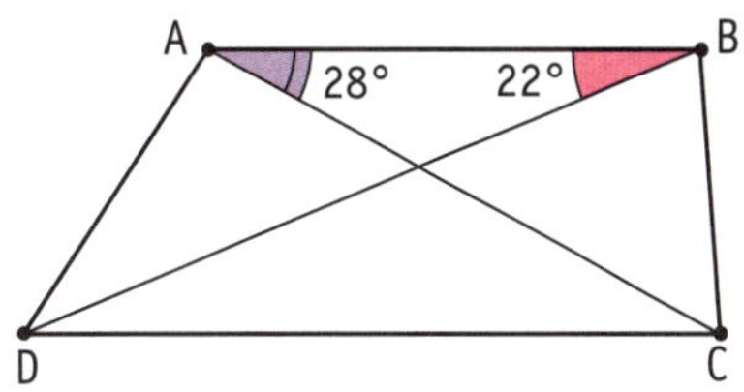

6 Avec un triangle rectangle (1)

La droite Δ est parallèle à (BC).

Combien mesure l'angle $\widehat{x}$?

....

Et l'angle $\widehat{y}$? ....

....

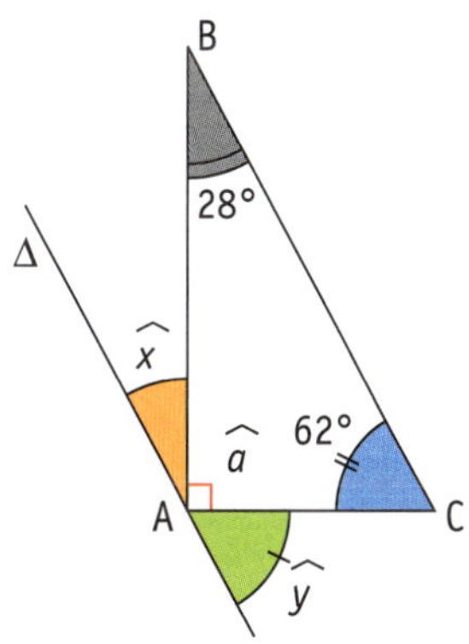

7 Avec un triangle rectangle (2)

Le triangle ABC est rectangle en A.

a. Combien mesure l'angle $\widehat{x}$? ....

b. Expliquer pourquoi (BD) est parallèle à (AI).

....

....

....

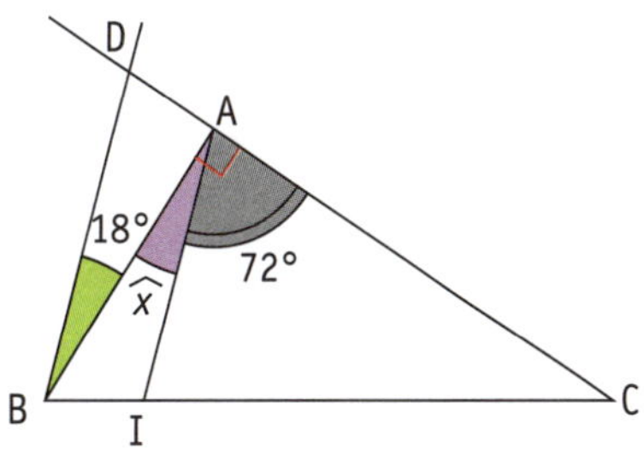

INFO
Un angle plat mesure 180°.

NIVEAU 5e

Corrigés p. 146

20 Connaître les parallélogrammes

Comment prouver qu'un quadrilatère est un parallélogramme ?

- Un quadrilatère vérifiant l'une des conditions suivantes est un parallélogramme :
  - les côtés opposés sont parallèles,
  - les diagonales se coupent en leur milieu,
  - les côtés opposés ont même longueur,
  - les angles opposés ont même mesure,
  - deux côtés opposés sont parallèles et ont même longueur,
  - le quadrilatère admet un centre de symétrie.

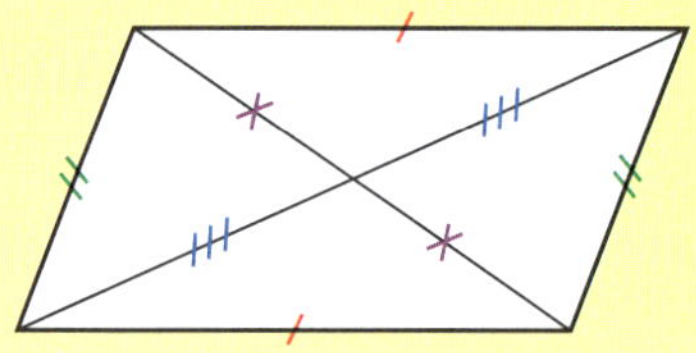

- Pour démontrer qu'un quadrilatère est un parallélogramme, il suffit donc de prouver qu'**une seule** de ces propriétés est vérifiée.

1 Reconnaître des parallélogrammes

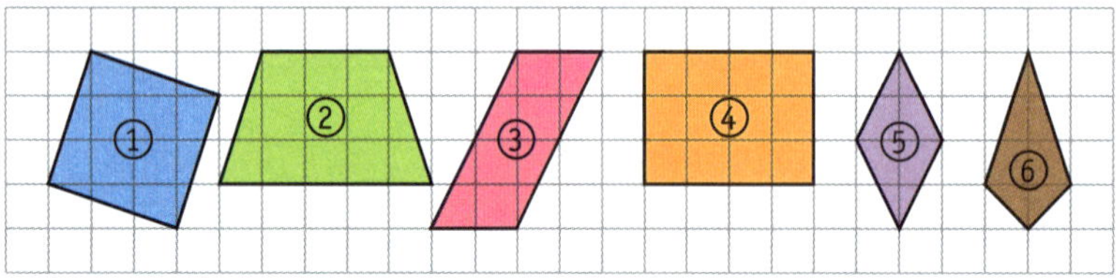

Citer tous les quadrilatères qui sont des parallélogrammes : ....

2 Avec les diagonales

Soit ABC un triangle et J le milieu de [BC].
Soit D le symétrique de A par rapport à J.
a. Compléter la figure.
b. Que dire du quadrilatère ABDC ? Pourquoi ?

....

....

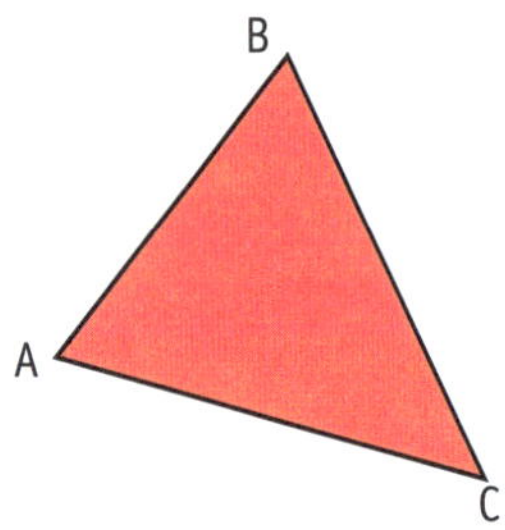

ATTENTION
Il s'agit bien de ABDC et non de ABCD.

3 Avec les côtés opposés

Soit un segment [AB] et deux points K et J.
a. Construire les symétriques C et D des points A et B par rapport à K.
b. Construire les symétriques E et F des points C et D par rapport à J.
c. Démontrer que (AB) // (DC) et AB = DC.

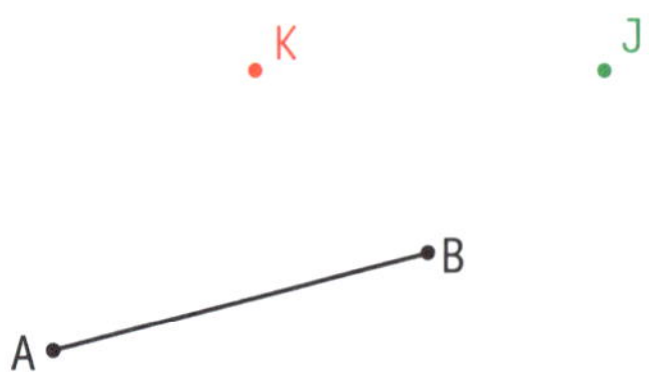

....

d. De même démontrer que (DC) // (EF) et DC = EF.

....

e. Que dire du quadrilatère ABFE ? ....

....

INFO
e. Rappel : un quadrilatère ayant deux côtés opposés parallèles et de même longueur est un parallélogramme.

Quelles sont les propriétés du parallélogramme ?

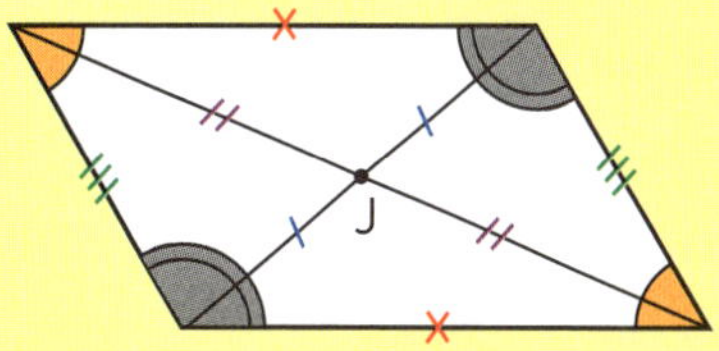

- Un parallélogramme admet un **centre de symétrie** : le point commun aux deux diagonales.
- Les **diagonales** d'un parallélogramme se coupent en leur milieu.
- Les **côtés opposés** d'un parallélogramme sont parallèles et de même longueur.
- Les **angles opposés** d'un parallélogramme ont la même mesure.
- Deux **angles consécutifs** d'un parallélogramme sont **supplémentaires**. (Cela signifie que la somme de leurs mesures vaut 180°.)

4 Angles et parallélogramme

ABCD est un parallélogramme dont l'angle $\hat{A}$ mesure 113°.
Donner :

- $\hat{C}$ = ……………………………………
- $\hat{B}$ = ……………………………………
- $\hat{D}$ = ……………………………………

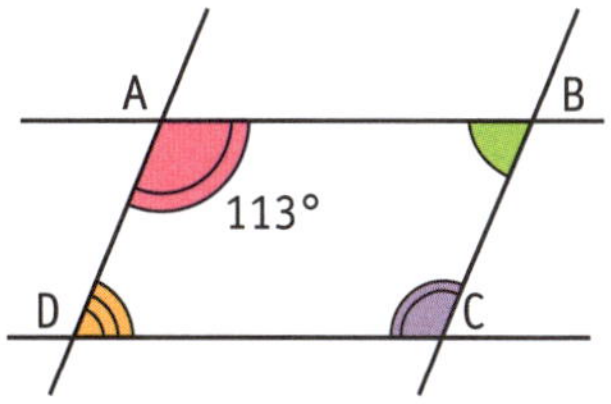

5 Côté commun

Soit ABCD et CDEF deux parallélogrammes ayant le côté [CD] en commun.

a. Compléter la figure.

b. Prouver que AB = EF et (AB) // (EF).

……………………………………

……………………………………

……………………………………

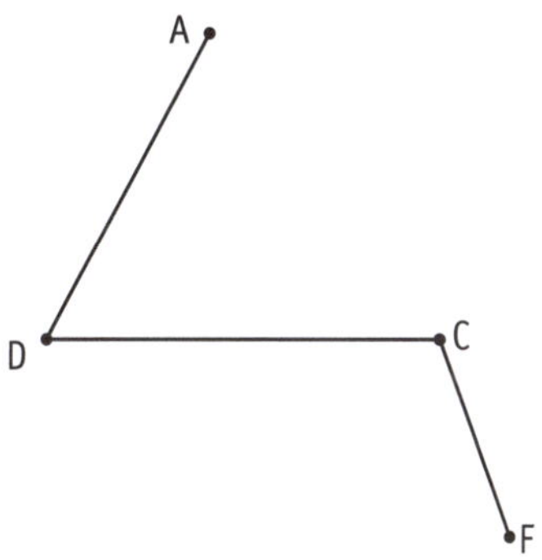

c. Citer un troisième parallélogramme. ……………………………………

d. Démontrer que les segments [AF] et [BE] ont le même milieu. ……………………………………

……………………………………

> **COUP DE POUCE**
> **b.** Utilise les propriétés des parallélogrammes.

6 Cercles et parallélogramme

Les deux cercles ont le même centre.
Prouver que AD = BC et (AD)//(BC).

……………………………………

……………………………………

……………………………………

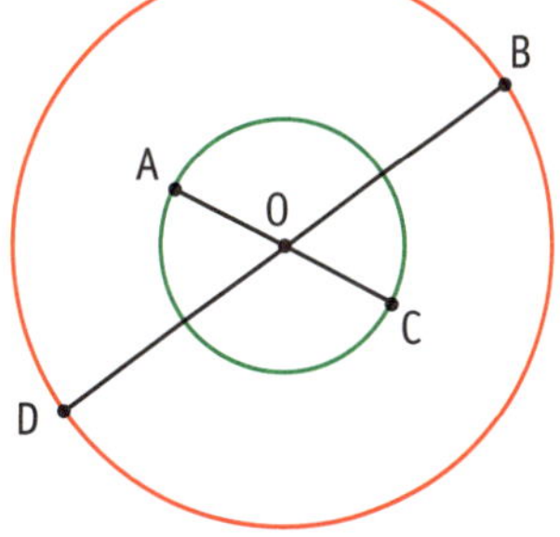

> **COUP DE POUCE**
> Tu peux commencer par démontrer que ABCD est un parallélogramme.

Corrigés p. 146-147

GÉOMÉTRIE ET MESURES

21 Construire des triangles et des parallélogrammes

Comment construire un triangle de dimensions données ?

Exemple de construction

Pour construire un triangle ABC tel que AB = 4 cm, AC = 3 cm et BC = 2 cm, on trace un segment de longueur donnée, par exemple [AB], puis on reporte les deux autres dimensions à l'aide d'un compas.

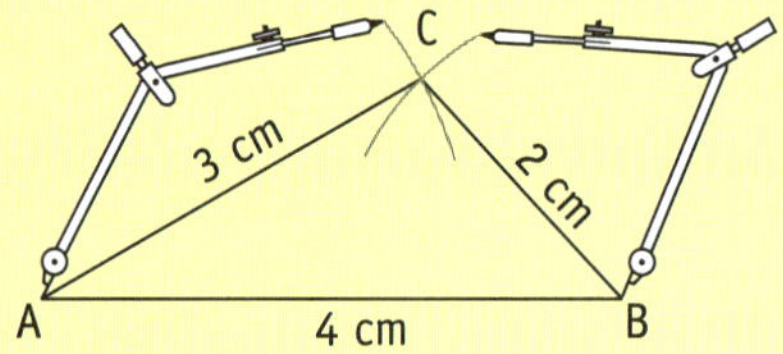

Inégalité triangulaire

Dans un triangle, tout côté est plus petit que la somme des deux autres côtés.
Dans l'exemple précédent, AB < AC + BC ; AC < AB + BC et BC < AB + AC.

1 Avec trois côtés connus

a. Construire un triangle ABC tel que :
AB = 6 cm
BC = 5 cm
AC = 4 cm
Quel est le périmètre de ABC ?

.... cm.

b. Hector prétend que l'on peut construire un triangle ABC tel que AB = 6 cm, BC = 2 cm et AC = 3 cm. Hélène pense que c'est impossible. Qui a raison et pourquoi ?

....

....

2 Avec un angle entre deux côtés

Construire un triangle EFG tel que :
EF = 6 cm
EG = 4 cm
$\widehat{FEG} = 40°$
Mesurer FG et donner le périmètre de EFG.

FG ≈ .... cm.

Périmètre ≈ .... cm.

COUP DE POUCE
Utilise la règle graduée, le compas et le rapporteur.

3 Avec un côté entre deux angles

Construire un triangle LMN tel que :

MN = 5 cm

$\widehat{NML} = 70°$

$\widehat{MNL} = 50°$

4 Avec un angle et deux côtés

Construire deux triangles PQR tels que :

PQ = 5 cm

$\widehat{QPR} = 35°$

QR = 3 cm

COUP DE POUCE

Ici, l'un des côtés de l'angle donné est inconnu.
Il y a plusieurs solutions.

NIVEAU 5e

5 Construction d'un parallélogramme

Construire le parallélogramme ABCD tel que :

l'angle $\hat{A}$ mesure 65° et AB = 3 cm.

6 Construction d'un autre parallélogramme

Construire le parallélogramme ABCD ayant ses diagonales qui se coupent en O.

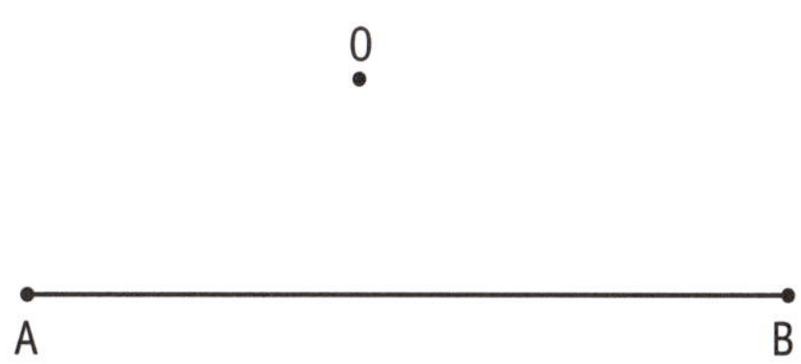

7 Un triangle et trois parallélogrammes

Construire les parallélogrammes ABEC, BCFA et CAGB.

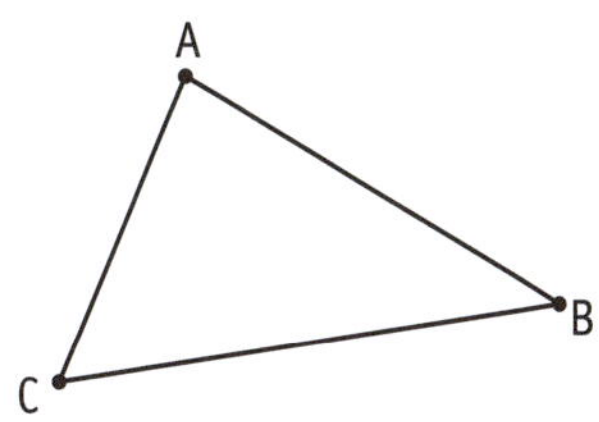

Corrigés p. 147-148

GÉOMÉTRIE ET MESURES

22 Calculer l'aire d'un triangle et d'un parallélogramme

• Tu peux commencer par revoir le chapitre 22 du niveau 6e p. 52.

Comment calculer des aires ?

▸ Hauteurs d'un triangle ABC

La hauteur issue de A est la droite passant par A et perpendiculaire à (BC).
Il arrive qu'une hauteur soit à l'extérieur d'un triangle.

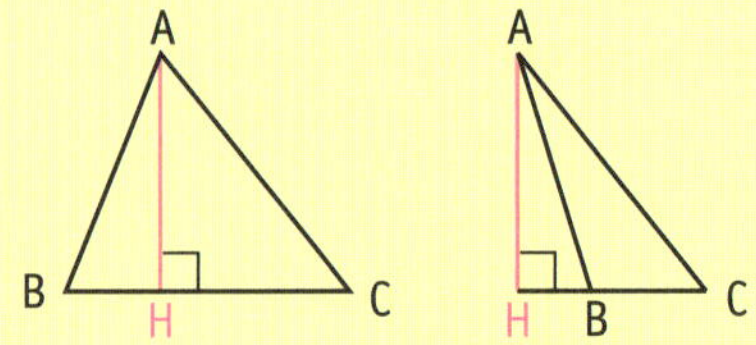

▸ Aire d'un parallélogramme et aire d'un triangle

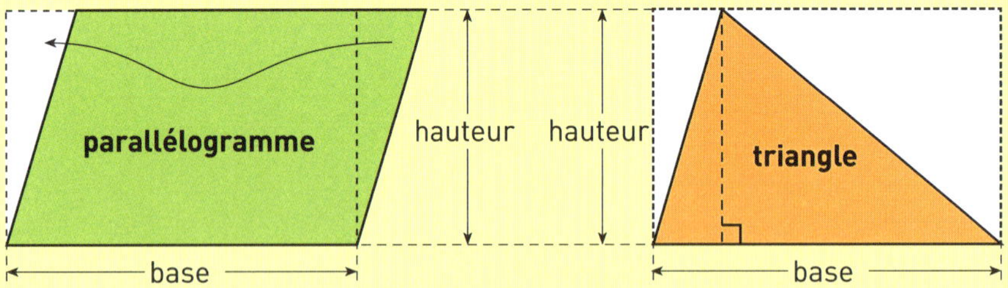

aire = base × hauteur

aire = (base × hauteur) ÷ 2

Exemple : L'aire d'un triangle dont la base mesure 9 cm et la hauteur 7 cm est :
aire = (9 × 7) ÷ 2 = 31,5 cm²

Car le triangle est la moitié d'un rectangle.

1 Aires de tout repos

Indiquer sous chaque figure son aire en cm².

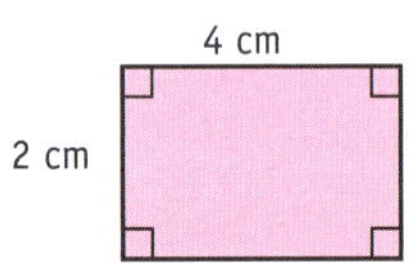

.... cm²

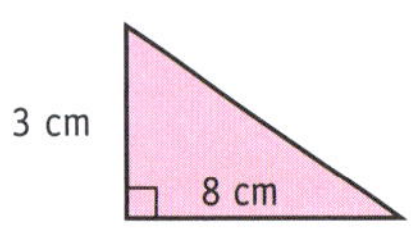

.... cm²

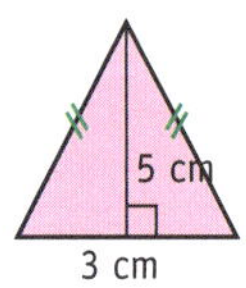

.... cm²

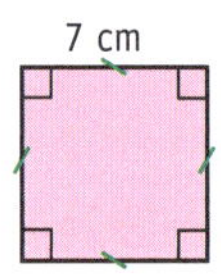

.... cm²

ATTENTION
Les dessins ne sont pas faits à l'échelle.

2 Aires en carreaux

Compléter le tableau en indiquant les mesures en nombre de carreaux.

	Base	Hauteur	Aire en carreaux
Parallélogramme ABCD			
Parallélogramme DEFG			
Triangle DEH			
Triangle BCK			

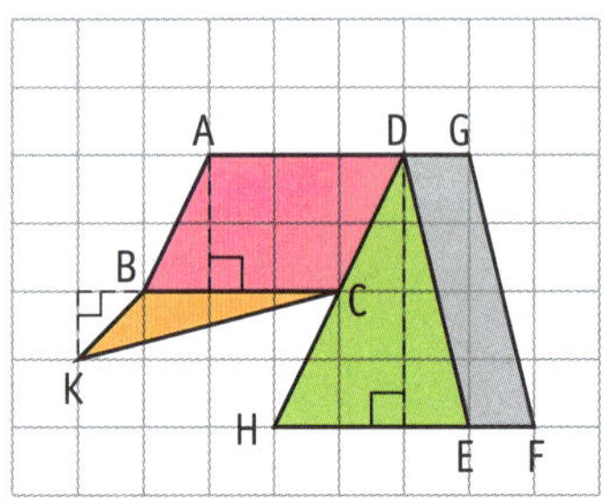

COUP DE POUCE
Pour le triangle BCK, la hauteur issue de K est à l'extérieur du triangle.

3 Aire d'autoroute

Une autoroute traverse un champ rectangulaire (dimensions indiquées sur la figure).

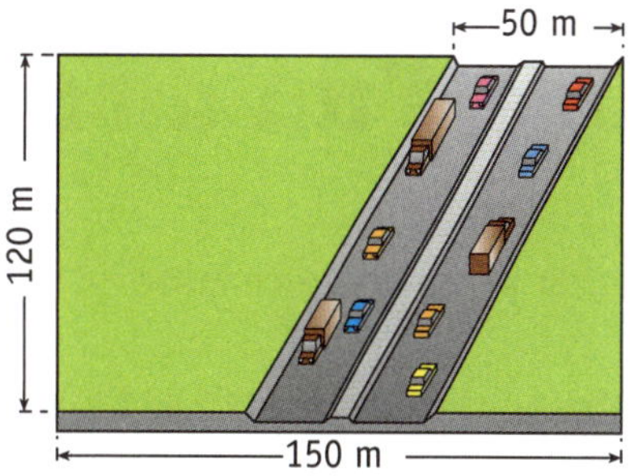

a. L'aire du tronçon d'autoroute est :

....

b. L'aire de la surface cultivable restante est :

....

> **COUP DE POUCE**
> Le tronçon d'autoroute a la forme d'un ....

4 Dans un quadrillage

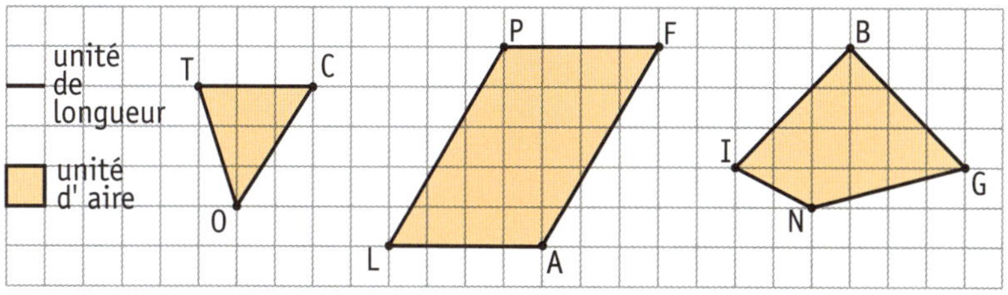

a. Aire du triangle TOC. ....

b. Aire du parallélogramme PLAF. ....

c. Aire du quadrilatère BING. ....

> **ATTENTION**
> Ici, l'unité d'aire est l'aire d'un petit carreau.

> **COUP DE POUCE**
> Pour le troisième cas, trace la diagonale [IG].

5 Exercice à la hauteur

a. Un triangle ABC a une aire de 42 cm². Le côté [BC] mesure 12 cm. Combien mesure la hauteur issue de A ?

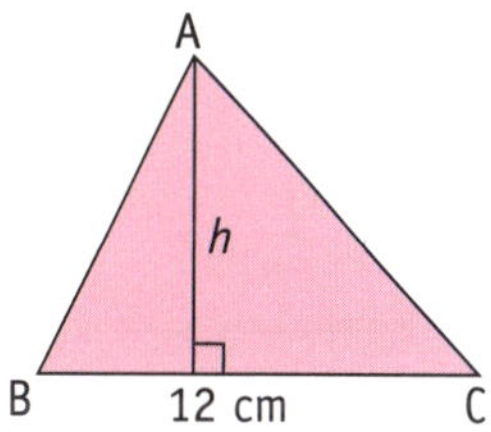

....

....

b. La hauteur d'un parallélogramme mesure 4 m et la base correspondante 13 m. L'autre hauteur mesure 12 m. Combien mesure la base correspondante ?

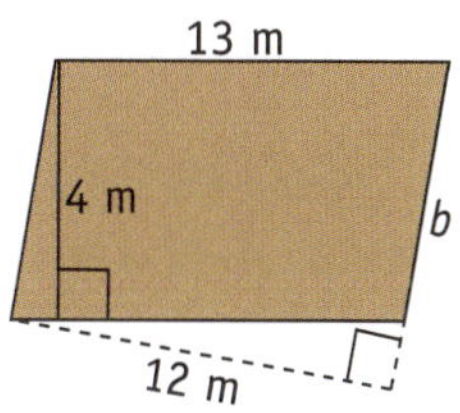

....

....

....

....

> **COUP DE POUCE**
> **a.** Écris la formule de l'aire d'un triangle en utilisant les données et en notant h la hauteur.

> **COUP DE POUCE**
> **b.** Commence par calculer l'aire du parallélogramme.

6 Autour du périmètre

Un triangle ABC isocèle en A a une aire de 12 cm².
La hauteur issue de A mesure 4 cm et celle issue de B mesure 4,8 cm.
Calculer le périmètre du triangle.

....

....

....

> **COUP DE POUCE**
> Commence par faire une figure à main levée puis calcule BC et AC.

Corrigés p. 148

23 Calculer le périmètre et l'aire d'un disque

• Tu peux commencer par revoir le chapitre 22 du niveau 6e p. 52.

Comment calculer le périmètre et l'aire d'un disque ?

▸ Pour un disque de rayon *R* :

périmètre $= 2 \times \pi \times R = 2\pi R$

aire $= \pi \times R \times R = \pi R^2$

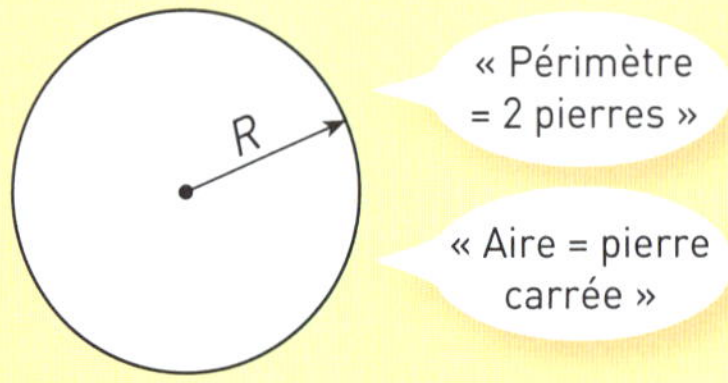

Remarque : Dans les calculs, on prend habituellement $\pi \approx 3{,}14$, mais si on utilise la calculatrice, la touche (π) donne un résultat plus précis.

1 Les coins ou le carreau ?

Comparer les aires des parties coloriées des figures ① et ②.

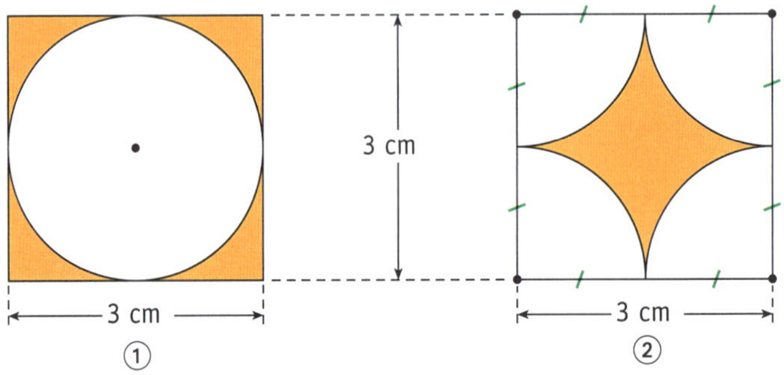

ATTENTION
Ne te lance pas dans les calculs. Réfléchis et observe !

....

2 Aire d'un disque

Compléter le tableau suivant en donnant les résultats à 0,01 près.

Rayon	Diamètre	Périmètre	Aire
4 m			
	4 m		
		4 m	

3 Le joli cœur

Calculer l'aire du cœur sachant que ABCD est un carré de côté 4.

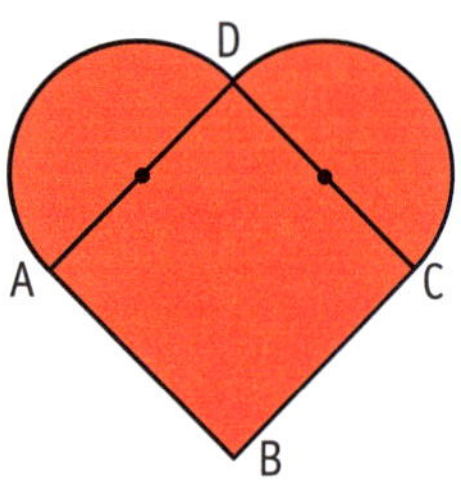

....

....

....

4 La ficelle

Avec une ficelle nouée 

de longueur 24 cm, on a fabriqué :

un carré — un disque — un rectangle

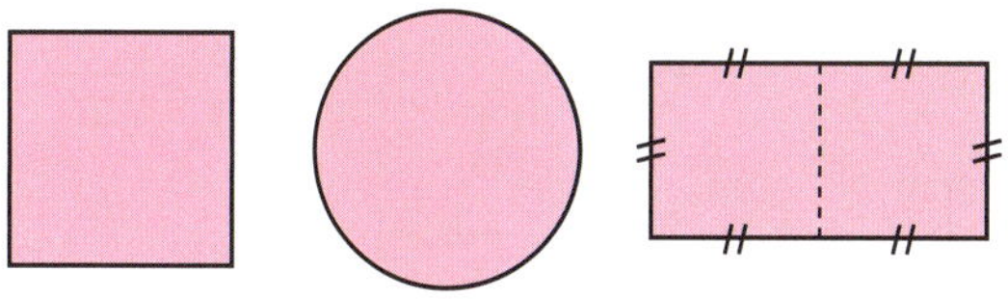

Calculer et comparer les aires de ces trois figures.

INFO

Les mathématiciens ont prouvé que, quelle que soit la longueur de la ficelle, l'aire du disque est toujours supérieure à celle du carré, qui est elle-même supérieure à l'aire de tout autre rectangle.

5 La fleur de crucifère

Calculer en carreaux l'aire de la partie coloriée (à 0,01 près).

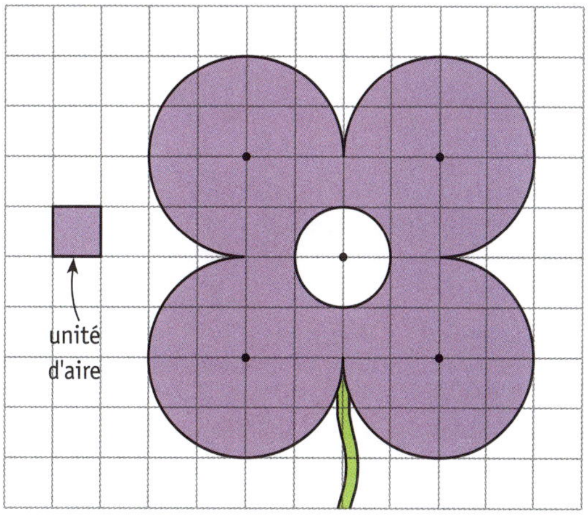

6 La piscine

On a donné la forme ci-contre à une piscine.

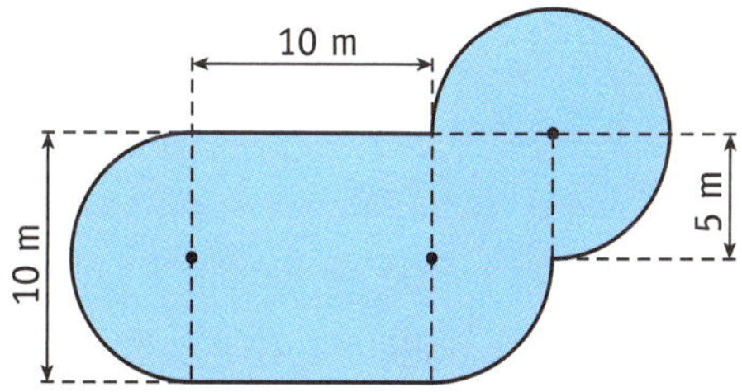

a. Calculer l'aire de cette piscine en m^2.

b. Calculer le périmètre de la piscine.

NIVEAU 5e

Corrigés p. 148-149

24 Calculer des aires et des volumes

• Tu peux commencer par revoir les chapitres 22 et 23 du niveau 6e p. 52 et 54.

Comment calculer des volumes ?

parallélépipède

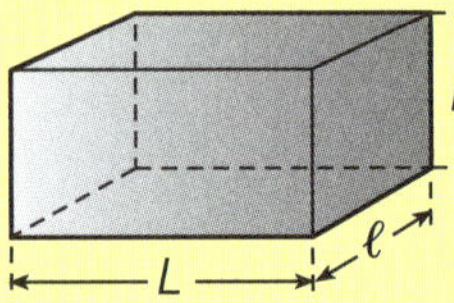

volume = $(L \times \ell) \times h$

cube

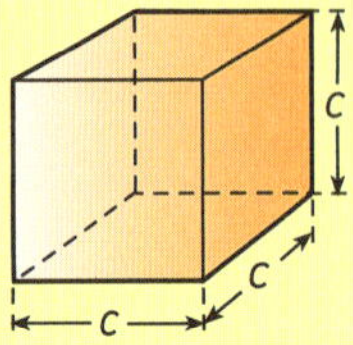

volume = $(c \times c) \times c = c^3$

cylindre

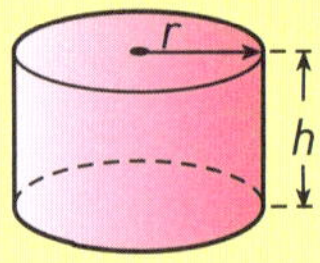

volume = $(\pi r^2) \times h$

prisme

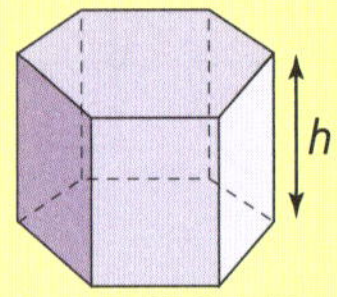

base d'aire B

volume = $B \times h$

Dans tous les cas présents, on a : **volume = aire de la base × hauteur**

1 Un cylindre dans un cube

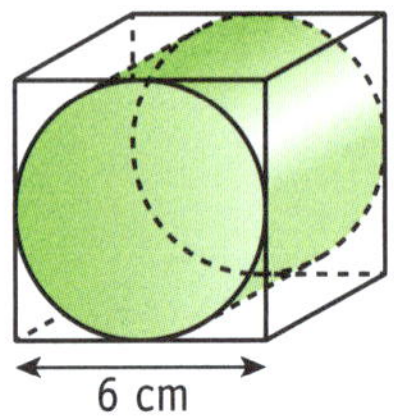

a. Calculer le volume du cube : ....

b. Calculer volume du cylindre : ....

(Donner une valeur approchée par défaut à 0,1 près).

2 L'arrosoir

Un arrosoir de 10 litres a la forme d'un prisme de 25 cm de hauteur.

Calculer l'aire de sa base en cm^2, puis en dm^2. ....

3 Une pièce de bois

Une pièce de bois de 1,50 m de long a la forme d'un parallélépipède dont la base est un carré de 30 cm de côté.
Calculer le volume en m^3 de cette pièce de bois.

....

....

ATTENTION ... aux unités !

4 La citerne d'eau de pluie

Une citerne a la forme d'un parallélépipède de 3 m de largeur, 4,5 de longueur et 5 m de hauteur.

a. Calculer, en m^3, le volume total de la citerne. ....

....

....

b. Après un gros orage, 27 m^3 d'eau ont coulé dans la citerne.
De combien de mètres est monté le niveau de l'eau dans la citerne ?

....

....

Comment calculer des aires ?

Aire totale des faces d'un parallélépipède

$\text{aire totale des faces} = 2 \times (L \times \ell + L \times h + \ell \times h)$

Cas du cube d'arête c : $\text{aire totale} = 6 \times c^2$

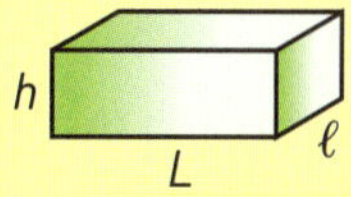

Aire latérale d'un cylindre

$\text{aire latérale} = 2 \times \pi \times r \times h$

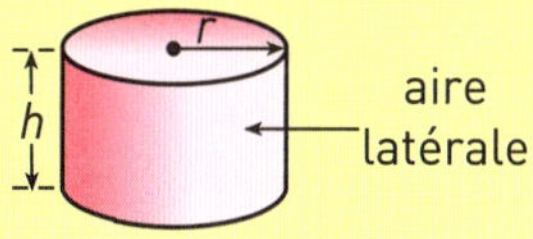

5 **Aires à comparer**

Comparer les aires totales des faces :
- d'un cube de 23 cm d'arête ;
- d'un parallélépipède de dimensions : 41 cm, 19 cm, 13 cm.

6 **Le bon tuyau**

On veut fabriquer un tuyau de poêle de 70 cm de long et 7,5 cm de rayon.
Quelle surface de tôle, en cm^2 puis en m^2, faut-il employer ?

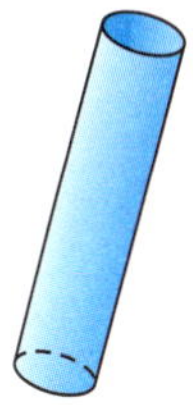

7 **Pile de cubes**

Cinq cubes identiques posés l'un sur l'autre atteignent une hauteur de 45 cm.
Calculer le volume de l'un de ces cubes.

8 **Cylindres**

Compléter le tableau avec des valeurs approchées à 0,1 près. (*Faire les calculs au brouillon.*)

Rayon r (en cm)	Diamètre (en cm)	Hauteur h (en cm)	Périmètre de base (en cm)	Aire de base (en cm^2)	Aire latérale (en cm^2)	Volume (en cm^3)
2		10				
	5	7				
		6	10			

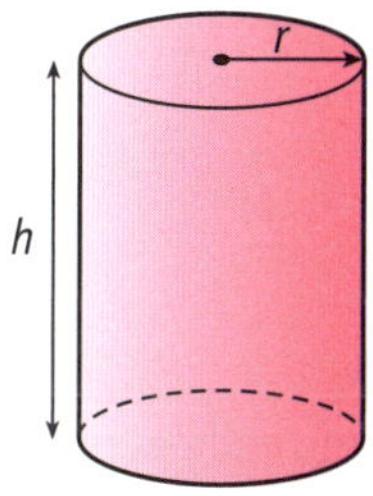

COUP DE POUCE
- Utilise la touche [π] de la calculatrice.
- Pour la troisième ligne : $10 = 2\pi r$, donc $r = 10 \div (2\pi) = \dots$

9 **Longueur, aire et volume avec Scratch**

a. Assembler et exécuter ce programme concernant un cube. Que donne-t-il ?

b. Ajouter 2 lignes pour que le programme affiche, à l'aide de la variable a, l'aire totale des faces du cube.

c. Même travail, mais le programme doit afficher la longueur totale des arêtes du cube (utiliser la variable L).

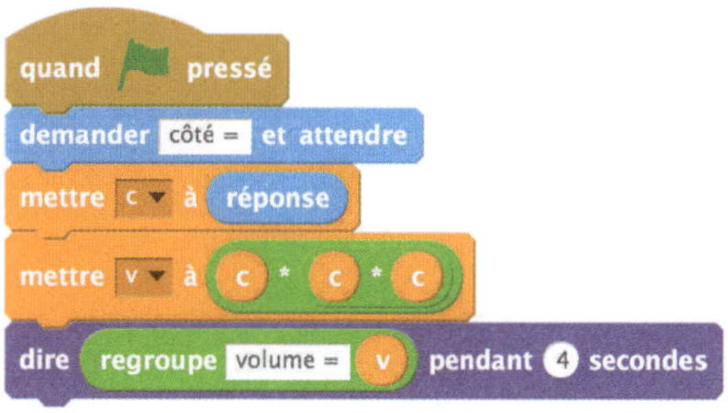

COUP DE POUCE
Pour découvrir ou réviser la programmation en Scratch, vois le chapitre 26.

Corrigés p. 149

NIVEAU 5e

25 Changer d'unités

Quelles sont les conversions utiles ?

- 1 t (*) = 10 q (*) = 1 000 kg — 1 m^3 = 1 000 L = 10 hL — 1 ha (*) = 1 hm^2 = 10 000 m^2
  1 h = 3 600 s — 1 L = 1 dm^3 = 1 000 cm^3 — 1 a (*) = 100 m^2
  1 j = 24 h — 1 mL = 1 cm^3 — 1 Mo (*) = 1 000 ko (*)
  (*) t = tonne ; q = quintal ; a = are ; ha = hectare ; ko = kilo-octet ; Mo = mégaoctet.
- Pour les autres cas, se reporter à la carte mentale *Les unités de mesure* à la fin du livre.

COUP DE POUCE
Pour les exercices 1 et 2, pense à utiliser des unités intermédiaires.

★ 1 Des unités à foison

Compléter en respectant les unités.

a. 1,2 dam = ... cm
b. 13,2 mm = ... dm
c. 4 hm = ... km
d. 150 cm^2 = ... m^2
e. 6 000 m^2 = ... hm^2
f. 3 ha = ... m^2
g. 125 g = ... kg
h. 314 cg = ... g
i. 4,3 t = ... kg
j. 13 q = ... kg
k. 100 min = ... h .... min
l. 7 200 s = ... h

★ 2 Avec des volumes

Compléter en respectant les unités.

a. 1,5 L = ... cm^3
b. 3 cm^3 = ... cL
c. 0,4 m^3 = ... dm^3
d. 15 cm^3 = ... mL
e. 100 hL = ... m^3
f. 125 cm^3 = ... L
g. 8 dL = ... cm^3
h. 3,8 dL = ... dm^3
i. 0,5 L = ... dm^3
j. 2 500 L = ... m^3

★★ 3 Unités agraires

a. Une vigne a un rendement de 42 hL à l'hectare. Donner ce rendement en litres sur un are.

....

b. Dans un champ de blé, on a relevé un rendement de 60 quintaux à l'hectare. Donner ce rendement en kg par are.

....

★ 4 Vitesses d'oiseaux

Calculer la vitesse en km/h de chacun de ces oiseaux :

a. La pie écorcheuse qui avale 700 km en 20 h : ....

b. Le tourne-pierre qui parcourt 825 km en 25 h : ....

c. Le foulque qui peut faire 730 km en 2 jours : ....

5 Mur du son

Un avion a une vitesse de 1 100 km/h. Dépasse-t-il la vitesse du son qui est de 330 m/s ?

6 Digital

a. Comparer les capacités de deux disques durs, l'un de 800 Go et l'autre de 2 To.

b. Une clé USB a une capacité de 32 Go. Exprimer cette capacité en Mo.

c. La capacité d'une carte mémoire est de 36 Go. Combien de fois est-elle plus grande qu'une ancienne carte mémoire de 18 Mo ?

INFO
Mo : mégaoctet
Go : gigaoctet
(1 Go = 1 000 Mo)
To : téraoctet
(1 To = 1 000 Go)

7 Le geyser

Aux États-Unis, le geyser « Le géant » rejette 13 850 hL d'eau chaude en 4 min.

Calculer le débit du geyser en m³ par seconde.

8 Consommation

Dans certains pays d'Amérique du Sud, la consommation d'une voiture s'exprime en kilomètres (parcourus) par litre (consommé).

a. Une voiture consomme 8 L aux 100 km. Exprimer cette consommation en km par litre de carburant.

b. Une voiture chilienne parcourt 15 km par litre. Exprimer cette consommation en litres pour 100 km.

COUP DE POUCE
Tu peux utiliser un tableau de proportionnalité.

9 Dans la vie courante

a. 1,5 km de câble électrique coûte 900 euros. Combien coûtent 2 dam de ce câble ?

b. 4 m de tube de cuivre pèsent 3 kg. Combien pèsent, en grammes, 6 dm de ce tube ?

c. Au cours d'un orage, il est tombé 15 cm³ d'eau sur une surface de 10 cm². Quel volume d'eau (en litres) est-il tombé sur 1 m² ? Et sur un champ de 1 ha (en m³) ?

Corrigés p. 149-150

26 Découvrir l'algorithmique et la programmation

Qu'est-ce que l'algorithmique ?

- Un **algorithme** est une suite d'opérations élémentaires qui doivent s'exécuter dans un certain ordre afin d'obtenir un résultat. L'**algorithmique** est la science des algorithmes. Le mot « algorithme » vient du nom du mathématicien **Al Khwarizmi** (Bagdad, vers l'an 800).
- Un algorithme est appelé **programme** lorsqu'il est enregistré et susceptible d'être exécuté par un ordinateur.
- Dans les exercices suivants, on utilise le logiciel **Scratch**, téléchargeable gratuitement sur Internet à l'adresse : scratch.mit.edu/scratch2download.

INFO
Selon la version de Scratch, le drapeau vert peut être cliqué ou pressé. L'effet est le même dans les deux cas.

1 Avec un carré

a. Le programme ci-contre demande le côté d'un carré et donne un certain résultat. Assembler ce programme sans oublier de créer la variable *A*.
Faire exécuter plusieurs fois avec des côtés différents. Que donne ce programme ?

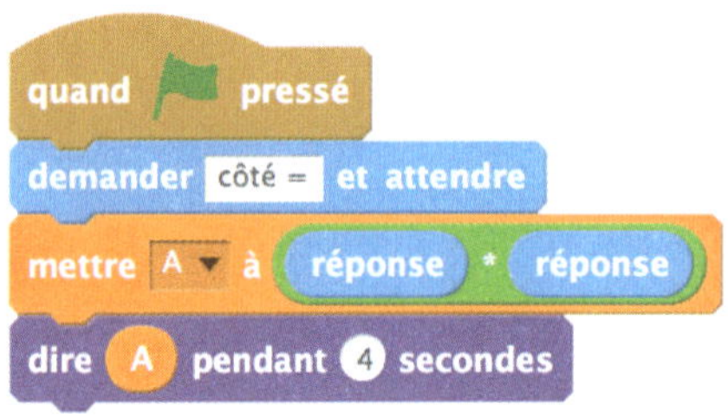

....

b. Modifier la troisième et la quatrième ligne du programme pour qu'il donne le périmètre du carré. (Utiliser la variable *P*.)

INFO
réponse
est une variable qui reçoit le nombre tapé.

2 Avec un rectangle

Compléter ce programme qui demande la longueur et la largeur d'un rectangle, et qui donne l'aire du rectangle.

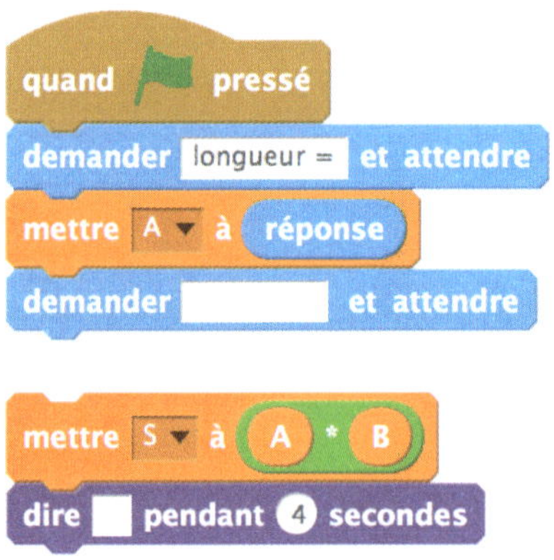

INFO
Ici, on utilise plusieurs variables (*A*, *B* et *S*) afin d'éviter les conflits entre les différentes valeurs de réponse

3 Pour mieux communiquer

Remplacer la ligne suivante du programme de l'exercice 2 :

par la ligne suivante :

Exécuter ce nouveau programme. Observer l'exécution.

....

INFO
L'instruction
regroupe
rassemble deux objets, ici du texte et une variable.

4 Dessin géométrique

Le programme ci-contre demande une longueur puis dessine sur l'écran deux segments perpendiculaires de cette longueur.

a. Exécuter ce programme avec plusieurs valeurs.

b. Compléter ce programme pour qu'il dessine un carré de longueur donnée.

```
quand [drapeau] pressé
stylo en position d'écriture
demander [longueur =] et attendre
avancer de (réponse)
tourner ↻ de (90) degrés
avancer de (réponse)
```

5 Deux variables à dessin

En s'inspirant du programme précédent, écrire un programme qui :
- demande la longueur et la largeur d'un rectangle ;
- les met dans les variables *A* et *B* ;
- trace ensuite ce rectangle.

INFO
Pour faire disparaître le lutin, ajoute l'instruction :

```
cacher
```


6 Avec un triangle équilatéral

a. Compléter :
chaque angle d'un triangle équilatéral mesure ....

b. Dans le programme donné au début de l'exercice 4, remplacer la cinquième ligne par :

```
tourner ↻ de (120) degrés
```

Ainsi on obtient, à l'écran, deux segments de même longueur formant un angle de 60°.

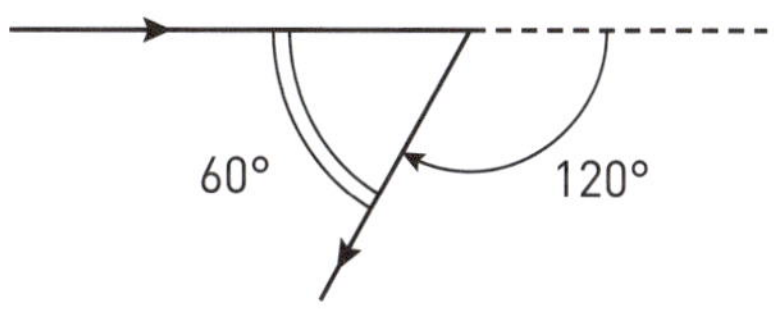

Exécuter ce programme.

c. Modifier ce programme pour qu'il trace un triangle équilatéral de côté donné.

7 Une maison

Écrire un programme qui demande une longueur et dessine la maison ci-contre.

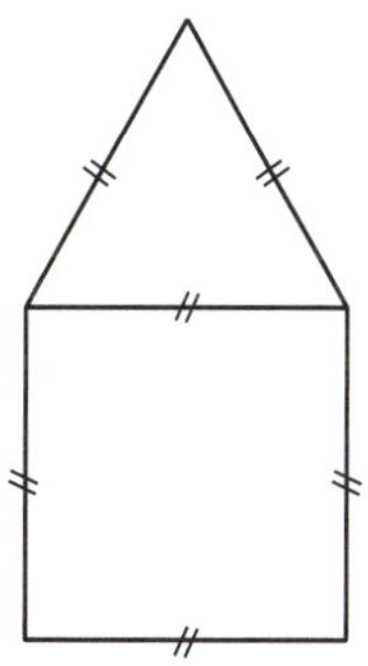

INFO
On peut le faire sans lever le crayon.

Corrigés p. 150-151

Plus d'exercices sur www.hatier-entrainement.com

Bilan Vers la quatrième

1 En ordre (1)

INFO Rangement de nombres relatifs.

1. Ranger les sept nombres relatifs suivants par ordre décroissant.
   15 ; – 20 ; 0 ; – 30 ; 100 ; 1 ; – 2
2. Recommencer avec les nombres suivants.
   0,5 ; 0,15 ; – 0,25 ; 0,05 ; – 1,5 ; 2,5 ; 0,25

2 En ordre (2)

INFO Rangement de fractions (sans calculatrice).

On donne les cinq fractions $\frac{1}{3}$; $\frac{1}{4}$; $\frac{2}{9}$; $\frac{5}{12}$ et $\frac{5}{18}$.

1. Comparer $\frac{1}{3}$ et $\frac{2}{9}$ en transformant une seule de ces deux fractions.
2. Écrire les cinq fractions données en prenant 36 comme dénominateur commun.
3. Ranger les cinq fractions par ordre croissant.

3 Des trapèzes et des lettres

INFO Calcul littéral.

Un trapèze est un quadrilatère ayant deux côtés parallèles : la « grande base » B et la « petite base » b.

L'aire d'un trapèze est donnée par la formule : $Aire = \frac{(B + b) \times h}{2}$.

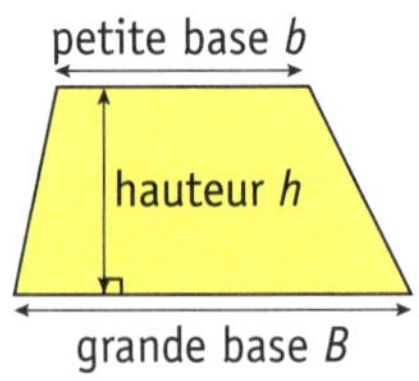

1. Calculer l'aire des trapèzes ABCD et EFGH.
Attention, les figures ne respectent pas les mesures.

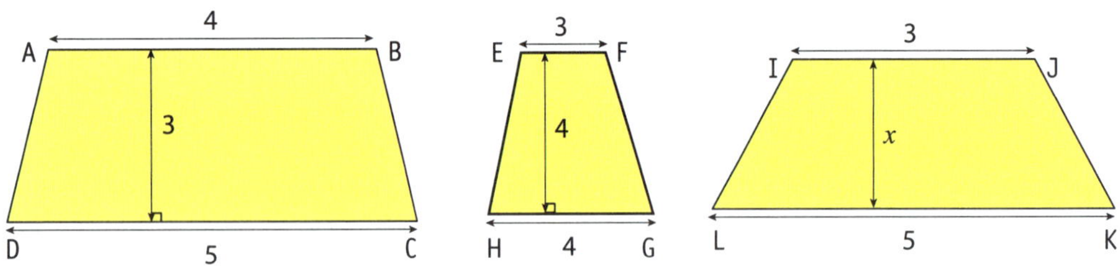

2. On cherche maintenant la hauteur x du trapèze IJKL sachant qu'il a la même aire que EFGH. Prouver d'abord que l'aire de IJKL est égale à $4x$, puis résoudre une équation.

4 Au choix

INFO Proportionnalité.

Pour chaque question, choisir la bonne réponse.

1. Tonton Étienne veut tricoter une nouvelle laine avec de nouvelles aiguilles.
   En réalisant un échantillon de 10 cm de longueur, il s'aperçoit qu'il a tricoté 24 rangs.
   Pour se tricoter une écharpe de 115 cm, il lui faudra :
   a. 48 rangs **b.** 129 rangs **c.** 276 rangs
2. Sur une carte routière à l'échelle $\frac{1}{1\,000\,000}$ deux villages sont séparés par 3 cm.
   Dans la réalité, ils sont séparés par une distance de :
   a. 3 km **b.** 30 km **c.** 300 km
3. Un fromage de 500 g contient 36 % de matière grasse. La matière grasse pèse donc :
   a. 180 g **b.** 18 g **c.** 13,89 g
4. Dans une assemblée de 640 personnes, il y a 48 gauchers.
   Le pourcentage des gauchers est :
   a. 13,33 % **b.** 30,72 % **c.** 7,5 %

5 Tirer les cartes

On tire une carte au hasard dans un jeu bien mélangé de 32 cartes. Pour les trois questions suivantes, exprimer la réponse sous forme d'une fraction puis d'un nombre décimal.

1. Quelle est la probabilité de tirer une carte rouge (c'est-à-dire un cœur ou un carreau) ?

2. Quelle est la probabilité de tirer un 7 ?

3. Quelle est la probabilité de tirer un 7 rouge ?

INFO Probabilités

6 Changement d'aire ?

Le rectangle ABCD a pour longueur AB = 8 cm et pour largeur AD = 5 cm. On choisit un point E sur le côté [DC] et on considère le triangle ABE.

Est-ce que l'aire de ABE dépend de la position de E sur le segment [DE] ? Justifier et calculer l'aire de ABE.

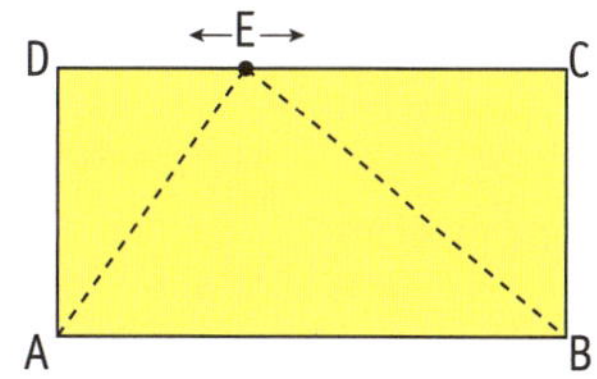

INFO Aires de triangles

7 Ainsi fut-il vide !

Un fût cylindrique a pour hauteur 9 dm et pour diamètre 60 cm.

1. Calculer son volume en litres (arrondir à l'entier le plus proche).

2. On a vidé ce fût en ¼ d'heure à l'aide d'une pompe manuelle. Calculer le débit de la pompe en litres par minute.

INFO Volumes. Unités.

8 Drôle de banane !

Pour dessiner la banane ci-contre, on a tracé les demi-cercles de centres A et B avec un rayon de 1 cm, puis les demi-cercles de centre C avec des rayons de 2 cm et 4 cm.

À l'aide des mesures fournies, calculer le périmètre puis l'aire de cette surface. Donner les valeurs exactes, puis les valeurs arrondies au centième.

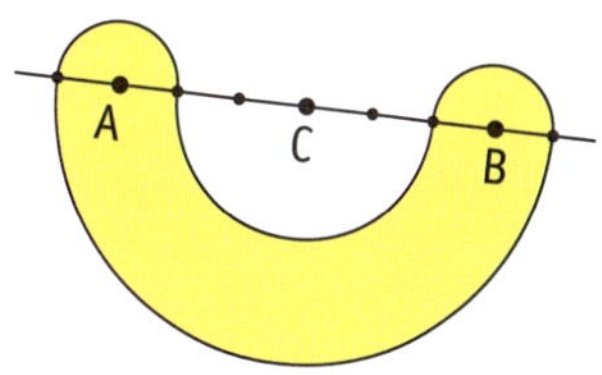

INFO Périmètre et aire de disques.

9 La cabane de jardin

1. En utilisant le logiciel Scratch, dessiner la cabane de jardin ABCDE sachant que :
- l'ordonnée de B est 100 ;
- les coordonnées de C sont (100, 150) ;
- l'abscisse de E est 200.

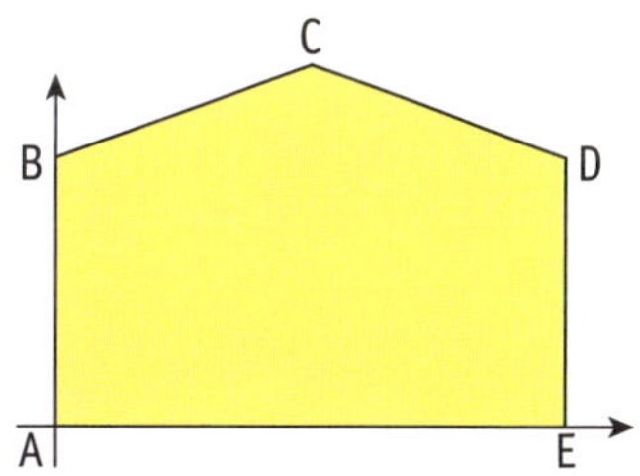

Le programme peut commencer ainsi :

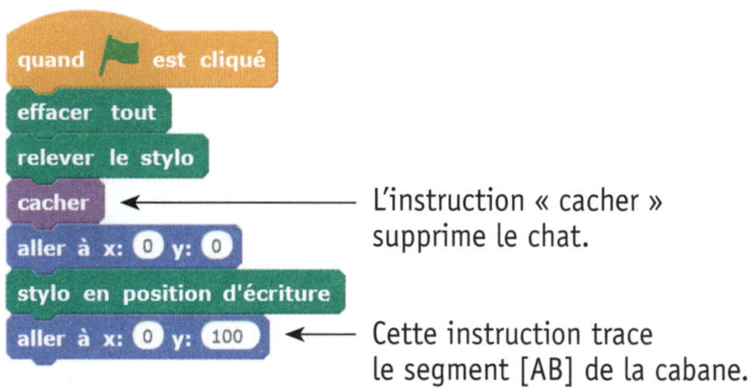

2. Afin que le jardinier et la lumière puissent entrer dans la cabane, compléter le programme pour dessiner une porte et une fenêtre (de tailles et de positions librement choisies).

INFO Programmation.

NIVEAU 5e

Corrigés p. 151-152

Corrigés du niveau 5e

1 Respecter les priorités

1 $a = 4 \times 4 + 4 \times 4 = 16 + 16 = 32$
$b = 4 + 4 \times 4 + 4 = 4 + 16 + 4 = 24$
$c = 4 + 4 \times 4 \times 4 = 4 + 64 = 68$
$d = 6 + 6 \times (6 \times 6 + 6) = 6 + 6 \times (36 + 6)$
$= 6 + 6 \times 42 = 6 + 252 = 258$

EXPLICATION
On applique les règles de priorité.

2 **a.** Vrai car $3 \times 9{,}2 + 0{,}2 - 1 = 27{,}6 + 0{,}2 - 1 = 26{,}8$
b. Faux car $5 \times 0{,}7 - 0{,}7 = 3{,}5 - 0{,}7 = 2{,}8$
c. Faux car $67 + 3 \times 100 = 67 + 300 = 367$
d. Faux car $15 \div 3 + 2 - 2 = 5 + 2 - 2 = 5$

EXPLICATION
Seul **a.** est correct. On corrige donc **b.**, **c.** et **d.**

3 $a = ((3 \times 7) + (7 \times 8)) = 3 \times 7 + 7 \times 8 = 21 + 56 = 77$
$b = (5 + 4) + (5 \times 4) = 5 + 4 + 5 \times 4 = 9 + 20 = 29$
$c = 11 \times (8 \times 9) = 11 \times 8 \times 9 = 792$
$d = 2 + (9 - (7 + 1)) = 2 + 9 - (7 + 1) = 2 + 9 - 8 = 3$

EXPLICATION
Les règles de priorité permettent de supprimer les parenthèses superflues.

4 Pour chaque exemple plusieurs solutions sont possibles.
$0 = 2 \times 0 \times 1 \times 6$; $2 = 2 + 0 \times 1 \times 6$
$6 = 2 \times 0 \times 1 + 6$; $7 = 2 \times 0 + 1 + 6$
$8 = 2 + 0 + 1 \times 6$; $9 = 2 + 0 + 1 + 6$

5 $a = 5 + 4 + 3 \times 2 \times 1 = 9 + 6 = 15$
$b = 5 + 4 \times 3 + 2 \times 1 = 5 + 12 + 2 = 19$
$c = 5 + 4 \times 3 \times 2 + 1 = 5 + 24 + 1 = 30$
Il faut donc barrer b et c.

EXPLICATION
On calcule chaque expression pour conclure.

6 En tenant compte des règles de priorité, on obtient :
$a = (9 + 5) \times (8 + 2) = 114$
$b = (9 + 5) \times (8 + 2) = 59$
$c = 2 + 3 \times ((5 + 2) \times 4) = 41$

7 **a.** $3 \times (7 + 9) = 3 \times 16 = 48$.
b. $16 + 4 \times 5 = 16 + 20 = 36$.
c. $13 \times 11 + 14 \times 19 = 143 + 266 = 409$.

EXPLICATION
Pour le **b.** et le **c.**, les parenthèses sont inutiles car la multiplication est prioritaire sur l'addition.

8

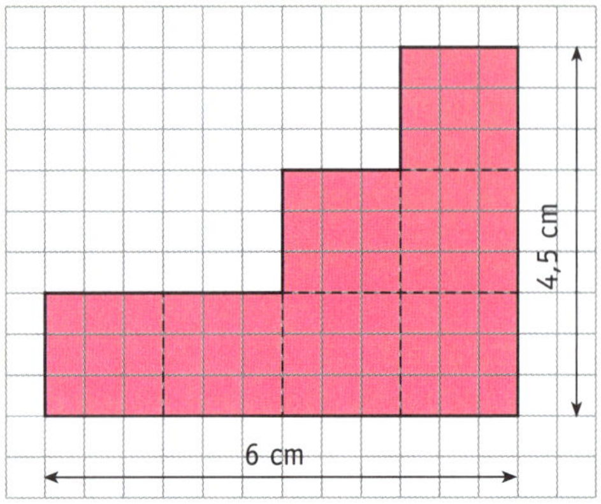

a. Le périmètre de cette figure est :
$6 + 4{,}5 + 5 \times 1{,}5 + 3 = 10{,}5 + 7{,}5 + 3 = 21$ (en cm).
b. On compte 7 carrés de 1,5 cm de côté.
Donc Aire $= 7 \times 1{,}5^2 = 7 \times 2{,}25 = 15{,}75$ (en cm^2).

EXPLICATION
$1{,}5^2$ signifie $1{,}5 \times 1{,}5$ et se prononce « 1,5 au carré ».

9 La figure proposée est un rectangle amputé de deux demi-disques. Pour calculer le périmètre de la figure, il faut remplacer deux segments par deux demi-cercles.

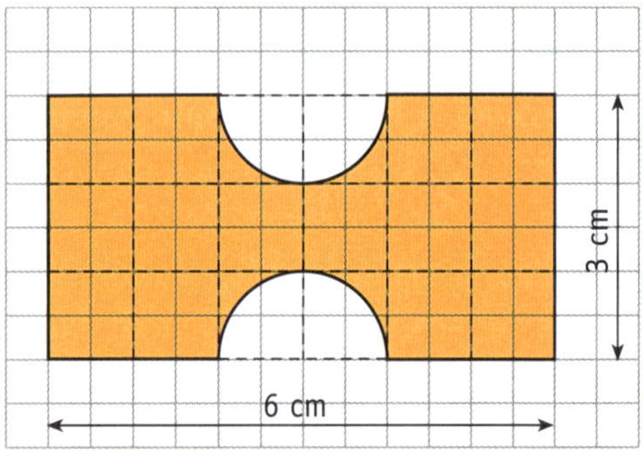

$(3 + 6) \times 2 - 2 \times 2 + 2 \times \pi \times 1 = 9 \times 2 - 4 + 2 \times \pi$
$= 18 - 4 + 2\pi = 14 + 2\pi$
soit environ 20,3 cm.

2 Utiliser des nombres relatifs

1

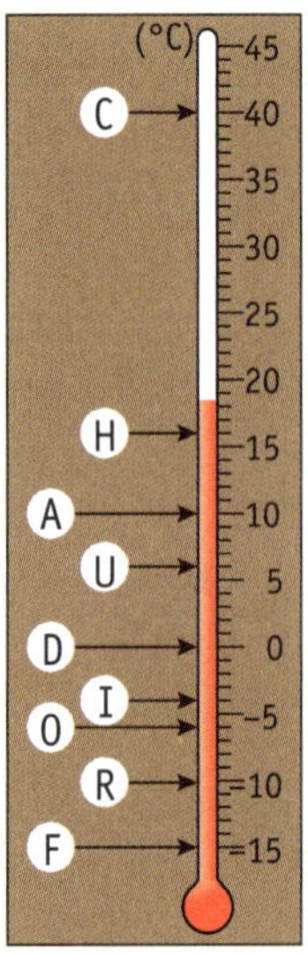

a.

Niveau du liquide	A	C	D	F	H	I	O	R	U
Température (°C)	+ 10	+ 40	0	– 15	+ 16	– 4	– 6	– 10	+ 6

b. Par exemple : + 10 et – 10.
c. Par exemple : + 40 et – 6.

Remarque : Pour le **c.** on pouvait aussi donner + 10 et – 15 ou bien + 6 et – 4.

2 La phrase fausse est : **e**

EXPLICATION
2 et – 3 sont de signes contraires mais ils ne sont pas opposés.

3

Mer Rouge	Mont Blanc	Mer Baltique	Pic du Vignemale
– 3 040 m	+ 4 807 m	– 470 m	+ 3 298 m

Col Bayard	Mer Adriatique	Mer Noire
+ 1 248 m	– 1 260 m	– 2 245 m

Remarque : Belle occasion pour réviser la géographie !

4

Fondation légendaire de Rome par Romulus	Bataille de Marignan	Bataille d'Alésia
– 753	+ 1515	– 52

Les Hébreux quittent l'Égypte sous la conduite de Moïse	Fin de la Grande Guerre	Naissance de Jésus-Christ
– 1440	+ 1918	+ 0 ou – 0

Remarque : Belle occasion pour réviser l'histoire !

5

5	**+ 2**	**– 1,8**	–10	52,7	**– 85**	–8	**– 3,6**	0	**+ 1,1**
– 5	–2	1,8	**+ 10**	**– 52,7**	+85	**+ 8**	+3,6	**0**	–1,1

Opposé

Remarque : 0 est le seul nombre égal à son opposé.

6 **a.**

Jour	1	2	3	4	5	6	7
Température (°C)	**+ 3**	**– 1**	**+ 2**	**– 2**	**– 3**	**– 2**	**+ 1**

b.

Jour	1	2	3	4	5	6	7
Température (°C)	–3	–2	2	5	0	1	–1

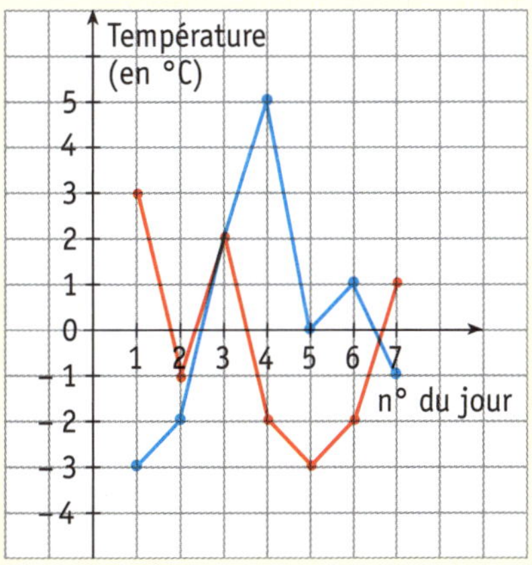

3 Comparer des nombres relatifs

1 **a.** 6 > 3
b. – 32 < – 26
c. – 7 > – 89
d. – 3 < 3,1
e. – 8 = – 8
f. – 12 < 18
g. 8,2 > – 1,2
h. 18,7 > – 18,7
i. 0,6 > – 1
j. 0 < 6,3
k. 5,4 > – 5,4
l. – 35 < 0,1

2 **a.** 119 ⩾ 47
b. 5,34 ⩾ 3,44
c. 0 ⩾ – 5
d. – 3,51 ⩾ – 3,52
e. – 6 ⩽ – 6
f. – 6 ⩽ 0
g. 8 ⩾ 0
h. – 3,46 ⩾ – 3,56
i. – 2,31 ⩽ 2,31
j. 0 ⩽ 0
k. – 2 ⩾ – 135
l. 0,01 ⩽ 0,1

Remarque : Pour le **e.** et le **j.** on aurait pu mettre – 6 ⩾ – 6 et 0 ⩾ 0.

3 **a.** – 1,3 < – 6,7
b. – 3 ⩽ 24
c. – 1995 > – 8
d. 0 < 131
e. 0 ⩽ – 1,8
f. 8,5 ⩽ 0
g. – 8 ⩽ 0
h. 2 < – 3
i. – 1,2 ⩽ – 1,3
j. 0 ⩾ 0
k. 0,1 > – 79
l. – 6 ⩽ – 6

4 C'est – 7 !

Remarque : En revanche, il n'existe pas de nombre x tel que $x > -7$ et $x < -7$.

5 Les inégalités à rayer sont : **c** et **d**.

6

CONSEIL
On peut commencer à ranger séparément les nombres positifs et les nombres négatifs.

– 3,12 **<** – 2,31 **<** – 1,32 **<** 1,23 **<** 3,21 **<** 12,3

7 Même conseil.
10,01 **>** 1,001 **>** 0,011 **>** – 0,101 **>** – 10,01 **>** – 11

8 – 2010 **<** – 2002 **<** – 2000 **<** – 1999 **<** – 1997 **<** – 1992

9 Ce sont : – 3 ; – 2 ; – 1 ; 0 ; 1 ; 2 ; 3 ; 4.

10 **a.** 2 **<** 2,1 **<** 3
b. 10 **<** 10,5 **<** 11
c. – 6 **<** – 5,8 **<** – 5
d. – 11 **<** – 10,5 **<** – 10
e. – 1 **<** – 0,2 **<** 0
f. – 4 **<** – 3,14 **<** – 3

11

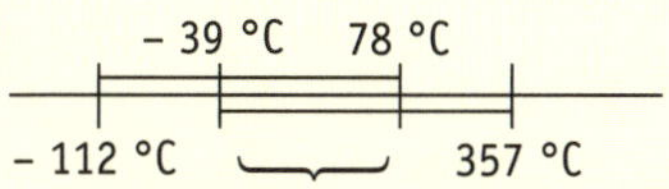

Rangeons les températures en ordre croissant :
– 112 **<** – 39 **<** 78 **<** 357.
Entre – 39 °C et 78 °C on peut utiliser les deux thermomètres car l'alcool et le mercure sont tous les deux liquides entre ces deux températures.

4 Additionner des nombres relatifs

1 $a = (-3) + (+5) = +2$
$b = 6 + (-8) = -2$
$c = 0 + 5 = 5$
$d = 26 + (-4{,}5) = 21{,}5$
$e = -2 + (-4) = -6$
$f = -0{,}1 + (-0{,}3) = -0{,}4$
$g = 1 + (-99) = -98$
$h = 1{,}5 + (-3) = -1{,}5$
$i = 15 + (-15) = 0$

EXPLICATION
Dans (+ 5) on supprime les parenthèses et le signe +, alors que dans 6 + (– 8) les parenthèses sont indispensables pour éviter l'écriture : + –.

2 $a = -1 + (-4) + 6 = 1$
$b = 4 + (-5{,}5) + 1 = -0{,}5$
$c = -3 + (-2) + (-10) + 20 = 5$
$d = 8 + 1 + (-9) + 0 + (-4) = -4$
$e = 100 + (-10) + 1 + (-1000) = -909$
$f = -5 + 7 + 5 + (-7) = 0$

EXPLICATION
Pour *f* on peut changer l'ordre des termes et écrire
$f = -5 + 5 + 7 + (-7)$.

3

+	–4	–3,2	–7	0
– 5,6	– 9,6	– 8,8	– 12,6	– 5,6
– 8	– 12	– 11,2	– 15	– 8
– 2,7	– 6,7	– 5,9	– 9,7	– 2,7
– 0,5	– 4,5	– 3,7	– 7,5	– 0,5

+	2	5,6	7	4,8
– 5,6	– 3,6	0	1,4	– 0,8
– 8	– 6	– 2,4	– 1	– 3,2
– 2,7	– 0,7	2,9	4,3	2,1
– 0,5	1,5	5,1	6,5	4,3

4

		0		0		0		
	7	– 3	–2	– 1	1	8	4	
0	5	–8	–10	0	7	3	13	0
	6	1	0	7	3	6	6	
0	13	3	8	4	– 3	–6	– 1	0
	4	2	1	7	–4	– 3	–1	
0	– 1	–6	– 1	6	1	8	2	0
	1	– 7	–2	– 5	–9	– 6	–5	
		0		0		0		

Remarque : Une erreur sur une case n'entraîne pas un résultat faux dans les autres cases.
En fait les calculs sont indépendants les uns des autres.

5 C'est la *d*.
$a = -3 + (-8) + 3 + 5 = -3$
$b = -6 + (-1) + 4 = -3$
$c = -9 + 16 + (-10) = -3$
$d = 10 + (-2) + (-5) = 3$

CONSEIL
Vérifier éventuellement les résultats à la calculatrice.

6 $c = d = -1$
$a = 7 + (-4) + 0 + (-8) = -5$
$b = 10 + (-3) + (-9) + 2 = 0$
$c = -3 + (-5{,}1) + (-0{,}9) + 8 = -1$
$d = 6{,}3 + 5{,}2 + (-3{,}5) + (-9) = -1$

7 $a = (-1) + 2 + (-3) + 4 + (-5) + 5 + (-4) + 3 + (-2) + 1$
$= (-1) + 1 + 2 + (-2) + (-3) + 3 + 4 + (-4) + (-5) + 5 = 0$
$b = (-10) + 9 + (-8) + 7 + (-6) + 5 + (-4) + 3 + (-2) + 1$
$= -1 + (-1) + (-1) + (-1) + (-1) = -5$
$c = (-1) + 2 + (-3) + 4 + (-5) + 6 + (-7) + 8$
$= 1 + 1 + 1 + 1 = 4$

EXPLICATION
- Il est utile de réfléchir avant de commencer le calcul en observant par exemple que dans le *a* certains nombres sont opposés.
- Pour le *b* et le *c*, on peut regrouper un nombre positif et un nombre négatif dont la somme fait 1 ou – 1.

5 Soustraire des nombres relatifs

1 $a = 7 - 2 = 5$
$b = 7 - (-3) = 7 + (+3) = 7 + 3 = 10$
$c = -2 - (-7) = -2 + (+7) = -2 + 7 = 5$
$d = 2 - 7 = 2 + (-7) = -5$
$e = -3 - 7 = -3 + (-7) = -10$
$f = -7 - (-2) = -7 + 2 = -5$
$g = 1 - 2\,000 = 1 + (-2\,000) = -1\,999$
$h = -103 - 7 = -103 + (-7) = -110$
$i = 13 - 213 = 13 + (-213) = -200$
$j = 0 - (-5) = 0 + (+5) = 5$

EXPLICATION
Pour *a*, l'étape 7 + (– 2) n'est pas nécessaire.

2 **a.**

–4	–5	0
1	–3	– 7
– 6	–1	– 2

b.

–2	8	–6
– 4	0	4
6	– 8	2

c.

– 0,4	– 1,1	2,4
3,1	0,3	– 2,5
–1,8	1,7	1

EXPLICATION
On calcule d'abord la somme commune aux lignes, aux colonnes et aux diagonales.
Pour le **a.** : – 9 (2e colonne), le **b.** : 0 (3e colonne), le **c.** : 0,9 (diagonale).

3

a.

Colonnes : +5, –7, –3 ; lignes : –1, +4

1	6	– 1	– 4
0	5	– 2	– 5
4	9	2	– 1

b.

Colonnes : +4, –5 ; lignes : –6, +2

4	8	3
– 2	2	– 3
0	4	–1

c.

Colonnes : –1, +3, +5, –10 ; lignes : +2, –5

–5	– 6	– 3	2	– 8
– 3	– 4	– 1	4	– 6
– 8	– 9	– 6	– 1	– 11

d.

Colonnes : –1, –3 ; lignes : +0, +2

– 3	– 4	– 7
– 3	–4	– 7
– 1	– 2	– 5

4 $a = -12 + (-4) - 3 = -16 - 3 = -16 + (-3) = -19$
$b = 8{,}2 - 4{,}1 + (-6{,}1) = 4{,}1 + (-6{,}1) = -2$
$c = (-22) + (-40) - (-50) = -62 - (-50)$
$= -62 + (+50) = -12$
$d = (+33) - (-44) + (-22) - (+55)$
$= 33 + 44 + (-22) + (-55) = 77 + (-77) = 0$

5 $a = (7 - 4) + (3 - 8) = 3 + (-5) = -2$
$b = (-6 + 4) + (35 - 13{,}5) = (-2) + (21{,}5) = 19{,}5$
$c = (5 - 7{,}5 + 1) - (2 + 7 - 3) = (-1{,}5) - 6$
$= -1{,}5 + (-6) = -7{,}5$
$d = (200 - 2\,000) + (2\,000 - 20\,000)$
$= (-1\,800) + (-18\,000) = -19\,800$

6 $a = (-5 - 4) - (-3 - 2) = -9 - (-5) = -9 + 5 = -4$
$b = 9 - (11 - 4 + 5) = 9 - 12 = 9 + (-12) = -3$
$c = (-6 + 2 - 14) + (2 - 3) - (8 - 13)$
$= (-18) + (-1) - (-5) = -18 + (-1) + 5 = -14$

6 Comparer des fractions

1 $a = \frac{4}{6} = \frac{2 \times 2}{2 \times 3} = \frac{2}{3}$ $\quad c = \frac{6}{12} = \frac{6 \times 1}{6 \times 2} = \frac{1}{2}$

$b = \frac{2}{20} = \frac{2 \times 1}{2 \times 10} = \frac{1}{10}$ $\quad d = \frac{25}{35} = \frac{5 \times 5}{7 \times 5} = \frac{5}{7}$

CONSEIL
Il est bon de connaître les tables de multiplication pour simplifier aisément.

2 $a = \frac{7}{4} = \frac{7 \times 3}{4 \times 3} = \frac{21}{12}$ $\quad b = \frac{8}{5} = \frac{8 \times 4}{5 \times 4} = \frac{32}{20}$

$c = \frac{3}{20} = \frac{3 \times 7}{20 \times 7} = \frac{21}{140}$

$d = \frac{25}{35} = \frac{5 \times 5}{7 \times 5} = \frac{5}{7} = \frac{5 \times 2}{7 \times 2} = \frac{10}{14}$

Remarque : C'est l'apprentissage de la réduction au même dénominateur.

3 **a.** $A = \frac{17}{8} = \frac{17}{8}$ et $B = \frac{8}{4} = \frac{16}{8}$

b. $A = \frac{31}{100} = \frac{31}{100}$ et $B = \frac{4}{10} = \frac{40}{100}$

EXPLICATION
Dans ces cas particuliers, le dénominateur commun est le plus grand des dénominateurs.

4 **a.** $A = \frac{2}{3} = \frac{4}{6}$ et $B = \frac{3}{2} = \frac{9}{6}$

b. $A = \frac{7}{6} = \frac{35}{30}$ et $B = \frac{7}{10} = \frac{21}{30}$

EXPLICATION
Le dénominateur commun est multiple de celui de A et de celui de B. C'est le cas le plus courant.

5 $a = \frac{3{,}6}{7{,}49} = \frac{360}{749}$ $\quad b = \frac{48}{0{,}009} = \frac{48\,000}{9}$

$c = \frac{3{,}14}{2{,}2} = \frac{31{,}4}{22}$

EXPLICATION
Il suffit de multiplier numérateur et dénominateur par 10, 100, 1 000,...

6 **a.** $\frac{25}{16} < \frac{31}{16}$ $\quad$ **c.** $\frac{20}{100} > \frac{19}{100}$

b. $\frac{31}{17} > \frac{30}{17}$ $\quad$ **d.** $\frac{89}{100} > \frac{850}{1\,000}$.

7 **a.** $\frac{13}{3} = \frac{26}{6} > \frac{24}{6}$ $\quad$ **c.** $\frac{155}{500} = \frac{310}{1000} < \frac{312}{1000}$

b. $\frac{4}{10} = \frac{40}{100} > \frac{31}{100}$ $\quad$ **d.** $\frac{11}{5} = \frac{55}{25} = \frac{55}{25}$

EXPLICATION
On écrit les deux fractions avec le même dénominateur, puis on compare les numérateurs.

8 a. $\frac{3}{4} = \frac{9}{12}$ $\quad \frac{1}{2} = \frac{6}{12}$ $\quad \frac{2}{3} = \frac{8}{12}$

b. $\frac{1}{2} < \frac{7}{12} < \frac{2}{3} < \frac{3}{4} < \frac{10}{12} < \frac{11}{12}$

c. $\frac{1}{2} = 0{,}5$; $\frac{7}{12} \approx 0{,}58$; $\frac{2}{3} \approx 0{,}67$;

$\frac{3}{4} = 0{,}75$; $\frac{10}{12} \approx 0{,}83$; $\frac{11}{12} \approx 0{,}92$.

9 $A = \frac{3}{8}$ $\quad C = \frac{1}{4} = \frac{2}{8}$ $\quad E = \frac{1}{2} = \frac{4}{8}$

$B = \frac{1}{2} = \frac{4}{8}$ $\quad D = \frac{3}{8}$ $\quad F = \frac{1}{4} = \frac{2}{8}$

D'où C = F < A = D < B = E

EXPLICATION
Suivant les cas on peut, en utilisant des symétries, regrouper ou décomposer les parties coloriées.

7 Additionner et soustraire des fractions

1 a. $\frac{1}{5} + \frac{2}{5} = \frac{1+2}{5} = \frac{3}{5}$

b. $\frac{4}{7} - \frac{2}{7} = \frac{4-2}{7} = \frac{2}{7}$

c. $\frac{2}{15} + \frac{4}{15} = \frac{6}{15} = \frac{2 \times 3}{5 \times 3} = \frac{2}{5}$

d. $\frac{17}{15} - \frac{2}{15} = \frac{15}{15} = 1$

2 a. $\frac{5}{10} + \frac{3}{10} = \frac{8}{10} = \frac{2 \times 4}{2 \times 5} = \frac{4}{5}$

b. $\frac{17}{25} - \frac{12}{25} = \frac{5}{25} = \frac{5 \times 1}{5 \times 5} = \frac{1}{5}$

c. $\frac{21}{24} + \frac{8}{24} = \frac{29}{24}$

d. $\frac{27}{8} - \frac{3}{8} = \frac{24}{8} = \frac{3 \times 8}{1 \times 8} = 3$

3 a. $\frac{3}{10} + \frac{2}{100} = \frac{3 \times 10}{10 \times 10} + \frac{2}{100} = \frac{30}{100} + \frac{2}{100}$

$= \frac{32}{100} = \frac{4 \times 8}{4 \times 25} = \frac{8}{25}$

b. $\frac{2}{100} - \frac{6}{1\,000} = \frac{20}{1\,000} - \frac{6}{1\,000} = \frac{14}{1\,000} = \frac{2 \times 7}{2 \times 500} = \frac{7}{500}$

c. $\frac{1}{3} + \frac{1}{6} = \frac{2}{6} + \frac{1}{6} = \frac{3}{6} = \frac{3 \times 1}{3 \times 2} = \frac{1}{2}$

d. $\frac{3}{4} - \frac{5}{8} = \frac{6}{8} - \frac{5}{8} = \frac{1}{8}$

4 a. $\frac{5}{77} + \frac{4}{7} = \frac{5}{77} + \frac{44}{77} = \frac{49}{77} = \frac{7 \times 7}{7 \times 11} = \frac{7}{11}$

b. $\frac{5}{10} - \frac{1}{2} = \frac{5}{10} - \frac{5}{10} = 0$

c. $\frac{5}{6} + \frac{1}{3} = \frac{5}{6} + \frac{2}{6} = \frac{7}{6}$

d. $\frac{13}{20} - \frac{2}{5} = \frac{13}{20} - \frac{8}{20} = \frac{5}{20} = \frac{5 \times 1}{5 \times 4} = \frac{1}{4}$

5 a. $1 + \frac{1}{4} = \frac{4}{4} + \frac{1}{4} = \frac{5}{4}$

b. $3 - \frac{2}{3} = \frac{3}{1} - \frac{2}{3} = \frac{9}{3} - \frac{2}{3} = \frac{7}{3}$

c. $\frac{2}{3} + 5 = \frac{2}{3} + \frac{5}{1} = \frac{2}{3} + \frac{15}{3} = \frac{17}{3}$

d. $7 - \frac{5}{4} = \frac{7}{1} - \frac{5}{4} = \frac{28}{4} - \frac{5}{4} = \frac{23}{4}$

6 a.

a	$\frac{7}{25}$	$\frac{7}{31}$	$\frac{4}{5}$	$\frac{9}{14}$	$\frac{5}{4}$	$\frac{9}{5}$
b	$\frac{4}{25}$	$\frac{4}{31}$	$\frac{2}{10}$	$\frac{2}{7}$	$\frac{3}{4}$	$\frac{2}{5}$
a + b	$\frac{11}{25}$	$\frac{11}{31}$	1	$\frac{13}{14}$	2	$\frac{11}{5}$

b.

a	$\frac{7}{25}$	$\frac{5}{24}$	3	$\frac{14}{5}$	$\frac{9}{4}$	$\frac{2}{3}$
b	$\frac{4}{5}$	$\frac{1}{8}$	$\frac{4}{6}$	$\frac{13}{20}$	$\frac{21}{16}$	$\frac{1}{18}$
a + b	$\frac{27}{25}$	$\frac{1}{3}$	$\frac{11}{3}$	$\frac{69}{20}$	$\frac{57}{16}$	$\frac{13}{18}$

7 La somme de toutes les fractions doit donner 1.

$\frac{4}{15} + \frac{2}{15} + \frac{1}{5} + \frac{1}{15} + \frac{2}{15} + \boxed{\frac{\ }{\ }} = 1,$

soit $\frac{9}{15} + \frac{1}{5} + \boxed{\frac{\ }{\ }} = 1$, soit $\frac{3}{5} + \frac{1}{5} + \boxed{\frac{\ }{\ }} = 1,$

donc $\frac{4}{5} + \boxed{\frac{\ }{\ }} = 1$, donc $\frac{4}{5} + \boxed{\frac{\ }{\ }} = \frac{5}{5}$.

Donc la fraction à inscrire dans la case est $\frac{1}{5}$.

8 Découvrir le calcul littéral

1 a. On compte 6 fois la longueur *a* et 4 fois la longueur *b* d'où $p = 6a + 4b$.

b. On compte aussi 4 sommes $(a + b)$ et 2 fois la longueur *a* d'où $p = 4(a + b) + 2a$. C'est donc correct.

c. Pour $a = 9{,}2$ et $b = 2{,}9$ on obtient :
$p = 6 \times 9{,}2 + 4 \times 2{,}9 = 66{,}8$.
d. $p = 6 \times (2a) + 4 \times (3b) = 12a + 12b$.

2 a. $p = 5 + 3{,}14 \times 2 + 3{,}14 \times 5 \div 2 = 5 + 6{,}28 + 7{,}85$
d'où $p = 19{,}13$ cm.
b. $p = b + \pi \times a + b \times \pi \div 2 = b + \pi a + \pi b \div 2$.

3

a	b	c	ac	bc	$(a + b)c$	$ac + bc$
5	11	3	15	33	48	48
13	9	5	65	45	110	110
4	5	3	12	15	27	27

EXPLICATION
Pour la 2e ligne du tableau :
comme $bc = 45$ et $b = 9$ alors $c = 5$.
Pour la 3e ligne du tableau :
comme $ac = 12$ et $a = 4$ alors $c = 3$ et comme $bc = 15$ alors $b = 5$.

4 a. $3y = 3$;
$4x + 2 = 4 \times 0{,}25 + 2 = 1 + 2 = 3$: V
b. $3y = 3 \times 2{,}5 = 7{,}5$;
$4x + 2 = 4 \times 1{,}5 + 2 = 6 + 2 = 8$: F
c. $3y = 3 \times 14 = 42$;
$4x + 2 = 4 \times 10 + 2 = 42$: V
d. $3y = 3 \times 0{,}65 = 1{,}95$;
$4x + 2 = 4 \times 0{,}01 + 2 = 2{,}04$: F

5 a. $3x + 5y = 3 \times 2 + 5 \times 1 = 6 + 5 = 11$
b. $a + 2 \times 5 + b = 3 + 10 + 5 = 18$
c. $2rh = 2 \times 4 \times 7 = 56$
d. $3 + 5x + y = 3 + 5 \times 6 + 2 = 3 + 30 + 2 = 35$

6 a. Pour $n = 1$ $N = 2 \times 1 - 1 = 1$
Pour $n = 2$ $N = 2 \times 2 - 1 = 3$
Pour $n = 3$ $N = 2 \times 3 - 1 = 5$
Pour $n = 4$ $N = 2 \times 4 - 1 = 7$

b. Pour $n = 2\ 021$ $N = 2 \times 2\ 021 - 1 = 4\ 041$

c. Pour $n = 1$ on a $P = 4$
Pour $n = 2$ on a $P = 8$
Pour $n = 3$ on a $P = 12$
Pour $n = 4$ on a $P = 16$
On peut proposer $P = 4n$

EXPLICATION
Quand on passe d'une étape à l'autre, on ajoute 2 carrés. Donc on ajoute 2×3 côtés au périmètre mais on cache 2 côtés. On ajoute finalement 4 côtés.

Pour $P = 2\ 024$, le nombre d'étapes est $2\ 024 \div 4 = 506$.

7 a. $7 \times a + 2 \times b = 7a + 2b$
b. $r \times h = rh$
c. $2 \times \pi \times r = 2\pi r$
d. $4 \times \pi \times r \times r = 4\pi r^2$
e. $c \times c \times c = c^3$
f. $2x \times x \times 3x = 6x^3$

9 Utiliser la distributivité

1 $a = 11 \times (7 + 6)$
$= \begin{cases} 11 \times 13 = 143 \\ 11 \times 7 + 11 \times 6 = 77 + 66 = 143 \end{cases}$
$b = 13 \times (100 - 2)$
$= \begin{cases} 13 \times 98 = 1\ 274 \\ 13 \times 100 - 13 \times 2 = 1\ 300 - 26 = 1\ 274 \end{cases}$
$c = 40 \times (40 + 3)$
$= \begin{cases} 40 \times 43 = 1\ 720 \\ 40 \times 40 + 40 \times 3 = 1\ 600 + 120 = 1\ 720 \end{cases}$
$d = (20 - 3) \times 15$
$= \begin{cases} 17 \times 15 = 255 \\ 20 \times 15 - 3 \times 15 = 300 - 45 = 255 \end{cases}$

Remarque : Dans un cas on effectue une seule multiplication, dans l'autre cas on effectue deux multiplications mais elles sont souvent plus simples.

2 $a = 7 \times (13{,}1 + 14{,}3)$
$= \begin{cases} 7 \times 27{,}4 = 191{,}8 \\ 7 \times 13{,}1 + 7 \times 14{,}3 = 91{,}7 + 100{,}1 = 191{,}8 \end{cases}$
$b = (5{,}4 + 9{,}8) \times 23$
$= \begin{cases} 15{,}2 \times 23 = 349{,}6 \\ 5{,}4 \times 23 + 9{,}8 \times 23 = 124{,}2 + 225{,}4 = 349{,}6 \end{cases}$
$c = 2{,}3 \times 5{,}7 + 2{,}3 \times 4{,}3$
$= \begin{cases} 13{,}11 + 9{,}89 = 23 \\ 2{,}3 \times (5{,}7 + 4{,}3) = 2{,}3 \times 10 = 23 \end{cases}$
$d = 9{,}73 \times 15{,}3 - 9{,}73 \times 14{,}3$
$= \begin{cases} 148{,}869 - 139{,}139 = 9{,}73 \\ 9{,}73 \times (15{,}3 - 14{,}3) = 9{,}73 \end{cases}$

3 $a = 151 \times 47 + 151 \times 53 = 151 \times (47 + 53)$
$= 151 \times 100 = 15\ 100$
$b = 13 \times 2{,}3 + 5{,}7 \times 13 = 13 \times (2{,}3 + 5{,}7)$
$= 13 \times 8 = 104$
$c = 21 \times 3{,}4 + 21 \times 5{,}4 - 0{,}8 \times 21$
$= 21 \times (3{,}4 + 5{,}4 - 0{,}8) = 21 \times 8 = 168$
$d = 32 \times 23{,}5 - 3{,}5 \times 32 = 32 \times (23{,}5 - 3{,}5)$
$= 32 \times 20 = 640$

4 $a = 2{,}5 \times 17{,}3 + 2{,}5 \times 2{,}7 = 2{,}5 \times (17{,}3 + 2{,}7)$
$= 2{,}5 \times 20 = 50$
$b = 2{,}5 \times 17{,}3 - 2{,}5 \times 7{,}3 = 2{,}5 \times (17{,}3 - 7{,}3)$
$= 2{,}5 \times 10 = 25$
$c = 22{,}4 \times 41 + 77{,}6 \times 41 = 41 \times (22{,}4 + 77{,}6)$
$= 41 \times 100 = 4\ 100$
$d = 22{,}4 \times 41 - 41 \times 2{,}4 = 41 \times (22{,}4 - 2{,}4)$
$= 41 \times 20 = 820$

5 $a = 37 \times 9 = 37 \times (10 - 1) = 370 - 37 = 333$
$b = 375 \times 9 = 375 \times (10 - 1) = 3\ 750 - 375 = 3\ 375$
$c = 37 \times 99 = 37 \times (100 - 1) = 3\ 700 - 37 = 3\ 663$
$d = 375 \times 99 = 375 \times (100 - 1) = 37\ 500 - 375 = 37\ 125$

6 $a = 37 \times 11 = 37 \times (10 + 1) = 370 + 37 = 407$
$b = 375 \times 11 = 375 \times (10 + 1) = 3\,750 + 375 = 4\,125$
$c = 37 \times 101 = 37 \times (100 + 1) = 3\,700 + 37 = 3\,737$
$d = 375 \times 101 = 375 \times (100 + 1) = 37\,500 + 375 = 37\,875$

7 Prix payé pour les pains : $3 \times 0{,}85$
Prix payé pour les baguettes : $3 \times 0{,}65$.
Montant des achats : $3 \times 0{,}85 + 3 \times 0{,}65 = 2{,}55 + 1{,}95 = 4{,}50$ (en euros)
Ou bien : $3 \times (0{,}85 + 0{,}65) = 3 \times 1{,}5 = 4{,}50$ (en euros).

Remarque : Ici la deuxième forme facilite le calcul mental.

10 Utiliser la proportionnalité

1 **a.**

5	7
12,5	17,5

$7 \times \frac{12{,}5}{5} = 7 \times 2{,}5 = 17{,}5$

b.

4	9
5,2	11,7

$4 \times \frac{11{,}7}{9} = 4 \times 1{,}3 = 5{,}2$

c.

17	1
51	3

$17 \times \frac{3}{1} = 51$

2 **a.**

6	8,4
6,9	9,66

$8{,}4 \times \frac{6{,}9}{6} = 8{,}4 \times 1{,}15 = 9{,}66$

b.

202,5	1 575
8,1	63

$202{,}5 \times \frac{63}{1\,575} = 202{,}5 \times 0{,}04 = 8{,}1$

c.

33,6	2,94
24	2,1

$2{,}1 \times \frac{33{,}6}{24} = 2{,}1 \times 1{,}4 = 2{,}94$

3 Dans ce cas, la distance est proportionnelle au temps : $340 \times 20 = 6\,800$ m.

CONSEIL
On retient la formule $d = v \times t$, où d est la distance, v la vitesse et t le temps.

4

h	1	0,5	0,4	0,15	0,7	0,8	0,25	0,2	0,75
min	60	30	24	9	42	48	15	12	45

Remarque : On peut aussi à cette occasion observer que :
$0{,}5 \text{ h} = \frac{1}{2} \text{ h}$; $0{,}25 \text{ h} = \frac{1}{4} \text{ h}$; $0{,}75 \text{ h} = \frac{3}{4} \text{ h}$.

5 On utilise la formule $L = 2\pi \times R$.

***R* (m)**	10	15	12	1	23,87	7
***L* (m)**	62,83	94,25	75,40	6,28	150	43,98

6 **a.**

Nombre de marches	9	12	16	18
Prix en euros	235	280	340	370

Le coefficient de proportionnalité devrait être $\frac{235}{9} \approx 26{,}11$ ou $\frac{370}{18} \approx 20{,}56$. Donc il n'y a pas de proportionnalité.

Remarque : S'il y avait proportionnalité, quand on double le nombre de marches le prix devrait aussi doubler.

b.

Dimensions réelles (cm)	60	430	125	4,8	21
Dimensions sur le plan (cm)	6	43	12,5	0,48	2,1

Le coefficient multiplicateur qui permet de passer de la première ligne à la seconde est $\frac{1}{10} = 0{,}1$

7

***H* (cm)**	4	2,5	6	10	8,5	13
***V* (cm³)**	28	17,5	42	70	59,5	91

On a $V = B \times H$ pour le volume d'un parallélépipède rectangle. Comme B est constant et égal à 7 alors V est proportionnel à H (le coefficient de proportionnalité est 7).

8 **a.** $\times 0{,}7$

2	3	4	4,5	0
1,4	2,1	2,8	3,15	0

b.

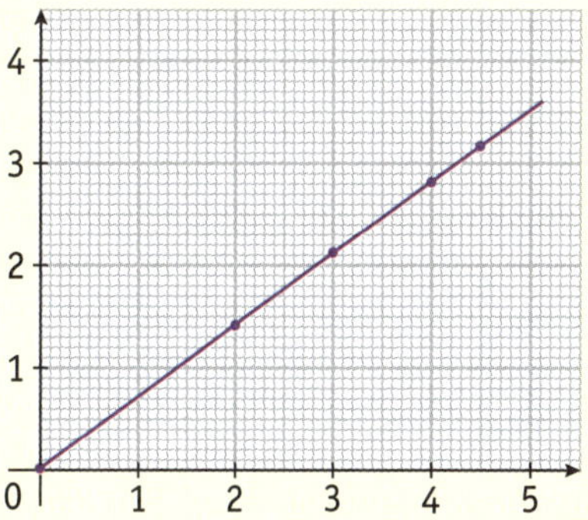

c. Les points du graphique sont alignés sur une droite passant par l'origine O.

11 Calculer un taux de pourcentage

1 **a.** Les 30 % de 450, c'est 135.
b. Les 260 % de 35, c'est 91.
c. Les 14 % de 350, c'est 49.
d. Les 74 % de 30, c'est 22,2.
e. Les 10 % de 123, c'est 12,3.
f. Les 50 % de 46, c'est 23.
g. Les 100 % de 57, c'est 57.
h. Les 200 % de 9, c'est 18.

2 **a.** Le carré ABCD a pour aire : $50 \times 50 = 2\,500$ et l'aire de R_1 est $30 \times 20 = 600$ d'où le tableau

2 500	100
600	x

$\times \frac{600}{2500}$

d'où $x = 100 \times \dfrac{600}{2\,500} = 24$

Donc R_1 occupe 24 % de l'aire de ABCD.
b. L'aire de R_2 est : $30 \times 30 = 900$, d'où le tableau

2 500	100
900	x

$\times \frac{900}{2500}$

$x = 100 \times \dfrac{900}{2\,500} = 36.$

Donc, R_2 occupe 36 % de l'aire de ABCD.
c. R_3 a pour aire $20 \times 50 = 1\,000$.
Donc R_3 occupe 40 % de l'aire de ABCD.
d. On utilise le tableau

50	100
30	x

d'où $x = 100 \times \dfrac{30}{50} = 60$; soit 60 %.

CONSEIL
Pour vérifier on ajoute les trois pourcentages calculés dans les questions **a.**, **b.** et **c.** On doit obtenir 100 %.

3 **a.** $517 + 204 + 36 + 60 = 817$ h.
b. ① : On utilise le tableau

817	100
517	x

d'où $x = 100 \times \dfrac{517}{817}$ soit 63,3 %.

② : On utilise le tableau

817	100
204	x

on obtient $x = 100 \times \dfrac{204}{817}$ soit 25 %.

③ : De même avec le tableau

817	100
36	x

$x \approx 4,4$ %.

④ : De même et enfin

817	100
60	x

$x = 7,3$ %.

Vérification : 63,3 % + 25 % + 4,4 % + 7,3 % = 100 %.

4

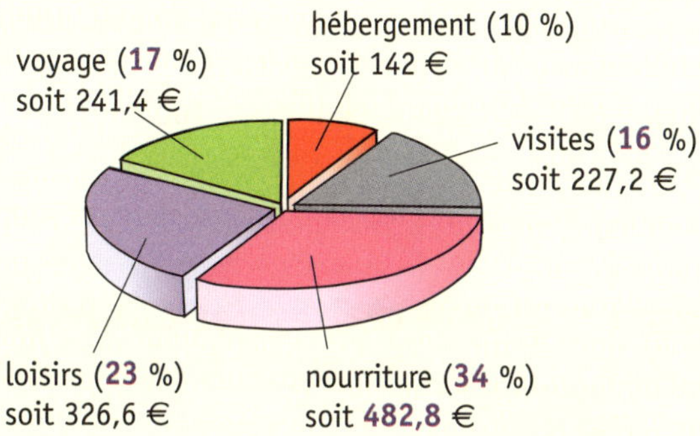

a. Le tableau

10	100
142	x

donne $x = 1\,420$.

b. $1\,420 - (142 + 241,4 + 227,2 + 326,6) = 482,8$
c. Voyage : 241,4 € soit 17 % ; Visites : 16 % ;
Loisirs : 23 % ; Nourriture : 34 %.
Calculs non détaillés.

Remarque : pour le **a.**, on peut conclure aussi en observant que 100 % est 10 fois 10 %, donc 10×142.

12 Dessiner et exploiter des graphiques

1

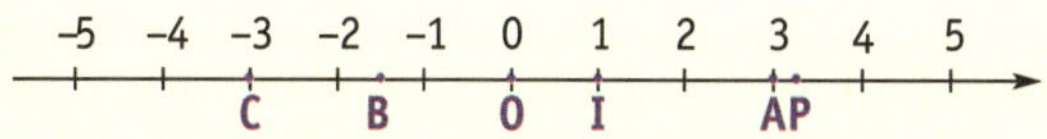

2

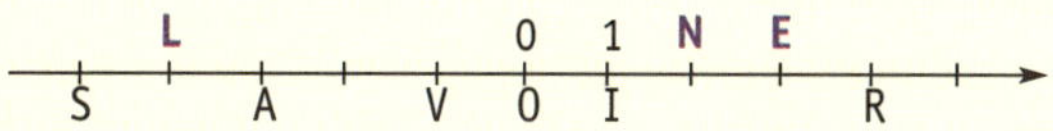

a. S(– 5) ; A(– 3) ; V(– 1) ; O(0) ; I(1) ; R(4).
b. Voir le dessin.
c. Le point V a la plus grande abscisse strictement négative : – 1.
Il y a 3 paires de points d'abscisses opposées : A et E, V et I, L et R.

3

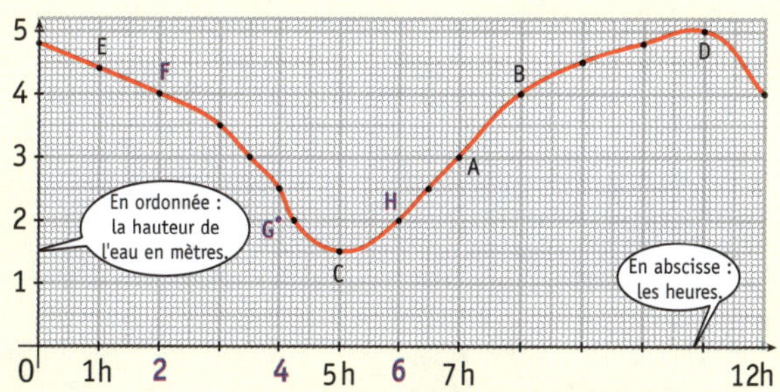

Remarque : On cite toujours l'abscisse avant l'ordonnée.
a. A (7 ; 3) ; B (8 ; 4)

b. E (1 ; 4,4) ; C (5 ; 1,5)
c. L'ordonnée du point de la courbe d'abscisse 3 : 3,5
d'abscisse 8 : 4 ; d'abscisse 0 : 4,8
d. 3,5 et 7
e. Non le point G n'est pas sur la courbe.
f. D(11 ; 5) ; C(5 ; 1,5)

4 **a.** et **b.**

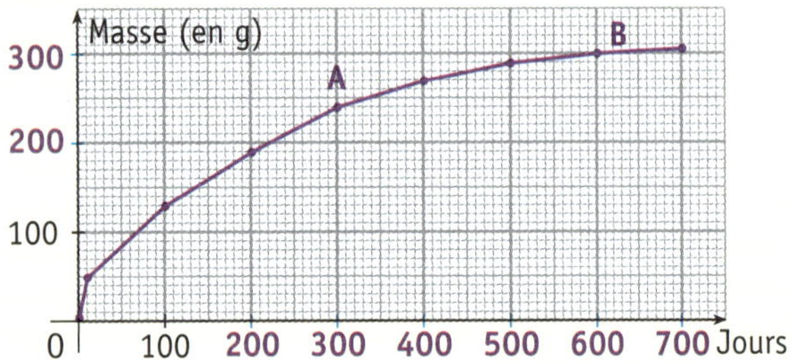

c. 240
d. Non bien sûr, car les points du graphique ne sont pas alignés.

13 Représenter et traiter des données

1 **a.** $m = \dfrac{17 + 5 + 32 + 2 + 3 + 10 + 8}{7} = \dfrac{77}{7}$

donc $m = 11$ mm.
b. Bécassine a une moyenne de 13, parce que son total était $7 \times 13 = 91$. Ce total dépassait le total exact de $91 - 77 = 14$. Donc Bécassine avait tapé $14 + 17 = 31$ mm.

2 **a.** Le professeur a mis 2 fois la note 12.
b. 10 ; 11 et 14.
c. L'effectif total est 24.
d. D'où les fréquences.

Note	4	5	7	8	9	10
Fréquence (en %)	4,2	4,2	4,2	8,3	8,3	20,8

Note	11	12	14	15	16
Fréquence (en %)	20,8	8,3	12,5	4,2	4,2

e. Il ya 7 devoirs en-dessous de la moyenne, d'où la fréquence :
$\dfrac{7}{24} \approx 0{,}29$ soit 29 %.

3 **a.**

Taille (en cm)	$130 \leqslant T < 135$	$135 \leqslant T < 140$	$140 \leqslant T < 145$	$145 \leqslant T < 150$
Effectif	1	3	3	7

Taille (en cm)	$150 \leqslant T < 155$	$155 \leqslant T < 160$	$160 \leqslant T < 165$
Effectif	4	4	2

b.

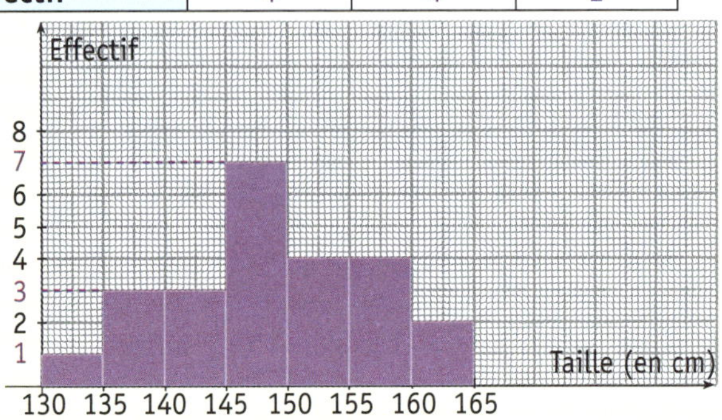

c. On trouve $m = \dfrac{3557}{24} \approx 148{,}2$ cm.

4

Sport	Cyclisme	Natation	Hand-ball	Volley-ball	Tennis	Total
Degrés	150°	45°	45°	55°	65°	360°
Effectif	120	36	36	44	52	288
Fréquence (en %)	41,7 %	12,5 %	12,5 %	15,3 %	18 %	100 %

EXPLICATION
On commence par mesurer l'angle de chaque secteur angulaire.
Ces mesures ne sont qu'approximatives car liées à la lecture de l'angle au rapporteur.

14 Calculer des moyennes pondérées

1 $m = \dfrac{2 \times 8 + 5 \times 21 + 7 \times 18 + 10 \times 3}{8 + 21 + 18 + 3}$

$m = \dfrac{277}{50} = 5{,}54$

2 $m = \dfrac{-3 \times 3 + 0 \times 3 + 5 \times 2 + 9 \times 2}{3 + 3 + 2 + 2}$

$m = \dfrac{19}{10} = 1{,}9$

Remarque : Il y a des nombres négatifs : ce sont peut-être des températures.

3 **a.**

Valeur	1	2	3	4	5	6
Effectif	1	3	2	5	1	4

b. $m = \dfrac{1 \times 1 + 2 \times 3 + 3 \times 2 + 4 \times 5 + 5 \times 1 + 6 \times 4}{1 + 3 + 2 + 5 + 1 + 4}$

$= \dfrac{62}{16} = 3{,}875$

4 On peut remplir un tableau au brouillon.
$m = \dfrac{0 \times 7 + 1 \times 5 + 2 \times 6 + 3 \times 3 + 4 \times 1}{7 + 5 + 6 + 3 + 1}$

$= \dfrac{30}{22} \approx 1{,}36$

Donc le nombre moyen d'enfants par famille est d'environ 1,36.

Remarque : Il est cocasse de trouver un nombre moyen d'enfants qui ne soit pas un entier. Cela montre qu'une moyenne n'est pas nécessairement un nombre de la série.

5 **a.**

Température	2	5	6	7	9	12	15	17	20
Nbre de jours	1	2	2	2	2	7	3	6	5

CONSEIL
On vérifie que la somme des nombres de jours est égale à 30.

b. $m = \dfrac{2 \times 1 + 5 \times 2 + 6 \times 2 + 7 \times 2 + 9 \times 2 + 12 \times 7 + 15 \times 3 + 17 \times 6 + 20 \times 5}{1 + 2 + 2 + 2 + 2 + 7 + 3 + 6 + 5}$

$= \dfrac{387}{30} = 12{,}9$ degrés

6 **a.** 1er trimestre : $\dfrac{2 \times 6 + 3 \times 10 + 3 \times 12}{2 + 3 + 3} = 9{,}75$

2e trimestre : $\dfrac{3 \times 8 + 2 \times 10 + 4 \times 12}{3 + 2 + 4} \approx 10{,}22$

b. Moyenne des deux trimestres : $\dfrac{9{,}75 + 10{,}22}{2} \approx 9{,}99$

c. $\dfrac{2 \times 6 + 3 \times 10 + 3 \times 12 + 3 \times 8 + 2 \times 10 + 4 \times 12}{2 + 3 + 3 + 3 + 2 + 4} = 10$

Le calcul de Julien est donc exact.

Remarque :

Bien faire attention quand on calcule une moyenne de moyennes. En fin d'année scolaire, il est plus commode de calculer la moyenne des trois trimestres que la moyenne de toutes les notes de l'année. C'est pourquoi le calcul de Julien n'est pas celui qui se pratique.

7 **a.** Formule en B3 : =B2*B1

Formule en C3 : =C2*C1, etc.

Formule en F2 : =SOMME(B2:E2)

Formule en F3 : =SOMME(B3:E3)

Formule en F4 : =F3/F2

EXPLICATION

Pour le tableur :

toute formule commence par le signe égal =,

le signe de la multiplication est l'étoile *,

le signe de la division est le slash /,

le signe de la soustraction est le tiret - de la touche 6.

	A	B	C	D	E	F
1	Valeur	2	5	7	10	Somme
2	Effectif	8	21	18	3	50
3	Produit	16	105	126	30	277
4				Moyenne =		5,54

b., **c.** et **d.** Sauf erreur, on retrouve évidemment les mêmes moyennes.

15 Mesurer le hasard

1 **a.** $\dfrac{1}{6}$. **b.** $\dfrac{3}{6} = \dfrac{1}{2}$.

EXPLICATION

Il y a 6 possibilités qui ont chacune la même probabilité de sortir.

2 La probabilité d'obtenir I, II ou III est $\dfrac{9}{10}$.

Donc la probabilité d'obtenir IV est $\dfrac{1}{10}$.

3 **a.** $\dfrac{\text{nombre de boules blanches}}{\text{nombre total de boules}} = \dfrac{4}{7}$.

Donc la probabilité d'obtenir une boule blanche est $\dfrac{4}{7}$.

b. $\dfrac{1}{7}$. **c.** $\dfrac{3}{7}$.

EXPLICATION

b. et **c.** Même type de raisonnement qu'en **a.**

4 **a.**

	Garçons	Filles	Total
Pratiquent l'informatique	6	12	18
Ne pratiquent pas l'informatique	4	8	12
Total	10	20	30

EXPLICATION

Il suffit de faire des additions.

b. La probabilité de E_1 est $\dfrac{12}{30} = \dfrac{2}{5}$.

La probabilité de E_2 est $\dfrac{10}{30} = \dfrac{1}{3}$.

La probabilité de E_3 est $\dfrac{12}{30} = \dfrac{2}{5}$.

EXPLICATION

Les réponses se lisent dans le tableau.

5 **a.** Il y a 9 billets qui permettent de gagner 10 €.

Donc la probabilité de gagner 10 € est : $\dfrac{9}{100} = 0{,}09 = 9\ \%$.

b. Il y a 30 billets gagnants donc 70 billets perdants.

Donc la probabilité de ne rien gagner est : $\dfrac{70}{100} = \dfrac{7}{10} = 70\ \%$.

6 **a.** Il y a 4 rois. Le nombre de cas favorables est donc 4.

La probabilité d'obtenir un roi est donc : $\dfrac{4}{32} = \dfrac{1}{8} = 0{,}125$.

b. Il y a 4 rois et 4 reines.

Le nombre de cas favorables est donc 8.

La probabilité d'obtenir un roi ou une reine est donc :

$\dfrac{8}{32} = \dfrac{1}{4} = 0{,}25$.

c. Il y a 4 rois et 8 trèfles. Cependant le roi de trèfle ne doit être compté qu'une fois. Le nombre de cas favorables est donc 11.

La probabilité d'obtenir un roi ou un trèfle est donc : $\dfrac{11}{32}$.

7 **a.**

1er jet / 2e jet	Pile	Face
Pile	PP	FP
Face	PF	FF

b. La probabilité d'obtenir 2 fois pile est $\dfrac{1}{4}$.

Celle d'obtenir 2 fois face est $\dfrac{1}{4}$.

Celle d'obtenir 1 fois pile et 1 fois face est $\dfrac{2}{4} = \dfrac{1}{2}$.

16 Revoir et construire la médiatrice

1 **a.** On utilise ici le compas pour construire la médiatrice de [LM].

b. Comme LMT est isocèle en T alors TM = TL. Donc T est équidistant de L et de M. Donc T est sur la médiatrice de [LM].

c. La médiatrice *d* est aussi la hauteur du triangle LMT issue de T.

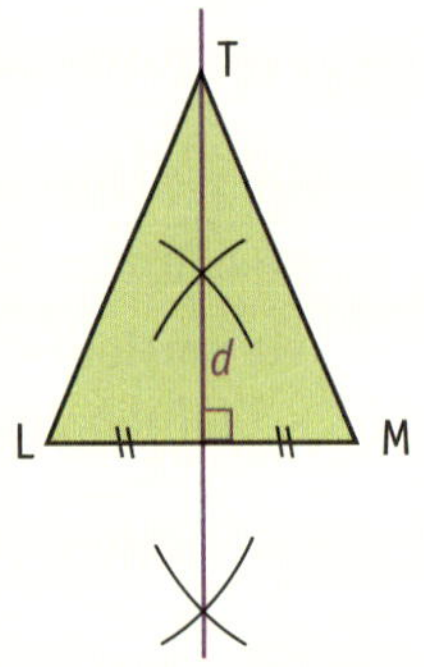

2 **a.**

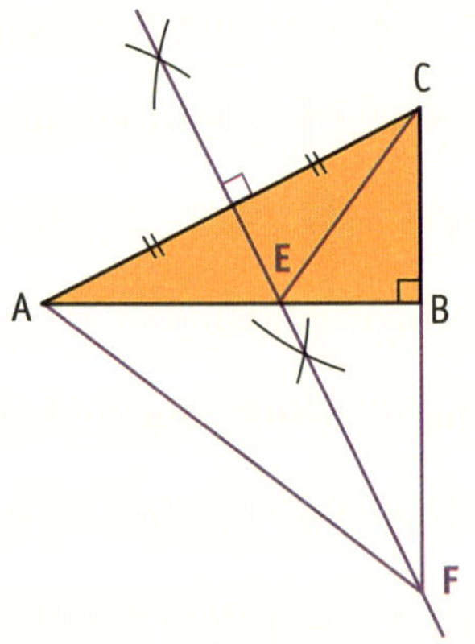

b. E est sur la médiatrice de [AC], donc AE = EC.

c. Comme F est sur la médiatrice de [AC] alors FC = FA, donc FAC est isocèle en F.

d. Il semble que (EC) ⊥ (AF). On peut démontrer cette propriété.

3 **a.**

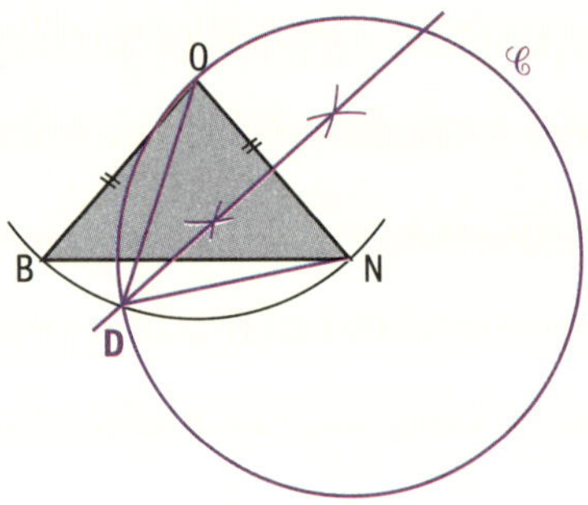

b. D est sur le cercle de centre N passant par O, donc DN = ON. D est sur le cercle de centre O passant par B, donc DO = OB. Mais le triangle OBN est isocèle en O donc OB = ON.
Finalement DN = DO.

c. Comme DN = DO, D est équidistant de O et N. Donc D est sur la médiatrice de [ON].

d. Le triangle DON est équilatéral, en effet on a vu que OD = DN = ON.

4 **a.**

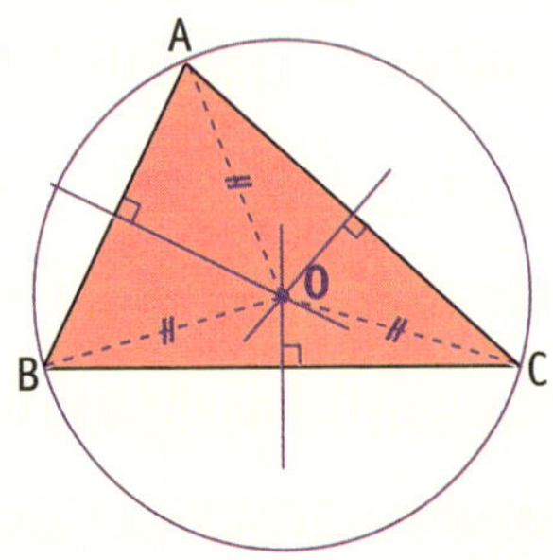

b. O est sur la médiatrice de [AB] donc OA = OB.
O est aussi sur la médiatrice de [BC] donc OB = OC.

c. Donc OA = OB = OC et les points A, B et C sont sur un même cercle de centre O.

d. On trace ainsi ce cercle qui est le « cercle circonscrit » au triangle ABC.

EXPLICATION
Rappel : Tout point de la médiatrice de [AB] est équidistant de A et de B.

5 **a.**

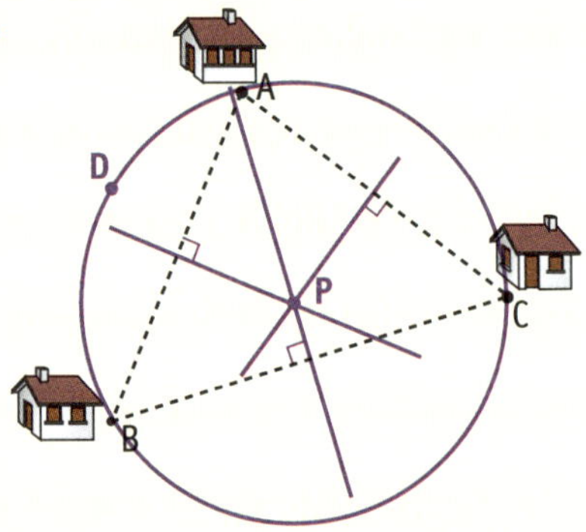

b. On place D sur le cercle circonscrit à ABC.

EXPLICATION
a. P est équidistant de A, B et C donc AP = BP = CP, donc P est le centre du cercle circonscrit à ABC.

17 Construire des symétriques par rapport à un point

1

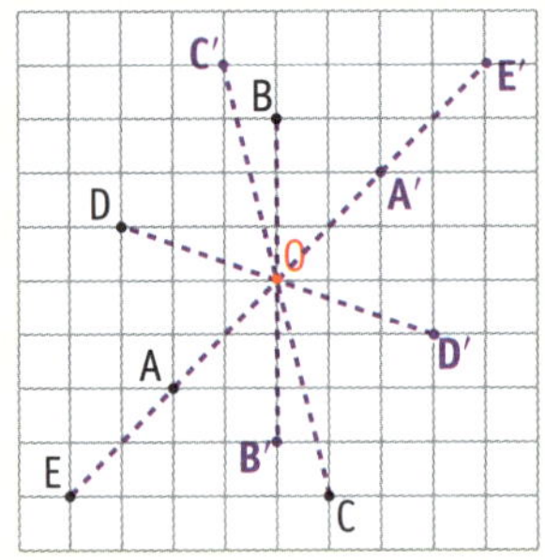

2

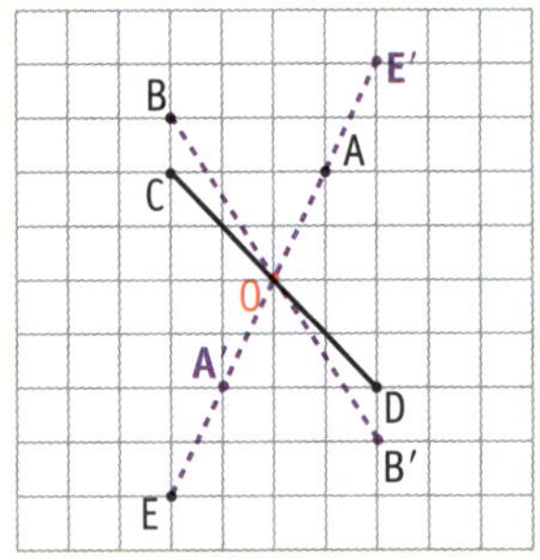

EXPLICATION
Exercice 2 : comme O est le milieu de [CD], alors C′ = D et D′ = C.

3

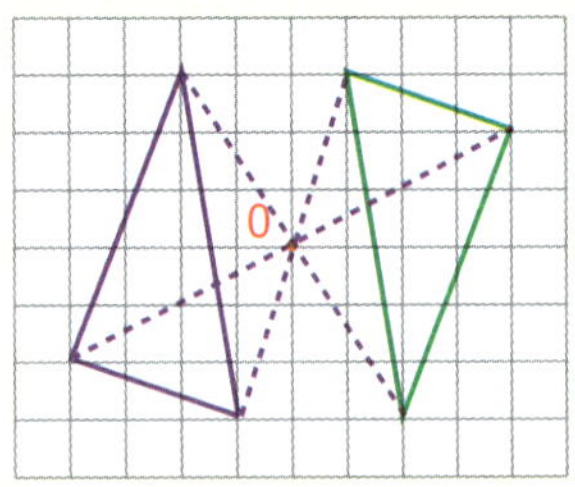

Remarque : Le point O est à l'extérieur des deux triangles qui n'ont alors aucun point en commun.

4

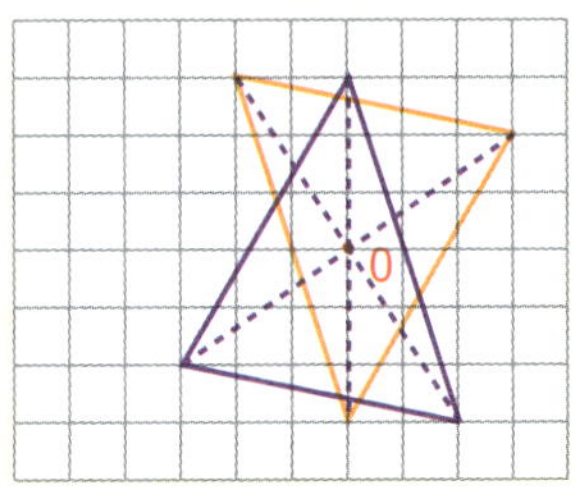

Remarque : Le point O est à l'intérieur du triangle qui « chevauche » alors son symétrique.

5 a.

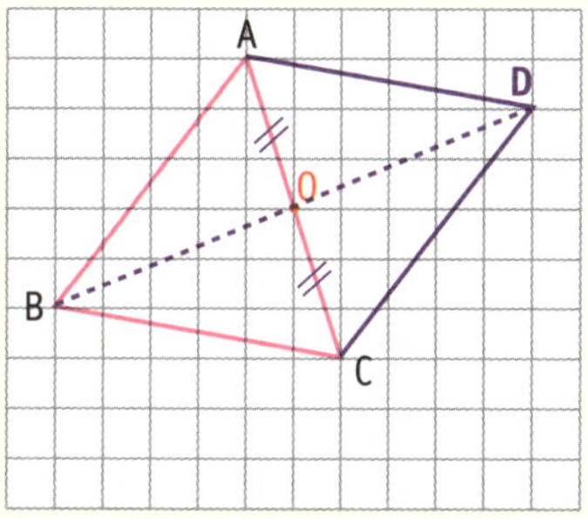

b. Le symétrique par rapport à O :

de A : C   de C : A   de D : B

c. Le symétrique par rapport à O :

du segment [BC] : [AD]   du segment [AB] : [DC]

d. ABCD est alors un parallélogramme.

EXPLICATION

d. Le symétrique d'une droite par rapport à un point est une droite parallèle. Donc les côtés opposés de ABCD sont parallèles, donc ABCD est un parallélogramme.

6 a. Pour construire le symétrique T′ de T, on trace la droite (TJ) puis à l'aide du compas on construit T′ tel que : JT′ = JT.

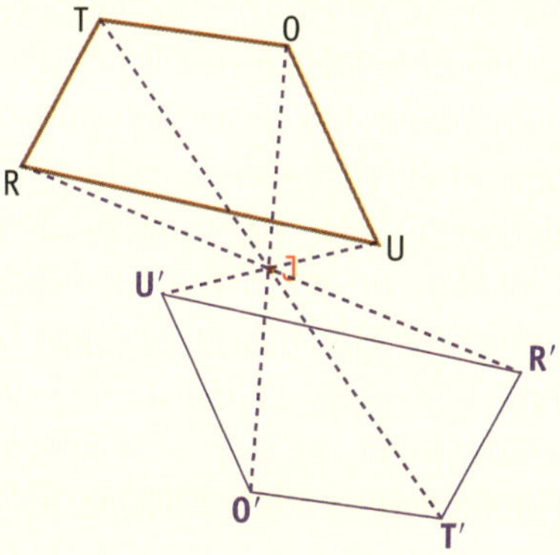

b. Le symétrique d'un segment, par rapport à un point, est un segment de même longueur.

Donc en ajoutant les périmètres de TOUR et T′O′U′R′ on obtient 2 fois le périmètre de TOUR.

Donc, le périmètre de TOUR est $\frac{22,8}{2} = 11,4$ cm.

7

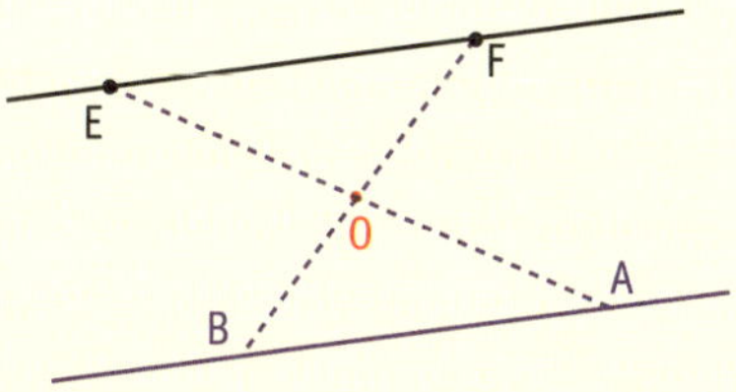

Le symétrique d'une droite, par rapport à un point, est une droite parallèle. Donc (AB) // (EF).

8 a. On commence par construire le symétrique du centre puis on trace un cercle de même rayon.

b.

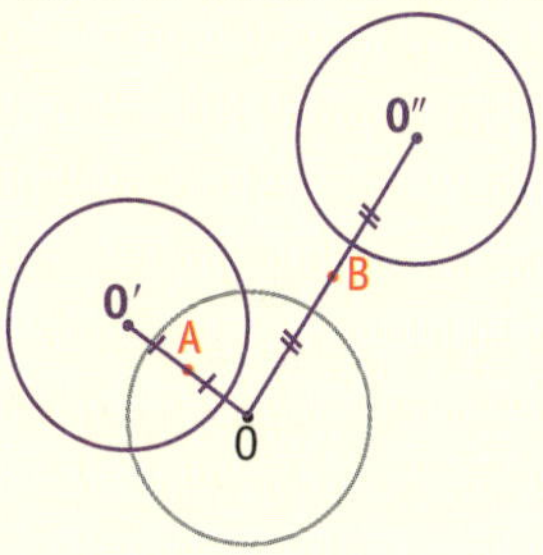

18 Reconnaître des axes et des centres de symétrie

1 a.

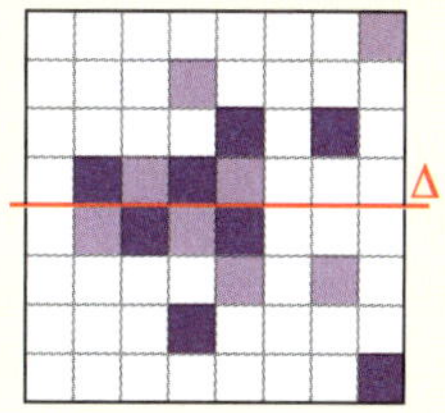

b.

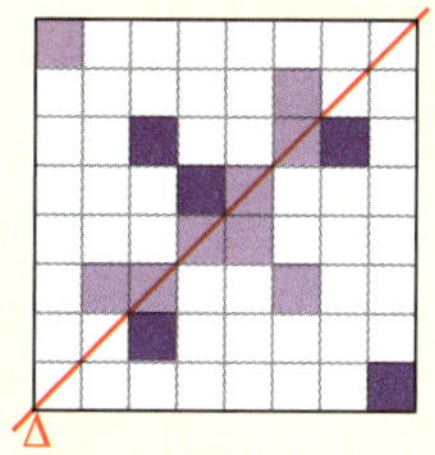

c.

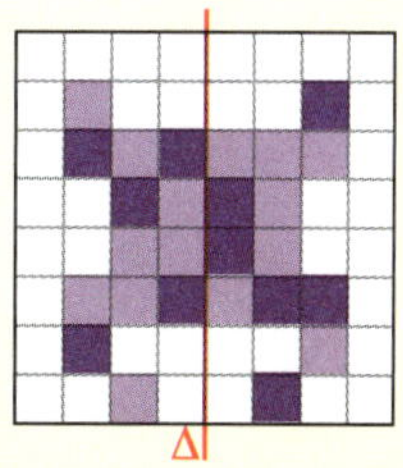

CONSEIL

Pour la symétrie par rapport à la droite Δ, penser au pliage du dessin le long de la droite Δ.

2 a.

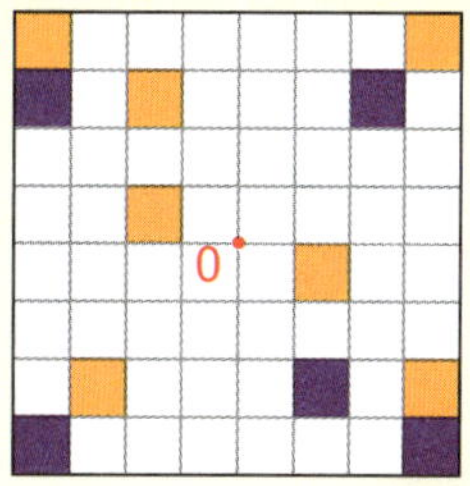

b.

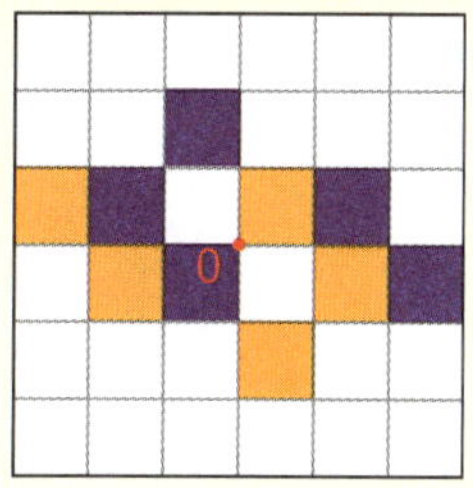

c.

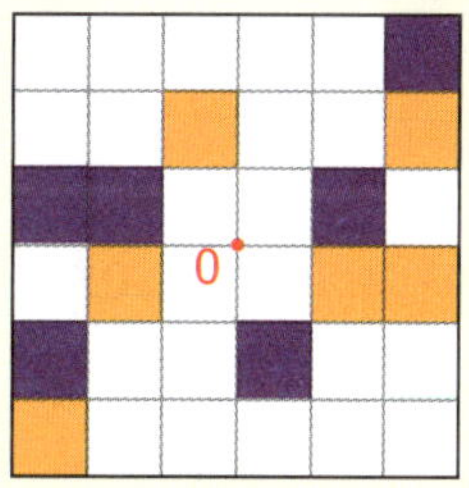

3

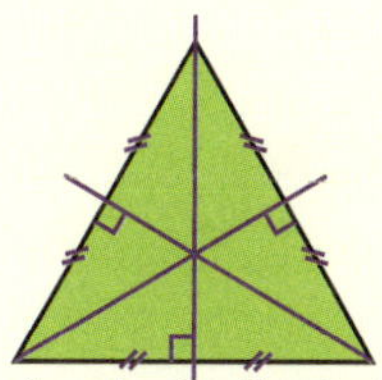

triangle équilatéral

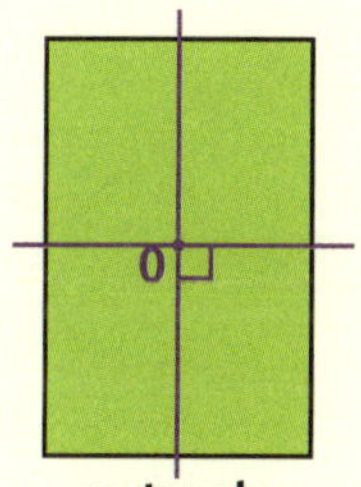

rectangle

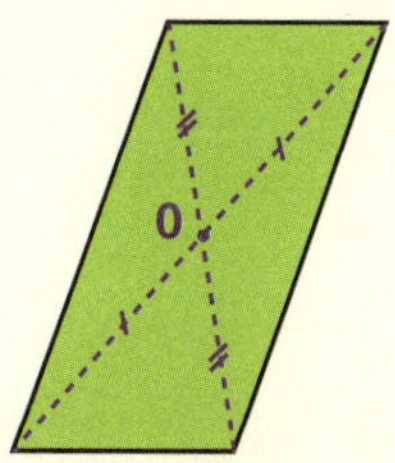

parallélogramme

EXPLICATION

- Pour le triangle équilatéral, trois axes de symétrie.
- Pour le rectangle, deux axes et un centre de symétrie.
- Pour le parallélogramme, un centre de symétrie.

4

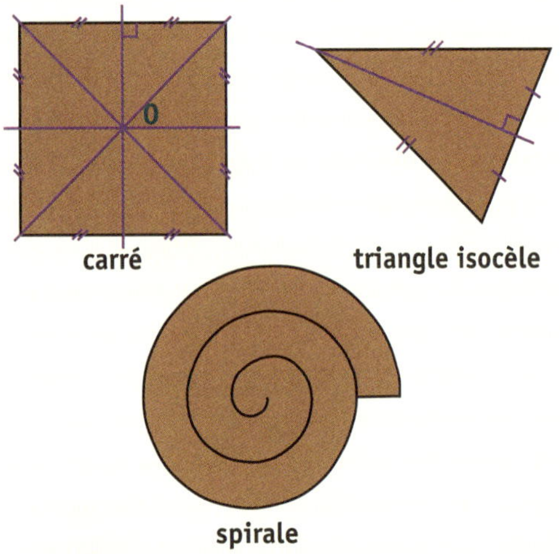

EXPLICATION
- Pour le carré, quatre axes et un centre de symétrie.
- Pour le triangle isocèle, un axe de symétrie.
- Et rien pour la spirale.

5 **a.**

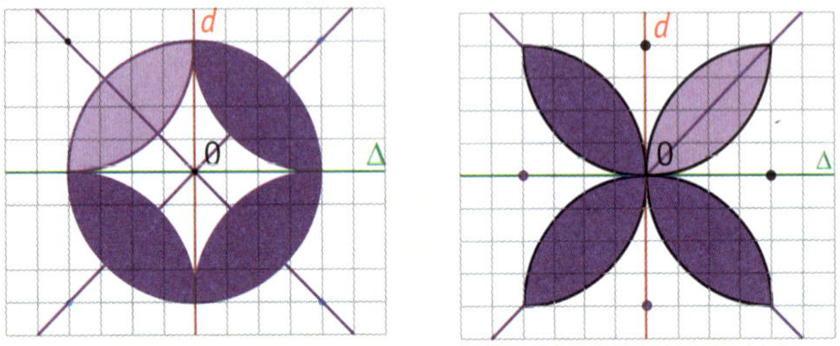

b. Oui, O est un centre de symétrie.
Ces figures admettent deux autres axes de symétrie qui sont les droites obliques inclinées à 45°.

19 Étudier les angles symétriques

1 **a.**

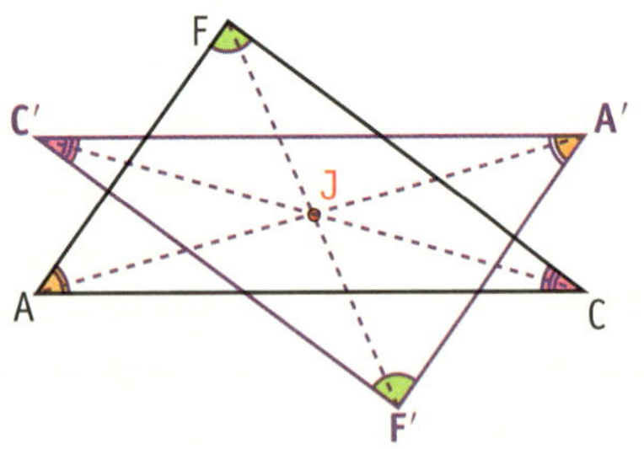

b. Des angles symétriques par rapport à un point ont la même mesure.

2 **a.**

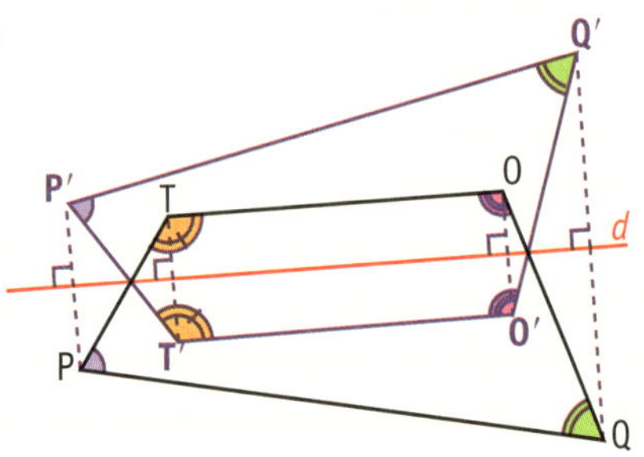

b. Des angles symétriques par rapport à une droite ont la même mesure.

3

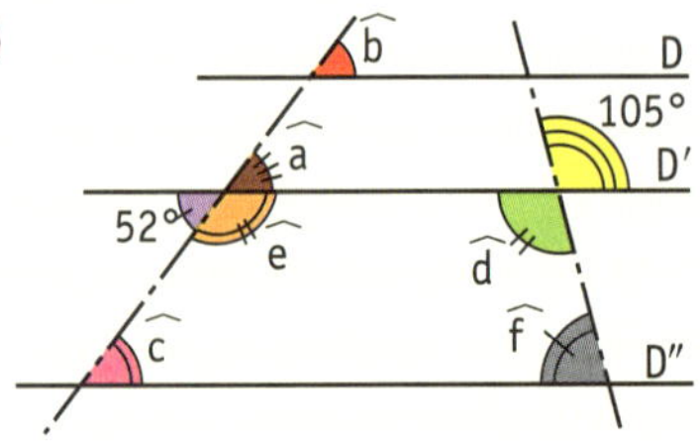

$\widehat{a} = 52°$ (angles opposés par le sommet)
$\widehat{b} = 52°$ ($\widehat{a}$ et $\widehat{b}$: angles correspondants)
$\widehat{c} = 52°$ ($\widehat{a}$ et $\widehat{c}$: angles correspondants)
$\widehat{d} = 105°$ (angles opposés par le sommet)
$\widehat{e} = 180° - 52° = 128°$
$\widehat{f} = 180° - 105° = 75°$ (on calcule la mesure d'un angle correspondant à $\widehat{f}$).

4 L'angle $\widehat{xAy}$ mesure $180° - 118° = 62°$.
Les angles correspondants $\widehat{xAy}$ et $\widehat{ABz}$ ont même mesure donc (Ay) et (Bz) sont parallèles.

5 **a.**

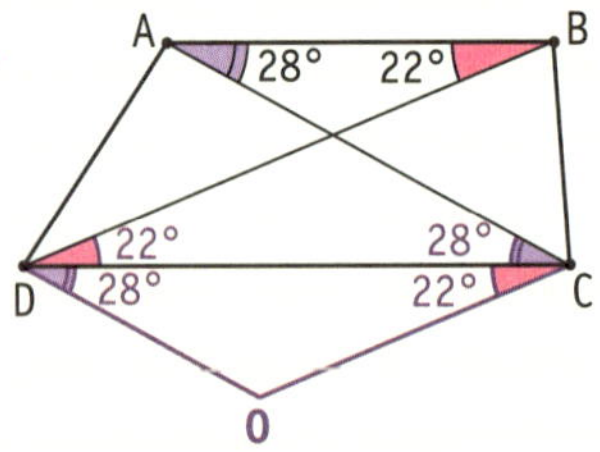

b. Par exemple, on a (AB)//(DC) donc les angles alternes-internes $\widehat{ABD}$ et $\widehat{BDC}$ ont la même mesure 22°. On trouve 3 angles de 22° et 3 angles de 28°.

6 On a Δ // (BC), donc les angles alternes-internes $\widehat{x}$ et $\widehat{B}$ sont égaux, donc $\widehat{x}$ mesure 28°.
Pareillement $\widehat{y}$ et $\widehat{C}$ sont alternes-internes, $\widehat{y}$ mesure donc 62°.

7 **a.** $\widehat{BAC}$ est un angle droit donc $\widehat{x} = 90° - 72° = 18°$.
b. Les angles alternes-internes $\widehat{x}$ et $\widehat{ABD}$ sont égaux. Donc (BD) est parallèle à (AI).

20 Connaître les parallélogrammes

1 ①, ③, ④, ⑤ sont des parallélogrammes.

EXPLICATION
Le quadrilatère
① est aussi un carré ;
④ est aussi un rectangle ;
⑤ est aussi un losange ;
② est un trapèze mais pas un parallélogramme ;
⑥ est un cerf-volant mais pas un parallélogramme.

2 **a.**

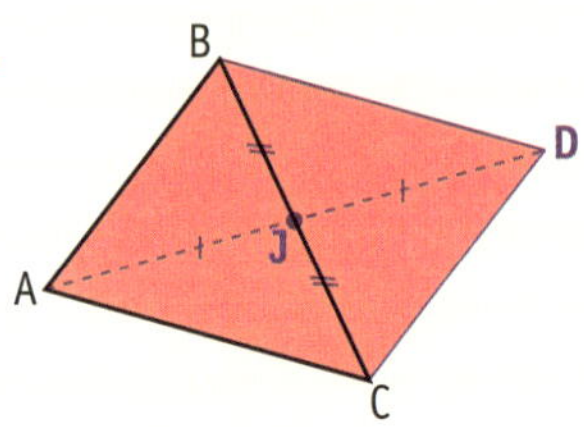

b. ABDC est un parallélogramme et voici pourquoi :
J est le milieu de [BC]. J est aussi le milieu de [AD] car D est le symétrique de A par rapport à J. Les diagonales de ABDC se coupent donc en leur milieu. Donc ABDC est un parallélogramme.

3 **a.** et **b.**

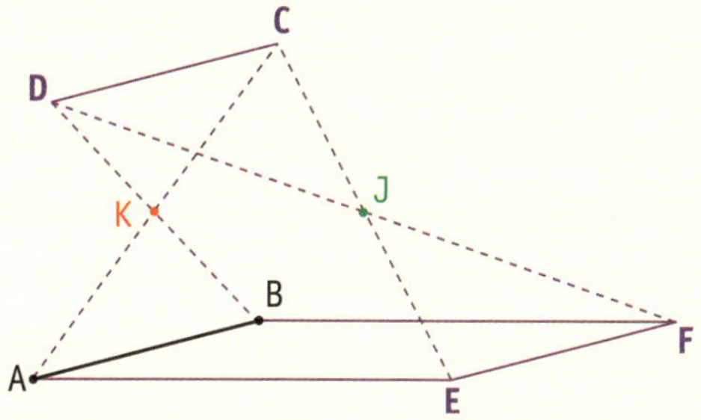

c. [CD] est le symétrique de [AB] par rapport à K, donc AB = DC et (AB) // (DC).

d. Pareillement, [EF] est le symétrique de [DC] par rapport à J, donc DC = EF et (DC) // (EF).

e. ABFE ayant deux côtés opposés parallèles et de même longueur est un parallélogramme.

EXPLICATION
Le symétrique d'un segment [AB] par rapport à un point est un segment parallèle à (AB) et de même longueur que [AB].

4 $\hat{C} = 113°$ (angles opposés du parallélogramme ABCD)

$\hat{B} = 67°$ ($\hat{A}$ et $\hat{B}$ sont consécutifs, donc supplémentaires, donc $\hat{B} = 180° - 113° = 67°$).

$\hat{D} = 67°$ ($\hat{B}$ et $\hat{D}$ sont deux angles opposés du parallélogramme, donc $\hat{D} = \hat{B} = 67°$).

5 **a.**

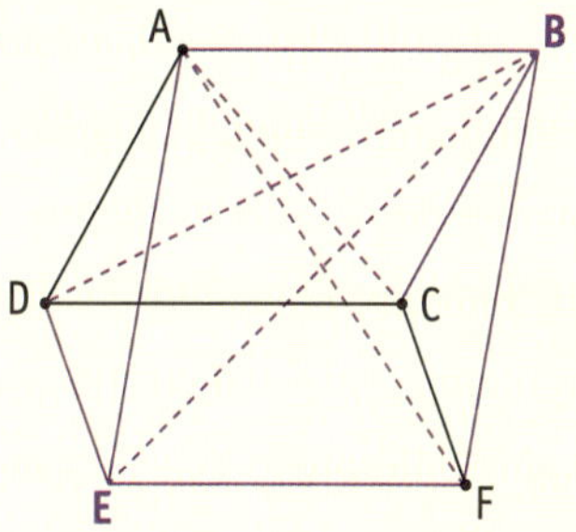

b. Comme ABCD est un parallélogramme alors AB = DC et (AB) // (DC).
De même, CDEF est un parallélogramme, donc DC = EF et (DC) // (EF).
Donc AB = EF et (AB) // (EF).

c. D'après le **b.**, ABFE est un quadrilatère ayant deux côtés opposés parallèles et de même longueur. Donc ABFE est un parallélogramme.

d. Les diagonales [AF] et [BE] du parallélogramme ABFE se coupent en leur milieu.

EXPLICATION
Dans **b.** et **d.** on utilise des propriétés du parallélogramme.

6 [BD] est un diamètre d'un cercle de centre O, alors O est le milieu de [BD].
De même O est le milieu de [AC].

Comme [AC] et [BD] ont le même milieu O, alors le quadrilatère ABCD est un parallélogramme. Or dans un parallélogramme les côtés opposés sont parallèles et de même longueur ; donc AD = BC et (AD) // (BC).

21 Construire des triangles et des parallélogrammes

1 **a.**

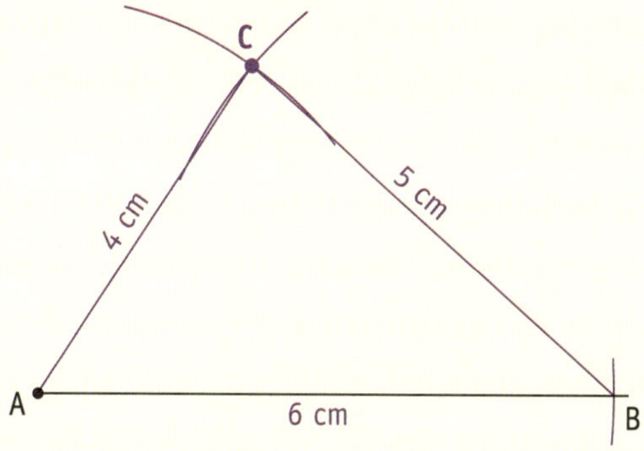

L'arc de cercle de centre A et de rayon 4 cm coupe en C l'arc de cercle de centre B et de rayon 5 cm.
AB + BC + AC = 6 + 5 + 4 = 15 cm.

b. Hélène a raison car AC + BC < AB.

2 Placer d'abord le point F.
Puis tracer l'angle $\widehat{FEG}$ avec le rapporteur.
Placer ensuite le point G et tracer [FG].

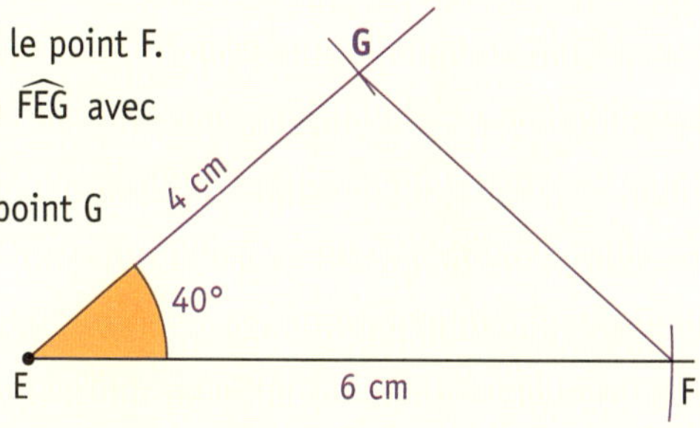

En mesurant on trouve FG ≈ 3,9 cm.
Périmètre ≈ 6 + 4 + 3,9 = 13,9 cm.

3 Placer d'abord le point N puis tracer les angles $\widehat{NML}$ et $\widehat{MNL}$ avec le rapporteur.

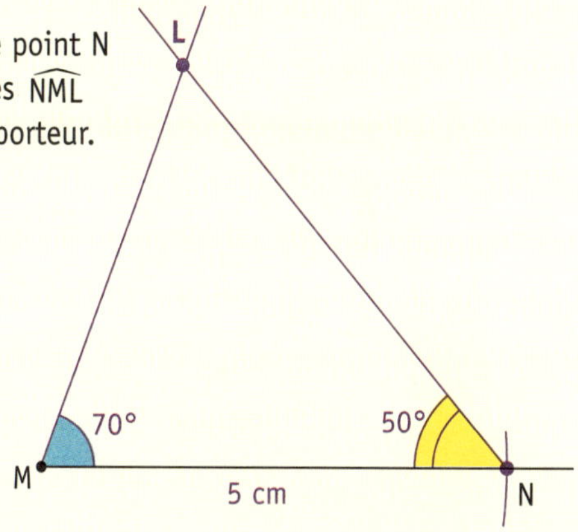

4 Placer d'abord le point Q puis tracer l'angle $\widehat{QPR}$.
Tracer ensuite un arc de cercle de centre Q et de rayon 3 cm.
On a donc deux solutions QPR_1 et QPR_2.

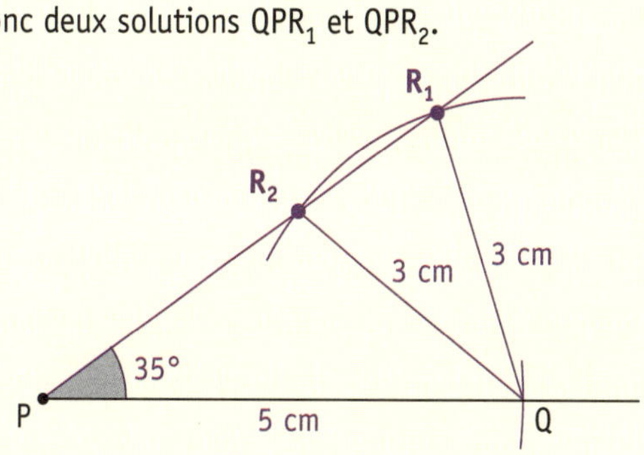

5 • On construit d'abord le côté (AB) à l'aide du rapporteur.
• On place ensuite le point B avec la règle graduée.
• Par la suite, deux coups de compas permettent de construire le point C.
• Il ne reste plus qu'à tracer les côtés [BC] et [DC] avec la règle.

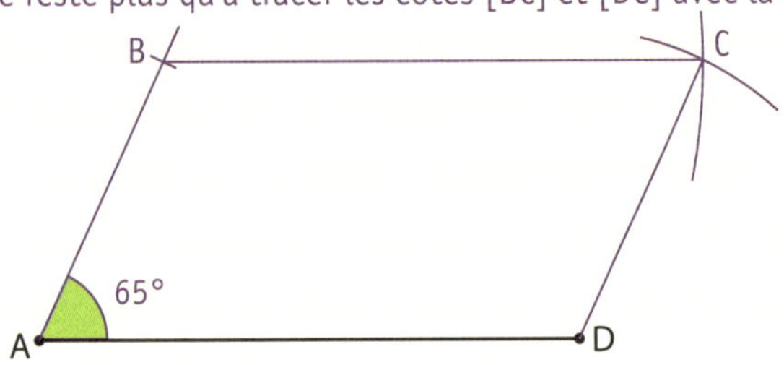

6 Les diagonales d'un parallélogramme se coupent en leur milieu.
On construit les symétriques de A et de B par rapport à O.
Ces deux points sont les sommets de C et D du parallélogramme.

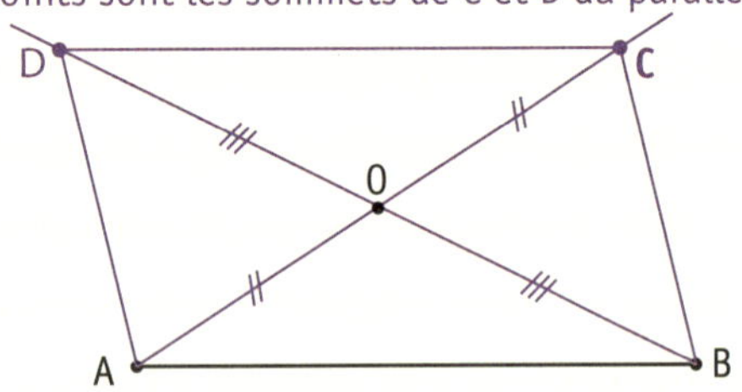

Reste à tracer [AD], [DC] et [CB].

7 Pour le parallélogramme ABEC, le 4e sommet E est l'intersection :
- de l'arc de centre B et de rayon AC ;
- et de l'arc de centre C et de rayon AB.
On procède pareillement pour BCFA et pour CAGB.

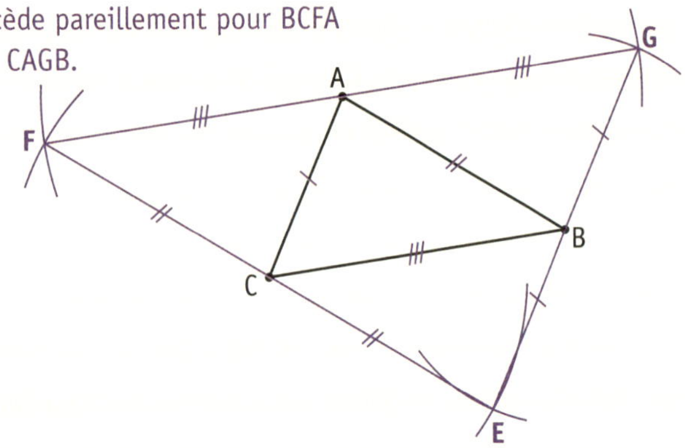

22 Calculer l'aire d'un triangle et d'un parallélogramme

1

CONSEIL
Inutile de faire appel à la calculatrice ici !

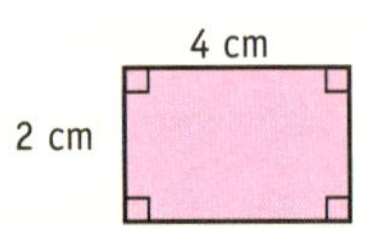

$2 \times 4 = 8$ cm²

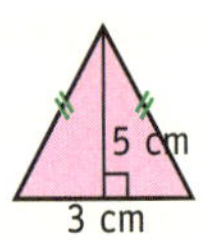

$(3 \times 5) \div 2 = 7{,}5$ cm²

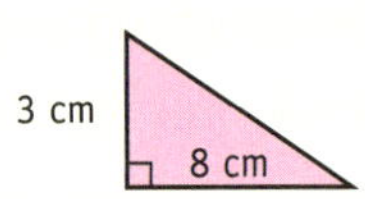

$(3 \times 8) \div 2 = 12$ cm²

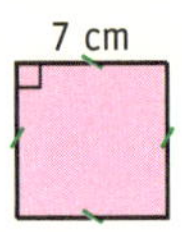

$7 \times 7 = 49$ cm²

2

	Base	Hauteur	Aire en carreaux
Parallélogramme ABCD	3	2	$3 \times 2 = 6$
Parallélogramme DEFG	1	4	$1 \times 4 = 4$
Triangle DEH	3	4	$(3 \times 4) \div 2 = 6$
Triangle BCK	3	1	$(3 \times 1) \div 2 = 1{,}5$

3 a. L'aire du tronçon d'autoroute est : $50 \times 120 = 6\ 000$ m².
b. L'aire de la surface cultivable restante est :
(Aire du rectangle) – (aire du parallélogramme) :
$120 \times 150 - 6\ 000 = 12\ 000$ m².

EXPLICATION
a. Le tronçon d'autoroute est un parallélogramme de base 50 m et de hauteur 120 m.

4 a. Aire du triangle TOC.
Aire = (base × hauteur) ÷ 2 = $(3 \times 3) \div 2 = 4{,}5$ carreaux.
b. Aire du parallélogramme PLAF.
base × hauteur = $4 \times 5 = 20$ carreaux.
c. Aire du quadrilatère BING.
Aire de BIG + Aire de IGN =
$(6 \times 3) \div 2 + (6 \times 1) \div 2 = 12$ carreaux.

EXPLICATION
c. Le quadrilatère BING se décompose en deux triangles dont on peut facilement calculer l'aire.

5 a. Si on note h la hauteur issue de A, on a :
$(12 \times h) \div 2 = 42$ d'où $12 \times h = 84$ donc $h = 84 \div 12$, soit $h = 7$ cm.
b. L'aire du parallélogramme mesure $4 \times 13 = 52$ m².
Notons b la base cherchée : on a : $12 \times b = 52$,
donc $b = 52 \div 12$ soit $b \approx 4{,}33$ m.

6 On a $BC \times 4 \div 2 = 12$ donc $BC \times 4 = 24$ donc $BC = 6$ cm.
De même $AC \times 4{,}8 \div 2 = 12$ donc $AC \times 4{,}8 = 24$ donc $AC = 5$.
Or AB = AC, donc le périmètre de ABC mesure : $6 + 2 \times 5 = 16$ cm.

EXPLICATION
D'abord on calcule la base BC puis le côté AC.
Comme le triangle est isocèle en A, alors AB = AC et on peut conclure.

23 Calculer le périmètre et l'aire d'un disque

1

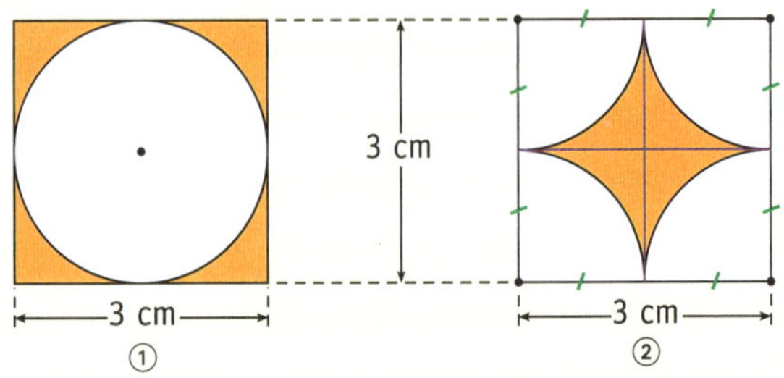

En traçant les 2 médianes du carré de la figure ② on fait apparaître les 4 morceaux coloriés de la figure ①. Les deux aires sont donc égales.

Remarque : On peut, ici, comparer les deux aires sans les calculer.

2 À la 3e ligne du tableau le périmètre mesure 4 m donc le diamètre mesure $4 \div \pi$ soit 1,27 m environ.

Rayon	Diamètre	Périmètre	Aire
4 m	8 m	25,13 m	50,27 m^2
2 m	4 m	12,57 m	12,57 m^2
0,64 m	1,27 m	4 m	1,27 m^2

3 Le cœur est constitué d'un carré d'aire $4 \times 4 = 16$ et d'un disque de rayon 2.
D'où l'aire du cœur : $16 + 4\pi$ soit environ 28,57.

Remarque : Le périmètre du joli cœur est $8 + 4\pi$.

4 Carré : côté $= 24 \div 4 = 6$ cm ; aire $= 6 \times 6 = 36$ cm^2.
Disque : on a $2 \times \pi \times R = 24$, donc $R = 24 \div (2\pi)$ soit $R \approx 3{,}82$ cm d'où aire $= \pi R^2 \approx 45{,}84$ cm^2.

Rectangle :
largeur $= 24 \div 6 = 4$, d'où longueur $= 2 \times 4 = 8$ cm
aire $= 4 \times 8 = 32$ cm^2.
On constate que :
aire du rectangle < aire du carré < aire du disque.

5

CONSEIL
Il est intéressant de conduire le calcul avec la lettre π jusqu'à ce que l'on trouve la valeur exacte de l'aire de la fleur qui est $11\pi + 16$. Ensuite on trouve une valeur approchée avec la calculatrice.

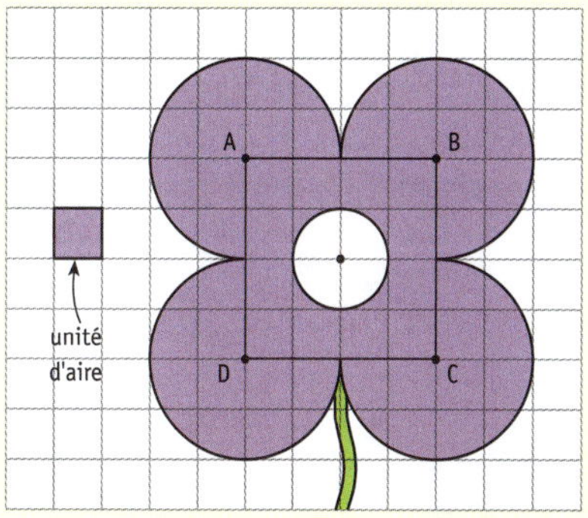

Aire du carré ABCD : $4 \times 4 = 16$
Aire des 4 pétales : aire de 4 fois $\frac{3}{4}$ de disque
$= 4 \times (\pi \times 2 \times 2) \times \frac{3}{4} = 12\pi$
Aire du disque central : $1 \times 1 \times \pi = \pi$
L'aire de la fleur est donc : $12\pi + 16 - \pi = 11\pi + 16 \approx 50{,}56$.

6

CONSEIL
Il est intéressant de conduire le calcul avec la lettre π jusqu'à ce que l'on trouve la valeur exacte de l'aire de la piscine. Même remarque pour le périmètre.

a. Il y a deux carrés, un demi-disque de rayon 5 m et 1 disque de rayon 5 m. L'aire de la piscine est donc :
$10 \times 10 + 5 \times 5 + 25 \times \pi \div 2 + 25\pi = 125 + 37{,}5\pi \approx 242{,}81$ m^2.

b. Le périmètre mesure : $2 \times 10 + 10 \times \pi \div 2 + 10 \times \pi$
$= 20 + 15\pi$ soit environ 67,12 m.

24 Calculer des aires et des volumes

1 **a.** $V = 6 \times 6 \times 6 = 216$ cm^3.
b. Le diamètre du cylindre est 6 cm ; sa hauteur 6 cm.
Donc $V' = \pi \times 3 \times 3 \times 6 = 54\pi$ d'où V' vaut environ 169,6 cm^3.

2 Pour trouver une aire en cm^2, le volume doit être exprimé en cm^3 et la hauteur en cm.
On a 10 L = 10 000 cm^3. Donc l'aire de base est : $10\,000 \div 25 = 400$ cm^2, soit 4 dm^2.

3 Volume d'un parallélépipède : $L \times l \times h$. 30 cm = 0,30 m.
Volume de la pièce de bois : $(0{,}30)^2 \times 1{,}50$ soit 0,135 m^3.

4 **a.** Volume de la citerne $= 3 \times 4{,}5 \times 5 = 67{,}5$ m^3.
b. L'aire de la base de la citerne est : $3 \times 4{,}5 = 13{,}5$ m^2.
Donc l'eau est montée de $\frac{27}{13{,}5} = 2$ m.

5 Aire totale des faces du cube : $6 \times 23^2 = 3\,174$ cm^2.
Aire totale des faces du parallélépipède :
$2 \times (41 \times 19 + 41 \times 13 + 19 \times 13) = 3\,118$ cm^2, c'est la plus petite des deux aires.

6 La surface de tôle est un rectangle de 70 cm sur $2 \times 7{,}5 \times \pi$ soit 15π cm.
D'où son aire : $70 \times 15\pi = 1\,050\pi$, soit 3 298,7 cm^2 ou 0,33 m^2 environ.

7 L'arête du cube est $45 \div 5$ soit 9 cm.
Le volume du cube est donc 9^3 soit 729 cm^3.

8

Rayon r (en cm)	Diamètre (en cm)	Hauteur h (en cm)	Périmètre de base (en cm)	Aire de base (en cm^2)	Aire latérale (en cm^2)	Volume (en cm^3)
2	4	10	12,6	12,6	125,7	125,7
2,5	5	7	15,7	19,6	110	137,4
1,6	3,2	6	10	8	60	48,25

9 **a.** Ne pas oublier de créer les variables c et v. Le programme donne le volume du cube.
b. On crée la variable a puis on ajoute les deux lignes :

c. On crée la variable L et on ajoute les deux lignes :

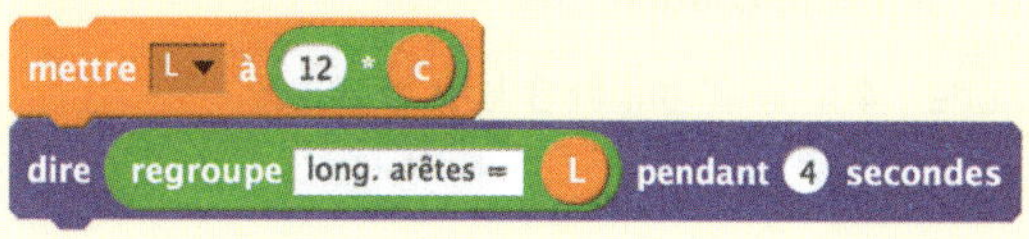

25 Changer d'unités

1 **a.** 1,2 dam = 1 200 cm
b. 13,2 mm = 0,132 dm
c. 4 hm = 0,4 km
d. 150 cm^2 = 0,015 m^2
g. 125 g = 0,125 kg
h. 314 cg = 3,14 g
i. 4,3 t = 4 300 kg
j. 13 q = 1 300 kg

e. 6 000 m² = 0,6 hm²
f. 3 ha = 30 000 m²

k. 100 min = 1 h 40 min
l. 7 200 s = 2 h

2 a. 1,5 L = 1 500 cm³
b. 3 cm³ = 0,3 cL
c. 0,4 m³ = 400 dm³
d. 15 cm³ = 15 mL
e. 100 hL = 10 m³
f. 125 cm³ = 0,125 L
g. 8 dL = 800 cm³
h. 3,8 dL = 0,38 dm³
i. 0,5 L = 0,5 dm³
j. 2 500 L = 2,5 m³

3 a. 42 hL à l'hectare → 4200 L à l'hectare → 42 L sur un are.
b. 60 q à l'hectare → 6 000 kg à l'hectare → 60 kg sur un are.

4 a. 700 km en 20 h → 70 km en 2 h → 35 km/h.
b. 825 km en 25 h → $\frac{825}{25}$ km/h = 33 km/h.
c. 730 km en 2 jours → 730 km en 48 h → $\frac{730}{48}$ km/h ≈ 15,2 km/h.

5 1 100 km par heure correspondent à 1 100 km en 3 600 s, soit 1 100 ÷ 3 600 ≈ 0,305 km/s, soit 305 m/s. Donc la réponse est non.

6 a. 2 To = 2 000 Go. Donc le disque de 2 To a la plus grande capacité.
b. 32 Go = 32 000 Mo.
c. 36 Go = 36 000 Mo. Donc la première carte a une capacité 2 000 fois plus grande que celle de 18 Mo.

7 13 850 hL en 4 min → 1 385 m³ en 4 min
→ 1 385 m³ en 240 s → $\frac{1\,385}{240}$ m³/s ≈ 5,77 m³/s.

8 a. Cette voiture consomme 8 litres pour faire 100 km. Donc, avec un litre, elle parcourt
100 ÷ 8 = 12,5 km.
b. Utilisons un tableau de proportionnalité.

15 km	1 L
100 km	x ?

× 6,7

Le coefficient de proportionnalité est : $c = \frac{100}{15} \approx 6{,}7$.
Donc la consommation est proche de :
1 × 6,7 = 6,7 L pour 100 km.

9 a. On écrit les longueurs en dam : 1,5 km = 150 dam.
Puis on remplit un tableau de proportionnalité.

150 dam	900 €
2 dam	x ?

$\times \frac{2}{150}$

Donc, les 2 dam de câble coûtent $900 \times \frac{2}{150} = 12$ €.
b. Même méthode : 4 m = 40 dm et 3 kg = 3 000 g.

40 dm	3 000 g
6 dm	x ?

$\times \frac{6}{40}$

Donc les 6 m de tube pèsent $3\,000 \times \frac{6}{40} = 450$ g.
c. 15 cm³ sur 10 cm² → 1,5 cm³ sur 1 cm²
→ 15 000 cm³ sur 1 m², car 1 m² = 10 000 cm².
Donc, il est tombé 15 L d'eau sur 1 m².
1ha = 10 000 m². Donc sur un ha il est tombé 15 L × 10 000 = 150 000 L = 150 m³ d'eau.

26 Découvrir l'algorithmique et la programmation

1 a. Ce programme donne l'aire du carré.
b.

2 Il faut créer 3 variables A, B et S.
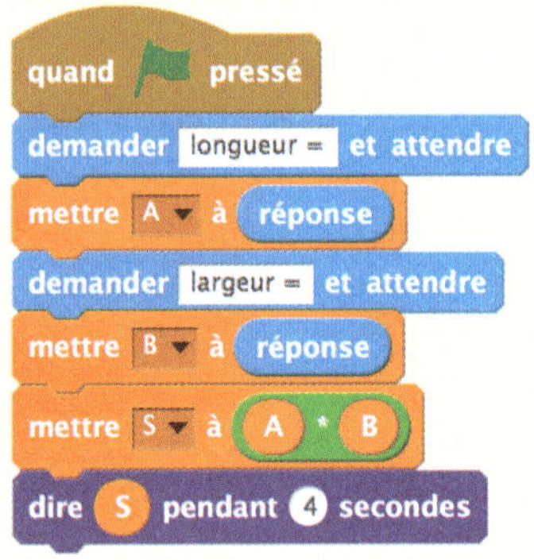

3 Sur l'écran, on voit apparaître :
« aire = » suivi de la valeur de cette aire.

4 a. Exécution du programme.
b.
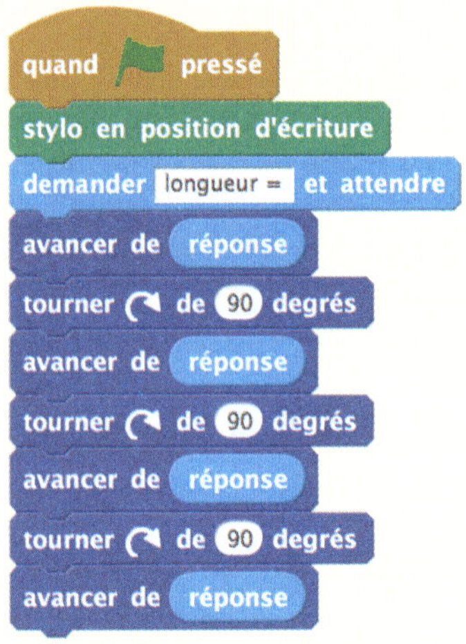

5

6 a. Chaque angle d'un triangle équilatéral mesure 60°.
b. Exécution du programme.
c.

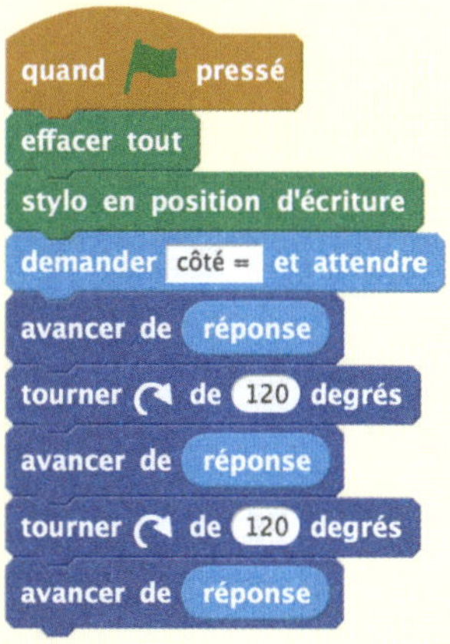

7 Le programme suivant parcourt le circuit ABCADEC.

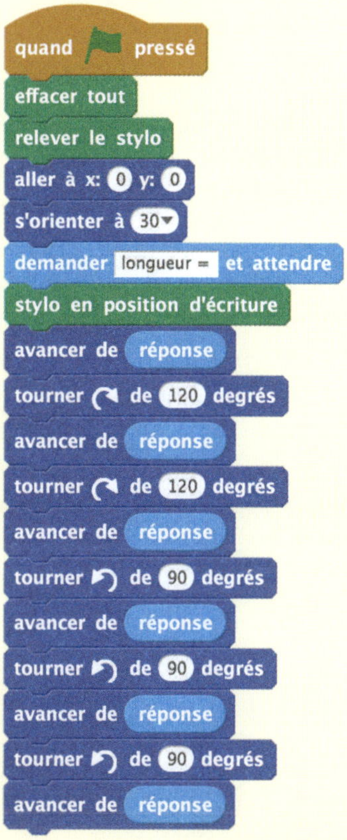

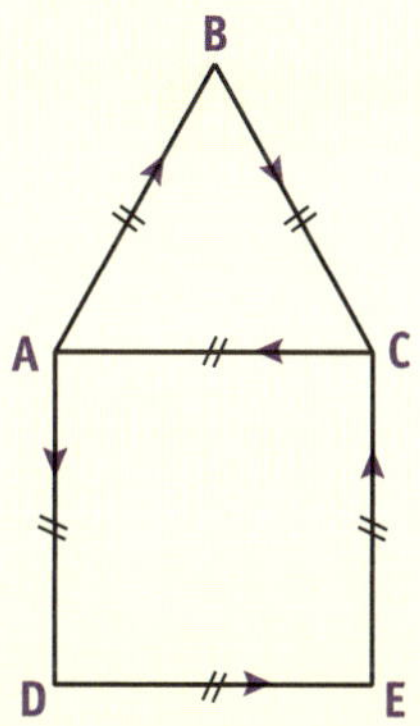

EXPLICATION
S'orienter à 30°, c'est s'orienter dans le sens de la flèche rouge.

Bilan : vers la quatrième

1 1. 100 > 15 > 1 > 0 > – 2 > – 20 > – 30

CONSEIL
On peut placer ces nombres sur une droite graduée si la comparaison directe paraît difficile.

2. 2,5 > 0, 5 > 0,25 > 0,15 > 0,05 > – 0,25 > – 1,5

2 1. $\frac{1}{3} = \frac{1 \times 3}{3 \times 3} = \frac{3}{9}$. Donc $\frac{1}{3} > \frac{2}{9}$.

2. $\frac{1}{3} = \frac{1 \times 12}{3 \times 12} = \frac{12}{36}$.

Pareillement : $\frac{1}{4} = \frac{9}{36}$; $\frac{2}{9} = \frac{8}{36}$; $\frac{5}{12} = \frac{15}{36}$; $\frac{5}{18} = \frac{10}{36}$.

3. Comme $\frac{8}{36} < \frac{9}{36} < \frac{10}{36} < \frac{12}{36} < \frac{15}{36}$,
alors $\frac{2}{9} < \frac{1}{4} < \frac{5}{18} < \frac{1}{3} < \frac{5}{12}$.

3 1. Aire de ABCD : $\frac{(4+5) \times 3}{2} = \frac{27}{2} = 13{,}5$
et Aire de EFGH : $\frac{(3+4) \times 4}{2} = 14$.

2. Aire de IJKL : $\frac{(3+5) \times x}{2} = \frac{8 \times x}{2} = 4x$.
On trouve x en résolvant l'équation $4x = 14$. On obtient $x = 14 \div 4 = 3{,}5$. Donc la hauteur de IJKL est 3,5.

4 1.

Longueur en cm	10	115
Nombre de rangs	24	

($\times \frac{24}{10}$)

On multiplie 115 par $\frac{24}{10}$, c'est-à-dire par 2,4.
On obtient 276 rangs. Donc la bonne réponse est c.
2. La réalité est 1 000 000 de fois plus grande que la carte.
Donc les deux villages sont séparés par
3 cm × 1 000 000 = 3 000 000 cm = 30 000 m = 30 km.
Donc la bonne réponse est b.
3. La matière grasse pèse $500 \times \frac{36}{100} = 180$ g. Donc la bonne réponse est a.
4.

Nombre de personnes	640	100
Nombre de gauchers	48	

Le pourcentage de gauchers est : $100 \times \frac{48}{640} = 7{,}5$. Donc la bonne réponse est **c**.

5 1. Dans un jeu de 32 cartes, il y a 16 cartes rouges (les 8 cœurs et les 8 carreaux).
Donc la probabilité de tirer une carte rouge est $\frac{16}{32} = \frac{1}{2} = 0{,}5$.
2. Il y a quatre 7 dans un jeu de 32 cartes.
La probabilité de tirer un 7 est donc $\frac{4}{32} = \frac{1}{8} = 0{,}125$.
3. Il y a deux 7 rouges dans un jeu de 32 cartes.
Donc la probabilité de tirer un 7 rouge est $\frac{2}{32} = \frac{1}{16} = 0{,}0625$.

6 Traçons la hauteur [EH].

L'aire du triangle ABE est $\dfrac{\text{base} \times \text{hauteur}}{2} = \dfrac{AB \times EH}{2}$.

La hauteur EH mesure 5 cm et ceci ne dépend pas de la position de E sur le segment [DC].

L'aire de ABE est donc toujours la même. Elle est de $\dfrac{8 \times 5}{2} = \dfrac{40}{2} = 20$ cm².

7 **1.** Le fût a pour diamètre 60 cm, soit 6 dm, son rayon mesure donc 3 dm. Le volume du fût est égal à $\pi \times 3^2 \times 9 = 81\,\pi$, soit ≈ 254 cm³, soit 254 litres.

2. On a ¼ d'heure = 15 minutes. D'où le débit de la pompe : 254 ÷ 15 ≈ 16,9 soit environ 17 litres par minutes.

8 La banane comporte :

– deux demi-disques de rayon 1 cm :
longueur 2π cm ; aire : π cm² ;

– un demi-disque de rayon 2 cm :
longueur 2π cm ; aire : 2π cm² (à retrancher) ;

– un demi-disque de rayon 4 cm :
longueur 4π cm ; aire : 8π cm² ;

Périmètre total et aire totale : 8π ≈ 25,13 cm et 7π ≈ 21,99 cm².

9 **1.** et **2.**

```
quand [drapeau] est cliqué
effacer tout
relever le stylo
cacher
aller à x: 0 y: 0
stylo en position d'écriture
aller à x: 0 y: 100
aller à x: 100 y: 150
aller à x: 200 y: 100
aller à x: 200 y: 0
aller à x: 0 y: 0
relever le stylo            <- Ici s'achève le dessin du pentagone
aller à x: 30 y: 0          } Dessin d'une porte
stylo en position d'écriture
aller à x: 30 y: 80
aller à x: 70 y: 80
aller à x: 70 y: 0
relever le stylo
aller à x: 130 y: 40        } Dessin d'une fenêtre
stylo en position d'écriture
aller à x: 130 y: 80
aller à x: 170 y: 80
aller à x: 170 y: 40
aller à x: 130 y: 40
relever le stylo
```

NIVEAU 4e

Cette partie te propose un **entraînement guidé** sur les principales notions du programme de 4e :

La partie comprend aussi :

TEST

1. Réponds à chaque question du test en cochant la bonne réponse : A, B ou C.
2. Vérifie chaque réponse à l'aide du corrigé en bas de la page 155.
3. Si ta réponse n'est pas juste, entoure le numéro du chapitre : il est à réviser en priorité.

NOMBRES ET CALCULS

CHAPITRE

1. $(-2{,}1) \times (3{,}1) \times (-2{,}1)$ **est égal à :** ☐ **A.** 13,02 ☐ **B.** – 13,671 ☐ **C.** 13,671 — 1 p. 156

2. $(2{,}1 \div 0{,}4) \div (-2)$ **est égal à :** ☐ **A.** 2,625 ☐ **B.** – 10,5 ☐ **C.** –2,625 — 2 p. 158

3. Soit $a = \frac{6}{5}$ **et** $b = \frac{5}{6}$**. Alors on a :** ☐ **A.** $a < b$ ☐ **B.** $a = b$ ☐ **C.** $a > b$ — 3 p. 160

4. Soit $a = \frac{6}{5}$ **et** $b = \frac{5}{6}$**. Alors** $a - b$ **est égal à :** ☐ **A.** 0 ☐ **B.** $\frac{11}{30}$ ☐ **C.** – 1 — 4 p. 162

5. Sachant que $\frac{2}{15} \times x = \frac{4}{45}$**, alors** x **est égal à :** ☐ **A.** $\frac{2}{3}$ ☐ **B.** $\frac{3}{2}$ ☐ **C.** $\frac{2}{30}$ — 5 p. 164

6. $(-5)^3$ **est égal à :** ☐ **A.** – 15 ☐ **B.** 125 ☐ **C.** – 125 — 6 p. 166

7. $2^3 \times 2^2$ **est égal à :** ☐ **A.** 2^6 ☐ **B.** 32 ☐ **C.** 4^5 — 7 p. 168

8. $10^2 \div 10^4$ **est égal à :** ☐ **A.** 0,01 ☐ **B.** 100 ☐ **C.** 0,1 — 8 p. 170

9. La décomposition de 18 en produit de facteurs premiers est :
☐ **A.** 2×9 ☐ **B.** $2^2 \times 3$ ☐ **C.** 2×3^2 — 9 p. 172

10. En remplaçant a **par 5 et** b **par 2 dans la formule** $13a + 5b + 1$**, on obtient :**
☐ **A.** 70 ☐ **B.** 76 ☐ **C.** 52 — 10 p. 174

11. L'expression $3(x - 1) - 2(2x + 1)$ **est égale à :** ☐ **A.** $-x - 5$ ☐ **B.** $-x - 1$ ☐ **C.** $7x - 5$ — 11 p. 176

12. On considère l'équation $2(x - 1) = 3x + 4$**. La solution de cette équation est :**
☐ **A.** 2 ☐ **B.** – 2 ☐ **C.** – 6 — 12 p. 178

13. Deux roses et une orchidée coûtent ensemble 23 €. Une orchidée coûte 3 fois le prix d'une rose moins 2 €. Alors une rose coûte : ☐ **A.** 4,20 € ☐ **B.** 5,20 € ☐ **C.** 5 € — 13 p. 180

GESTION DE DONNÉES

CHAPITRE

14. Le tableau suivant est un tableau de proportionnalité :

5	x
1	5

. Alors x **est égal à :**
☐ **A.** 1 ☐ **B.** 25 ☐ **C.** 0,2 — 14 p. 182

15. Voici un tableau de proportionnalité :

1	3	5
2,1	6,3	10,5

Les points X(1 ; 2,1), Y(3 ; 6,3) et Z(5 ; 10,5) ....
☐ **A.** ... sont sur une droite ne passant pas par l'origine du repère
☐ **B.** ... sont sur une droite passant par l'origine du repère ☐ **C.** ... ne sont pas alignés — 15 p. 184

16. Voici une série statistique :

Valeur	5	8	10
Effectif	3	2	5

La médiane de cette série est : ☐ **A.** 9 ☐ **B.** 7,3 ☐ **C.** 2 — 16 p. 186

GESTION DE DONNÉES (SUITE)

CHAPITRE

17. **Un sac contient 3 boules noires, 4 boules blanches, 5 boules jaunes et 1 boule bleue. On prend au hasard une boule. La probabilité d'obtenir une boule qui ne soit pas jaune est :**

☐ **A.** $\frac{13}{8}$ ☐ **B.** $\frac{8}{13}$ ☐ **C.** $\frac{5}{13}$

17 p. 188

GÉOMÉTRIE ET MESURES

CHAPITRE

18. **ABC est un triangle rectangle en A. On a AB = 3 et BC = 5. Alors AC^2 est égal à :**

☐ **A.** 16 ☐ **B.** 4 ☐ **C.** 34

18 p. 190

19. **ZB est égal à :**

☐ **A.** 3 ☐ **B.** 1,5 ☐ **C.** 2,5

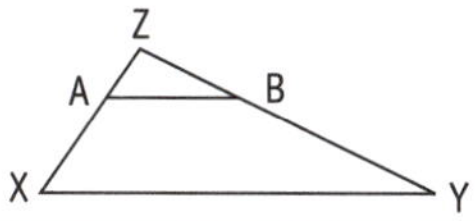

Hypothèses : (AB)//(XY)
ZX = 9
ZY = 15
ZA = 1,5

19 p. 192

20. **Cos $\widehat{XYZ}$ est égal à :**

☐ **A.** 0,75 ☐ **B.** 0,6 ☐ **C.** 0,8

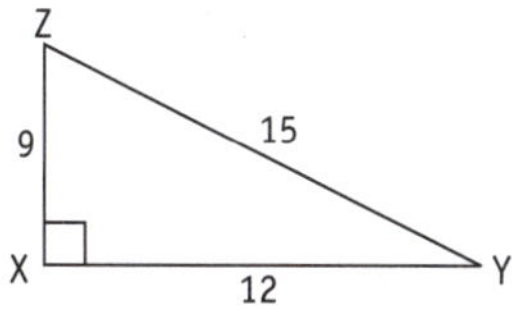

20 p. 194

21. **L'image d'un triangle équilatéral par une translation est :**

☐ **A.** un hexagone ☐ **B.** un triangle équilatéral ☐ **C.** un pentagone

21 p. 196

22. **Un triangle A'B'C' est un agrandissement du triangle ABC. (A' correspond à A, B' à B et C' à C.) On a : AB = 2, AC = 4 et A'C'= 12. Alors A'B' est égal à :** ☐ **A.** 4 ☐ **B.** 16 ☐ **C.** 6

22 p. 198

23. **Sachant que AB = 4 et SH = 3, le volume de ce cône est :**

☐ **A.** 16π ☐ **B.** 4π ☐ **C.** 12π

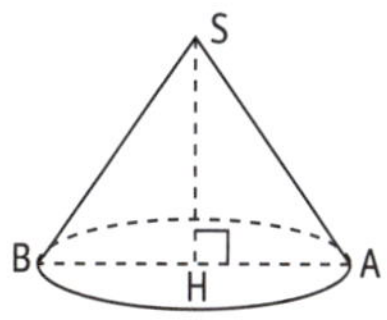

23 p. 200

24. **Le patron d'une pyramide ayant 6 arêtes est composé de :**

☐ **A.** 5 triangles ☐ **B.** 6 triangles ☐ **C.** 4 triangles

24 p. 202

25. **Un athlète qui parcourt le 100 m en 10 s a une vitesse moyenne de :**

☐ **A.** 36 km/h ☐ **B.** 10 km/h ☐ **C.** 25 km/h

25 p. 204

ALGORITHMIQUE ET PROGRAMMATION

CHAPITRE

26. **Avec le logiciel Scratch, la boucle** 

s'arrête pour :

☐ **A.** $a = 9$ ☐ **B.** $a = 11$ ☐ **C.** $a = 10$

26 p. 206

Réponses :
1. C 2. C 3. C 4. B 5. A 6. C 7. B 8. A 9. C 10. B 11. A 12. C 13. C
14. B 15. B 16. A 17. B 18. A 19. C 20. C 21. B 22. C 23. B 24. C 25. A 26. B

NIVEAU 4e

1 Multiplier des nombres relatifs

• Tu peux commencer par revoir les chapitres 2, 4 et 5 du niveau 5e pp. 82, 86 et 88.

Comment multiplier des nombres relatifs ?

Exemples

- (+ 2,1) × (+ 3) = (+ 6,3)
- (− 2,1) × (− 3) = (+ 6,3)
- (− 2,1) × (+ 3) = (− 6,3)

Plus simplement 2,1 × 3 = 6,3

− 2,1 × 3 = − 6,3

Règles

- Le produit de deux nombres relatifs de **même signe** est **positif**.
- Le produit de deux nombres relatifs de **signes contraires** est **négatif**.
- Pour tout nombre relatif x, on a : $x \times 0 = 0$.

★ 1 Compléter la table

×	1	− 1	0	0,3	− 0,3	− 0,2
1						
− 1						
0						
0,3						
− 0,3				− 0,09		
− 0,2						

★★ 2 Calculer

a. − 2,5 + [(− 1) × (2,3 − 5,2)] = −1,5 + −2,5 = −4

b. [(− 2) × (− 5,3)] − [(− 5,3 + 2) × (− 2)] = +10,6 − +14,6 = +4

c. [6,1 × (− 3) × (− 2)] − [(− 6,1) × (− 3) × 2] = +36,1 − −36,1 = 0

COUP DE POUCE
a. Commence par (2,3 − 5,2).

★ 3 Le bon signe

Marquer le **signe** manquant dans chaque case.

a. 7,9 × (− 8) × (☐ 2,2) × (− 40) = − 5 561,6

b. 741 × (− 5) × (☐ 0,01) × (− 1,2) = 44,46

c. (− 3,21) × (− 3) × (☐ 0) × (− 3) = 0

★ 4 Opérations croisées

Compléter les cases blanches.

− 2	×		=	− 6
×	■	×	■	×
	×		=	
=	■	=	■	=
2	×		=	− 24

★★ 5 Étoile magique

Compléter l'étoile magique : sur chaque alignement, le produit des quatre nombres est le même.

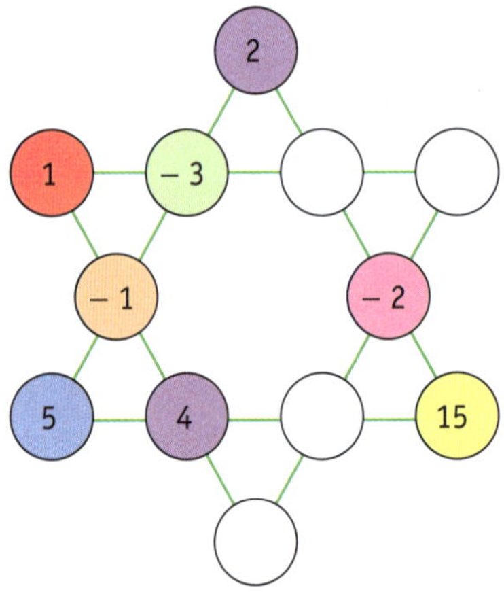

COUP DE POUCE
Exercice 5. Calcule d'abord le produit des quatre nombres alignés.

6 Un canard dans le brouillard

Aider le caneton à retrouver sa maman.

Pour ceci, multiplier par (– 2) les abscisses des points A, B, C, D, E, F et G, et multiplier par 1,5 leurs ordonnées.

Joindre ensuite les points A′, B′, …, G′ ainsi obtenus afin de voir poindre maman cane.

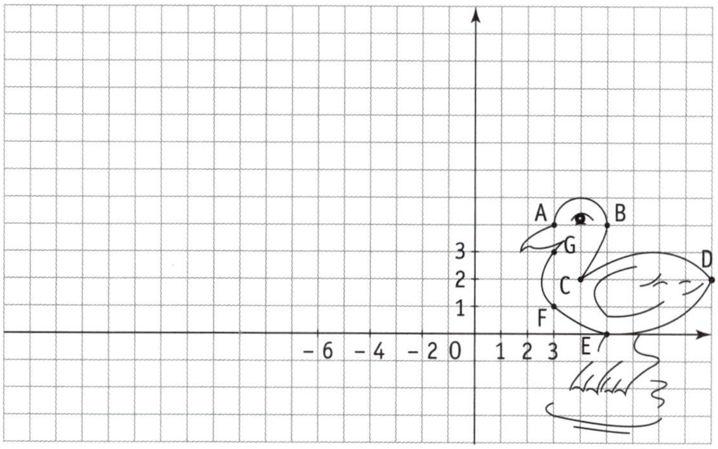

A(3 ; 4) → A′(– 6 ; 6)

B(.... ; ....) → B′(.... ; ....)

C(.... ; ....) → C′(.... ; ....)

D(.... ; ....) → D′(.... ; ....)

E(.... ; ....) → E′(.... ; ....)

F(.... ; ....) → F′(.... ; ....)

G(.... ; ....) → G′(.... ; ....)

COUP DE POUCE

L'abscisse de A est 3.
L'ordonnée de A est 4.
Abscisse de A′ : $3 \times (-2) = -6$.
Ordonnée de A′ : $4 \times 1,5 = 6$.

7 Carrés multiplicativement magiques

Dans un carré multiplicativement magique, le produit des nombres est toujours le même sur chaque ligne, chaque colonne et chaque diagonale.
Compléter ces deux carrés multiplicativement magiques.

a.

2,5	4	
	– 5	
		10

b.

– 0,5	– 5	– 10,5	
	– 14		2,5
4		22,5	
17,5			3

8 Calcul mental avec Scratch

a. Assembler ce programme, sans oublier de créer les quatre variables *a*, *b*, *p* et *question*.

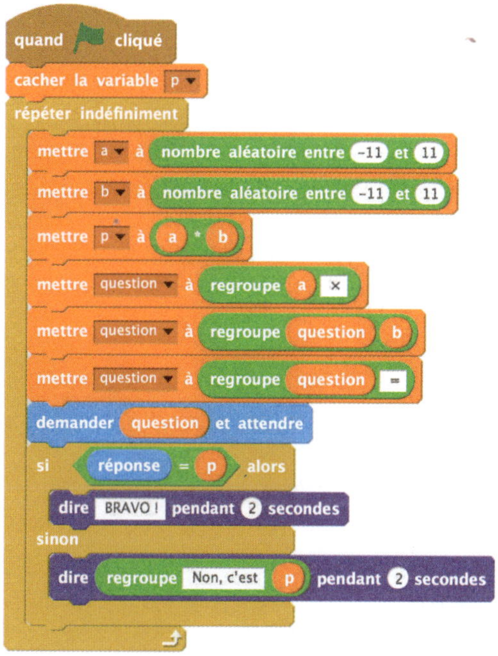

b. Lancer le programme et répondre mentalement aux questions.

COUP DE POUCE

On lance le programme en cliquant sur le drapeau vert et on l'arrête en cliquant sur le stop (octogone rouge).

NIVEAU 4e

Corrigés p. 210-211

2 Diviser des nombres relatifs

Comment diviser des nombres relatifs ?

Exemples

- $10,4 \div 4 = 2,6$
- $(-10,4) \div (-4) = 2,6$
- $(-10,4) \div 4 = -2,6$
- $10,4 \div (-4) = -2,6$

$\frac{10,4}{4} = \frac{-10,4}{-4} = 2,6$

$\frac{-10,4}{4} = \frac{10,4}{-4} = -2,6$

Le diviseur est différent de 0.

Règles

- Le quotient de deux nombres relatifs de **même signe** est **positif**.
- Le quotient de deux nombres relatifs de **signes contraires** est **négatif**.

★ 1 Compléter la table (calcul mental)

÷	2	− 2	0,5	− 0,5	− 1
− 7					
− 1					
2					

★ 2 Le bon signe

Marquer le signe manquant dans chaque case.

a. $8,5 \div (\square\ 0,2) = -42,5$

b. $\square\ 2,5 \div (-8) = -0,3125$

c. $(-9,3) \div (\square\ 0,01) = 930$

d. $\square\ 3,4 \div 5 = 0,68$

INFO

Exercice 1. Diviser par 0,5 donne le double.

★★ 3 Le bon signe (bis)

Même consigne.

a. $[9,3 \div (\square\ 0,3)] \div (-0,1) = 310$

b. $\square\ 9,3 \div [0,3 \div (-0,1)] = 3,1$

c. $[\square\ 9,3 \div (-0,3)] \div (-0,1) = -310$

d. $9,3 \div [\square\ 0,3 \div (-0,1)] = 3,1$

★ 4 Calculer des quotients de décimaux

a. $9 \div 0,4 =$ ....

b. $15 \div (-0,1) =$ ....

c. $(-1,5) \div (-30) =$ ....

d. $(-8) \div 125 =$ ....

★★ 5 Avec des parenthèses

Calculer en ligne.

a. $(9 \div 10) - (10 \div 0,5) =$ ....

b. $[(-2,7) \div (-3)] + [(-0,5) \times (-3)] =$ ....

c. $(-3,25) \times [2,5 \div (-0,2)] =$ ....

d. $[-2,7 \div (-3)] \times [(-0,9) \div (-3)] =$ ....

COUP DE POUCE

Effectue d'abord les calculs entre parenthèses ou entre crochets.

6 Valeurs approchées de quotients

Indiquer une valeur approchée, à 0,01 près, de chacun des quotients.

a. $1 \div 7 \approx$ ....

b. $11 \div 9 \approx$ ....

c. $221 \div 25 =$ ....

d. $(-2) \div 3 \approx$ ....

e. $8 \div (-13) \approx$ ....

f. $(-3) \div (-19) \approx$ ....

g. $(-2{,}1) \div 0{,}31 \approx$ ....

h. $3{,}2 \div (-3) \approx$ ....

7 Trouver le nombre manquant

a. $\square \div 5 = -0{,}56$

b. $\square \div (-3) = -0{,}56$

c. $-3{,}4 \div \square = 34$

d. $-8{,}1 \div \square = -16{,}2$

8 Équations

Dans chaque cas, trouver le nombre x qui vérifie l'égalité proposée.

a. $(-2) \times x + 3{,}2 = 1{,}1$

....

....

....

b. $7 \times x + 8{,}7 = -13$

....

....

....

9 Wanted x

J'ai pris un nombre x, je l'ai multiplié par (-2) puis j'ai ajouté (-3).
J'ai ensuite divisé le résultat par (-2) et j'ai trouvé $-3{,}5$.
Quel était le nombre x ?

....

....

....

....

....

10 Calcul mental avec Scratch

a. Assembler ce programme.

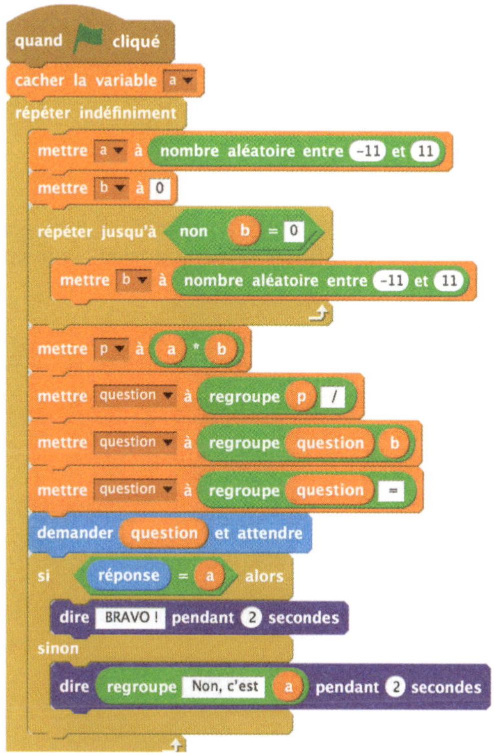

b. Lancer le programme et effectuer mentalement les divisions proposées.

INFO

On voit ici que le quotient de deux nombres décimaux n'est pas toujours un décimal.

COUP DE POUCE

Si $a \div b = c$
alors $a = b \times c$
c. Par exemple puisque
$-3{,}4 \div \square = 34$
alors $-3{,}4 = 34 \times \square$

COUP DE POUCE

Exercice 8.
Par exemple,
si $(-5)x + 3 = 9$
alors
$(-5)x = 9 - 3$
$(-5)x = 6$
Et donc
$x = 6 \div (-5)$
$x = -1{,}2$.

NIVEAU 4e

Corrigés p. 211-212

3 Reconnaître et utiliser des fractions égales

• Tu peux commencer par revoir le chapitre 6 du niveau 6e p. 20.

Comment simplifier une fraction ?

Propriété

Soit $\frac{a}{b}$ une fraction et $k \neq 0$. On a : $\frac{k \times a}{k \times b} = \frac{a}{b}$.

Simplification d'une fraction

La propriété précédente permet de simplifier des fractions.

Exemple 1 : $\frac{15}{33} = \frac{3 \times 5}{3 \times 11} = \frac{5}{11}$. (On a ici simplifié par 3.)

Exemple 2 : $\frac{56}{42} = \frac{2 \times 28}{2 \times 21} = \frac{28}{21} = \frac{7 \times 4}{7 \times 3} = \frac{4}{3}$. (On a ici simplifié par 2 puis par 7.)

Exemple 3 : $\frac{12}{4} = 3$ car $12 \div 4 = 3$.

Une fraction est aussi un quotient.

★ 1 Fractions de figures

On a découpé chaque figure en morceaux de même aire.
Indiquer la fraction représentant la partie coloriée. Puis simplifier cette fraction.

a.

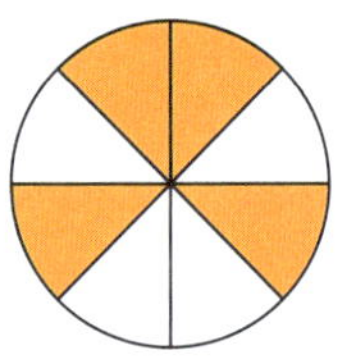

$\frac{\dots}{8} = \frac{\dots}{\dots}$

c.

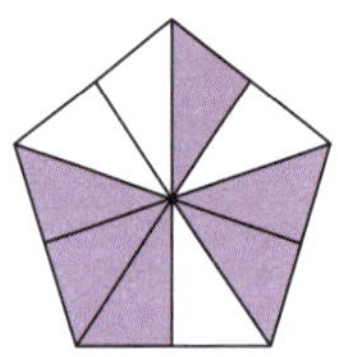

$\frac{\dots}{\dots} = \frac{\dots}{\dots}$

e.

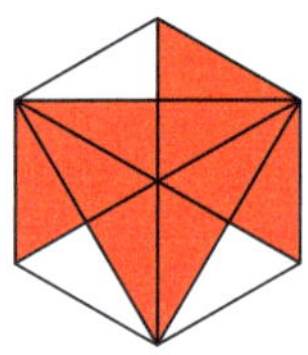

$\frac{\dots}{\dots} = \frac{\dots}{\dots}$

b.

$\frac{\dots}{9} = \frac{\dots}{\dots}$

d.

$\frac{\dots}{\dots} = \frac{\dots}{\dots}$

f.

$\frac{\dots}{\dots} = \frac{\dots}{\dots}$

★ 2 Simplifier des fractions

a. $\frac{14}{21} =$ ....

b. $\frac{15}{18} =$ ....

c. $\frac{900}{500} =$ ....

d. $\frac{-72}{63} =$ ....

e. $\frac{42}{36} =$ ....

f. $\frac{-45}{15} =$ ....

Pourquoi changer le dénominateur d'une fraction ?

▸ Pour comparer ou additionner des fractions, on doit parfois changer les dénominateurs.

Exemple : $\frac{3}{4}$ est-il plus grand que $\frac{2}{3}$?

On dit que l'on réduit les deux fractions au même dénominateur.

Écrivons $\frac{3}{4}$ et $\frac{2}{3}$ avec le dénominateur commun 12.

$\frac{3}{4} = \frac{3 \times 3}{4 \times 3} = \frac{9}{12}$ et $\frac{2}{3} = \frac{2 \times 4}{3 \times 4} = \frac{8}{12}$ or $\frac{9}{12} > \frac{8}{12}$. Donc $\frac{3}{4} > \frac{2}{3}$.

★ 3 Soixantièmes

$\frac{1}{2} = \frac{\dots}{60}$ $\frac{2}{3} = \frac{\dots}{60}$ $\frac{1}{4} = \frac{\dots}{60}$ $\frac{3}{4} = \frac{\dots}{60}$ $\frac{3}{5} = \frac{\dots}{60}$ $\frac{5}{6} = \frac{\dots}{60}$

$\frac{1}{10} = \frac{\dots}{60}$ $\frac{3}{10} = \frac{\dots}{60}$ $\frac{5}{12} = \frac{\dots}{60}$ $\frac{7}{15} = \frac{\dots}{60}$ $\frac{9}{20} = \frac{\dots}{60}$ $\frac{7}{30} = \frac{\dots}{60}$

COUP DE POUCE
Pense aux heures et aux minutes.

★ 4 Renversant

a. Prouver que $\frac{12}{21} = \frac{4}{7}$ ....

b. La fraction $\frac{12}{21}$ a une particularité : son dénominateur s'obtient en permutant les chiffres du numérateur. Trouver trois autres fractions égales à $\frac{4}{7}$ et ayant la même particularité.

....

COUP DE POUCE
Pense à $\frac{4 \times k}{7 \times k}$.

★ 5 Fractions égales à π ?

a. La fraction $\frac{22}{7}$ est-elle égale à π ? ....

b. Même question pour $\frac{355}{113}$ ....

COUP DE POUCE
a. Sur ta calculatrice, compare les décimales de π et de $\frac{22}{7}$.

★ 6 Égalités à compléter

$\frac{7}{9} = \frac{\dots}{81}$ $\frac{8}{36} = \frac{2}{\dots}$ $\frac{25}{\dots} = \frac{5}{7}$ $\frac{36}{10} = \frac{\dots}{1\,000}$

$\frac{46}{23} = \frac{\dots}{46}$ $\frac{7}{8} = \frac{49}{\dots}$ $\frac{1}{1000} = \frac{0{,}1}{\dots}$ $\frac{2}{-3} = \frac{-4}{\dots}$

★ 7 Dénominateur commun

Réduire au même dénominateur puis comparer.

a. $\frac{4}{9}$ et $\frac{16}{27}$: ....

b. $\frac{3}{8}$ et $\frac{5}{4}$: ....

c. $\frac{7}{8}$ et $\frac{4}{9}$: ....

d. $\frac{2}{3}$ et $\frac{4}{5}$: ....

INFO
Réduire deux fractions au même dénominateur, c'est écrire ces deux fractions avec un dénominateur commun.

Corrigés p. 212

4 Additionner et soustraire des fractions

- Tu peux commencer par revoir le chapitre 7 du niveau 5e p. 92.

Comment additionner et soustraire des fractions ?

Additionner des fractions

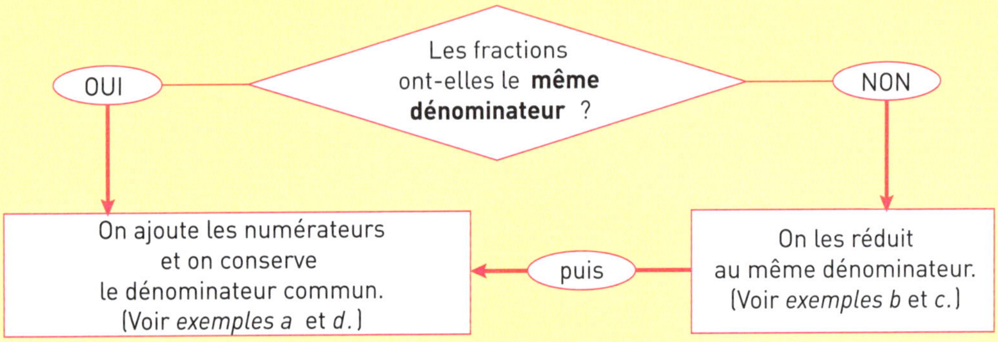

Exemples :

- $a = \dfrac{11}{5} + \dfrac{6}{5} = \dfrac{17}{5}$
- $b = \dfrac{13}{15} + \dfrac{(-2)}{5} = \dfrac{13}{15} + \dfrac{(-2)\times 3}{5\times 3} = \dfrac{13}{15} + \dfrac{(-6)}{15} = \dfrac{7}{15}$ — On a pris 15 pour dénominateur commun.
- $c = \dfrac{5}{2} + \dfrac{7}{9} = \dfrac{5\times 9}{2\times 9} + \dfrac{2\times 7}{2\times 9} = \dfrac{45}{18} + \dfrac{14}{18} = \dfrac{59}{18}$ — On a pris 18 pour dénominateur commun.
- $d = \dfrac{4}{14} + \dfrac{17}{14} = \dfrac{21}{14} = \dfrac{7\times 3}{7\times 2} = \dfrac{3}{2}$ — Parfois, on peut simplifier le résultat.

Soustraire des fractions

L'opposé de la fraction $\dfrac{a}{b}$ est $\dfrac{-a}{b}$. *Exemple :* l'opposé de $\dfrac{3}{7}$, c'est $-\dfrac{3}{7} = \dfrac{-3}{7}$

Pour soustraire, on ajoute l'opposé.

Exemple : $\dfrac{7}{6} - \dfrac{5}{8} = \dfrac{7}{6} + \dfrac{-5}{8} = \dfrac{7\times 4}{6\times 4} + \dfrac{-5\times 3}{8\times 3} = \dfrac{28}{24} + \dfrac{-15}{24} = \dfrac{28-15}{24} = \dfrac{13}{24}$

★ 1 Avec un même dénominateur

Effectuer et simplifier éventuellement le résultat.

a. $\dfrac{1}{3} + \dfrac{5}{3} =$ ....

b. $\dfrac{25}{36} - \dfrac{7}{36} =$ ....

c. $\dfrac{17}{100} - \dfrac{7}{100} =$ ....

d. $-\dfrac{3}{7} + \dfrac{20}{7} =$ ....

★ 2 Avec un dénominateur multiple de l'autre

Effectuer et simplifier éventuellement.

a. $\dfrac{3}{5} + \dfrac{1}{10} =$ ....

b. $\dfrac{3}{7} - \dfrac{2}{21} =$ ....

c. $\dfrac{1}{10} + \dfrac{1}{2} + \dfrac{3}{5} =$ ....

d. $\dfrac{1}{22} - \dfrac{1}{11} =$ ....

COUP DE POUCE
Le dénominateur commun est ici le plus grand des dénominateurs donnés.

3 Avec des dénominateurs quelconques

Effectuer et simplifier éventuellement.

a. $\frac{1}{2} + \frac{2}{3} =$ ....

b. $\frac{1}{2} + \frac{1}{4} + \frac{1}{3} =$ ....

c. $\frac{3}{10} - \frac{4}{15} =$ ....

d. $\frac{6}{7} - \frac{4}{5} - \frac{2}{35} =$ ....

4 Opérations en tableau

a.

+	$\frac{5}{6}$	$\frac{1}{3}$	$\frac{3}{2}$	$\frac{3}{4}$
$\frac{1}{6}$				
$\frac{2}{3}$				
$\frac{1}{2}$				

b.

−	$\frac{1}{3}$	$\frac{3}{4}$	$\frac{3}{2}$	$\frac{2}{5}$
$\frac{2}{3}$				
$\frac{1}{4}$				
$\frac{4}{5}$				

5 Tarte ronde

Flavio a mangé les $\frac{5}{36}$ de la tarte. Enzo en a mangé les $\frac{2}{9}$.

a. Qui en a mangé le plus ? Pourquoi ?

....

b. Quelle fraction de tarte ont-ils mangée à eux deux ?

....

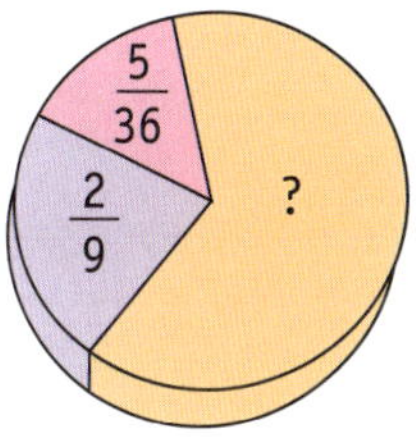

c. Quelle fraction de tarte reste-t-il ?

....

6 Vers l'écriture fractionnaire

Écrire sous forme d'une fraction.

a. $5 + \frac{1}{3} =$ ....

b. $11 + \frac{2}{5} =$ ....

c. $3 + \frac{1}{7} =$ ....

d. $1 + \frac{1}{2} =$ ....

e. $6 + \frac{1}{25} =$ ....

f. $6 + \frac{1}{4} =$ ....

INFO

Un dénominateur commun est un multiple commun aux dénominateurs donnés.
Essaye de trouver le plus petit multiple commun.

COUP DE POUCE

Fais d'abord tes calculs au brouillon.
Pense à simplifier les fractions obtenues.

COUP DE POUCE

a. Comment compares-tu deux fractions ? (voir page 90)

NIVEAU 4e

Corrigés p. 213

5 Multiplier et diviser des fractions

Comment multiplier des fractions ?

Multiplication de deux fractions

Pour multiplier des fractions, on multiplie les numérateurs entre eux et les dénominateurs entre eux.

$\frac{a}{b}$ et $\frac{c}{d}$ étant des fractions, on a : $\frac{a}{b} \times \frac{c}{d} = \frac{a \times c}{b \times d}$.

Exemple : $\frac{5}{8} \times \frac{-7}{9} = \frac{5 \times (-7)}{8 \times 9} = \frac{-35}{72}$

Parfois, on peut simplifier : $\frac{3}{4} \times \frac{4}{11} = \frac{3 \times \cancel{4}}{\cancel{4} \times 11} = \frac{3}{11}$

Multiplication d'une fraction par un nombre

On a : $a \times \frac{1}{b} = \frac{a}{b}$ et $c \times \frac{a}{b} = \frac{c \times a}{b}$.

En effet, $a \times \frac{1}{b} = \frac{a}{1} \times \frac{1}{b} = \frac{a \times 1}{1 \times b} = \frac{a}{b}$ et $c \times \frac{a}{b} = \frac{c}{1} \times \frac{a}{b} = \frac{c \times a}{1 \times b} = \frac{c \times a}{b}$

★ 1 Quelques multiplications

Effectuer, sans oublier de simplifier.

a. $\frac{9}{8} \times \frac{16}{27} =$ ....

b. $\frac{4}{3} \times \frac{12}{28} =$ ....

c. $\frac{-7}{25} \times \left(-\frac{15}{14}\right) =$ ....

d. $\frac{5}{8} \times \frac{8}{5} =$ ....

e. $\frac{3}{-4} \times \left(-\frac{16}{5}\right) =$ ....

f. $\left(-\frac{1}{4}\right) \times \frac{40}{5} =$ ....

COUP DE POUCE

Sois astucieux : simplifie avant de multiplier.

$\frac{9}{8} \times \frac{16}{27} = \frac{9 \times (2 \times 8)}{8 \times (3 \times 9)}$

À ce niveau-là, tu peux simplifier par 8 et par 9.

★ 2 Multiplication par un nombre

Écrire sous la forme d'une fraction simplifiée.

a. $2 \times \frac{1}{3} =$ ....

b. $5 \times \frac{1}{25} =$ ....

c. $25 \times \frac{3}{7} =$ ....

d. $49 \times \frac{5}{7} =$ ....

e. $(-3) \times \frac{8}{27} =$ ....

f. $4 \times \left(-\frac{9}{2}\right) =$ ....

ATTENTION

Multiplier n'est pas additionner. On n'a pas besoin d'un dénominateur commun.

★★ 3 En voyage

Deux autobus de 54 places, remplis aux 2/3, se vident chacun d'un quart de leurs voyageurs. Peut-on rassembler les voyageurs restants dans un seul autobus ?

....

....

....

Comment diviser deux fractions ?

Inverse d'une fraction

Soit $\frac{a}{b}$ une fraction, avec $a \neq 0$ et $b \neq 0$.

Remarque : $\frac{a}{b} \times \frac{b}{a} = \frac{ab}{ab} = 1$.

> L'inverse de $\frac{a}{b}$ est $\frac{b}{a}$.
>
> L'inverse de a est $\frac{1}{a}$.

Division

> Pour diviser, on multiplie par l'inverse : $\frac{a}{b} \div \frac{c}{d} = \frac{a}{b} \times \frac{d}{c} = \frac{a \times d}{b \times c}$.

Exemple :

$\frac{7}{8} \div \frac{11}{9} = \frac{7}{8} \times \frac{9}{11} = \frac{7 \times 9}{8 \times 11} = \frac{63}{88}$.

Vérification :

$\frac{63}{88} \times \frac{11}{9} = \frac{63 \times 11}{88 \times 9} = \frac{7 \times 9 \times 11}{8 \times 11 \times 9} = \frac{7}{8}$.

★ 4 Quelques divisions

Effectuer, en simplifiant quand c'est possible.

a. $\frac{2}{3} \div \frac{3}{7} =$ ....

b. $\frac{7}{8} \div \frac{5}{6} =$ ....

c. $-\frac{9}{20} \div \frac{3}{4} =$ ....

d. $\frac{3}{4} \div \left(-\frac{9}{20}\right) =$ ....

e. $\left(-\frac{2}{3}\right) \div \frac{2}{3} =$ ....

f. $\left(-\frac{7}{4}\right) \div \left(-\frac{4}{7}\right) =$ ....

g. $5 \div \frac{3}{4} =$ ....

h. $\frac{3}{4} \div 5 =$ ....

★ 5 De tout, un peu

Effectuer et simplifier éventuellement.

a. $\left(\frac{4}{5} \times \frac{2}{3}\right) \times \frac{1}{8} =$ ....

b. $\left(\frac{1}{4} + \frac{1}{8}\right) \times \frac{5}{3} =$ ....

c. $\left(\frac{3}{7} - \frac{1}{14}\right) \div \frac{1}{2} =$ ....

d. $\left(\frac{5}{6} + \frac{1}{6}\right) \times \left(\frac{25}{12} - \frac{1}{12}\right) =$ ....

COUP DE POUCE
Tu peux procéder de plusieurs façons.

★ 6 Opérations à trous

a. $\frac{2}{5} \times \frac{\dots}{\dots} = \frac{4}{15}$

b. $\frac{3}{7} \times \frac{\dots}{\dots} = \frac{51}{49}$

c. $\frac{2}{3} \times \frac{\dots}{\dots} = \frac{4}{9}$

d. $\frac{1}{5} \times \frac{\dots}{\dots} = \frac{3}{25}$

e. $\frac{5}{11} \times \frac{\dots}{\dots} = \frac{15}{22}$

f. $\frac{36}{13} \times \frac{\dots}{\dots} = \frac{36}{65}$

★ 7 Carrés multiplicativement magiques

Compléter les deux carrés multiplicativement magiques.

a.

$\frac{1}{2}$		$\frac{1}{18}$
	$\frac{3}{2}$	
		$\frac{9}{2}$

b.

		$\frac{4}{3}$
$\frac{32}{3}$	$\frac{2}{3}$	
$\frac{1}{3}$		

INFO
Pour chaque carré, les produits des nombres sur les lignes, les colonnes et les deux diagonales sont les mêmes.

Corrigés p. 213-214

6 Connaître les puissances

Qu'appelle-t-on puissance d'un nombre a ?

Une notation qui raccourcit l'écriture d'un produit

Pour tout nombre a :

$a \times a$ se note a^2 et se dit « a au carré ».

$a \times a \times a$ se note a^3 et se dit « a au cube ».

$a \times a \times a \times a$ se note a^4 et se dit « a à la puissance 4 » ou « a puissance 4 ».

$\underbrace{a \times \ldots \times a}_{n \text{ facteurs}}$, où n est un entier naturel, se note a^n et se dit « a puissance n ».

Le nombre de facteurs (écrit en hauteur et plus petit) est appelé l'**exposant**.

Exemples

$3^4 = 3 \times 3 \times 3 \times 3 = 81$ $\qquad$ $2^5 = 2 \times 2 \times 2 \times 2 \times 2 = 32$

$10^2 = 10 \times 10 = 100$ $\qquad$ $10^6 = 10 \times 10 \times 10 \times 10 \times 10 \times 10 = 1\,000\,000$

Cas particuliers

$2^1 = 2$ et plus généralement $a^1 = a$; $0^4 = 0 \times 0 \times 0 \times 0 = 0$ et $0^n = 0 \times \ldots \times 0 = 0$;

$1^5 = 1 \times 1 \times 1 \times 1 \times 1 = 1$ et $1^n = 1 \times \ldots \times 1 = 1$.

★ 1 Entraînement

Effectuer.

$6^2 =$ .... $\qquad$ $0^{13} =$ .... $\qquad$ $2^4 =$ .... $\qquad$ $18^1 =$ ....

$4^3 =$ .... $\qquad$ $(-1)^5 =$ .... $\qquad$ $(-3)^2 =$ .... $\qquad$ $10^4 =$ ....

★ 2 Treize à la douzaine

Calculer les carrés des nombres entiers de 0 à 12.

n	0	1	2	3	4	5	6	7	8	9	10	11	12
n^2													

INFO
À connaître par cœur

★ 3 Carrés et cubes

a. Écrire sous forme de puissance :

– l'aire d'un carré de 17 m de côté : ....

– le volume d'un cube de 3 dm d'arête : ....

b. Calculer cette aire en m^2 et ce volume en litres. ....

★ 4 Trouver le signe

Donner le signe de :

7^2 : ☐ $\qquad$ 7^3 : ☐ $\qquad$ 7^4 : ☐

$(-7)^2$: ☐ $\qquad$ $(-7)^3$: ☐ $\qquad$ $(-7)^4$: ☐

1^3 : ☐ $\qquad$ $(-1)^3$: ☐ $\qquad$ $-(1^3)$: ☐

$(-1)^{2017}$: ☐ $\qquad$ $(-1)^{2018}$: ☐ $\qquad$ $(-1)^{2019}$: ☐

COUP DE POUCE
Applique la règle des signes connue pour la multiplication.

Comment calculer des puissances avec une calculatrice ?

- La touche x^2 calcule un carré. *Exemple :* 5 x^2 = donne 25.
  Parfois, il existe aussi une touche x^3 pour calculer un cube.
  Exemple : 4 x^3 = donne 64.
- Pour les autres exposants, on utilise la touche x^n ou $x^{\square}$.
  Exemple : 2 x^n 8 = donne 256.

Pour certaines calculatrices, la touche = est remplacée par EXE ou entrer (voir p. 309).

5 **Compléter le tableau (mentalement de préférence)**

n	3	2	2	1	13	16	2	1	3
a	4	− 7	10	16	0	− 1	0,5	− 6	− 10
a^n									

6 **Avec la calculatrice**

Compléter.

a. $7^3 =$ ....
b. $12^2 =$ ....
c. $(-13)^3 =$ ....
d. $2^9 =$ ....
e. $2^{10} =$ ....
f. $0{,}1^4 =$ ....
g. $0{,}2^3 =$ ....
h. $0{,}8^2 =$ ....
i. $1{,}2^2 =$ ....

7 **Compléter le tableau avec la calculatrice**

x	6	2				7		5	2
p	4		1	3	3		13		
x^p		64	0,5	1 331	− 27	2 401	− 1	625	1 024

COUP DE POUCE
Pour compléter les deux premières lignes, tu pourras procéder par « tâtonnements ».

8 **Vrai ou faux ?**

Inscrire dans la case « V » pour « Vrai » ou « F » pour « Faux ».

a. $2^3 = 3^2$ ☐
b. $2^4 = 4^2$ ☐
c. $2^{10} = 10^3$ ☐
d. $(-1)^4 = -1$ ☐
e. $0{,}1^2 = 0{,}01$ ☐
f. $3^2 + 4^2 = 5^2$ ☐

9 **Vrai ou faux ? (bis)**

Inscrire dans la case « V » pour « Vrai » ou « F » pour « Faux ».

a. $6^3 + 8^3 = 9^3$ ☐
b. $1\,676 = 1^1 + 6^2 + 7^3 + 6^4$ ☐
c. $407 = 4^3 + 0^3 + 7^3$ ☐
d. $19^2 + 96^2 = (19 + 96)^2$ ☐
e. $1^3 + 2^3 + 3^3 + 4^3 = (1 + 2 + 3 + 4)^2$ ☐
f. $2^5 + 4^2 + 1^3 = 3^4$ ☐
g. $5^4 + 6^4 - (1 + 9)^4 = 1^4 + 9^4 - (5 + 6)^4$ ☐

INFO
Certaines de ces égalités sont des curiosités étonnantes.

Corrigés p. 214-215

7 Savoir calculer avec les puissances

Comment exécuter des calculs sur des puissances ?

Exemples

- Produit de deux puissances d'un même nombre :
$2^3 \times 2^5 = (2 \times 2 \times 2) \times (2 \times 2 \times 2 \times 2 \times 2) = 2^8$.
- Quotient de deux puissances d'un même nombre :

$$\frac{3^7}{3^3} = \frac{3 \times 3 \times 3 \times 3 \times \cancel{3} \times \cancel{3} \times \cancel{3}}{\cancel{3} \times \cancel{3} \times \cancel{3}} = 3^4 \text{ après simplification.}$$

$$\frac{10^2}{10^5} = \frac{\cancel{10} \times \cancel{10}}{10 \times 10 \times 10 \times \cancel{10} \times \cancel{10}} = \frac{1}{10^3} \text{ après simplification.}$$

- Puissance d'un produit :
$(5 \times 7)^3 = (5 \times 7) \times (5 \times 7) \times (5 \times 7) = (5 \times 5 \times 5) \times (7 \times 7 \times 7) = 5^3 \times 7^3$.
- Puissance d'un quotient : $\left(\frac{4}{9}\right)^3 = \frac{4}{9} \times \frac{4}{9} \times \frac{4}{9} = \frac{4 \times 4 \times 4}{9 \times 9 \times 9} = \frac{4^3}{9^3}$.

Priorité de l'opération puissance

En l'absence de parenthèses, l'opération puissance est prioritaire sur toutes les autres opérations.

Exemples : $2 \times 3^3 = 2 \times 27 = 54$ alors que $(2 \times 3)^3 = 6^3 = 216$.
$6 + 5^2 = 6 + 25 = 31$ alors que $(6 + 5)^2 = 11^2 = 121$.

★ 1 Écrire sous forme d'un nombre décimal

a. $3^2 \times 3^3 =$ ....
b. $7 \times 7^2 =$ ....
c. $0{,}2^2 \times 0{,}2^2 =$ ....
d. $1{,}3^2 \times 1{,}3 =$ ....
e. $4^3 \times 4 =$ ....
f. $10 \times 1{,}1^2 =$ ....

ATTENTION
Un nombre entier est aussi un nombre décimal !
Exemple : $4 = 4{,}0$.

★ 2 Écrire sous forme d'un nombre décimal (bis)

a. $\frac{8^5}{8^3} =$ ....
b. $\frac{9^2}{9} =$ ....
c. $\frac{2^2}{2^5} =$ ....
d. $\frac{5}{5^3} =$ ....
e. $\frac{3^{11}}{3^{11}} =$ ....
f. $6 \times \frac{6^2}{6^2} =$ ....

★★ 3 Rayer les calculs faux

a. $5^3 \times 5^2 = 5^6$
b. $13^3 \times 13^3 = 13^6$
c. $2^4 \times 7^2 = 14^6$
d. $2^4 \times 7^4 = 14^4$
e. $7^2 \times 7^2 \times 7^2 = 7^8$
f. $3^2 \times 11^3 = 33^5$

★★ 4 Écrire sous forme d'une seule puissance

a. $3^4 \times 3^5 =$ ....
b. $4^3 \times 4 =$ ....
c. $\frac{2^4}{2^3} =$ ....
d. $2^3 \times 3^3 =$ ....
e. $3^2 \times 5^2 =$ ....
f. $6^3 \times \frac{1}{6} =$ ....

★★ 5 Invasion

Dans une maison abandonnée, une population de souris double tous les trimestres.

a. Il y a 10 souris au départ.
En utilisant des puissances, exprimer le nombre de souris au bout de 2 trimestres, puis au bout de 4 trimestres, puis au bout de 2 ans.

Départ	2 trimestres	4 trimestres	2 ans
10	10 ×	....	....

b. Calculer le nombre de la dernière case. ....

c. Au cours d'une année, par combien le nombre de souris est-il multiplié ? ....

★★ 6 Vrai ou faux ?

Inscrire dans la case « V » pour « Vrai » ou « F » pour « Faux ».

a. $5^3 \times 2^3 = 10^3$ ☐

b. $1^3 \times 3^3 = 13^3$ ☐

c. $3^4 \times 2^4 = 6^4$ ☐

d. $2^4 \times 2^2 = 4^3$ ☐

e. $3^2 \div 1^3 = 9$ ☐

f. $5^3 \div 5 = 5^4$ ☐

g. $4^2 \div 2^3 = 2$ ☐

h. $10^2 \div 4 = 5^2$ ☐

> **COUP DE POUCE**
> Utilise ton brouillon.

★★ 7 Carrés multiplicativement magiques

Compléter par des puissances les carrés suivants.

a.

	1	2^5
	2^4	
2^3		

b.

	1	
5	5^8	5^3

c.

3^3		
3^8		1
3		

> **INFO**
> Dans un carré multiplicativement magique, le **produit** des nombres sur une ligne, une colonne ou une diagonale est toujours le même.

★ 8 Pyramide de puissances de 2

Compléter la pyramide suivante sachant qu'une brique est égale au produit des deux briques qui la soutiennent.

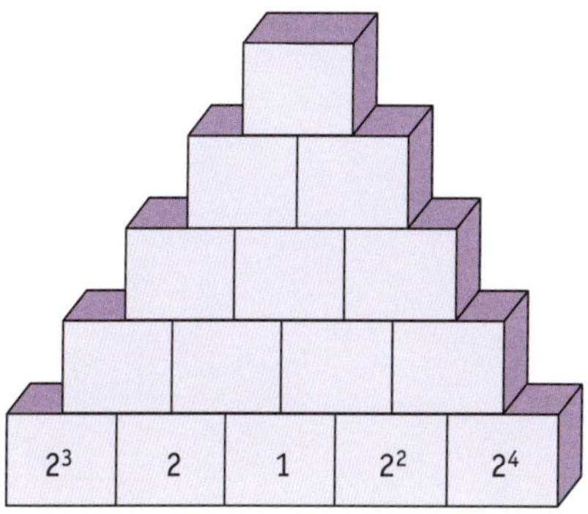

★★ 9 Chercher l'intrus

a. L'un de ces cinq nombres n'est pas égal à la somme des cubes de ses chiffres.
Entourer ce nombre.
153, 370, 371, 407, 516.

b. L'un de ces cinq nombres n'est pas égal à la somme des chiffres de son cube.
Entourer ce nombre.
17, 18, 26, 27, 35.

> **COUP DE POUCE**
> **Exercice 8.**
> *Exemple :*

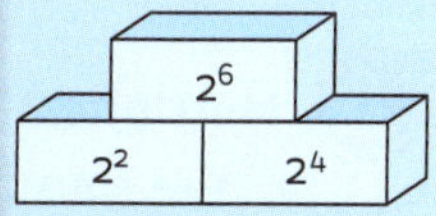

$2^2 \times 2^4 = 2^6$

Corrigés p. 215

8 Utiliser les puissances de 10

Comment calculer avec les puissances de 10 ?

Définitions

$10^n = \underbrace{10 \times ... \times 10}_{n \text{ facteurs}} = \underbrace{10...0}_{n \text{ zéros}}$

$10^{-n} = \dfrac{1}{10^n} = \underbrace{0,0...01}_{n \text{ chiffres après la virgule}}$

Exemples :

$10^3 = 1\ 000$

$10^9 = 1\ 000\ 000\ 000$ (un milliard)

$10^{-3} = 0,001$ (un millième)

$10^{-6} = 0,000\ 001$ (un millionième)

Multiplication d'un nombre par une puissance de 10

- Pour multiplier par 10^1, 10^2, 10^3 ... on déplace la virgule de 1, 2, 3... rangs **vers la droite**.

Exemples : $6,531 \times 10^2 = 653,1$ et $7 \times 10^3 = 7\ 000$

- Pour multiplier par 10^{-1}, 10^{-2}, 10^{-3}... on déplace la virgule de 1, 2, 3... rangs **vers la gauche**.

Exemples : $178,9 \times 10^{-1} = 17,89$ et $6 \times 10^{-3} = 0,006$

★ 1 Écrire sous forme d'une puissance de 10

100 000 = ...

un million = ...

un centième = ...

0,001 = ...

cent = ...

0,000 001 = ...

★ 2 La chasse aux puissances

Écrire sous forme d'un nombre entier ou décimal.

10^3 = ...

10^{-4} = ...

5×10^2 = ...

3×10^{-2} = ...

$0,5 \times 10^{-2}$ = ...

200×10^{-1} = ...

INFO

On rappelle qu'un nombre entier est un nombre décimal particulier.

★ 3 Multiplications de puissances de 10

Écrire sous forme d'une puissance de 10.

$10^2 \times 10^3$ = ...

$10^{-2} \times 10^4$ = ...

$10^6 \times 10^{-2}$ = ...

$10^{-3} \times 10$ = ...

$10^5 \times 10^{-5}$ = ...

$10^{-2} \times 10^7$ = ...

10×10 = ...

$10^2 \times 10^{-6}$ = ...

COUP DE POUCE

Exemple :
$10^3 \times 10^{-1}$
$= 1\ 000 \times 0,1$
$= 100$
$= 10^2$.

4 ★★ **Quotients de puissances de 10**

Écrire sous forme d'une puissance de 10.

$\frac{10\,000}{10^2} = \ldots\ldots$ $\frac{10^{-1}}{10} = \ldots\ldots$ $\frac{10^3}{0{,}1} = \ldots\ldots$

$\frac{10^{-4}}{10^{-1}} = \ldots\ldots$ $\frac{10^{-1}}{10^{-1}} = \ldots\ldots$ $\frac{10}{10^{-2}} = \ldots\ldots$

COUP DE POUCE
Écris d'abord les nombres sous forme décimale. Utilise ta calculatrice pour vérifier.

5 ★ **Remettre de l'ordre**

Ranger dans l'ordre croissant les nombres suivants.

285×10^{-4} $0{,}3 \times 10^{-1}$ $-0{,}3 \times 10^{-1}$ -285×10^{-4}

....

....

COUP DE POUCE
Écris d'abord les nombres sous forme décimale.

Qu'est-ce que la notation scientifique ?

Exemples :

- $0{,}003\,615 = 3{,}615 \times 10^{-3}$
- $736\,000 = 7{,}36 \times 10^5$

C'est le produit d'un nombre (compris entre 1 et 10 exclu) par une puissance de 10.

- $0{,}015 = 1{,}5 \times 10^{-2}$
- $251 = 2{,}51 \times 10^2$

6 ★ **Écriture décimale**

Les nombres suivants sont écrits en notation scientifique. Donner leur écriture décimale.

$4 \times 10^{-3} = \ldots\ldots$ $2 \times 10^6 = \ldots\ldots$

$8 \times 10^{-1} = \ldots\ldots$ $7{,}36 \times 10^4 = \ldots\ldots$

$9{,}1 \times 10^{-2} = \ldots\ldots$ $2{,}5813 \times 10^3 = \ldots\ldots$

COUP DE POUCE
Exemple : $1{,}342 \times 10^2 = 134{,}2$.

7 ★ **Notation scientifique**

Donner la notation scientifique des nombres suivants.

$2008 = \ldots\ldots$ $27\,182 \times 10^{-4} = \ldots\ldots$

15 millions = ... $314{,}1 \times 10^{-4} = \ldots\ldots$

$0{,}84 \times 10^4 = \ldots\ldots$ $371 = \ldots\ldots$

320 milliards = ... $36\,000 = \ldots\ldots$

8 ★ **Calculs**

Calculer et donner les résultats en notation scientifique.

$(24 \times 10^{-4}) \times (7 \times 10^{-2}) = \ldots\ldots$

$(0{,}1 \times 10^{-3}) \times (9 \times 10^5) = \ldots\ldots$

$0{,}328 + (15 \times 10^{-2}) = \ldots\ldots$

$(0{,}25 \times 10^3) + (0{,}25 \times 10^{-3}) = \ldots\ldots$

COUP DE POUCE
Il y a plusieurs façons de procéder.

Corrigés p. 216

9 Connaître les nombres premiers

Que retenir des nombres premiers ?

Définitions

Un nombre entier naturel est **premier** s'il n'a que deux diviseurs : 1 et lui-même.
Un nombre $n \geqslant 2$ et non premier est **composé**.

Exemples :
13 est premier car il n'a que deux diviseurs : 1 et 13.
9 est composé car il a trois diviseurs : 1, 3 et 9.
0 et 1 ne sont ni premiers ni composés.

Propriété

Tout entier composé peut s'écrire comme produit de facteurs premiers.
Exemples : $26 = 2 \times 13$ $45 = 3 \times 3 \times 5 = 3^2 \times 5$ $16 = 2 \times 2 \times 2 \times 2 = 2^4$

Exemple de décomposition en facteurs premiers

Les quotients successifs

84	2
42	2
21	3
7	7
1	

Les diviseurs premiers successifs

Résultat : $84 = 2^2 \times 3 \times 7$
Les facteurs premiers s'écrivent à droite du trait vertical et les quotients à gauche.

★ 1 Le crible d'Ératosthène

Le savant grec Ératosthène de Cyrène (vers 276-194 av. J.-C.) est célèbre pour sa méthode de recherche des (petits) nombres premiers. Procédons comme lui pour trouver les nombres premiers inférieurs à 100. On part du tableau suivant.

1	2	3	4	5	6	7	8	9	10
11	12	13	14	15	16	17	18	19	20
21	22	23	24	25	26	27	28	29	30
31	32	33	34	35	36	37	38	39	40
41	42	43	44	45	46	47	48	49	50
51	52	53	54	55	56	57	58	59	60
61	62	63	64	65	66	67	68	69	70
71	72	73	74	75	76	77	78	79	80
81	82	83	84	85	86	87	88	89	90
91	92	93	94	95	96	97	98	99	100

COUP DE POUCE
Désormais tu peux consulter ce tableau pour savoir si un nombre de 2 chiffres est premier ou non.

a. Dans ce tableau, rayer 1 qui n'est pas premier.
b. Souligner 2 et rayer tous les autres nombres pairs.
c. Souligner 3 et rayer tous les autres multiples de 3 (s'ils ne sont pas déjà rayés).
d. Même travail avec 5, puis avec 7.
e. Souligner 11 et vérifier que les autres multiples de 11 sont déjà rayés.
Il se trouve alors que les multiples de 13, 17, etc. sont déjà rayés. Si bien que, dans le tableau, tout ce qui n'est pas rayé est premier.

★ 2 Premier ou composé ?

Entourer les nombres premiers et justifier que les autres sont composés.

41	51	37	33	19	57	123	71
47	49	104	111	2	17	87	73

★ 3 Nombres premiers et petits jetons carrés

Un enfant joue à construire des rectangles avec des jetons carrés tous identiques.
Avec 12 jetons, il peut faire :

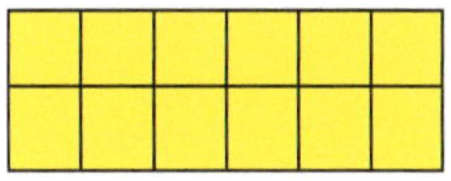 ou 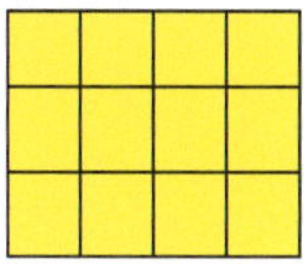 ou 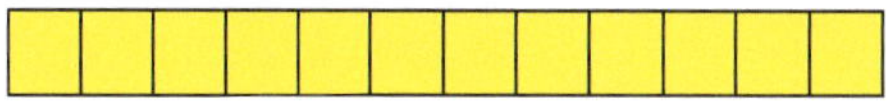

Avec 7 jetons, il ne peut faire que :

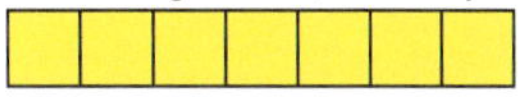

Il comprend que certains nombres (de jetons) permettent de construire plusieurs rectangles (avec plusieurs rangées) et que d'autres ne le permettent pas.
Comment qualifie-t-on ces deux sortes de nombres ?

....

★ 4 Petit quiz sur les nombres premiers

a. Combien y a-t-il de nombres premiers inférieurs à 100 ? ....

b. Le produit 7×13 est-il premier ?..

c. Citer deux nombres premiers consécutifs. ....

d. La somme de deux nombres premiers (≥ 3) peut-elle être un nombre premier ? ....

e. Donner deux nombres premiers dont la somme est un nombre premier. ....

f. Il n'existe aucun nombre premier se terminant par les chiffres .... ou ....

ou .... ou ....

g. Tous les nombres premiers, sauf 2 et 5, se terminent par le chiffre ....

ou .... ou .... ou ....

★ 5 Décomposer pour simplifier (1)

a. Décomposer les nombres 49 et 175 en produits de facteurs premiers.

49	....
....	....
....	

49 = ...

175	....
....	....
....	....
....	

175 = ...

b. Utiliser ces décompositions pour simplifier la fraction $\frac{49}{175}$. ....

★ 6 Décomposer pour simplifier (2)

Même travail avec la fraction $\frac{140}{360}$.

....

....

....

★ 7 Décomposer pour simplifier (3)

Même travail avec la fraction $\frac{363}{231}$.

....

....

....

COUP DE POUCE
Fais les calculs au brouillon.

Corrigés p. 216

10 Calculer avec des lettres

• Tu peux commencer par revoir le chapitre 8 du niveau 5e p. 94.

Comment utiliser des lettres dans une formule ?

• On emploie des lettres pour désigner des nombres **variables** ou **inconnus.** Ceci permet d'écrire des formules de géométrie (comme celles qui figurent sur le rabat situé au début de ce livre).
Par exemple, l'aire d'un parallélogramme de base b et de hauteur h est $b \times h$.

• Pour calculer l'aire d'un parallélogramme ayant une base de 8 cm et une hauteur de 5 cm, **on remplace les lettres par les nombres en chiffres** et on trouve :
$8 \times 5 = 40\text{ cm}^2$.

1 Aires et volumes

a. Calculer l'aire (en cm^2) d'un parallélogramme de base $b = 28\text{ cm}$ et de hauteur $h = 25\text{ cm}$.

....

b. Calculer l'aire (en cm^2) d'un trapèze dont les bases mesurent 18 et 24 cm et dont la hauteur mesure 13 cm.

....

c. Calculer le volume (en cm^3) d'un cylindre ayant 5 cm de rayon et 20 cm de hauteur. Utiliser la valeur de π donnée par la calculatrice et arrondir à 1 cm^3 près. Puis convertir en litres.

....

COUP DE POUCE
Pour les exercices 1 et 2, consulter le formulaire situé au début du livre.

INFO
π n'est ni variable ni inconnu. Mais il est commode de le désigner par une lettre (grecque).

2 À la recherche d'une inconnue

L'aire d'un trapèze est 80 cm^2.
Ses bases mesurent 11 cm et 5 cm mais sa hauteur est inconnue (pour l'instant).

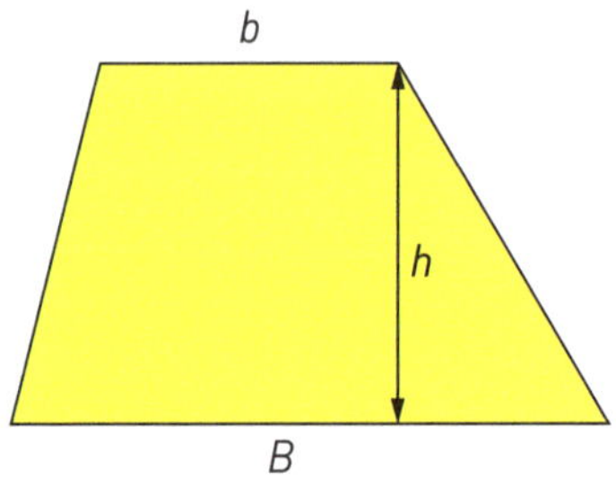

a. Écrire la formule que donne l'aire A de ce trapèze en fonction de B, b et h.

....

b. Remplacer les lettres connues par leurs valeurs en complétant :

$$\ldots = \frac{(\ldots + \ldots) \times h}{2}$$

c. Remplacer h par 5 et constater que 5 n'est pas la valeur de h.
Essayer ensuite $h = 12$. Puis faire d'autres essais jusqu'à découvrir la valeur de h.

....

....

INFO
On peut trouver la valeur d'une inconnue en procédant par essais. C'est parfois long mais une autre méthode sera présentée au chapitre 12, page 178.

3 Recherche d'inconnues

Trouver la valeur de x en procédant par essais et rectifications, sur le brouillon.

a. $4 + 3x = 5x - 4$

....

b. $4x - 28 = 5x - 35$

....

c. $8x + 2 = 5x - 4$

....

d. $5x \times (x + 2) = 15$

....

COUP DE POUCE
Les solutions sont des nombres à 1 chiffre.
Pour le **c.**, $x < 0$.
Pour le **d.**, il y a deux solutions, l'une positive et l'autre négative.

4 Égalités toujours vraies (ou « identités »)

Il y a des égalités comme $a = a$ ou $a + b = b + a$ qui sont vraies pour n'importe quelle valeur des lettres. On les appelle des « identités ».
Parmi les égalités suivantes, entourer celles qui sont des identités.

a. $a + a = 2a$
b. $5(x - 2) = 5x - 2$
c. $5(x + 4) = 5x + 20$
d. $5a + 4a = 9a^2$
e. $a \times a = 2a$
f. $a \times a = a^2$
g. $x^2 + x^3 = x^5$
h. $x^2 \times x^3 = x^6$

5 Ta pointure et ton âge

Un mathémagicien demande à une personne :
① Note ta pointure de chaussures.
② Multiplie par 5.
③ Ajoute 100.
④ Multiplie le total par 20.
⑤ Ajoute 19 si on est en 2019, 20 si on est en 2020, etc.
⑥ Soustrais ton année de naissance.
⑦ Maintenant, dis-moi le nombre de quatre chiffres que tu as obtenu.
⑧ Alors ta pointure est .... (le nombre formé par les 2 premiers chiffres).
Et ton âge est .... (le nombre formé par les 2 derniers chiffres).

a. Tester ce tour de magie.
b. Pour comprendre comment ça marche, appeler p la pointure et donner les expressions obtenues aux étapes ②, ③, ④, ⑤ et ⑥.

....

....

....

COUP DE POUCE
On peut utiliser la calculatrice.

NIVEAU 4e

Corrigés p. 217

11 Développer et factoriser

Qu'est-ce que développer et réduire ?

Développement et réduction

Exemple :

On développe : $5(2x-3) = 5\times 2x - 5\times 3$

On réduit : $= 10x - 15$

On dit que la multiplication est **distributive** par rapport à l'addition et à la soustraction.

Quelques exemples de réductions

$a \times a = a^2$ $\quad a + a = 2a$ $\quad 2x + 3x = 5x$ $\quad \frac{1}{3} \times x = \frac{x}{3}$

★★ 1 Réduire des expressions

a. Compléter.

$2a + 4b + 6a - 5b = (2a + 6a) + (4b - 5b) = (\ldots\ldots + \ldots\ldots)a + (\ldots\ldots - \ldots\ldots)b = 8a - b$

b. Sur ce modèle, réduire les expressions suivantes.

$A = 3a + 5a + 6b + 7b = \ldots\ldots$

$B = 4a - 3a + 8b - 2b = \ldots\ldots$

$C = 13a - 15a + 15b - 20b = \ldots\ldots$

$D = 9a - 10b - 7a + 9b - 2a = \ldots\ldots$

COUP DE POUCE
Tu peux changer l'ordre des termes.

★ 2 Développer les expressions (1)

$A = 5(4x - 9) = \ldots\ldots$

$B = (8 - x) \times 5 = \ldots\ldots$

$C = (2x + 4) \times x = \ldots\ldots$

$D = 4(x^2 + 5x) = \ldots\ldots$

$E = 7(5 + x) = \ldots\ldots$

$F = 4(1 - x^2) = \ldots\ldots$

INFO
Ne confonds pas $2x$ et x^2.
$2x = 2 \times x$, c'est le double de x.
$x^2 = x \times x$, c'est le carré de x.

★★ 3 Développer les expressions (2)

$A = 8(1 + x + x^2) = \ldots\ldots$

$B = \frac{1}{2}(2x - 4y) = \ldots\ldots$

$C = x(x^3 - x - 1) = \ldots\ldots$

$D = 4\left(x + \frac{3}{4}y\right) = \ldots\ldots$

Comment supprimer des parenthèses précédées du signe moins ?

Règle

Supprimer des parenthèses précédées du signe moins oblige à changer les signes de tous les termes entre ces parenthèses.

Exemples :

	Calcul direct	Calcul en appliquant la règle
$10 - (6 + 3)$	$10 - 9 = 1$	$10 - 6 - 3 = 1$
$15 - (9 - 7)$	$15 - 2 = 13$	$15 - 9 + 7 = 13$
$11 - (-3 + 4)$	$11 - 1 = 10$	$11 + 3 - 4 = 10$

Application : réduction d'expressions contenant des lettres

Exemple : $(8x - 7) - (7x + 3) = 8x - 7 - 7x - 3 = x - 10$

4 Supprimer les parenthèses puis effectuer les calculs

$A = 13 - (a - b) + (9 - b) =$ ……………………………………

$B = (7 - a) + (10 + b) - (13 + a) =$ ……………………………………

$C = -(b - 3a) + (b - a) - (6 - b) =$ ……………………………………

ATTENTION

$-(a - b) = -a + b$

$-(a + b) = -a - b$

5 Développer puis réduire les expressions

$A = 3(a + 4) - (b - 5) =$ ……………………………………

$B = -4(4 - a) - (4 - b) =$ ……………………………………

$C = 8(3 - a) - 2(5 - 2a) =$ ……………………………………

Comment factoriser une expression ?

- **Factoriser** une somme ou une différence, c'est la mettre sous la forme d'un produit (de facteurs). L'action de factoriser est la **factorisation**.
  On y parvient aisément lorsque tous les termes possèdent un **facteur commun**.
  Exemples : $2a + 3a = (2 + 3)a = 5a$ (le facteur commun est a).
  $2a - 2b = 2(a - b)$; $x^2 + 5x = x(x + 5)$; $a^2 + a = a(a + 1)$.

6 Factoriser les expressions

$A = 4a + 4b =$ ……………………

$B = 8a - 4b =$ ……………………

$C = 22x + 33y =$ ……………………

$D = x^2 - 7x =$ ……………………

$E = 2y + y^2 =$ ……………………

$F = 6x + 9y + 12z =$ ……………………

7 Factoriser encore

$A = x^2 + x =$ …………

$B = y - y^2 =$ …………

$C = 3x - 3 =$ …………

$D = 4x + 6y =$ …………

$E = 6x - 2 =$ …………

$F = 6a + 9a^2 =$ …………

8 Somme de trois nombres entiers consécutifs

a. Choisir et additionner trois nombres entiers consécutifs, c'est-à-dire qui se suivent.

Leur somme est-elle multiple de 3 ? ……………………………………

b. Recommencer avec trois autres nombres entiers consécutifs.

……………………………………………………………

c. Pour savoir si ce résultat est toujours vrai, on considère un entier quelconque a.

Les deux entiers qui le suivent sont : $a + 1$ et $a +$ ……

La somme de ces trois entiers est : $S = a + ($………$) + ($………$)$

Réduire cette somme : $S =$ ……………………………………

Le facteur commun aux deux termes est : ……………………………………

L'expression factorisée de S est : $S =$ ……………………………………

Et ceci prouve que S est toujours un multiple de 3.

INFO

La question **c.** est une démonstration (guidée) d'une propriété générale.

Corrigés p. 217

12 Résoudre des équations

Comment résoudre des équations simples ?

Règles de résolution

Soit a, b et c trois nombres quelconques.

- **Règle 1 :** Si $a = b$ alors $a + c = b + c$ et $a - c = b - c$

Conséquence : Pour résoudre une équation, on peut ajouter ou soustraire un même nombre aux deux membres de l'équation.

- **Règle 2 :** Soit $c \neq 0$. Si $a = b$ alors $ac = bc$ et $\frac{a}{c} = \frac{b}{c}$

Conséquence : Pour résoudre une équation, on peut multiplier ou diviser les deux membres par un même nombre non nul.

Exemple de résolution d'équation

On veut résoudre $5x - 5 = 9 + 3x$.
Il s'agit de trouver la (ou les) valeur(s) de x qui vérifie(nt) l'égalité.
On va regroupe tous les termes en x dans un membre et tous les autres termes dans l'autre membre.

$5x - 3x - 5 = 9 + 3x - 3x$ — On soustrait $3x$ à chaque membre.

$2x - 5 = 9$ — On réduit.

$2x - 5 + 5 = 9 + 5$ — On ajoute 5 à chaque membre.

$2x = 14$ — On réduit.

$x = 7$ — On divise chaque membre par 2.

Vérification : $5 \times 7 - 5 = 35 - 5 = 30$
$9 + 3 \times 7 = 9 + 21 = 30$ — Dans chaque membre, on remplace x par la valeur trouvée.

Donc la solution de l'équation est 7.

1 Être ou ne pas être... solution d'une équation

a. On veut savoir si le nombre 2 est solution de l'équation $7x + 5 = 10 + 2x$.

Si $x = 2$, alors $7x + 5 =$ .... et $10 + 2x =$ ....

Donc 2 .... solution de l'équation $7x + 5 = 10 + 2x$.

b. Par la même méthode, tester si 1 est solution de $7x + 5 = 10 + 2x$.

....

....

c. Est-ce que -4 est solution de $3x + 33 = 3(3 - x)$?

....

....

INFO
On n'a pas besoin de résoudre une équation pour savoir si un nombre donné en est solution.

2 **Résoudre**

$(x-2)+2(x-1)=2x-3$

Vérification

> **COUP DE POUCE**
> **Exercices 2 et 3** : tu peux commencer par réduire le membre de gauche.

3 **Résoudre**

$4(3x-2)-10x=3x-1$

Vérification

4 **Résoudre**

$\frac{2x+5}{4}=3x$

Vérification

> **COUP DE POUCE**
> Multiplie d'abord les deux membres par 4, ceci supprimera le dénominateur.

5 **Résoudre**

$4+\frac{x}{6}=7+\frac{x}{3}$

Vérification

> **COUP DE POUCE**
> Tu peux réduire tous les termes au même dénominateur.

6 **Trouver l'inconnu**

On multiplie un nombre par 3. On ajoute 7 au résultat obtenu et on trouve 58.
Quel est ce nombre ?

Soit x ce nombre. $x \times 3 + 7 =$ ....

7 **Date historique**

La somme d'un nombre entier et de son précédent est 1 789. Quel est ce nombre ?

Corrigés p. 217-218

13 Résoudre un problème avec une équation

Comment résoudre un problème avec une équation ?

Énoncé : Le périmètre d'un rectangle est 180 m.

La largeur est égale aux $\frac{7}{11}$ de la longueur. Trouver la longueur, puis la largeur.

Choix de l'inconnue

Soit x la longueur (en mètres). La largeur vaut alors $\frac{7}{11}x$.

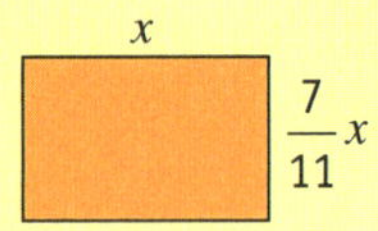

Mise en équation

Le périmètre du rectangle est égal à : 2 × (longueur + largeur).

D'où l'équation : $2 \times \left(x + \frac{7}{11}x\right) = 180$

Résolution de l'équation

$$2\left(\frac{11}{11}x + \frac{7}{11}x\right) = \frac{180 \times 11}{11}$$

11 est le dénominateur commun.

$$2 \times \frac{18}{11}x = \frac{180 \times 11}{11}$$

$$2 \times 18x = 180 \times 11$$

On a multiplié les deux membres par 11.

$$x = \frac{180 \times 11}{18 \times 2} = 55$$

Vérification

Remplaçons x par 55 dans le premier membre de l'équation :

$$2 \times \left(55 + \frac{7}{11} \times 55\right) = 2 \times (55 + 35) = 2 \times 90 = 180$$

Réponse au problème

Le rectangle mesure 55 m de longueur. Sa largeur vaut $\frac{7}{11} \times 55 = 35$ (en m).

★ 1 Trois oranges sur une balance

Calculer la masse d'une orange. (On suppose que les 3 oranges ont toutes la même masse.)

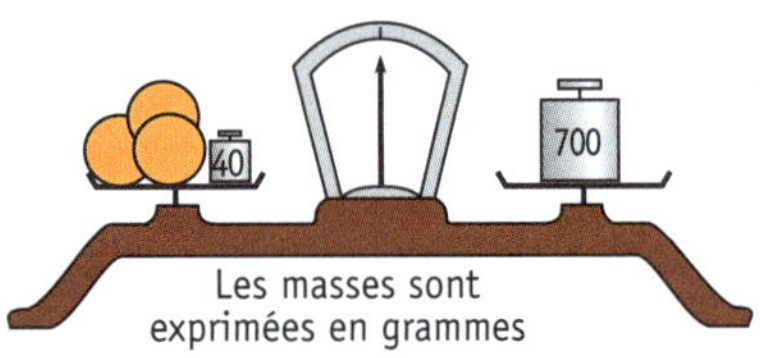

....

....

....

COUP DE POUCE

Note x la masse inconnue puis à l'aide d'une équation, écris que les masses posées sur chaque plateau sont égales.

★ 2 Sept pamplemousses sur une balance

Calculer la masse d'un pamplemousse. (On suppose que les 7 pamplemousses ont tous la même masse.)

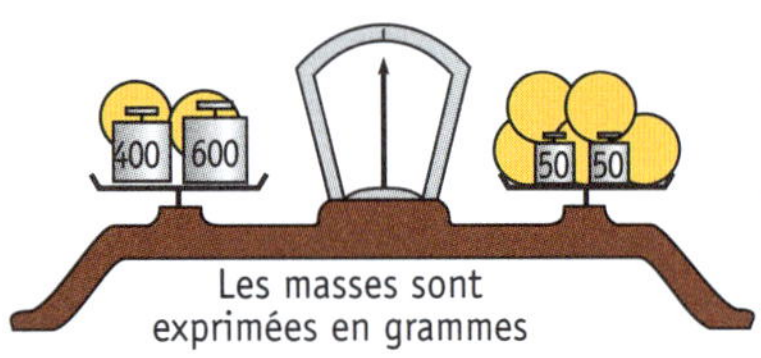

....

....

....

3 Alors ça gaze ?

Un réchaud à gaz et sa recharge coûtent ensemble 55 €.
Le réchaud coûte 29 € de plus que la recharge.
Trouver le prix de la recharge et le prix du réchaud.

COUP DE POUCE
Note x le prix de la recharge. Tu en déduiras le prix du réchaud en fonction de x. Écris alors l'équation.

4 Le mystère des pyramides

Avec le temps, certains blocs ont été effacés. Retrouver les nombres qui manquent sachant qu'un bloc est toujours la somme des deux blocs qui le supportent.

a. Un cas leçon.

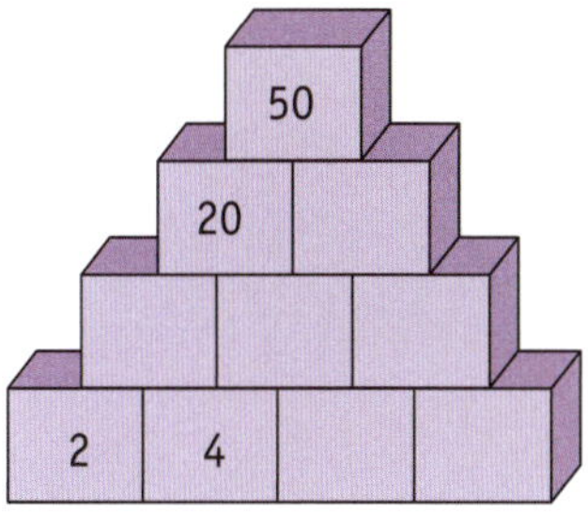

b. Un cas chaud.

COUP DE POUCE

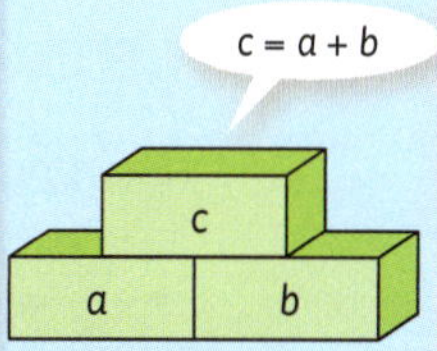

a. Effectue des additions et des soustractions.
b. Appelle x l'inconnue de la rangée du bas, et résous une équation.

5 Aires de rectangles

On considère les deux rectangles ① et ②.
Pour quelles valeurs de x, l'aire du rectangle ① est-elle égale à celle du rectangle ② ?

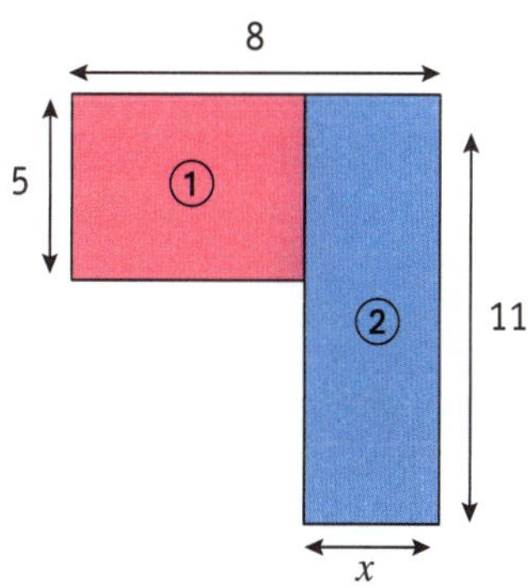

COUP DE POUCE
Exprime d'abord les dimensions et les aires des deux rectangles.

NIVEAU 4e

Corrigés p. 218-219

14 Calculer une quatrième proportionnelle

• Tu peux commencer par revoir le chapitre 10 du niveau 5e p. 98.

Quel lien y a-t-il entre quotients égaux et produits en croix égaux ?

▸ a, b, c et d sont des nombres relatifs, $b \neq 0$ et $d \neq 0$.

Si $\dfrac{a}{b} = \dfrac{c}{d}$ alors $a \times d = b \times c$.

$\dfrac{a}{b} \times \dfrac{c}{d}$ On dit que les produits en croix sont égaux.

Et, **réciproquement**, si $a \times d = b \times c$ alors $\dfrac{a}{b} = \dfrac{c}{d}$.

> Si deux quotients sont égaux alors les produits en croix sont égaux, et réciproquement.

Exemples :

- $\dfrac{14}{35} = \dfrac{18}{45}$ car $14 \times 45 = 18 \times 35$.

En effet, $14 \times 45 = 630$ et $18 \times 35 = 630$.

- $\dfrac{17}{5} \neq \dfrac{32}{10}$ car $17 \times 10 \neq 32 \times 5$.

En effet, $17 \times 10 = 170$ et $32 \times 5 = 160$.

★★ 1 Égalité ?

Est-ce que les deux quotients donnés sont égaux ?

a. $\dfrac{72}{63}$ et $\dfrac{40}{35}$ ....

b. $\dfrac{77}{28}$ et $\dfrac{56}{20}$ ....

COUP DE POUCE
Utilise les produits en croix.

★★ 2 Trouver x

Calculer x pour que l'égalité proposée soit vraie.

a. $\dfrac{x}{54} = \dfrac{35}{126}$ ....

b. $\dfrac{-24}{14} = \dfrac{x}{-35}$ ....

COUP DE POUCE
Utilise les produits en croix et résous l'équation.

Quel rapport y a-t-il entre produits en croix et tableau de proportionnalité ?

▸ Soit les nombres a, b, c et d, avec $a \neq 0$ et $c \neq 0$.
Dans le **tableau de proportionnalité** ci-contre,

a	c
b	d

$\times \dfrac{b}{a}$

le coefficient de proportionnalité est $\dfrac{b}{a}$, mais aussi $\dfrac{d}{c}$, donc $\dfrac{b}{a} = \dfrac{d}{c}$.

D'après la propriété énoncée plus haut, on a $a \times d = b \times c$.

> Dans un tableau de proportionnalité, les produits en croix sont égaux.

▸ **Réciproquement**, si dans un tableau de 4 nombres les produits en croix sont égaux, alors c'est un tableau de proportionnalité.

Comment calculer le quatrième nombre dans un tableau de proportionnalité ?

▶ Quand on sait qu'un tableau de 4 nombres est de proportionnalité, on peut, connaissant 3 nombres, trouver le quatrième nombre grâce aux produits en croix. Ce quatrième nombre est appelé **4e proportionnelle**.

Exemple : 5 chemises coûtent 81,50 €, combien coûtent 3 chemises ?

On a le tableau :

5	3
81,5	x

donc $5 \times x = 3 \times 81{,}5 = 244{,}5$
donc $x = 244{,}5 \div 5 = 48{,}9$
3 chemises coûtent donc 48,90 €.

★ 3 Calcul de la quatrième proportionnelle

Compléter les tableaux de proportionnalité suivants.

a.

15	
6	18

....

b.

25	15
10	

....

c.

	4,5
7	30

....

d.

3,2	16
	5,4

....

COUP DE POUCE
Appelle x le nombre manquant et utilise les produits en croix.

★ 4 Locations

Le roi Dagobert loue une Renault durant 3 jours pour 130 € tandis que son ministre, le Grand Saint-Éloi, loue la même voiture pendant 5 jours pour 210 €.

a. Est-on en situation de proportionnalité ?

....

b. Qui paie le plus à la journée ?

....

COUP DE POUCE
a. Autrement dit, le tableau suivant est-il de proportionnalité ?

Jours	3	5
Prix	130	210

★ 5 De quoi devenir chèvre !

6 litres de lait de chèvre coûtent 6,48 €, combien coûtent 15 litres ?

....

....

COUP DE POUCE
Complète le tableau.

Litres	6	
Euros		

★ 6 Calculer un pourcentage

Dans une entreprise, sur 3 000 employés, il y a 1 200 femmes.
Quel est le pourcentage de femmes travaillant dans cette entreprise ?

....

....

★ 7 Le grand changement d'unité de l'an 2002

Compléter le tableau suivant en arrondissant au centime près.

Francs	6,55957		25
Euros	1	15,5	

Corrigés p. 219

15 Représenter une situation de proportionnalité

• Tu peux commencer par revoir le chapitre 12 du niveau 5e p. 102.

Comment représenter graphiquement un tableau de proportionnalité ?

Représentation graphique d'un tableau de proportionnalité

Soit le tableau de proportionnalité suivant.

1	2,5	4	6
1,5	3,75	6	9

$\times 1,5$

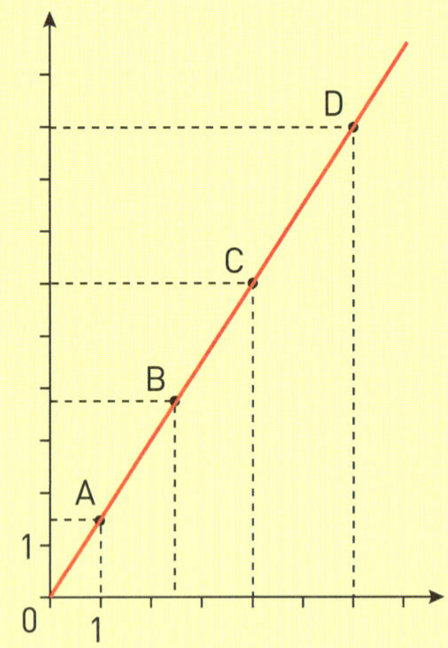

On constate que les points A(1 ; 1,5), B(2,5 ; 3,75), C(4 ; 6) et D(6 ; 9) sont **alignés** sur une droite passant par l'origine du repère.

Remarque : Il en est de même avec tout tableau de proportionnalité.

Et réciproquement

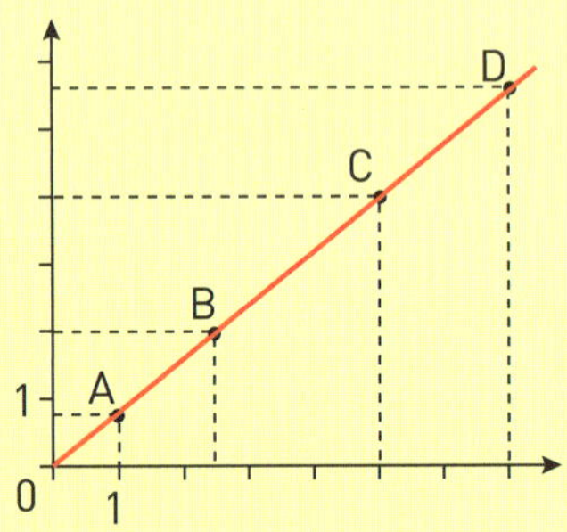

• Les points A(1 ; 0,8), B(2,5 ; 2), C(5 ; 4) et D(7 ; 5,6) sont alignés sur une droite passant par l'origine du repère. Alors le tableau suivant est un tableau de **proportionnalité**.

1	2,5	5	7
0,8	2	4	5,6

$\times 0,8$

★ 1 Tableau et graphique

a. Compléter le tableau de proportionnalité suivant.

1,5	2	2,5		
0,9			1,8	3

× …

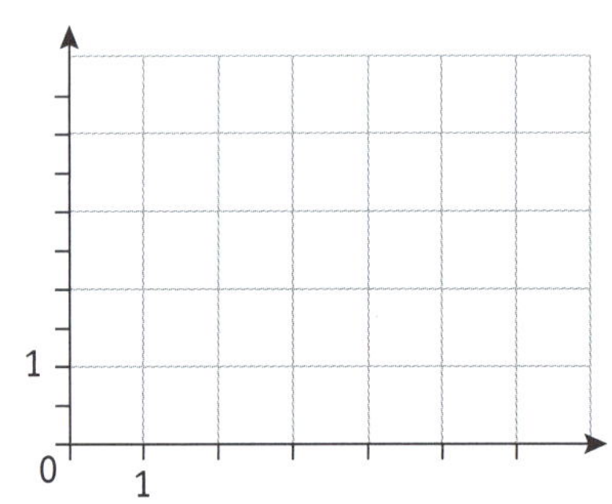

b. Marquer sur le graphique ci-contre les points de coordonnées (1,5 ; 0,9), (2 ; …), etc.

c. En traçant une certaine droite, constater que les points sont alignés avec l'origine.

★★ 2 Tableau et graphique (bis)

Voici un tableau de nombres.

0,5	2	3,5	5	7
0,2	1	1,4	2	2,8

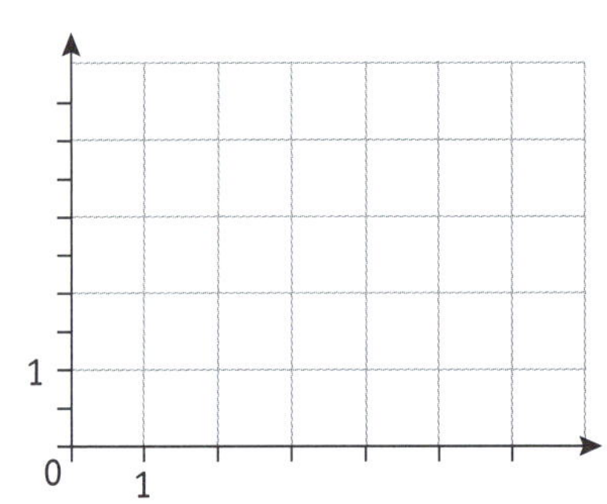

a. Marquer sur le graphique ci-contre les points de coordonnées (0,5 ; 0,2), (2 ; 1), etc.

b. Le graphique montre que l'un des points n'est pas aligné avec les autres.
Modifier son ordonnée pour obtenir un tableau de proportionnalité. ……………………………………………

……………………………………………………………………………………

3 Ça réchauffe

On a apporté une bouteille d'eau glacée dans une pièce très chaude.
Le relevé des températures de l'eau a donné le graphique suivant.

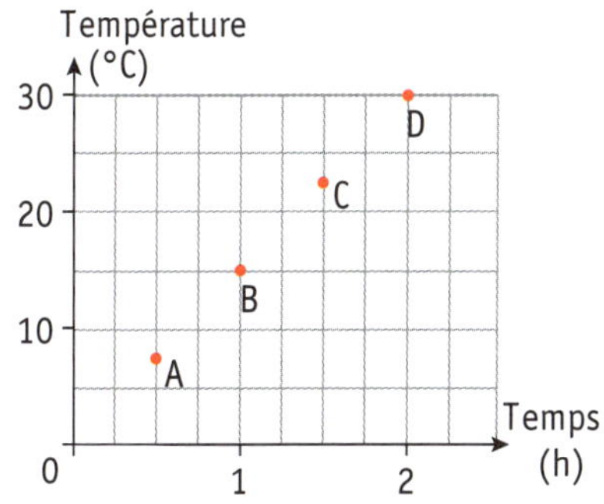

a. Compléter le tableau suivant avec les coordonnées des points A, B, C et D.

	A	B	C	D
Heures				
Degrés				

b. Ce tableau est-il de proportionnalité ? Pourquoi ?

....

....

c. D'après le graphique, quelle était la température de l'eau quand on l'a amenée dans la pièce ? ....

> **COUP DE POUCE**
> **b.** Trace une certaine droite et conclus.

4 Location de vélo

Ce graphique représente le prix de location d'un vélo en fonction de la durée de location.

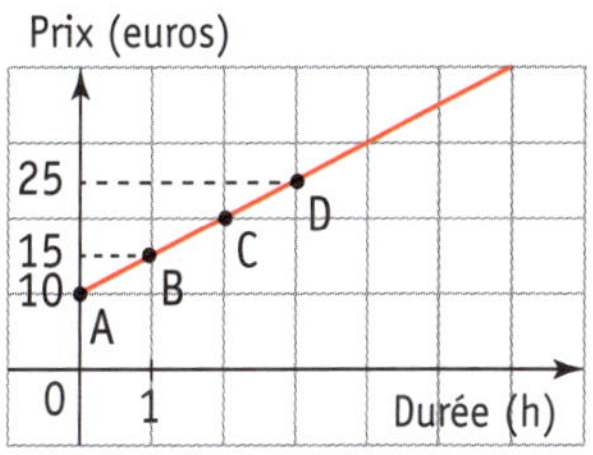

a. Compléter le tableau suivant avec les coordonnées des points A, B, C et D.

	A	B	C	D
x				
y				

b. Ce tableau est-il de proportionnalité ? Pourquoi ?

....

c. Combien paierait-on pour 5 heures de location ? (Lire sur le graphique.)

....

> **COUP DE POUCE**
> **b.** Il y a deux arguments possibles.

5 Attention, chute de pierre

Le tableau suivant donne la distance parcourue par une pierre qui tombe en fonction de la durée.

Durée (en s)	0	2	4	5
Distance (en m)	0	20	80	125

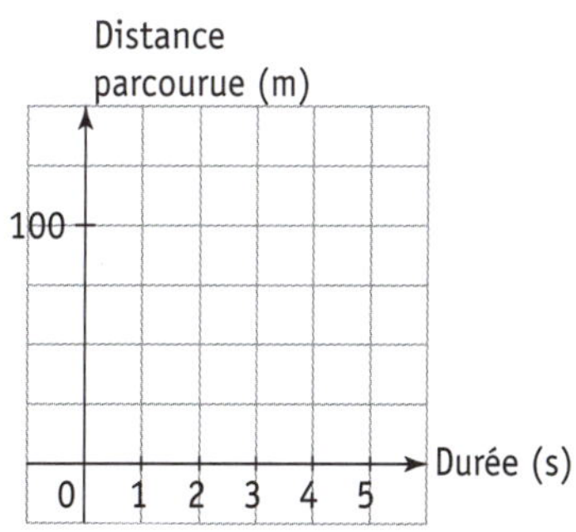

a. Marquer sur le graphique ci-contre les points A(2 ; 20), B(4 ; 80), C(5 ; 125).

b. Le tableau est-il de proportionnalité ? Pourquoi ?

....

....

> **ATTENTION**
> **a.** Sur l'axe vertical, un carreau représente 25 mètres.

Corrigés p. 219-220

16 Connaître la notion de médiane statistique

Comment partager une population en deux moitiés ?

▸ **Exemple :** Voici la répartition des notes d'un devoir donné dans la classe de 3e A.

Note	5	6	7	9	10	11	12	14	17	19
Effectif	1	1	4	5	1	2	3	1	4	2
Effectif cumulé	1	2	6	11	12	14	17	18	22	24

12 élèves ont moins de 10,5 — M_e — 12 élèves ont plus de 10,5

L'effectif de la classe est 24.

Une note **médiane** permet de séparer la classe en deux moitiés de même effectif.
On peut choisir 10,5 comme note médiane : $M_e = 10,5$.

★ 1 Ne pas confondre

a. Calculer la moyenne des notes données dans l'exemple ci-dessus.

....

b. Cette moyenne peut-elle être une note médiane ?

....

> COUP DE POUCE
> **a.** C'est une moyenne pondérée par les effectifs.

★ 2 Chiffres d'affaires

Voici les chiffres d'affaires quotidiens (en milliers d'euros) réalisés par un magasin, sur une période de 100 jours.

Chiffre d'affaires	1,3	1,4	1,6	1,8	1,9	2	2,1	2,2	2,3	2,5
Nombre de jours	3	9	13	12	6	7	5	20	15	10
Effectif cumulé										

a. Compléter le tableau avec les effectifs cumulés.

b. Donner un chiffre d'affaires médian. ....

c. Calculer la moyenne des chiffres d'affaires. ....

Cette moyenne peut-elle être une valeur médiane ? ....

d. Est-il vrai que 50 % des chiffres d'affaires sont supérieurs à 2 milliers d'euros ? Justifier.

....

....

> COUP DE POUCE
> **b.** Observe l'exemple donné en haut de page.
> Les effectifs cumulés aident à déterminer la médiane.

★ 3 Inégalité

Dans une entreprise imaginaire, 9 travailleurs ont un salaire mensuel de 1 000 € chaque mois, alors que le chef touche 11 000 € chaque mois.

a. Calculer le salaire moyen, puis déterminer le salaire médian.

....

....

....

b. Laquelle de ces deux valeurs correspond au mieux à la situation de cette entreprise ?

....

★ 4 Vitesse limitée

On a noté, chaque jour, le nombre de véhicules ayant dépassé la vitesse autorisée dans un village, sur une période de 12 jours :
11 ; 15 ; 20 ; 14 ; 16 ; 18 ; 11 ; 21 ; 13 ; 14 ; 16 ; 20.
Ainsi, le 1er jour 11 véhicules sont en infraction.

a. Compléter le tableau en ordonnant par ordre croissant les valeurs données.

Nombre de véhicules	11	13						
Effectif	2	1						
Effectif cumulé	2	3						

b. Proposer une valeur pour la médiane.

Médiane = ...

c. Calculer la moyenne de cette série.

....

....

d. Cette moyenne peut-elle être choisie comme médiane ?

....

....

★ 5 À la fraîche

On a relevé à 8 h du matin, pendant plusieurs jours, les températures matinales au mois de juin.

a. Compléter le tableau suivant.

Température (en °C)	9	11	12	13	15	17
Effectif	2	5	6	4	2	1
Effectif cumulé						

b. Calculer l'effectif total. ....

....

c. Calculer la température moyenne m :

m = ...

d. Pendant combien de jours la température a-t-elle été inférieure à m ? ....

m peut-elle être une valeur médiane ? ....

e. Proposer une valeur médiane M_e.

M_e = ...

NIVEAU 4e

Corrigés p. 220-221

GESTION DE DONNÉES

17 Calculer ses chances

- Tu peux commencer par revoir le chapitre 15 du niveau 5e p. 108.

Qu'est-ce que la probabilité d'un événement ?

Introduction

Dans un jeu de hasard, on distingue :

- les **cas possibles** ou **éventualités** ;
- et, parmi les cas possibles, les **cas favorables** qui constituent l'**événement** « gagner ».

Si les éventualités sont équiprobables, c'est-à-dire si elles ont toutes autant de chances de se réaliser, alors la probabilité de gagner est égale à :

$$\frac{\text{nombre de cas favorables}}{\text{nombre de cas possibles}}$$

Exemple : En jetant un dé, les cas possibles sont 1 ; 2 ; 3 ; 4 ; 5 et 6. L'événement « obtenir un nombre divisible par 3 » est constitué de 2 cas favorables : 3 et 6.

Sa probabilité est donc $\frac{2}{6} = \frac{1}{3}$.

L'**événement contraire** est « obtenir un nombre **non** divisible par 3 ». Il est constitué des 4 éventualités : 1, 2, 4 et 5. Sa probabilité est donc $\frac{4}{6}$.

> Lorsque deux événements sont contraires, la somme de leurs probabilités est égale à 1.

Propriétés des probabilités

- La probabilité d'un événement est un **nombre compris entre 0 et 1.**

On peut l'exprimer par une fraction, un nombre décimal ou un pourcentage.

- Un événement est **certain** lorsque toutes les éventualités sont des cas favorables.

Sa probabilité est donc 1.

Exemple : Obtenir un nombre inférieur à 7 en jetant un dé cubique ordinaire.

- Un événement est **impossible** lorsqu'il n'y a aucun cas favorable.

Sa probabilité est donc 0.

Exemple : Obtenir un nombre supérieur à 7 en jetant un dé cubique.

★ 1 Jets de dé

a. On jette un dé cubique ordinaire. Donner la liste des cas possibles.

....

b. On appelle A l'événement : « le résultat est pair ou multiple de 3 ».

Donner la liste des cas favorables. ....

Indiquer la probabilité de A sous forme d'une fraction réduite. ....

c. On appelle B l'événement : « le résultat n'est ni pair ni multiple de 3 ».

Donner la liste des cas favorables. ....

Indiquer la probabilité de B sous forme d'une fraction réduite. ....

d. Que peut-on dire des événements A et B.

....

COUP DE POUCE

b. Le résultat « 6 » fait partie de l'événement A.

★★ 2 Sûr et certain

Un tiroir contient 10 chaussettes noires et 10 chaussettes blanches.
Léa prend 3 chaussettes au hasard.

a. Quelle est la probabilité qu'elle obtienne 2 chaussettes de la même couleur ?

....

b. Quelle est la probabilité qu'elle obtienne 3 chaussettes de couleurs différentes ?

....

c. Léa remet les chaussettes dans le tiroir et Léo en prend 11 au hasard.
Quelle est la probabilité qu'il obtienne au moins une chaussette noire et au moins une chaussette blanche ? ....

★★ 3 Tirages de cartes

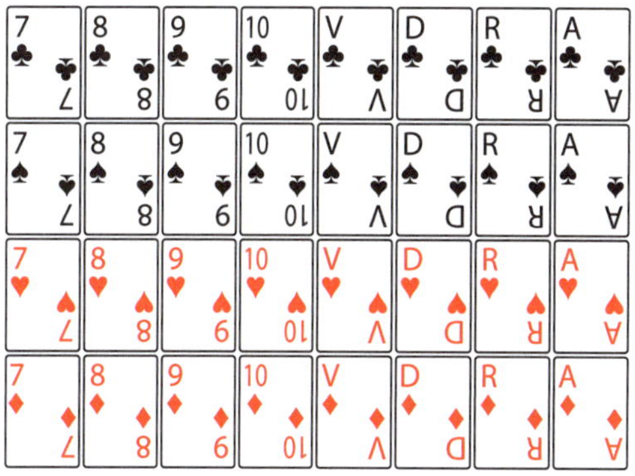

a. On tire une carte au hasard dans un jeu de 32 cartes. Quelle est la probabilité de tirer un roi ? ....

Celle de tirer un cœur ? ....

Et celle de tirer un roi ou un cœur ? ....

b. Mêmes questions dans le cas où on aurait supprimé toutes les cartes noires du jeu.

....

....

> **COUP DE POUCE**
> Pour compter les éventualités, utilise le dessin (très simplifié) des cartes étalées.

★★ 4 Pile ou face

La valeur d'une pièce de monnaie est inscrite sur le côté Pile.
On jette simultanément une pièce de 50 centimes et une autre de 20 centimes.
Et l'on gagne la ou les pièces qui donnent Pile.
Le jeu se représente par un tableau qui montre quatre éventualités.

Pièce de 50 c / Pièce de 20 c	Pile	Face
Pile		
Face		

Pièce de 50 c / Pièce de 20 c	Pile	Face
Pile		
Face		

a. Inscrire dans le premier tableau les gains correspondant à chaque éventualité.

b. Quelle est la probabilité de gagner au moins 50 centimes ? ....

c. L'organisateur du jeu fournit les pièces pour jouer mais il demande 50 centimes avant chaque partie. Inscrire dans le second tableau les gains réels, c'est-à-dire mise déduite. Puis calculer la moyenne de ces gains. ....

....

d. Pour qui ce jeu est-il avantageux : pour l'organisateur ou pour le joueur ?

....

> **COUP DE POUCE**
> **c.** On a ici besoin de nombres négatifs.

Corrigés p. 221

GÉOMÉTRIE ET MESURES

18 Connaître et utiliser le théorème de Pythagore

Qu'est-ce que le célèbre théorème de Pythagore ?

Théorème de Pythagore

Si un triangle ABC est rectangle en A alors $BC^2 = AB^2 + AC^2$.

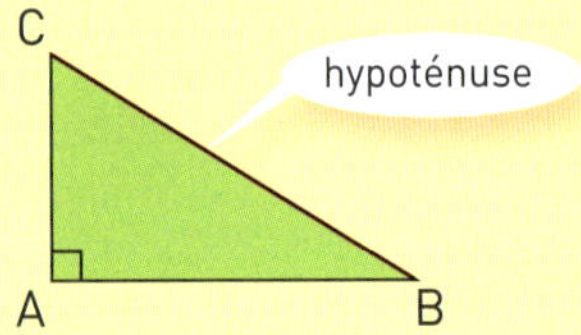

On dit que le carré de l'hypoténuse est égal à la somme des carrés des deux autres côtés.

Réciproquement :

Si dans un triangle ABC, on a la relation $BC^2 = AB^2 + AC^2$ alors ABC est rectangle en A.

Racine carrée et tableau de carrés

Définition : La racine carrée d'un nombre positif **a** est le nombre positif dont le carré donne **a**. On la note $\sqrt{a}$.

Exemples : $\sqrt{9} = 3$; $\sqrt{25} = 5$; $\sqrt{1} = 1$; $\sqrt{2} \approx 1{,}4$ en utilisant la calculatrice.

• Le tableau de carrés suivant permet de trouver des racines carrées.

n	0	1	2	3	4	5	6	7	8	9	10	11	12
n^2	0	1	4	9	16	25	36	49	64	81	100	121	144

Exemple : $\sqrt{81} = 9$ en lisant le tableau de bas en haut.

1 Calculs de longueurs

a.

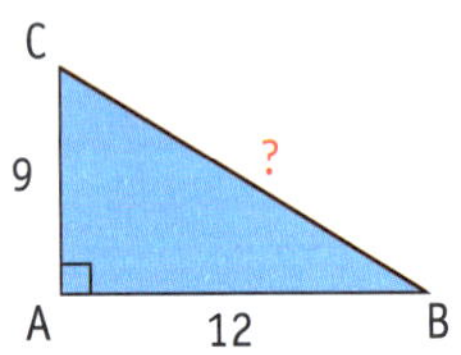

Calculer BC. ....

....

b.

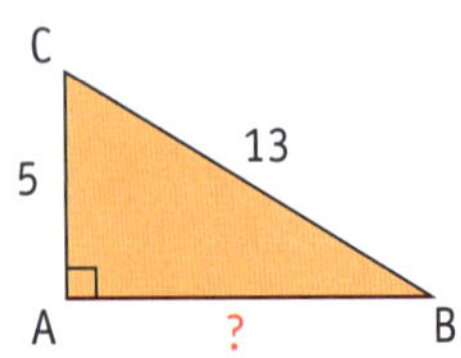

Calculer AB. ....

....

....

c.

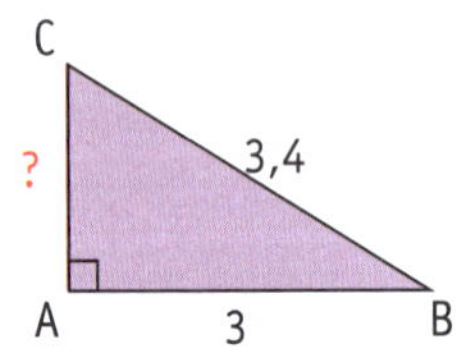

Calculer AC. ....

....

d.

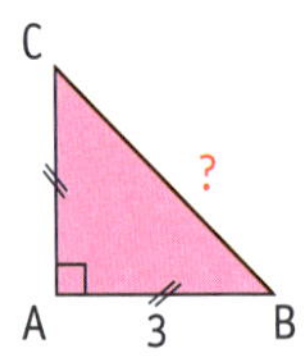

Calculer BC (à 0,01 près). ....

....

....

ATTENTION
Les figures des exercices 1 et 2 sont volontairement fausses.

INFO
a. Connaissant BC^2, tu obtiens BC avec la touche $\sqrt{\ }$ de la calculatrice.

2 Rectangle ou non ?

Les triangles suivants sont-ils rectangles ? Justifier.

a.

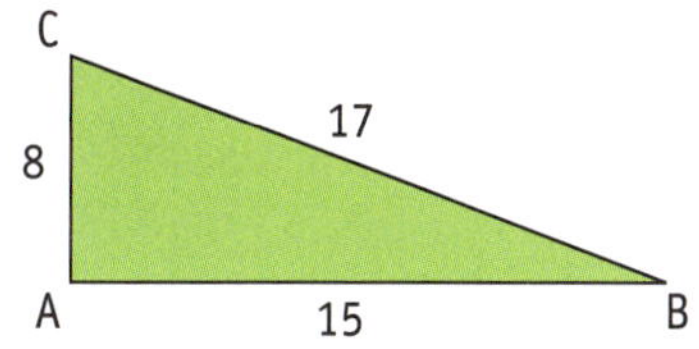

b.

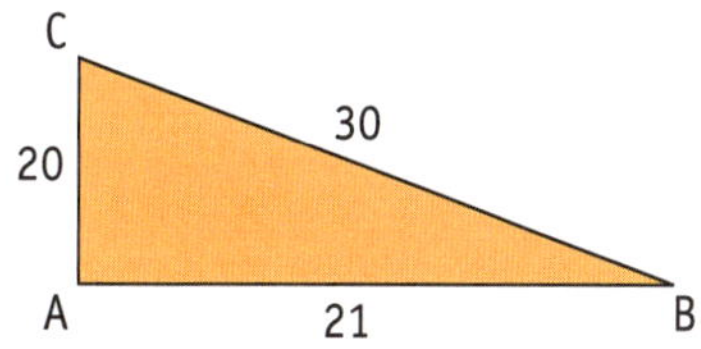

ATTENTION
Les dessins ne sont pas à l'échelle.

3 Sur un quadrillage

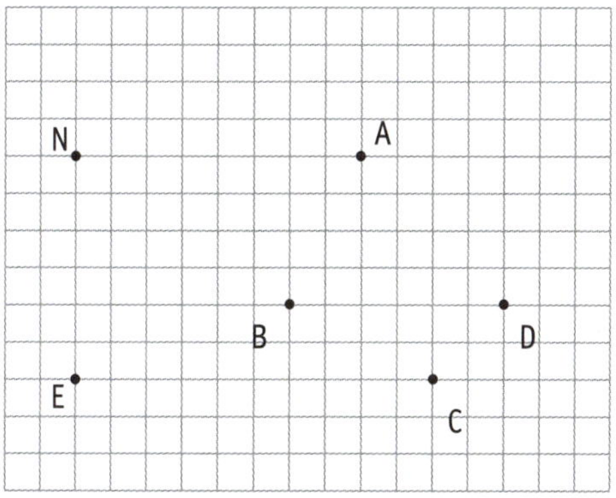

a. Calculer l'hypoténuse du triangle rectangle ANE :

b. Les triangles suivants sont-ils rectangles ? Justifier les réponses.

- ABC :

- ADC :

COUP DE POUCE
- Sur le quadrillage, la longueur du côté d'un petit carré est 1.
- Pour calculer les différentes longueurs, trace des triangles rectangles sur le quadrillage.

4 Calcul d'aire

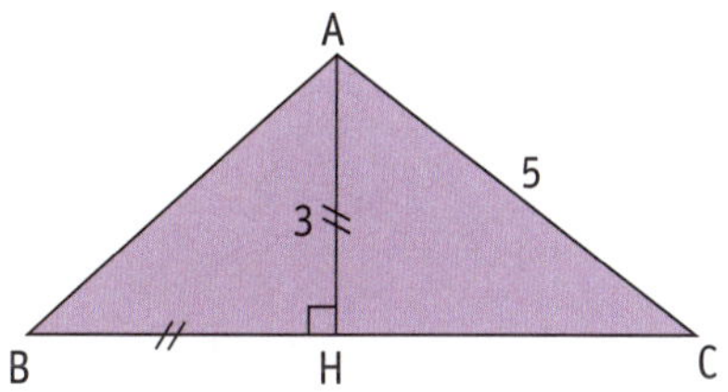

a. Calculer CH.

b. Calculer l'aire $\mathscr{A}$ du triangle ABC.

5 Dans un carré

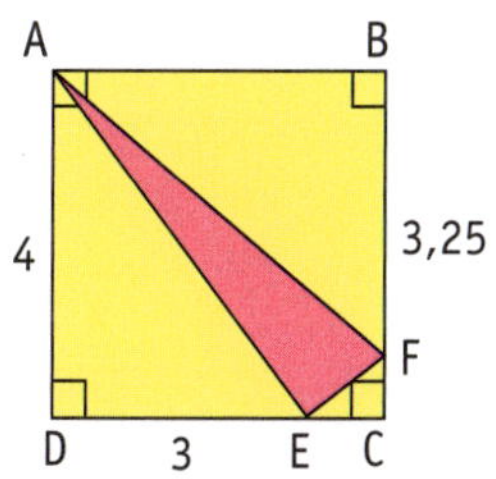

Hypothèses :
AB = BC = CD = DA = 4 ; DE = 3 ; BF = 3,25

a. AE^2 =

AF^2 =

EF^2 =

b. Le triangle AEF est-il rectangle ?

INFO
Pour savoir si deux nombres décimaux sont égaux, il faut garder toutes leurs décimales.

Corrigés p. 221-222

NIVEAU 4e

19 Aborder le théorème de Thalès

Que nous apprend la propriété de Thalès ?

Propriété de Thalès

Si les droites (EF) et (BC) sont parallèles, alors $\frac{AE}{AB} = \frac{AF}{AC} = \frac{EF}{BC}$.

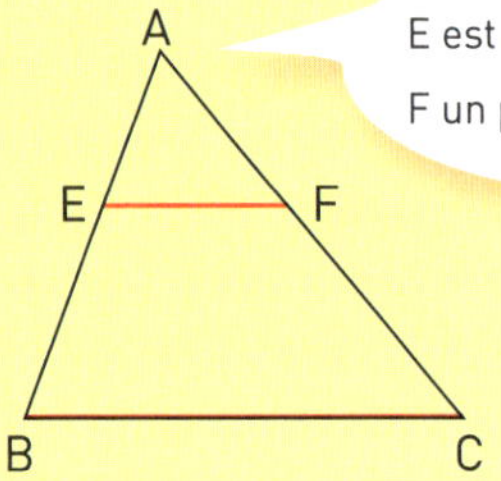

E est un point de [AB] et F un point de [AC]

Un exemple de calcul

Sachant que :

- (EF) // (BC)
- AE = 3
- AB = 5
- AC = 7

calculer AF.

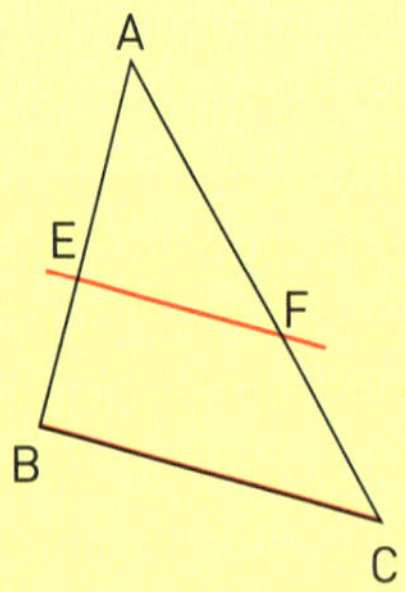

Rappel :
Si $\frac{a}{b} = \frac{c}{d}$ alors $a \times d = b \times c$.
(Les produits en croix sont égaux.)

D'après la propriété de Thalès, on a : $\frac{AE}{AB} = \frac{AF}{AC}$ et donc $\frac{3}{5} = \frac{AF}{7}$.

Avec les produits en croix, on obtient : $3 \times 7 = 5 \times AF$.

D'où $AF = \frac{21}{5} = 4,2$.

1 Dans un premier triangle

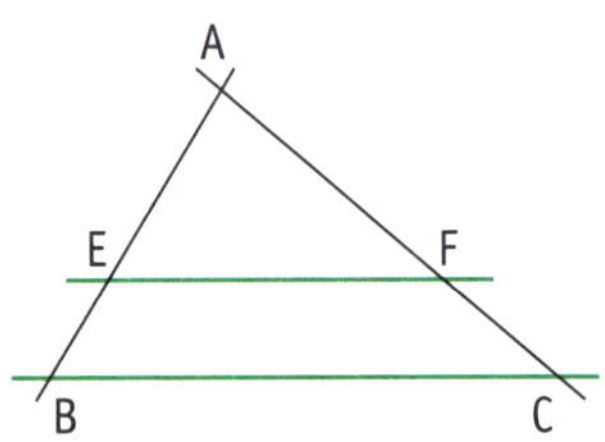

Hypothèses :
(EF) // (BC)
AF = 8
AC = 12
AB = 9
BC = 14

a. Calculer AE. ....

b. Calculer EF. ....

COUP DE POUCE Regarde bien l'exemple donné ci-dessus.

ATTENTION La figure n'est pas à l'échelle.

2 Dans un deuxième triangle

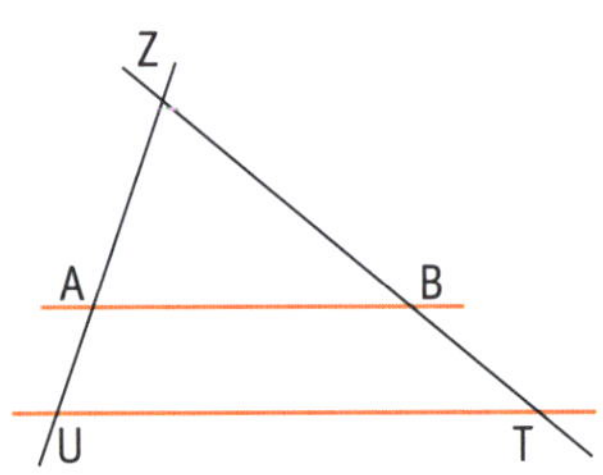

Hypothèses :
(AB) // (UT)
ZA = 2
ZU = 3
ZB = 3
AB = 3

a. Calculer ZT. ....

b. Calculer UT. ....

ATTENTION La figure n'est pas à l'échelle.

▶ **Quel est le théorème réciproque de Thalès ?**

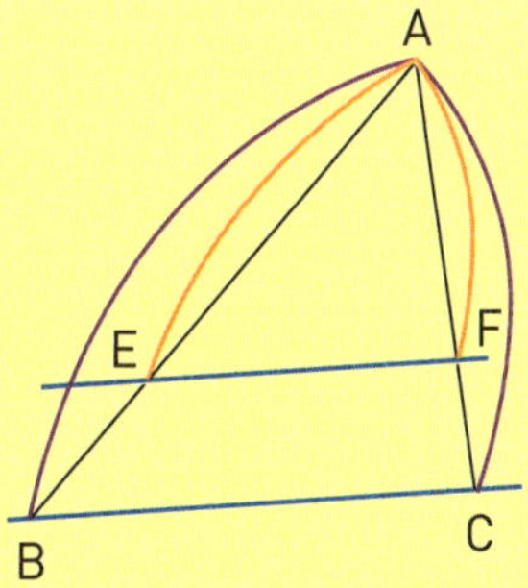

Si $\frac{AE}{AB} = \frac{AF}{AC}$ alors les droites (EF) et (BC) sont parallèles.

3 Dans un troisième triangle

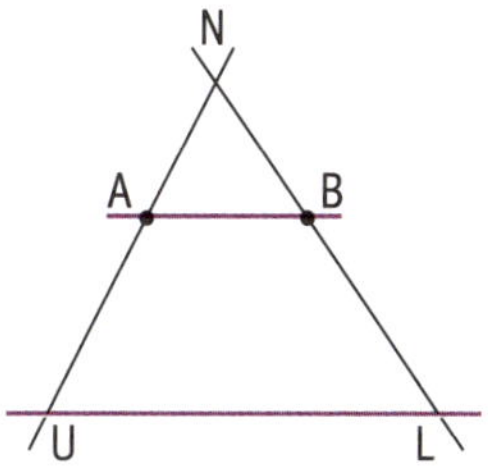

Hypothèses :
NA = 2
NU = 5
NB = 2,4
NL = 6

a. Calculer $\frac{NA}{NU}$

....

b. Calculer $\frac{NB}{NL}$

....

c. Démontrer que les droites (AB) et (UL) sont parallèles.

....

4 Dans un parallélogramme

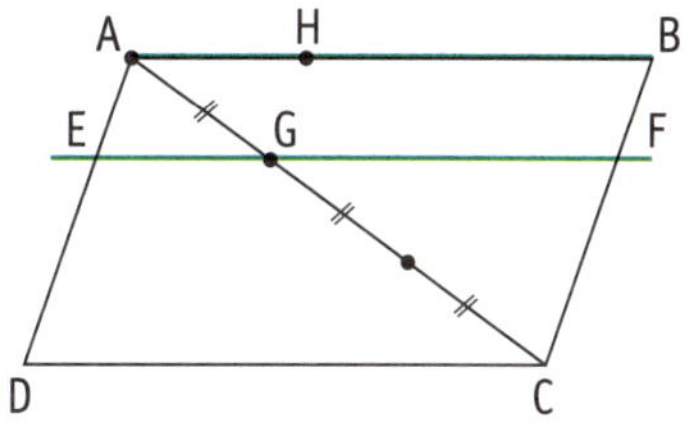

Hypothèses :
ABCD est un parallélogramme.
AB = 5 AG = $\frac{AC}{3}$ AH = $\frac{AB}{3}$
BC = 3 (EF) // (AB)

a. En utilisant la propriété de Thalès dans le triangle ABC, calculer GF.

....

....

....

b. En utilisant la propriété de Thalès dans le triangle ADC, calculer EG.

....

....

....

c. Déduire des questions **a.** et **b.** que EF = 5 et donc que EF = AB.

....

....

d. Démontrer que (HG) // (AD) ....

....

COUP DE POUCE
Pour **a.** et **b.**, laisse les résultats sous forme fractionnaire.

COUP DE POUCE
d. Prouve d'abord que (HG) // (BC).

Corrigés p. 222-223

NIVEAU 4e

20 Découvrir le cosinus dans les triangles rectangles

Comment utiliser le cosinus ?

Cosinus et triangles rectangles

$$\cos(\widehat{B}) = \frac{BA}{BC} = \frac{\text{côté adjacent}}{\text{hypoténuse}}$$

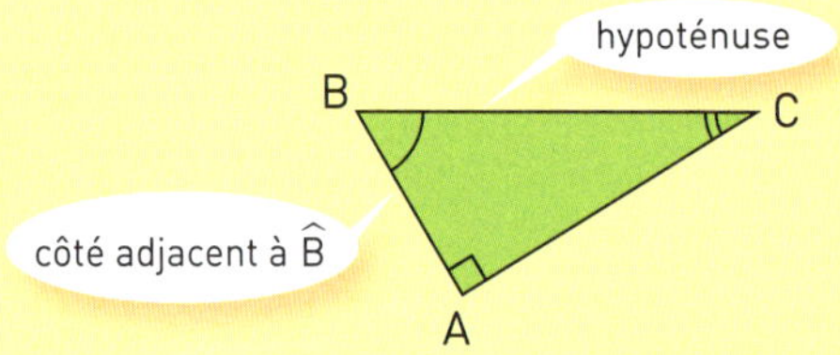

De même : $\cos(\widehat{C}) = \frac{CA}{CB}$

Conséquence : On a donc aussi $BA = BC \times \cos(\widehat{B})$ et $CA = CB \times \cos(\widehat{C})$

Cosinus et calculatrice

- $\cos(18°) = ?$ On tape *cos(18)*. Résultat $\approx 0{,}951$.
- Angle dont le cosinus est 0,3 ?
On tape *cos*$^{-1}$ *(0,3)* ou *Arccos (0,3)*. Résultat $\approx 72{,}5°$.

On utilise $\cos^{-1}$ ou Arccos selon la calculatrice

★ 1 Calculs de cosinus

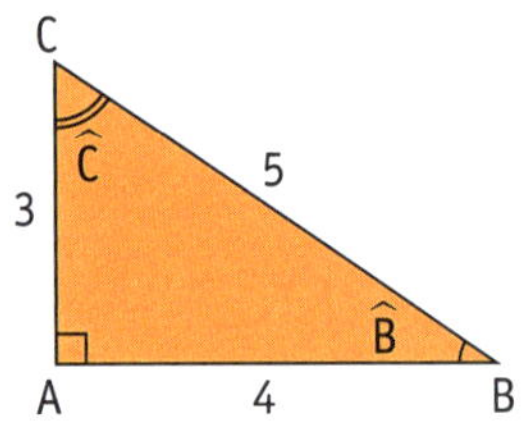

a. Calculer.

$\cos(\widehat{B}) =$ ....

$\cos(\widehat{C}) =$ ....

b. En déduire des valeurs approchées, en degrés, des angles $\widehat{B}$ et $\widehat{C}$.

$\widehat{B} \approx$ .... ° $\widehat{C} \approx$ .... °

ATTENTION
Pense à utiliser ta calculatrice en mode degré.

COUP DE POUCE
- **Exercices 1 et 2.** Arrondis les angles à 1° près.
- Vérifie que $\widehat{B} + \widehat{C} \approx 90°$.

★ 2 Calculs de cosinus (bis)

a. Trouver une valeur approchée de BC, à 0,01 près. ....

....

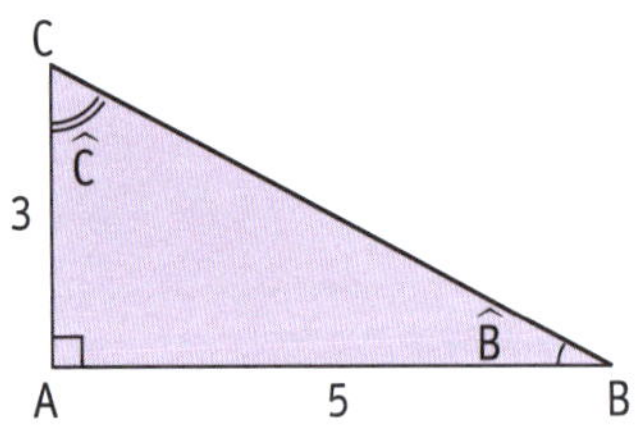

b. Calculer.

$\cos(\widehat{B}) =$ ....

$\widehat{B} \approx$ .... °

$\cos(\widehat{C}) =$ ....

$\widehat{C} \approx$ .... °

★ 3 Calculs de cosinus (ter)

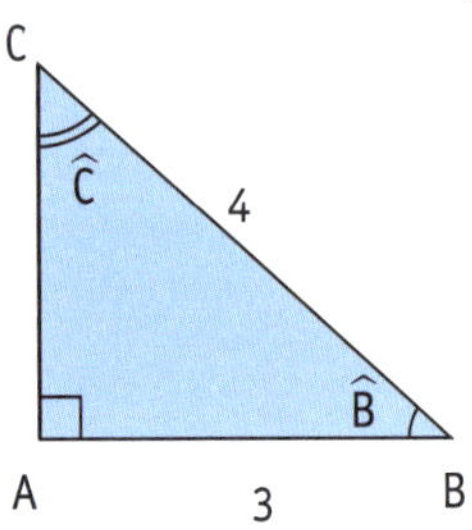

a. Trouver une valeur approchée de AC, à 0,01 près.

....

b. Calculer, avec deux décimales au résultat.

$\cos(\widehat{B}) =$ .... $\widehat{B} \approx$ .... °

$\cos(\widehat{C}) =$ .... $\widehat{C} \approx$ .... °

4 Côté d'un triangle rectangle

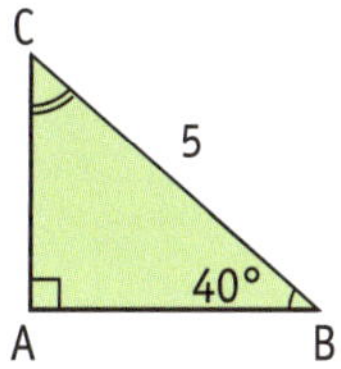

a. Calculer AB à 0,01 près.

....

b. Calculer AC à 0,01 près.

....

> **COUP DE POUCE**
> • **b.** Il y a deux méthodes pour calculer AC.
> • Utilise la calculatrice.

5 Hauteur d'un triangle rectangle

Calculer avec deux décimales.

Hypothèses :
BC = 5
AC = 2

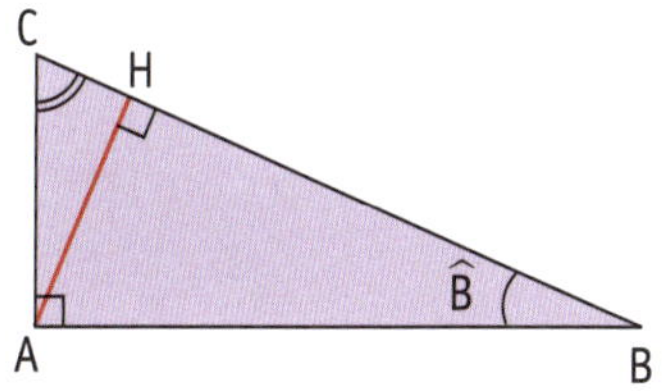

a. AB : ....

b. cos ($\widehat{B}$) : ....

c. BH : ....

d. AH : ....

> **COUP DE POUCE**
> **c.** et **d.** Considère le triangle ABH rectangle en H.

6 Avec un losange

ABCD est un losange de centre O tel que BD = 8 et $\widehat{DBA}$ = 25°.

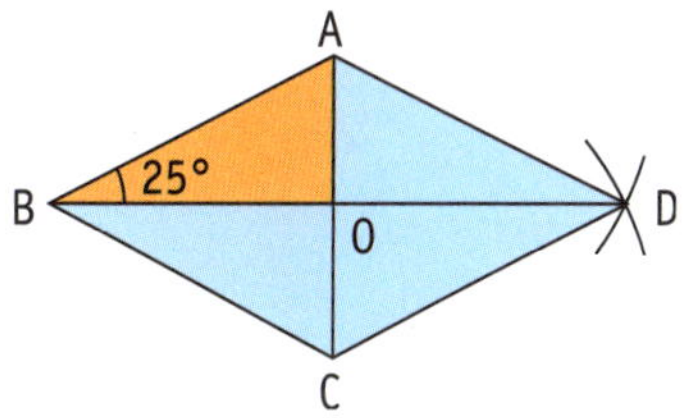

a. Calculer AB à 0,01 près.

....

b. Calculer, à 0,01 près, le périmètre du losange.

....

c. Calculer AC à 0,01 près.

....

Corrigés p. 223-224

21 Translater une figure

Qu'est-ce qu'une translation ?

- Pour coder les déplacements d'un point sur un quadrillage, on utilisera les lettres g, d, h et b qui désigneront un pas vers la gauche, la droite, le haut ou le bas.
  Exemple : A va en A′ par le déplacement 4d + 2h.
  Et comme tous les points du triangle ABC effectuent le même déplacement, on dit que A′B′C′ est l'**image** de ABC **par la translation** 4d + 2h.
  Les translations conservent les longueurs et les angles.

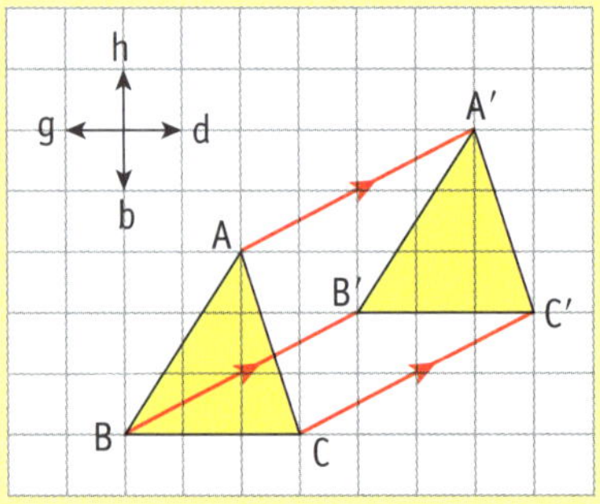

1 Apprivoiser les translations

a. Dessiner :
- l'image R_1 de R par la translation 3d ;
- l'image R_2 de R par la translation 3g ;
- l'image R_3 de R_2 par la translation 2d + 4h ;
- l'image R_4 de R_3 par la translation 6d + 2b.

b. Par quelle translation passe-t-on de R_2 à R_4 ? de R_4 à R ? de R_1 à R_3 ?

....

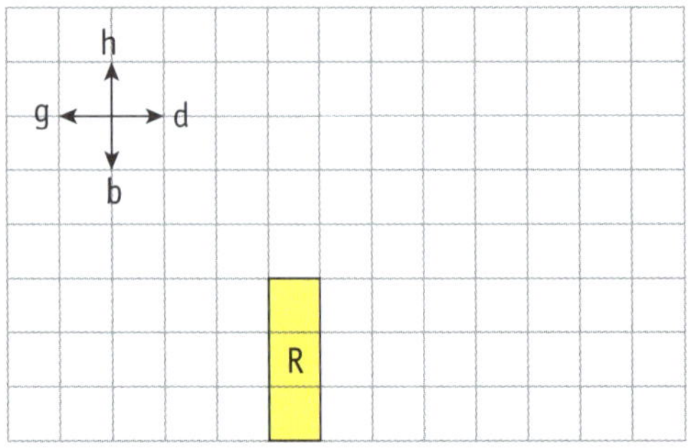

2 Frises grecques

a. Dessiner les images du motif ci-dessous par les translations 3d, 6d, 9d, puis 3g, 6g, 9g.

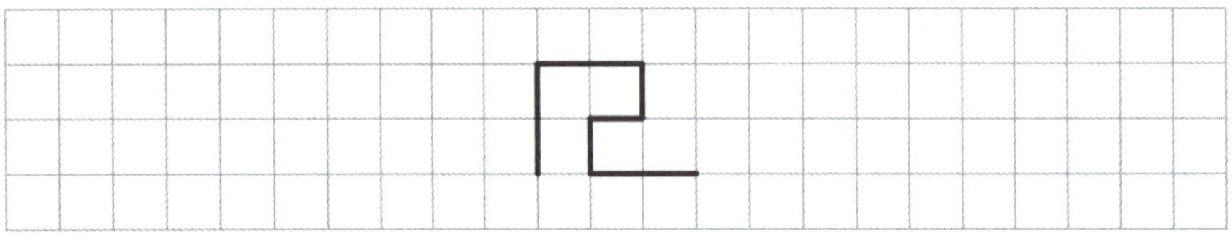

b. Dessiner les images du motif ci-dessous par les translations 4d, 8d, 12d puis 4g, 8g, 12g.

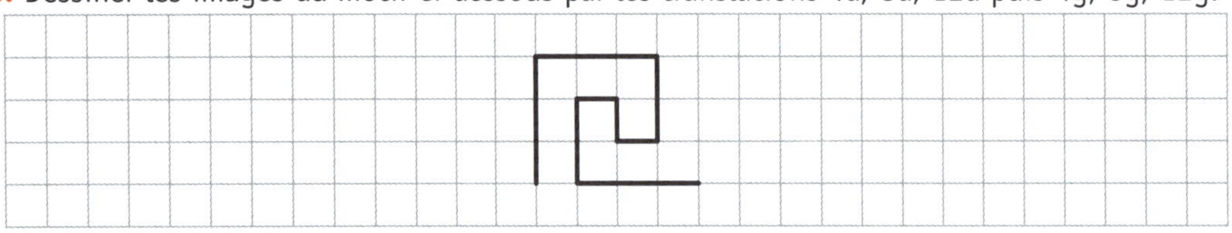

3 La frise rond-carré

a. Par quelle transformation passe-t-on d'un motif (partie coloriée) à :

son voisin de droite ? .... son voisin de gauche ? ....

b. Poursuivre le dessin de la frise, dans les deux sens.

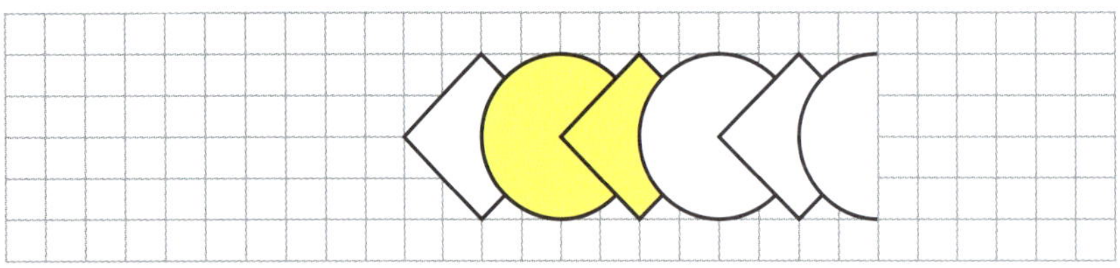

4 Carrelage

Les carreaux sont désignés par des lettres comme indiqué ci-contre.

A	B	C	D	E
F	G	H	I	J
K	L	M	N	O
P	Q	R	S	T
U	V	W	X	Y

a. Par quelle translation passe-t-on d'un carreau à l'autre ?

On passe de	A à H	L à S	P à J	E à U	Y à A
par la translation	2d + b	....	....	....	....

b. Quelle est l'image d'un carreau par la translation donnée ?

Carreau initial	A	S	N	T	U
Translation	4d + 3b	2g + 2h	g + h	4g + b	d + 4h
Carreau image	....	....	....	....	....

c. Quel est le carreau dont l'image par la translation... est... ?

Carreau initial	....	....	....	....	....
Translation	3d + b	2b + 3g	3d + 2b	4g + 4h	h + g
Carreau image	I	P	T	A	M

5 Pavages

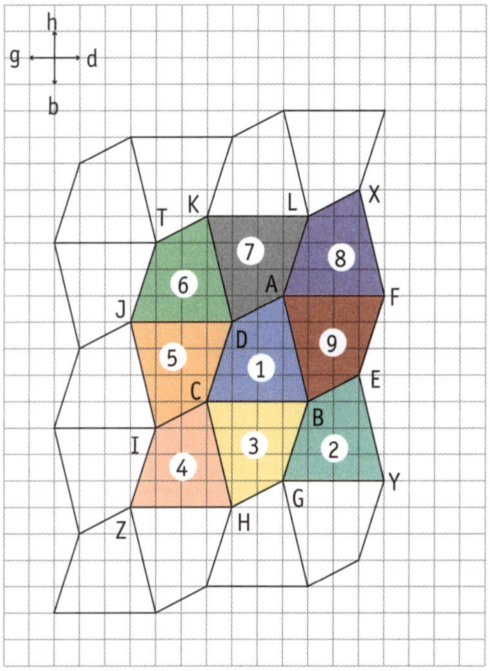

On peut paver un plan (une salle, une piscine...) avec des pavés ayant la forme d'un quadrilatère **quelconque** comme le pavé ①.

a. Compléter :

- L'image du pavé ① par la translation 3d + 4h est ....
- Le pavé ③ est l'image du pavé ⑤ par la translation ....
- Le pavé ⑥ est l'image du pavé .... par la translation 6g + 6h .

b. • Colorier en rouge l'image du pavé ⑥ par la translation 3g + 11b .

• Colorier en jaune le pavé dont l'image par la translation 7b est le pavé ①.

c. Construire et hachurer, sur le quadrillage, l'image du pavé ③ par la translation 6d + h.

Corrigés p. 224

GÉOMÉTRIE ET MESURES

22 Agrandir et réduire une figure

Comment agrandir ou réduire une figure ?

Agrandissement et réduction

Une figure $\mathscr{A}$ est un **agrandissement** d'une figure $\mathscr{F}$ si toutes les longueurs de $\mathscr{A}$ sont égales aux longueurs correspondantes de $\mathscr{F}$ multipliées par un même nombre k ($k \geqslant 1$).
On parle de **réduction** lorsque $0 < k < 1$.

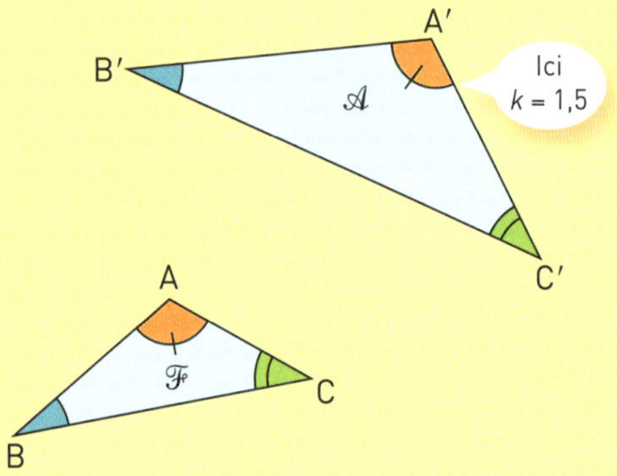

k est le coefficient d'agrandissement ou de réduction.

Conséquence sur les angles

Lors d'un agrandissement ou d'une réduction, les angles qui se correspondent sont égaux. Par exemple, sur la figure ci-dessus, $\widehat{A'} = \widehat{A}$, $\widehat{B'} = \widehat{B}$ et $\widehat{C'} = \widehat{C}$.

★ 1 Avec un quadrillage

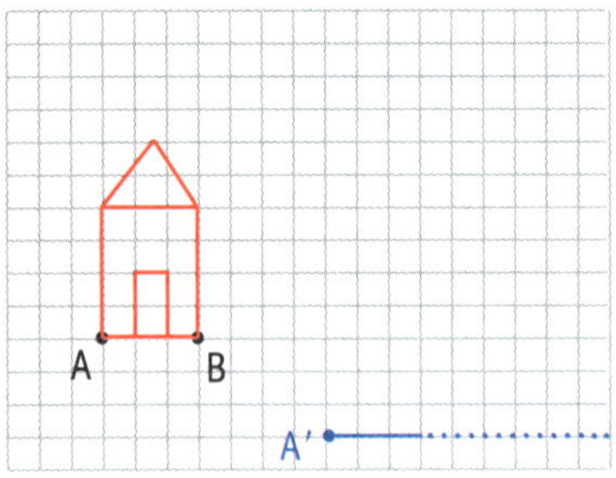

Agrandir cette maison.
(Coefficient d'agrandissement : $k = 2$).

COUP DE POUCE
Compte les carreaux.

★ 2 On agrandit

COUP DE POUCE
Utilise la règle graduée et le compas.

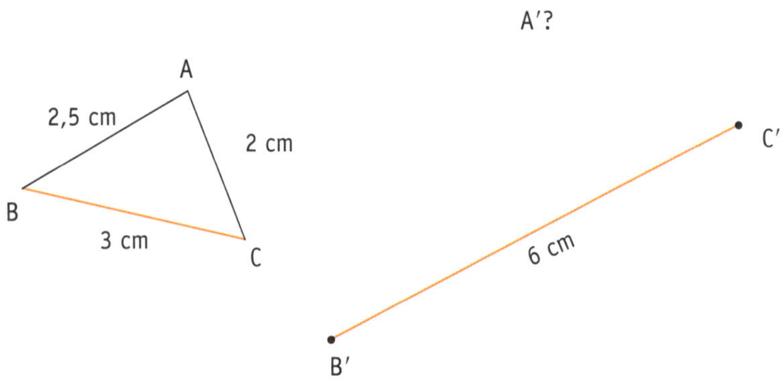

A′B′C′ est un agrandissement de ABC.

a. Par combien doit-on multiplier les longueurs des côtés de ABC pour obtenir celles de A′B′C′ ? ....

b. Construire le point A′.

c. Marquer sur la figure les angles égaux.

Qu'est-ce qu'un agrandissement ou une réduction ?

Rapport d'agrandissement ou de réduction

- Au cours d'un agrandissement ou d'une réduction, les dimensions d'une figure sont toutes multipliées par un même nombre k positif.
- Ce nombre k est appelé « **rapport** » de l'agrandissement (ou de la réduction).
- Pour un agrandissement : $k > 1$. Pour une réduction : $k < 1$.

Propriété (k, k^2, k^3)

Dans un agrandissement ou une réduction de rapport k :
- l'aire d'une surface est multipliée par k^2 ;
- le volume d'un solide est multiplié par k^3.

Exemples

- **Réduction**

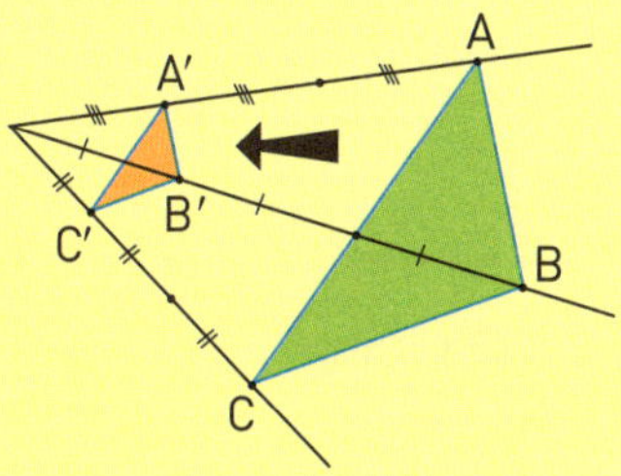

Les dimensions sont multipliées par $\frac{1}{3}$.

$$\text{Aire (A'B'C')} = \text{Aire (ABC)} \times \left(\frac{1}{3}\right)^2$$
$$= \text{Aire (ABC)} \times \frac{1}{9}$$

- **Agrandissement**

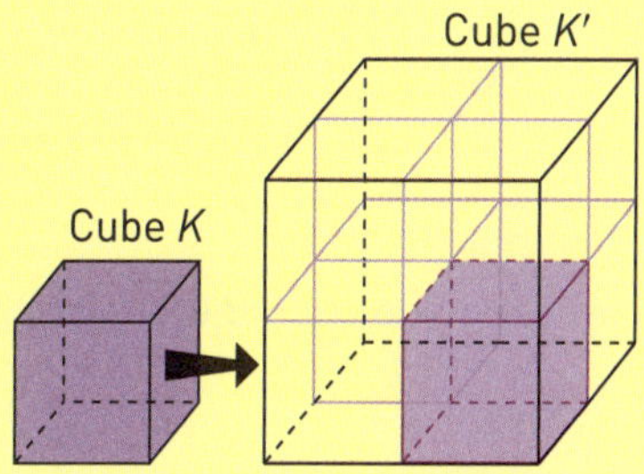

Les dimensions sont multipliées par 2.

$$\text{Volume } (K') = \text{Volume } (K) \times 2^3$$
$$= \text{Volume } (K) \times 8$$

3 Élémentaire !

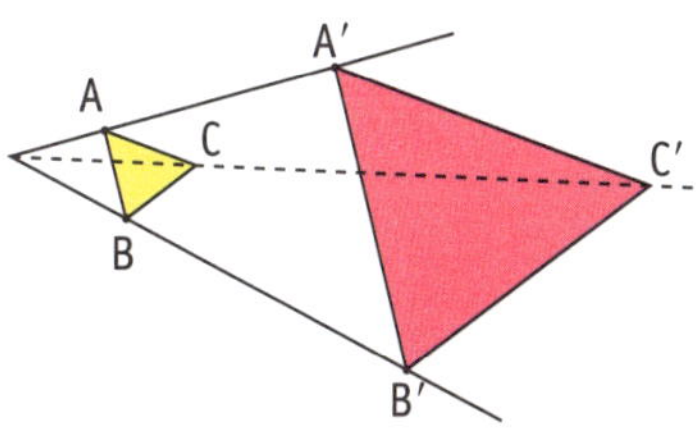

On suppose que A'B'C' est un agrandissement de ABC et que l'aire de A'B'C' vaut 16 fois l'aire de ABC.

Alors : A'B' = ... × AB

et AC = ... × A'C'

4 Vous avez dit agrandissement ?

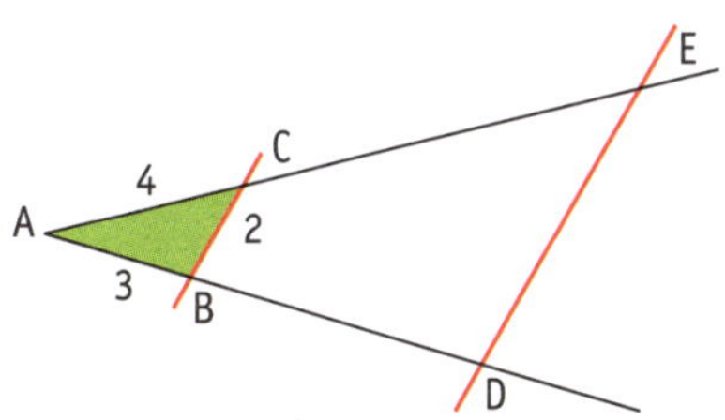

On connaît les 3 côtés de ABC, de plus (BC) // (DE) et AD = 9.

a. Calculer AE et ED.

....

....

....

b. Montrer que ADE est un agrandissement de ABC. ....

....

COUP DE POUCE
b. Montre que AE = 3AC, AD = 3AB, et DE = 3BC.

Corrigés p. 224-225

23 Découvrir les pyramides et les cônes

• Tu peux commencer par revoir le chapitre 24 du niveau 5e p. 126.

Comment calculer le volume d'une pyramide ?

Vocabulaire

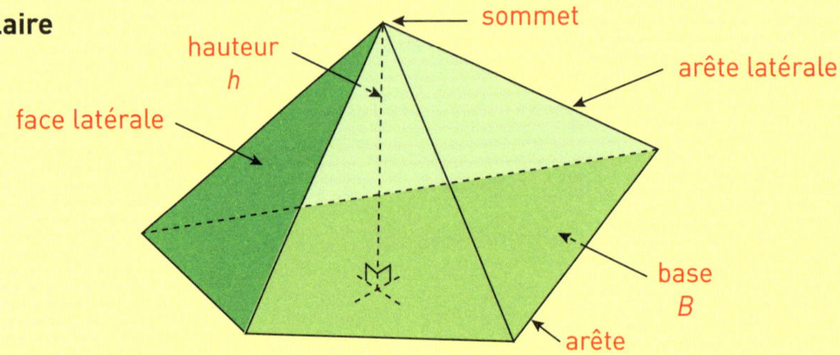

Calcul

Le volume V d'une pyramide de base B et de hauteur h est $V = \frac{1}{3} \times B \times h$

1 Autour du volume

On désigne par h, B et V la hauteur, la base et le volume d'une pyramide.
Compléter le tableau ci-dessous.

h	7	5	
B	15		39
V		35	143

COUP DE POUCE

$V = \frac{1}{3} \times B \times h$
donc $3V = B \times h$.
On en déduit B ou h.

2 Le compte est bon

a. Une pyramide a pour base un polygone à 17 côtés.

Combien a-t-elle de sommets ? ……………………………………

Combien a-t-elle d'arêtes ? ……………………………………

Combien a-t-elle de faces latérales ? ……………………………………

b. Une pyramide a 58 arêtes.

Combien sa base a-t-elle de côtés ? ……………………………………

Combien a-t-elle de faces latérales ? ……………………………………

3 HELAS

La pyramide HELAS est incluse dans un cube comme il est indiqué sur la figure ci-contre.

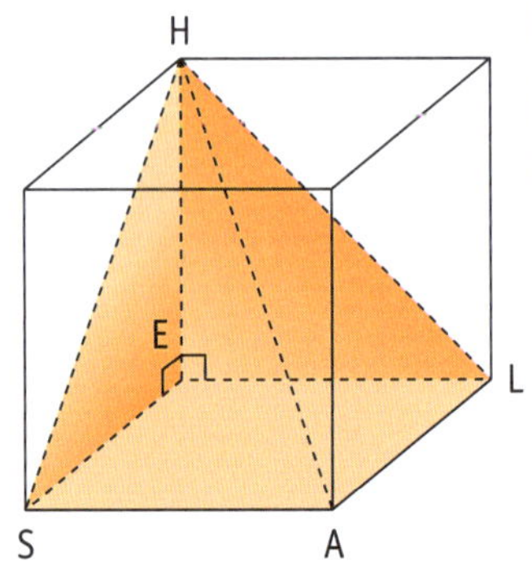

a. Calculer le volume du cube sachant que son côté mesure 6 cm.

……………………………………

b. Calculer le volume de la pyramide.

……………………………………

……………………………………

Qu'est-ce qu'un cône ?

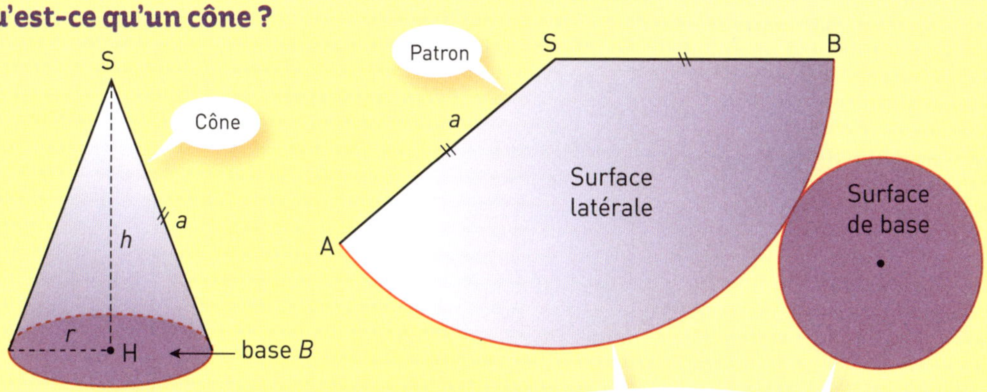

$$V = \frac{1}{3}B \times h = \frac{1}{3}\pi r^2 \times h$$

4 Des cônes et des calculs

a. Compléter le tableau suivant, à 0,01 près.

r	d	h	a	volume
5 cm		8 cm		
	6 cm	6 cm		
12 cm			37 cm	

b. Pour la 3e ligne du tableau, détailler le calcul de h.

....

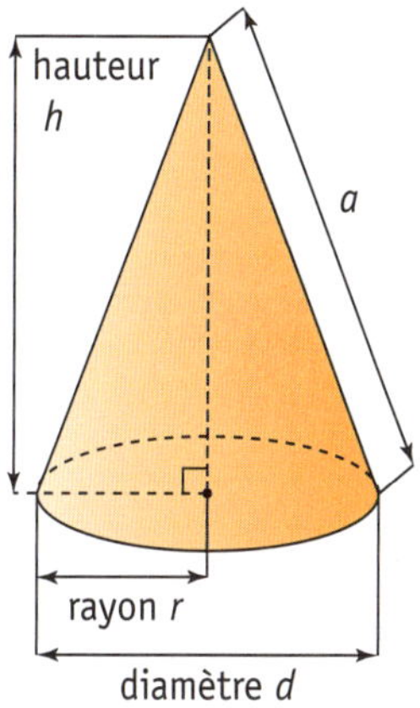

COUP DE POUCE
Pour le calcul de a ou de h, pense au théorème de Pythagore !

5 Le cône et le cylindre

Un vase conique et un vase cylindrique ont tous les deux la même hauteur et le même diamètre. On néglige l'épaisseur des parois.
Pour remplir le cylindre, on prend l'eau du robinet avec le cône et on verse dans le cylindre.
Combien de cônes faut-il pour remplir le cylindre ?

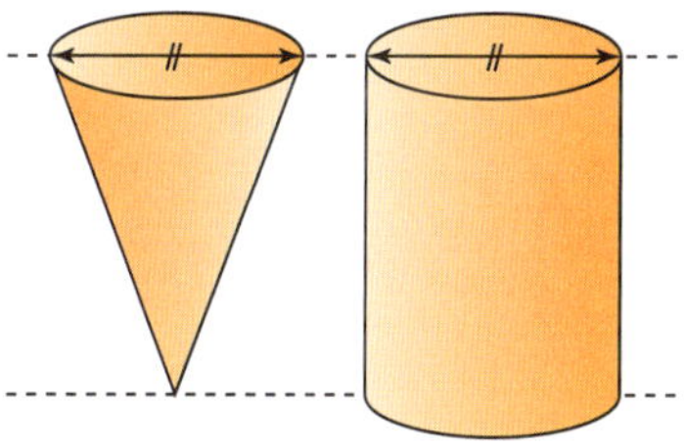

....

....

....

COUP DE POUCE
On peut prendre $d = 10$ cm et $h = 12$ cm

6 Le sablier

Un sablier est constitué de deux cônes identiques mis tête-bêche (voir figure). Calculer le volume du sablier 0,1 cm³.

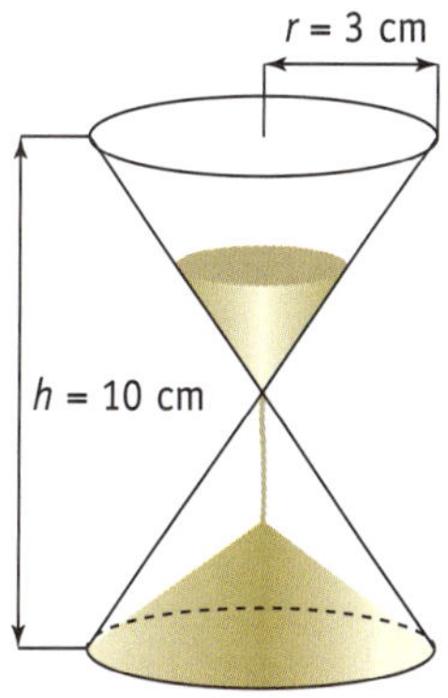

....

....

....

....

Corrigés p. 225

24 Se repérer et construire dans l'espace

Comment se repérer dans l'espace ?

- Un cube de référence de côté 1 (en rouge sur le dessin) permet de repérer un point dans l'espace en utilisant 3 nombres.
Ainsi pour le point A on écrit : **A(3 ; 4 ; 2).**
(3 ; 4 ; 2) sont les **coordonnées** de A.
Observons que les 3 axes gradués (O*x*), (O*y*) et (O*z*) s'appuient sur les 3 arêtes du cube (voir le dessin).

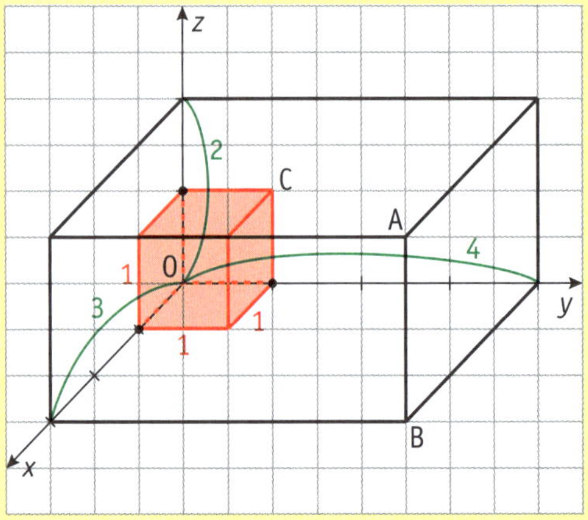

- Pour repérer un point (par exemple A), on commence par la profondeur du pavé noir suivant l'axe (O*x*), ici 3, puis par la longueur suivant (O*y*), ici 4, puis par la hauteur suivant (O*z*), ici 2 (voir la figure).
- Le point O a pour coordonnées (0 ; 0 ; 0), le point C, (0 ; 1 ; 1) et le point B, (3 ; 4 ; 0).

1 Pour commencer

a. Donner les coordonnées de A(...... ; ...... ; ......),
de B(...... ; ...... ; ......), de D(...... ; ...... ; ......)
et de E(...... ; ...... ; ......).

b. Citer un point du dessin ayant :
– une coordonnée nulle : ......(...... ; ...... ; ......) ;
– 2 coordonnées nulles : ......(...... ; ...... ; ......).

c. Quel est le point ayant pour coordonnées (1 ; 3 ; 4) ? ....

d. Placer sur le dessin les points L(2 ; 3 ; 3), F(3 ; 5 ; 6), G(2 ; 0 ; 5) et I(2 ; 2,5 ; 3,5).

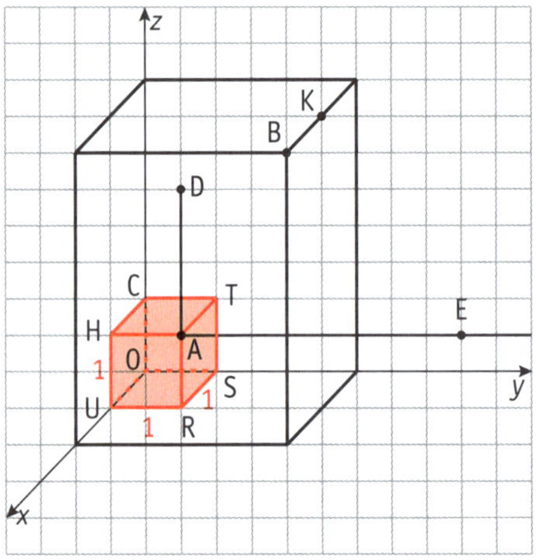

2 Pour confirmer

a. Donner les coordonnées de L(...... ; ...... ; ......),
de E(...... ; ...... ; ......)
puis de F(...... ; ...... ; ......).

b. Placer le point N(1 ; 2 ; 1)
puis le point P(1 ; 3 ; 3).

c. Quel est le point ayant pour coordonnées (1 ; 0 ; 2) ? ....

d. Placer le point $Z\left(1 ; \frac{4}{3} ; 2\right)$
puis le point $H\left(1 ; 1 ; \frac{2}{3}\right)$.

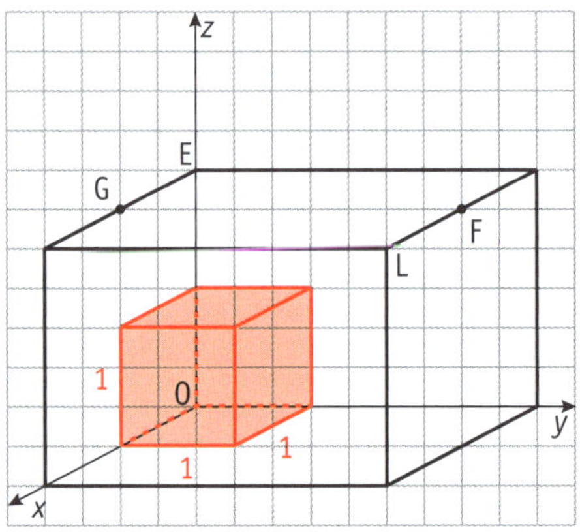

ATTENTION L'unité a changé.

3 Avec une pyramide à base carrée

a. Compléter la vue en perspective d'une pyramide à base carrée.

b. On considère une pyramide à base carrée de côté *c*, de hauteur *h* et de volume *V*.

Compléter le tableau ci-dessous.

c	5	10	5			9
h	9	9	18	12	3	
V				100	25	135

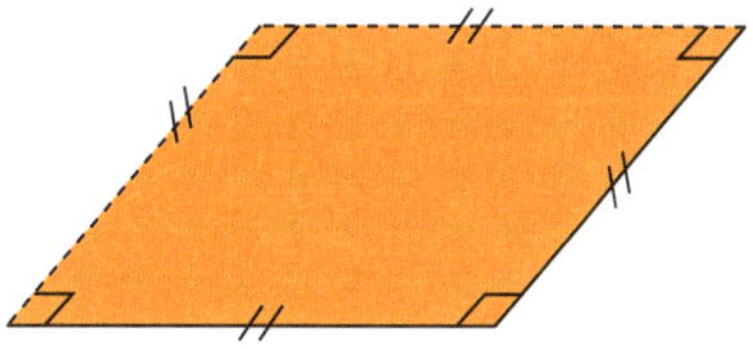

COUP DE POUCE
a. Placer, en premier lieu, le sommet de la pyramide.

4 C'est régulier

Compléter le dessin pour obtenir un patron d'un tétraèdre régulier (pyramide régulière à base triangulaire).

INFO
Tétraèdre signifie « quatre faces ». Les faces d'un tétraèdre régulier sont des triangles équilatéraux.

5 Patron de cône

Voici un patron de cône dont le rayon de base mesure 3 cm. L'angle $\widehat{ASB}$ mesure 90°.

a. Calculer le périmètre de base du cône.

....

b. Exprimer la longueur de l'arc $\overset{\frown}{AB}$ en fonction de *a*.

....

....

c. En écrivant que l'arc $\overset{\frown}{AB}$ a la même longueur que le périmètre de base, calculer *a*.

....

....

d. Reproduire, sur une feuille, le patron du cône, puis construire le cône.

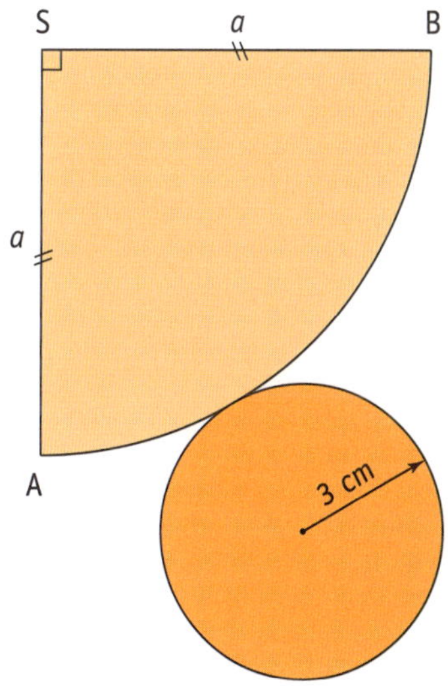

ATTENTION
Dans cette figure, les dimensions ne sont pas respectées !

COUP DE POUCE
b. L'arc $\overset{\frown}{AB}$ est un quart de cercle, de rayon *a*.

NIVEAU 4e

Corrigés p. 225-226

25 Utiliser des grandeurs composées

• Tu peux commencer par revoir le chapitre 25 du niveau 5e p. 128.

Qu'est-ce qu'une grandeur composée ?

Grandeurs simples

Exemples

Grandeur	Unité
la longueur	le mètre (m)
la masse	le gramme (g)
le temps	la seconde (s)

Grandeurs composées

À partir de grandeurs simples, on peut former des grandeurs composées.

Exemples

Grandeur	Unité	
la vitesse	m/s ou km/h	grandeurs quotients
le débit	m^3/s	grandeurs quotients
l'énergie électrique	W × h ou Wh (wattheure)	grandeur produit

Exemple : Une lampe halogène de 500 W allumée pendant 7 h consomme :
$500 \times 7 = 3\,500$ Wh = 3,5 kWh (kilowattheures).

★ 1 Gare au radar

Antoine a parcouru 102 mètres en 4 secondes sur une route départementale.
A-t-il dépassé la vitesse limite de 80 km/h ?

....

....

COUP DE POUCE
La vitesse est la distance parcourue par unité de temps.

★★ 2 Course transatlantique

a. Éric a gagné la course transatlantique Plymouth-Newport, longue d'environ 5 500 km, en 27 jours et 4 heures. Calculer sa vitesse moyenne en km/h.

....

....

COUP DE POUCE
Convertis 27 jours et 4 heures en heures.

b. Vingt ans plus tard, Yves gagne cette même course en 16 jours et 6 heures.
Calculer sa vitesse moyenne en km/h.

....

....

★ 3 La dérive des continents

L'Europe-Afrique et l'Amérique du Nord s'éloignent l'un de l'autre de 2 m par siècle.
En supposant que cette vitesse a été constante et en admettant que l'océan Atlantique mesure environ 6 000 km de largeur actuellement, déterminer depuis combien d'années cette dérive a commencé.

....

★ 4 Débit d'une pompe

Une pompe débite 2,5 litres par seconde. Quel est son débit en hectolitres par minute ?

....

★ 5 Débit de la Seine

Au mois de janvier, il s'écoule dans la Seine environ 30 000 m^3 d'eau par minute.

a. Calculer le débit moyen de la Seine en m^3/s. ....

....

b. Combien s'écoule-t-il de m^3 d'eau en 1 h, en 1 jour ? ....

....

COUP DE POUCE
On suppose que ce débit est constant.

★ 6 Régime de moteur

Un moteur de moto tourne à 6 900 tours/min.
Calculer le nombre de tours de ce moteur par seconde. ....

....

★★ 7 Masse volumique

Un solide en cuivre de 65 cm^3 pèse 0,58 kg. Calculer la masse volumique du cuivre en g/cm^3, à 0,1 g/cm^3 près. ....

....

INFO
La masse volumique d'un corps est la masse par unité de volume.

★★ 8 Consommation électrique

Dimanche dernier :
- 6 lampes de 100 W chacune sont restées allumées pendant 5 heures ;
- la dinde a rôti pendant 2 heures dans un four de 2,1 kW ;
- le chauffe-eau de 600 W a fonctionné pendant 8 h.

Calculer la consommation électrique en kWh pendant cette journée.

....

....

★ 9 Quantité de travail

Si 15 personnes travaillent sur un chantier pendant 2 ans, on dit qu'elles produisent un travail de $15 \times 2 = 30$ hommes × années.
Pour réaliser un gros logiciel, il a fallu :
- 25 chercheurs travaillant pendant deux ans ;
- 10 autres pendant 3 ans et demi ;
- et 34 autres pendant 6 mois.

Calculer, en hommes × années, la quantité de travail pour réaliser ce logiciel.

....

....

Corrigés p. 226

26 Découvrir l'algorithmique et la programmation

• Tu peux commencer par revoir le chapitre 26 du niveau 5ᵉ p. 130.

NB : Scratch Offline Editor version 2 est téléchargeable gratuitement à l'adresse suivante : scratch.mit.edu/scratch2download/

★ 1 La notion de boucle

Voici deux programmes de déplacement d'un lutin.

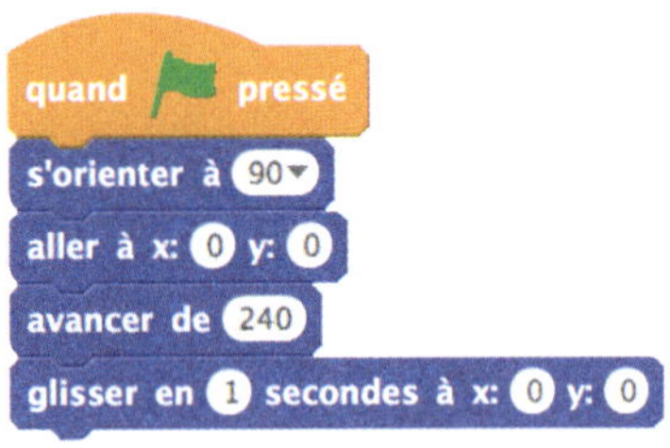

Programme P1

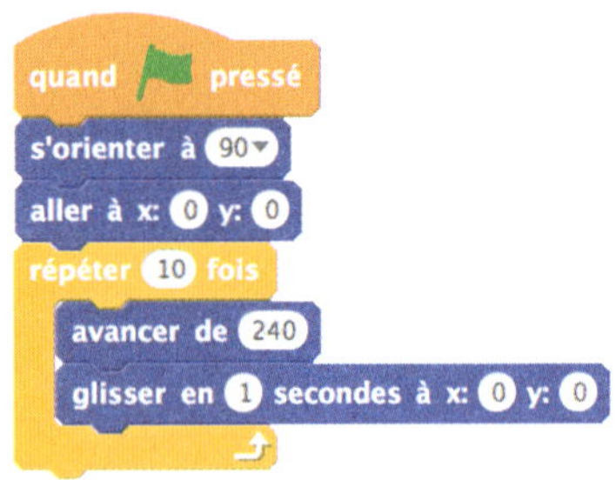

Programme P2

a. Assembler et exécuter le programme P1, puis le programme P2.

b. Dans le programme P2, on utilise une **boucle**, en jaune dans le script.
Combien de fois sera répétée la suite des deux instructions incluses dans le bloc jaune ?

....

c. Modifier la valeur 10 pour que le programme P2 soit équivalent au programme P1.

Quelle est cette valeur ? ....

> **INFO**
> Selon la version de Scratch, le drapeau vert peut être pressé ou cliqué. L'effet est le même dans les deux cas.

> **COUP DE POUCE**
> Il n'y a pas de piège.

★ 2 Hors de la boucle ou dans la boucle

a. Assembler et exécuter le programme P3 ci-dessous. Observer son exécution.

b. En assemblant le programme P3, Myriam a mis la dernière instruction dans la boucle au lieu de la mettre après, obtenant ainsi le programme P4 ci-dessous.

Exécuter le programme P4. Fait-il la même chose que le programme P3 ? ....

c. Estimer le temps d'exécution de P4. ....

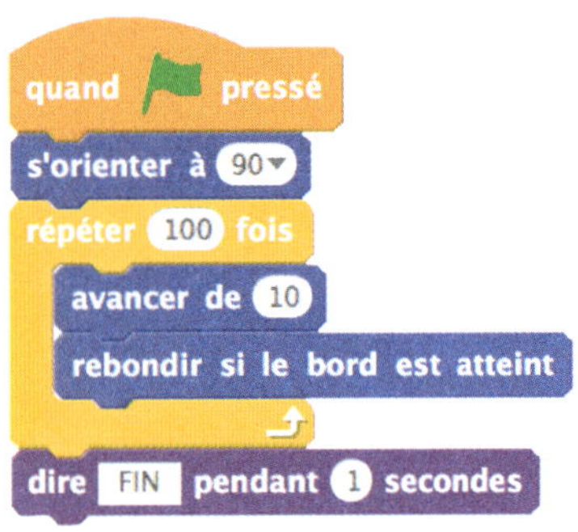

Programme P3

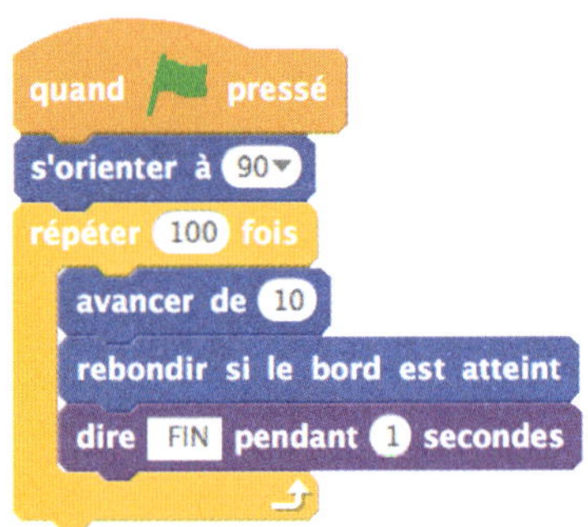

Programme P4

★★ 3 Rebonds

a. Reprendre le programme P3 de l'exercice 2 en remplaçant 90° par 37°. Observer l'exécution.

b. Modifier ce programme pour qu'il demande la valeur de l'angle. (Utiliser la variable prédéfinie réponse.)

4 Programmes multiples

a. Assembler et exécuter le programme ci-contre. (Penser à créer la variable *M* et à utiliser l'opérateur « + ».)

b. Que fait ce programme ?

....

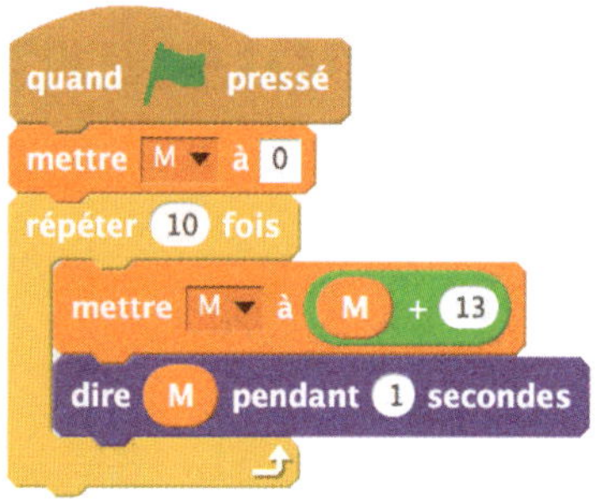

c. Modifier le programme pour qu'il demande le nombre de multiples à calculer. (Utiliser la variable réponse et mettre cette réponse dans une variable appelée *n*.)

d. Modifier à nouveau le programme pour qu'il demande un autre nombre que 13. (Réutiliser la variable réponse et mettre cette nouvelle réponse dans une variable appelée *a*.)

INFO
On peut remplacer « mettre M à M + 13 » par « ajouter à M 13 ».

5 Programme en puissances

Modifier quelques lignes du programme réalisé dans l'exercice précédent, pour qu'il donne les puissances successives du nombre mis dans la variable *a* (soit les valeurs a, a^2, a^3...).

INFO
Le signe de la multiplication est *.

6 Boucle infinie

Scratch fournit aussi une boucle qui peut tourner indéfiniment. On arrête ces répétitions en cliquant sur l'octogone rouge, près du drapeau vert.

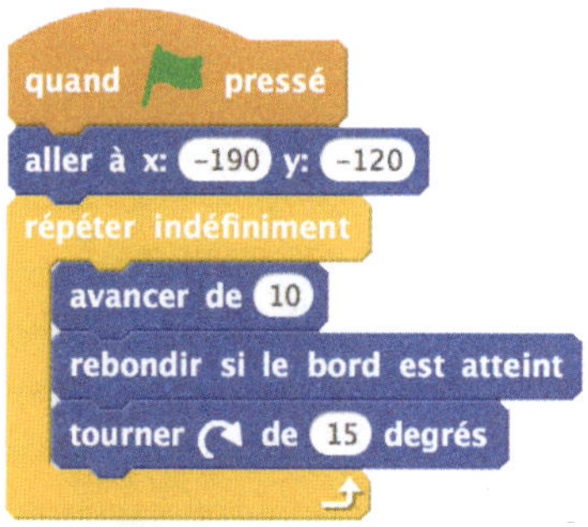

a. Assembler et exécuter le programme ci-contre. Observer son exécution.

b. Juste avant la boucle du programme, insérer la ligne : mettre à 100 % de la taille initiale

Puis, en deuxième ligne de la boucle, insérer : ajouter 0.1 à la taille

Exécuter le programme et observer son exécution.

7 Suite de Fibonacci

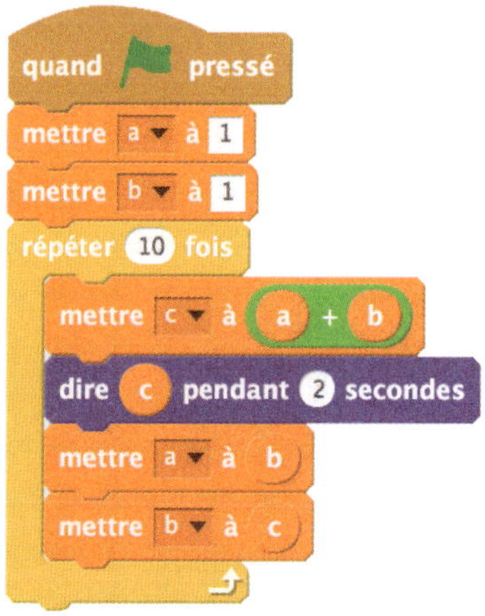

a. Observer cette suite de nombres et la compléter.

1 – 1 – 2 – 3 – 5 – 8 – 13 – 21 – .... – .... – ....

b. Assembler et exécuter le programme ci-contre. Observer son exécution. (Penser à créer les trois variables *a*, *b* et *c*.)

c. Modifier ce programme pour qu'il demande le nombre de termes à calculer. (Utiliser la variable réponse.)

INFO
Fibonacci est un mathématicien du XIIe siècle, né à Pise en Toscane.

8 La boucle pilotée par « jusqu'à »

Il existe une boucle qui s'arrête dès que la condition « jusqu'à ... » est vérifiée.

a. Reprendre le programme de l'exercice **7**, question **b.** Ne plus demander le nombre de termes et remplacer la boucle répéter 10 fois, par une boucle répéter jusqu'à c > 100000. Exécuter ce programme. Que peut-on dire de la suite de nombres de Fibonacci ?

....

b. Dans le programme P3 de l'exercice **2**, remplacer la boucle répéter 100 fois par la boucle répéter jusqu'à touche espace pressée?. Comment arrête-t-on cette boucle ?

....

Corrigés p. 226-227

Bilan Vers la troisième

1 L'embarras du choix

Pour chaque question, choisir la bonne réponse.

1. La notation scientifique de $0{,}2018 \times 10^4$ est :

a. $20{,}18 \times 10^2$ **b.** 2 018 **c.** $2{,}018 \times 10^3$

2. L'expression $\left(\frac{5}{2} + \frac{4}{3}\right) \times \left(\frac{5}{6} - \frac{1}{2}\right)$ est égale à :

a. $\frac{23}{18}$ **b.** $\frac{9}{5}$ **c.** $\frac{23}{2}$

3. L'expression $3(2x + y) - 4(x - 2y)$ est égale à :

a. $2x - 5y$ **b.** $2x + 11y$ **c.** $x + y$

4. L'idée d'utiliser un tableau nommé « CRIBLE » pour trouver les petits nombres premiers est attribuée à :

a. Pythagore. **b.** Thalès. **c.** Eratosthène.

5. La quatrième proportionnelle du tableau ci-contre est :

a. 13 **b.** 4 **c.** 7

91	
49	7

2 Résolution d'équations

1. La somme de 4 nombres consécutifs est égale à 8 074.
Quel est le plus petit de ces nombres ?

2. Une perceuse et ses deux batteries coûtent ensemble 459 €. La perceuse coûte deux fois et demie le prix d'une batterie. Calculer le prix de la perceuse seule.

3. Calculer la dernière valeur de la série statistique donnée dans le tableau ci-contre, sachant que la moyenne vaut 4,15.

Valeurs	3	4	6	...
Effectifs	7	2	8	3

3 Carrés magiques

Compléter les carrés multiplicativement magiques suivants.
Les produits sur les colonnes, les lignes et les diagonales sont les mêmes.

3^7	3^0	
	3^4	
		3^1

10^2	10^9	10^4
	10^1	

$(-1)^3$		$(-1)^7$
$(-1)^8$		
$(-1)^1$		

4 À vitesse constante

Un véhicule roule à une vitesse constante de 84 km/h.

1. Compléter le tableau suivant.

Temps (h)	1,5	4			0,5
Distance (km)			294	210	

2. Représenter graphiquement ce tableau dans le repère ci-contre.

3. Que dire des points du graphique ?

4. Exprimer 84 km/h en m/s.

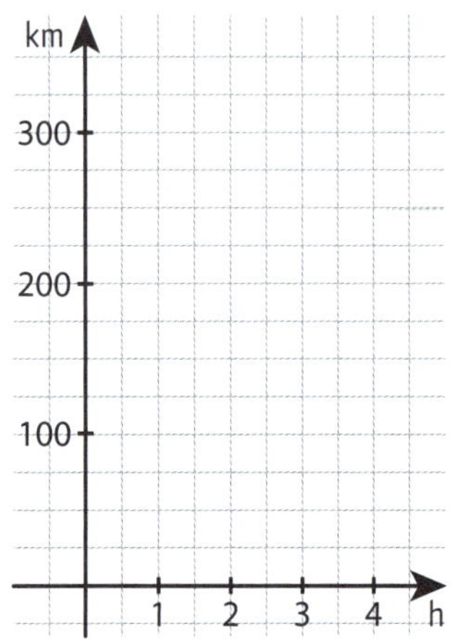

INFO Calculs divers.

INFO Équations.

INFO Puissances.

INFO Proportionnalité et graphique.

5 Jours de chance

On choisit, au hasard, une journée de l'année 2023.

1. Quelle est la probabilité que ce soit un jour du mois d'août ?

2. Quelle est la probabilité que ce soit le 29 février ?

3. Quelle est la probabilité que ce soit le jour anniversaire de la victoire de Marignan ?

4. Quelle est la probabilité que ce soit le premier jour d'un mois ?

INFO
Probabilités à laisser sous forme de fractions.

6 Trois petits problèmes géométriques

1. Calculer la longueur du 3e côté d'un triangle rectangle dont les deux premiers côtés mesurent respectivement 5 cm et 12 cm.
Il y a deux réponses possibles.

2. La figure ci-contre représentant le triangle ABC est volontairement fausse.

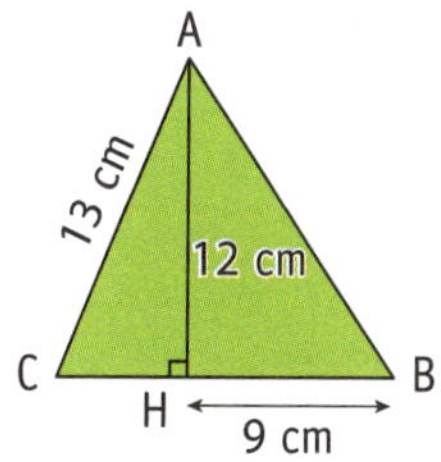

a. Calculer la mesure du côté [AB] du triangle ABC.

b. Calculer le périmètre du triangle ABC.

c. Calculer l'aire du triangle ABC.

3. Un cône mesure 8 cm de hauteur et 6 cm de rayon.

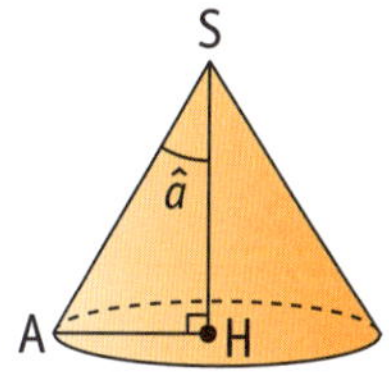

a. Calculer la valeur de l'angle $\hat{a}$ à 0,1° près (commencer par calculer le cosinus de $\hat{a}$).

b. Calculer le volume du cône à 0,01 cm^3 près.

INFO
• Théorème de Pythagore.
• Cosinus d'un angle.

7 Agrandissement

En agrandissant un carré A dans un rapport de 4, on a trouvé un carré B de 324 cm².
Calculer le côté du carré A.

INFO
Agrandir une figure.

COUP DE POUCE
La touche √ sera utile.

8 Petite lutinerie

Le lutin farceur a déconstruit le programme Scratch qui permet d'obtenir la figure ci-contre.
Toutes les instructions sont dans l'encadré.

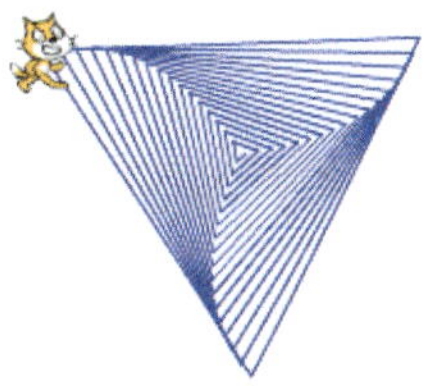

1. Citer les variables que l'on a définies.

2. Reconstruire le programme et le faire exécuter.

3. On voit $a = 120$ et $c = 5$ au début de l'exécution du programme.
Quelles sont les valeurs de a et de c à la fin ? Expliquer ces résultats.

INFO
Programmation.

NIVEAU 4e

Corrigés p. 227-228

Corrigés du niveau 4e

1 Multiplier des nombres relatifs

1

×	1	– 1	0	0,3	– 0,3	– 0,2
1	1	– 1	0	0,3	– 0,3	– 0,2
– 1	– 1	1	0	– 0,3	0,3	0,2
0	0	0	0	0	0	0
0,3	0,3	– 0,3	0	0,09	– 0,09	– 0,06
– 0,3	– 0,3	0,3	0	– 0,09	0,09	0,06
– 0,2	– 0,2	0,2	0	– 0,06	0,06	0,04

Remarque : on observe la symétrie du tableau par rapport à la diagonale « ×, 1, 1, 0, … ».

2 **a.** $-2{,}5+\left[(-1)\times(2{,}3-5{,}2)\right]$

$=-2{,}5+\left[(-1)\times(-2{,}9)\right]=-2{,}5+2{,}9=0{,}4$

b. $\left[(-2)\times(-5{,}3)\right]-\left[(-5{,}3+2)\times(-2)\right]$

$=10{,}6-\left[(-3{,}3)\times(-2)\right]=10{,}6-6{,}6=4$

c. $\left[6{,}1\times(-3)\times(-2)\right]-\left[(-6{,}1)\times(-3)\times 2\right]$

$=\left[(-18{,}3)\times(-2)\right]-18{,}3\times 2=36{,}6-36{,}6=0$

CONSEIL
Ne pas chercher à aller trop vite.

3 **a.** $7{,}9\times(-8)\times\left(\boxed{-}\,2{,}2\right)\times(-40)=-5\,561{,}6$

b. $741\times(-5)\times\left(\boxed{+}\,0{,}01\right)\times(-1{,}2)=44{,}46$

c. $(-3{,}21)\times(-3)\times\left(\boxed{-}\text{ ou }\boxed{+}\,0\right)\times(-3)=0$

EXPLICATION
Le produit d'un nombre impair de nombres négatifs est négatif.
Il est inutile d'effectuer les calculs pour répondre.

4

– 2	×	3	=	– 6
×		×		×
– 1	×	– 4	=	4
=		=		=
2	×	– 12	=	– 24

EXPLICATION
Commencer par la 1re ligne ; on trouve 3.
Puis la 1re colonne donne (– 1).
La dernière colonne permet de trouver 4.
Et on achève aisément.

5

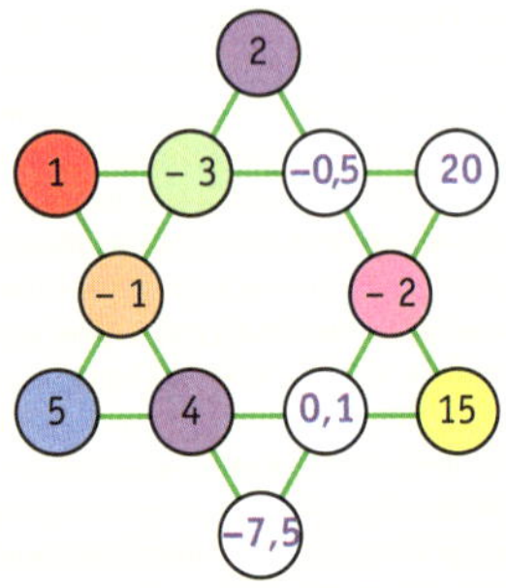

EXPLICATION
Le produit de chaque alignement vaut
2 × (– 3) × (– 1) × 5 = 30.
On trouve, ensuite, – 7,5 ; 0,1 ; 20 et – 0,5 par exemple.

6

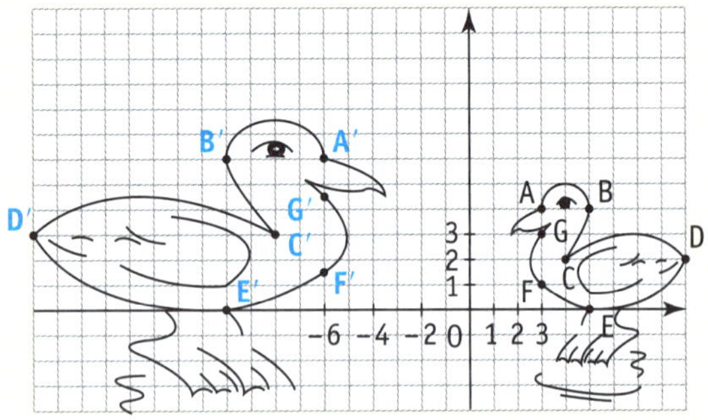

A(3 ; 4) → A′(– 6 ; 6)
B(5 ; 4) → B′(– 10 ; 6)
C(4 ; 2) → C′(– 8 ; 3)
D(9 ; 2) → D′(– 18 ; 3)
E(5 ; 0) → E′(– 10 ; 0)
F(3 ; 1) → F′(– 6 ; 1,5)
G(3 ; 3) → G′(– 6 ; 4,5)

7 **a.** Le produit commun est 2,5 × (– 5) × 10 = – 125.

2,5	4	– 12,5
25	– 5	1
– 2	6,25	10

b. Le produit commun est
(– 0,5) × (– 14) × 22,5 × 3 = 472,5.

– 0,5	– 5	– 10,5	– 18
– 13,5	– 14	1	2,5
4	– 1,5	22,5	– 3,5
17,5	– 4,5	– 2	3

8 **a.** Que fait ce programme ? Il choisit aléatoirement deux nombres a et b compris entre – 11 et 11.
Il en calcule le produit p (p est une variable cachée pour que les réponses attendues ne s'affichent pas à l'écran). Puis il compose le texte de la question « $a \times b =$ » (cela se fait en trois instructions pour éviter une ligne longue et encombrante).
Ensuite, il pose la question et attend la réponse (c'est l'instruction sur fond bleu).
Pour finir, il analyse la réponse et affiche « BRAVO ! » si la réponse est p ou bien « Non, c'est ... » dans le cas contraire.
Et tout ce bloc se répète « indéfiniment », c'est-à-dire jusqu'à ce que l'utilisateur décide de s'arrêter.

b. En cas de réponse fausse lorsque que l'on « joue » avec le programme, il faut prendre le temps de comparer la réponse tapée avec la correction. Ceci permet de comprendre l'erreur commise et donc de ne plus la refaire.

2 Diviser des nombres relatifs

1

÷	2	– 2	0,5	– 0,5	– 1
– 7	– 3,5	3,5	– 14	14	7
– 1	– 0,5	0,5	– 2	2	1
2	1	– 1	4	– 4	– 2

2 **a.** $8{,}5 \div (\boxed{-}\ 0{,}2) = -42{,}5$

b. $\boxed{+}\ 2{,}5 \div (-8) = -0{,}3125$

c. $(-9{,}3) \div (\boxed{-}\ 0{,}01) = 930$

d. $\boxed{+}\ 3{,}4 \div 5 = 0{,}68$

EXPLICATION
Pour les exercices **2** et **3**, on applique la règle des signes.

3 **a.** $[9{,}3 \div (\boxed{-}\ 0{,}3)] \div (-0{,}1) = 310$

b. $\boxed{-}\ 9{,}3 \div [0{,}3 \div (-0{,}1)] = 3{,}1$

c. $[\boxed{-}\ 9{,}3 \div (-0{,}3)] \div (-0{,}1) = -310$

d. $9{,}3 \div [\boxed{-}\ 0{,}3 \div (-0{,}1)] = 3{,}1$

Remarque : cet exercice nous montre aussi que $(a \div b) \div c \neq a \div (b \div c)$ et que, pour effectuer une expression numérique, on commence à calculer à l'intérieur des parenthèses ou des crochets.

4 **a.** $9 \div 0{,}4 = 22{,}5$
b. $15 \div (-0{,}1) = -(15 \div 0{,}1) = -150$
c. $(-1{,}5) \div (-30) = 1{,}5 \div 30 = 0{,}05$
d. $(-8) \div 125 = -(8 \div 125) = -0{,}064$

5 **a.** $(9 \div 10) - (10 \div 0{,}5) = 0{,}9 - 20 = -19{,}1$
b. $[(-2{,}7) \div (-3)] + [(-0{,}5 \times (-3)] = 0{,}9 + 1{,}5 = 2{,}4$
c. $(-3{,}25) \times [2{,}5 \div (-0{,}2)] = -3{,}25 \times (-12{,}5) = 40{,}625$
d. $[-2{,}7 \div (-3)] \times [(-0{,}9) \div (-3)] = 0{,}9 \times 0{,}3 = 0{,}27$

6 **a.** $1 \div 7 \approx 0{,}14$
b. $11 \div 9 \approx 1{,}22$
c. $221 \div 25 = 8{,}84$
d. $(-2) \div 3 \approx -0{,}67$
e. $8 \div (-13) \approx -0{,}62$
f. $(-3) \div (-19) \approx 0{,}16$
g. $(-2{,}1) \div 0{,}31 \approx -6{,}77$
h. $3{,}2 \div (-3) \approx -1{,}07$
Remarque : pour le **c.** on a une égalité.

7 **a.** $\boxed{-2{,}8} \div 5 = -0{,}56$

b. $\boxed{1{,}68} \div (-3) = -0{,}56$

c. $-3{,}4 \div \boxed{-0{,}1} = 34$

d. $-8{,}1 \div \boxed{0{,}5} = -16{,}2$

EXPLICATION
Par exemple, pour **a.** :
$\square \div 5 = -0{,}56$ donc $\square = -0{,}56 \times 5 = -2{,}8$

8 **a.** $(-2) \times x + 3{,}2 = 1{,}1$
$(-2) \times x = 1{,}1 - 3{,}2$ donc $-2x = -2{,}1$
soit $x = -2{,}1 \div (-2)$.
Donc $x = 1{,}05$.
b. $7 \times x + 8{,}7 = -13$
$7 \times x = -13 - 8{,}7$ donc $7x = -21{,}7$
soit $x = (-21{,}7) \div 7$.
Donc $x = -3{,}1$.

EXPLICATION

si $\square \times a = b$ alors $\square = b \div a$
si $\square + a = b$ alors $\square = b - a$
si $\square - a = b$ alors $\square = b + a$

Le chapitre 12 permettra de systématiser ces raisonnements.

9 Le texte se traduit par
$[(-2) \times x + (-3)] \div (-2) = -3{,}5$.
On a $(-2) \times x + (-3) = (-3{,}5) \times (-2)$
soit $-2x - 3 = 7$.
D'où $-2x = 7 + 3$ soit $-2x = 10$ soit $x = 10 \div (-2)$.
Donc $x = -5$.

10 **a.** Ce programme ressemble à celui de l'exercice 8 du chapitre 1. Afin que les divisions tombent juste, le programme choisit aléatoirement a et b, en calcule le produit p, et demande le quotient $\frac{p}{b}$ (qui bien sûr est égal à a, et c'est pour cela que la variable a est cachée).

b. Ici comme ailleurs, il faut faire l'effort de comprendre la cause des erreurs commises. C'est ainsi qu'on surmonte les difficultés.

3 Reconnaître et utiliser des fractions égales

1 **a.** $\frac{4}{8} = \frac{1}{2}$

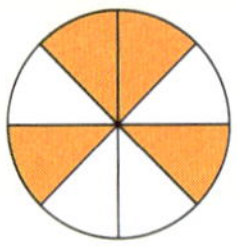

b. $\frac{6}{9} = \frac{2}{3}$

c. $\frac{6}{10} = \frac{3}{5}$

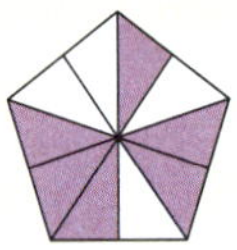

d. $\frac{10}{16} = \frac{5}{8}$

e. $\frac{9}{12} = \frac{3}{4}$

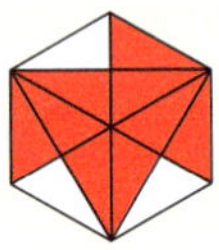

f. $\frac{14}{24} = \frac{7}{12}$

2 **a.** $\frac{14}{21} = \frac{2}{3}$

b. $\frac{15}{18} = \frac{5}{6}$

c. $\frac{900}{500} = \frac{9}{5}$

d. $\frac{-72}{63} = -\frac{8}{7}$

e. $\frac{42}{36} = \frac{7}{6}$

f. $\frac{-45}{15} = -3$

EXPLICATION

Par exemple, pour **a.** :

$\frac{14}{21} = \frac{2 \times 7}{3 \times 7} = \frac{2}{3}$.

3 $\frac{1}{2} = \frac{30}{60}$

$\frac{2}{3} = \frac{40}{60}$

$\frac{1}{4} = \frac{15}{60}$

$\frac{3}{4} = \frac{45}{60}$

$\frac{3}{5} = \frac{36}{60}$

$\frac{5}{6} = \frac{50}{60}$

$\frac{1}{10} = \frac{6}{60}$

$\frac{3}{10} = \frac{18}{60}$

$\frac{5}{12} = \frac{25}{60}$

$\frac{7}{15} = \frac{28}{60}$

$\frac{9}{20} = \frac{27}{60}$

$\frac{7}{30} = \frac{14}{60}$

EXPLICATION

On cherche le nombre par lequel on multiplie le dénominateur pour obtenir 60. Par exemple :

$\frac{1}{2} = \frac{1 \times 30}{2 \times 30} = \frac{30}{60}$

4 **a.** $\frac{12}{21} = \frac{4 \times 3}{7 \times 3} = \frac{4}{7}$

b. $\frac{24}{42} = \frac{4 \times 6}{7 \times 6} = \frac{4}{7}$ $\frac{36}{63} = \frac{4 \times 9}{7 \times 9} = \frac{4}{7}$

$\frac{48}{84} = \frac{4 \times 12}{7 \times 12} = \frac{4}{7}$

Remarque : il ne s'agit pas d'une propriété générale mais d'une curiosité rare.

5 **a.** $\pi = 3{,}1415926...$ et $\frac{22}{7} = 3{,}1428...$

Donc $\frac{22}{7} \neq \pi$ car ils n'ont pas les mêmes décimales.

b. $\frac{355}{113} = 3{,}1415929...$ Donc $\frac{355}{113} \neq \pi$ car ils n'ont pas les mêmes décimales.

EXPLICATION

$\frac{22}{7}$ et $\frac{355}{113}$ sont des valeurs approchées de π.

En fait, les mathématiciens ont démontré que π ne peut pas s'écrire comme le quotient de deux nombres entiers.

6 $\frac{7}{9} = \frac{63}{81}$

$\frac{25}{35} = \frac{5}{7}$

$\frac{46}{23} = \frac{92}{46}$

$\frac{1}{1\,000} = \frac{0{,}1}{100}$

$\frac{8}{36} = \frac{2}{9}$

$\frac{36}{10} = \frac{3\,600}{1\,000}$

$\frac{7}{8} = \frac{49}{56}$

$\frac{2}{-3} = \frac{-4}{6}$

7 **a.** Comme $27 = 9 \times 3$, $\frac{4}{9} = \frac{4 \times 3}{9 \times 3} = \frac{12}{27}$

et $\frac{12}{27} < \frac{16}{27}$, donc $\frac{4}{9} < \frac{16}{27}$.

b. $\frac{5}{4} = \frac{5 \times 2}{4 \times 2} = \frac{10}{8}$ et $\frac{10}{8} > \frac{3}{8}$, donc $\frac{3}{8} < \frac{5}{4}$.

c. $\frac{7}{8} = \frac{7 \times 9}{8 \times 9} = \frac{63}{72}$ et $\frac{4}{9} = \frac{4 \times 8}{9 \times 8} = \frac{32}{72}$, donc $\frac{4}{9} < \frac{7}{8}$.

d. $\frac{2}{3} = \frac{2 \times 5}{3 \times 5} = \frac{10}{15}$ et $\frac{4}{5} = \frac{4 \times 3}{5 \times 3} = \frac{12}{15}$, donc $\frac{2}{3} < \frac{4}{5}$.

EXPLICATION

Pour **a.** et **b.**, l'un des dénominateurs est multiple de l'autre.

Pour **b.** on peut aussi observer que $\frac{5}{4} > 1$ et $\frac{3}{8} < 1$.

Pour **c.** un multiple commun à 8 et à 9 sera notre dénominateur commun.

4 Additionner et soustraire des fractions

1 **a.** $\frac{1}{3}+\frac{5}{3}=\frac{6}{3}=2$

b. $\frac{25}{36}-\frac{7}{36}=\frac{25-7}{36}=\frac{18}{36}=\frac{1}{2}$

c. $\frac{17}{100}-\frac{7}{100}=\frac{17-7}{100}=\frac{10}{100}=\frac{1}{10}$

d. $-\frac{3}{7}+\frac{20}{7}=\frac{-3+20}{7}=\frac{17}{7}$

EXPLICATION
Pour **a.**, la simplification est immédiate car $6 \div 3 = 2$.

2 **a.** $\frac{3}{5}+\frac{1}{10}=\frac{6}{10}+\frac{1}{10}=\frac{7}{10}$

b. $\frac{3}{7}-\frac{2}{21}=\frac{9}{21}-\frac{2}{21}=\frac{7}{21}=\frac{1}{3}$

c. $\frac{1}{10}+\frac{1}{2}+\frac{3}{5}=\frac{1}{10}+\frac{5}{10}+\frac{6}{10}=\frac{12}{10}=\frac{6}{5}$

d. $\frac{1}{22}-\frac{1}{11}=\frac{1}{22}-\frac{2}{22}=\frac{-1}{22}$

EXPLICATION
Pour **a.**, **b.** et **d.**, il suffit de modifier la fraction ayant le plus petit dénominateur.

3 **a.** $\frac{1}{2}+\frac{2}{3}=\frac{3}{6}+\frac{4}{6}=\frac{7}{6}$

b. $\frac{1}{2}+\frac{1}{4}+\frac{1}{3}=\frac{6}{12}+\frac{3}{12}+\frac{4}{12}=\frac{13}{12}$

c. $\frac{3}{10}-\frac{4}{15}=\frac{9}{30}-\frac{8}{30}=\frac{1}{30}$

d. $\frac{6}{7}-\frac{4}{5}-\frac{2}{35}=\frac{30}{35}-\frac{28}{35}-\frac{2}{35}=0$

EXPLICATION
- Pour **a.**, le plus petit multiple commun à 2 et 3 est 6.
- Pour **b.** le plus petit multiple commun à 2, 3 et 4 est 12.

4 **a.**

+	$\frac{5}{6}$	$\frac{1}{3}$	$\frac{3}{2}$	$\frac{3}{4}$
$\frac{1}{6}$	1	$\frac{1}{2}$	$\frac{5}{3}$	$\frac{11}{12}$
$\frac{2}{3}$	$\frac{3}{2}$	1	$\frac{13}{6}$	$\frac{17}{12}$
$\frac{1}{2}$	$\frac{4}{3}$	$\frac{5}{6}$	2	$\frac{5}{4}$

b.

−	$\frac{1}{3}$	$\frac{3}{4}$	$\frac{3}{2}$	$\frac{2}{5}$
$\frac{2}{3}$	$\frac{1}{3}$	$-\frac{1}{12}$	$-\frac{5}{6}$	$\frac{4}{15}$
$\frac{1}{4}$	$-\frac{1}{12}$	$-\frac{1}{2}$	$-\frac{5}{4}$	$-\frac{3}{20}$
$\frac{4}{5}$	$\frac{7}{15}$	$\frac{1}{20}$	$-\frac{7}{10}$	$\frac{2}{5}$

CONSEIL
Il est important de savoir effectuer ce genre de calculs avec exactitude et rapidité.

5 **a.** $\frac{2}{9}=\frac{2\times 4}{9\times 4}=\frac{8}{36}$ et $\frac{8}{36}>\frac{5}{36}$, donc Enzo a eu une part plus grosse que Flavio.

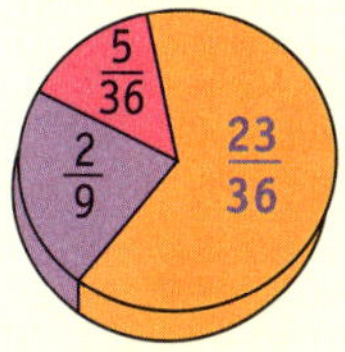

b. $\frac{5}{36}+\frac{2}{9}=\frac{5}{36}+\frac{8}{36}=\frac{13}{36}$

c. $1-\frac{13}{36}=\frac{36}{36}-\frac{13}{36}=\frac{23}{36}$

EXPLICATION
c. Pour calculer $1-\frac{13}{36}$, il faut mettre 1 sous forme d'une fraction ayant 36 pour dénominateur.

6 **Remarque :** les nombres entiers peuvent toujours s'écrire sous forme fractionnaire.

a. $5+\frac{1}{3}=\frac{15}{3}+\frac{1}{3}=\frac{16}{3}$

b. $11+\frac{2}{5}=\frac{55}{5}+\frac{2}{5}=\frac{57}{5}$

c. $3+\frac{1}{7}=\frac{21}{7}+\frac{1}{7}=\frac{22}{7}$

d. $1+\frac{1}{2}=\frac{2}{2}+\frac{1}{2}=\frac{3}{2}$

e. $6+\frac{1}{25}=\frac{150}{25}+\frac{1}{25}=\frac{151}{25}$

f. $6+\frac{1}{4}=\frac{24}{4}+\frac{1}{4}=\frac{25}{4}$

5 Multiplier et diviser des fractions

1 **a.** $\frac{9}{8}\times\frac{16}{27}=\frac{9\times 2\times 8}{8\times 3\times 9}=\frac{2}{3}$

b. $\frac{4}{3}\times\frac{12}{28}=\frac{4\times 4\times 3}{3\times 4\times 7}=\frac{4}{7}$

c. $\frac{-7}{25}\times\left(-\frac{15}{14}\right)=\frac{7\times 3\times 5}{5\times 5\times 2\times 7}=\frac{3}{10}$

d. $\frac{5}{8}\times\frac{8}{5}=\frac{5\times 8}{8\times 5}=\frac{1}{1}=1$

e. $\frac{3}{-4}\times\left(-\frac{16}{5}\right)=\frac{3\times 4\times 4}{4\times 5}=\frac{12}{5}$

f. $\left(-\frac{1}{4}\right)\times\frac{40}{5}=-\frac{5\times 4\times 2}{4\times 5}=-2$

EXPLICATION
On effectue les simplifications en supprimant les facteurs communs au numérateur et au dénominateur.
Pour **d.** on obtient 1 car le numérateur et le dénominateur sont égaux.

2 **a.** $2\times\frac{1}{3}=\frac{2\times 1}{3}=\frac{2}{3}$

b. $5\times\frac{1}{25}=\frac{5\times 1}{5\times 5}=\frac{1}{5}$

c. $25\times\frac{3}{7}=\frac{25\times 3}{7}=\frac{75}{7}$

d. $49\times\frac{5}{7}=\frac{7\times 7\times 5}{7}=35$

e. $(-3)\times\frac{8}{27}=\frac{-3\times 8}{3\times 9}=-\frac{8}{9}$

f. $4\times\left(-\frac{9}{2}\right)=\frac{2\times 2\times(-9)}{2}=-18$

3 Il y a $54 \times \frac{2}{3} = 36$ passagers par autobus.

Il descend $36 \times \frac{1}{4} = 9$ passagers. Il en reste donc $36 - 9 = 27$ dans chaque autobus, soit $2 \times 27 = 54$ voyageurs que l'on peut rassembler dans un seul autobus.

4 **a.** $\frac{2}{3} \div \frac{3}{7} = \frac{2}{3} \times \frac{7}{3} = \frac{14}{9}$

b. $\frac{7}{8} \div \frac{5}{6} = \frac{7}{8} \times \frac{6}{5} = \frac{7 \times 2 \times 3}{2 \times 4 \times 5} = \frac{21}{20}$

c. $-\frac{9}{20} \div \frac{3}{4} = -\frac{9}{20} \times \frac{4}{3} = -\frac{3 \times 3 \times 4}{4 \times 5 \times 3} = -\frac{3}{5}$

d. $\frac{3}{4} \div \left(-\frac{9}{20}\right) = -\frac{3}{4} \times \frac{20}{9} = -\frac{3 \times 4 \times 5}{4 \times 3 \times 3} = -\frac{5}{3}$

e. $\left(-\frac{2}{3}\right) \div \frac{2}{3} = -\frac{2}{3} \times \frac{3}{2} = -1$

f. $\left(-\frac{7}{4}\right) \div \left(-\frac{4}{7}\right) = \frac{7}{4} \times \frac{7}{4} = \frac{49}{16}$

g. $5 \div \frac{3}{4} = 5 \times \frac{4}{3} = \frac{5 \times 4}{3} = \frac{20}{3}$

h. $\frac{3}{4} \div 5 = \frac{3}{4} \times \frac{1}{5} = \frac{3 \times 1}{4 \times 5} = \frac{3}{20}$

EXPLICATION
On n'oublie pas d'appliquer la règle des signes.

5 **a.** $\left(\frac{4}{5} \times \frac{2}{3}\right) \times \frac{1}{8} = \frac{4 \times 2}{5 \times 3} \times \frac{1}{8} = \frac{8}{15} \times \frac{1}{8} = \frac{8 \times 1}{15 \times 8} = \frac{1}{15}$

b. $\left(\frac{1}{4} + \frac{1}{8}\right) \times \frac{5}{3} = \left(\frac{2}{8} + \frac{1}{8}\right) \times \frac{5}{3} = \frac{3}{8} \times \frac{5}{3} = \frac{3 \times 5}{8 \times 3} = \frac{5}{8}$

c. $\left(\frac{3}{7} - \frac{1}{14}\right) \div \frac{1}{2} = \left(\frac{6}{14} - \frac{1}{14}\right) \div \frac{1}{2} = \frac{5}{14} \times \frac{2}{1} = \frac{5 \times 2}{2 \times 7} = \frac{5}{7}$

d. $\left(\frac{5}{6} + \frac{1}{6}\right) \times \left(\frac{25}{12} - \frac{1}{12}\right) = \frac{6}{6} \times \frac{24}{12} = 1 \times 2 = 2$

6 **a.** $\frac{2}{5} \times \frac{2}{3} = \frac{4}{15}$ **c.** $\frac{2}{3} \times \frac{2}{3} = \frac{4}{9}$ **e.** $\frac{5}{11} \times \frac{3}{2} = \frac{15}{22}$

b. $\frac{3}{7} \times \frac{17}{7} = \frac{51}{49}$ **d.** $\frac{1}{5} \times \frac{3}{5} = \frac{3}{25}$ **f.** $\frac{36}{13} \times \frac{1}{5} = \frac{36}{65}$

7

a.

$\frac{1}{2}$	$\frac{243}{2}$	$\frac{1}{18}$
$\frac{1}{6}$	$\frac{3}{2}$	$\frac{27}{2}$
$\frac{81}{2}$	$\frac{1}{54}$	$\frac{9}{2}$

b.

$\frac{1}{12}$	$\frac{8}{3}$	$\frac{4}{3}$
$\frac{32}{3}$	$\frac{2}{3}$	$\frac{1}{24}$
$\frac{1}{3}$	$\frac{1}{6}$	$\frac{16}{3}$

EXPLICATION
Pour **a.**, le produit commun est :
$\frac{1}{2} \times \frac{3}{2} \times \frac{9}{2}$ soit $\frac{27}{8}$.
Pour **b.**, le produit commun est :
$\frac{4}{3} \times \frac{2}{3} \times \frac{1}{3}$ soit $\frac{8}{27}$.
Les résultats annoncés ici sont simplifiés.

6 Connaître les puissances

1 $6^2 = 6 \times 6 = 36$ $2^4 = 2 \times 2 \times 2 \times 2 = 16$
$4^3 = 4 \times 4 \times 4 = 64$ $(-3)^2 = (-3) \times (-3) = 9$
$0^{13} = 0$ $18^1 = 18$
$(-1)^5 = -1$ $10^4 = 10 \times 10 \times 10 \times 10 = 10\ 000$

2

n	0	1	2	3	4	5	6	7	8	9	10	11	12
n^2	0	1	4	9	16	25	36	49	64	81	100	121	144

3 **a.** Aire du carré : $17 \times 17 = 17^2$
Volume du cube : $3 \times 3 \times 3 = 3^3$
b. Aire : $17^2 = 289$ m^2
Volume : $3^3 = 27$ dm^3 = 27 litres

4 7^2 : $\boxed{+}$ 7^3 : $\boxed{+}$ 7^4 : $\boxed{+}$
$(-7)^2$: $\boxed{+}$ $(-7)^3$: $\boxed{-}$ $(-7)^4$: $\boxed{+}$
1^3 : $\boxed{+}$ $(-1)^3$: $\boxed{-}$ $-(1^3)$: $\boxed{-}$
$(-1)^{2017}$: $\boxed{-}$ $(-1)^{2018}$: $\boxed{+}$ $(-1)^{2019}$: $\boxed{-}$

EXPLICATION
En application de la règle des signes :
- Un nombre négatif à une puissance paire donne un nombre positif.
- Un nombre négatif à une puissance impaire donne un nombre négatif.

5

n	3	2	2	1	13	16	2	1	3
a	4	− 7	10	16	0	− 1	0,5	− 6	− 10
a^n	64	49	100	16	0	1	0,25	− 6	− 1 000

6 **a.** $7^3 = 343$
b. $12^2 = 144$
c. $(-13)^3 = -2\ 197$
d. $2^9 = 512$
e. $2^{10} = 1\ 024$
f. $0{,}1^4 = 0{,}0001$
g. $0{,}2^3 = 0{,}008$
h. $0{,}8^2 = 0{,}64$
i. $1{,}2^2 = 1{,}44$

7

x	6	2	0,5	11	− 3	7	− 1	5	2
p	4	6	1	3	3	4	13	4	10
x^p	1 296	64	0,5	1 331	− 27	2 401	− 1	625	1 024

8 **a.** $2^3 = 8$ et $3^2 = 9$ donc $\boxed{F}$
b. $2^4 = 16$ et $4^2 = 16$ donc $\boxed{V}$
c. $2^{10} = 1\ 024$ et $10^3 = 1\ 000$ donc $\boxed{F}$
d. $(-1)^4 = 1$ donc $\boxed{F}$
e. $0{,}1^2 = 0{,}01$ donc $\boxed{V}$
f. $3^2 + 4^2 = 9 + 16 = 25$ et $5^2 = 25$ donc $\boxed{V}$

9 **a.** $6^3 + 8^3 = 9^3$ $\boxed{F}$
car $6^3 + 8^3 = 216 + 512 = 728$ et $9^3 = 729$.

b. $1^1 + 6^2 + 7^3 + 6^4 = 1 + 36 + 343 + 1\,296 = 1\,676$ donc V

c. $4^3 + 0^3 + 7^3 = 64 + 0 + 343 = 407$ donc V

d. $19^2 + 96^2 = 361 + 9\,216 = 9\,577$
et $(19 + 96)^2 = 115^2 = 13\,225$ donc F

e. $1^3 + 2^3 + 3^3 + 4^3 = 1 + 8 + 27 + 64 = 100$
et $(1 + 2 + 3 + 4)^2 = 10^2 = 100$ donc V

f. $2^5 + 4^2 + 1^3 = 32 + 16 + 1 = 49$ et $3^4 = 81$ donc F

g. $5^4 + 6^4 - (1 + 9)^4 = 625 + 1\,296 - 10\,000 = -8\,079$
$1^4 + 9^4 - (5 + 6)^4 = 1 + 6\,561 - 14\,641 = -8\,079$
donc V

7 Savoir calculer avec les puissances

1 a. $3^2 \times 3^3 = 9 \times 27 = 243$
b. $7 \times 7^2 = 7 \times 49 = 343$
c. $0{,}2^2 \times 0{,}2^2 = 0{,}04 \times 0{,}04 = 0{,}0016$
d. $1{,}3^2 \times 1{,}3 = 1{,}69 \times 1{,}3 = 2{,}197$
e. $4^3 \times 4 = 64 \times 4 = 256$
f. $10 \times 1{,}1^2 = 10 \times 1{,}21 = 12{,}1$

2 a. $\dfrac{8^5}{8^3} = \dfrac{8 \times 8 \times 8 \times 8 \times 8}{8 \times 8 \times 8} = 8 \times 8 = 64$ après simplification par $8 \times 8 \times 8$.

b. $\dfrac{9^2}{9} = \dfrac{9 \times 9}{9} = 9$

c. $\dfrac{2^2}{2^5} = \dfrac{2 \times 2}{2 \times 2 \times 2 \times 2 \times 2} = \dfrac{1}{2 \times 2 \times 2} = \dfrac{1}{8} = 0{,}125$

d. $\dfrac{5}{5^3} = \dfrac{\cancel{5}}{\cancel{5} \times 5 \times 5} = \dfrac{1}{5^2} = \dfrac{1}{25} = 0{,}04$

e. $\dfrac{3^{11}}{3^{11}} = 1$ car $\dfrac{a}{a} = 1$

f. $6 \times \dfrac{6^2}{6^2} = 6 \times 1 = 6$

3 a. ~~$5^3 \times 5^2 = 5^6$~~ **c.** ~~$2^4 \times 7^2 = 14^6$~~ **e.** ~~$7^2 \times 7^2 \times 7^2 = 7^8$~~
b. $13^3 \times 13^3 = 13^6$ **d.** $2^4 \times 7^4 = 14^4$ **f.** ~~$3^2 \times 11^3 = 33^5$~~

4 a. $3^4 \times 3^5 = (3 \times 3 \times 3 \times 3) \times (3 \times 3 \times 3 \times 3 \times 3) = 3^9$
b. $4^3 \times 4 = (4 \times 4 \times 4) \times 4 = 4^4$
c. $\dfrac{2^4}{2^3} = \dfrac{2 \times 2 \times 2 \times 2}{2 \times 2 \times 2} = 2 = 2^1$
d. $2^3 \times 3^3 = (2 \times 2 \times 2) \times (3 \times 3 \times 3)$
$= (2 \times 3) \times (2 \times 3) \times (2 \times 3) = 6^3$
e. $3^2 \times 5^2 = (3 \times 3) \times (5 \times 5) = (3 \times 5) \times (3 \times 5) = 15^2$
f. $6^3 \times \dfrac{1}{6} = 6 \times 6 \times 6 \times \dfrac{1}{6} = 6 \times 6 = 6^2$

5 a.

Départ	2 trimestres	4 trimestres	2 ans
10	10×2^2	10×2^4	10×2^8

car 2 ans = 8 trimestres

b. $10 \times 2^8 = 10 \times 256 = 2\,560$ (et donc 10 240 pattes !)
c. En un an, c'est-à-dire en 4 trimestres, le nombre de souris est multiplié par $2^4 = 16$.

6
a. $5^3 \times 2^3 = 10^3$ V
b. $1^3 \times 3^3 = 3^3 \neq 13^3$ F
c. $3^4 \times 2^4 = (3 \times 3 \times 3 \times 3) \times (2 \times 2 \times 2 \times 2)$
$= (3 \times 2) \times (3 \times 2) \times (3 \times 2) \times (3 \times 2)$
$= 6^4$ V
d. $2^4 \times 2^2 = 16 \times 4 = 64$ et d'autre part $4^3 = 64$ V
e. $3^2 \div 1^3 = \dfrac{9}{1} = 9$ V
f. $5^3 \div 5 = \dfrac{5 \times 5 \times \cancel{5}}{\cancel{5}} = 5^2 \neq 5^4$ F
g. $4^2 \div 2^3 = \dfrac{4 \times 4}{2 \times 2 \times 2} = \dfrac{16}{8} = 2$ V
h. $10^2 \div 4 = \dfrac{10 \times 10}{4} = \dfrac{100}{4} = 25 = 5^2$ V

7 a.

2^7	1	2^5
2^2	2^4	2^6
2^3	2^8	2

b.

5^5	1	5^7
5^6	5^4	5^2
5	5^8	5^3

c.

3^3	3^2	3^7
3^8	3^4	1
3	3^6	3^5

EXPLICATION
Les produits magiques sont :
- pour **a.** 2^{12} ;
- pour **b.** 5^{12} ;
- pour **c.** 3^{12}.

8

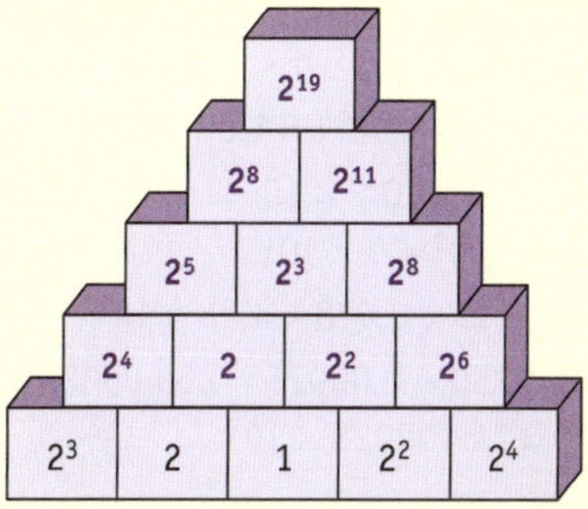

9 a. Pour 153 : $1^3 + 5^3 + 3^3 = 1 + 125 + 27 = 153$
Pour 370 : $3^3 + 7^3 + 0^3 = 27 + 343 + 0 = 370$
Pour 371 : $3^3 + 7^3 + 1^3 = 27 + 343 + 1 = 371$
Pour 407 : $4^3 + 0^3 + 7^3 = 64 + 343 = 407$
Pour 516 : $5^3 + 1^3 + 6^3 = 125 + 1 + 216 = 342$
L'intrus est donc 516.

b. Pour 17 : $17^3 = 4\,913$ et $4 + 9 + 1 + 3 = 17$
Pour 18 : $18^3 = 5\,832$ et $5 + 8 + 3 + 2 = 18$
Pour 26 : $26^3 = 17\,576$ et $1 + 7 + 5 + 7 + 6 = 26$
Pour 27 : $27^3 = 19\,683$ et $1 + 9 + 6 + 8 + 3 = 27$
Pour 35 : $35^3 = 42\,875$ et $4 + 2 + 8 + 7 + 5 = 26$
L'intrus est donc 35.

8 Utiliser les puissances de 10

1 $100\ 000 = 10^5$ un million $= 10^6$
un centième $= 10^{-2}$ $0{,}001 = 10^{-3}$
cent $= 10^2$ $0{,}000\ 001 = 10^{-6}$

2 $10^3 = 1\ 000$ $10^{-4} = 0{,}0001$
$5 \times 10^2 = 500$ $3 \times 10^{-2} = 0{,}03$
$0{,}5 \times 10^{-2} = 0{,}005$ $200 \times 10^{-1} = 20$

3 $10^2 \times 10^3 = 10^5$ $10^{-2} \times 10^4 = 10^2$
$10^6 \times 10^{-2} = 10^4$ $10^{-3} \times 10 = 10^{-2}$
$10^5 \times 10^{-5} = 10^0 = 1$ $10^{-2} \times 10^7 = 10^5$
$10 \times 10 = 10^2$ $10^2 \times 10^{-6} = 10^{-4}$

4 $\dfrac{10\ 000}{10^2} = 10^2$ $\dfrac{10^{-1}}{10} = 10^{-2}$ $\dfrac{10^3}{0{,}1} = 10^4$

$\dfrac{10^{-4}}{10^{-1}} = 10^{-3}$ $\dfrac{10^{-1}}{10^{-1}} = 1$ $\dfrac{10}{10^{-2}} = 10^3$

EXPLICATION
Exemple : $\dfrac{10^4}{10^{-2}} = 10\ 000 \div 0{,}01 = 1\ 000\ 000 = 10^6$

5 $285 \times 10^{-4} = 0{,}0285$ $0{,}3 \times 10^{-1} = 0{,}03$
$-0{,}3 \times 10^{-1} = -0{,}03$ $-285 \times 10^{-4} = -0{,}0285$
Donc : $-0{,}3 \times 10^{-1} < -285 \times 10^{-4} < 285 \times 10^{-4} < 0{,}3 \times 10^{-1}$

6 $4 \times 10^{-3} = 0{,}004$ $2 \times 10^6 = 2\ 000\ 000$
$8 \times 10^{-1} = 0{,}8$ $7{,}36 \times 10^4 = 73\ 600$
$9{,}1 \times 10^{-2} = 0{,}091$ $2{,}5813 \times 10^3 = 2\ 581{,}3$

7 $2008 = 2{,}008 \times 10^3$ $27\ 182 \times 10^{-4} = 2{,}7182$
15 millions $= 1{,}5 \times 10^7$ $314{,}1 \times 10^{-4} = 3{,}141 \times 10^{-2}$
$0{,}84 \times 10^4 = 8{,}4 \times 10^3$ $371 = 3{,}71 \times 10^2$
320 milliards $= 3{,}2 \times 10^{11}$ $36\ 000 = 3{,}6 \times 10^4$

8 $(24 \times 10^{-4}) \times (7 \times 10^{-2}) = 24 \times 7 \times 10^{-4} \times 10^{-2}$
$= 168 \times 10^{-6} = 1{,}68 \times 10^{-4}$

$(0{,}1 \times 10^{-3}) \times (9 \times 10^5) = 0{,}1 \times 9 \times 10^{-3} \times 10^5$
$= 0{,}9 \times 10^2 = 9 \times 10^1$

$0{,}328 + (15 \times 10^{-2}) = 0{,}328 + 0{,}15 = 0{,}478 = 4{,}78 \times 10^{-1}$

$(0{,}25 \times 10^3) + (0{,}25 \times 10^{-3}) = 250 + 0{,}00025 = 250{,}00025$
$= 2{,}5000025 \times 10^2$

9 Connaître les nombres premiers

1 Tableau des nombres premiers inférieurs à 100.

~~1~~	2	3	~~4~~	5	~~6~~	7	~~8~~	~~9~~	~~10~~
11	~~12~~	13	~~14~~	~~15~~	~~16~~	17	~~18~~	19	~~20~~
~~21~~	~~22~~	23	~~24~~	~~25~~	~~26~~	~~27~~	~~28~~	29	~~30~~
31	~~32~~	~~33~~	~~34~~	~~35~~	~~36~~	37	~~38~~	~~39~~	~~40~~
41	~~42~~	43	~~44~~	~~45~~	~~46~~	47	~~48~~	~~49~~	~~50~~
~~51~~	~~52~~	53	~~54~~	~~55~~	~~56~~	~~57~~	~~58~~	59	~~60~~
61	~~62~~	~~63~~	~~64~~	~~65~~	~~66~~	67	~~68~~	~~69~~	~~70~~
71	~~72~~	73	~~74~~	~~75~~	~~76~~	~~77~~	~~78~~	79	~~80~~
~~81~~	~~82~~	83	~~84~~	~~85~~	~~86~~	~~87~~	~~88~~	89	~~90~~
~~91~~	~~92~~	~~93~~	~~94~~	~~95~~	~~96~~	97	~~98~~	~~99~~	~~100~~

2 **41** 51 **37** 33 **19** 57 123 **71**
47 49 104 111 **2** **17** 87 **73**

Les nombres premiers sont dans le crible d'Ératosthène. Les autres nombres sont divisibles par 2, par 3 ou par 7.

3 Si le nombre de jetons est **composé** (produit de deux facteurs strictement supérieurs à 1) alors l'enfant peut construire plusieurs rectangles. Si le nombre de jetons est **premier**, l'enfant ne peut faire qu'une rangée.

4 **a.** 25 (voir le crible d'Ératosthène).
b. Non, puisqu'il est divisible par 13 et 7, en plus de 1 et lui-même.
c. 2 et 3 (ce sont les deux seuls).
d. Non parce que la somme de deux nombres impairs est un nombre pair, donc divisible par 2.
e. Par exemple, $2 + 3 = 5$. L'un des deux termes est nécessairement 2.
f. 4 ou 6 ou 8 ou 0.
g. 1 ou 3 ou 7 ou 9.

5 **a.**

$$\begin{array}{r|l} 49 & 7 \\ 7 & 7 \\ 1 & \end{array} \qquad \begin{array}{r|l} 175 & 5 \\ 35 & 5 \\ 7 & 7 \\ 1 & \end{array}$$

$49 = 7 \times 7 = 7^2$ $175 = 5^2 \times 7$

b. $\dfrac{49}{175} = \dfrac{7^2}{5^2 \times 7} = \dfrac{7}{5^2} = \dfrac{7}{25}$

6

$$\begin{array}{r|l} 140 & 2 \\ 70 & 2 \\ 35 & 5 \\ 7 & 7 \\ 1 & \end{array} \qquad \begin{array}{r|l} 360 & 2 \\ 180 & 2 \\ 90 & 2 \\ 45 & 5 \\ 9 & 3 \\ 3 & 3 \\ 1 & \end{array}$$

Donc $140 = 2^2 \times 5 \times 7$ et $360 = 2^3 \times 3^2 \times 5$.

Donc $\dfrac{140}{360} = \dfrac{2^2 \times 5 \times 7}{2^3 \times 3^2 \times 5} = \dfrac{7}{2 \times 3^2} = \dfrac{7}{18}$.

Mais prenons un peu de recul. Dans ce cas précis, il valait mieux simplifier directement par 10 puis par 2. Ainsi, la décomposition en facteurs premiers n'est pas toujours le moyen le plus habile pour simplifier une fraction.

7

$$\begin{array}{r|l} 363 & 3 \\ 121 & 11 \\ 11 & 11 \\ 1 & \end{array} \qquad \begin{array}{r|l} 231 & 3 \\ 77 & 7 \\ 11 & 11 \\ 1 & \end{array}$$

$363 = 3 \times 11^2$ $231 = 3 \times 7 \times 11$

Donc $\dfrac{363}{231} = \dfrac{3 \times 11^2}{3 \times 7 \times 11} = \dfrac{11}{7}$.

10 Calculer avec des lettres

1 **a.** Aire $= b \times h = 28 \times 25 = 700 \text{ cm}^2$.

b. Aire $= \dfrac{(B+b)\times h}{2} = \dfrac{(24+18)\times 13}{2} = 273 \text{ cm}^2$.

c. Volume $= \pi \times r^2 \times h = \pi \times 5^2 \times 20$

$= \pi \times 500 \approx 1\,571 \text{ cm}^3 \approx 1{,}571$ L.

2 **a.** $A = \dfrac{(B+b)\times h}{2}$

b. $80 = \dfrac{(11+5)\times h}{2}$

c. Avec $h = 5$, on obtient $\dfrac{(11+5)\times 5}{2} = 40$.

Or, $40 \neq 80$. Donc $h \neq 5$.

Avec $h = 12$, on obtient $\dfrac{(11+5)\times 12}{2} = 96$.

Or, $96 \neq 80$. Donc $h \neq 12$.

On finit par trouver $h = 10$ cm.

3 **a.** $x = 4$. **b.** $x = 7$. **c.** $x = -2$.
d. $x = 1$ ou $x = -3$.

4 Les identités sont **a.**, **c.** et **f.**
b. est faux pour toute valeurs de x.
d. est faux pour $x = 2$.
e. est faux pour $a = 1$.
g. est faux pour $x = 1$.
h. est faux pour $x = 2$.
(d., e., g., h.) par exemple

5 **b.** À l'étape ② on obtient $5p$.
À l'étape ③ on obtient $5p + 100$.
À l'étape ④ on obtient
$(5p + 100) \times 20 = 100p + 2000$.
À l'étape ⑤ on obtient
$(100p + 2000) + 19 = 100p + 2019$ si on est en 2019.
À l'étape ⑥ on obtient $100p + 2019 - 2006$ si tu es né en 2006.
Par exemple, pour une pointure de 39 et un âge de 13 ans, on obtient 3 913.

11 Développer et factoriser

1 **a.** $2a + 4b + 6a - 5b = (2a + 6a) + (4b - 5b)$
$= (2 + 6)a + (4 - 5)b = 8a - b$

Remarque : $8a + (-1)b = 8a - b$

b. $A = 3a + 5a + 6b + 7b = (3 + 5)a + (6 + 7)b$
$= 8a + 13b$
$B = 4a - 3a + 8b - 2b = (4 - 3)a + (8 - 2)b = a + 6b$
$C = 13a - 15a + 15b - 20b = (13 - 15)a + (15 - 20)b$
$= -2a - 5b$
$D = 9a - 10b - 7a + 9b - 2a$
$= (9 - 7 - 2)a + (-10 + 9)b = 0 \times a - b = -b$

2 $A = 5(4x - 9) = 20x - 45$
$B = (8 - x) \times 5 = 40 - 5x$
$C = (2x + 4) \times x = 2x^2 + 4x$
$D = 4(x^2 + 5x) = 4x^2 + 20x$
$E = 7(5 + x) = 35 + 7x$
$F = 4(1 - x^2) = 4 - 4x^2$

3 $A = 8(1 + x + x^2) = 8 + 8x + 8x^2$
$B = \dfrac{1}{2}(2x - 4y) = x - 2y$
$C = x(x^3 - x - 1) = x^4 - x^2 - x$
$D = 4\left(x + \dfrac{3}{4}y\right) = 4x + 3y$

4 $A = 13 - (a - b) + (9 - b) = 13 - a + b + 9 - b = -a + 22$
$B = (7 - a) + (10 + b) - (13 + a)$
$= 7 - a + 10 + b - 13 - a = 4 - 2a + b$
$C = -(b - 3a) + (b - a) - (6 - b)$
$= -b + 3a + b - a - 6 + b = 2a + b - 6$

5 $A = 3(a + 4) - (b - 5) = 3a + 12 - b + 5 = 3a - b + 17$
$B = -4(4 - a) - (4 - b) = -16 + 4a - 4 + b = 4a + b - 20$
$C = 8(3 - a) - 2(5 - 2a) = 24 - 8a - (10 - 4a)$
$= 24 - 8a - 10 + 4a = 14 - 4a$

6 $A = 4a + 4b = 4(a + b)$
$B = 8a - 4b = 4(2a - b)$
$C = 22x + 33y = 11(2x + 3y)$
$D = x^2 - 7x = x(x - 7)$
$E = 2y + y^2 = y(2 + y)$
$F = 6x + 9y + 12z = 3(2x + 3y + 4z)$

7 $A = x^2 + x = x(x + 1)$
$B = y - y^2 = y(1 - y)$
$C = 3x - 3 = 3(x - 1)$
$D = 4x + 6y = 2(2x + 3y)$
$E = 6x - 2 = 2(3x - 1)$
$F = 6a + 9a^2 = 3a(2 + 3a)$

8 **a.** *Exemple :* $7 + 8 + 9 = 24$. Or $24 = 3 \times 8$. Donc cette somme est multiple de 3.
b. *Autre exemple :* $41 + 42 + 43 = 126$ et $126 = 3 \times 42$. Même conclusion.
c. Mais il ne suffit pas d'accumuler des exemples pour prouver que la propriété est vraie dans tous les cas. Pour faire une démonstration générale, on va représenter les nombres par des lettres.
Soit un entier quelconque a. Ses suivants sont $a + 1$ et $a + 2$.
La somme de ces trois entiers est :
$S = a + (a + 1) + (a + 2) = 3a + 3$.
Le facteur commun aux deux termes est : 3.
L'expression factorisée de S est : $S = 3 \times (a + 1)$.
Et ceci prouve que S est toujours un multiple de 3.

12 Résoudre des équations

1 **a.** Si $x = 2$, alors $7x + 5 = 7 \times 2 + 5 = 19$ et
$10 + 2x = 10 + 2 \times 2 = 14$.
Donc 2 n'est pas solution de l'équation $7x + 5 = 10 + 2x$.
b. Si $x = 1$, alors $7x + 5 = 7 \times 1 + 5 = 12$ et
$10 + 2x = 10 + 2 \times 1 = 12$. Donc 1 est solution de cette équation.
c. Si $x = -4$, alors $3x + 33 = 3 \times (-4) + 33 = 21$ et
$3(3 - x) = 3[3 - (-4)] = 3(3 + 4) = 21$.
Donc -4 est solution de cette équation.

2 $(x - 2) + 2(x - 1) = 2x - 3$
$x - 2 + 2x - 2 = 2x - 3$
$3x - 4 = 2x - 3$
$3x - 2x = -3 + 4$, donc $x = 1$

Vérification
La vérification consiste à tester si 1 est bien solution de l'équation.
1er membre : $(1 - 2) + 2(1 - 1) = -1 + 2 \times 0 = -1$
2e membre : $2 \times 1 - 3 = 2 - 3 = -1$.
Donc 1 est la solution de l'équation.

EXPLICATION
En une seule étape, on a ajouté $-2x$ et 4 aux deux membres de l'égalité $3x - 4 = 2x - 3$ au lieu de le faire en deux étapes.

3 $4(3x - 2) - 10x = 3x - 1$
$12x - 8 - 10x = 3x - 1$
$2x - 8 = 3x - 1$
$2x - 3x = -1 + 8$
$-x = 7$, donc $x = -7$
Vérification
1er membre : $4[(3 \times (-7) - 2)] - 10 \times (-7)$
$= 4 \times (-23) + 70 = -92 + 70 = -22$.
2e membre : $3 \times (-7) - 1 = -21 - 1 = -22$.
Donc -7 est la solution de l'équation.

EXPLICATION
En une seule étape, on a ajouté $-3x$ et 8 aux deux membres de l'égalité $2x - 8 = 3x - 1$ au lieu de le faire en deux étapes.

4 $\dfrac{2x + 5}{4} = 3x$
$\dfrac{2x + 5}{4} \times 4 = 3x \times 4$ soit $2x + 5 = 12x$.
D'où $2x - 12x = -5$
$-10x = -5$ donc $x = 0,5$
Vérification
1er membre : $\dfrac{2 \times 0,5 + 5}{4} = \dfrac{1 + 5}{4} = \dfrac{6}{4} = 1,5$.
2e membre : $3 \times 0,5 = 1,5$.
Donc 0,5 est la solution de l'équation.

5 $4 + \dfrac{x}{6} = 7 + \dfrac{x}{3}$
$\dfrac{4 \times 6}{6} + \dfrac{x}{6} = \dfrac{7 \times 6}{6} + \dfrac{2 \times x}{6}$
$24 + x = 42 + 2x$
$x - 2x = 42 - 24$
$-x = 18$, donc $x = -18$
Vérification
1er membre : $4 + \dfrac{-18}{6} = 4 - 3 = 1$.
2e membre : $7 + \dfrac{-18}{3} = 7 - 6 = 1$.
Donc -18 est la solution de l'équation.

EXPLICATION
En multipliant par 6 les deux membres de l'équation, on a supprimé le dénominateur commun.

6 Soit x le nombre recherché.
On a, d'après le texte, $x \times 3 + 7 = 58$,
donc $3x = 58 - 7 = 51$. Enfin $x = 51 \div 3 = 17$.
La vérification est immédiate :
$3 \times 17 + 7 = 51 + 7 = 58$

7 Soit x ce nombre et donc $x - 1$ est son précédent.
$x + (x - 1) = 1\,789$.
Donc $2x - 1 = 1\,789$.
$2x = 1\,789 + 1 = 1\,790$. Donc $x = 1\,790 \div 2 = 895$.
La vérification est immédiate : $895 + 894 = 1\,789$

13 Résoudre un problème avec une équation

Remarque : on suit la démarche standard :
– choix de l'inconnue,
– mise en équation,
– résolution de l'équation,
– réponse au problème.

1 Soit x la masse d'une orange (en grammes).
Sur le plateau de gauche, on a une masse de $3x + 40$.
Sur celui de droite, 700.
Donc on a $3x + 40 = 700$,
donc $3x = 700 - 40 = 660$,
d'où $x = 660 \div 3 = 220$ g.
Donc une orange pèse 220 grammes.

2 Soit x la masse d'un pamplemousse (en grammes).
Sur le plateau de gauche, on a une masse de
$2x + 400 + 600$.
Sur celui de droite, $5x + 50 + 50$.
Donc on a :
$2x + 400 + 600 = 5x + 50 + 50$,
soit $2x + 1\,000 = 5x + 100$.
Alors $2x - 5x = 100 - 1\,000$ et donc $-3x = -900$,
d'où $x = (-900) \div (-3) = 300$ g.
Donc un pamplemousse pèse 300 g.

3 Soit x le prix de la recharge (en euros).
Le réchaud coûte $x + 29$.
On a $x + (x + 29) = 55$, soit $2x + 29 = 55$.
Alors $2x = 55 - 29 = 26$. Donc $x = 26 \div 2 = 13$.
La recharge coûte 13 €.
Le réchaud coûte $13 + 29 = 42$ €.
Vérification : $42 + 13 = 55$

4 **a.**

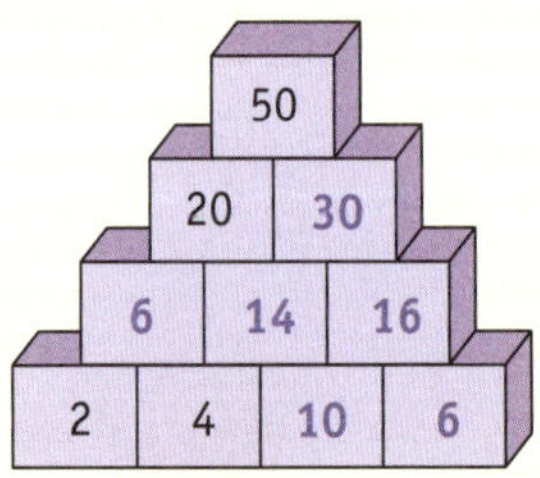

b.

$(5 + x) + (x + 3) = 12$.
Donc $2x + 8 = 12$.
$2x = 4$, donc $x = 2$,
et on peut compléter la pyramide.

On a donc :

⑤ Le rectangle ① a pour dimensions 5 et $(8 - x)$.
Son aire est $5(8 - x)$.
Le rectangle ② a pour dimensions x et 11.
Son aire est $11x$.
On a à résoudre $5(8 - x) = 11x$.
Donc $40 - 5x = 11x$.
Soit $-5x - 11x = -40$, d'où $-16x = -40$.
Ainsi $x = 40 \div 16 = 2{,}5$.
Vérification :
① a pour mesures 5 et 5,5 donc ① a pour aire :
$5 \times 5{,}5 = 27{,}5$.
② a pour mesures 11 et 2,5 donc ② a pour aire :
$11 \times 2{,}5 = 27{,}5$.

14 Calculer une quatrième proportionnelle

① **a.** Calculons les produits en croix :
$72 \times 35 = 2\,520$ et $63 \times 40 = 2\,520$.
Les produits en croix sont égaux, donc $\frac{72}{63} = \frac{40}{35}$.

Remarque : on aurait pu simplifier les fractions et constater qu'elles sont toutes les deux égales à $\frac{8}{7}$.

b. $77 \times 20 = 1\,540$ et $28 \times 56 = 1\,568$.
Les produits en croix sont inégaux, donc $\frac{77}{28} \neq \frac{56}{20}$.

② **a.** $126x = 35 \times 54 = 1\,890$, donc $x = \frac{1\,890}{126} = 15$.

b. $14x = (-24) \times (-35) = 840$, donc $x = \frac{840}{14} = 60$.

EXPLICATION
On applique ici la propriété : si les quotients sont égaux alors les produits en croix sont égaux.

③

a.

15	x
6	18

$6x = 15 \times 18 = 270$
donc $x = \frac{270}{6} = 45$.

b.

25	15
10	x

$25x = 15 \times 10 = 150$
donc $x = \frac{150}{25} = 6$.

c.

x	4,5
7	30

$30x = 7 \times 4{,}5 = 31{,}5$
donc $x = \frac{31{,}5}{30} = 1{,}05$.

d.

3,2	16
x	5,4

$16x = 3{,}2 \times 5{,}4 = 17{,}28$
donc $x = \frac{17{,}28}{16} = 1{,}08$.

④ **a.**

Jours	3	5
Prix	130	210

$3 \times 210 = 630$ et $5 \times 130 = 650$.
Les produits en croix sont inégaux donc ce n'est pas une situation de proportionnalité.

b. Tarifs pour une journée :
Le roi Dagobert : $130 \div 3 \approx 43{,}33$ €.
Le grand Saint-Éloi : $210 \div 5 = 42$ €.
C'est le roi Dagobert qui paie le plus à la journée.

⑤

6	15
6,48	x

$6x = 15 \times 6{,}48 = 97{,}20$,
d'où $x = 97{,}20 \div 6 = 16{,}20$.
Donc 15 litres de lait coûtent 16,20 €.

Remarque : c'est quand même bien pratique les produits en croix !

⑥

3 000	100
1 200	x

$3\,000x = 100 \times 1\,200 = 120\,000$,
donc $x = 120\,000 \div 3\,000 = 40$.
Conclusion : il y a 40 % de femmes travaillant dans cette entreprise.

⑦

Francs	6,55957	x	25
Euros	1	15,5	y

$x = 15{,}5 \times 6{,}55957 \approx 101{,}67$ F.
$y \times 6{,}55957 = 25 \times 1 = 25$
donc $y = \frac{25}{6{,}55957} \approx 3{,}81$ €.

15 Représenter une situation de proportionnalité

① **a.**

1,5	2	2,5	3	5
0,9	1,2	1,5	1,8	3

× 0,6

b. et **c.**

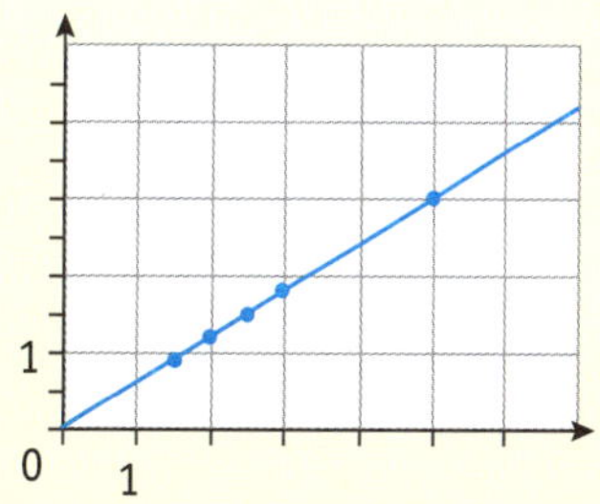

EXPLICATION
a. On peut compléter le tableau en utilisant les produits en croix. Par ailleurs, le coefficient de proportionnalité est $0{,}9 \div 1{,}5 = 0{,}6$.

2 **a.**

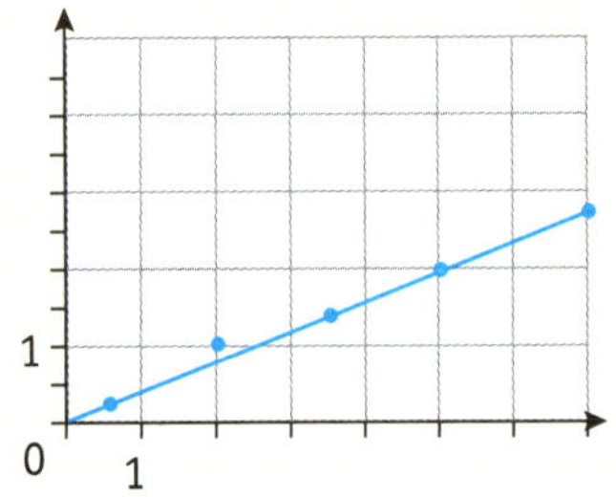

b. Le point (2 ; 1) n'est pas aligné avec les autres.
Il le serait si son ordonnée y était le quatrième nombre du tableau de proportionnalité suivant : $\begin{array}{c|c} 0{,}5 & 2 \\ \hline 0{,}2 & y \end{array}$.

D'où $y \times 0{,}5 = 2 \times 0{,}2$, d'où $y = \dfrac{0{,}4}{0{,}5} = 0{,}8$.
On remplace donc 1 par 0,8.

3 **a.**

	A	B	C	D
Heures	0,5	1	1,5	2
Degrés	7,5	15	22,5	30

b. Les points A, B, C et D sont alignés avec l'origine, donc le tableau est un tableau de proportionnalité.

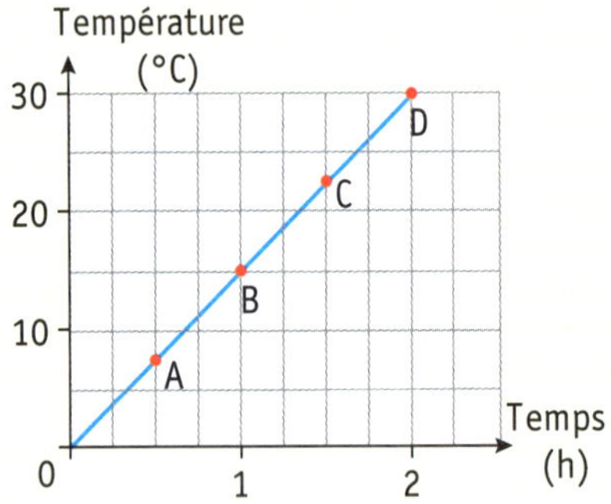

c. 0 °C bien sûr ! (Puisque c'était de l'eau glacée).

4 **a.**

	A	B	C	D
x	0	1	2	3
y	10	15	20	25

b. Les points A, B, C et D sont certes alignés entre eux, mais pas avec l'origine. Donc ce tableau n'est pas de proportionnalité.

c. Graphiquement, pour 5 heures de location, on paierait 35 euros.

5 **a.**

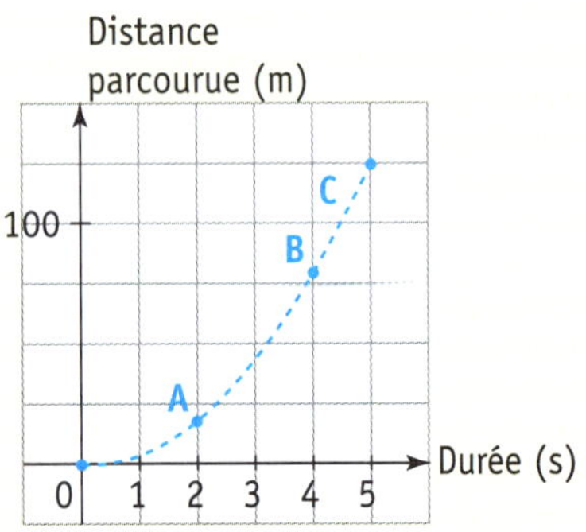

b. Les points O, A, B et C ne sont pas alignés.
Donc, ce tableau n'est pas de proportionnalité.
Remarque : la distance parcourue n'est pas proportionnelle à la durée de la chute car la vitesse augmente au cours de la chute.

16 Connaître la notion de médiane statistique

1 **a.** Appelons m la moyenne :

$$m = \frac{1 \times 5 + 1 \times 6 + 4 \times 7 + 5 \times 9 + 1 \times 10 + 2 \times 11 + 3 \times 12 + 1 \times 14 + 4 \times 17 + 2 \times 19}{1 + 1 + 4 + 5 + 1 + 2 + 3 + 1 + 4 + 2}$$

$$= \frac{272}{24} \approx 11{,}33.$$

b. Dans cette série statistique, une note médiane doit être strictement comprise entre 10 et 11. Donc m n'est pas une note médiane.

2 **a.**

Chiffre d'affaires	1,3	1,4	1,6	1,8	1,9	2	2,1	2,2	2,3	2,5
Nombre de jours	3	9	13	12	6	7	5	20	15	10
Effectif cumulé	3	12	25	37	43	50	55	75	90	100

b. **Remarque :** ce qu'on appelle communément le « chiffre d'affaires » est en réalité un « nombre » qui s'écrit avec des « chiffres ». Un chiffre d'affaires médian : 2,05 par exemple.

EXPLICATION
b. Au vu des effectifs cumulés,
il faut $2 < M_e < 2{,}1$ où M_e désigne la médiane.

c. $\dfrac{3 \times 1{,}3 + \ldots + 10 \times 2{,}5}{100} = \dfrac{198{,}3}{100} = 1{,}983.$

Un chiffre d'affaires médian doit être strictement compris entre 2 et 2,1. Donc 1,983 n'est pas un chiffre d'affaires médian.

d. La médiane sépare la population en deux moitiés. Elle vaut 2,05 milliers d'euros. Donc il est vrai que 50 % des chiffres d'affaires sont supérieurs à 2 milliers d'euros.

3 **a.** Salaire moyen :
$(9 \times 1\,000 + 11\,000) \div 10 = 2\,000$ €.
Salaire médian : Il y a 5 salaires $\leqslant 1\,000$€ et 5 salaires $\geqslant 1\,000$€. Donc le salaire médian est 1 000 €.

b. Le salaire moyen est très éloigné de la situation des uns et de l'autre. Le salaire médian correspond mieux à la situation générale car la médiane ne dépend pas des valeurs extrêmes.

4 **a.**

Nombre de véhicules	11	13	14	15	16	18	20	21
Effectif	2	1	2	1	2	1	2	1
Effectif cumulé	2	3	5	6	8	9	11	12

b. Médiane = 15,5.

c. Appelons m la moyenne :

$$m = \frac{2 \times 11 + \ldots + 1 \times 21}{12} = \frac{189}{12} = 15{,}75.$$

d. Une valeur médiane doit être strictement comprise entre 15 et 16. m peut donc être une médiane.

5 **a.**

Température	9 °C	11 °C	12 °C	13 °C	15 °C	17 °C
Effectif	2	5	6	4	2	1
Effectif cumulé	2	7	13	17	19	20

b. Effectif total : 2 + 5 + 6 + 4 + 2 + 1 = 20.

c. $m = \dfrac{2 \times 9 + 5 \times 11 + 6 \times 12 + 4 \times 13 + 2 \times 15 + 17}{20}$

$m = 12{,}2$ °C.

d. Pendant 13 jours. Donc m ne peut pas être une valeur médiane qui doit séparer la population en 2 moitiés de 10 jours.

e. 10 valeurs sont inférieures ou égales à 12, et 10 valeurs sont supérieures ou égales à 12 donc $M_e = 12$.

17 Calculer ses chances

1 a. Il y a 6 cas possibles correspondant aux 6 faces du dé : 1, 2, 3, 4, 5, 6.

b. A est composé de 4 éventualités : 2, 3, 4 et 6.

La probabilité de A est $\dfrac{4}{6} = \dfrac{2}{3}$.

c. B est composé de 2 éventualités : 1 et 5.

La probabilité de B est $\dfrac{2}{6} = \dfrac{1}{3}$.

d. Ce sont deux événements contraires.

2 a. Puisque Léa prend 3 chaussettes et qu'il n'y a que 2 couleurs, elle aura forcément 2 chaussettes de la même couleur (peut-être même 3). Donc l'événement est certain. Donc sa probabilité est 1.

b. C'est un événement impossible puisqu'il n'y a que 2 couleurs. Sa probabilité est donc 0.

c. Il n'y a que 10 chaussettes noires et 10 chaussettes blanches. Donc Léo qui prend 11 chaussettes prendra forcément dans les 2 couleurs : c'est certain ! Donc la probabilité demandée est 1.

3 a. Parmi 32 cartes, il y a :

- 4 rois, donc la probabilité de tirer un roi est $\dfrac{4}{32} = \dfrac{1}{8}$;
- 8 cœurs, donc la probabilité de tirer un cœur est $\dfrac{8}{32} = \dfrac{1}{4}$;
- 8 cœurs dont un roi + les 3 autres rois, soit 11 rois ou cœurs, donc la probabilité de tirer un roi ou un cœur est $\dfrac{11}{32}$.

b. Si on supprime les cartes noires, le tirage a lieu parmi les 16 cartes rouges. Parmi les 16 cartes rouges, il y a :

- 2 rois, donc la probabilité de tirer un roi est $\dfrac{2}{16} = \dfrac{1}{8}$;
- 8 cœurs, donc la probabilité de tirer un cœur est $\dfrac{8}{16} = \dfrac{1}{2}$;
- 8 cœurs et le roi de carreau, soit 9 rois ou cœurs, donc la probabilité de tirer un roi ou un cœur est $\dfrac{9}{16}$.

4 a.

Pièce de 50 c / Pièce de 20 c	Pile	Face
Pile	70	20
Face	50	0

b. La probabilité de gagner au moins 50 centimes est $\dfrac{2}{4} = \dfrac{1}{2}$.

c. On soustrait 50 dans chaque case du précédent tableau.

Pièce de 50 c / Pièce de 20 c	Pile	Face
Pile	20	– 30
Face	0	– 50

On voit que le gain peut être négatif.

Moyenne de ces gains : $\dfrac{20 + 0 - 30 - 50}{4} = \dfrac{-60}{4} = -15$.

d. Compte tenu de la mise, les pertes sont plus fréquentes et plus importantes que les gains.

Ce jeu avantage clairement l'organisateur. Il est donc prudent de ne pas jouer.

18 Connaître et utiliser le théorème de Pythagore

1 a. $BC^2 = 12^2 + 9^2 = 225$. Donc $BC = \sqrt{225} = 15$.

b. $13^2 = AB^2 + 5^2$, soit $AB^2 = 169 - 25 = 144$.

Donc $AB = \sqrt{144} = 12$.

c. $3{,}4^2 = 3^2 + AC^2$ donc

$AC^2 = 3{,}4^2 - 3^2 = 11{,}56 - 9 = 2{,}56$.

$AC = \sqrt{2{,}56} = 1{,}6$.

d. ABC est rectangle isocèle en A, donc AC = AB = 3 et $BC^2 = 3^2 + 3^2 = 18$. Donc $BC = \sqrt{18} \approx 4{,}24$.

Remarque : au **d.** on n'obtient pas une valeur décimale, c'est souvent le cas.

EXPLICATION
On sait que ces triangles ABC sont rectangles en A, donc $BC^2 = AB^2 + AC^2$, d'après le théorème de Pythagore.

2 Dans cet exercice, les triangles s'appellent ABC et [BC] est le plus long côté.

a. $BC^2 = 17^2 = 289$ et $AC^2 + AB^2 = 8^2 + 15^2 = 289$.

$BC^2 = AC^2 + AB^2$ donc ABC est rectangle en A.

b. $BC^2 = 30^2 = 900$ et $AB^2 + AC^2 = 21^2 + 20^2 = 841$.

$BC^2 \neq AB^2 + AC^2$ donc ABC n'est pas rectangle.

EXPLICATION
Pour **b.**, la réponse serait : ABC n'est pas rectangle en A. Mais, ayant comparé le carré du côté le plus long à la somme des deux autres carrés, on peut affirmer que ABC n'est pas rectangle (ni en A, ni en B, ni en C.)

3 Tous les calculs se font « de tête ».

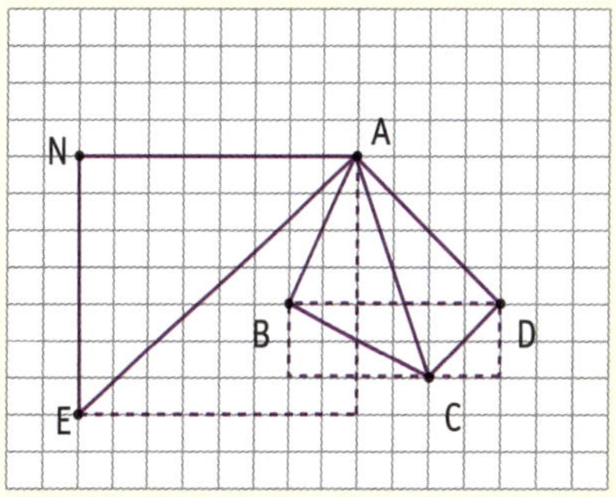

a. $AE^2 = AN^2 + EN^2 = 8^2 + 6^2 = 64 + 36 = 100$ donc $AE^2 = 100$ donc $AE = 10$.

b. • $AB^2 = 2^2 + 4^2 = 20$,
$AC^2 = 2^2 + 6^2 = 40$, $BC^2 = 2^2 + 4^2 = 20$.
Donc $AC^2 = AB^2 + BC^2$.
ABC est donc rectangle en B.

• $AD^2 = 4^2 + 4^2 = 32$,
$AC^2 = 6^2 + 2^2 = 40$, $DC^2 = 2^2 + 2^2 = 8$.
Donc $AC^2 = AD^2 + DC^2$.
ADC est donc rectangle en D.

4 Ici aussi les calculs se font de tête.

a. AHC est rectangle en H,
donc $AC^2 = AH^2 + CH^2$ donc $5^2 = 3^2 + CH^2$.
$CH^2 = 25 - 9 = 16$ donc $CH = \sqrt{16} = 4$.

b. On a $\mathcal{A} = \text{aire (AHB)} + \text{aire (AHC)} = \dfrac{3 \times 3}{2} + \dfrac{3 \times 4}{2}$.
D'où $\mathcal{A} = \dfrac{9}{2} + \dfrac{12}{2} = \dfrac{21}{2} = 10,5$.

Remarque : on pouvait aussi dire que $\mathcal{A} = \dfrac{AH \times BC}{2}$,
avec $BC = BH + HC = 3 + 4 = 7$. D'où $\mathcal{A} = \dfrac{3 \times 7}{2} = \dfrac{21}{2}$.

5

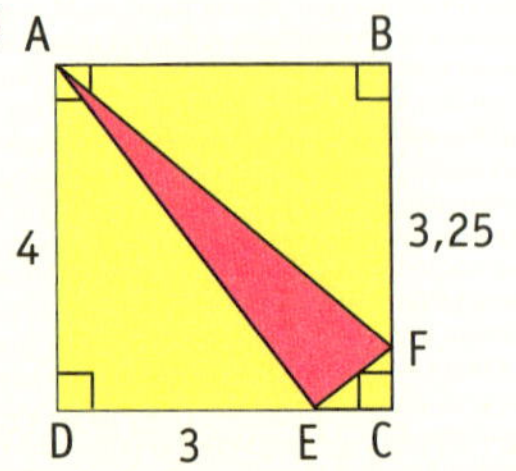

Hypothèses :
AB = BC = CD = DA = 4
DE = 3
BF = 3,25

a. $AE^2 = AD^2 + DE^2 = 4^2 + 3^2 = 25$.
$AF^2 = AB^2 + BF^2 = 4^2 + 3,25^2 = 26,5625$.
$EF^2 = EC^2 + CF^2$
$EF^2 = (4 - 3)^2 + (4 - 3,25)^2 = 1 + 0,5625 = 1,5625$

b. On a $AE^2 + EF^2 = 25 + 1,5625 = 26,5625 = AF^2$.
Donc AEF est rectangle en E.

19 Aborder le théorème de Thalès

1

CONSEIL
Revoir l'égalité de deux fractions, page 182 : quand deux fractions sont égales, les produits en croix sont égaux.

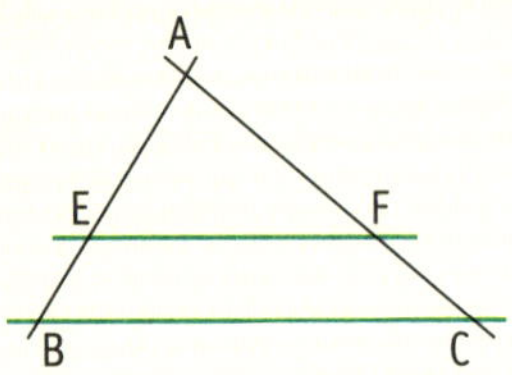

Hypothèses :
(EF) // (BC)
AF = 8
AC = 12
AB = 9
BC = 14

a. Puisque (EF) // (BC), on a $\dfrac{AE}{AB} = \dfrac{AF}{AC}$ donc $\dfrac{AE}{9} = \dfrac{8}{12}$
donc $12 \times AE = 9 \times 8$.
D'où $AE = 9 \times 8 \div 12 = 6$.

b. On a $\dfrac{EF}{BC} = \dfrac{AF}{AC}$ donc $\dfrac{EF}{14} = \dfrac{8}{12}$
donc $12 \times EF = 8 \times 14$.
D'où $EF = 8 \times 14 \div 12 = \dfrac{112}{12} \approx 9,33$.

2

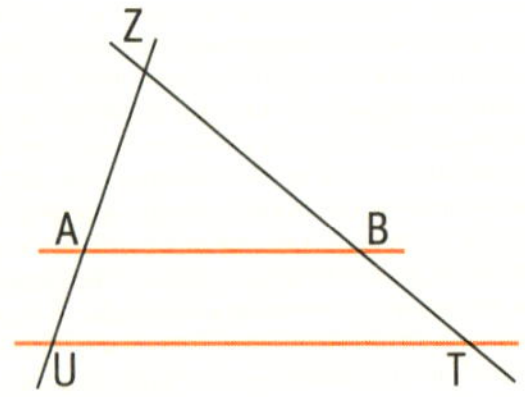

Hypothèses :
(AB) // (UT)
ZA = 2
ZU = 3
ZB = 3
AB = 3

a. Puisque (AB) // (UT), on a $\dfrac{ZA}{ZU} = \dfrac{ZB}{ZT}$
donc $\dfrac{2}{3} = \dfrac{3}{ZT}$ donc $2 \times ZT = 3 \times 3$.
D'où $ZT = 3 \times 3 \div 2 = \dfrac{9}{2} = 4,5$.

b. On a $\dfrac{ZA}{ZU} = \dfrac{AB}{UT}$ donc $\dfrac{2}{3} = \dfrac{3}{UT}$
donc $2 \times UT = 3 \times 3$. D'où $UT = \dfrac{9}{2} = 4,5$.

3

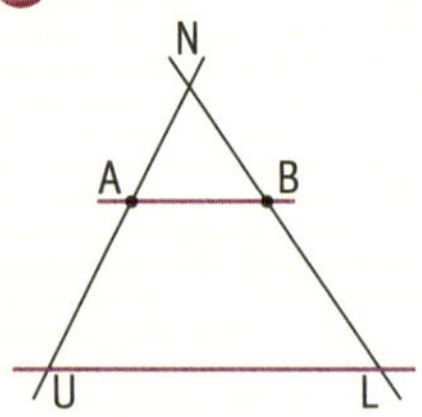

Hypothèses :
NA = 2
NU = 5
NB = 2,4
NL = 6

a. On a $\dfrac{NA}{NU} = \dfrac{2}{5}$.

b. De même, $\dfrac{NB}{NL} = \dfrac{2,4}{6} = \dfrac{24}{60} = \dfrac{2 \times 12}{5 \times 12} = \dfrac{2}{5}$.

c. Comme $\dfrac{NA}{NU} = \dfrac{NB}{NL}$, les droites (AB) et (UL) sont parallèles, d'après la réciproque du théorème de Thalès.

4

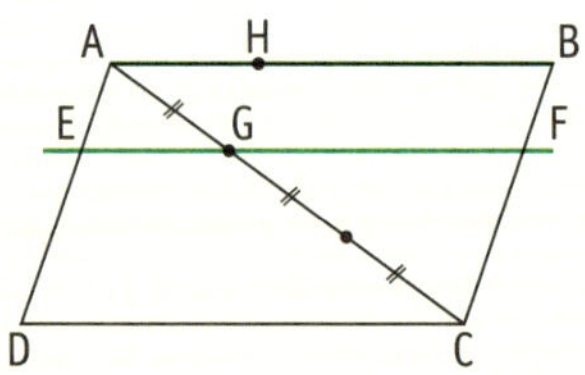

Hypothèses :
ABCD est un parallélogramme
AB = 5
BC = 3
(EF) // (AB)
$AG = \dfrac{AC}{3}$ $AH = \dfrac{AH}{3}$

a. On a $\dfrac{CG}{CA} = \dfrac{2}{3}$, et comme (EF)//(AB), d'après Thalès,
on a $\dfrac{CG}{CA} = \dfrac{GF}{AB}$.
Donc $\dfrac{2}{3} = \dfrac{GF}{5}$. Donc $3 \times GF = 2 \times 5$. Donc $GF = \dfrac{10}{3}$.

b. On a $\dfrac{AG}{AC} = \dfrac{1}{3}$, et comme (EG)//(DC), d'après Thalès,
on a $\dfrac{AG}{AC} = \dfrac{EG}{DC}$. Or, les côtés opposés d'un parallélogramme sont de même longueur donc DC = AB = 5.
On a donc $\dfrac{1}{3} = \dfrac{EG}{5}$. Donc $3 \times EG = 5 \times 1 = 5$.
Donc $EG = \dfrac{5}{3}$.

c. $EF = EG + GF = \frac{5}{3} + \frac{10}{3} = \frac{15}{3} = 5$. Donc EF = AB.

d. Puisque $AG = \frac{AC}{3}$, on a $\frac{AG}{AC} = \frac{1}{3}$. De même, $\frac{AH}{AB} = \frac{1}{3}$.

Donc $\frac{AG}{AC} = \frac{AH}{AB}$.

Alors d'après la réciproque du théorème de Thalès, on a (HG)//(BC). Mais (AD)//(BC) comme côtés opposés du parallélogramme ABCD. Donc (HG)//(AD).

20 Découvrir le cosinus dans les triangles rectangles

1

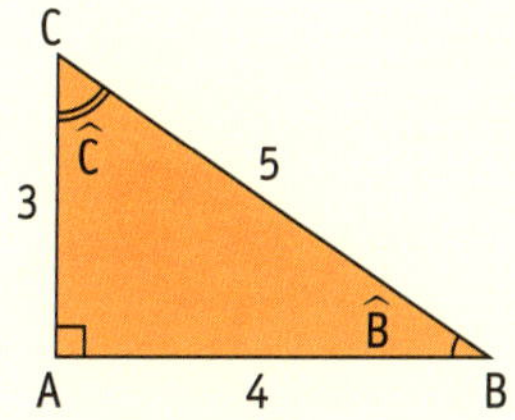

a. $\cos(\widehat{B}) = \frac{BA}{BC} = \frac{4}{5} = 0{,}8$

$\cos(\widehat{C}) = \frac{CA}{CB} = \frac{3}{5} = 0{,}6$

b.

CONSEIL
Vérifier que la calculatrice est bien en mode degré.

$\widehat{B} \approx 36{,}87°$ $\widehat{C} \approx 53{,}13°$

Remarque : on doit avoir : $\widehat{B} + \widehat{C} \approx 90°$.
Ici, $36{,}87° + 53{,}13° \times 90°$.

2

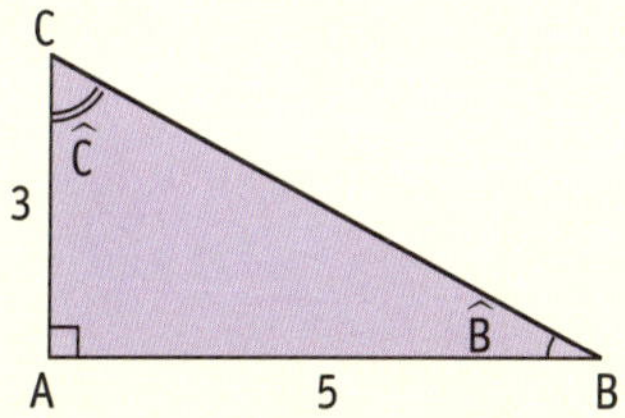

a. $BC^2 = 3^2 + 5^2 = 34$ donc $BC = \sqrt{34} \approx 5{,}83$.

b. $\cos(\widehat{B}) = \frac{BA}{BC} \approx \frac{5}{5{,}83} \approx 0{,}86$ $\widehat{B} \approx 31°$

$\cos(\widehat{C}) \approx \frac{CA}{CB} \approx \frac{3}{5{,}83} \approx 0{,}51$ $\widehat{C} \approx 59°$

Remarque : on a arrondi les angles au degré près.
Vérification : 31° + 59° = 90°.

3

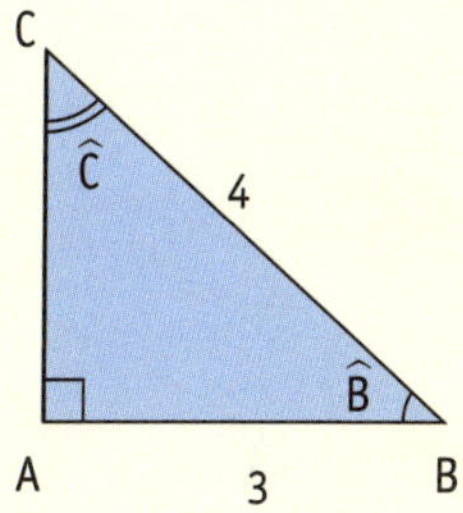

a. $4^2 = 3^2 + AC^2$ donc $AC^2 = 16 - 9 = 7$.
D'où $AC = \sqrt{7} \approx 2{,}65$.

b. $\cos(\hat{B}) = \frac{BA}{BC} = \frac{3}{4} = 0{,}75$

$\hat{B} \approx 41{,}41°$.

$\cos(\hat{C}) = \frac{CA}{CB} \approx \frac{2{,}65}{4} \approx 0{,}66$

$\hat{C} \approx 48{,}70°$, à 0,01 près.

Remarque
Vérification : 41,41° + 48,70° = 90,11° ≈ 90°. On n'est pas sûr des décimales de $\hat{C}$ car $\cos(\hat{C})$ est approché.

4

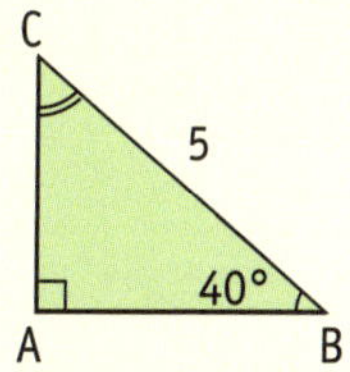

a. $\cos 40° = \frac{AB}{5}$ donc $AB = 5 \times \cos 40° \approx 3{,}83$.

b. $AC^2 = BC^2 - AB^2 \approx 5^2 - 3{,}83^2 \approx 10{,}33$.

Donc $AC \approx \sqrt{10{,}33} \approx 3{,}21$.

Remarque : on a appliqué le théorème de Pythagore.
On aurait pu aussi dire $\widehat{C} = 90° - 40° = 50°$
et ensuite, $CA = CB \times \cos 50°$.

5

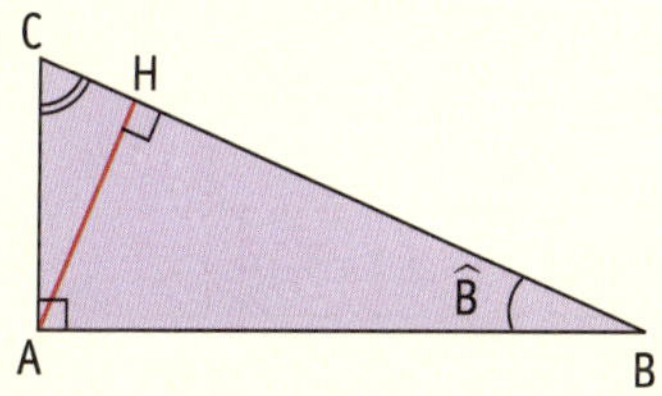

a. D'après le théorème de Pythagore : $AB^2 = BC^2 - AC^2 = 5^2 - 2^2 = 21$.
Donc $AB = \sqrt{21} \approx 4{,}58$.

b. $\cos(\hat{B}) = \frac{BA}{BC} \approx \frac{4{,}58}{5} \approx 0{,}92$.

c. Le triangle ABH est rectangle en H.
Donc $\frac{BH}{BA} = \cos(\hat{B})$ donc $BH \approx 0{,}92 \times 4{,}58 \approx 4{,}21$.

d. $AH^2 = AB^2 - BH^2 \approx 21 - 4{,}21^2 \approx 3{,}2759$
donc $AH \approx \sqrt{3{,}2759} \approx 1{,}81$.

Remarque : en calculant par une autre méthode, on trouve BH = 4,2, qui est le résultat exact.

6

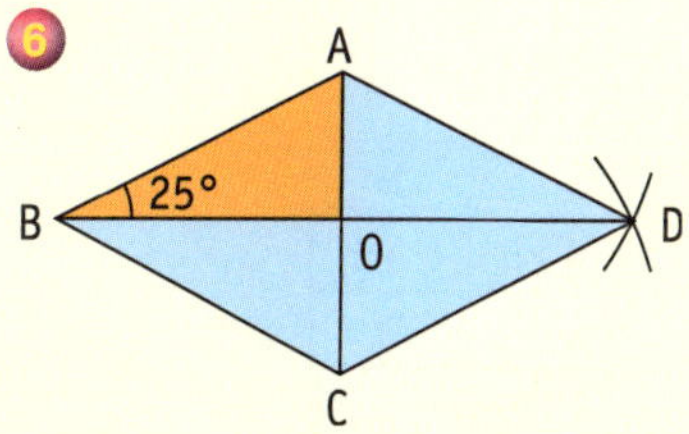

a. On considère le triangle AOB rectangle en O.

$BO = \frac{BD}{2} = \frac{8}{2} = 4$.

$\frac{BO}{BA} = \cos 25°$ donc $BO = BA \times \cos 25°$

donc $BA = \frac{BO}{\cos 25°} = \frac{4}{\cos 25°} \approx 4{,}41$.

b. Le périmètre du losange est $4 \times BA$ soit environ 17,64.

c. D'après le théorème de Pythagore, $AB^2 = AO^2 + OB^2$
donc $AO^2 \approx 4{,}41^2 - 4^2 \approx 3{,}45$.
$AO \approx \sqrt{3{,}45} \approx 1{,}86$. Par suite, $AC \approx 2 \times 1{,}86 \approx 3{,}72$.

EXPLICATION
Pour **a.** et **c.**, on se place dans le triangle AOB. Ce triangle est rectangle en O car les diagonales d'un losange sont perpendiculaires.

21 Translater une figure

1 a.

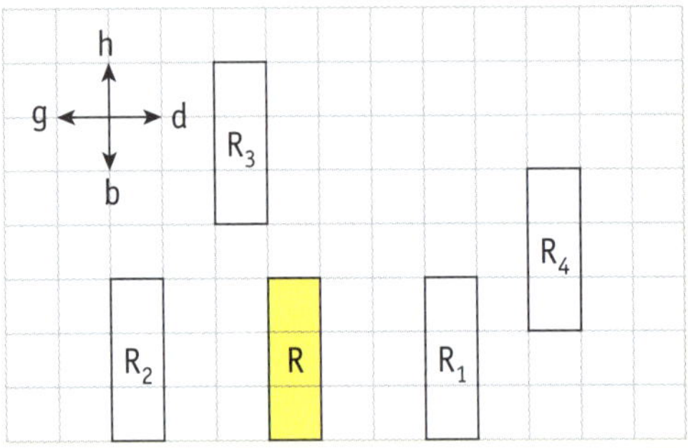

b. On passe de R_2 à R_4 par la translation 8d + 2h (ou 2h + 8d).
On passe de R_4 à R par la translation 5g + 2b (ou 2b + 5g).
On passe de R_1 à R_3 par la translation 4g + 4h (ou 4h + 4g).

2 a.

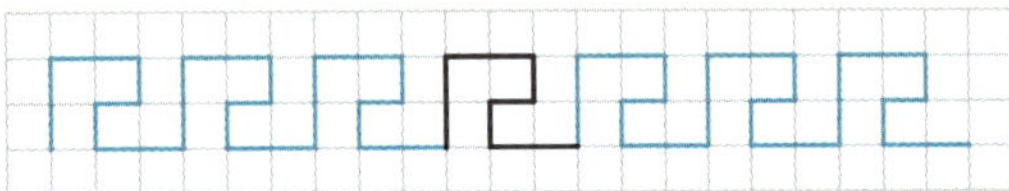

b.

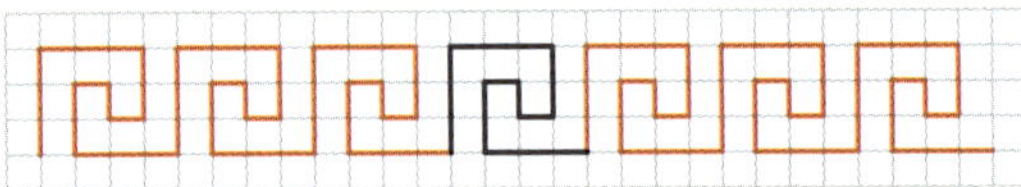

3 a. On passe d'un motif à son voisin de droite par la translation 4d ; et à son voisin de gauche par la translation 4g.

b.

4 Les carreaux sont désignés par des lettres.

a.

On passe de	A à H	L à S	P à J
par la translation	2d + b	2d + b	4d + 2h

On passe de	E à U	Y à A
par la translation	4g + 4b	4g + 4h

b.

Carreau initial	A	S	N
Translation	4d + 3b	2g + 2h	g + h
Carreau image	T	G	H

Carreau initial	T	U
Translation	4g + b	d + 4h
Carreau image	U	B

c.

Carreau initial	A	I	G
Translation	3d + b	2b + 3g	3d + 2b
Carreau image	I	P	T

Carreau initial	Y	S
Translation	4g + 4h	h + g
Carreau image	A	M

5

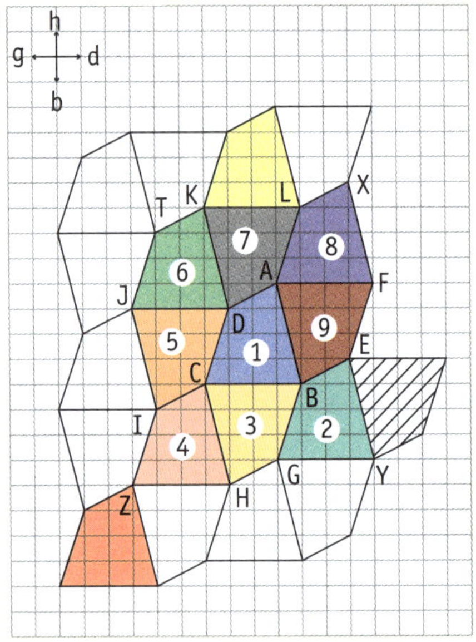

a. • L'image du pavé ① par la translation 3d + 4h est ⑧.
• Le pavé ③ est l'image du pavé ⑤ par la translation 3d + 3b .
• Le pavé ⑥ est l'image du pavé ② par la translation 6g + 6h .

b. c. Voir le dessin.

22 Agrandir et réduire une figure

1

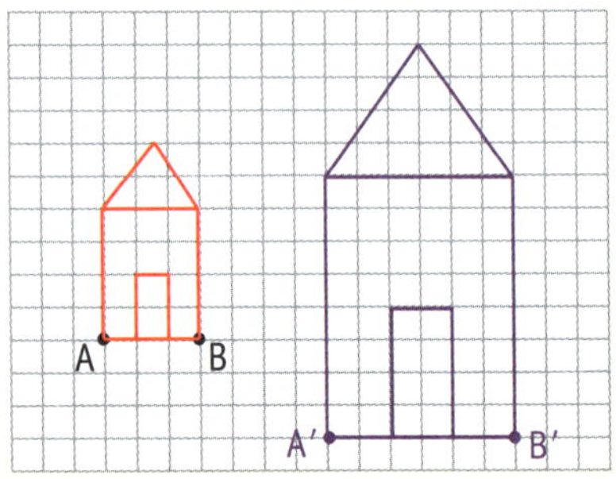

EXPLICATION
Toutes les longueurs sont multipliées par 2.

2

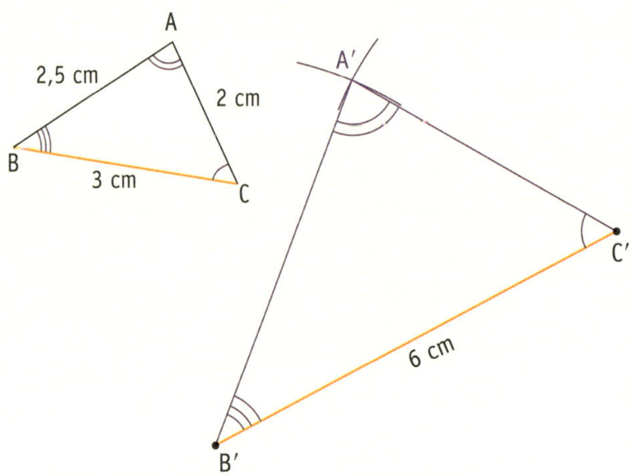

a. B′C′ = 6 = 2 × 3 = 2 BC. Donc, on doit multiplier les longueurs par 2.
b. Donc A′B′ = 2 × 2,5 = 5 cm. A′C′ = 2 × 2 = 4 cm.
D'où la construction de A′ à l'aide de la règle graduée et du compas.
c. Voir la figure.

3

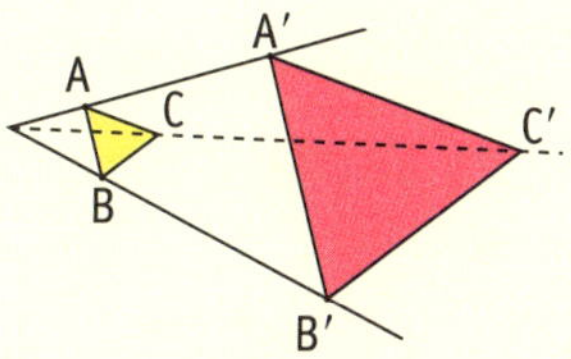

A′B′ = 4 × AB et AC = $\frac{1}{4}$ × A′C′

EXPLICATION
Il suffit de remarquer que $4^2 = 16$.

4

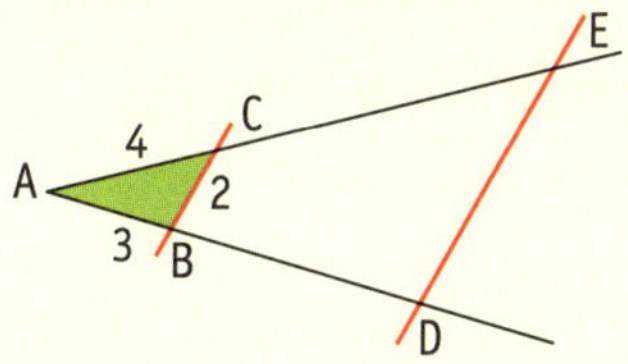

Hypothèses : (BC) // (DE) et AD = 9.

a. D'après le théorème de Thalès, on a $\frac{AC}{AE} = \frac{AB}{AD}$.

Donc $\frac{4}{AE} = \frac{3}{9} = \frac{1}{3}$ donc AE = 12.

De même $\frac{BC}{ED} = \frac{1}{3}$ d'où $\frac{2}{ED} = \frac{1}{3}$, donc ED = 6.

Remarque : on a utilisé l'égalité des produits en croix pour calculer AE et ED.

b. On a ED = 3 × BC puis AE = 3 × AC et AD = 3 × AB. Donc on obtient les dimensions du triangle ADE en multipliant celles de ABC par 3. Donc ADE est un agrandissement de ABC.

23 Découvrir les pyramides et les cônes

1

h	7	5	11
B	15	21	39
V	35	35	143

EXPLICATION
Rappel : $V = \frac{1}{3} \times B \times h$.
Exemple pour la 3e colonne :
$143 = \frac{1}{3} \times 39 \times h = 13\,h$ donc $h = 143 \div 13 = 11$.

2 **a.** 18 sommets : ceux de la base et un autre.
34 arêtes : les côtés de la base et les arêtes latérales (en nombre égal).
17 faces latérales, autant que le nombre de côtés de la base.
b. La base a 29 côtés. Il y a 29 faces latérales.

3 **a.** $V = 6^3 = 216$. Le volume du cube est 216 cm^3.
b. $V = \frac{1}{3} \times B \times h = \frac{1}{3} \times 6^2 \times 6 = 72$
Le volume de la pyramide est 72 cm^3.

EXPLICATION
La base de la pyramide HELAS est le carré SALE. La hauteur est l'arête [EH].

4 **a.**

r	*d*	*h*	*a*	volume
5 cm	10 cm	8 cm	9,43 cm	209,44 cm^3
3 cm	6 cm	6 cm	6,71 cm	56,55 cm^3
12 cm	24 cm	35 cm	37 cm	5 277,88 cm^3

b. On a $a = 37$ cm et $r = 12$ cm. Donc, d'après le théorème de Pythagore : $h^2 = a^2 - r^2 = 37^2 - 12^2 = 1\,225$.
Donc $h = \sqrt{1\,225} = 35$ cm.

5 Le rayon de la base du cylindre (et du cône) mesure 10 ÷ 2 = 5 cm.
Le volume du cylindre est :
$V = 5^2 \times \pi \times 12 = 25 \times 12 \times \pi = 300\pi$.
Le volume du cône est :
$v = \frac{1}{3} \times 5^2 \times \pi \times 12 = \frac{1}{3} \times 25 \times 12 \times \pi = 100\pi$
donc $3v = V$. Il faut donc 3 cônes pour remplir le cylindre.
Ce résultat est général : pour le démontrer on doit travailler avec des lettres (la hauteur *h* et le rayon *r*).

6 La hauteur d'un cône mesure 5 cm.
Le volume d'un cône est $\frac{1}{3} \times \pi \times 3^2 \times 5$ soit 15π.
Le volume du sablier est donc 30π, soit environ 94,2 cm^3.

Remarque : le volume de sable est, au plus, égal à la moitié du volume du sablier.

24 Se repérer et construire dans l'espace

1 **a.** A (1 ; 1 ; 1) ; B(2 ; 3 ; 4) ; D(1 ; 1 ; 3) ; E(1 ; 5 ; 1).
b. H(1 ; 0 ; 1) a une coordonnée nulle, R et T aussi ; U(1 ; 0 ; 0) a deux coordonnées nulles, S et C aussi.
c. K(1 ; 3 ; 4)
d. Voir le dessin.

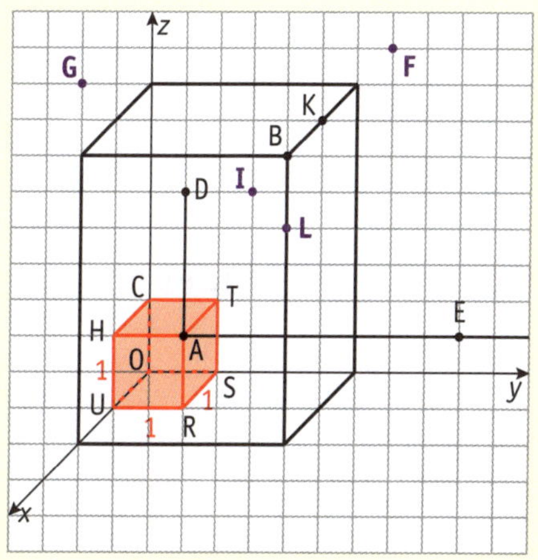

2 a. L(2 ; 3 ; 2) ; E(0 ; 0 ; 2) ; F(1 ; 3 ; 2)
b. Voir le dessin.
c. G(1 ; 0 ; 2)
d. Voir le dessin.

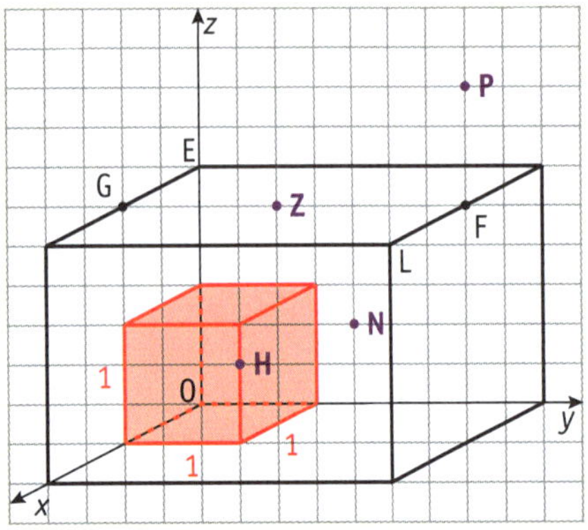

3 a. Placer le sommet F et joindre celui–ci aux quatre sommets de la base. On dessine en pointillés la ou les arêtes cachées.
b. L'aire de base est égale à c^2.

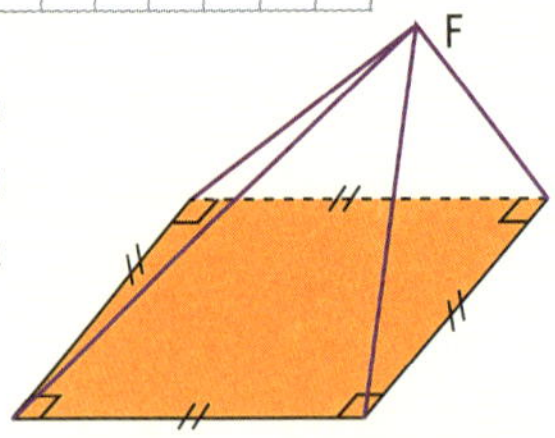

c	5	10	5	5	5	9
h	9	9	18	12	3	5
V	75	300	150	100	25	135

4

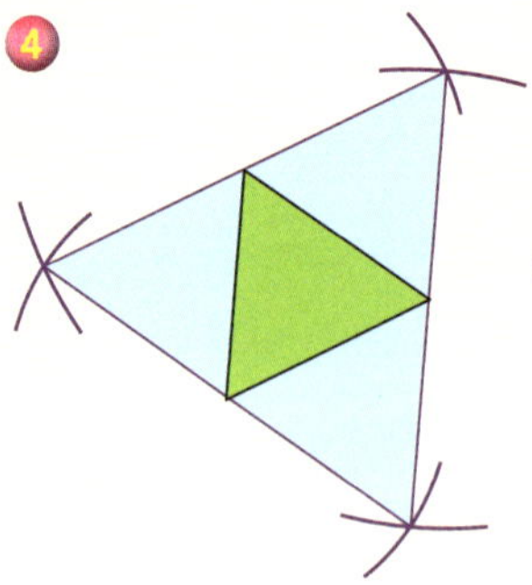

Ou bien :

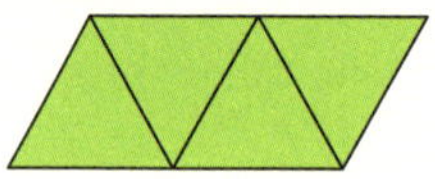

5 a. Le périmètre de base du cône est la longueur d'un cercle de 3 cm de rayon et vaut donc : $2\pi \times 3 = 6\pi$.
b. $\widehat{AB}$ est un quart de cercle de rayon a. $\widehat{AB}$ mesure donc $\frac{1}{4} \times 2\pi a$ soit $\frac{\pi a}{2}$.
c. On a : $\frac{\pi a}{2} = 6\pi$ soit $\frac{1}{2} \times \pi \times a = 6 \times \pi$
donc $\frac{1}{2} \times a = 6$ soit $a = 12$ cm.

CONSEIL
Il est préférable de garder la lettre π dans les calculs.

25 Utiliser des grandeurs composées

1 102 m en 4 s, c'est 25,5 m/s.
Donc 25,5 × 3 600 = 91 800 m/h c'est-à-dire 91,800 km/h, qui est supérieur à 80 km/h.
Donc la vitesse limite de 80 km/h a été dépassée.

EXPLICATION
Il suffit de chercher la vitesse en m/s et de la convertir en km/h.

2 a. La durée de la course en heures :
$27 \times 24 + 4 = 652$ h.
La vitesse est donc : $5\,500 \div 652 \approx 8{,}44$ km/h.
b. La durée de la course en heures :
$16 \times 24 + 6 = 390$ h
La vitesse est donc : $5\,500 \div 390 \approx 14{,}10$ km/h.

3 6 000 km = 6 000 000 m.
À la vitesse de 2 m par siècle, il faut 3 000 000 de siècles pour faire cette distance. Voilà donc 300 millions d'années que l'aventure aurait commencé !

4 2,5 L/s = 2,5 × 60 L/min = 150 L/min = 1,5 hL/min.

5 a. Le débit moyen de la Seine est :
$30\,000 \div 60 = 500$ soit 500 m^3/s.
b. En 1 h, il s'écoule : $30\,000 \times 60 = 1\,800\,000$ m^3.
En 1 jour, il s'écoule :
$1\,800\,000 \times 24 = 43\,200\,000$ m^3.

6 Le nombre de tours par seconde est :
$6\,900 \div 60 = 115$ t/s.

7 0,58 kg = 580 g. Donc la masse volumique du cuivre en g/cm^3 est $580 \div 65 \approx 8{,}9$ g/cm^3, à 0,1 g/cm^3 près.

8 Consommation électrique en Wh :
$(6 \times 100 \times 5) + (2 \times 2\,100) + (600 \times 8)$
$= 3\,000 + 4\,200 + 4\,800 = 12\,000$ Wh, soit 12 kWh.

9 Quantité de travail en hommes × années :
$(25 \times 2) + (10 \times 3{,}5) + (34 \times 0{,}5) = 50 + 35 + 17$
= 102 hommes × années.

26 Découvrir l'algorithmique et la programmation

1 a. Afin d'éviter les conflits, effacer le programme P1 avant d'exécuter le programme P2.
b. Les instructions du bloc jaune sont répétées 10 fois.
c. Il suffit de remplacer 10 par 1.

2 b. P4 n'est pas le même programme que P3 car l'instruction « dire FIN pendant 1 secondes » est répétée 100 fois.
c. Environ 100 secondes.

3 a. Avec ce nouveau programme, le lutin ne rebondit pas perpendiculairement aux bords. C'est moins monotone.
b. Au début du programme, on insère l'instruction « demander angle = et attendre ».
Et on remplace « 37 » par « *réponse* ».

4 **b.** Ce programme donne les 10 premiers multiples de 13.
c. Au début du programme, on insère les instructions :
« demander nombre de multiples = et attendre »
« mettre *n* à *réponse* »
Dans la boucle, on remplace « répéter 10 fois » par « répéter *n* fois ».
d. On procède comme à la question **c.** précédente. Et dans la boucle, il faut remplacer « $M + 13$ » par « $M + a$ ». Finalement, on obtient un programme comme ci-dessous :

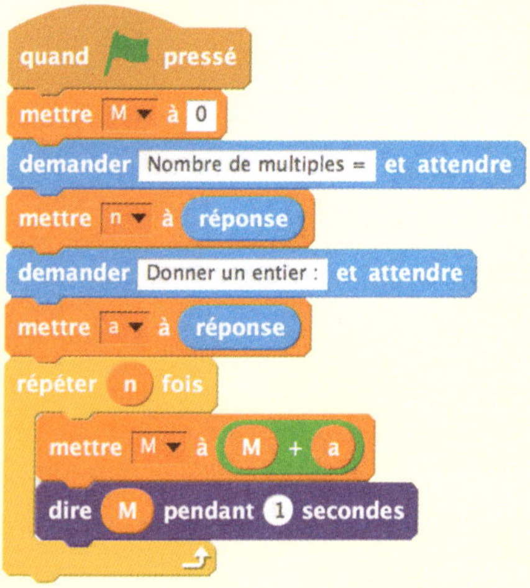

5 Il y a plusieurs choses à faire :
- au début, demander le nombre de puissances (et pas de multiples) ;
- avant la boucle, remplacer l'instruction « mettre *M* à 0 » par « mettre *M* à 1 » ;
- dans la boucle, remplacer « $M + a$ » par « $M * a$ ».

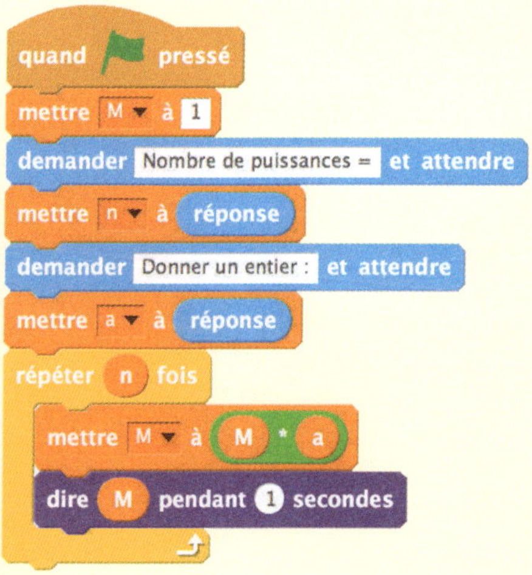

6 **a.** Le lutin avance, rebondit, tourne indéfiniment. Penser à le stopper.
b. Le lutin voit sa taille augmenter et devient si gros qu'il ne peut plus tourner. De grâce, ne torturez pas ce gentil lutin !

7 **a.** 34, 55 et 89 car, à partir du terme 2, chaque terme est la somme des deux précédents.
b. Les nombres de Fibonacci sont « fabriqués » dans la variable *c*.
c. Avant la boucle, insérer l'instruction « demander Nombre de termes = et attendre », puis, en tête de boucle, remplacer « 10 » par « *réponse* ».

8 **a.** On utilise une boucle :

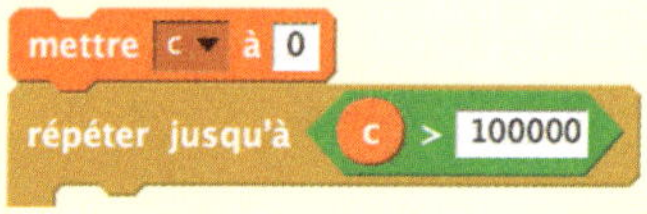

On constate que les nombres de Fibonacci augmentent très vite.

EXPLICATION
On met **c** à **0** pour être sûr qu'il soit inférieur à 100 000. À défaut, le programme pourrait s'arrêter avant de commencer.

b. On utilise une boucle :

On arrête la boucle en pressant la barre d'espace.

Bilan : vers la troisième

1 **1.** La notation scientifique est $2{,}018 \times 10^3$. Donc la bonne réponse est **c.**

2. $\left(\frac{5}{2}+\frac{4}{3}\right)\times\left(\frac{5}{6}-\frac{1}{2}\right)=\left(\frac{15}{6}+\frac{8}{6}\right)\times\left(\frac{5}{6}-\frac{3}{6}\right)=\frac{23}{6}\times\frac{2}{6}=\frac{23}{6}\times\frac{1}{3}=\frac{23}{6\times 3}=\frac{23}{18}$. Donc la bonne réponse est **a.**

3. $3(2x+y)-4(x-2y)=3\times 2x+3\times y-4x+8y=6x-4x+3y+8y=2x+11y$. Donc la bonne réponse est **b.**

4. La bonne réponse est **c.**

5. $\frac{91\times 7}{49}=\frac{91\times 7}{7\times 7}=\frac{91}{7}=13$. Donc la bonne réponse est **a.**

2 **1.** Soit x le plus petit.
Alors $x+(x+1)+(x+2)+(x+3)=8\,074$
donc $4x+6=8\,074$. D'où $4x=8\,074-6$.
Soit $4x=8\,068$. Donc $x=8\,068\div 4$. Soit $x=2\,017$.

2. Soit x le prix de la perceuse. Celui d'une batterie est $x\div 2{,}5$.
D'où $x+(x\div 2{,}5)\times 2=459$.
Donc $x+x\times\frac{2}{2{,}5}=459$ donc $x+0{,}8x=459$.
Soit $1{,}8x=459$, d'où $x=\frac{459}{1{,}8}=255$. La perceuse coûte donc 255 €.

3. Soit x la valeur cherchée.
Alors : $\frac{7\times 3+2\times 4+8\times 6+3x}{7+2+8+3}=4{,}15$
soit $\frac{21+8+48+3x}{20}=4{,}15$ d'où $\frac{77+3x}{20}=4{,}15$.
Soit $77+3x=20\times 4{,}15$ d'où $77+3x=83$ d'où $3x=6$
et donc $x=6\div 3=2$.

3

3^7	3^0	3^5
3^2	3^4	3^6
3^3	3^8	3^1

10^2	10^9	10^4
10^7	10^5	10^3
10^6	10^1	10^8

$(-1)^3$	$(-1)^2$	$(-1)^7$
$(-1)^8$	$(-1)^4$	$(-1)^0$
$(-1)^1$	$(-1)^6$	$(-1)^5$

4 **1.**

Temps (h)	1,5	4	3,5	2,5	0,5
Distance (km)	126	336	294	210	42

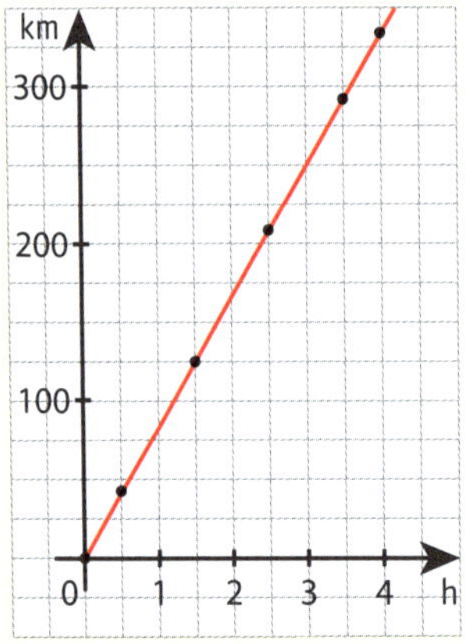

En 1,5 h le véhicule parcourt $84 \times 1,5 = 126$ km.
Pour 294 km le temps vaut : $294 \div 84 = 3,5$ h.
Même raisonnement pour les autres valeurs.
2. Voir ci-contre.
3. Les points du graphique sont sur une droite passant par l'origine.
4. En une seconde le véhicule parcourt $84\,000 \div 3\,600 \approx 23,33$ m/s.

5 En 2023 il y a 365 j, le nombre de cas possibles est 365.
1. En août il y a 31 j, donc 31 cas favorables donc la probabilité est $\frac{31}{365}$.
2. Février 2023 s'arrête le 28. L'événement est impossible. Sa probabilité est nulle.
3. Un seul cas favorable, donc la probabilité est $\frac{1}{365}$.
4. Il y a 12 premiers jours dans l'année, la probabilité est $\frac{12}{365}$.

6 **1.** 1er cas : l'hypoténuse est inconnue et si on la note h, le théorème de Pythagore donne $h^2 = 5^2 + 12^2$ soit $h^2 = 169$, donc $h = \sqrt{169} = 13$ cm.
2e cas : l'hypoténuse mesure 12 cm et si on note x le côté inconnu, on peut écrire $12^2 = x^2 + 5^2$, soit $x^2 = 12^2 - 5^2$, donc $x^2 = 119$, donc $x = \sqrt{119}$, soit environ 10,9 cm.

2. a. On applique le théorème de Pythagore à AHB.
$AB^2 = 12^2 + 9^2 = 225$. Soit $AB = \sqrt{225} = 15$ cm.

b. On applique le théorème de Pythagore dans ACH.
$CH^2 = 13^2 - 12^2 = 25$. Donc $CH = \sqrt{25} = 5$ cm.
D'où périmètre $= 13 + (5 + 9) + 15 = 42$ cm.

c. Aire $= 12 \times (5 + 9) \div 2 = 84$ cm^2.

3. a. Dans le triangle AHS on a : $AS^2 = 8^2 + 6^2 = 100$. Donc $AS = \sqrt{100} = 10$. Donc $\cos(\hat{a}) = 8 \div 10 = 0,8$ et $\hat{a} \approx 36,9°$.

b. Volume du cône $= \frac{1}{3}\pi \times 6^2 \times 8 = 96\,\pi \approx 301,59$ cm^3.

7 • Première solution
Le côté de B est $\sqrt{324} = 18$ cm.
Donc le côté de A est $18 \div 4 = 4,5$ cm.
• Seconde solution
L'aire de A est $324 \div (4^2) = 20,25$ cm².
Donc le côté de A est $\sqrt{20,25} = 4,5$ cm.

8 **1.** On a défini les variables a et c.
2.

3. À la fin de l'exécution $a = 119$ et $c = 155$. En effet on a effectué la boucle 50 fois et donc $a = 120° - 50 \times 0,02 = 119°$ et $c = 5 + 50 \times 3 = 155$.

NIVEAU 3e

Cette partie te propose un **entraînement guidé** sur les principales notions du programme de 3e :

La partie comprend aussi :

TEST

1. Réponds à chaque question du test en cochant la bonne réponse : A, B ou C.
2. Vérifie chaque réponse à l'aide du corrigé au bas de la page 231.
3. Si ta réponse n'est pas juste, entoure le numéro du chapitre : il est à réviser en priorité.

NOMBRES ET CALCULS

CHAPITRE

1. **L'expression $(x-2)(4x+1)$ est égale à :** 1 p. 232

☐ **A.** $4x^2-2$ ☐ **B.** $4x^2-7x-2$ ☐ **C.** $4x^2+9x-2$

2. **L'équation $3x-2=10$ a pour solution :** 2 p. 234

☐ **A.** 4 ☐ **B.** – 20 ☐ **C.** – 4

3. **Le nombre qui, diminué de 5, est égal à sa moitié augmentée de 15 est :** 3 p. 236

☐ **A.** 25 ☐ **B.** – 20 ☐ **C.** 40

4. **10^{-3} est égal à :** 4 p. 238

☐ **A.** 0,0001 ☐ **B.** – 30 ☐ **C.** $1 \div 10^3$

5. **L'écriture scientifique de 2017 est :** 5 p. 240

☐ **A.** $2{,}017 \times 10^3$ ☐ **B.** $2{,}017 \times 10^{-3}$ ☐ **C.** $20{,}17 \times 10^2$

6. **Le nombre 123456789 est :** 6 p. 242

☐ **A.** composé ☐ **B.** premier ☐ **C.** trop grand pour que l'on puisse répondre

7. **En rendant irréductible la fraction $\frac{418}{266}$, on obtient :** 7 p. 244

☐ **A.** $\frac{22}{14}$ ☐ **B.** $\frac{11}{7}$ ☐ **C.** $\frac{209}{133}$

8. **$\sqrt{36}$ est égal à :** 8 p. 246

☐ **A.** 6^2 ☐ **B.** 6 ☐ **C.** 18

9. **Soit a et b deux nombres tels que : $a-b=6$ et $a^2-b^2=120$. Alors $a+b$ est égale à :** 9 p. 248

☐ **A.** 126 ☐ **B.** 20 ☐ **C.** 720

10. **L'équation $2x(x+1)=0$ a pour solutions :** 10 p. 250

☐ **A.** 2 et – 1 ☐ **B.** 0 et 1 ☐ **C.** – 1 et 0

GESTION DE DONNÉES, FONCTIONS

CHAPITRE

11. **Un livre qui valait 35 € coûte maintenant 7 % de plus. Son nouveau prix s'obtient en multipliant 35 par :** 11 p. 252

☐ **A.** 1,07 ☐ **B.** 1,70 ☐ **C.** 7 %

12. **Une fonction affine h est définie par $x \mapsto ax+8$. D'autre part, $h(3)=2$. Alors a est égal à :** 12 p. 254

☐ **A.** $\frac{2}{3}$ ☐ **B.** – 2 ☐ **C.** 8

13. **Un sac contient 3 boules noires, 4 boules blanches, 5 boules jaunes et 1 boule bleue. On prend au hasard une boule. La probabilité d'obtenir une boule qui ne soit pas verte est :** 13 p. 256

☐ **A.** $\frac{13}{8}$ ☐ **B.** 1 ☐ **C.** 0

14. **Pour une série statistique, l'étendue est :** 14 p. 258

☐ **A.** une médiane ☐ **B.** la moyenne ☐ **C.** l'écart des valeurs extrêmes

GÉOMÉTRIE ET MESURES

CHAPITRE

15. **Sachant que (AB) // (CD), OA = 2, OB = 3 et OC = 4, on en déduit que OD est égal à :**

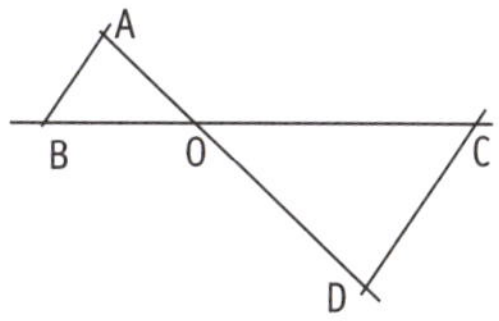

☐ **A.** $\frac{8}{3}$ ☐ **B.** 5 ☐ **C.** 6

15 p. 260

16. **Pour que (EF) et (BD) soient parallèles, il suffit que AE soit égal à :**

☐ **A.** 1,5 ☐ **B.** 3 ☐ **C.** 4

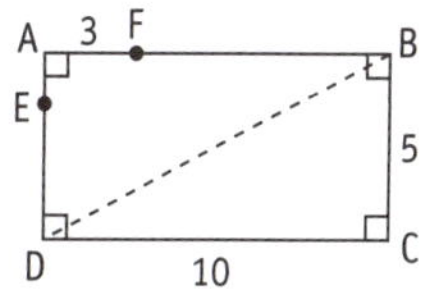

16 p. 262

17. **Le triangle AOC est l'image du triangle BOA par la rotation de centre O, dans le sens des aiguilles d'une montre et d'angle :**

☐ **A.** 100° ☐ **B.** 120° ☐ **C.** 144°

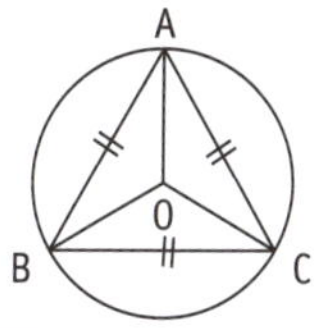

17 p. 264

18. **Le côté CD de cette figure mesure :**

☐ **A.** 9 ☐ **B.** 8 ☐ **C.** 18

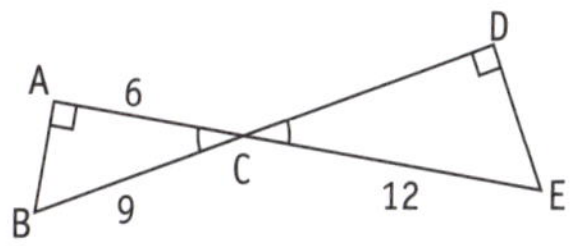

18 p. 266

19. **La hauteur d'un triangle équilatéral de côté 6 cm mesure (à 0,01 cm près) :**

☐ **A.** 5,20 cm ☐ **B.** 2,60 cm ☐ **C.** 4,32 cm

19 p. 268

20. **Sur la figure, le côté NO est égal à :**

☐ **A.** $\frac{50}{3}$ ☐ **B.** 6 ☐ **C.** 8

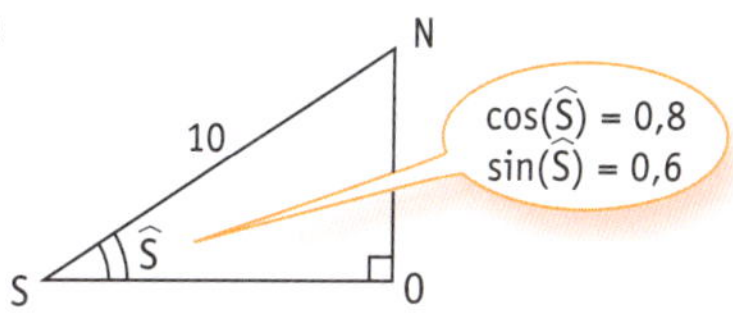

20 p. 270

21. **Â est un angle aigu et cos(Â) = 0,96. Alors sin(Â) est égal à :**

☐ **A.** 0,04 ☐ **B.** 1,4 ☐ **C.** 0,28

21 p. 272

22. **Une boule a 13 cm de diamètre. Son volume est :**

☐ **A.** strictement supérieur à 1 litre ☐ **B.** égal à 1 litre ☐ **C.** strictement inférieur à 1 litre

22 p. 274

23. **La section d'un cylindre par un plan parallèle à l'axe du cylindre est :**

☐ **A.** un disque ☐ **B.** un rectangle ☐ **C.** un triangle rectangle isocèle

23 p. 276

24. **Un avion se déplace à 280 m/s. Alors sa vitesse est :**

☐ **A.** supérieure à 1 000 km/h ☐ **B.** égale à 1 000 km/h ☐ **C.** inférieure à 1 000 km/h

24 p. 278

ALGORITHMIQUE ET PROGRAMMATION

CHAPITRE

25. **Si on exécute ces instructions de Scratch :**

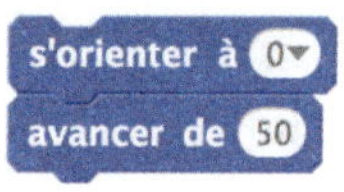

alors le lutin se déplace vers :

☐ **A.** la droite ☐ **B.** le bas ☐ **C.** le haut

25 p. 280

Réponses :
1. B 2. A 3. C 4. C 5. A 6. A 7. B 8. B 9. B 10. C 11. A 12. B 13. B 14. C
15. A 16. A 17. B 18. B 19. A 20. B 21. C 22. A 23. B 24. A 25. C

1 Développer et factoriser une expression

- Tu peux commencer par revoir le chapitre 11 du niveau 4e p. 176.

Comment développer une expression en utilisant la distributivité ?

Pour tous nombres a, b, c, d et k, on a :

$k \times (a + b) = ka + kb$; $k \times (a - b) = ka - kb$.

$(a + b)(c + d) = ac + ad + bc + bd$.

Exemple : Développer et simplifier l'expression $A = (x + 3)(x + 2)$.
$A = (x + 3)(x + 2) = x^2 + 2x + 3x + 3 \times 2 = x^2 + 5x + 6$.

★ 1 Pour réviser

Développer puis simplifier les expressions suivantes.

$A = 3x(x + 1) + 2x =$ ....

$B = (x + 7)(x - 2) =$ ....

$C = (5x + 6)(2x - 1) =$ ....

$D = (x + 2)(x - 5) + (x - 3)(x + 4) =$ ....

$E = 3(x - a) + a(3 - x) + x(a - 3) =$ ....

$F = (x - 6)(x + 1) - (x + 6)(x - 1) =$ ....

COUP DE POUCE
N'oublie pas de simplifier !

★ 2 À compléter par des nombres entiers

a. $(3x + 8)(7x +$ ....$) =$ ....$x^2 +$ ....$x + 16$

b. $(2a + b)(4a + 3) =$ ....$a^2 +$ ....$a +$ ....$ab +$ ....b

c. $(4x -$ ....$)(6x + 3) =$ ....$x^2 -$ ....$x - 15$

COUP DE POUCE
Remplace les pointillés par des nombres entiers. Travaille au brouillon et recopie le résultat.

★ 3 Expressions remarquables

Développer.

a. $(a + b)^2 = (a + b)(a + b) =$ ....

b. $(a - b)^2 = (a - b)(a - b) =$ ....

c. $(a + b)(a - b) =$ ....

★ 4 Développements

Développer puis simplifier les expressions suivantes.

$A = (a - 7)(a + 7) + 49 =$ ....

$B = (3b - 5)(3b - 5) + 30b =$ ....

$C = (2x + 9)(2x + 9) =$ ....

$D = (x + 4)(x + 4) - 8(x + 2) =$ ....

$E = 121 + (2x - 11)(2x + 11) =$ ....

Comment factoriser une expression en utilisant un facteur commun ?

- Pour tous nombres a, b et k, on a :

$$ka + kb = k(a + b)$$

On a mis k en facteur.

k est un facteur commun.

Exemple : $7x + 21 = 7x + 7 \times 3 = 7(x + 3)$.

★ 5 Avec un facteur commun (1)

Factoriser les expressions suivantes.

$A = 9a + 18 =$ ....

$B = 7x - 7y =$ ....

$C = 2a + ax =$ ....

$D = 4x^2 - x =$ ....

$E = i - i^2 =$ ....

$F = 6x - 18y + 12 =$ ....

★ 6 Avec un facteur commun (2)

Factoriser les expressions suivantes.

$A = (x - 2)(2x + 1) + (x - 2)(x + 4) =$ ....

$B = (a + 1)(a - 3) + (a + 1)^2 =$ ....

$C = x(x + 8) - 2(x + 8) =$ ....

$D = (3x - 2)(4x + 5) - 5(3x - 2) =$ ....

COUP DE POUCE
Dans le calcul de B, $(a + 1)^2 = (a + 1) \times (a + 1)$.

★ 7 Le bon grain de l'ivraie

Rayer les expressions qui ne sont pas des produits de facteurs.

$A = (x + 2)^2$	$D = x^2 + 2x$	$G = x(x + 3) + 3$
$B = a^2 + 1$	$E = (2x - 3)(3 + 2x)$	$H = 4x^2 \times (x + 1)^2$
$C = 2x + 3x$	$F = 3 + 4x\,(3 + 4x)$	$I = 2x(x + 3) \times (x + 3)^2$

★ 8 Factorisations

Factoriser les expressions suivantes.

$A = 16x^2 + 24x =$ ....

$B = ab + a =$ ....

$C = 4x^2 - 12x =$ ....

$D = 100r^2 - 1\,000r =$ ....

$E = 25x + 30x^2 - 5x =$ ....

Corrigés p. 288

NOMBRES ET CALCULS

2 Résoudre des équations (révision)

- Tu peux commencer par revoir le chapitre 12 du niveau 4e p. 178.

Quelles situations rencontre-t-on quand on résout des équations ?

Première situation

On peut **ajouter ou retrancher** un même nombre aux deux membres d'une égalité.

Exemple 1 : Si $x - 5 = 7$
alors $x = 7 + 5$
donc $x = 12$.

On trouve x en ajoutant 5 aux deux membres.

Exemple 2 : Si $3x = 3 + 2x$
alors $3x - 2x = 3$
donc $x = 3$

On isole les x en retranchant $2x$ aux deux membres.

Seconde situation

On peut **multiplier ou diviser** les deux membres d'une égalité par un même nombre (non nul).

Exemple 1 : Si $3x = 24$
alors $x = \dfrac{24}{3}$
donc $x = 8$

On trouve x en divisant les deux membres par 3.

Exemple 2 : Si $\dfrac{5x}{2} = \dfrac{7}{2}$
alors $5x = 7$
donc $x = \dfrac{7}{5}$.

On supprime le dénominateur commun 2, en multipliant les deux membres par 2.

★ 1 **Résoudre**

a. $x + 5 = 3$ b. $x + 12 = 0$ c. $x - 4 = 5$ d. $x - 7 = -5$

★ 2 **Résoudre**

a. $2x = 12$ b. $3x = 7{,}5$ c. $5x = -8$ d. $4x = 0$

★ 3 **Résoudre**

a. $4x = 1$ b. $7x = 1$ c. $-2x = 5$ d. $-8x = -16$

4 Résoudre

a. $2x + 3 = 5$

b. $7x - 4 = 11$

c. $3x - 15 = 0$

5 Résoudre

a. $8x + 12 = 0$

b. $-3x + 1{,}5 = 6$

c. $-2x - 30 = 20$

6 Résoudre

a. $2x + \pi = 5\pi$

b. $11x + 5 = 5$

c. $1 + 499x = 500$

7 Résoudre

a. $\dfrac{3x}{7} = \dfrac{9}{14}$

b. $\dfrac{1}{4} + \dfrac{x}{2} = \dfrac{5}{2}$

c. $\dfrac{x}{3} = \dfrac{1}{2} + \dfrac{x}{6}$

COUP DE POUCE
Réduis d'abord tous les termes au même dénominateur.

8 Résoudre

a. $\dfrac{1}{2} = \dfrac{1}{3} + x$

b. $\dfrac{x}{5} + 1 - \dfrac{3}{10} = 0$

c. $\dfrac{7}{3} - \dfrac{x}{9} = -2$

ATTENTION
b. $1 = \dfrac{10}{10}$; $0 = \dfrac{0}{10}$
c. $-2 = -\dfrac{18}{9}$

9 Résoudre

a. $x - \dfrac{2}{3} = 11 \times \dfrac{2}{3}$

b. $ax = 2a$

c. $x + a = a$

d. $\dfrac{x}{7} - 7 = 0$

COUP DE POUCE
• Note bien que dans ces équations, l'inconnue est x.
• Pour **b.**, $a \neq 0$.

Corrigés p. 288-289

3 Résoudre des problèmes avec une équation

• Tu peux commencer par revoir le chapitre 13 du niveau 4e p. 180.

Comment résoudre un problème à l'aide d'une équation ?

Pour résoudre un problème à l'aide d'une équation, on suit le plan suivant.

- **Choix de l'inconnue.** On lui donne un **nom** (c'est souvent x) et on la définit.
  Exemple
  Soit x le nombre de personnes qui...
- **Mise en équation.** On traduit le texte sous forme d'une équation.
- **Résolution de l'équation.** On cherche la (ou les) **solution(s)** de l'équation.
- **Conclusion.** On ne retient que les solutions qui ont un **sens** vis-à-vis du problème (par exemple, on élimine les valeurs négatives lorsque x est une longueur).

★ 1 À la recherche d'un nombre x

Trouver x tel que sa moitié augmentée de 25 soit égale à son double diminué de 8.

★ 2 Problème d'âges

Émilie a 12 ans ; son frère Jérôme en a 28.
Dans combien d'années l'âge de Jérôme sera-t-il le double de celui d'Émilie ?

COUP DE POUCE
Soit x le nombre d'années cherché.

★★ 3 Moyenne trimestrielle

Au cours du trimestre, Gaby a obtenu cinq notes dont la moyenne est 12.
Quelle note doit-elle avoir au sixième devoir pour que sa moyenne monte à 13 ?

★★ 4 Côtés d'un triangle

BC est le double de AB.
AC est égal à une fois et demie AB.
La longueur totale des trois demi-cercles est 9π. Combien mesure AB ?

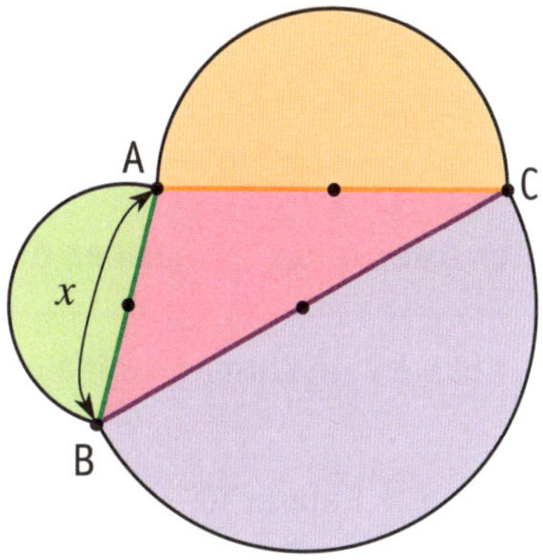

> **INFO**
> La longueur d'un demi-cercle de diamètre d est $\frac{\pi d}{2}$.

★★ 5 Terrain de sport

Le terrain de sport ci-contre mesure 430 m de périmètre.
Calculer la longueur x (en mètres).
On donnera une valeur approchée de x en remplaçant π par $\frac{22}{7}$.

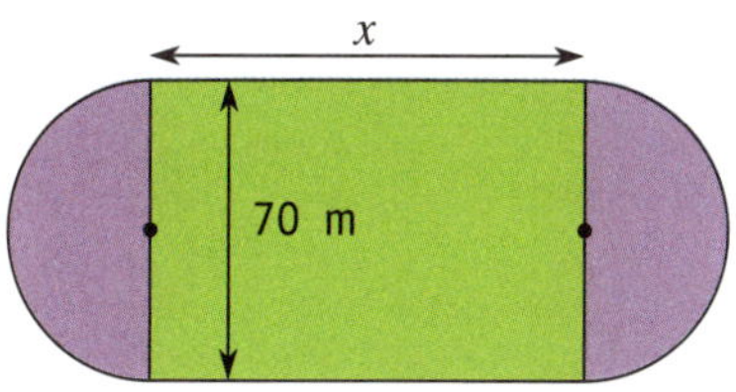

★ 6 Aire d'un triangle

AB = 12, AC = 15, CH = 10.
Calculer la hauteur BK.

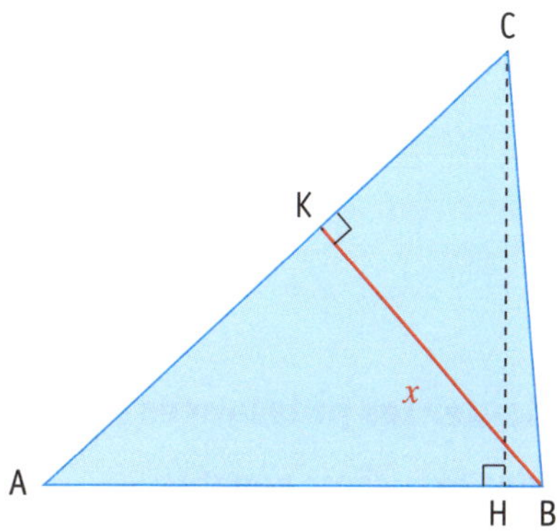

> **COUP DE POUCE**
> Exprime de deux façons l'aire de ABC.

NIVEAU 3^e^

Corrigés p. 289-290

NOMBRES ET CALCULS

4 Calculer avec des puissances

• Tu peux commencer par revoir les chapitres 7 et 8 du niveau 4e pp. 168 et 170.

Comment calculer avec des puissances de 10 ?

Définition

• Si n est un entier positif alors $10^n = \underbrace{10 \ldots 0}_{n \text{ zéros}}$

• Si $n \geqslant 2$ alors $10^n = \underbrace{10 \times 10 \times \ldots \times 10}_{n \text{ facteurs}}$

Exemples : $10^3 = 10 \times 10 \times 10 = 1\,000$; $10^1 = 10$.

• Si n est un entier positif alors $10^{-n} = \underbrace{0{,}0 \ldots 01}_{n \text{ zéros}} = \dfrac{1}{10^n}$

Exemples : $10^{-4} = 0{,}0001 = \dfrac{1}{10^4}$; $10^{-1} = \dfrac{1}{10} = 0{,}1$.

Exemples de calculs

• $10^3 \times 10^2 = 1\,000 \times 100 = 100\,000 = 10^5$; $\dfrac{10^5}{10^2} = \dfrac{100\,000}{100} = 1000 = 10^3$

• $10^4 \times 10^{-2} = 10\,000 \times 0{,}01 = 100 = 10^2$; $10^{-3} \times 10^{-2} = 0{,}001 \times 0{,}01 = 0{,}00001 = 10^{-5}$.

1 Des chiffres et des lettres

a. Écrire en lettres les puissances de 10 suivantes.

10^2 : .... 10^5 : .... 10^7 : .... 10^{10} : ....

b. Écrire sous forme de puissance de 10.

un million : .... dix : .... dix mille : .... un milliard : ....

COUP DE POUCE
Exercices 1 et 2
Tu peux passer par l'intermédiaire de l'écriture en chiffres.

2 Des lettres et des chiffres

a. Écrire sous forme de puissance de 10.

un dixième : .... un centième : .... un cent-millième : .... un milliardième : ....

b. Écrire en lettres.

10^{-3} : .... 10^{-6} : ....

10^{-4} : .... 10^{-7} : ....

Comment calculer les puissances d'un nombre (non nul) ?

Introduction des exposants négatifs

$2^{-4} = \dfrac{1}{2^4} = \dfrac{1}{16} = 0{,}0625$; $5^{-1} = \dfrac{1}{5} = 0{,}2$; $3^{-2} = \dfrac{1}{3^2} = \dfrac{1}{9}$. Par définition $a^{-n} = \dfrac{1}{a^n}$

Calculs avec des exposants de signes quelconques

$3^4 \times 3^2 = (3 \times 3 \times 3 \times 3) \times (3 \times 3) = 3^6$; $2^5 \times 2^{-2} = 2^5 \times \dfrac{1}{2^2} = \dfrac{2^5}{2^2} = \dfrac{2 \times 2 \times 2 \times 2 \times 2}{2 \times 2} = 2^3$

$2^6 \times 2^{-4} = 2^6 \times \dfrac{1}{2^4} = \dfrac{2^6}{2^4} = 2^2$; $5^2 \times 5^{-6} = 5^2 \times \dfrac{1}{5^6} = \dfrac{5^2}{5^6} = \dfrac{1}{5^4} = \dfrac{1}{625} = 5^{-4}$.

★★ 3 Premiers calculs

Mettre sous forme d'un nombre décimal (ou entier).

a. $5^4 = $ .... ; $5^{-3} = $ .... ; $2^{-2} = $ .... ; $10^{-1} = $ .... ; $4^{-3} = $ ....

b. $7^5 \times 7^{-3} = $ ...... ; $9^2 \times 9 = $ ...... ; $10^6 \times 10^{-4} = $ ...... ; $2^{-4} \times 2^{-1} = $ ...... ; $4^3 \times 4^{-5} = $ ......

> **COUP DE POUCE**
> Fais les calculs au brouillon.

★★ 4 Pour s'entraîner

Mettre sous forme d'un nombre décimal (ou entier).

a. $5^8 \times 5^{-10} = $ .... $3^5 \times 3^3 = $ .... $3^7 \times 3^{-4} = $ .... $8^6 \times 8^{-7} = $ ....

b. $2^{-4} \times 2^{-1} = $ .... $7^5 \times 7^{-1} = $ .... $4^5 \times 4^{-6} = $ .... $1^{500} = $ ....

★★ 5 Puissance de 10

a. Mettre sous forme d'un nombre décimal (ou entier).

$0{,}1^2 = $ .... $0{,}01^2 = $ .... $10^3 \times 0{,}01 = $ .... $10^{-3} \times 10 = $ ....

b. Mettre sous forme d'une puissance de 10.

$\dfrac{0{,}01}{10^3} = $ .... $\dfrac{10}{10^4} = $ .... $\dfrac{10^{-4}}{10^2} = $ ....

★ 6 Avec des divisions

Écrire sous une forme plus simple (nombre décimal ou fraction simplifiée).

a. $\dfrac{3^5}{3^2} = $ .... ; $\dfrac{2^4}{2^5} = $ .... ; $\dfrac{7^4}{7^4} = $ .... ; $\dfrac{4^5}{4^3} = $ .... ; $\dfrac{25^3}{25^4} = $ ....

b. $\dfrac{5}{5^3} = $ .... ; $\dfrac{10^4}{10^7} = $ .... ; $\dfrac{6^3}{6^4} = $ .... ; $\dfrac{100^2}{100} = $ .... ; $\dfrac{10^3}{10^2} = $ ....

★ 7 Chasser l'intrus

Entourer le nombre qui n'est pas un entier.

$(0{,}25)^{-2}$ $(0{,}2)^{-4}$ $(0{,}125)^{-3}$ $(0{,}5)^{-5}$ 4^{-3} $(0{,}1)^{-2}$ $(0{,}02)^{-2}$ $(0{,}01)^{-3}$

> **INFO**
> Sur la calculatrice, utilise la touche $x^{\square}$ ou x^n

★ 8 Puissances croisées

Compléter les tableaux avec des nombres à trois chiffres, dont les définitions sont données sur le côté.

	A	B	C
I			
II			
III			

I : puissance 5e
II : puissance de 22
III : cube
A : puissance 5e
B : carré
C : cube

	A	B	C
I			
II			
III			

I : puissance 9e
II : cube
III : cube
A : puissance de 2
B : carré
C : puissance de 2

> **COUP DE POUCE**
> Tu peux commencer par rechercher, avec la calculatrice, les puissances qui s'écrivent avec trois chiffres.

NIVEAU 3e

Corrigés p. 290-291

NOMBRES ET CALCULS

5 Utiliser les puissances

- Tu peux commencer par revoir le chapitre 8 du niveau 4e p. 170.

Comment multiplier ou diviser par une puissance de 10 ?

Rappel

Pour multiplier par 10^1 ; 10^2 ; 10^3... on déplace la virgule de 1 ; 2 ; 3... rangs vers la droite.

Exemples : $6{,}5 \times 10^2 = 650$; $0{,}01789 \times 10^3 = 17{,}89$.

Pour diviser par 10^1 ; 10^2 ; 10^3... on déplace la virgule de 1 ; 2 ; 3... rangs vers la gauche.

Exemples : $8 \div 10^3 = 0{,}008$; $14{,}18 \div 10^2 = 0{,}1418$.

Nouveautés

Multiplier par 10^{-1} ; 10^{-2} ; 10^{-3}... revient à diviser par 10^1 ; 10^2 ; 10^3...

Exemple : $201{,}7 \times 10^{-3} = \dfrac{201{,}7}{10^3} = 0{,}2017$.

Diviser par 10^{-1} ; 10^{-2} ; 10^{-3}... revient à multiplier par 10^1 ; 10^2 ; 10^3...

Exemple : $1{,}5 \div 10^{-2} = 1{,}5 \times 10^2 = 150$.

★ 1 Puissance de calcul

a. Quelle est la hauteur, en cm, d'un paquet de 10 000 feuilles, chacune ayant une épaisseur de 10^{-2} cm ? ....

b. Combien y a-t-il de grains de sable dans un quintal de sable, chaque grain pesant, en moyenne, 10^{-1} mg ? ....

c. Un prince partage 10 milliards d'euros entre un million de ses sujets. Combien chacun d'eux reçoit-il ? ....

★ 2 Analyse de sang

Une analyse de sang d'un patient a donné les résultats suivants.

- Globules rouges : $4{,}8 \times 10^6$ par mm^3 de sang.
- Globules blancs : 8×10^3 par mm^3 de sang.

a. Estimer le nombre total de globules rouges de ce patient dont le corps contient 5 L de sang. ....

b. Même question avec les globules blancs. ....

COUP DE POUCE
5 L = ... mm^3

Comment écrire un nombre en notation scientifique ?

Exemples : Écrire 235,74 et 0,000981 en notation scientifique.

$235{,}74 = 2{,}3574 \times 10^2$

$0{,}000981 = 9{,}81 \times 10^{-4}$

L'exposant de la puissance de 10 dépend du déplacement de la virgule.

On place la virgule après le 1er chiffre autre que 0.

★★ 3 **Autour du nanomètre**

Classer, par ordre croissant, les objets suivants (vivants ou inertes) que l'on a mesurés : un virus (V) de 30 nm – une bactérie (B) de 0,5 μm – un atome (A) de 2×10^{-11} m une molécule (M) d'un milliardième de mètre – une levure (L) de 6 μm.

....

....

INFO
- Un **nanomètre** est un milliardième d'un mètre. On le note nm. $1\text{nm} = 10^{-9}\text{m}$
- Un **micromètre** est un millionième d'un mètre. On le note μm. $1\mu\text{m} = 10^{-6}\text{m}$

★★ 4 **Notre planète**

a. La masse de la Terre est d'environ 6 000 milliards de milliards de tonnes. Écrire en notation scientifique cette masse en kg. ....

b. La Terre tourne autour du Soleil sur un trajet circulaire (ou presque) de rayon 150 millions de km. Combien de km parcourt-elle en 1 h ? ....

....

COUP DE POUCE
b. En un an, la Terre parcourt ....

★★ 5 **Bactéries**

On admet que, dans des conditions favorables, le nombre de bactéries double toutes les heures. Au début de l'expérience, dans un cristallisoir, il y a 10 bactéries.

a. Combien seront-elles après 24 h ? (Donner un résultat arrondi et en notation scientifique.) ....

b. Combien seront-elles après 3 jours ? ....

★ 6 ***Si vis pacem, para bellum****

Un porte-avion coûte environ 4 milliards d'euros.

Quelle hauteur atteindrait une pile de billets de 100 €, représentant cette somme, sachant qu'un billet de 100 € a une épaisseur de 0,25 mm ? ....

INFO
*« Si tu veux la paix, prépare la guerre » (en latin).

★ 7 **Population mondiale**

La population mondiale est d'environ 7,5 milliards d'êtres humains en 2016.

a. La surface des terres émergées mesure 103×10^6 km^2. Calculer le nombre moyen d'individus par km^2. ....

b. En supposant qu'un être humain boive environ 2 L d'eau par jour, calculer en m^3 la consommation journalière des êtres humains sur la Terre. ....

★ 8 **L'univers « exploré »**

L'univers « exploré » comporte environ 130 milliards de galaxies et notre galaxie (la Voie lactée) comporte environ 234 milliards d'étoiles.

a. Écrire ces 2 nombres en notation scientifique. ....

b. En comptant une moyenne de 100 milliards d'étoiles par galaxie, estimer le nombre d'étoiles dans l'univers exploré. ....

....

Corrigés p. 291

Plus d'exercices sur www.hatier-entrainement.com

6 Décomposer un nombre entier en facteurs premiers

Que faut-il savoir sur les nombres premiers ?

Rappel

5 **divise** 30 car $5 \times 6 = 30$. On dit aussi que 5 est un **diviseur** de 30.

Remarque : 1 est un diviseur de tous les nombres entiers.

Définition

Un nombre entier est **premier** s'il a exactement deux diviseurs : 1 et lui-même.

Exemple : 29 n'a que deux diviseurs : 1 et lui-même. On dit que 29 est un **nombre premier.**

Voici la liste des nombres premiers inférieurs à 100 :

2, 3, 5, 7, 11, 13, 17, 19, 23, 29, 31, 37, 41, 43, 47, 53, 59, 61, 67, 71, 73, 79, 83, 89, 97.

Décomposition d'un entier en produit de facteurs premiers

Exemple : On peut écrire 30 comme un produit de nombres premiers : $30 = 2 \times 3 \times 5$.

Propriété des nombres composés, c'est-à-dire non premiers :

Tout nombre entier composé est un produit de facteurs premiers.

Exemple : $504 = 2 \times 2 \times 2 \times 3 \times 3 \times 7$ que l'on écrit $504 = 2^3 \times 3^2 \times 7$.

Méthode pratique :

Soit 492 à décomposer en produit de facteurs premiers.

Les quotients successifs.

Les diviseurs premiers successifs.

492	2
246	2
123	3
41	41
1	

On conclut : $492 = 2^2 \times 3 \times 41$.

★ 1 Attention les derniers pourraient bien être premiers

Entourer les nombres entiers qui ne sont pas premiers.

89 657 79 160 92 225 111 111 143

★ 2 Pour commencer

Décomposer les nombres suivants en produit de facteurs premiers.

294 | 330 | 387 | 546 |

Donc 294 = ... 330 = ... 387 = ... 546 = ...

★ 3 Pour s'entraîner

Même exercice.

60 | 225 | 264 | 1 430 |

Donc 60 = ... 225 = ... 264 = ... 1 430 = ...

★ 4 Avec Scratch : nombre premier ou non ?

a. Assembler le programme ci-contre.
Puis, à l'aide de ce programme, compléter par « premier » ou « composé ».

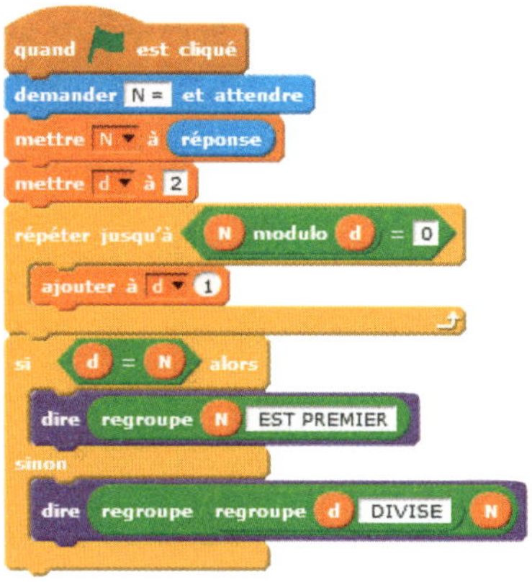

2 017 est ……………………

2 019 est ……………………

1 987 654 321 est ……………………

b. Calculer puis compléter avec « premier » ou « composé ».

$2 + 1 =$ …………… : ……………

$2 \times 3 + 1 =$ …………… : ……………

$2 \times 3 \times 5 + 1 =$ …………… : ……………

$2 \times 3 \times 5 \times 7 + 1 =$ …………… : ……………

$2 \times 3 \times 5 \times 7 \times 11 + 1 =$ …… : ……………

c. Utiliser le programme pour savoir si l'on obtient toujours un nombre premier en continuant selon le procédé de la question **b.**

……………………………………………………

> **INFO**
> « N modulo *d* » désigne le reste de la division de N par *d*.

> **ATTENTION**
> Le programme attend un entier $N \geqslant 2$.

★★ 5 La conjecture de Goldbach

La conjecture de Goldbach (mathématicien du XVIIIe siècle) affirme que tout nombre entier pair supérieur à 3 est la somme de deux nombres premiers.
Cette propriété n'a toujours pas été démontrée et c'est pour cela qu'on l'appelle « conjecture » au lieu de « théorème ».

a. Compléter avec des nombres premiers.

18 = …… + ……　　40 = …… + ……　　62 = …… + ……

30 = …… + ……　　54 = …… + ……　　98 = …… + ……

b. Utiliser le programme de l'exercice **4** pour compléter les égalités suivantes avec des nombres premiers.

2 000 = …………… + ……………　　2 004 = …………… + ……………

2 002 = …………… + ……………　　2 006 = …………… + ……………

> **INFO**
> Les solutions ne sont pas uniques.

★ 6 Travail de recherche

1 879 et 9 781 sont des nombres premiers ; 13 et 31 aussi.
Donner d'autres paires de nombres premiers ayant cette propriété « renversante ».

……………………………………………………

……………………………………………………

……………………………………………………

> **COUP DE POUCE**
> Tu peux utiliser le programme de l'exercice **4**.

Corrigés p. 291-292

7 Rendre une fraction irréductible

• Tu peux commencer par revoir le chapitre 3 du niveau 4e p. 160.

Comment rendre une fraction irréductible ?

Rappel des principaux critères de divisibilité

- Un nombre entier est divisible par **2** si son chiffre des unités est 0, 2, 4, 6, ou 8.
- Un nombre entier est divisible par **5** si son chiffre des unités est 0 ou 5.
- Un nombre entier est divisible par **3** si la somme de ses chiffres est divisible par 3.
- Un nombre entier est divisible par **9** si la somme de ses chiffres est divisible par 9.
- Un nombre entier est divisible par **10** si son chiffre des unités est 0.

Application : On peut simplifier une fraction lorsque ses deux termes sont divisibles par un même nombre. Ainsi : $\frac{k \times a}{k \times b} = \frac{a}{b}$ (avec $k \neq 0$ et $b \neq 0$).

Fraction irréductible

Exemples : $\frac{14}{16} = \frac{2 \times 7}{2 \times 8} = \frac{7}{8}$. On ne peut plus simplifier. La fraction $\frac{7}{8}$ est **irréductible**.

$\frac{13}{15}$, $\frac{16}{17}$ et $\frac{24}{1}$ (qui vaut 24) sont aussi des fractions irréductibles.

Rendre une fraction irréductible

- **Méthode 1.** On utilise directement les critères de divisibilité.

Exemple : $\frac{1080}{1260} = \frac{108}{126} = \frac{54}{63} = \frac{6}{7}$. On a utilisé les critères de divisibilité par 10, 2 et 9.

- **Méthode 2.** On décompose le numérateur et le dénominateur en facteurs premiers.

Exemple : Simplifions la fraction $\frac{315}{378}$.

$315 = 3^2 \times 5 \times 7$ et $378 = 2 \times 3^3 \times 7$ (voir chapitre 6).

Donc $\frac{315}{378} = \frac{3 \times 3 \times 5 \times 7}{2 \times 3 \times 3 \times 3 \times 7} = \frac{5}{6}$.

★ 1 Avec les critères de divisibilité

Rendre les fractions suivantes irréductibles (faire les calculs au brouillon).

a. $\frac{273}{210}$ = ... **c.** $\frac{1\,980}{2\,340}$ = ... **e.** $\frac{840}{756}$ = ...

b. $\frac{4\,080}{3\,120}$ = ... **d.** $\frac{5\,346}{7\,128}$ = ... **f.** $\frac{1\,575}{2\,475}$ = ...

★ 2 Tableaux d'irréductibles

Compléter les tableaux suivants avec des fractions irréductibles.

Numérateur / Dénominateur	4	6	7	10
2				
3			$\frac{7}{3}$	
4				
5				

Numérateur / Dénominateur	3	28	36	5
2				
35				
27				
12				

COUP DE POUCE
Ici, tu peux simplifier mentalement.

★ 3 Des fractions bien étranges

a. Soit a la fraction $\frac{364}{280}$ et b la fraction $\frac{3+6+4}{2+8+0}$ obtenue en ajoutant les chiffres du numérateur puis ceux du dénominateur. Simplifier la fraction a et en déduire que $a = b$.

……………………………………………………………………………………

b. Même travail pour $\frac{392}{224}$. ……………………………………………………

c. Puis pour $\frac{714}{952}$. ……………………………………………………

★ 4 Avec des facteurs premiers

a. Donner la décomposition en produit de facteurs premiers de 264 et de 252.

264 = …………………………… 252 = ……………………………

Rendre irréductible la fraction $\frac{264}{252}$ = ……………………………………

b. Même travail pour 592 et 518.

592 = …………………………… 518 = ……………………………

Et pour la fraction $\frac{592}{518}$ = ……………………………………

★ 5 Avec des facteurs premiers (bis)

a. Rendre irréductible la fraction $\frac{8\,085}{1\,638}$ = ……………………………………

b. Rendre irréductible la fraction $\frac{1\,092}{728}$ = ……………………………………

★ 6 Avec Scratch : grands nombres

Soit la fraction $F = \frac{3\,124\,611\,669}{3\,130\,744\,371}$.

a. F est-elle irréductible ? (Justifier.)

……………………………………………………

……………………………………………………

b. Assembler le programme informatique ci-contre. (Ne pas oublier de créer les variables N et d, ainsi que la liste *Fact Prem*.) Utiliser ce programme pour décomposer en produit de facteurs premiers le numérateur et le dénominateur de F.

……………………………………………………

……………………………………………………

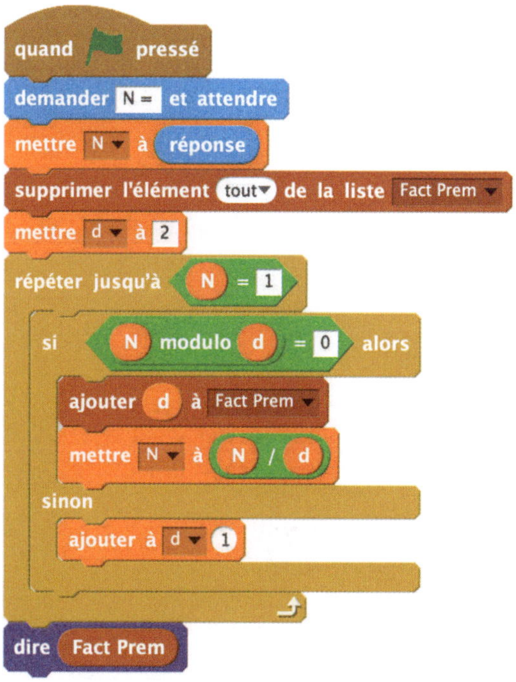

c. Rendre irréductible la fraction F.

……………………………………………………

COUP DE POUCE
Pour les exercices **4** et **5**, effectue les décompositions sur une feuille de brouillon.

ATTENTION
Le programme attend un entier $N \geqslant 2$.

INFO
L'instruction « supprimer … » a pour effet de vider la liste *Fact Prem*.

Corrigés p. 292-293

8 Connaître les racines carrées

Qu'appelle-t-on « racine carrée d'un nombre positif » et comment l'obtenir ?

Définition

La **racine carrée** d'un nombre **positif** a est le nombre **positif**, noté $\sqrt{a}$, dont le carré est a.

On a donc $\left(\sqrt{a}\right)^2 = a$ et $\sqrt{a} \geqslant 0$. *Exemples :* $\sqrt{9} = 3$; $\sqrt{0} = 0$; $\sqrt{1} = 1$; $\sqrt{16} = 4$.

Calcul et encadrement

- Le tableau des premiers carrés de nombres permet d'obtenir des racines carrées.

n	0	1	2	3	4	5	6	7	8	9	10	11	12
n^2	0	1	4	9	16	25	36	49	64	81	100	121	144

Exemples : $\sqrt{144} = 12$; $\sqrt{49} = 7$.

- Ce tableau permet aussi d'encadrer des racines carrées.

Exemple : $9 < 15 < 16$ donc $3 < \sqrt{15} < 4$.

- Sur la calculatrice, la touche $\sqrt{\ }$ permet d'obtenir des valeurs approchées de racines carrées. *Exemples :* $\sqrt{20} \approx 4{,}47$; $\sqrt{108} \approx 10{,}39$.

★ 1 Trouver ses racines

Compléter.

a. $\sqrt{121}$ = ...
d. $\sqrt{0{,}0001}$ = ...
g. $\sqrt{2{,}56}$ = ...
b. $\sqrt{1}$ = ...
e. $\sqrt{256}$ = ...
h. $\sqrt{25}$ = ...
c. $\sqrt{0}$ = ...
f. $\sqrt{49}$ = ...
i. $\sqrt{16}$ = ...

COUP DE POUCE
Essaie de trouver le résultat de tête avant de prendre la calculatrice.

★ 2 Racines bien encadrées

Encadrer chaque racine par deux entiers consécutifs.

a. ...... $< \sqrt{6} <$ ......
d. ...... $< \sqrt{32} <$ ......
g. ...... $< \sqrt{140} <$ ......
b. ...... $< \sqrt{10} <$ ......
e. ...... $< \sqrt{79} <$ ......
h. ...... $< \sqrt{53} <$ ......
c. ...... $< \sqrt{20} <$ ......
f. ...... $< \sqrt{110} <$ ......
i. ...... $< \sqrt{17} <$ ......

★ 3 Chercher les erreurs

Rayer les égalités fausses.

a. $\sqrt{36} = 6$
d. $\sqrt{0{,}5} = 0{,}25$
g. $\sqrt{9} = 4{,}5$
b. $\sqrt{0{,}4} = 0{,}2$
e. $\sqrt{0{,}25} = 0{,}5$
h. $\sqrt{121} = 11$
c. $\sqrt{0{,}09} = 0{,}3$
f. $\sqrt{20} = 10$
i. $\sqrt{1} = 1$

★ 4 Tableau à compléter

x	9		0,64		25		81	0,16	
$\sqrt{x}$		9		7		25			1

★ 5 Valeurs approchées

Donner la valeur arrondie à 10^{-3} près des racines carrées suivantes.

a. $\sqrt{18} \approx$ ………………

b. $\sqrt{40} \approx$ ………………

c. $\sqrt{2} \approx$ ………………

d. $\sqrt{2\,017} \approx$ ………………

e. $\sqrt{7} \approx$ ………………

f. $\sqrt{1\,024} =$ ………………

g. $\sqrt{99} \approx$ ………………

h. $\sqrt{69} \approx$ ………………

★★ 6 Des racines bien rangées

a. Ranger dans l'ordre croissant les nombres suivants.

9 ; $\sqrt{49}$; 10 ; $\sqrt{50}$; $\sqrt{141}$; 12 ; $\sqrt{24}$; 5 ; $\sqrt{11}$; 11 ; $\sqrt{16}$; $\sqrt{8}$.

……………………………………………………………………

b. Ranger dans l'ordre décroissant les nombres suivants.

$\sqrt{3}$; 6 ; $\sqrt{34}$; $\sqrt{10}$; 3 ; $\sqrt{2}$; 2 ; $\sqrt{101}$; $\sqrt{64}$; $\sqrt{144}$.

……………………………………………………………………

★★ 7 Quelques curiosités

Compléter et observer.

a. $\sqrt{144} =$ ……………………… $\sqrt{441} =$ ………………………

b. $\sqrt{12\,769} =$ ……………………… $\sqrt{96\,721} =$ ………………………

c. $\sqrt{10\,609} =$ ……………………… $\sqrt{90\,601} =$ ………………………

d. Cette propriété est-elle toujours vérifiée ? (Donner éventuellement des contre-exemples.)

……………………………………………………………………

e. Il n'est pas très facile de trouver des nombres ayant cette propriété.
Pourtant, il en existe un entre 12 et 20. Lequel ?

……………………………………………………………………

INFO
Un contre-exemple est un exemple qui contredit une propriété.

★ 8 Les carrés gigognes

a. La racine carrée d'un entier n'est pas toujours un entier.
Mais, il y a des cas surprenants.
Le nombre 34 225 a une propriété curieuse. Pour la deviner, compléter :

$\sqrt{34\,225} =$ …………… ; $\sqrt{4\,225} =$ …………… ; $\sqrt{225} =$ …………… ; $\sqrt{25} =$ ……………

b. Le nombre 275 625 a-t-il la même propriété ? ……………………………………

……………………………………………………………………

c. Même question avec 81 225 puis avec 4 950 625. ……………………………………

……………………………………………………………………

……………………………………………………………………

COUP DE POUCE
b. Observe l'emboîtement des nombres donnés au **a.**

NIVEAU 3e

Corrigés p. 293

9 Utiliser la différence de deux carrés

Comment utiliser la différence de deux carrés ?

Identité remarquable

$a^2 - b^2 = (a + b)(a - b)$ où a et b désignent deux nombres

Exemple d'utilisation pour développer

Développer les expressions $(x + 2)(x - 2)$ puis $(12x + 9)(12x - 9)$.

$(x + 2)(x - 2) = x^2 - 2^2 = x^2 - 4$

$(12x + 9)(12x - 9) = (12x)^2 - 9^2 = 144x^2 - 81$

} On applique directement l'identité précédente.

Exemple d'utilisation pour factoriser

Factoriser l'expression $x^2 - 64$.

$x^2 - 64 = x^2 - 8^2 = (x + 8)(x - 8)$

★ 1 Démonstration

En développant l'expression $(a + b)(a - b)$ démontrer l'identité énoncée ci-dessus (utiliser la distributivité de la multiplication par rapport à l'addition).

$(a + b)(a - b) =$ ....

★ 2 Gammes

Développer les expressions suivantes :

a. $(a + 3)(a - 3) =$ ....

b. $(x - 11)(x + 11) =$ ....

c. $(x + 1)(x - 1) =$ ....

d. $(7 - y)(7 + y) =$ ....

e. $(a - 2)(2 + a) =$ ....

f. $\left(x + \frac{1}{2}\right)\left(x - \frac{1}{2}\right) =$ ....

COUP DE POUCE

Fais les calculs au brouillon et note le résultat

★★ 3 Gammes (bis)

Développer et réduire les expressions suivantes :

a. $(10x + 5)(10x - 5) =$ ....

b. $(12 - 11a)(12 + 11a) =$ ....

c. $(5x + 6)(5x - 6) =$ ....

d. $(2x + 1)(2x - 1) =$ ....

e. $\left(x + \sqrt{2}\right)\left(x - \sqrt{2}\right) =$ ....

f. $\left(\sqrt{13} + a\right)\left(\sqrt{13} - a\right) =$ ....

★ 4 Gammes (ter)

Développer et réduire les expressions suivantes :

$A = (a - 6)(a + 6) + 36 =$ ....

$B = 121 + (3x + 11)(3x - 11) =$ ....

5 Factorisation « de tête »

Factoriser les expressions.

a. $a^2 - 4 =$ .... b. $x^2 - 1 =$ ....

c. $16 - x^2 =$ .... d. $x^2 - 144 =$ ....

e. $x^2 - 7 =$ .... f. $49 - y^2 =$ ....

6 Factoriser les expressions

a. $4x^2 - 9 =$ .... b. $25x^2 - 16 =$ ....

c. $9x^2 - 1 =$ .... d. $100 - 4x^2 =$ ....

e. $64a^2 - 36 =$ .... f. $2 - x^2 =$ ....

7 Deux champs carrés

Le côté d'un grand champ carré surpasse celui d'un petit champ carré de 70 m. La somme des deux côtés atteint 120 m.

Calculer la différence de surface des deux champs (en m²) sans calculer les côtés des carrés.

....

....

COUP DE POUCE
Note a le côté du grand carré et b celui du petit carré.

8 Calculer, c'est prévoir

Soit $a = \dfrac{11}{13}$ et $b = \dfrac{2}{13}$.

a. Calculer $a^2 =$ .... puis $b^2 =$ .... puis $a^2 - b^2 =$ ....

b. Vérifier que $a^2 - b^2 = a - b$.

....

c. Ne pouvait-on pas prévoir le résultat du **b.** en faisant un petit calcul « de tête » ?

....

9 Un produit bien caché

a. Dans l'expression $E = x^3 - x$ remplacer x par 8 et vérifier que E est le produit de 3 entiers consécutifs (8 est l'un d'eux). ....

b. Reprendre le **a.** avec $x = 11$. ....

c. Factoriser $x^3 - x$. ....

En déduire que si x est un entier, alors E est le produit de 3 entiers consécutifs.

....

NIVEAU 3e

Corrigés p. 293-294

10 Connaître et utiliser la propriété d'un produit nul

Quelle est la propriété d'un produit nul ?

Propriétés

Soit a et b deux nombres.

Si $ab = 0$ alors $a = 0$ ou $b = 0$.
Si $a = 0$ ou $b = 0$ alors $ab = 0$.

Dire qu'un produit est nul revient à dire qu'un de ses facteurs est nul.

Application à la résolution d'équations avec produit nul

Résoudre l'équation $(x - 3)(x + 4) = 0$.

- Si $(x - 3)(x + 4) = 0$ alors $x - 3 = 0$ ou $x + 4 = 0$ d'où $x = 3$ ou $x = -4$.

On applique la propriété : si $ab = 0$ alors $a = 0$ ou $b = 0$.

- Vérifions que 3 est solution : $(3 - 3)(3 + 4) = 0 \times 7 = 0$.

Vérifions que -4 est solution : $(-4 - 3)(-4 + 4) = (-7) \times 0 = 0$.

Donc les solutions de l'équation sont 3 et -4.

★ 1 Premiers pas

a. Résoudre l'équation $(x - 1)(x + 5) = 0$.

....

....

b. Résoudre l'équation $(2x - 3)(x - 6) = 0$.

....

....

c. Résoudre l'équation $x(5x + 9) = 0$.

....

....

COUP DE POUCE
Fais les vérifications sur ton brouillon.

INFO
b. Si $ax - b = 0$ alors on trouve $x = \frac{b}{a}$.
c. Si $ax + b = 0$ alors on trouve $x = \frac{-b}{a}$.

★★ 2 Avec une différence de deux carrés (1)

a. Factoriser l'expression $4x^2 - 121$. ....

b. Résoudre l'équation $4x^2 - 121 = 0$. ....

....

COUP DE POUCE
b. Utilise l'expression factorisée.

★★ 3 En trois étapes

On pose $E = (7x + 1)(10x - 6) + (6x + 10)(5x - 3)$

a. Développer et réduire E. ....

....

....

b. Factoriser $100x^2 - 36 =$ ....

....

c. Résoudre $E = 0$ ....

....

> **COUP DE POUCE**
> **b.** Pour factoriser, revois le chapitre **9**.

Comment résoudre l'équation $x^2 = a$?

- **Exemple :** Soit à résoudre l'équation $x^2 = 9$
- **Méthode :**
  On a $x^2 = 9$.
  Donc $x^2 - 9 = 0$ donc $x^2 - 3^2 = 9$.
  Donc $(x - 3)(x + 3) = 0$
  Donc $x - 3 = 0$ ou $x + 3 = 0$
  Donc $x = 3$ ou $x = -3$
  On vérifie alors que 3 et −3 sont solutions de $x^2 = 9$.

  On utilise la propriété d'un produit nul.
- **Conclusion :**
  L'équation $x^2 = 9$ a deux solutions 3 et −3.

★ 4 Premiers exemples

a. Résoudre l'équation $x^2 = 121$.

....

....

b. Résoudre l'équation $x^2 = 5$.

....

....

c. Résoudre l'équation $x^2 - 1 = 1$.

....

....

> **COUP DE POUCE**
> **b.** Observe que $5 = (\sqrt{5})^2$.

★ 5 Un défi

a. Résoudre l'équation $\frac{x}{6} = \frac{24}{x}$.

....

....

b. Résoudre l'équation $\frac{x-1}{3} = \frac{5}{x+1}$.

....

....

> **COUP DE POUCE**
> Utilise la propriété des produits en croix.

Corrigés p . 294-295

Plus d'exercices sur www.hatier-entrainement.com

11 Utiliser une fonction linéaire

Qu'est-ce qu'une fonction linéaire ?

Exemple de fonction linéaire

Considérons deux suites de nombres proportionnels.

x	– 3	0	1	2	5
y	– 7,5	0	2,5	5	12,5

× 2,5

• Si on appelle x les nombres de la 1re ligne et y ceux de la 2de ligne, on a $y = 2{,}5 \times x$.
On dit qu'on passe de x à y par la fonction linéaire dont le **coefficient directeur** est 2,5.
Cette fonction linéaire se note $x \mapsto 2{,}5x$.

$f(-3)$ se prononce « f de – 3 ».

• Si on appelle f cette fonction linéaire, on écrit : $f(-3) = -7{,}5$ $f(0) = 0$ $f(1) = 2{,}5$ $f(2) = 5$ et plus généralement $f(x) = 2{,}5x$.

• On dit que – 7,5 est l'**image** de – 3 et, de façon plus générale, que $2{,}5x$ est l'image de x.
On dit aussi que – 7,5 a pour **antécédent** – 3.

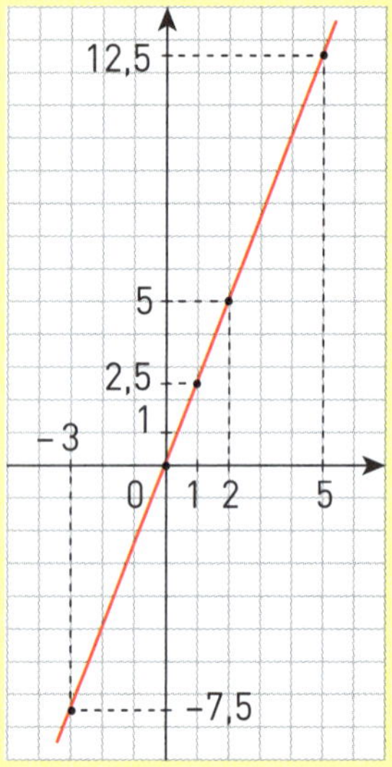

Représentation graphique d'une fonction linéaire

On représente les x sur l'axe des abscisses et les images y sur l'axe des ordonnées.

Propriété

La représentation graphique d'une fonction linéaire est une droite passant par l'origine.

La droite ci-contre représente la fonction linéaire $x \mapsto 2{,}5x$.
Son coefficient directeur est 2,5.

★ 1 Questions sur la fonction linéaire étudiée ci-dessus

a. Sur le graphique, lire l'image de 4 : $f(4)$ = ...

Puis l'image de 3 : $f(3)$ = ... Et l'image de – 2 : $f(-2)$ = ...

b. Calculer les images suivantes :

$f(0{,}3)$ = ... $f(2{,}5)$ = ... $f(12)$ = ...

c. Le point de coordonnées (– 1 ; – 2,5) est-il sur la droite représentant la fonction linéaire $x \mapsto 2{,}5x$? ....

Pourquoi ? ....

d. Même question avec le point de coordonnées (2,5 ; 6).

....

> **COUP DE POUCE**
> **b.** N'oublie pas que $f(x) = 2{,}5x$.
> **c.** A-t-on : $f(-1) = -2{,}5$?
> **d.** A-t-on : $f(2{,}5) = 6$?

★ 2 Contre-exemples

Pourquoi les fonctions représentées ci-dessous ne sont-elles pas linéaires ?

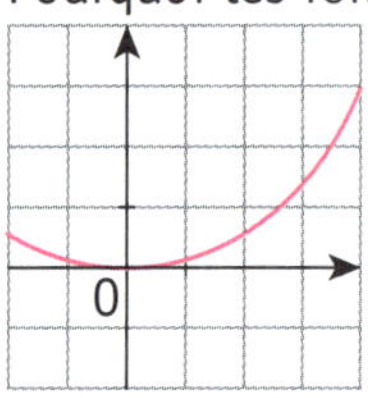

....
....

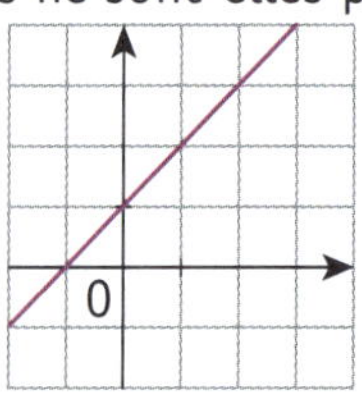

....
....

★ 3 Étude d'une fonction linéaire

On considère la fonction linéaire $x \mapsto -\frac{1}{2}x$.

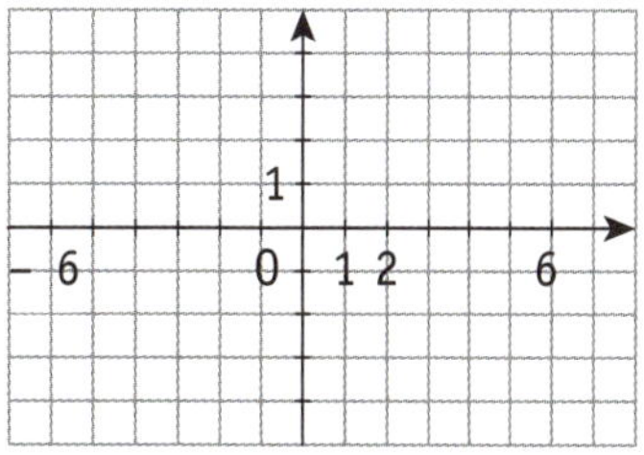

a. Compléter le tableau de valeurs.

x	0	1	2	6	– 1	– 3	– 6
$-\frac{1}{2}x$							

b. Dessiner la représentation graphique de cette fonction.

c. Lire sur le graphique : l'image de 4 : .... l'image de – 2 : ....

l'antécédent de 2 : .... l'antécédent de 3 : ....

d. Calculer : l'image de 3,6 : .... l'image de –1,6 : ....

l'image de 26 : .... l'image de –15 : ....

★ 4 Marions-les !

Voici, dans le désordre, les représentations graphiques des quatre fonctions linéaires f, g, h, k suivantes : $f : x \mapsto 2x$, $g : x \mapsto \frac{1}{2}x$, $h : x \mapsto -x$, $k : x \mapsto -2x$.

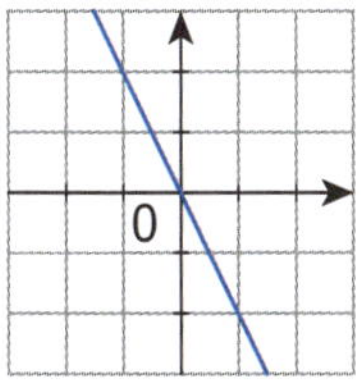

......

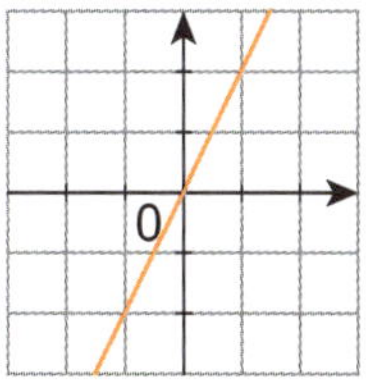

......

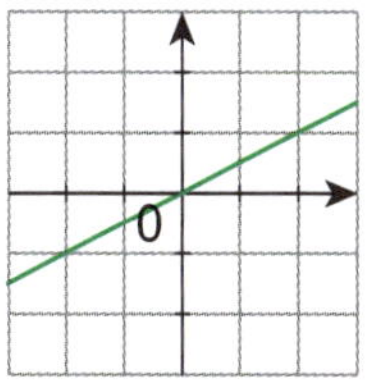

......

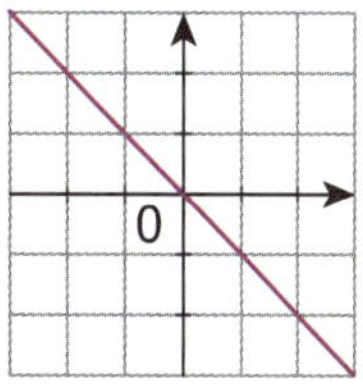

......

Inscrire, sur les pointillés, le nom de la fonction linéaire correspondant au dessin.

COUP DE POUCE
Tu peux calculer $f(1)$ et chercher le graphique correspondant à cette valeur.

Comment ajouter ou enlever un pourcentage ?

▸ Règle de calcul

Pour augmenter de 5 %, on multiplie par 1,05.
Pour diminuer de 3%, on multiplie par 0,97.

Ainsi, pour augmenter 150 de 6 %, on calcule $150 \times 1{,}06 = 159$.
Et, pour diminuer 250 de 12 %, on calcule $250 \times 0{,}88 = 220$.

★ 5 Variations en pourcentage

a. J'arrive trop tard ! Un DVD qui valait 23 € jusqu'à hier coûte maintenant 10 % de plus.

Son nouveau prix est: ....

b. J'ai bien fait d'attendre ! Un pantalon affiché 35 € est maintenant 15 % moins cher.

Son nouveau prix est: ....

c. L'an passé, il y avait 550 élèves au collège. Cet effectif a augmenté de 20 % cette année et il va diminuer de 25 % l'année prochaine.

Le nombre d'élèves sera alors : ....

Corrigés p. 295

12 Utiliser une fonction affine

Qu'est-ce qu'une fonction affine ?

Définition et exemple

Étant donné deux nombres fixés a et b, la fonction $x \mapsto ax + b$ est appelée fonction affine.

Exemple : Voici un tableau de valeurs de la fonction affine $x \mapsto -2x + 3$.

x	1	0	4	– 1	– 2	3
y	1	3	– 5	5	7	– 3

Image de x

Si on appelle f cette fonction affine, on peut écrire : $f(1) = 1$, $f(0) = 3$, $f(4) = -5$…

« L'image de 4 est – 5 » peut s'écrire « $f(4) = -5$ ».

On dit aussi que 4 est un **antécédent** de – 5.

Représentation graphique d'une fonction affine

À partir du tableau de valeurs précédent, on place des points de coordonnées $(x\,;\,y)$ et on trace la droite ci-contre.

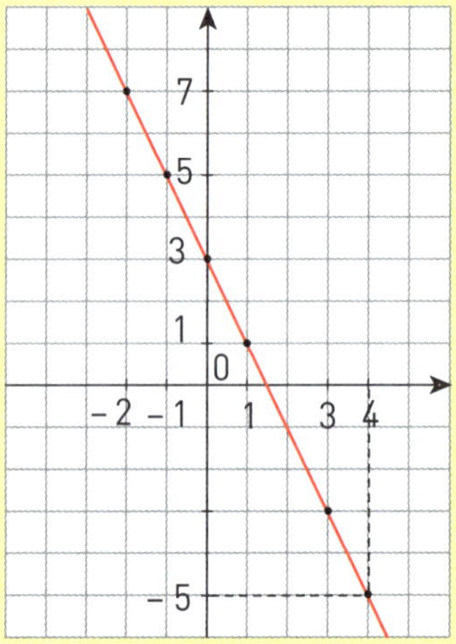

Propriété

La représentation graphique d'une fonction affine est une droite.

Exemple : La droite ci-contre représente la fonction affine $x \mapsto -2x + 3$.

Son **coefficient directeur** est – 2.

Son **ordonnée à l'origine** est 3.

★ 1 Questions sur la fonction affine étudiée ci-dessus

a. Sur le graphique, lire l'image de 2 : $f(2) =$ ……………………………

Puis l'image de 0,5 : $f(0,5) =$ ……………… Et l'image de –1,5 : $f(-1,5) =$ ………………

b. Calculer les images suivantes.

$f(2,4) =$ …………………… $f(0,3) =$ …………………… $f(-7) =$ ……………………

c. Le point de coordonnées (2,4 ; – 1,7) est-il sur la droite représentant la fonction affine $x \mapsto -2x + 3$? Pourquoi ? ……………………………………………………

……………………………………………………………………………………

d. Mêmes questions pour le point de coordonnées (0,3 ; 2,4).

……………………………………………………………………………………

e. La droite passe-t-elle par le point de coordonnées (10 ; – 17) ? Pourquoi ?

……………………………………………………………………………………

f. Mêmes questions pour le point de coordonnées (– 7 ; 18).

……………………………………………………………………………………

COUP DE POUCE

b. N'oublie pas que $f(x) = -2x + 3$

c. A-t-on $f(2,4) = -1,7$?

d. A-t-on $f(0,3) = 2,4$?

★ 2 Étude d'une fonction affine

On considère la fonction affine $x \mapsto x - 2$.

a. Compléter le tableau de valeurs.

x	0	1	2	4	5	-1	-2
$x-2$							

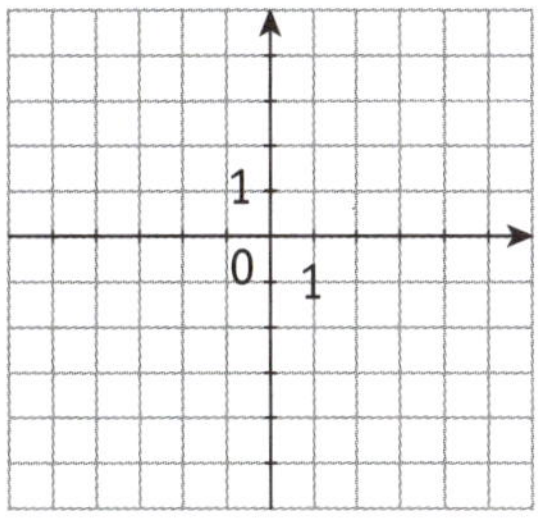

b. Dessiner la représentation graphique.

c. Lire sur le graphique :

l'image de 3 : .... l'image de 6 : ....

l'antécédent de -5 : .... l'antécédent de 2 : ....

d. Calculer :

l'image de 1,5 : .... l'image de $-0,5$: ....

l'image de 50 : .... l'image de -20 : ....

★ 3 On recherche *a* (coefficient directeur)

Une fonction affine f est définie par $x \mapsto ax + 3$. D'autre part, $f(-1) = 7$.

Calculer le coefficient a. ....

....

COUP DE POUCE
Résous une petite équation, ayant pour inconnue *a*.

★ 4 On recherche *b* (ordonnée à l'origine)

Une fonction affine g est définie par $x \mapsto -2x + b$. D'autre part, $g(-1) = 7$. Calculer b.

....

★ 5 On recherche *a* et *b*

Une fonction affine h est définie par $x \mapsto ax + b$.

D'autre part $h(0) = 5$ et $h(3) = 2$. Déterminer b puis a. ....

....

Y a-t-il des fonctions affines particulières ?

Le nombre b est nul.

- Une fonction **linéaire** est une fonction affine définie par $x \mapsto ax$.

Le coefficient a est nul.

- Une fonction **constante** est une fonction affine définie par $x \mapsto b$.

★ 6 Fonctions linéaires, fonctions constantes

Parmi les fonctions affines suivantes, indiquer les fonctions linéaires par un « L » et les fonctions constantes par un « C ».

$x \mapsto 3 - x$ .... $x \mapsto -5$ .... $x \mapsto 2 + 2x$ ....

$x \mapsto 3x$ .... $x \mapsto \frac{4}{11}$ .... $x \mapsto -\frac{4}{5}x$ ....

Plus d'exercices sur www.hatier-entrainement.com

NIVEAU 3e

Corrigés p. 295-296

13 Calculer des probabilités

• Tu peux commencer par revoir le chapitre 17 du niveau 4e p. 188.

Qu'appelle-t-on événements incompatibles, événements contraires ?

Événements incompatibles

On tire au hasard un nombre entier entre 3 et 12, extrémités incluses, par exemple avec un logiciel. Les dix résultats possibles sont équiprobables.
On note A l'événement : « obtenir un nombre premier »,
et B l'événement : « obtenir un nombre pair ».
Les événements A et B n'ont **aucune éventualité en commun**.
On dit que A et B sont **incompatibles**.

Rappel : Comme A = {3 ; 5 ; 7 ; 11} alors la probabilité de A est $P(A) = \frac{4}{10} = 0{,}4 = 40\ \%$,

d'après la formule $\boxed{P(A) = \frac{\text{nombre de cas favorables}}{\text{nombre de cas possibles}}}$

Événements contraires

On tire au hasard une carte parmi les 8 cartes de cœur.
On appelle A l'événement : « obtenir une carte avec un nombre »,
donc A = {7 ; 8 ; 9 ; 10 ; 1}.
L'événement **contraire** de A est l'événement : « obtenir une figure ». On le note $\overline{A}$.
Alors $\overline{A}$ = {valet ; dame ; roi}. De plus, $P(A) = \frac{5}{8}$ et $P(\overline{A}) = \frac{3}{8}$, et l'on a $\boxed{P(A) + P(\overline{A}) = 1}$.
Ce résultat est vrai dès que l'on a deux événements contraires.

★ 1 Tableau

On donne le tableau ci-contre. On choisit au hasard une case de ce tableau.

♥	♠	♣	♥
♦	♥	♠	♦
♠	♦	♠	♦
♣	♥	♣	♥

a. Donner, sous forme décimale :

• la probabilité d'obtenir un cœur ....

• la probabilité d'obtenir un pique ....

b. On appelle A l'événement : « obtenir un dessin rouge ».

Donner $P(A)$ = ...

Définir $\overline{A}$: ....

Calculer $P(\overline{A})$ = ...

★ 2 La classe de 3e A

Dans la classe de 3e A, il y a 24 élèves dont 16 filles. Théa et Max sont dans cette classe.
Le professeur de mathématiques prend un nom au hasard.

a. Donner la probabilité qu'il s'agisse de Max. ....

b. Donner la probabilité qu'il s'agisse d'un garçon. ....

c. Donner la probabilité qu'il ne s'agisse pas de Théa. ....

d. On appelle G l'événement : « le professeur appelle un garçon » et F : « le professeur appelle une fille ». Entourer la ou les bonnes réponses.

G et F sont deux événements : certains contraires impossibles incompatibles

★★ 3 Crayons de couleurs

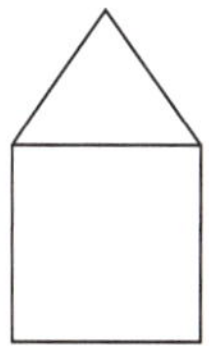

Pour colorier la maison ci-contre, on choisit au hasard 2 crayons de couleurs différentes parmi : rouge, bleu, jaune, orange et vert.
Le toit et la façade doivent être de couleurs différentes.

a. Compléter le tableau ci-contre.

Façade \ Toit	R	B	J	O	V
R					
B	B R	X			
J					
O					
V					

b. Donner la probabilité de l'événement :
« la façade est jaune et le toit est rouge ».

....

c. Donner la probabilité de l'événement :
« le vert n'a pas été utilisé ».

....

d. Donner la probabilité de l'événement : « le toit est rouge ». ....

e. Les événements A : « la façade est orange » et B : « le toit est jaune » sont-ils incompatibles ? Justifier. ....

> **INFO**
> L'expression « au hasard » suggère que les choix sont équiprobables.

> **COUP DE POUCE**
> **b.** Détermine d'abord le nombre de cas possibles.

★ 4 Pile ou face

Kevin a lancé 3 fois une pièce bien équilibrée.
Pour représenter tous les résultats possibles, il utilise l'arbre ci-contre.

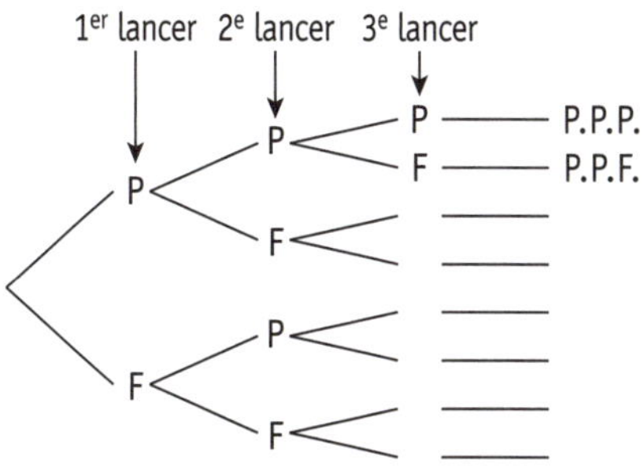

a. Compléter cet arbre.

b. Quelle est la probabilité d'obtenir 3 fois piles ?

....

c. Quelle est la probabilité d'obtenir 2 fois piles et 1 fois face, dans n'importe quel ordre ?

....

d. Quelle est la probabilité d'obtenir autant de fois pile que de fois face ? ....

> **INFO**
> Avec une pièce bien équilibrée, pile et face sont équiprobables.

★ 5 Avec Scratch : des fréquences aux probabilités

a. Assembler le programme informatique ci-contre.
L'opérateur « nombre aléatoire entre 1 et 6 » donne un entier entre 1 et 6, extrémités comprises.

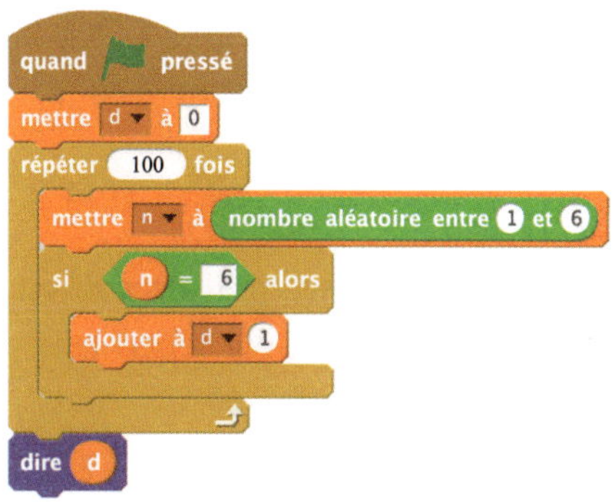

Que contient la variable *d* ? ....

....

b. Afin de compléter le tableau ci-dessous, exécuter 3 fois le programme.
Puis l'exécuter 3 fois après avoir modifié le nombre de répétitions de la boucle : « répéter 1 000 fois », puis 3 fois avec « répéter 10 000 fois ».

Nombre de répétitions	100	100	100	1 000	1 000	1 000	10 000	10 000	10 000
d (nombre de 6)									
Fréquence en %									

c. Quelle est la probabilité d'obtenir le 6 quand on lance un dé à 6 faces ? ....

d. Que constate-t-on ? ....

> **INFO**
> « Aléatoire » signifie « au hasard ».

NIVEAU 3e

Corrigés p. 296

14 Retrouver les statistiques

• Tu peux commencer par revoir le chapitre 16 du niveau 4e p. 186.

Comment représenter et interpréter des données ?

Exemple :

Les élèves d'un groupe ont été répartis selon leur taille.

Taille *t* (cm)	$135 \leqslant t < 140$	$140 \leqslant t < 145$	$145 \leqslant t < 150$	$150 \leqslant t < 155$	$155 \leqslant t < 160$
Effectif	3	4	8	3	2

L'effectif total est de : $3 + 4 + 8 + 3 + 2 = 20$ élèves.

On peut représenter cette répartition par un **histogramme.**

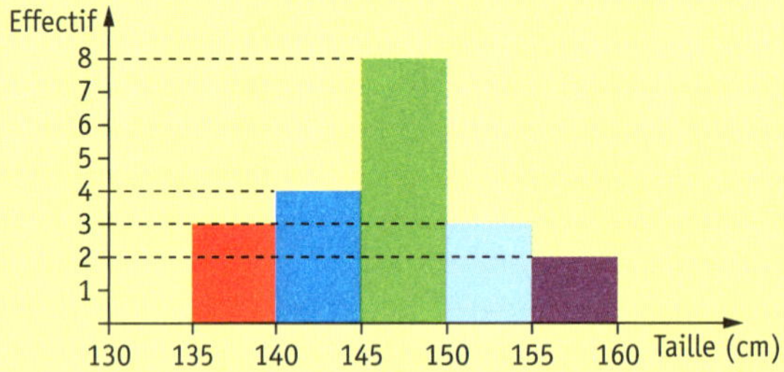

On peut aussi établir un **tableau des fréquences.**

Taille (cm)	[135 ;140[	[140 ;145[	[145 ;150[	[150 ;155[	[155 ;160[
Fréquence (%)	$\frac{3}{20} = 15\,\%$	$\frac{4}{20} = 20\,\%$	$\frac{8}{20} = 40\,\%$	$\frac{3}{20} = 15\,\%$	$\frac{2}{20} = 10\,\%$

$$\text{Fréquence} = \frac{\text{Effectif}}{\text{Effectif total}}$$

On peut aussi dessiner un **diagramme circulaire.**

Effectif	3	4	8	3	2	20
Angle	54°	72°	144°	54°	36°	360°

× 18

Ce tableau est un tableau de proportionnalité.

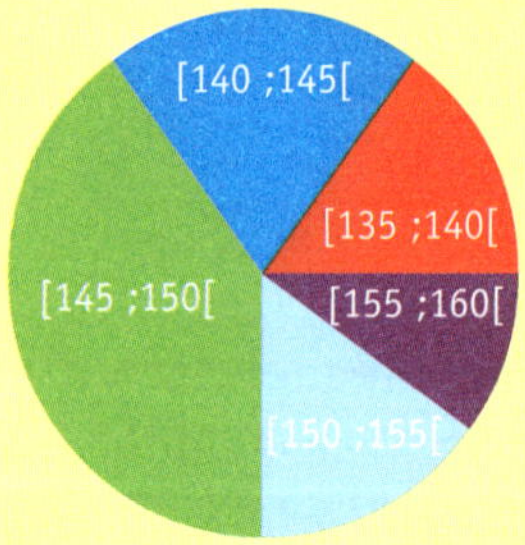

★ 1 C'était un devoir en classe, avant qu'il ne soit en classes

Les notes obtenues à un devoir ont été réparties en 4 « classes » dans le tableau suivant :

Note	[0 ;5[	[5 ;10[	[10 ;15[	[15 ;20]
Effectif	3	10	9	6

a. Représenter ces résultats par un histogramme.

b. Combien y a-t-il d'élèves ayant obtenu moins de 15 ?

....

....

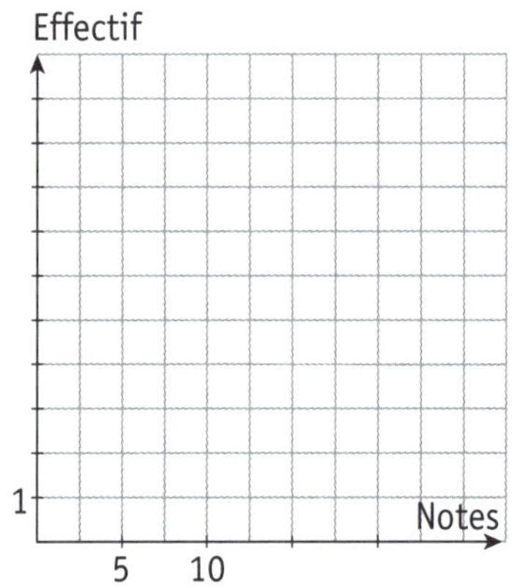

c. Calculer la fréquence des élèves ayant obtenu la moyenne.

....

INFO
Le mot « classe » est ici au sens statistique du terme.

★ 2 Le nombre des années

Dans une classe du collège Hien on a relevé l'âge des élèves que l'on a représenté dans le diagramme ci-contre :

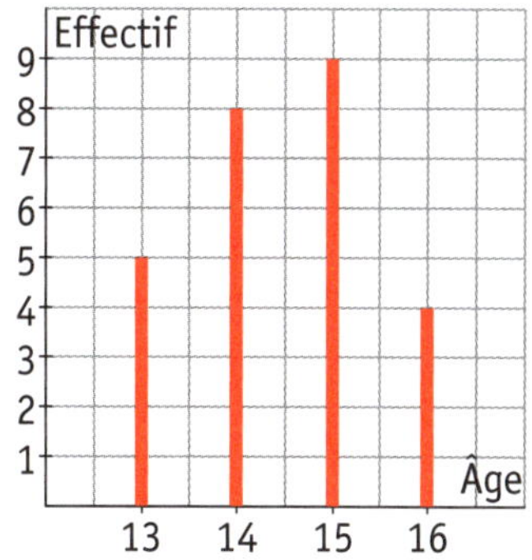

a. Calculer l'effectif de la classe : ....

b. Calculer l'étendue de la série statistique : ....

c. Calculer l'âge moyen m, des élèves de cette classe : ....

d. Calculer la fréquence des élèves ayant un âge supérieur à m :

....

e. Peut-on prendre m comme âge médian ? ....

> **INFO**
> L'**étendue** d'une série statistique est l'écart des valeurs extrêmes de la série.

> **COUP DE POUCE**
> Fais les calculs au brouillon puis note le résultat sur la page.

> **RAPPEL**
> La **médiane** d'une série partage la population en deux parties de même effectif.

★ 3 En avril...

On a relevé les températures, dans un village, tous les matins d'avril, à 8h.

t°	−3°	−1°	0°	4°	6°	10°
Effectif	2	4	1	6	7	10
Fréquence (%)	....	....	....	....	....	....

a. Calculer l'étendue de la série : ....

b. Compléter le tableau en calculant les fréquences (à 1 % près).

c. Calculer la température moyenne, notée T. ....

d. T peut-elle être une température médiane ? ....

e. Construire le diagramme circulaire représentant ce relevé de températures.

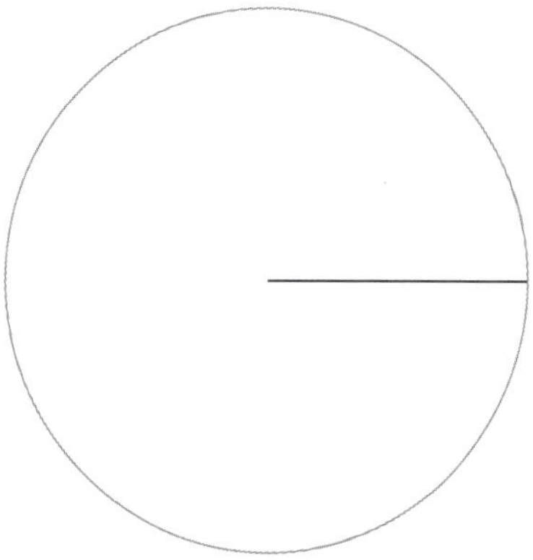

> **COUP DE POUCE**
> Pour la question **e.** établis, au brouillon, un tableau de proportionnalité entre les effectifs (ou les fréquences) et les angles du diagramme circulaire.

★ 4 À pied, à cheval...

Le diagramme ci-contre indique les moyens de locomotion utilisés par les habitants de l'immeuble de la rue de la Gare pour rejoindre leur travail.

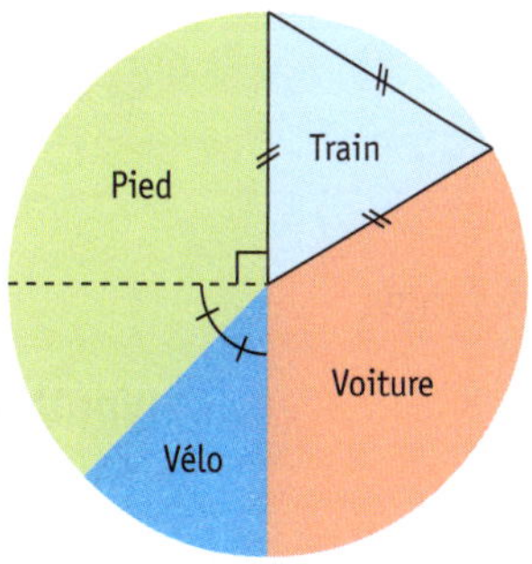

a. En observant le diagramme, compléter la première ligne du tableau.

	Train	Vélo	Voiture	Pied	Total
Angle	....	....	....	....	360°
Effectif	28	....	....	....	....
Fréquence (%)	....	....	....	....	100 %

b. Compléter les dernières lignes du tableau précédent (arrondir à 1 près).

Corrigés p. 297

15 Calculer des longueurs avec le théorème de Thalès

• Tu peux commencer par revoir les chapitres 14 et 19 du niveau 4e p. 182 et 192.

Qu'est-ce que le théorème de Thalès ?

Théorème de Thalès

Si les droites (EF) et (BC) sont parallèles, alors

$$\frac{AE}{AB} = \frac{AF}{AC} = \frac{EF}{BC}$$

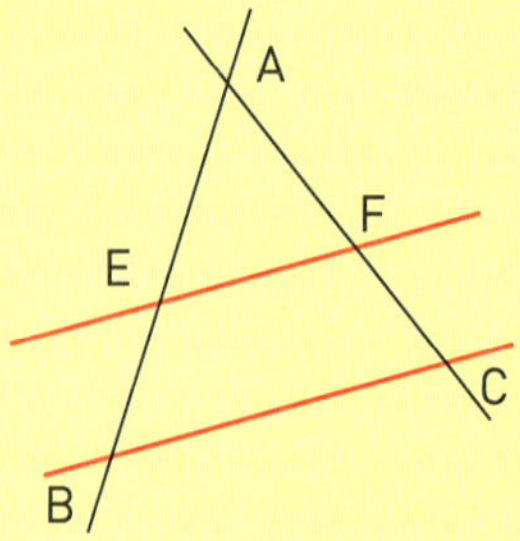

Un exemple de calcul

Calculer AB sachant que :
(EF) // (BC)
AE = 4
AF = 3
AC = 9

• D'après le théorème de Thalès, on a : $\frac{AE}{AB} = \frac{AF}{AC}$ et donc $\frac{4}{AB} = \frac{3}{9}$.

• Avec les produits en croix, on obtient : $3 \times AB = 4 \times 9 = 36$.

• D'où $AB = \frac{36}{3} = 12$.

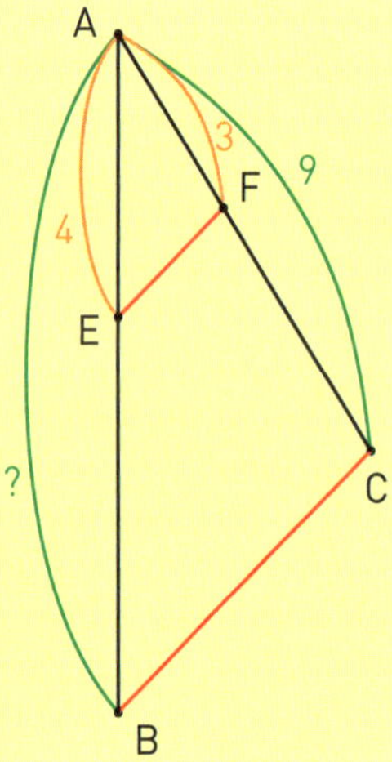

Rappel : si $\frac{a}{b} = \frac{c}{d}$ alors $a \times d = b \times c$.
Quand deux quotients sont égaux, les **produits en croix** sont égaux.
Exemple : $\frac{8}{12} = \frac{2}{3}$ et on constate que $8 \times 3 = 12 \times 2$.

★ 1 Dans un triangle ABC

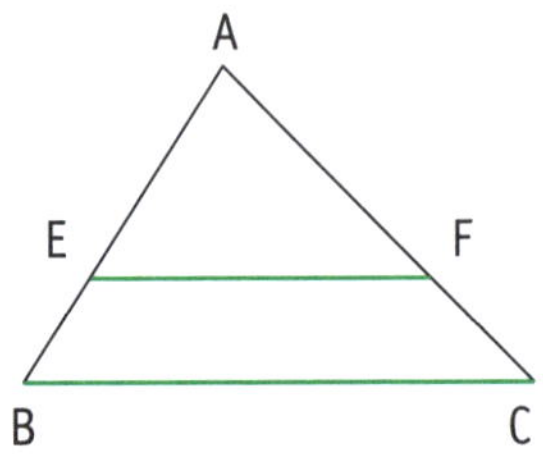

Hypothèses :
- (EF) // (BC)
- AE = 3
- AF = 4
- AC = 6
- BC = 7

a. Calculer AB. ....

....

....

b. Calculer EF. ....

....

....

ATTENTION La figure n'est pas à l'échelle.

★ 2 Dans un autre triangle

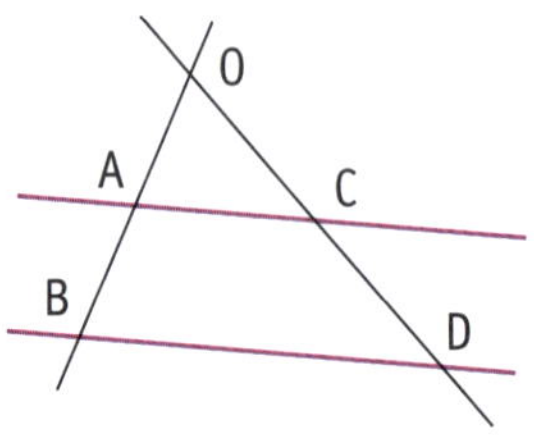

Hypothèses :
- (AC) // (BD)
- OA = 3
- OB = 9
- OC = 2
- AC = 4

a. Calculer OD. ....

....

....

b. Calculer BD. ....

....

....

ATTENTION La figure ne représente pas le vrai triangle.

★ 3 Avec un X

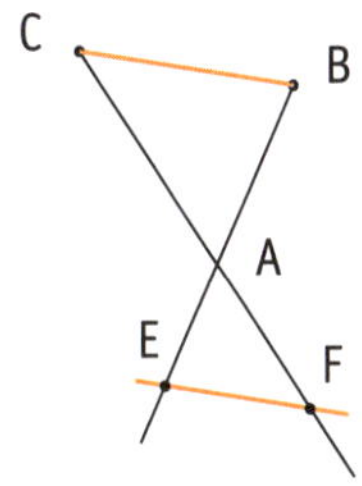

Hypothèses :
- (EF) // (BC)
- AB = 3
- EF = 2
- AC = 4
- BC = 3

a. Calculer AE. ....

....

....

b. Calculer AF. ....

....

....

★★ 4 Avec un tableau

Sachant que les droites en couleur sont parallèles, compléter le tableau.

t	*h*	*a*	*ℓ*	*e*	*s*
5	....	2	3	....	7
12	8	....	5	4	....
....	28	30	....	36	45

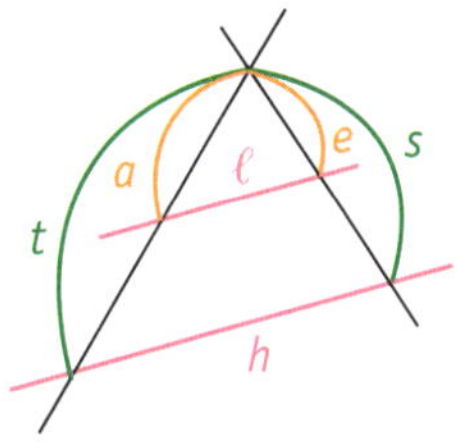

COUP DE POUCE
Fais les calculs au brouillon.

★ 5 Un jour à la montagne

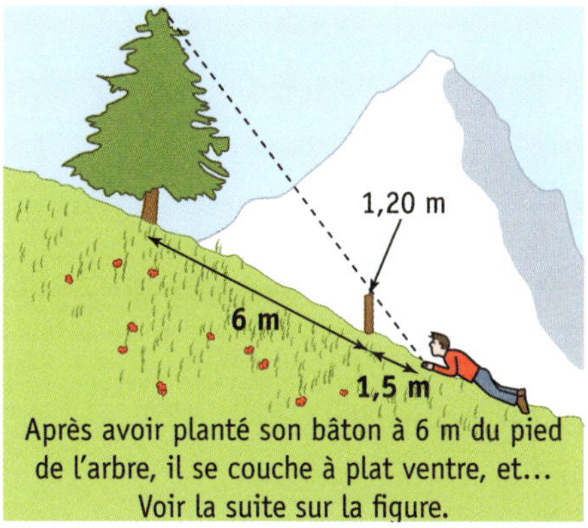

Calculer la hauteur du sapin.

....

....

....

....

....

....

COUP DE POUCE
Soit *s* la hauteur du sapin.

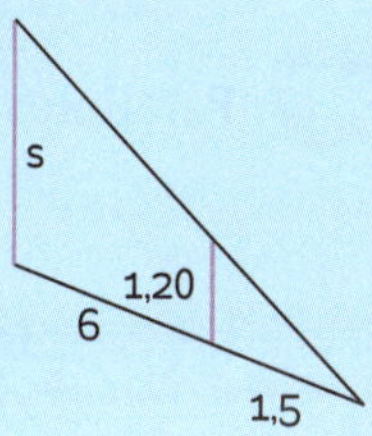

★ 6 Un autre jour près d'un donjon

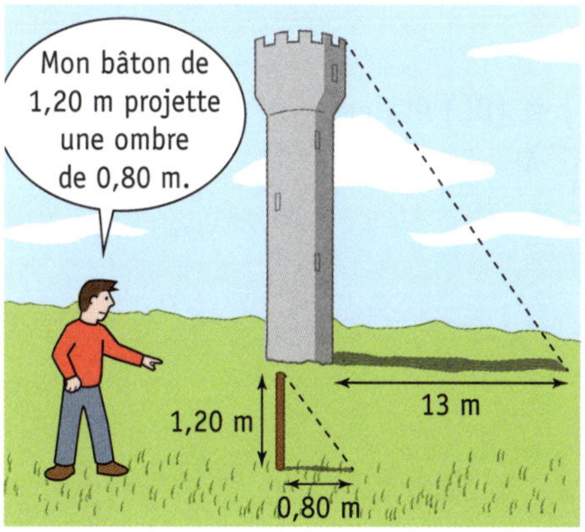

Calculer la hauteur du donjon.

....

....

....

....

....

....

....

COUP DE POUCE
Soit *d* la hauteur du donjon.

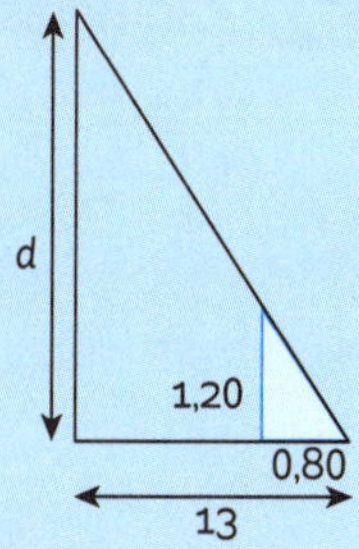

NIVEAU 3e

Corrigés p. 297-298

16 Démontrer que deux droites sont parallèles

Comment démontrer que deux droites sont parallèles ?

Théorème réciproque de Thalès

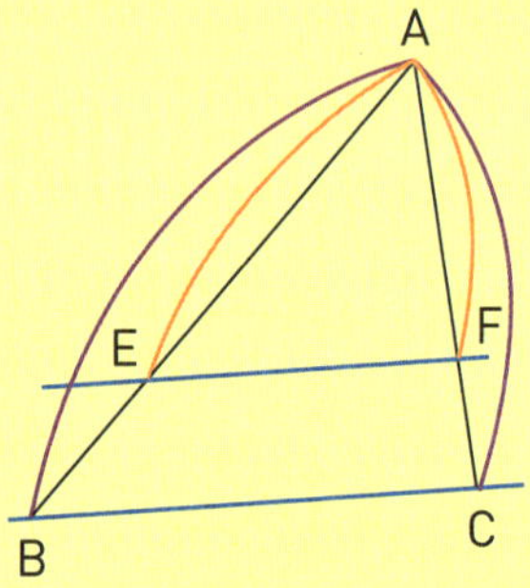

Cas ❶

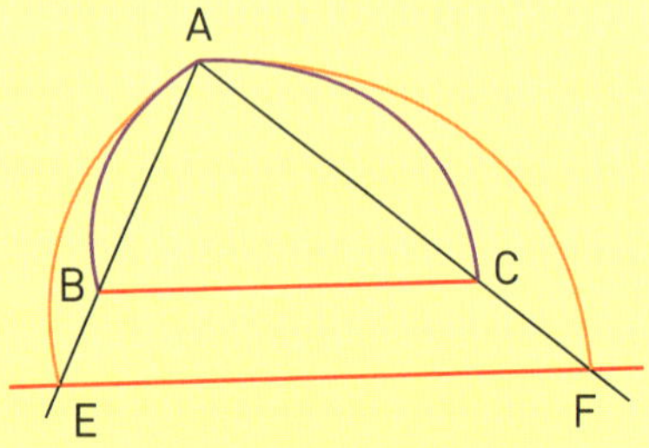

Cas ❷

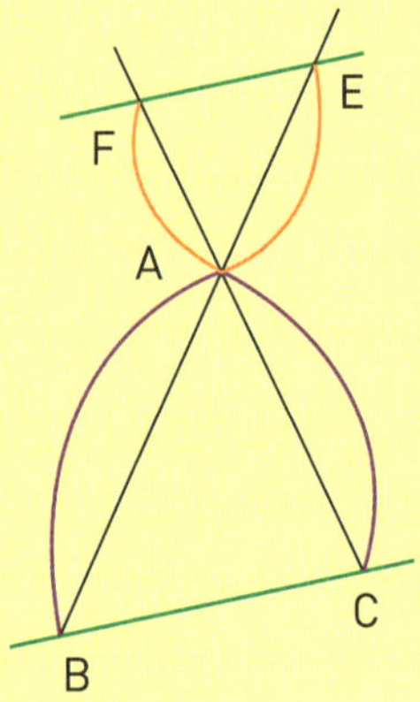

Cas ❸

Dans chacun des cas de figures ❶, ❷ et ❸ on a :

Si $\frac{AE}{AB} = \frac{AF}{AC}$ alors les droites (EF) et (BC) sont parallèles.

★ 1 Parallèles ou non ? (1)

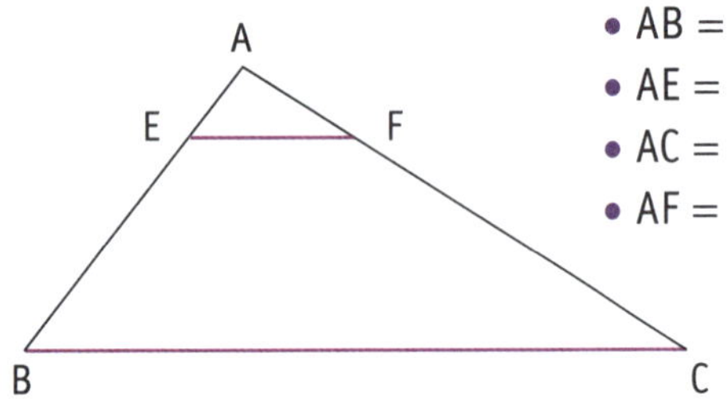

Hypothèses :
- AB = 4 cm
- AE = 1 cm
- AC = 6 cm
- AF = 1,5 cm

a. Calculer.

$\frac{AE}{AB}$ = ...

$\frac{AF}{AC}$ = ...

b. Les droites (EF) et (BC) sont-elles parallèles ? Pourquoi ?

....

....

★ 2 Parallèles ou non ? (2)

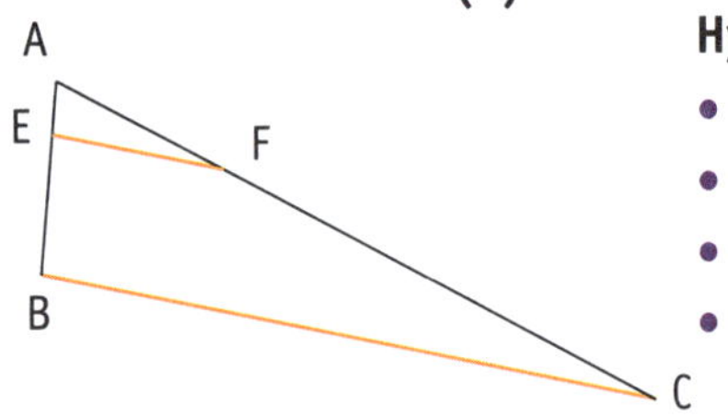

Hypothèses :
- AB = 1,4 cm
- AE = 0,4 cm
- AC = 5 cm
- AF = 1,4 cm

a. Si les droites (EF) et (BC) étaient parallèles, on aurait $\frac{AE}{.....} = \frac{.....}{AC}$.

b. Or $\frac{AE}{AB}$ = ...

$\frac{AF}{AC}$ = ...

c. Conclure. ....

....

COUP DE POUCE

a. C'est le théorème de Thalès.

★ 3 Parallèles ou non ? (3)

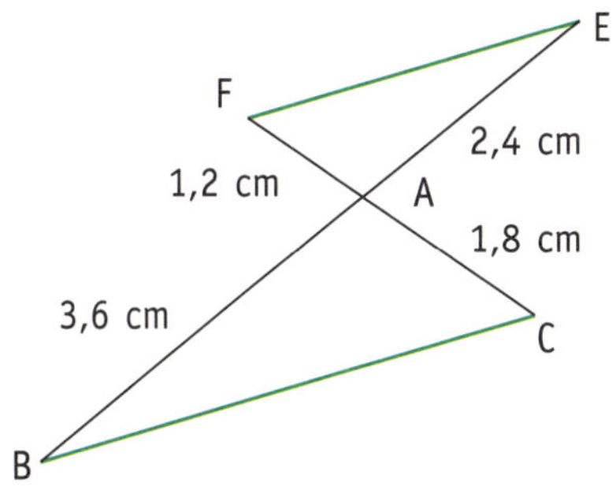

a. Calculer.

$\frac{AE}{AB}$ = ……………… $\frac{AF}{AC}$ = ………………

b. Les droites (BC) et (EF) sont-elles parallèles ?

Pourquoi ? ……………………………………………………

……………………………………………………………

……………………………………………………………

★★ 4 Dans un carré de côté 10

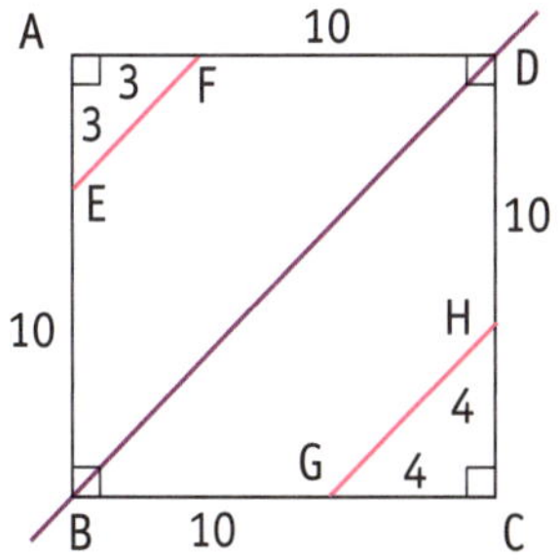

a. Démontrer que les droites (EF) et (BD) sont parallèles.

……………………………………………………………

b. En est-il de même pour les droites (GH) et (BD) ?

……………………………………………………………

c. Que peut-on dire des droites (EF) et (GH) ?

……………………………………………………………

★★ 5 Dans un rectangle

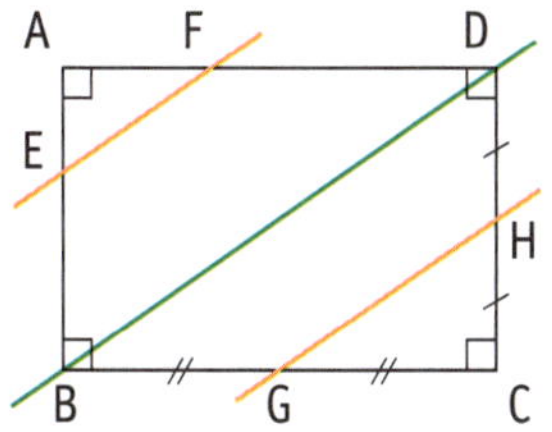

Hypothèses :
AD = 9 cm
AF = 3 cm
AB = 6 cm
AE = 2 cm

a. Démontrer que (GH) // (BD).

……………………………………………………………

……………………………………………………………

b. Calculer $\frac{AF}{AD}$ puis $\frac{AE}{AB}$ ……………………

……………………………………………………………

c. Les droites (EF) et (GH) sont-elles parallèles ? Pourquoi ?

……………………………………………………………

……………………………………………………………

COUP DE POUCE
Que peux-tu dire du point G par rapport aux points B et C ?

★ 6 À compléter

On suppose (BD) // (EG) et (DC) // (GF). On va démontrer que (BC) // (EF).
Pour cela compléter :

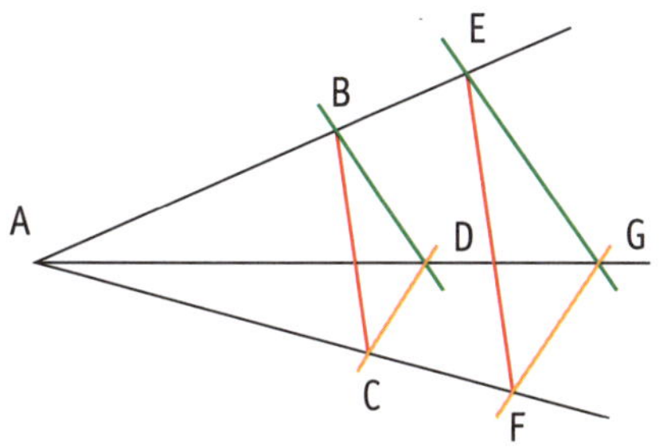

Comme (BD) // (EG) alors $\frac{\dots}{\dots} = \frac{\dots}{\dots}$

De même, comme (DC) // (GF) alors

$\frac{\dots}{\dots} = \frac{\dots}{\dots}$.

Donc $\frac{AB}{AE} = \frac{\dots}{\dots}$.

Donc ……………… // ………………

NIVEAU 3e

Corrigés p. 298-299

17 Connaître les transformations simples

• Tu peux commencer par revoir le chapitre 21 du niveau 4e p. 196.

Comment utiliser les transformations simples ?

▶ Les transformations étudiées ici sont les **symétries** (axiales et centrales), les **translations** et les **rotations**.

Ces transformations conservent : les longueurs, les mesures d'angles, les aires.

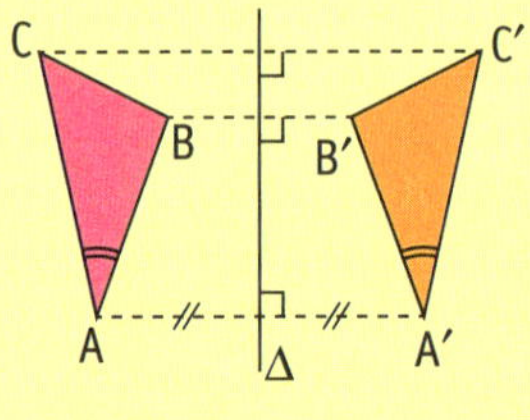

S_Δ : symétrie d'axe Δ

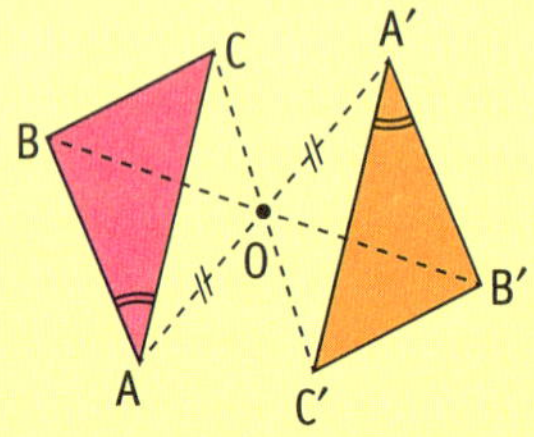

S_O : symétrie de centre O

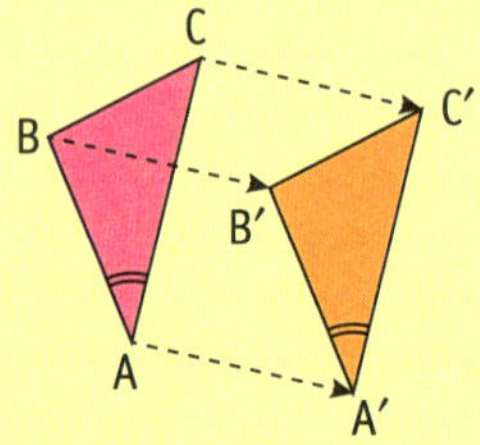

$t_{AA'}$: translation de A vers A'

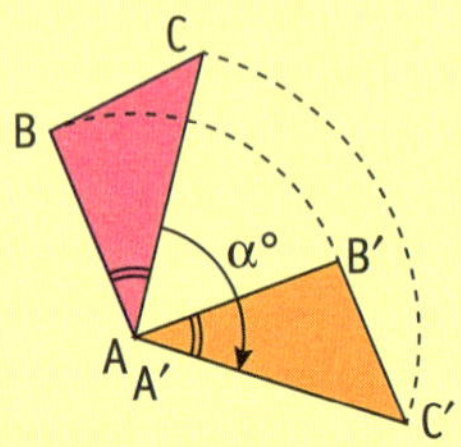

R(A, α) : rotation de centre A et d'angle α° ↻

Pour chacune de ces transformations, on a :
- BC = B'C' (conservation des longueurs)
- $\widehat{A} = \widehat{A'}$ (conservation des mesures d'angles)
- Aire(ABC) = Aire(A'B'C') (conservation des aires)

★ 1 Avec un réseau triangulaire

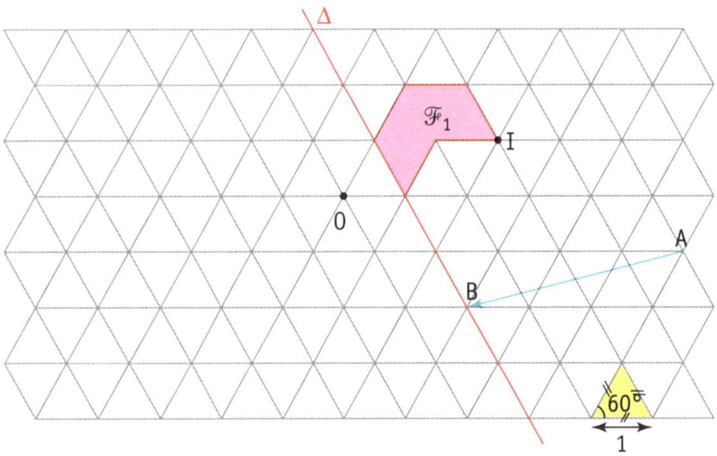

a. Construire :
- la figure $\mathscr{F}_2$ image de $\mathscr{F}_1$ par la translation qui envoie A sur B ;
- la figure $\mathscr{F}_3$ image de $\mathscr{F}_1$ par la symétrie d'axe Δ ;
- la figure $\mathscr{F}_4$ image de $\mathscr{F}_1$ par la symétrie de centre I ;
- la figure $\mathscr{F}_5$ image de $\mathscr{F}_1$ par la rotation de centre O, d'angle 120° ↻.

b. Le périmètre de $\mathscr{F}_1$ est de 6. En déduire le périmètre de $\mathscr{F}_5$. Justifier. ....

....

c. L'aire de $\mathscr{F}_1$ est $\sqrt{3}$. En déduire l'aire de $\mathscr{F}_2$. Justifier. ....

INFO
La flèche courbée indique le sens de rotation.

★ 2 Frise avec des translations

Tracer l'image du motif suivant par la translation t_{AB}. Recommencer avec le motif obtenu et ainsi de suite…

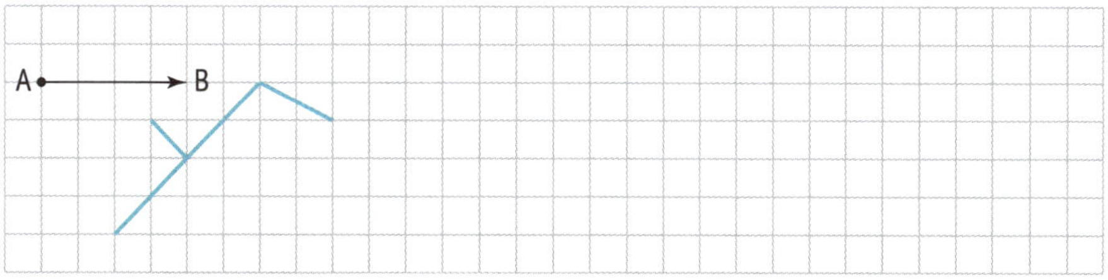

★ 3 Frise avec des symétries axiales

Tracer l'image du motif suivant par la symétrie d'axe Δ_1. Recommencer avec le motif obtenu par la symétrie d'axe Δ_2 et ainsi de suite.

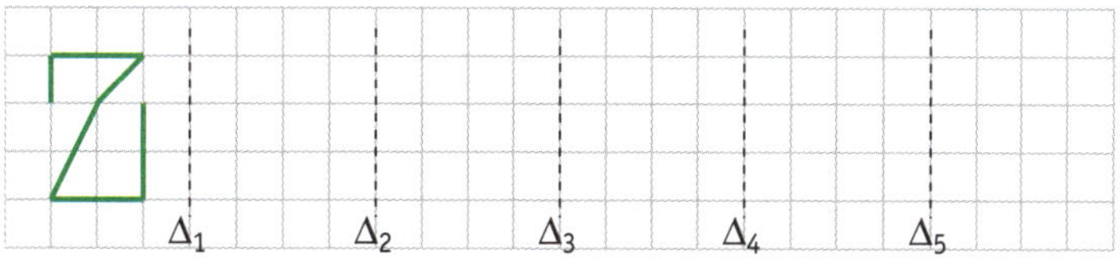

★ 4 Pavage

a. Le motif ② est l'image de ④ par une symétrie centrale de centre A. Placer A sur le dessin.
De même le motif ④ est l'image de ⑤ par la symétrie de centre D. Placer D sur le dessin.

b. Le motif ② est l'image de ① par la ....

c. ③ a pour image .... par la rotation de centre C d'angle 90° ↺.

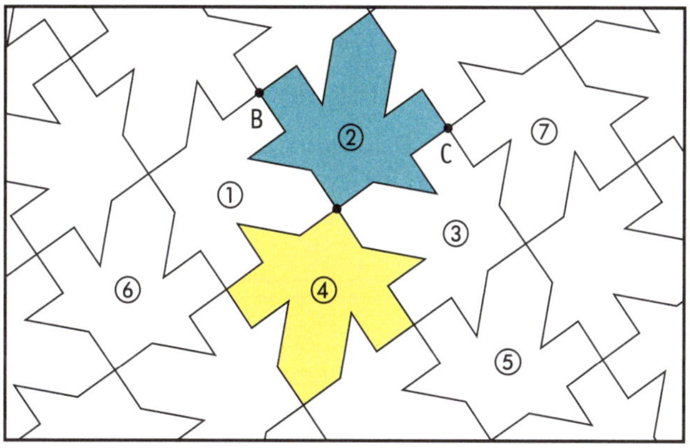

d. ② est l'image de ⑤ par la ....

e. ① est l'image de .... par la rotation de centre A d'angle 180° ↻.

★ 5 Rosaces

a. Pour chacune des 4 rosaces, tracer les axes de symétrie.

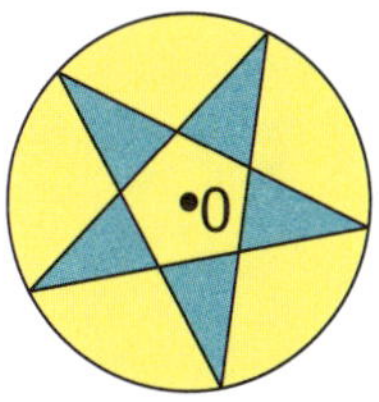

①

②

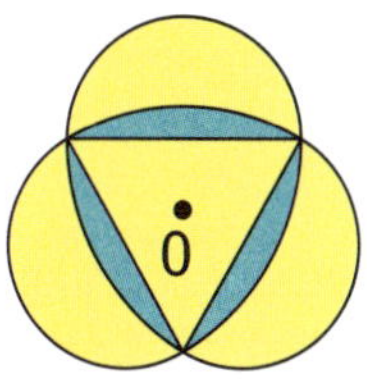

③

④

b. Indiquer l'angle d'une rotation de centre O qui transforme la rosace en elle-même.

① : .... ② : .... ③ : .... ④ : ....

INFO
L'église d'Aulnay en Charente-Maritime présente des frises géométriques de toutes sortes.

COUP DE POUCE
Il y a plusieurs réponses possibles.

Corrigés p. 299-300

18 Connaître les homothéties et les triangles semblables

Qu'est-ce qu'une homothétie ?

Définition

On construit le triangle A′B′C′ à partir du triangle ABC de façon que :
OA′ = 3 × OA OB′ = 3 × OB OC′ = 3 × OC
et que O, A et A′ ; O, B et B′ ; O, C et C′ soient alignés.
On dit alors que A′B′C′ est l'image de ABC par l'**homothétie de centre O et de rapport 3**.

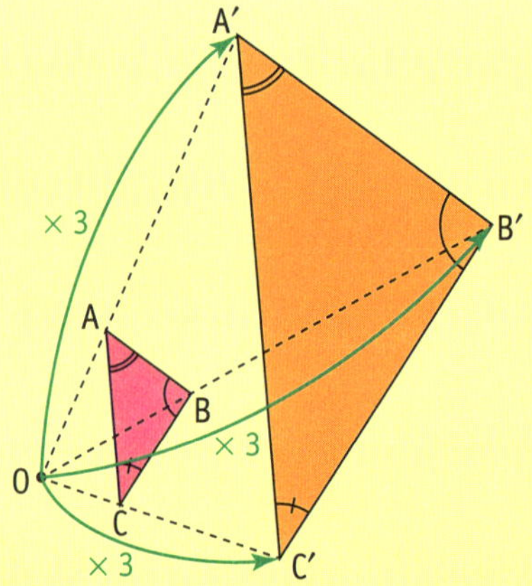

Remarques

D'après la réciproque du théorème de Thalès : (A′B′) // (AB) ; (B′C′) // (BC) et (A′C′) // (AC).

AB	AC	BC	OA	OB	OC
A′B′	A′C′	B′C′	OA′	OB′	OC′

(×3) est un tableau de proportionnalité.
Le coefficient de proportionnalité est le rapport de l'homothétie.

Par conséquent, ABC est l'image de A′B′C′ par l'homothétie de centre O et de rapport $\frac{1}{3}$.

Propriétés

Dans une homothétie de rapport k :
- les longueurs sont multipliées par k et les aires par k^2 ;
- les angles sont conservés.

Soit $\mathscr{F}'$ l'image de la figure $\mathscr{F}$ par l'homothétie de centre O et de rapport k.
- Si $k > 1$ alors $\mathscr{F}'$ est un **agrandissement** de $\mathscr{F}$.
- Si $0 < k < 1$ alors $\mathscr{F}'$ est une **réduction** de $\mathscr{F}$.

★ 1 Avec un triangle équilatéral

a. Construire l'image A′B′C′ du triangle équilatéral ABC par l'homothétie de centre O et de rapport 1,5.
b. Démontrer que A′B′C′ est équilatéral.

....

....

....

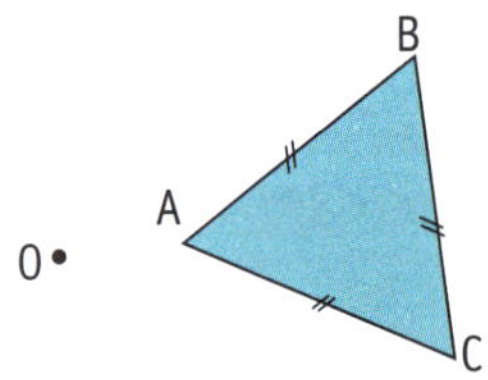

INFO
On dit que les triangles ABC et A'B'C' sont homothétiques.

★ 2 Avec un losange

a. Construire l'image B′L′E′U′ du losange BLEU par l'homothétie de centre O et de rapport 0,8.
b. Démontrer que B′L′E′U′ est un losange.

....

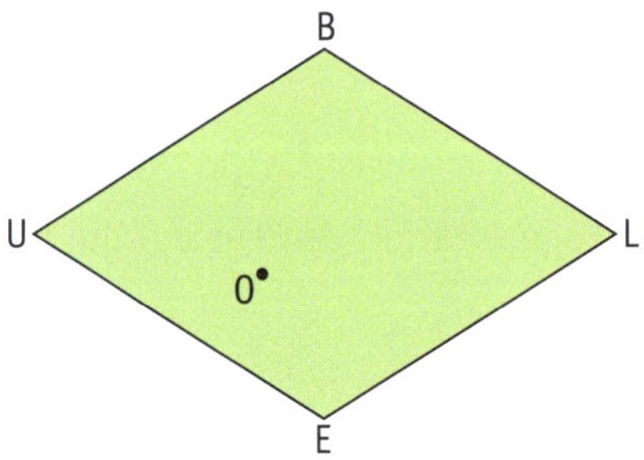

COUP DE POUCE
a. Mesure avec un double décimètre et multiplie par 0,8.

c. Supposons que le périmètre de BLEU mesure 16 cm.

Combien mesure le côté B′U′ ? ....

Qu'appelle-t-on triangles semblables ?

Définition :

Deux triangles sont semblables lorsque les côtés de l'un sont proportionnels aux côtés de l'autre.

ABC et A'B'C' sont semblables veut dire :

$$\frac{A'B'}{AB} = \frac{B'C'}{BC} = \frac{A'C'}{AC}$$

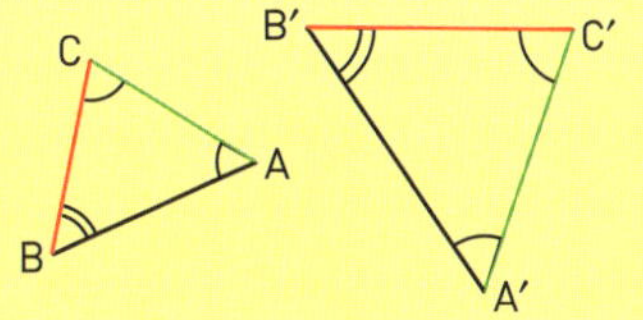

Exemple : Des triangles homothétiques sont semblables.

Vocabulaire : Les côtés, les sommets et les angles qui se correspondent sont qualifiés d'homologues.

Propriétés : Si deux triangles sont semblables, leurs angles homologues sont égaux.

Et réciproquement : Si deux triangles ont deux angles homologues égaux, alors ils sont semblables.

Application des triangles semblables : lorsqu'on sait que deux triangles sont semblables, on écrit la proportionnalité des côtés comme ceci :

$$\frac{A'B'C'}{ABC} \longrightarrow \frac{A'B'}{AB} = \frac{B'C'}{BC} = \frac{A'C'}{AC}$$

Puis on remplace les longueurs connues par leurs valeurs et on peut alors (souvent) calculer les longueurs inconnues.

★ 3 Phrase à trous

« Deux triangles .... sont toujours semblables. »

On peut remplacer les pointillés par : *rectangles – rectangles isocèles – isocèles – équilatéraux.*

Rayer les mots qui donnent une phrase fausse.

★ 4 Hauteur d'un triangle rectangle

Hypothèses :

ABC est rectangle en A

AH est la hauteur issue de A

AB = 15 ; AC = 20.

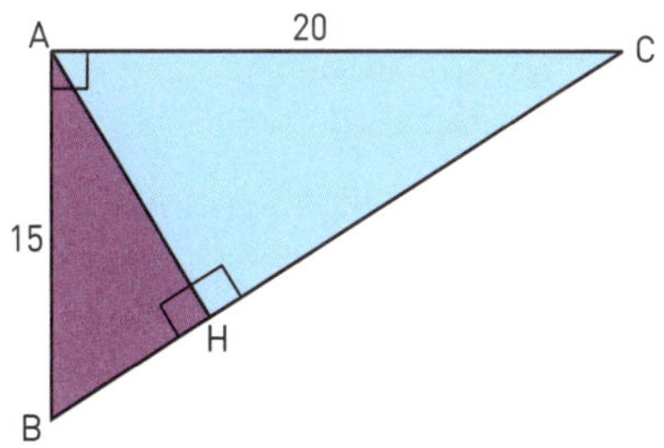

a. Calculer BC.

....

Pour calculer AH, on pourrait raisonner sur l'aire de ABC. Puis, pour calculer HB et HC, on pourrait convoquer Pythagore. Mais nous allons procéder autrement.

b. Démontrer que les triangles ABC et HBA sont semblables.

....

....

c. En déduire le longueurs HA, HB et HC.

....

....

....

COUP DE POUCE
b. Utilise les angles.

NIVEAU 3e

Corrigés p. 300

Plus d'exercices sur www.hatier-entrainement.com

19 Utiliser des racines carrées en géométrie

- Tu peux commencer par revoir le chapitre 18 du niveau 4e p. 190.

Quelle est la propriété la plus remarquable des triangles rectangles ?

Théorème de Pythagore

Si ABC est un triangle rectangle en A alors $AB^2 + AC^2 = BC^2$.

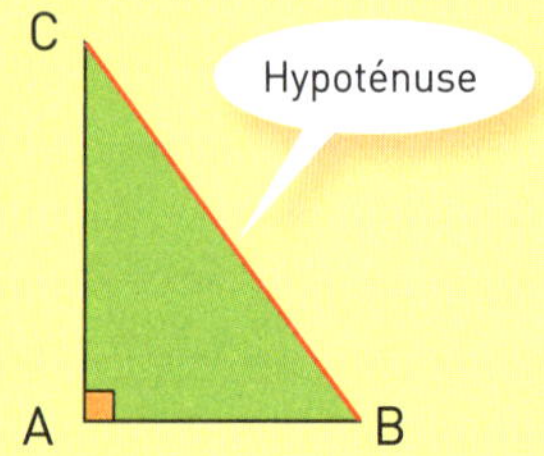

Réciproque

Soit ABC un triangle. Si $BC^2 = AB^2 + AC^2$ alors ABC est un triangle rectangle en A.

Exemple

Soit ABC un triangle avec AB = 1, AC = 2 et BC = $\sqrt{5}$. Démontrer que ABC est rectangle en A.

On a $AB^2 = 1$ et $AC^2 = 4$; $BC^2 = \left(\sqrt{5}\right)^2 = 5$.

Comme $AB^2 + AC^2 = 1 + 4 = 5 = BC^2$, alors ABC est rectangle en A, d'après la réciproque du théorème de Pythagore.

★ 1 Calcul de l'hypoténuse

Dans les deux cas suivants, calculer l'hypoténuse du triangle ABC rectangle en A.

a. AB = 12 et AC = 5 ....

....

b. AB = $\sqrt{5}$ et AC = $\sqrt{11}$ ....

....

★ 2 Diagonale d'un carré

Calculer la longueur de la diagonale d d'un carré de 7 m de côté (valeur exacte, puis valeur approchée à 0,01 m près).

....

....

COUP DE POUCE

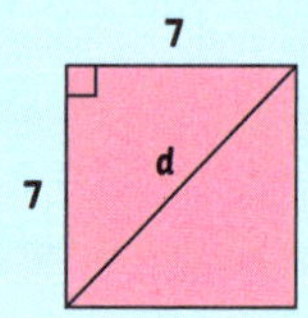

★★ 3 Périmètre d'un carré

Déterminer le périmètre d'un carré d'aire 72,25 cm².

....

....

★★ 4 Est-il rectangle ?

Soit ABC un triangle tel que AB = $\sqrt{12}$, AC = $\sqrt{13}$ et BC = 5.

Ce triangle est-il rectangle ? ....

....

....

★★ 5 Triangle isocèle ?

Les points A, B et C sont sur les nœuds d'un quadrillage à mailles carrées.
Le côté de chaque petit carré mesure 1 unité.

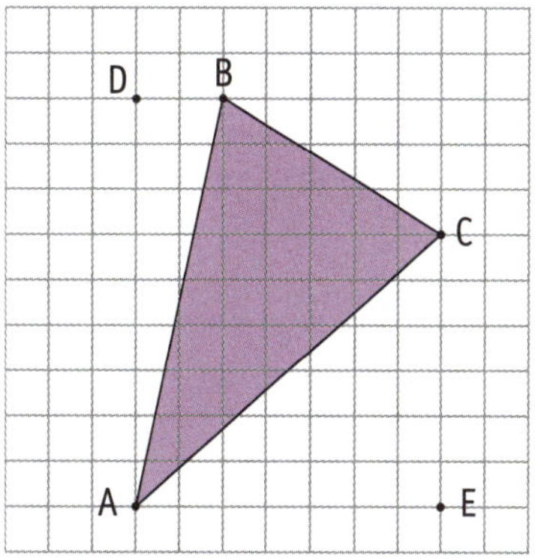

a. Calculer AB (à l'aide du triangle ADB).

....

b. Calculer AC (à l'aide du triangle AEC).

....

c. Le triangle ABC est-il isocèle ? ....

> **COUP DE POUCE**
> Inutile de chercher une valeur approchée de ces distances. Tu peux les laisser sous la forme $\sqrt{\dots}$.

★★ 6 Hauteurs d'un triangle

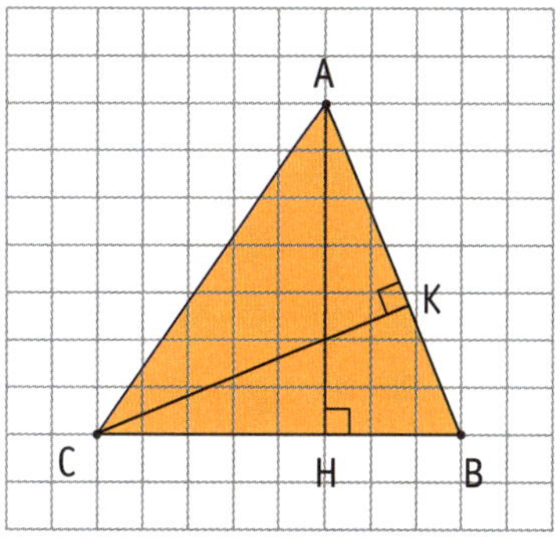

a. Combien mesurent la base [CB] et la hauteur [AH] du triangle CAB ?
(Le côté d'un carré du quadrillage mesure 1 unité.)

CB = ... AH = ...

b. Calculer l'aire du triangle CAB.

....

c. Calculer la longueur du côté [AB].

AB^2 = ... Donc AB = ...

d. En déduire la longueur de la hauteur [CK] (valeur exacte et valeur arrondie à 0,01 près).

....

....

★ 7 Calcul de la hauteur d'un triangle équilatéral

On donne le triangle équilatéral RAS de côté 8 cm.
Calculer la hauteur [AH] (valeur exacte et valeur arrondie à 0,01 près).

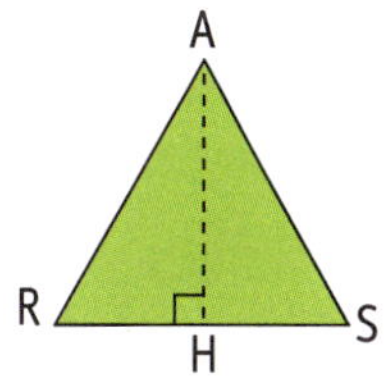

....

....

....

★ 8 Triangle équilatéral dans un cube

Dans un cube de côté 5 cm, on considère le triangle équilatéral ABC (voir figure).
Calculer le côté AB du triangle équilatéral ABC.
(Donner une valeur arrondie à 0,01 près.)

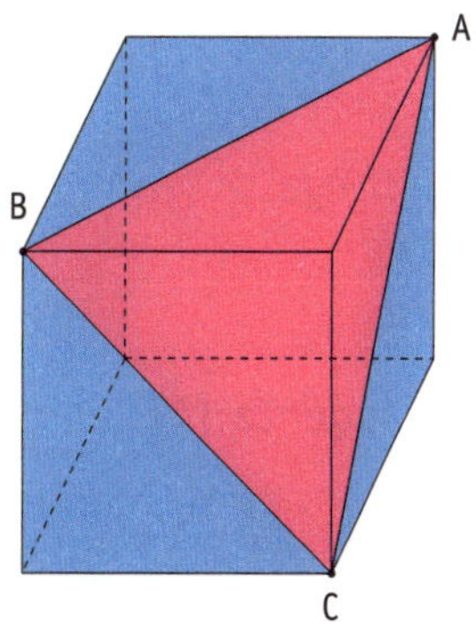

....

....

NIVEAU 3e

Corrigés p. 300-301

20 Utiliser la trigonométrie

Comment utiliser la trigonométrie pour calculer des longueurs ?

- Dans un triangle ABC rectangle en C, on a :

$AC = AB \times \cos(\hat{A})$

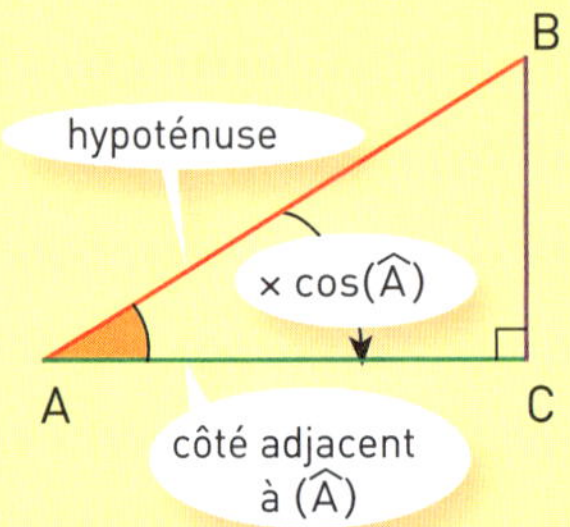

$\cos(\hat{A}) = \dfrac{AC}{AB}$

cosinus = $\dfrac{\text{côté adjacent}}{\text{hypoténuse}}$

$BC = AB \times \sin(\hat{A})$

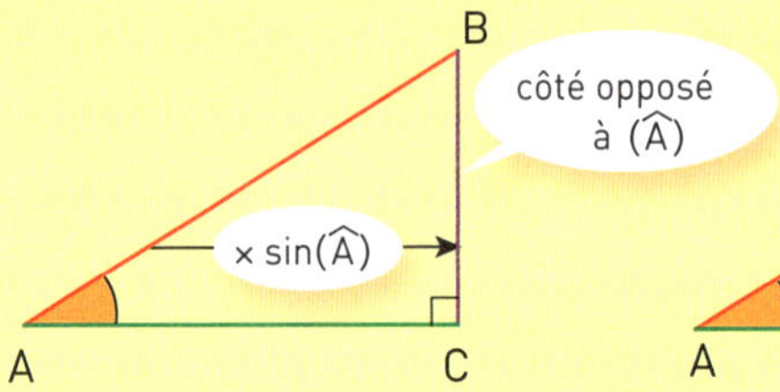

$\sin(\hat{A}) = \dfrac{BC}{AB}$

sinus = $\dfrac{\text{côté opposé}}{\text{hypoténuse}}$

$BC = AC \times \tan(\hat{A})$

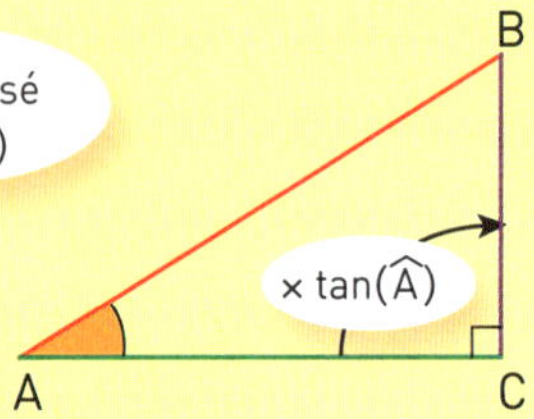

$\tan(\hat{A}) = \dfrac{BC}{AC}$

tangente = $\dfrac{\text{côté opposé}}{\text{côté adjacent}}$

★ 1 Sinus, cosinus et tangente (1)

Pour les trois questions :

- rayer les mentions inutiles parmi les trois proposées ;
- donner les valeurs exactes.

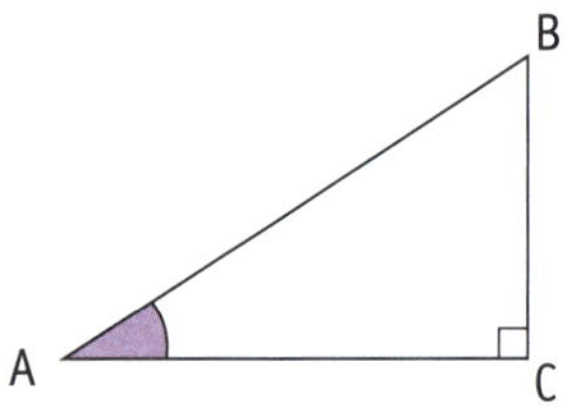

ATTENTION Repère bien l'hypoténuse, le côté opposé et le côté adjacent à l'angle Â.

a. Sachant que AC = 5 et BC = 4, je peux immédiatement calculer :

cos(Â)
sin(Â) qui est égal à ....
tan(Â)

b. Sachant que AC = 6 et AB = 7, je peux immédiatement calculer :

cos(Â)
sin(Â) qui est égal à ....
tan(Â)

c. Sachant que AB = 8 et BC = 3, je peux immédiatement calculer :

cos(Â)
sin(Â) qui est égal à ....
tan(Â)

★ 2 Sinus, cosinus et tangente (2)

Calculer :

cos(Â) = ...

sin(Â) = ...

tan(Â) = ...

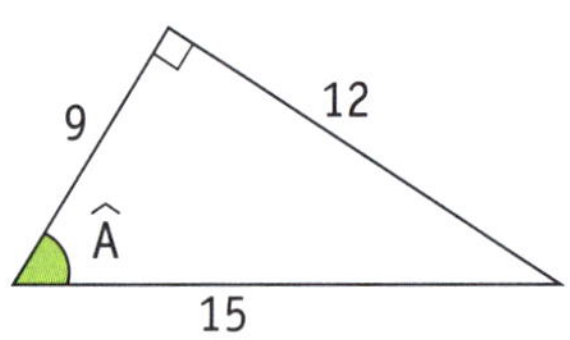

★ 3 Avec la calculatrice

Donner, à 0,01 près : cos(33°) ≈ .... ; sin(1°) ≈ .... ; tan(10°) ≈ ....

ATTENTION
La calculatrice doit être en mode degré.

★★ 4 Calculs dans un triangle rectangle

a. Calculer AB.

....

....

....

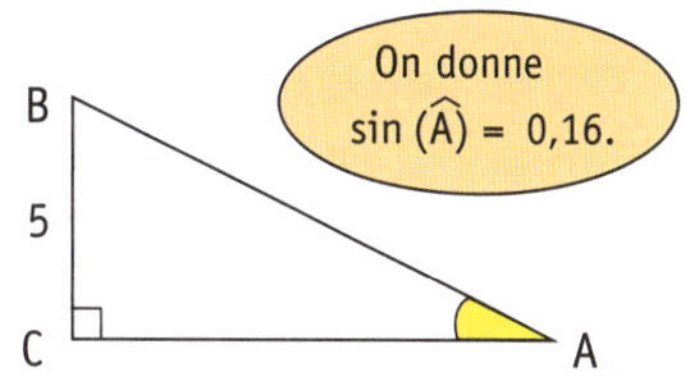

b. Calculer AC à 0,01 près.

....

....

c. Calculer à 0,01 près :

cos(Â) = ...

★★ 5 De tous côtés

a. Calculer à 0,01 cm près :

NF = ...

UN = ...

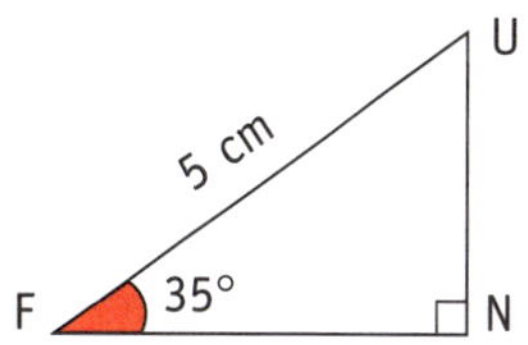

b. Calculer à 0,01 cm près EA et SE.

....

....

....

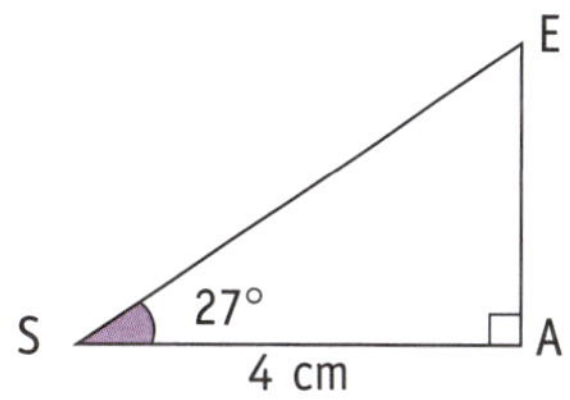

c. Calculer à 0,01 cm près YJ et JO.

....

....

....

....

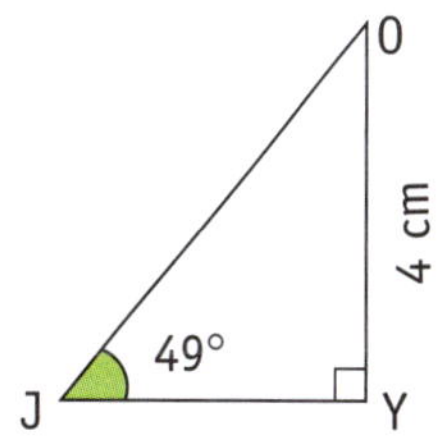

★ 6 Calculs dans un pentagone

Le pentagone régulier PENTA est inscrit dans un cercle de rayon 3.

a. Calculer :

$\widehat{POE}$ = ...

$\widehat{POH}$ = ...

b. Calculer les longueurs OH, PH et PE à 0,001 près.

....

....

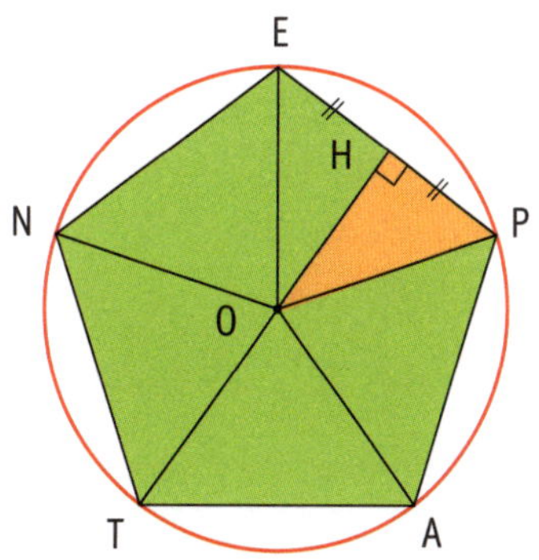

INFO
• Un angle plein mesure 360°.
• (OH) partage l'angle $\widehat{POE}$ en deux angles égaux.

Corrigés p. 301-302

21 Calculer des angles

• Tu peux commencer par revoir le chapitre 20 du niveau 4ᵉ p. 194.

Comment évaluer la mesure d'un angle dans un triangle rectangle ?

▸ Calcul de la mesure d'un angle aigu dont le sinus est connu

Exemple : Sachant que $\sin(x) = 0{,}3$, on tape sur une calculatrice scientifique :

(arcsin(0,3)) ou bien ($\sin^{-1}$ (0,3))

et on lit $x \approx 17{,}457\,6°$.

Mettre la calculatrice en mode degré.

On procède de façon analogue avec le cosinus et la tangente.

▸ Formules de trigonométrie

Avec $\cos(\widehat{A}) \neq 0$, on a : $\tan(\widehat{A}) = \dfrac{\sin(\widehat{A})}{\cos(\widehat{A})}$

Pour tout angle $\widehat{A}$, on a : $\cos^2(\widehat{A}) + \sin^2(\widehat{A}) = 1$

$\cos^2(\widehat{A})$ signifie $[\cos(\widehat{A})]^2$.

★ 1 Avec la calculatrice

La lettre x désigne la mesure en degrés d'un angle aigu.

Compléter chaque ligne du tableau suivant. Donner les résultats à 0,001 près.

x (en degrés)	$\cos(x)$	$\sin(x)$	$\tan(x)$
5			
	0,3		
		0,2	
			3,1

COUP DE POUCE
Pour les trois dernières lignes, commence par évaluer x.

★ 2 Dans un triangle rectangle (1)

Compléter en donnant les résultats à 0,001 près :

$\tan(\widehat{A}) =$ ....

$\widehat{A} \approx$ ....

$\cos(\widehat{A}) \approx$ ....

$\sin(\widehat{A}) \approx$ ....

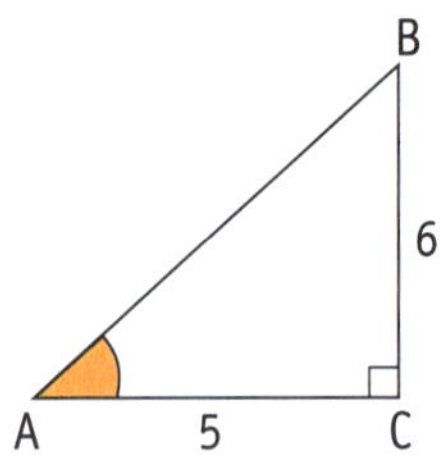

★ 3 Dans un triangle rectangle (2)

Compléter en donnant les résultats à 0,001 près :

$\sin(\widehat{A}) =$ ....

$\widehat{A} \approx$ ....

$\cos(\widehat{A}) \approx$ ....

$\tan(\widehat{A}) \approx$ ....

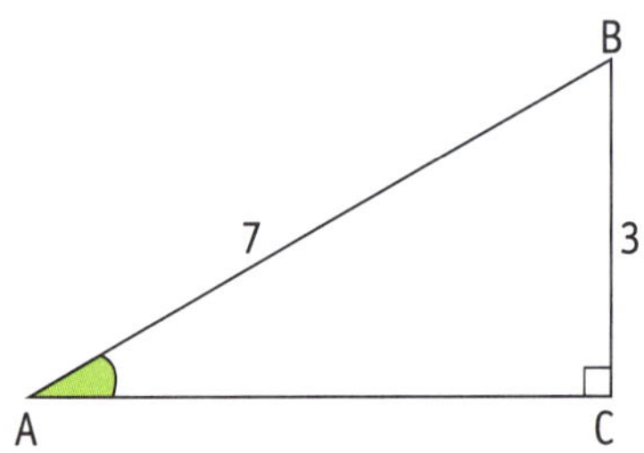

4 Le triangle 3-4-5

a. Vérifier que ABC est rectangle en C.

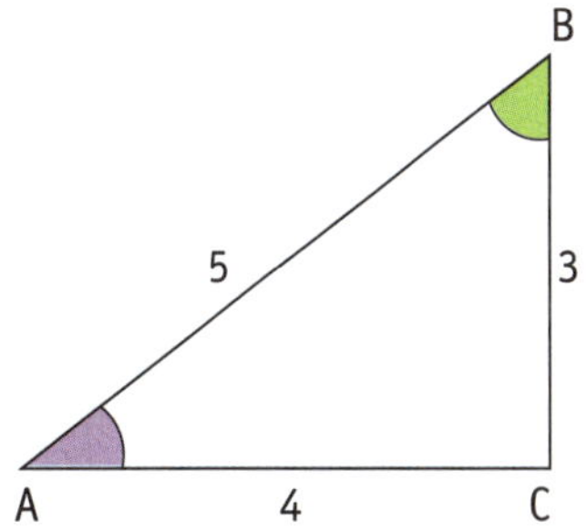

....

....

....

b. $\sin(\widehat{A}) =$ ....

En déduire la mesure de $\widehat{A}$, puis celle de $\widehat{B}$ (à 0,01° près).

....

....

5 Dans un quadrillage à maille carrée

a. Calculer $\tan(\widehat{ABO})$ et en déduire la mesure de $\widehat{ABO}$ à 0,01° près.

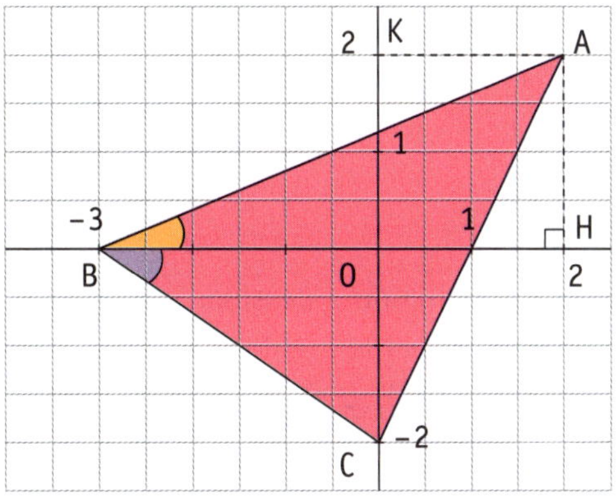

....

....

....

b. Calculer $\tan(\widehat{OBC})$ et en déduire les mesures de $\widehat{OBC}$ puis de $\widehat{ABC}$.

....

....

....

c. En s'inspirant des questions **a.** et **b.**, calculer à 0,01° près la mesure de l'angle $\widehat{C}$ du triangle ABC.

....

....

....

....

d. En déduire une valeur approchée de la mesure de l'angle $\widehat{A}$ du triangle ABC.

....

6 Sans connaître $\widehat{A}$

$\widehat{A}$ est un angle aigu. On donne $\sin(\widehat{A}) = 0{,}352$. Sans déterminer la mesure de $\widehat{A}$, calculer $\cos(\widehat{A})$ puis $\tan(\widehat{A})$ à 0,000 001 près.

....

....

....

....

COUP DE POUCE
a. Dans le triangle rectangle ABH, ...
b. Dans le triangle rectangle OBC, ...

COUP DE POUCE
Utilise les relations $\cos^2(\widehat{A}) + \sin^2(\widehat{A}) = 1$ et $\tan(\widehat{A}) = \dfrac{\sin(\widehat{A})}{\cos(\widehat{A})}$

NIVEAU 3e

Corrigés p. 302-303

22 Calculer le volume de la boule et se repérer sur la sphère

Que faut-il connaître de la sphère et de la boule ?

Définitions

- La sphère de centre O et de rayon r est l'ensemble des points M de l'espace tels que OM = r.
- Deux points A et B de la sphère sont **diamétralement opposés** si [AB] est un diamètre de la sphère.
- Un **grand cercle** de la sphère de rayon r est un cercle de rayon r, ayant pour centre le centre de la sphère.

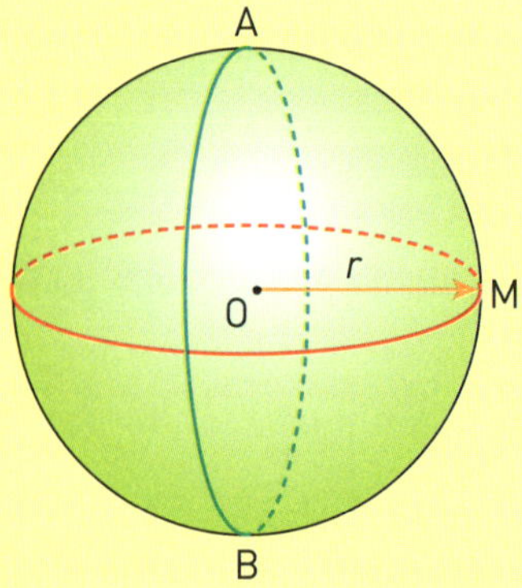

Volume de la boule de rayon r : $V = \frac{4}{3}\pi r^3$

Exemple : Une boule de rayon 3 m a pour volume (en m^3) :

$V = \frac{4}{3} \times \pi \times (3)^3 = 36\pi \approx 113.$

La sphère est une surface.
La boule est un volume.

★ 1 Dessin à main levée

Sur le dessin de la sphère ci-contre, dessiner deux grands cercles passant par le point A.
Sur la sphère, placer deux points B et C diamétralement opposés.

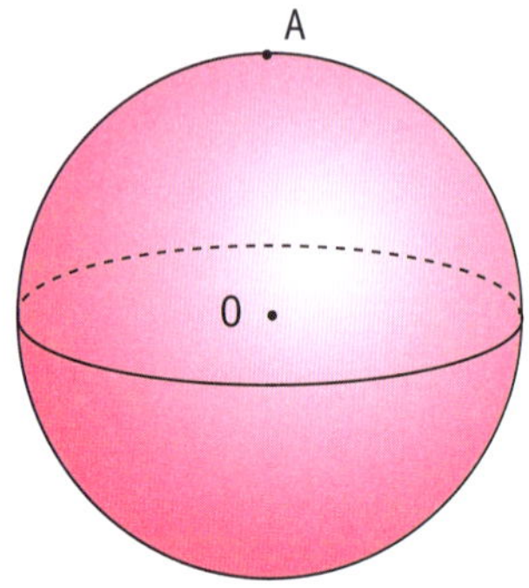

INFO
- En perspective, un cercle est représenté par une ellipse.
- Les traits cachés sont en pointillés.

★ 2 Calcul de volumes

Calculer le volume des boules de rayons suivants, en donnant la valeur exacte, puis une valeur approchée à 0,001 près. (Préciser les unités.)

a. 12 mm **b.** 9 cm **c.** 15 m

....

....

....

★ 3 Agrandir ou réduire

a. Une boule A est l'agrandissement, de rapport 3, d'une boule B dont le volume est 123 cm^3.
Calculer le volume de la boule A.

....

b. Une boule A′ est la réduction, de rapport 0,2, d'une boule B′ de rayon 15 m.

Calculer le rayon de la boule A′. ....

Calculer le volume de la boule A′(à 0,01 près). ....

COUP DE POUCE
Utilise la propriété (k, k^2, k^3) vue en 4e, chapitre 22 p. 199.

★ 4 De la Terre à la Lune

a. En admettant que la Terre soit une boule de 6 400 km de rayon, calculer son volume (à un milliard de km^3 près). ....

b. Le rayon de la Terre est environ 3,7 fois plus grand que celui de la Lune. En déduire le volume de la Lune (à un milliard de km^3 près).

....

Qu'est-ce que les coordonnées géographiques ?

- *Exemple* : Voici les coordonnées géographiques de deux villes :
  Moscou (38° E ; 56° N) et Rio (43° W ; 23° S).
  La **longitude** de Moscou est 38° E, celle de Rio 43° W.
  La **latitude** de Moscou est 56° N, celle de Rio 23° S.
- Un **méridien** est un demi-cercle délimité par les pôles.
  Celui qui passe par Greenwich est rouge sur le dessin. Sa longitude est 0°.
- Le petit cercle passant par Moscou est un **parallèle**.
  L'équateur est un parallèle particulier. Sa latitude est 0°.

On fait comme si la Terre était une sphère parfaite.

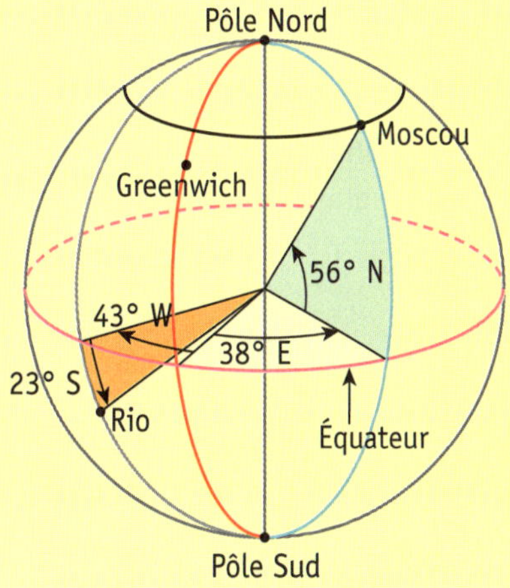

5 Petit quiz

a. Quelle est la signification des lettres utilisées pour écrire des coordonnées géographiques ? N : .... ; E : .... ; W : .... ; S : ....

b. Un bateau traverse l'équateur. À ce moment, sa latitude est : ....

c. Le village de Melleran est situé sur le méridien de Greenwich. Sa longitude est ....

d. Le seul parallèle qui soit un grand cercle est :

....

e. Les méridiens sont-ils des grands cercles ? ☐ Oui ☐ Non

f. Les points diamétralement opposés au méridien de Greenwich ont pour longitude :

....

....

COUP DE POUCE
Greenwich est une ville d'Angleterre proche de Londres.

6 Coordonnées géographiques de quelques villes

a. Les coordonnées d'Athènes sont :

(.......... ; ....)

b. Compléter la figure en inscrivant en face des points le nom des villes suivantes :
Paris (2° E ; 49° N), New-York (74° W ; 41° N), Saint-Pierre de la Réunion (55° E ; 21° S), Londres (0° ; 51° N), Montevideo (56° W ; 35° S), Kaboul (69° E ; 34° N).

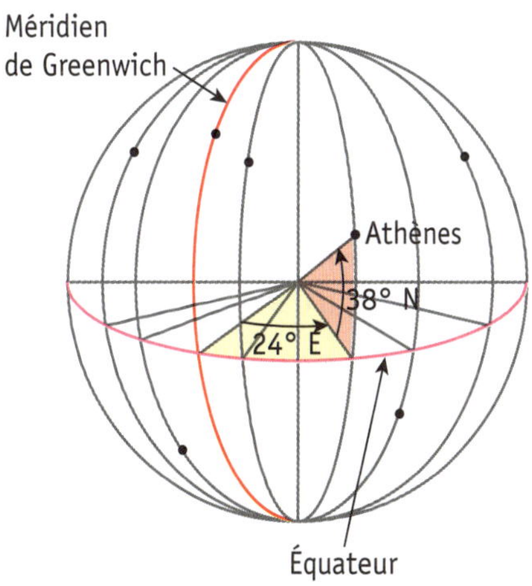

7 Migrateur

On a déterminé la position d'un oiseau muni d'une balise GPS : (43° W ; 56° N).
Pour indiquer la position de l'oiseau, placer la lettre O sur le schéma en haut de cette page.

INFO
G.P.S. = *Global Positioning System*

Corrigés p. 303-304

NIVEAU 3e

23 Couper un solide par un plan

Qu'est-ce que la section d'un solide par un plan ?

Propriétés

• La section **d'un cube ou d'un parallélépipède rectangle** par un plan parallèle à une face est un rectangle de mêmes dimensions que la face.

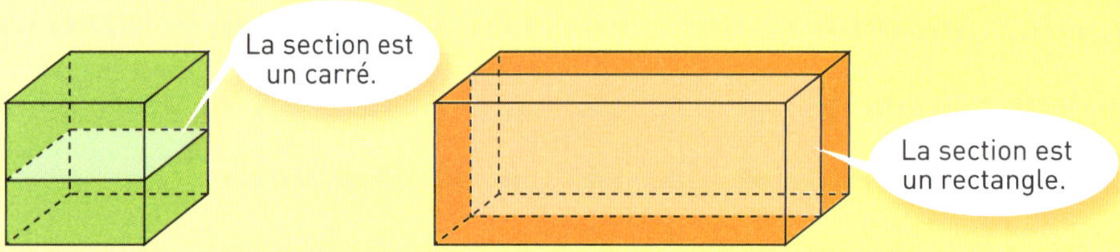

• La section **d'un cube ou d'un parallélépipède rectangle** par un plan parallèle à une arête est un rectangle.

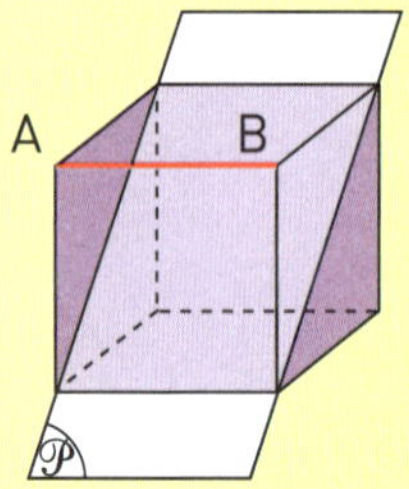

Dans les deux exemples, le plan 𝒫 est parallèle à l'arête [AB].

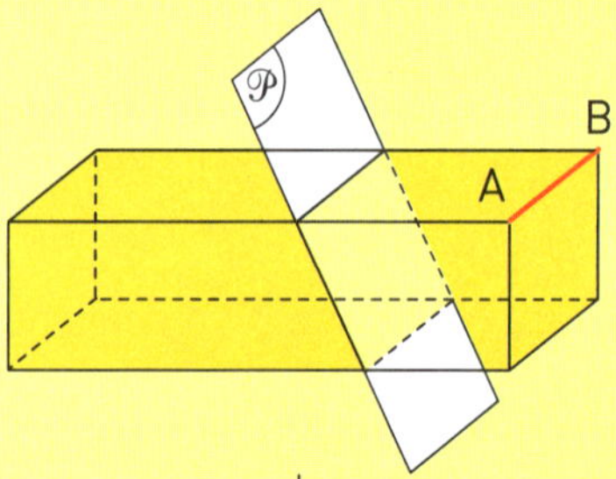

• La section d'un **cylindre** par un plan perpendiculaire à l'axe du cylindre est un disque de même rayon que celui des bases du cylindre.

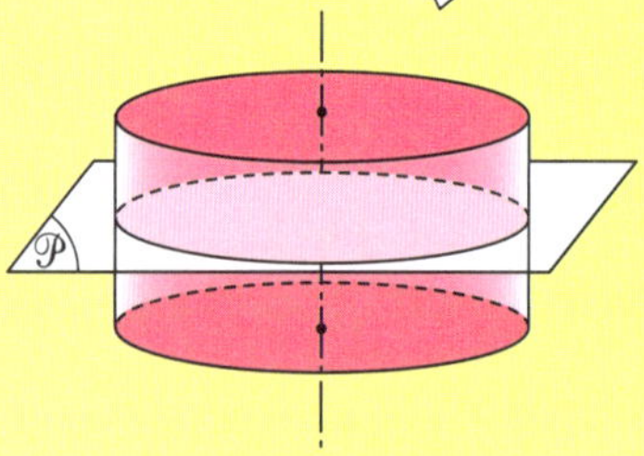

• La section d'un **cylindre** par un plan parallèle à l'axe du cylindre est un rectangle.

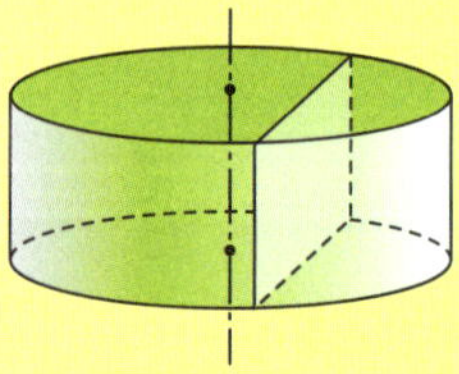

• La section d'un **cône** par un plan parallèle à la base est un disque qui est une réduction du disque de base.

• La section d'une **pyramide** par un plan parallèle à la base est un polygone qui est une réduction du polygone de base.

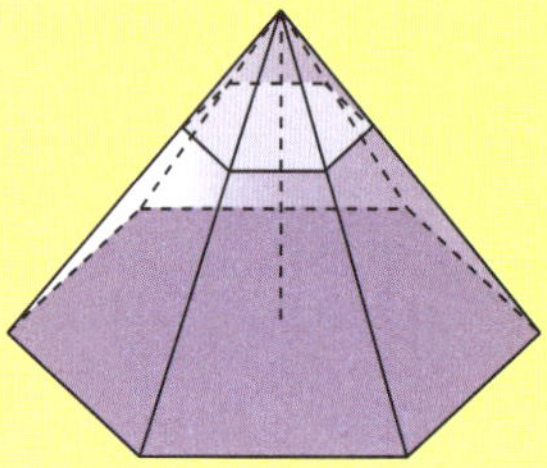

1 Section d'un cube

HAUTFOND est un cube de 8 cm de côté.

a. Tracer et colorier la section de ce cube par le plan parallèle à la face FOND, passant par le point Z.

b. Quelle est la nature de cette section ? ....

Calculer son aire. ....

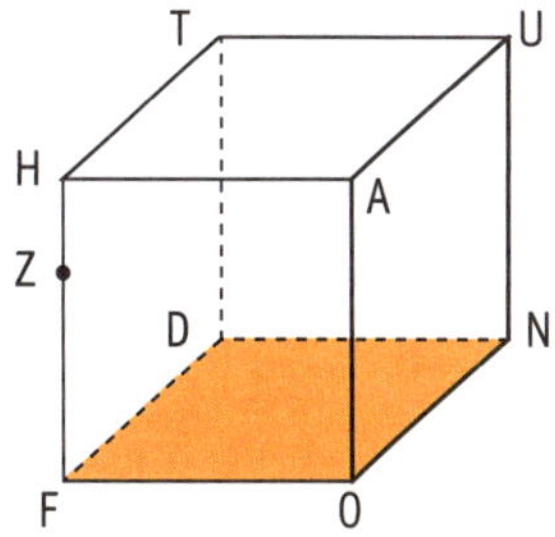

2 Section d'un parallélépipède rectangle

a. Tracer la section du parallélépipède par le plan parallèle à l'arête [AB] et passant par les points C et D. Quelle est la nature de cette section ?

....

b. Donner les dimensions de cette section.

....

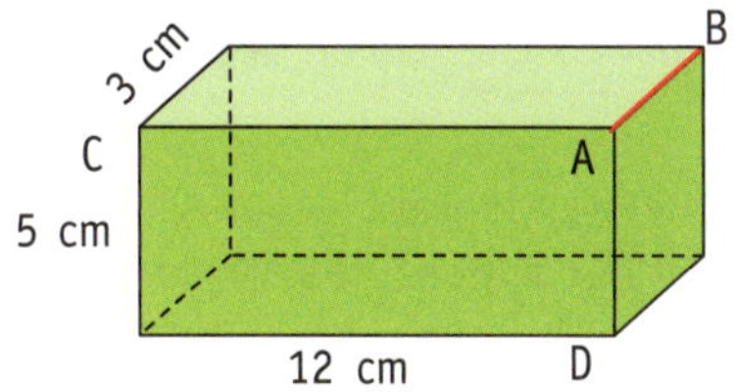

COUP DE POUCE

b. Que peux-tu dire du triangle CAD ?

3 Section d'un cylindre (1)

a. Dessiner la section du cylindre par le plan $\mathscr{P}$ perpendiculaire à l'axe du cylindre et passant par les points A et B. Que dire de cette section ? ....

b. Le cylindre a 10 cm de haut et 3 cm de rayon. Calculer le périmètre de la section.

....

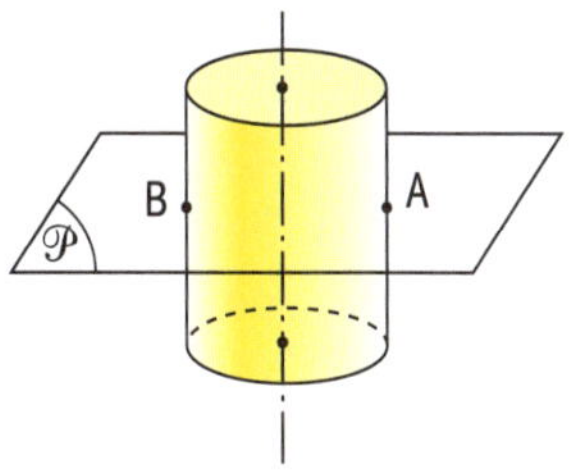

4 Section d'un cylindre (2)

a. Dessiner la section du cylindre par le plan passant par A et contenant l'axe du cylindre. Que dire de cette section ?

....

b. Calculer son aire. ....

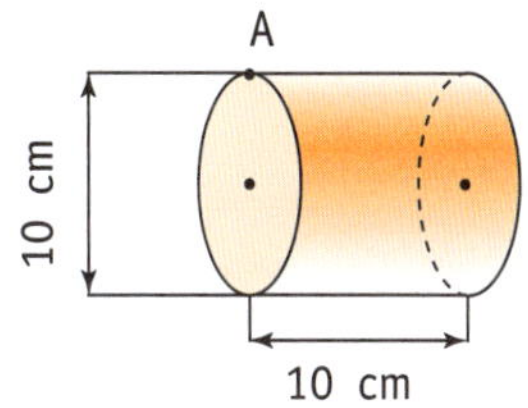

5 Section d'une pyramide

La pyramide HELAS est inscrite dans un cube de 6 cm de côté.

a. Placer le milieu I de [HE].

b. Représenter sur le dessin la section de la pyramide HELAS par le plan parallèle à SALE et passant par I.

c. Que dire de cette section ? ....

....

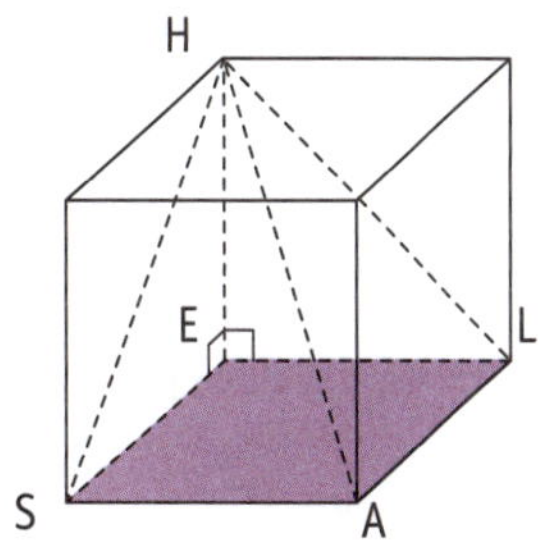

6 Section d'un cône

a. Placer le milieu M de [AS].

b. Représenter à main levée la section du cône par le plan parallèle à la base et passant par M.

c. On sait que $r = 10$ cm. Que dire de cette section ?

....

....

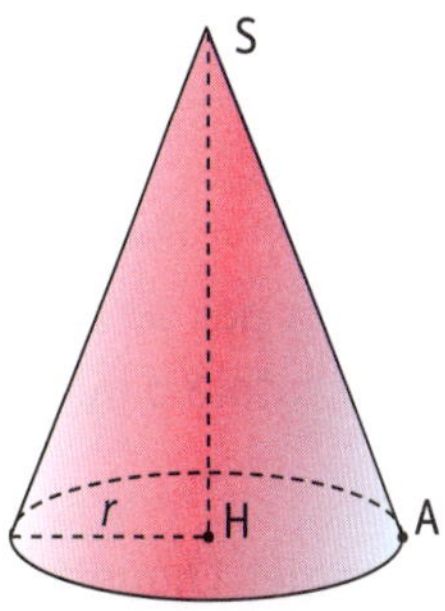

Corrigés p. 304-305

Plus d'exercices sur www.hatier-entrainement.com

NIVEAU 3e

GÉOMÉTRIE ET MESURES

24 Manipuler des vitesses et autres grandeurs

Comment traiter des problèmes de vitesse, de débit, etc. ?

Pour mesurer, on utilise des grandeurs produits ou des grandeurs quotients.

Vitesse

Si v désigne la vitesse, d la distance parcourue et t la durée du parcours,

on a alors $d = v \times t$. On en déduit $v = \frac{d}{t}$ et $t = \frac{d}{v}$

Si d est en km et t en h alors v est en km/h.
Si d est en m et t en s alors v est en m/s.

Exemple : Un scooter se déplace à 52 km/h.

Pour parcourir 78 km, il met : $\frac{78}{52} = 1{,}5$ h

soit une heure et demie.

En deux heures et demie, il aura parcouru : $52 \times 2{,}5 = 130$ km.

Changements d'unités

- Une voiture roule à 81 km/h. En une seconde, elle parcourt : $81 \div 3\,600 = 0{,}0225$ km, soit 22,5 m. Sa vitesse est donc de : 22,5 m/s.
- Un avion se déplace à 240 m/s. En 1 h, il parcourt : $240 \times 3\,600 = 864\,000$ m, soit 864 km. Sa vitesse est donc de 864 km/h.
- Le débit d'une pompe est de 2,5 L/s ; en une minute elle débite $2{,}5 \times 60 = 150$ L. Son débit est donc de 150 L/min.
- La capacité d'un disque dur est de 1 téraoctet, ce qui correspond à 1 000 gigaoctets ou 10^6 mégaoctets (voir à la fin du livre).

★ 1 En voiture

Une voiture roule à 72 km/h.

a. Calculer sa vitesse en m/s. ....

b. En combien de secondes parcourt-elle 100 m ? ....

c. Quelle distance a-t-elle parcourue en une minute ? ....

★ 2 La fusée

La vitesse d'une fusée est de 561 m/s.

a. Donner sa vitesse en km/h. ....

b. Fait-elle plus de 30 km par minute ? ....

★ 3 La sonde New Horizons

La sonde New Horizons envoie vers la Terre des informations sur la planète Pluton au rythme de 700 octets par seconde. Il faudra 16 mois pour toutes les recevoir.

a. Calculer la quantité totale d'information transmise par la sonde (en Go).

....

b. Le tapuscrit d'un cahier Chouette fait environ 10 Mo. Combien le résultat précédent représente-t-il de cahiers Chouette ? ....

COUP DE POUCE
Prendre des mois de 30 jours.

4 La Loire

Il s'écoule à Saint-Nazaire, dans la Loire, en moyenne environ 56 000 m^3 d'eau par minute.

a. Calculer le débit moyen de la Loire en m^3/s. ....

....

b. Combien s'écoule-t-il de m^3 d'eau en 1 h, en 1 jour ? ....

....

> COUP DE POUCE
> On suppose que ce débit est constant.

5 Consommation d'essence

Une voiture a consommé 15 litres d'essence pour parcourir 350 km.

a. Calculer sa consommation d'essence en litres pour 100 km, à 0,1 L près.

....

b. Quelle distance peut-elle parcourir avec un plein de 45 litres ?

....

> COUP DE POUCE
> On suppose que la consommation d'essence est proportionnelle à la distance parcourue.

6 Densité de population

Une commune de 16 830 habitants s'étend sur 51 km^2.

a. Calculer sa densité de population en habitants/km^2.

....

b. Calculer la superficie moyenne par habitant en ha/habitant, à 0,1 ha près.

....

....

....

> INFO
> **a.** La densité de population est le nombre d'habitants par km^2.

7 Un champ de blé

Le rendement d'un champ de céréales est de 75 quintaux à l'hectare.
Sachant que le champ mesure 16 ha, combien faudra-t-il de tours avec une remorque de 35 t pour acheminer la récolte dans un silo ?

....

....

8 Masse volumique du fer

Un solide en fer de 65 cm^3 pèse 0,51 kg.
Calculer la masse volumique du fer en g/cm^3, à 0,1 g/cm^3 près.

....

....

> INFO
> La masse volumique d'un corps est la masse par unité de volume.

NIVEAU 3e

Corrigés p. 305

25 Retrouver l'algorithmique et la programmation

• Tu peux commencer par revoir le chapitre 26 du niveau 4e p. 206.

NB : Scratch Offline Editor version 2 est téléchargeable gratuitement à l'adresse suivante : scratch.mit.edu/scratch2download/

Qu'est-ce qu'un test ou une instruction conditionnelle ?

Un automobiliste (ou un robot qui conduit une voiture) sait ce qu'il doit faire en présence d'un feu tricolore :
si le feu est rouge, **alors** il s'arrête et attend le feu vert pour passer.
Des situations semblables sont fréquentes en programmation.
L'instruction « **si** (condition) **alors** (instruction) » permet de les traiter.

Exemple

En assemblant et en exécutant le programme ci-contre, on observe que :
• si la condition « réponse = oui » est réalisée, alors l'instruction incluse dans le bloc « Si .... alors... » est exécutée ;
• sinon le programme ignore cette instruction.

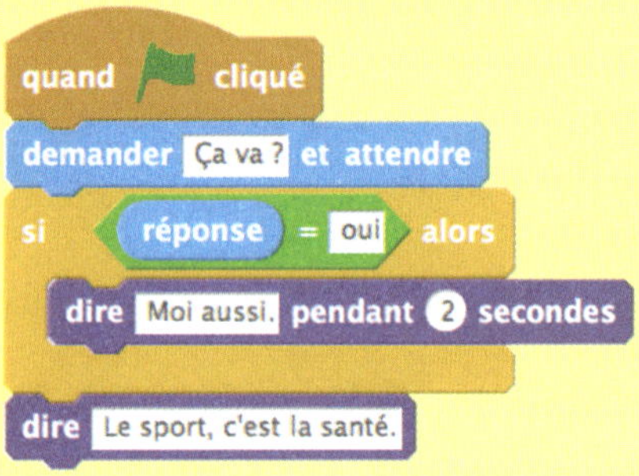

★ 1 L'instruction « si … alors … »

On s'intéresse au programme ci-dessus.

a. Que dit le lutin si la réponse est « oui » ? ....

b. Que dit le lutin si la réponse n'est pas « oui » ? ....

★ 2 « Si … alors… » dans une boucle

a. Assembler et exécuter le programme ci-contre. Lors de l'exécution appuyer de temps en temps sur la touche A.

b. Sans modifier le programme, essayer de piloter le lutin pour qu'il ne se cogne plus sur les bords. Puis essayer de l'amener au centre de la scène pour le faire tourner sur lui-même comme un moulin.

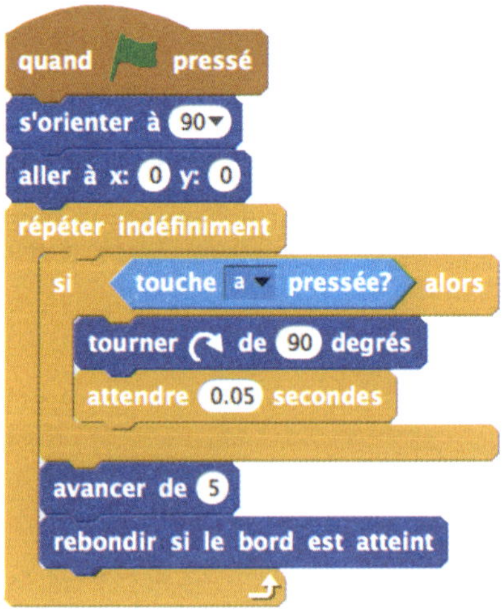

INFO
Selon la version de Scratch, le drapeau vert peut être cliqué ou pressé. L'effet est le même dans les deux cas.

★★ 3 Les diviseurs d'un nombre entier

a. Le reste de la division euclidienne de 42 par 5 est : ....

Et celui de la division de 42 par 6 est : ....

b. Dans le langage Scratch, les restes de ces divisions s'expriment à l'aide de l'opérateur « modulo ».

Ainsi 42 modulo 5 = ... ; 42 modulo 6 = ... ; 27 modulo 7 = ... ; 12 modulo 3 = ...

c. Que peut-on dire de deux nombres d et N lorsque (N modulo d) = 0 ? ....

d. Assembler et exécuter le programme ci-contre.
Noter les diviseurs de 36 trouvés par le programme.

....

e. Ce programme oublie le nombre 1 qui est pourtant un diviseur de 36. Apporter la correction nécessaire.

f. Modifier encore le programme afin qu'il demande un nombre N et donne successivement tous les diviseurs de N.
Application : quels sont les 9 diviseurs de 441 ?

....

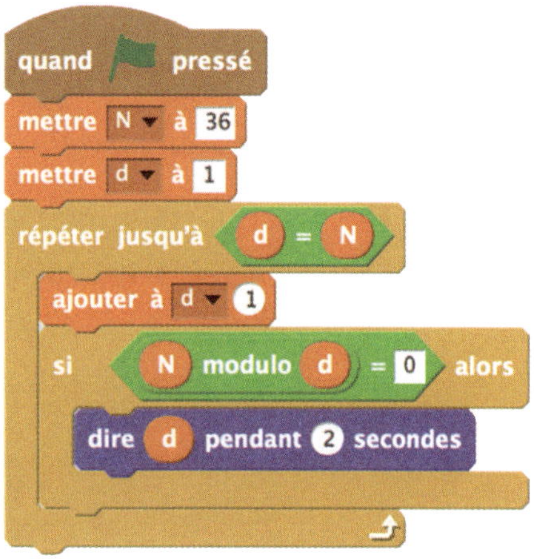

★ 4 L'instruction « si … alors … sinon »

Règle d'un jeu de dé : Le joueur annonce un nombre N choisi parmi {1, 2, 3, 4, 5, 6}. Puis, il lance un dé cubique et gagne si le dé désigne le nombre N.

Malheureusement, le dé est perdu !
Mais l'ordinateur est là, et Scratch aussi.
Le programme à assembler doit :
- demander le nombre N au joueur ;
- tirer X au hasard (ceci remplace le dé) ;
- comparer X à N ;
- dire « Gagné » ou « Perdu » selon le cas.

a. Assembler le programme ci-contre en complétant les zones blanches.

b. Exécuter pour tester le programme.

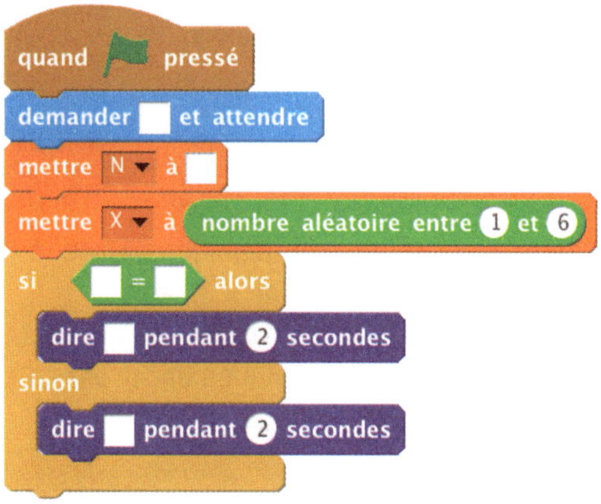

★ 5 Chat et chien errant sur la scène

Avec Scratch, on peut programmer deux lutins pour qu'ils exécutent leurs programmes, soit en même temps, soit l'un après l'autre.

a. Assembler le programme ci-contre pour notre félin habituel, généralement nommé Cat1.

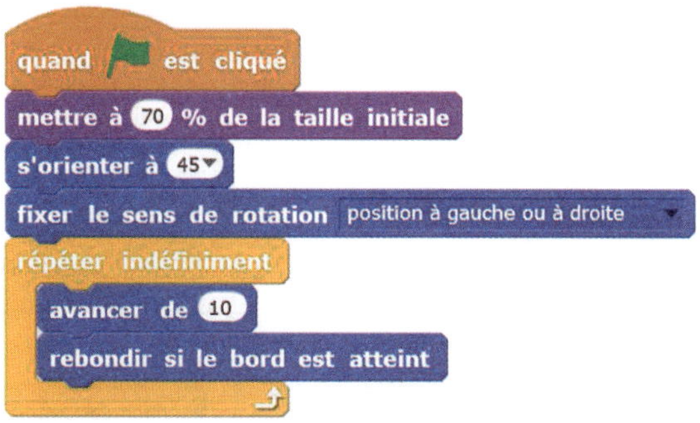

b. Activer le lutin Dog2 (chien bleu) et assembler pour lui, dans sa zone de scripts, le même programme, en remplaçant 45 par −45.

c. Par un clic sur le drapeau vert, lancer simultanément les deux programmes.

d. Pour sonoriser le spectacle, insérer cette instruction dans la boucle du programme du chat.

Et celle ci-contre, pareillement, pour le chien.

e. Lancer l'exécution et profiter du spectacle, sans modération…

INFO
b. Chercher le nouveau lutin dans la bibliothèque des lutins, et double-cliquer dessus.

INFO
d. Pour charger un nouveau son, cliquer sur l'onglet « sons » dans la colonne centrale, etc.

Corrigés p. 305-306

ALGORITHMIQUE ET PROGRAMMATION

26 Programmer une figure géométrique

NB : Scratch Offline Editor version 2 est téléchargeable gratuitement à l'adresse suivante : scratch.mit.edu/scratch2download/

★★ 1 Avec le théorème de Pythagore

a. Assembler et exécuter le programme ci-contre.

Quelle figure obtient-on ? ....

b. Expliquer pourquoi on avance de 226,27 à la dernière instruction.

....

....

c. Pourquoi faut-il tourner de 135° pour dessiner un angle de 45° ? (Répondre par un schéma.)

```
quand [drapeau] pressé
aller à x: 0 y: 0
cacher
s'orienter à 0
effacer tout
stylo en position d'écriture
avancer de 160
tourner ↻ de 90 degrés
avancer de 160
tourner ↻ de 135 degrés
avancer de 226.27
```

d. Sur le modèle donné, écrire un programme qui trace le triangle ABC ci-dessous avec AB = 100, AC = 200, $\widehat{BAC} = 60°$, $\widehat{BCA} = 30°$.

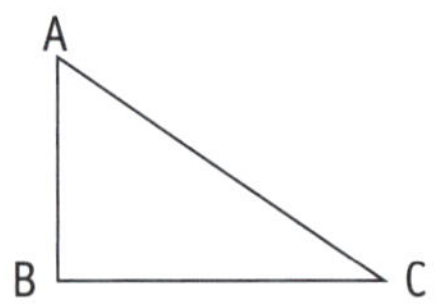

Commencer par calculer BC :

....

....

★ 2 Avec des translations

a. Assembler et exécuter le programme ci-dessous. (Commencer par créer puis définir le bloc que l'on appelle ici MOTIF.)

```
définir MOTIF
stylo en position d'écriture
s'orienter à 60
avancer de 30
tourner ↻ de 90 degrés
avancer de 60
avancer de -30
tourner ↺ de 90 degrés
avancer de 15
```

```
quand [drapeau] cliqué
cacher
effacer tout
relever le stylo
choisir la taille 3 pour le stylo
aller à x: -200 y: 0
MOTIF
relever le stylo
ajouter 30 à x
donner la valeur 0 à y
MOTIF
```

b. Supprimer la dernière instruction du programme et insérer une boucle « répéter 6 fois » afin d'obtenir une frise de 6 motifs.

INFO
L'instruction « s'orienter à 60° » a pour effet d'incliner le MOTIF.

INFO
On observe ce type de frises sur les façades des églises romanes saintongeaises par exemple.

3 Avec des rotations

a. Assembler et exécuter le programme ci-contre. (Il faut d'abord définir le bloc « DESSIN » et créer la variable *d* qui mémorisera la direction.)

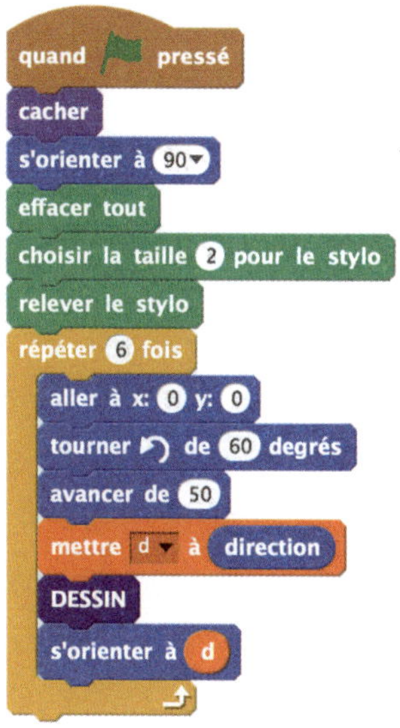

b. On passe d'un dessin au suivant par une rotation d'angle ....

c. Modifier ce programme afin d'obtenir la rosace à 12 pétales ci-dessous.

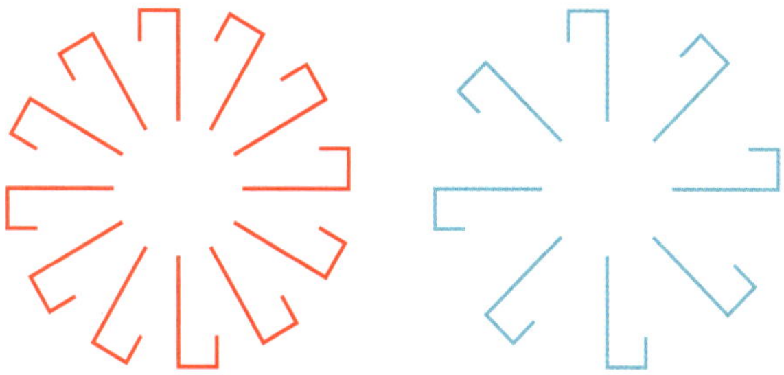

d. Même travail pour obtenir la rosace à 8 pétales.

e. Même travail pour obtenir une rosace ayant 5 pétales de couleurs différentes. (Utiliser l'instruction « ajouter 30 à la couleur ».)

INFO

On peut observer une rosace à 8 pétales dans la verrière de l'église de Périgné dans les Deux-Sèvres.

4 Avec une symétrie centrale

a. Dans le programme donné au début de l'exercice précédent, remplacer : 6 fois par 2 fois et 60° par 180°.

Exécuter le programme, observer la figure obtenue et compléter la phrase :

Les deux dessins sont .... par rapport au point de coordonnées (0 ; 0), origine du repère.

b. Plus généralement, on énonce :

La rotation d'angle .... et de centre A est la ....

NIVEAU 3e

Corrigés p. 306

VERS LE BREVET

Brevet blanc 1

1 Pour chaque question, choisir la bonne réponse.

1. La décomposition en produit de facteurs premiers de 2205 est :

a. $3^2 \times 5 \times 49$ **b.** $3^2 \times 7 \times 35$ **c.** $3^2 \times 5 \times 7^2$

2. L'expression $\frac{7}{4} - \frac{3}{4} \times \frac{2}{7}$ est égale à :

a. $\frac{43}{28}$ **b.** $\frac{2}{7}$ **c.** 1,5357

3. L'expression $\frac{3^4 \times 3^3}{3^8}$ est égale à :

a. 3 **b.** $\frac{1}{3}$ **c.** 3^4

4. $(2x - 3)(2x + 4)$ est égal à :

a. $4x^2 - 12$ **b.** $2x^2 - 12$ **c.** $4x^2 + 2x - 12$

5. Le nombre premier compris entre 90 et 100 est :

a. 97 **b.** 91 **c.** 99

2 On considère un rectangle de côtés x et 4 et un triangle équilatéral de côté x.

INFO
Calcul littéral.

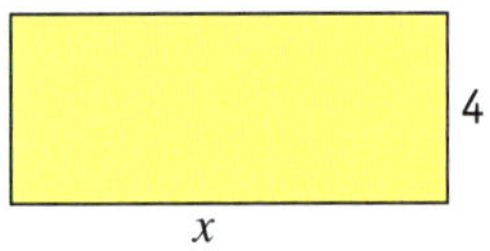

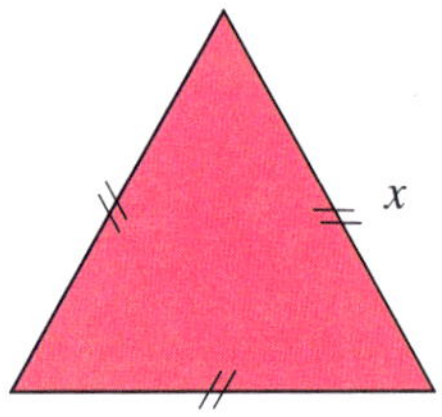

Pour quelles valeurs de x, ces deux figures ont-elles le même périmètre ?

3 La droite d est la représentation graphique d'une fonction affine f.

1. La fonction f est-elle linéaire ? Justifier.

2. Lire sur le graphique l'image de 3 par la fonction f.

3. Lire sur le graphique l'antécédent de 1 par la fonction f.

4. À l'aide du graphique, déterminer la solution de l'équation $f(x) = 0$.

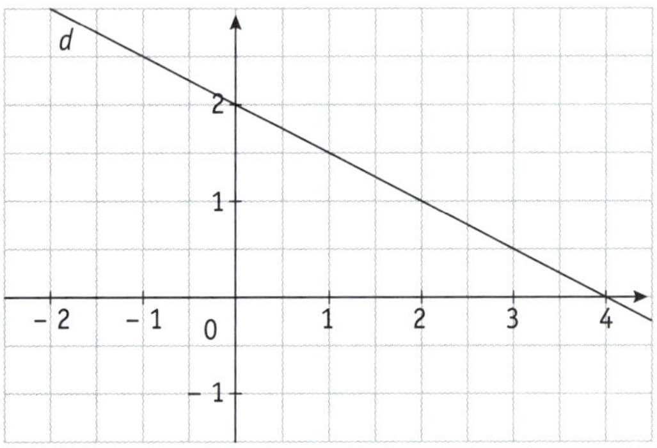

INFO
Fonction affine.

4 Le solide représenté ici en perspective est un cube.

1. Prouver que le triangle ABC est équilatéral.

2. Construire les milieux des côtés de ABC, directement sur la figure donnée, en utilisant uniquement la règle, donc sans compas et sans mesurer. (Justifier la construction.)

3. On suppose que le côté du cube mesure 6 cm. Calculer le volume de la pyramide OABC (en cm^3).

4. Quel pourcentage du volume du cube représente le volume de la pyramide OABC ?

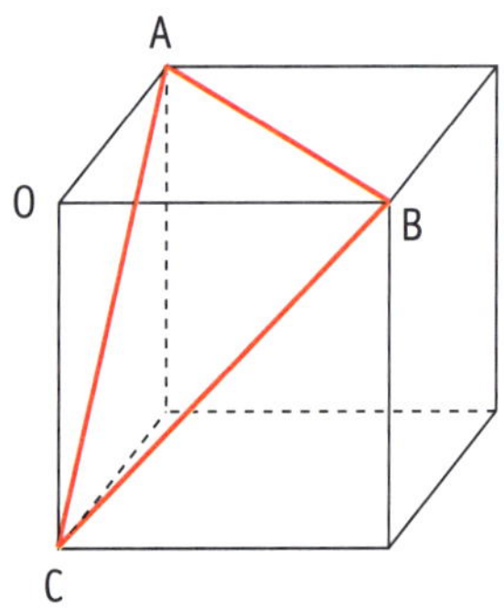

INFO
Géométrie dans l'espace.

5 La liste suivante donne le prix d'un kilogramme de merlu pendant une période de 20 jours consécutifs.

8 € – 10 € – 12 € – 8 € – 15 € – 10 € – 8 € – 7 € – 12 € – 11 €
16 € – 10 € – 16 € – 12 € – 7 € – 7 € – 15 € – 9 € – 17 € – 11 €

1. Compléter un tableau comme le suivant en rangeant les prix par ordre croissant.

Prix	7 €	8 €	....
Effectifs	3	....	....

2. Calculer le prix moyen m du kilogramme de merlu pour cette période.
3. Trouver un prix médian du kilogramme de merlu.
4. Trouver l'étendue de la série statistique.

INFO Statistiques.

6 On jette deux dés cubiques ordinaires. Les cas possibles peuvent se représenter dans un tableau.

1. Combien y a-t-il de cas possibles ?
2. Inscrire dans chaque case la somme des points obtenus sur les deux dés.
3. Quelle est la probabilité d'obtenir 2 points ? Et celle d'obtenir 8 points ?
4. Compléter le tableau suivant par des fractions de dénominateur 36.

Dé 1 / **Dé 2**	**1**	**2**	**3**	**4**	**5**	**6**
1						
2						
3						
4						
5						
6						

Somme des points	2	3	4	5	6	7	8	9	10	11	12
Probabilité											

5. On dit qu'un jeu est équitable lorsque tous les joueurs ont la même probabilité de gagner.
Tom propose à Jerry : « On va jouer à lancer deux dés et à faire la somme des points obtenus.
Si Somme $\leqslant 6$, tu gagnes. Mais si Somme > 6, je gagne. »
Cette règle est-elle équitable ? Si non, à qui profite-t-elle ?

INFO Probabilités.

7 Un tableur a été utilisé pour calculer quelques images de x par une fonction f.

B2 | fx =B1*B1+3

	A	B	C	D	E	F	G	H	I	J
1	x	-4	-3	-2	-1	0	1	2	3	4
2	f(x)	19	12	7	4	3	4	7	12	19
3										

1. Quelle est l'image de –3 ? (Répondre sans justifier.)
2. Quels sont les antécédents de 7 affichés sur l'écran ? (Répondre sans justifier.)
3. Quelle est l'expression de $f(x)$? (Répondre sans justifier.)
4. Calculer $f(5)$? (Détailler le calcul.)
5. Dans un repère (unité 1 cm sur $(0x)$ et $(0y)$), placer les points A$(0 ; f(0))$; B$(1 ; f(1))$ et C$(-1 ; f(-1))$. f est-elle une fonction affine ? (Justifier.)

INFO Fonction et tableur.

NIVEAU 3e

Corrigés p. 307

VERS LE BREVET

Brevet blanc 2

1 Pour chaque question, choisir la bonne réponse.

1. La diagonale d'un carré de côté 3 mesure :

a. 6 **b.** $\sqrt{18}$ **c.** 4,24

2. Un triangle a une aire de 36 cm². On le réduit en divisant ses côtés par 3.
Le triangle obtenu a pour aire :

a. 12 cm² **b.** 6 cm² **c.** 4 cm²

3. Sachant que (ED) // (BC) alors AC est égal à :

a. $\dfrac{10}{3}$ **b.** $\dfrac{8}{3}$ **c.** 2

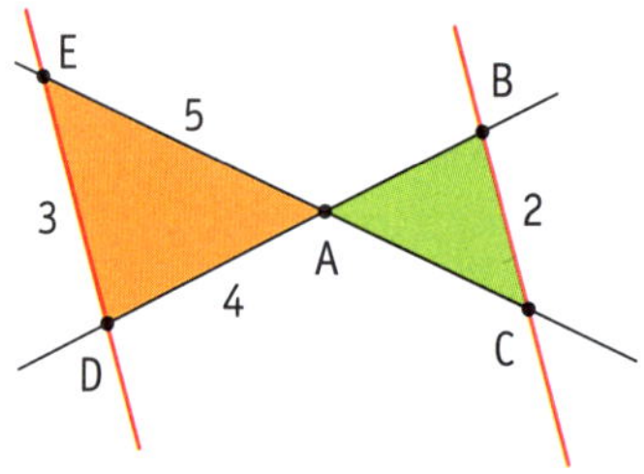

4. Un triangle ABC a pour côtés : AB = 40 ; AC = 41 ; BC = 9.
Ce triangle…

a. est rectangle en A **b.** est rectangle en B **c.** n'est pas rectangle

5. Le triangle ABC est rectangle en A. Son hypoténuse mesure 12 cm et son angle $\widehat{B}$ mesure 37°. Alors le côté AC mesure à 0,01 cm près :

a. 9,58 cm **b.** 7,22 cm **c.** 19,94 cm

INFO
Géométrie.

2 **1.** Développer :

$A = (3x + 1)(4 - 3x)$ $B = (y - 5)(y + 6)$ $C = (a + 4)(a - 4)$

2. Factoriser :

$D = 6x + x^2$ $E = y^2 - 4y$ $F = 72 - 9x$

INFO
Calcul littéral.

3 On donne ici les représentations graphiques $\mathscr{C}_1$, $\mathscr{C}_2$ et $\mathscr{C}_3$ de trois fonctions f_1, f_2 et f_3.

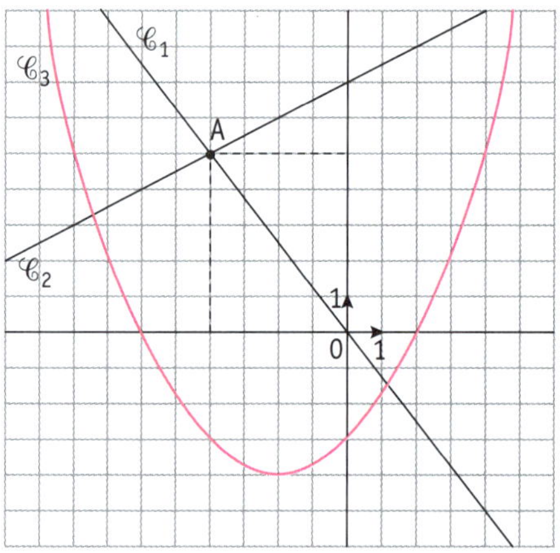

1. Quelle est la fonction linéaire ? (Justifier.)

2. Quelle est la fonction qui n'est pas affine ? (Justifier.)

3. Lire graphiquement les coordonnées du point A.

4. Quel est le nombre qui la même image par f_1 et par f_2 ?

5. Par lecture graphique, trouver les antécédents de 0 par f_3.

6. La fonction f_2 est définie par $x \mapsto \dfrac{1}{2}x + 7$.
Déterminer, par le calcul, l'antécédent de 0 par f_2.

INFO
Représentations graphiques.

4 Pour tondre une pelouse, un microtracteur avance à la vitesse de 3 km/h.
Sa largeur de coupe est 1,10 m.
Quelle surface, en m², aura-t-il tondue en 1 h 20 min ?

INFO
Unités de mesure.

5 Une urne contient 3 boules rouges, 6 boules blanches et 1 boule verte.
On tire une boule au hasard dans cette urne.
On appelle E_1 l'événement « Tirer une boule rouge » et E_2 l'événement « Tirer une boule qui n'est pas blanche ».

1. Quelle est la probabilité de l'événement E_1 ?
2. Quelle est la probabilité de l'événement E_2 ?
3. Quelle est la probabilité de l'événement contraire de E_2 ?

INFO Probabilités.

6 La figure est composée de trois triangles rectangles.
On sait que AB = 10 cm, $\widehat{a} = 40°$, $\widehat{b} = 25°$ et $\widehat{c} = 50°$.
Calculer BC, BD et BE à 0,01 cm près.

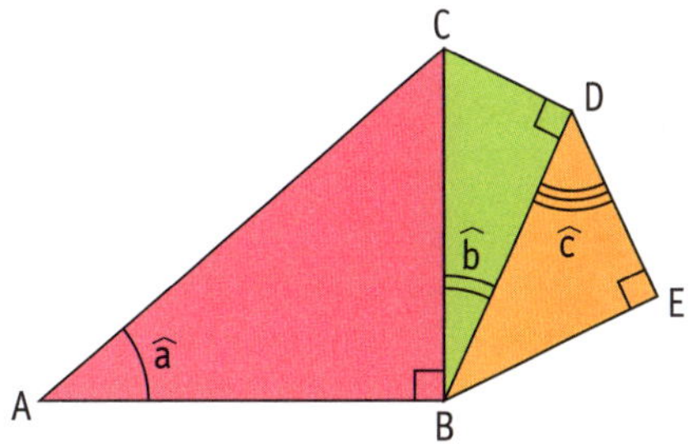

INFO Trigonométrie.

7 La figure représente un cône inclus dans un cube de 4 cm d'arête.

1. Calculer la longueur SA.
2. Le volume V d'un cône de hauteur h et de rayon de base r est donné par la formule : $V = \dfrac{\pi r^2 h}{3}$.
   Calculer le volume du cône.
3. Le cône occupe un certain pourcentage du volume du cube.
   Calculer ce pourcentage à 1 % près.

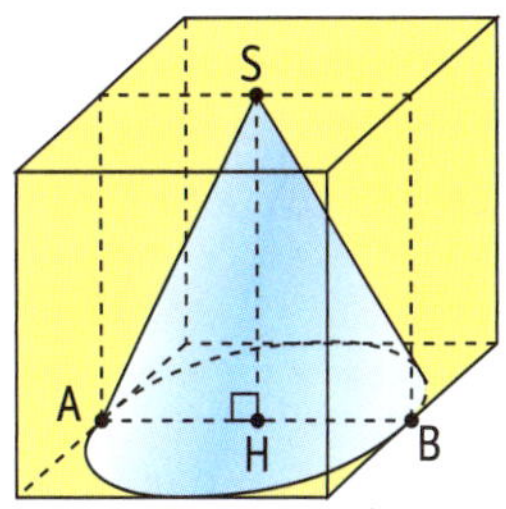

INFO Géométrie dans l'espace.

8 Voici un programme écrit avec le logiciel Scratch.
Pour chaque question, choisir la bonne réponse.

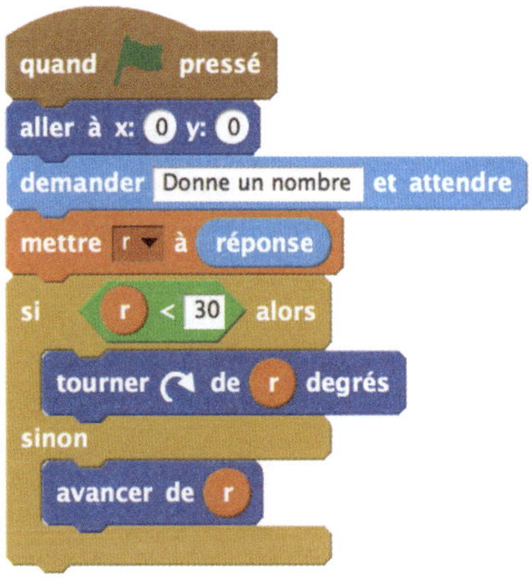

1. Pour démarrer l'exécution de ce programme, on clique sur :
   a. le drapeau vert b. l'octogone rouge c. le lutin
2. Pour écrire ce programme, on a créé :
   a. 2 variables b. 1 variable c. aucune variable
3. Le programme demande un nombre. Après avoir choisi 30 alors :
   a. le lutin va en $x = 0$, $y = 0$ b. le lutin tourne de 30° c. le lutin avance de 30
4. Après avoir choisi 25 alors :
   a. le lutin va en $x = 0$, $y = 0$ b. le lutin tourne de 25° c. le lutin avance de 25

INFO Algorithmique et programmation.

NIVEAU 3e

Corrigés p. 308

Plus d'exercices sur www.hatier-entrainement.fr

Corrigés du niveau 3e

1 Développer et factoriser une expression

1 $A = 3x(x + 1) + 2x = 3x^2 + 3x + 2x = 3x^2 + 5x$

$B = (x + 7)(x - 2) = x^2 - 2x + 7x - 14 = x^2 + 5x - 14$

$C = (5x + 6)(2x - 1) = 10x^2 - 5x + 12x - 6$
$= 10x^2 + 7x - 6$

$D = (x + 2)(x - 5) + (x - 3)(x + 4)$
$= (x^2 - 3x - 10) + (x^2 + x - 12) = 2x^2 - 2x - 22$

$E = 3(x - a) + a(3 - x) + x(a - 3)$
$= 3x - 3a + 3a - ax + ax - 3x = 0$

$F = (x - 6)(x + 1) - (x + 6)(x - 1)$
$= (x^2 - 5x - 6) - (x^2 + 5x - 6) = -10x$

Remarque : les calculs de D et F ne sont pas totalement détaillés.

2 **a.** $(3x + 8)(7x + 2) = 21x^2 + 62x + 16$

b. $(2a + b)(4a + 3) = 8a^2 + 6a + 4ab + 3b$

c. $(4x - 5)(6x + 3) = 24x^2 - 18x - 15$

EXPLICATION
a. On trouve d'abord le 2 (car $8 \times 2 = 16$) puis on complète en développant.
c. On trouve d'abord le 5 (car $5 \times 3 = 15$) puis on développe.

3 **a.** $(a + b)^2 = (a + b)(a + b) = a^2 + ab + ba + b^2$
$= a^2 + 2ab + b^2$

b. $(a - b)^2 = (a - b)(a - b) = a^2 - ab - ba + b^2$
$= a^2 - 2ab + b^2$

c. $(a + b)(a - b) = a^2 - ab + ba - b^2$
$= a^2 - b^2$

4 $A = (a - 7)(a + 7) + 49 = a^2 + 7a - 7a - 49 + 49 = a^2$

$B = (3b - 5)(3b - 5) + 30b$
$= 9b^2 - 15b - 15b + 25 + 30b$
$= 9b^2 - 30b + 25 + 30b = 9b^2 + 25$

$C = (2x + 9)(2x + 9) = 4x^2 + 18x + 18x + 81$
$= 4x^2 + 36x + 81$

$D = (x + 4)(x + 4) - 8(x + 2)$
$= x^2 + 4x + 4x + 16 - 8x - 16$
$= x^2 + 8x - 8x = x^2$

$E = 121 + (2x - 11)(2x + 11)$
$= 121 + (4x^2 - 22x + 22x - 121) = 4x^2$

5 $A = 9a + 18 = 9a + 9 \times 2 = 9(a + 2)$

$B = 7x - 7y = 7(x - y)$

$C = 2a + ax = a(2 + x)$

$D = 4x^2 - x = x(4x - 1)$

$E = i - i^2 = i(1 - i)$

$F = 6x - 18y + 12 = 6x - 6 \times 3y + 6 \times 2 = 6(x - 3y + 2)$

6 $A = (x - 2)(2x + 1) + (x - 2)(x + 4)$
$= (x - 2)[(2x + 1) + (x + 4)] = (x - 2)(3x + 5)$

$B = (a + 1)(a - 3) + (a + 1)^2 = (a + 1)[(a - 3) + (a + 1)]$
$= (a + 1)(2a - 2)$

$C = x(x + 8) - 2(x + 8) = (x + 8)(x - 2)$

$D = (3x - 2)(4x + 5) - 5(3x - 2) = (3x - 2)(4x + 5 - 5)$
$= 4x(3x - 2)$

EXPLICATION
Parfois, au cours de la factorisation, une expression entre crochets apparaît. On doit alors la réduire.

7 $A = (x + 2)^2$

$B =$ ~~$a^2 + 1$~~

$C =$ ~~$2x + 3x$~~

$D =$ ~~$x^2 + 2x$~~

$E = (2x - 3)(3 + 2x)$

$F =$ ~~$3 + 4x(3 + 4x)$~~

$G =$ ~~$x(x + 3) + 3$~~

$H = 4x^2 \times (x + 1)^2$

$I = 2x(x + 3) \times (x + 3)^2$

EXPLICATION
A est le produit $(x + 2) \times (x + 2)$. Les expressions rayées sont des sommes.

8 $A = 16x^2 + 24x = 8x(2x + 3)$

$B = ab + a = a(b + 1)$

$C = 4x^2 - 12x = 4x(x - 3)$

$D = 100r^2 - 1\,000r = 100r(r - 10)$

$E = 25x + 30x^2 - 5x = 20x + 30x^2$
$= 10x(2 + 3x)$

2 Résoudre des équations (révision)

1 **a.** $x + 5 = 3$
$x = 3 - 5$
$x = -2$

b. $x + 12 = 0$
$x = -12$

c. $x - 4 = 5$
$x = 5 + 4$
$x = 9$

d. $x - 7 = -5$
$x = -5 + 7$
$x = 2$

2 **a.** $2x = 12$
$x = \dfrac{12}{2}$
$x = 6$

b. $3x = 7{,}5$
$x = \dfrac{7{,}5}{3}$
$x = 2{,}5$

c. $5x = -8$
$x = -\dfrac{8}{5}$
$x = -1{,}6$

d. $4x = 0$
$x = \dfrac{0}{4}$
$x = 0$

3 **a.** $4x = 1$
$x = \dfrac{1}{4}$

b. $7x = 1$
$x = \dfrac{1}{7}$

c. $-2x = 5$
$x = \dfrac{5}{-2}$
$x = -2{,}5$

d. $-8x = -16$
$x = \dfrac{-16}{-8}$
$x = 2$

4 **a.** $2x + 3 = 5$
$2x = 5 - 3$
$2x = 2$
$x = 1$

b. $7x - 4 = 11$
$7x = 11 + 4$
$7x = 15$
$x = \dfrac{15}{7}$

c. $3x - 15 = 0$
$3x = 15$
$x = 5$

5 **a.** $8x + 12 = 0$

$8x = -12$

$x = -\dfrac{12}{8} = -1{,}5$

b. $-3x + 1{,}5 = 6$

$-3x = 6 - 1{,}5$

$-3x = 4{,}5$

$x = \dfrac{4{,}5}{-3} = -1{,}5$

c. $-2x - 30 = 20$

$-2x = 20 + 30$

$-2x = 50$

$x = \dfrac{50}{-2} = -25$

6 **a.** $2x + \pi = 5\pi$

$2x = 5\pi - \pi$

$2x = 4\pi$

$x = 2\pi$

b. $11x + 5 = 5$

$11x = 0$

$x = 0$

c. $1 + 499x = 500$

$499x = 500 - 1$

$499x = 499$

$x = 1$

EXPLICATION
a. On calcule avec la lettre π et non avec une valeur approchée.

7 **a.** $\dfrac{3x}{7} = \dfrac{9}{14}$

$\dfrac{6x}{14} = \dfrac{9}{14}$

$6x = 9$

$x = \dfrac{9}{6} = 1{,}5$

b. $\dfrac{1}{4} + \dfrac{x}{2} = \dfrac{5}{2}$

$\dfrac{1}{4} + \dfrac{2x}{4} = \dfrac{10}{4}$

$1 + 2x = 10$

$2x = 9$

$x = 4{,}5$

c. $\dfrac{x}{3} = \dfrac{1}{2} + \dfrac{x}{6}$

$\dfrac{2x}{6} = \dfrac{3}{6} + \dfrac{x}{6}$

$2x = 3 + x$

$2x - x = 3$

$x = 3$

8 **a.** $\dfrac{1}{2} = \dfrac{1}{3} + x$

$\dfrac{1}{2} - \dfrac{1}{3} = x$

$\dfrac{3}{6} - \dfrac{2}{6} = x$

$x = \dfrac{1}{6}$

b. $\dfrac{x}{5} + 1 - \dfrac{3}{10} = 0$

$\dfrac{2x}{10} + \dfrac{10}{10} - \dfrac{3}{10} = \dfrac{0}{10}$

$2x + 10 - 3 = 0$

$2x = -7$

$x = -3{,}5$

c. $\dfrac{7}{3} - \dfrac{x}{9} = -2$

$\dfrac{21}{9} - \dfrac{x}{9} = -\dfrac{18}{9}$

$21 - x = -18$

$-x = -39$

$x = 39$

9 **a.** $x - \dfrac{2}{3} = 11 \times \dfrac{2}{3}$

$x = \dfrac{22}{3} + \dfrac{2}{3}$

$x = \dfrac{24}{3} = 8$

b. $ax = 2a$

$x = \dfrac{2a}{a} = 2$

(car $a \neq 0$)

c. $x + a = a$

$x = a - a$

$x = 0$

d. $\dfrac{x}{7} - 7 = 0$

$\dfrac{x}{7} - \dfrac{49}{7} = 0$

$x - 49 = 0$

$x = 49$

Remarque : variante pour le **d.** : $\dfrac{x}{7} = 7$ $\quad x = 7 \times 7 \quad x = 49$.

3 Résoudre des problèmes avec une équation

1 Équation : $\dfrac{x}{2} + 25 = 2x - 8$

$\dfrac{x}{2} + \dfrac{50}{2} = \dfrac{4x}{2} - \dfrac{16}{2}$

$x + 50 = 4x - 16$

$x - 4x = -16 - 50$

$-3x = -66$

$x = \dfrac{-66}{-3} = 22$

Vérification : $\dfrac{22}{2} + 25 = 36$ et $2 \times 22 - 8 = 36$.

Le nombre cherché est 22.

EXPLICATION
L'équation est véritablement une traduction de l'énoncé en langage mathématique.

2 Soit x le nombre d'années cherché.

EXPLICATION
Ici l'inconnue est donnée de manière indirecte : « combien d'années ? ».

Équation : $2(12 + x) = 28 + x$

Donc $24 + 2x = 28 + x$ donc $x = 4$.

Vérification : $2(12 + 4) = 32$ et $28 + 4 = 32$.

Dans 4 ans, l'âge de Jérôme sera le double de celui d'Émilie.

CONSEIL
À la fin, on répond par une phrase à la question posée.

3 Soit x la sixième note.

Le total des cinq premières notes est $5 \times 12 = 60$.

D'où l'équation :

$60 + x = 6 \times 13$

$60 + x = 78$

$x = 78 - 60$

$x = 18$.

Vérification : $78 \div 6 = 13$.

Gaby doit obtenir 18.

4

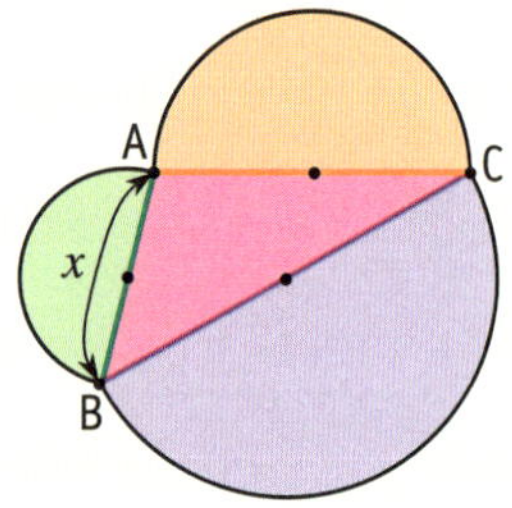

Soit $x = \text{AB}$.

Longueur totale des trois demi-cercles :

$$\frac{\pi x}{2} + \frac{\pi \times 1{,}5x}{2} + \frac{\pi \times 2x}{2} = 9\pi.$$

D'où $\frac{4{,}5\pi x}{2} = 9\pi$. Donc $4{,}5\pi x = 18\pi$ et

$$x = \frac{18\pi}{4{,}5\pi} = \frac{18}{4{,}5} = 4.$$

Vérification :

$$\frac{\pi \times 4}{2} + \frac{\pi \times 6}{2} + \frac{\pi \times 8}{2} = 2\pi + 3\pi + 4\pi = 9\pi.$$

Donc AB = 4.

5

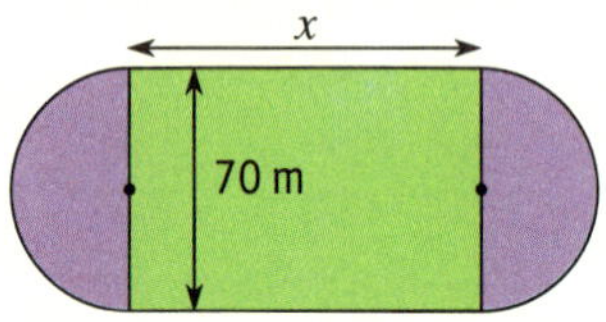

La longueur totale des deux demi-cercles est :
$\pi \times 70$ (en m).
Périmètre du terrain :
$2x + 70\pi = 430$ d'où $2x = 430 - 70\pi$.
D'où $x = 215 - 35\pi \approx 215 - 35 \times \frac{22}{7}$
$= 215 - 5 \times 22 = 105$.
Donc la longueur cherchée est d'environ 105 m.
Remarque : la valeur exacte de x est :
$215 - 35\pi$ (en m).

6

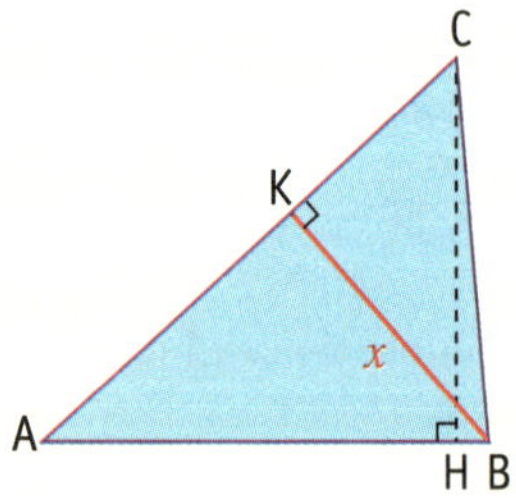

Aire d'un triangle $= \frac{\text{base} \times \text{hauteur}}{2}$.

Mais il y a trois choix possibles pour le tandem base–hauteur.
Soit $x = \text{BK}$. Aire du triangle ABC :

$$\frac{\text{AB} \times \text{CH}}{2} = \frac{12 \times 10}{2} = 60.$$

Mais c'est aussi : $\frac{\text{AC} \times \text{BK}}{2} = \frac{15 \times x}{2}$.

D'où $\frac{15x}{2} = 60$. Donc $15x = 120$ et donc $x = 8$.

Finalement, BK = 8.

4 Calculer avec des puissances

1 **a.** 10^2 : cent ; 10^5 : cent mille ; 10^7 : dix millions ; 10^{10} : dix milliards
b. un million : 10^6 ; dix : 10^1 ; dix mille : 10^4 ; un milliard : 10^9

2 **a.** un dixième : 10^{-1} ; un centième : 10^{-2} ;
un cent-millième : 10^{-5} ; un milliardième : 10^{-9}
b. 10^{-3} : un millième ; 10^{-4} : un dix-millième ;
10^{-6} : un millionième ; 10^{-7} : un dix-millionième

3 **a.** $5^4 = 5 \times 5 \times 5 \times 5 = 625$

$5^{-3} = \frac{1}{5^3} = \frac{1}{125} = 0{,}008$

$2^{-2} = \frac{1}{2^2} = \frac{1}{4} = 0{,}25$

$10^{-1} = 0{,}1$

$4^{-3} = \frac{1}{4^3} = \frac{1}{64} = 0{,}015625$

b. $7^5 \times 7^{-3} = 7^2 = 49$

$9^2 \times 9 = 9^3 = 729$

$10^6 \times 10^{-4} = 10^2 = 100$

$2^{-4} \times 2^{-1} = \frac{1}{2^4} \times \frac{1}{2} = \frac{1}{2^5} = \frac{1}{32} = 0{,}03125$

$4^3 \times 4^{-5} = 4^3 \times \frac{1}{4^5} = \frac{1}{4^2} = \frac{1}{16} = 0{,}0625$

4 **a.** $5^8 \times 5^{-10} = 5^8 \times \frac{1}{5^{10}} = \frac{5^8}{5^{10}} = \frac{1}{5^2} = \frac{1}{25} = 0{,}04$

$3^5 \times 3^3 = 3^8 = 6\,561$

$3^7 \times 3^{-4} = \frac{3^7}{3^4} = 3^3 = 27$

$8^6 \times 8^{-7} = 8^6 \times \frac{1}{8^7} = \frac{8^6}{8^7} = \frac{1}{8} = 0{,}125$

b. $2^{-4} \times 2^{-1} = \frac{1}{2^4} \times \frac{1}{2} = \frac{1}{2^5} = \frac{1}{32} = 0{,}03125$

$7^5 \times 7^{-1} = \frac{7^5}{7} = 7^4 = 2\,401$

$4^5 \times 4^{-6} = \frac{4^5}{4^6} = \frac{1}{4} = 0{,}25$

$1^{500} = 1$

5 **a.** $0{,}1^2 = 0{,}1 \times 0{,}1 = 0{,}01$

$0{,}01^2 = 0{,}01 \times 0{,}01 = 0{,}0001$

$10^3 \times 0{,}01 = 1\,000 \times 0{,}01 = 10$

$10^{-3} \times 10 = 0{,}001 \times 10 = 0{,}01$

b. $\frac{0{,}01}{10^3} = \frac{0{,}01}{1\,000} = 0{,}00001 = 10^{-5}$

$\frac{10}{10^4} = \frac{10}{10\,000} = \frac{1}{1\,000} = 10^{-3}$

$\frac{10^{-4}}{10^2} = \frac{0{,}0001}{100} = 0{,}000001 = 10^{-6}$

6 **a.** $\frac{3^5}{3^2} = 3^3 = 27$; $\frac{2^4}{2^5} = \frac{1}{2} = 0{,}5$; $\frac{7^4}{7^4} = 1$;

$\frac{4^5}{4^3} = 4^2 = 16$; $\frac{25^3}{25^4} = \frac{1}{25} = 0{,}04$.

b. $\frac{5}{5^3} = \frac{1}{5^2} = \frac{1}{25} = 0{,}04$;

$\frac{10^4}{10^7} = \frac{1}{10^3} = \frac{1}{1\,000} = 0{,}001$; $\frac{6^3}{6^4} = \frac{1}{6}$;

$\frac{100^2}{100} = \frac{100 \times 100}{100} = 100$; $\frac{10^3}{10^2} = \frac{1000}{100} = 10$.

7 $(0{,}25)^{-2} = 16$; $(0{,}2)^{-4} = 625$; $(0{,}125)^{-3} = 512$

$(0{,}5)^{-5} = 32$; $4^{-3} = \frac{1}{4^3} = \frac{1}{64} = 0{,}015625$

$(0{,}1)^{-2} = 100$; $(0{,}02)^{-2} = 2\,500$; $(0{,}01)^{-3} = 1\,000\,000$.

Il faut donc entourer 4^{-3}.

8

	A	B	C
I	2	4	3
II	4	8	4
III	3	4	3

	A	B	C
I	5	1	2
II	1	2	5
III	2	1	6

EXPLICATION
$243 = 3^5$; $484 = 22^2$; $343 = 7^3$.
$512 = 2^9$; $125 = 5^3$; $216 = 6^3$; $121 = 11^2$; $256 = 2^8$.

5 Utiliser les puissances

1 **a.** hauteur $= 10\,000 \times 10^{-2} = 10^4 \times 10^{-2} = 10^2$
$= 100$ cm.

b. Le problème revient à chercher le nombre de dixièmes de mg dans un quintal.
1 q $= 100$ kg $= 100\,000$ g $= 10^5 \times 10^3$ mg
$= 10^8$ mg $= 10^9$ dixième de mg.
Donc, nombre de grains de sable $= 10^9 = 1$ milliard.

c. Chacun reçoit : $\frac{10 \times 10^9}{10^6} = \frac{10^{10}}{10^6} = 10^4$
soit 10 000 €.

2 **a.** 5 L $= 5$ dm$^3 = 5 \times 10^6$ mm^3.
Nombre de globules rouges :
$4{,}8 \times 10^6 \times 5 \times 10^6 = 4{,}8 \times 5 \times 10^6 \times 10^6$
$= 24 \times 10^{12}$ soit 24 billions de globules rouges.

b. Nombre de globules blancs :
$8 \times 10^3 \times 5 \times 10^6 = 8 \times 5 \times 10^3 \times 10^6$
$= 40 \times 10^9$ soit 40 milliards de globules blancs.

3 On convertit tout en nm.
(V) : 30 nm
(B) : 0,5 µm $= 0{,}5 \times 10^{-6}$ m $= 500 \times 10^{-9}$ m $= 500$ nm
(A) : 2×10^{-11} m $= 2 \times 10^{-2} \times 10^{-9}$ m $= 0{,}02$ nm
(M) : 1×10^{-9} m $= 1$ nm
(L) : 6 µm $= 6 \times 10^{-6}$ m $= 6\,000$ nm
Donc (A) < (M) < (V) < (B) < (L).

4 **a.** 6 000 milliards de milliards de tonnes
$= 6 \times 10^3 \times 10^9 \times 10^9$ tonnes $= 6 \times 10^{21}$ tonnes
$= 6 \times 10^{21} \times 10^3$ kg $= 6 \times 10^{24}$ kg.

b. Distance en un an : $2\pi \times 150$ millions
$= 2\pi \times 150 \times 10^6 \approx 94 \times 10^7$ km soit $9{,}4 \times 10^8$ km.
Distance en une heure : $\frac{9{,}4 \times 10^8}{365 \times 24} \approx 108\,000$ km.

5 **a.** En 24 h, il y a : $10 \times 2^{24} \approx 1{,}7 \times 10^8$ bactéries en notation scientifique.

b. En 3 jours, il y a : $10 \times 2^{72} \approx 4{,}7 \times 10^{22}$ bactéries.
C'est énorme !

6 Hauteur $= 0{,}25 \times \frac{4 \times 10^9}{10^2}$ mm
$= 10^7$ mm $= 10^4$ m $= 10$ km.

7 **a.** $\frac{7{,}5 \times 10^9}{103 \times 10^6} \approx 73$ hab./km^2.

b. $2 \times 7{,}5 \times 10^9$ L $= 15 \times 10^9$ L $= 15 \times 10^6$ m^3
$= 15$ millions de m^3.

8 **a.** Nombre de galaxies : $130 \times 10^9 = 1{,}3 \times 10^{11}$.
Nombre d'étoiles dans la Voie lactée :
$234 \times 10^9 = 2{,}34 \times 10^{11}$.

b. Estimation du nombre d'étoiles dans l'univers exploré :
$(100 \times 10^9) \times (130 \times 10^9) = 10^{11} \times 130 \times 10^9$
$= 130 \times 10^{20} = 1{,}3 \times 10^{22}$. C'est un nombre fantastique !

6 Décomposer un nombre entier en facteurs premiers

1 89 (657) 79 (160) (92) (225) (111 111) (143)

EXPLICATION
89 est dans la liste des nombres premiers. 79 aussi. Pour les autres nombres, on applique les critères de divisibilité. 657, 225 et 111 111 sont divisibles par 3 donc composés. 160 et 92 sont pairs donc composés.
$143 = 11 \times 13$. Il est donc composé.

2

294	2
147	3
49	7
7	7
1	

330	2
165	3
55	5
11	11
1	

Donc $294 = 2 \times 3 \times 7^2$; $330 = 2 \times 3 \times 5 \times 11$

387	3
129	3
43	43
1	

546	2
273	3
91	7
13	13
1	

Donc $387 = 3^2 \times 43$; $546 = 2 \times 3 \times 7 \times 13$

3

60	2
30	2
15	3
5	5
1	

225	5
45	5
9	3
3	3
1	

Donc $60 = 2^2 \times 3 \times 5$ $225 = 3^2 \times 5^2$

264	2
132	2
66	2
33	3
11	11
1	

1 430	2
715	5
143	11
13	13
1	

Donc $264 = 2^3 \times 3 \times 11$ $1\,430 = 2 \times 5 \times 11 \times 13$

4 **a.** Pour les nombres composés, le programme affiche le plus petit facteur premier. 2 017 est premier. 2 019 est composé. 1 987 654 321 est composé.

b. $2 + 1 = 3$: premier.

$2 \times 3 + 1 = 7$: premier.

$2 \times 3 \times 5 + 1 = 31$: premier.

$2 \times 3 \times 5 \times 7 + 1 = 211$: premier.

$2 \times 3 \times 5 \times 7 \times 11 + 1 = 2\,311$: premier.

c. $2 \times 3 \times 5 \times 7 \times 11 \times 13 + 1 = 30\,031$ qui est divisible par 59 et donc composé.

Donc ce procédé ne donne pas que des nombres premiers.

5 **a.** $18 = 13 + 5 = 11 + 7$

$30 = 23 + 7$

$40 = 23 + 17$

$54 = 31 + 23$

$62 = 59 + 3$

$98 = 79 + 19$ (Il y a d'autres réponses.)

b. On a par exemple :

$2\,000 = 3 + 1\,997$ (On vérifie que 1 997 est premier.)

$2\,002 = 3 + 1\,999$ (On vérifie que 1 999 est premier.)

$2\,004 = 5 + 1\,999$

$2\,006 = 3 + 2\,003$ (On vérifie que 2 003 est premier.)

6 Par exemple : 17 et 71, 37 et 73, 79 et 97.

Ces paires se trouvent dans la liste des nombres premiers à deux chiffres.

Parmi les nombres à trois chiffres, on a : 107 et 701, 113 et 311, 149 et 941, etc.

Et puis, on a aussi : 101 et 101, 131 et 131, etc. Ce sont des nombres premiers « palindromes ».

7 Rendre une fraction irréductible

1 **a.** $\frac{273}{210} = \frac{91}{70} = \frac{13}{10}$.

Simplifications par 3 puis par 7.

b. $\frac{4\,080}{3\,120} = \frac{408}{312} = \frac{204}{156} = \frac{102}{78} = \frac{51}{39} = \frac{17}{13}$.

Simplifications par 10, 2, 2, 2 et 3.

c. $\frac{1\,980}{2\,340} = \frac{198}{234} = \frac{99}{117} = \frac{11}{13}$.

Simplifications par 10, 2 et 9.

d. $\frac{5\,346}{7\,128} = \frac{2\,673}{3\,564} = \frac{891}{1\,188} = \frac{99}{132} = \frac{33}{44} = \frac{3}{4}$.

Simplifications par 2, 3, 9, 3 et enfin 11.

e. $\frac{840}{756} = \frac{420}{378} = \frac{210}{189} = \frac{70}{63} = \frac{10}{9}$.

Simplifications par 2, 2, 3 et 7.

f. $\frac{1\,575}{2\,475} = \frac{315}{495} = \frac{63}{99} = \frac{7}{11}$.

Simplifications par 5, 5 et 9.

2

Numérateur / Dénominateur	4	6	7	10
2	$\frac{2}{1}$	$\frac{3}{1}$	$\frac{7}{2}$	$\frac{5}{1}$
3	$\frac{4}{3}$	$\frac{2}{1}$	$\frac{7}{3}$	$\frac{10}{3}$
4	$\frac{1}{1}$	$\frac{3}{2}$	$\frac{7}{4}$	$\frac{5}{2}$
5	$\frac{4}{5}$	$\frac{6}{5}$	$\frac{7}{5}$	$\frac{2}{1}$

Numérateur / Dénominateur	3	28	36	5
2	$\frac{3}{2}$	$\frac{14}{1}$	$\frac{18}{1}$	$\frac{5}{2}$
35	$\frac{3}{35}$	$\frac{4}{5}$	$\frac{36}{35}$	$\frac{1}{7}$
27	$\frac{1}{9}$	$\frac{28}{27}$	$\frac{4}{3}$	$\frac{5}{27}$
12	$\frac{1}{4}$	$\frac{7}{3}$	$\frac{3}{1}$	$\frac{5}{12}$

3 **a.** $\frac{364}{280} = \frac{182}{140} = \frac{91}{70} = \frac{13}{10}$

et $\frac{3 + 6 + 4}{2 + 8 + 0} = \frac{13}{10}$.

Donc $a = b$.

b. $\frac{392}{224} = \frac{196}{112} = \frac{98}{56} = \frac{49}{28} = \frac{7}{4}$

et $\frac{3 + 9 + 2}{2 + 2 + 4} = \frac{14}{8} = \frac{7}{4}$.

Donc $\frac{392}{224} = \frac{3 + 9 + 2}{2 + 2 + 4}$.

c. $\frac{714}{952} = \frac{357}{476} = \frac{119 \times 3}{119 \times 4} = \frac{3}{4}$

et $\frac{7 + 1 + 4}{9 + 5 + 2} = \frac{12}{16} = \frac{3}{4}$.

Donc $\frac{714}{952} = \frac{7 + 1 + 4}{9 + 5 + 2}$.

4 **a.** $264 = 2^3 \times 3 \times 11$

$252 = 2^2 \times 3^2 \times 7$

$$\frac{264}{252} = \frac{2 \times 2 \times 2 \times 3 \times 11}{2 \times 2 \times 3 \times 3 \times 7} = \frac{2 \times 11}{3 \times 7} = \frac{22}{21}$$

b. $592 = 2^4 \times 37$

$518 = 2 \times 7 \times 37$

donc $\frac{592}{518} = \frac{2^4 \times 37}{2 \times 7 \times 37} = \frac{8}{7}$

5 **a.** $8\,085 = 3 \times 5 \times 7^2 \times 11$

$1\,638 = 2 \times 3^2 \times 7 \times 13$

donc $\frac{8\,085}{1\,638} = \frac{3 \times 5 \times 7 \times 7 \times 11}{2 \times 3 \times 3 \times 7 \times 13} = \frac{385}{78}$

b. $1\,092 = 2^2 \times 3 \times 7 \times 13$

$728 = 2^3 \times 7 \times 13$

donc $\frac{1\,092}{728} = \frac{2 \times 2 \times 3 \times 7 \times 13}{2 \times 2 \times 2 \times 7 \times 13} = \frac{3}{2}$

6 **a.** F n'est pas irréductible car le numérateur et le dénominateur sont divisibles par 3. En effet :

$3 + 1 + 2 + 4 + 6 + 1 + 1 + 6 + 6 + 9 = 39 = 3 \times 13$

et $3 + 1 + 3 + 7 + 4 + 4 + 3 + 7 + 1 = 33 = 3 \times 11$.

Ainsi le critère de divisibilité par 3 permet de conclure.

b. Ce programme peut être enregistré pour une utilisation ultérieure.

On trouve :

$3\,124\,611\,669 = 3 \times 1\,009 \times 1\,013 \times 1\,019$

$3\,130\,744\,371 = 3 \times 1\,009 \times 1\,013 \times 1\,021$.

c. $F = \frac{3 \times 1\,009 \times 1\,013 \times 1\,019}{3 \times 1\,009 \times 1\,013 \times 1\,021} = \frac{1\,019}{1\,021}$.

8 Connaître les racines carrées

1 **a.** $\sqrt{121} = 11$
b. $\sqrt{1} = 1$
c. $\sqrt{0} = 0$
d. $\sqrt{0,0001} = 0,01$
e. $\sqrt{256} = 16$
f. $\sqrt{49} = 7$
g. $\sqrt{2,56} = 1,6$
h. $\sqrt{25} = 5$
i. $\sqrt{16} = 4$

CONSEIL
Il est utile de bien connaître les tables de multiplication.

2 **a.** $2 < \sqrt{6} < 3$
b. $3 < \sqrt{10} < 4$
c. $4 < \sqrt{20} < 5$
d. $5 < \sqrt{32} < 6$
e. $8 < \sqrt{79} < 9$
f. $10 < \sqrt{110} < 11$
g. $11 < \sqrt{140} < 12$
h. $7 < \sqrt{53} < 8$
i. $4 < \sqrt{17} < 5$

3 Les égalités fausses sont : b, d, f et g.
En effet pour le b. $\sqrt{0,04} = 0,2$; d. $\sqrt{0,0625} = 0,25$; f. $\sqrt{100} = 10$ et g. $\sqrt{9} = 3$.

4

x	9	81	0,64	49	25	625	81	0,16	1
$\sqrt{x}$	3	9	0,8	7	5	25	9	0,4	1

5 **a.** $\sqrt{18} \approx 4,243$
b. $\sqrt{40} \approx 6,325$
c. $\sqrt{2} \approx 1,414$
d. $\sqrt{2\,017} \approx 44,911$
e. $\sqrt{7} \approx 2,646$
f. $\sqrt{1\,024} = 32$
g. $\sqrt{99} \approx 9,95$
h. $\sqrt{69} \approx 8,307$

6 **a.** $\sqrt{8} < \sqrt{11} < \sqrt{16} < \sqrt{24} < 5 < \sqrt{49} < \sqrt{50} < 9 < 10 < 11 < \sqrt{141} < 12$

b. $\sqrt{144} > \sqrt{101} > \sqrt{64} > 6 > \sqrt{34} > \sqrt{10} > 3 > 2 > \sqrt{3} > \sqrt{2}$

7 **a.** $\sqrt{144} = 12$; $\sqrt{441} = 21$. On observe que la racine du renversé est le renversé de la racine !

b. $\sqrt{12\,769} = 113$; $\sqrt{96\,721} = 311$.

c. $\sqrt{10\,609} = 103$; $\sqrt{90\,601} = 301$.

d. Non ! Par exemple $\sqrt{196} = 14$ et $\sqrt{691} \neq 41$.

e. Il s'agit de 13. $\sqrt{169} = 13$ et $\sqrt{961} = 31$.

8

a. $\sqrt{34\,225} = 185$; $\sqrt{4\,225} = 65$; $\sqrt{225} = 15$; $\sqrt{25} = 5$.

b. $\sqrt{275\,625} = 525$; $\sqrt{75\,625} = 275$;

$\sqrt{5\,625} = 75$; $\sqrt{625} = 25$; $\sqrt{25} = 5$;

donc oui.

c. $\sqrt{81\,225} = 285$; $\sqrt{1\,225} = 35$; $\sqrt{225} = 15$; $\sqrt{25} = 5$;

donc oui.

$\sqrt{4\,950\,625} = 2\,225$; $\sqrt{950\,625} = 975$;

$\sqrt{50\,625} = 225$; $\sqrt{625} = 25$; $\sqrt{25} = 5$;

donc oui aussi.

EXPLICATION
Pour chacun de ces exemples, en supprimant le chiffre de gauche, on obtient encore un carré.

9 Utiliser la différence de deux carrés

1 $(a + b)(a - b) = a \times a - a \times b + b \times a - b \times b$
$= a^2 - ab + ab - b^2 = a^2 - b^2$.

2 **a.** $(a + 3)(a - 3) = a^2 - 3^2 = a^2 - 9$
b. $(x - 11)(x + 11) = x^2 - 11^2 = x^2 - 121$
c. $(x + 1)(x - 1) = x^2 - 1^2 = x^2 - 1$
d. $(7 - y)(7 + y) = 7^2 - y^2 = 49 - y^2$
e. $(a - 2)(2 + a) = (a - 2)(a + 2)$
$= a^2 - 2^2 = a^2 - 4$
f. $\left(x + \frac{1}{2}\right)\left(x - \frac{1}{2}\right) = x^2 - \left(\frac{1}{2}\right)^2 = x^2 - \frac{1}{4}$

3 **a.** $(10x + 5)(10x - 5) = (10x)^2 - 5^2$
$= 100x^2 - 25$
b. $(12 - 11a)(12 + 11a) = 12^2 - (11a)^2$
$= 144 - 121a^2$
c. $(5x + 6)(5x - 6) = (5x)^2 - 6^2 = 25x^2 - 36$
d. $(2x + 1)(2x - 1) = (2x)^2 - 1^2 = 4x^2 - 1$
e. $\left(x + \sqrt{2}\right)\left(x - \sqrt{2}\right) = x^2 - \left(\sqrt{2}\right)^2 = x^2 - 2$
f. $\left(\sqrt{13} + a\right)\left(\sqrt{13} - a\right) = (\sqrt{13})^2 - a^2 = 13 - a^2$

4 $A = (a-6)(a+6) + 36 = a^2 - 6^2 + 36$
$= a^2 - 36 + 36 = a^2$
$B = 121 + (3x+11)(3x-11) = 121 + (3x)^2 - 11^2$
$= 121 + 9x^2 - 121 = 9x^2$

5 **a.** $a^2 - 4 = a^2 - 2^2 = (a+2)(a-2)$
b. $x^2 - 1 = x^2 - 1^2 = (x+1)(x-1)$
c. $16 - x^2 = 4^2 - x^2 = (4+x)(4-x)$
d. $x^2 - 144 = x^2 - 12^2 = (x-12)(x+12)$
e. $x^2 - 7 = x^2 - \sqrt{7}^2 = (x+\sqrt{7})(x-\sqrt{7})$
f. $49 - y^2 = 7^2 - y^2 = (7-y)(7+y)$

6 **a.** $4x^2 - 9 = (2x)^2 - 3^2 = (2x-3)(2x+3)$
b. $25x^2 - 16 = (5x)^2 - 4^2 = (5x-4)(5x+4)$
c. $9x^2 - 1 = (3x)^2 - 1^2 = (3x+1)(3x-1)$
d. $100 - 4x^2 = 10^2 - (2x)^2 = (10-2x)(10+2x)$
e. $64a^2 - 36 = (8a)^2 - 6^2 = (8a+6)(8a-6)$
f. $2 - x^2 = (\sqrt{2})^2 - x^2 = (\sqrt{2}+x)(\sqrt{2}-x)$

7 Soit a le côté du grand carré et b celui du petit carré.
On a $a - b = 70$ et $a + b = 120$.
L'aire du grand carré est a^2 celle du petit carré est b^2,
donc $a^2 - b^2 = (a+b)(a-b) = 120 \times 70 = 8\,400$.
Soit 8 400 m².

8 **a.** $a^2 = \left(\frac{11}{13}\right)^2 = \frac{121}{169}$

$b^2 = \left(\frac{2}{13}\right)^2 = \frac{4}{169}$

$a^2 - b^2 = \frac{121}{169} - \frac{4}{169} = \frac{117}{169} = \frac{9 \times 13}{13 \times 13} = \frac{9}{13}$

b. On a : $a - b = \frac{11}{13} - \frac{2}{13} = \frac{11-2}{13} = \frac{9}{13}$
donc $a^2 - b^2 = a - b$.
c. Oui, on pouvait le prévoir car $a + b = \frac{11}{13} + \frac{2}{13} = \frac{13}{13} = 1$,
et comme $a^2 - b^2 = (a-b)(a+b)$, en remplaçant $a+b$ par 1, on obtient $a^2 - b^2 = a - b$.

9 **a.** $8^3 - 8 = 504 - 8 = 496$ et $496 = 7 \times 8 \times 9$.
b. $11^3 - 11 = 1\,320 = 132 \times 10 = 10 \times 11 \times 12$.
c. $x^3 - x = x(x^2-1) = x(x+1)(x-1)$. Or $(x-1)$, x, $(x+1)$ sont 3 entiers consécutifs, d'où le résultat.

10 Connaître et utiliser la propriété d'un produit nul

1 **a.** $(x-1)(x+5) = 0$.
$x - 1 = 0$ ou $x + 5 = 0$. Donc $x = 1$ ou $x = -5$.
Vérifions que 1 est solution :
$(1-1)(1+5) = 0 \times (1+5) = 0$.
Vérifions que -5 est solution :
$(-5-1)(-5+5) = (-5-1) \times 0 = 0$.
b. $(2x-3)(x-6) = 0$.
$2x - 3 = 0$ ou $x - 6 = 0$. Donc $2x = 3$ ou $x = 6$.
Donc $x = \frac{3}{2}$ ou $x = 6$.
c. $x(5x+9) = 0$.
$x = 0$ ou $5x + 9 = 0$. Donc $x = 0$ ou $x = -\frac{9}{5}$.

EXPLICATION
Pour vérifier on remplace x par les valeurs trouvées et on doit obtenir 0. Exemples :
b. $\left(2 \times \frac{3}{2} - 3\right)\left(\frac{3}{2} - 6\right) = (3-3)\left(\frac{3}{2} - 6\right) = 0$
c. $\left(-\frac{9}{5}\right) \times \left(5 \times \left(-\frac{9}{5}\right) + 9\right) = \left(-\frac{9}{5}\right) \times (-9+9) = 0$

2 **a.** $4x^2 - 121 = (2x)^2 - 11^2 = (2x-11)(2x+11)$
b. On remplace $4x^2 - 121$ par $(2x-11)(2x+11)$
$(2x-11)(2x+11) = 0$ donc
$2x - 11 = 0$ ou $2x + 11 = 0$ donc
$2x = 11$ ou $2x = -11$ donc
$x = \frac{11}{2}$ ou $x = -\frac{11}{2}$
On vérifie que $\frac{11}{2}$ est solution de l'équation
$4x^2 - 121 = 0$
$4 \times \left(\frac{11}{2}\right)^2 - 121 = 4 \times \frac{121}{4} - 121 = 0$.
De même pour $-\frac{11}{2}$.
Conclusion : $\frac{11}{2}$ et $-\frac{11}{2}$ sont les solutions de
$4x^2 - 121 = 0$

3 **a.** $(7x+1)(10x-6) + (6x+10)(5x-3)$
$= 7x \times 10x - 7x \times 6 + 10x - 6 + 6x \times 5x - 6x \times 3 + 50x - 30$
$= 70x^2 - 42x + 10x - 6 + 30x^2 - 18x + 50x - 30$
$= 100x^2 - 32x + 32x - 36 = 100x^2 - 36$
b. $100x^2 - 36 = (10x)^2 - 6^2 = (10x-6)(10x+6)$
c. Prenons la forme factorisée de E.
$E = 0$ donc $(10x-6)(10x+6) = 0$
Donc $10x - 6 = 0$ ou $10x + 6 = 0$
Donc $x = \frac{6}{10} = 0{,}6$ ou $x = \frac{-6}{10} = -0{,}6$
On vérifie que 0,6 et −0,6 sont solutions de $E = 0$
$100 \times (0{,}6)^2 - 36 = 100 \times 0{,}36 - 36 = 36 - 36 = 0$
De même pour −0,6.
Conclusion : L'équation $E = 0$ a pour solutions 0,6 et −0,6.

4 **a.** $x^2 = 121$ donc $x^2 - 121 = 0$ donc $x^2 - 11^2 = 0$
donc $(x-11)(x+11) = 0$
donc $x - 11 = 0$ ou $x + 11 = 0$
donc $x = 11$ ou $x = -11$.
Après la vérification, on peut conclure
que 11 et −11 sont les solutions de $x^2 = 121$.
b. $x^2 = 5$ donc $x^2 - 5 = 0$ donc $x^2 - (\sqrt{5})^2 = 0$
donc $(x - \sqrt{5})(x + \sqrt{5}) = 0$
donc $x - \sqrt{5} = 0$ ou $x + \sqrt{5} = 0$
donc $x = \sqrt{5}$ ou $x = -\sqrt{5}$
On conclut, après vérification :
$\sqrt{5}$ et $-\sqrt{5}$ sont les solutions de $x^2 = 5$.
c. $x^2 - 1 = 1$ donc $x^2 - 2 = 0$
donc $x^2 - (\sqrt{2})^2 = 0$ donc $(x - \sqrt{2})(x + \sqrt{2}) = 0$
Avec la méthode habituelle, on conclut
que $\sqrt{2}$ et $-\sqrt{2}$ sont solutions de l'équation.

5 **a.** $\frac{x}{6} = \frac{24}{x}$ donc $x \times x = 6 \times 24$
donc $x^2 = 144$ donc $x^2 - 144 = 0$
donc $x^2 - 12^2 = 0$ donc $(x - 12)(x + 12) = 0$
Avec la méthode habituelle, on obtient
$x = 12$ ou $x = -12$
Vérification : $\frac{12}{6} = 2$; $\frac{24}{12} = 2$ donc 12 est solution.
$-\frac{12}{6} = -2$; $\frac{24}{-12} = -2$ donc – 12 est solution.
12 et – 12 sont les solutions de l'équation.
b. $\frac{x-1}{3} = \frac{5}{x+1}$ donc $(x - 1)(x + 1) = 3 \times 5$
donc $x^2 - 1 = 15$ donc $x^2 - 16 = 0$
donc $x^2 - 4^2 = 0$ donc $(x + 4)(x - 4) = 0$
On obtient $x = -4$ et $x = +4$.
Vérification pour $x = 4$.
$\frac{4-1}{3} = \frac{3}{3} = 1$ et $\frac{5}{4+1} = \frac{5}{5} = 1$
Donc 4 est solution.
Vérification pour $x = -4$.
$\frac{-4-1}{3} = \frac{-5}{3}$ et $\frac{5}{-4+1} = \frac{5}{-3} = \frac{-5}{3}$.
Donc – 4 est solution.
Conclusion : – 4 et 4 sont les solutions de l'équation.

11 Utiliser une fonction linéaire

1 **a.** $f(4) = 10$. $f(3) = 7,5$. $f(-2) = -5$.

EXPLICATION
On vise 4 sur l'axe des abscisses, on trace un segment vertical jusqu'à la droite rouge, suivi d'un segment horizontal jusqu'à l'axe des ordonnées. On peut alors lire l'image de 4.

b. $f(0,3) = 2,5 \times 0,3 = 0,75$; $f(2,5) = 2,5 \times 2,5 = 6,25$;
$f(12) = 2,5 \times 12 = 30$.
Remarque : 12 a une image que l'on sait calculer, même si le graphique est trop petit pour la représenter.
c. $2,5 \times (-1) = -2,5$ donc ce point est sur la droite.
d. $2,5 \times 2,5 = 6,25$ et $6,25 \neq 6$ donc ce point n'est pas sur la droite.

2

EXPLICATION
Une fonction linéaire est représentée par une droite passant par l'origine.

À gauche, la courbe de la fonction n'est pas une droite. À droite, la fonction est certes représentée par une droite, mais celle-ci ne passe pas par l'origine.

3 **a.**

x	0	1	2	6	– 1	– 3	– 6
$-\frac{1}{2}x$	0	$-\frac{1}{2}$	– 1	– 3	$\frac{1}{2}$	$\frac{3}{2}$	3

b. On marque des points dont les coordonnées sont dans le tableau, par exemple (– 6 ; 3) et on trace la droite passant par tous ces points.

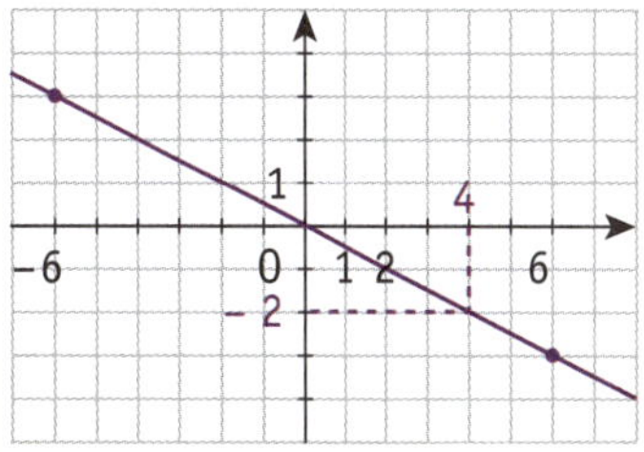

c. image de 4 : – 2 image de – 2 : 1
antécédent de 2 : – 4 antécédent de 3 : – 6
d. image de 3,6 : $f(3,6) = -\frac{1}{2} \times 3,6 = -1,8$
image de –1,6 : $f(-1,6) = -\frac{1}{2} \times (-1,6) = 0,8$
image de 26 : $f(26) = -\frac{1}{2} \times 26 = -13$
image de –15 : $f(-15) = -\frac{1}{2} \times (-15) = 7,5$

4 De gauche à droite : k, f, g, h.

EXPLICATION
Par exemple, $f(1) = 2$ donc f est représentée par le deuxième graphique, etc.

5 **a.** Pour ajouter 10 %, on multiplie par 1,10 :
$23 \times 1,10 = 25,30$ €.

CONSEIL
C'est plus rapide que de calculer d'abord l'augmentation pour l'ajouter ensuite à 23.

b. Pour ôter 15 %, on multiplie par 0,85 :
$35 \times 0,85 = 29,75$ €.
c. On multiplie d'abord par 1,20 puis par 0,75 :
$550 \times 1,20 \times 0,75 = 495$.

12 Utiliser une fonction affine

1 **a.** $f(2) = -1$, $f(0,5) = 2$, $f(-1,5) = 6$.
b. $f(2,4) = -2 \times (2,4) + 3 = -1,8$,
$f(0,3) = -2 \times 0,3 + 3 = 2,4$,
$f(-7) = -2 \times (-7) + 3 = 17$.
c. Le point de coordonnées (2,4 ; – 1,7) n'est pas sur la droite car $f(2,4) = -1,8$.
d. Comme $-2 \times 0,3 + 3 = 2,4$, le point est sur la droite.
e. La droite passe par le point de coordonnées (10 ; – 17) car $-2 \times 10 + 3 = -17$,
c'est-à-dire $f(10) = -17$.
f. Comme $-2 \times (-7) + 3 = 17$ et $17 \neq 18$, la droite ne passe pas par ce point.

2 **a.**

x	0	1	2	4	5	– 1	– 2
$x - 2$	– 2	– 1	0	2	3	– 3	– 4

b.

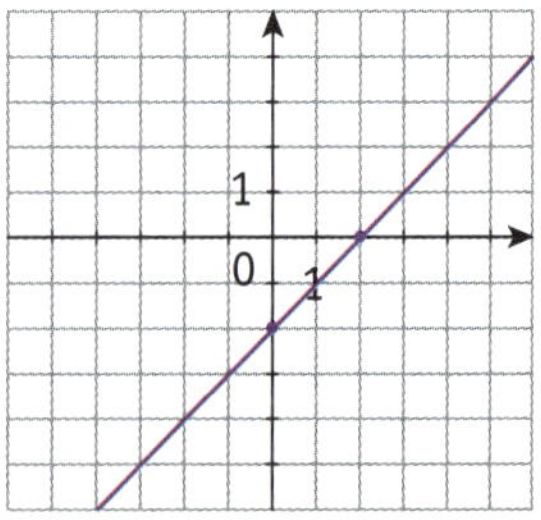

EXPLICATION
On marque des points dont les coordonnées sont dans le tableau (par exemple (0 ; – 2), (2 ; 0),...) puis on trace la droite passant par ces points.

c. image de 3 : 1, image de 6 : 4
antécédent de – 5 : – 3, antécédent de 2 : 4
d. image de 1,5 : 1,5 – 2 soit – 0,5
image de – 0,5 : – 0,5 – 2 soit – 2,5
image de 50 : 50 – 2 soit 48
image de –20 : – 20 – 2 soit – 22

3 Comme $f(-1) = 7$ alors $a \times (-1) + 3 = 7$
donc $-a = 7 - 3 = 4$. D'où $a = -4$.

4 Comme $g(-1) = 7$ alors $-2 \times (-1) + b = 7$
donc $2 + b = 7$ d'où $b = 5$.

5 Comme $h(0) = 5$ alors $a \times 0 + b = 5$
donc $b = 5$.
Comme $h(3) = 2$ alors $a \times 3 + 5 = 2$
donc $3a = 2 - 5 = -3$. D'où $a = -1$.

6 $x \mapsto 3 - x$ $\qquad$ $x \mapsto -5$ C $\qquad$ $x \mapsto 2 + 2x$
$x \mapsto 3x$ L $\qquad$ $x \mapsto \dfrac{4}{11}$ C $\qquad$ $x \mapsto -\dfrac{4}{5}x$ L

EXPLICATION
$x \mapsto 3 - x$ est de la forme $ax + b$ avec $a = -1$ et $b = 3$.
Elle n'est donc ni linéaire ni constante.
Idem avec $x \mapsto 2 + 2x$ où $a = b = 2$.

13 Calculer des probabilités

1 a. $P(\text{cœur}) = \dfrac{\text{nombre de cas favorables}}{\text{nombre de cas possibles}} = \dfrac{5}{16}$
$= 0{,}3125$.

$P(\text{pique}) = \dfrac{4}{16} = \dfrac{1}{4} = 0{,}25$

b. $P(A) = \dfrac{9}{16} = 0{,}5625$

$\overline{A}$: « obtenir un dessin noir » ou encore « obtenir un pique ou un trèfle »
$P(\overline{A}) + P(A) = 1$
donc $P(\overline{A}) = 1 - \dfrac{9}{16} = \dfrac{7}{16} = 0{,}4375$.

2 a. $P(\text{Max}) = \dfrac{1}{24}$.

b. $P(\text{garçon}) = \dfrac{24 - 16}{24} = \dfrac{8}{24} = \dfrac{1}{3}$.

c. $P(\text{non Théa}) = \dfrac{24 - 1}{24} = \dfrac{23}{24}$.

d. Les deux événements F et G sont contraires (notons qu'ils sont aussi incompatibles).

3 a.

Façade \ Toit	R	B	J	O	V
R		RB	RJ	RO	RV
B	BR		BJ	BO	BV
J	JR	JB		JO	JV
O	OR	OB	OJ		OV
V	VR	VB	VJ	VO	

b. Les cases de la diagonale du tableau sont barrées car les deux couleurs doivent être distinctes.
Donc : Nombre de cas possibles = 25 – 5 = 20.
$P(\text{JR}) = \dfrac{1}{20} = 0{,}05$ (lire le tableau).

c. $P(\text{pas de vert}) = \dfrac{12}{20} = 0{,}6$.

d. $P(\text{toit rouge}) = \dfrac{4}{20} = \dfrac{1}{5} = 0{,}2$.

e. Non, A et B ne sont pas incompatibles car ils ont en commun l'éventualité : « la façade est orange et le toit est jaune ».

4 a.

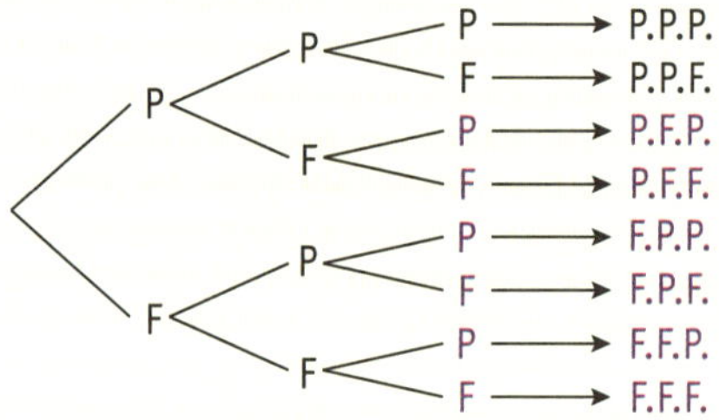

b. $P(\text{P.P.P.}) = \dfrac{1}{8} = 0{,}125$.

c. $P(\text{2 fois pile, 1 fois face}) = \dfrac{3}{8} = 0{,}375$.

d. C'est l'événement impossible. Sa probabilité est nulle.

5 a. La variable *d* est mise à zéro au début du programme, puis elle augmente de 1 à chaque fois que le chiffre tiré est 6.
Donc *d* contient le nombre d'apparitions du 6.
b. Par exemple :

Nb. de fois	100	100	100	1 000	1 000	1 000	10 000	10 000	10 000
d	16	24	14	153	161	191	1 671	1 693	1 674
f (%)	16	24	14	15,3	16,1	19,1	16,7	16,9	16,7

c. $P(\text{« 6 »}) = \dfrac{1}{6} \approx 16{,}7\ \%$.

d. La fréquence obtenue se rapproche de $\dfrac{1}{6}$ quand le nombre d'expériences augmente.

14 Retrouver les statistiques

1 a.

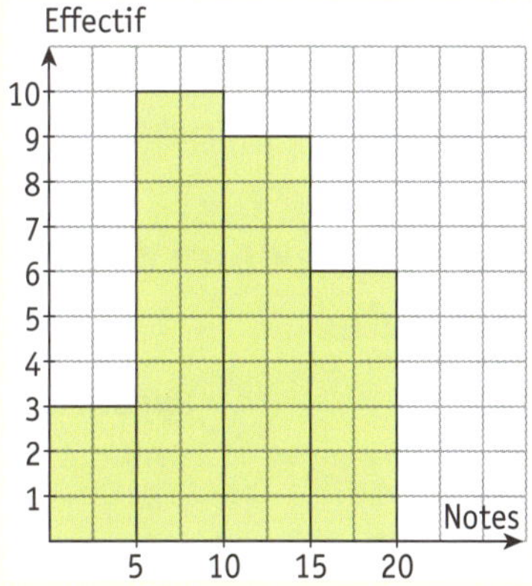

b. Nombre d'élèves ayant moins de 15 : $3 + 10 + 9 = 22$.

c. Nombre d'élèves ayant la moyenne : $9 + 6 = 15$

d'où la fréquence : $f = \frac{15}{28} \approx 0{,}54$ soit 54 %.

2 a. Effectif de la classe : $5 + 8 + 9 + 4 = 26$

b. L'étendue : $16 - 13 = 3$ ans.

c. $m = \frac{13 \times 5 + 14 \times 8 + 15 \times 9 + 16 \times 4}{26} \approx 14{,}5$

d. Nombre d'élèves ayant un âge supérieur à m :

$9 + 4 = 13$ d'où la fréquence : $\frac{13}{26} = 0{,}50 = 50\,\%$

e. Puisque m partage la population en deux parties de même effectif, on peut prendre m comme médiane.

3 a. L'étendue : $10 - (-3) = 10 + 3 = 13°$.

b. Le mois d'avril a 30 jours ; d'où le calcul de la fréquence pour 4° : $f = \frac{6}{30} = \frac{1}{5} = 20\,\%$

t°	−3°	−1°	0°	4°	6°	10°
fréquence	7 %	13 %	3 %	20 %	23 %	33 %

c. $T = \frac{-3 \times 2 + (-1) \times 4 + 0 \times 1 + 4 \times 6 + 6 \times 7 + 10 \times 10}{30}$

Soit $T = 5{,}2°$.

d. Il y a 17 températures au-dessus de 5,2° : donc T ne peut pas être une médiane.

e.

Effectif	30	2	4	1	6	7	10
Angle	360°	24°	48°	12°	72°	84°	120°

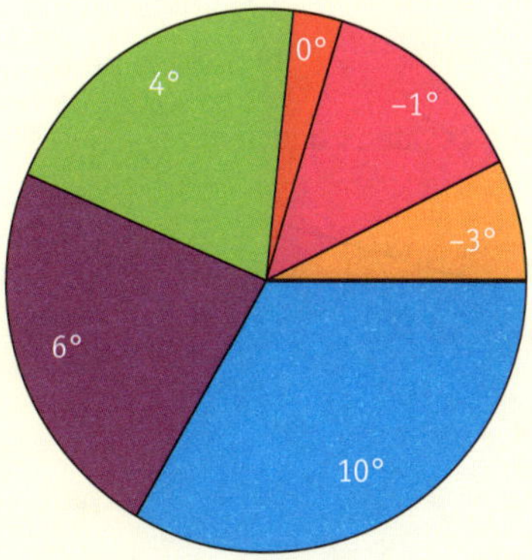

4

	Train	Vélo	Voiture	Pied	Total
Angle	60°	45°	120°	135°	360°
Effectif	28	21	56	63	168
Fréquence %	17 %	13 %	33 %	38 %	100 %

a. • L'angle du secteur « Train » vaut 60° : c'est l'un des angles d'un triangle équilatéral.

• L'angle du secteur « Vélo » vaut 45° : c'est la moitié d'un angle droit.

• L'angle du secteur « Voiture » vaut 120° : c'est le supplémentaire d'un angle de 60° : $120° = 180° - 60°$

• Par soustraction, le dernier secteur mesure 135°.

b. On complète les dernières lignes du tableau en utilisant la proportionnalité.

15 Calculer des longueurs avec le théorème de Thalès

1

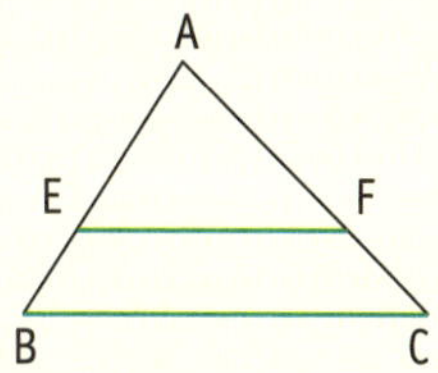

Hypothèses :
- (EF) // (BC)
- AE = 3
- AF = 4
- AC = 6
- BC = 7

a. Calcul de AB.

On a $\frac{AE}{AB} = \frac{AF}{AC}$ donc $\frac{3}{AB} = \frac{4}{6}$.

En utilisant les produits en croix, on a $4\ AB = 3 \times 6$

donc $4\ AB = 18$ d'où $AB = \frac{18}{4} = 4{,}5$.

Remarque : On peut aussi partir de $\frac{AB}{AE} = \frac{AC}{AF}$.

b. Calcul de EF.

On a $\frac{EF}{BC} = \frac{AF}{AC} = \frac{4}{6}$ donc $\frac{EF}{7} = \frac{4}{6}$ donc $6\ EF = 4 \times 7$

soit $6\ EF = 28$ d'où $EF = \frac{28}{6} = \frac{14}{3}$.

2

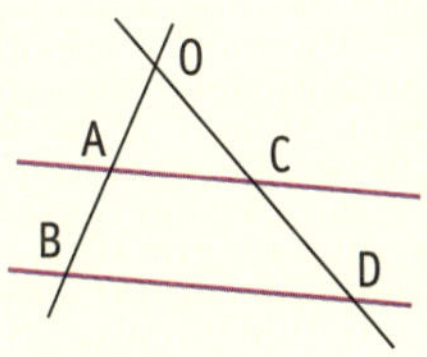

Hypothèses :
- (AC) // (BD)
- OA = 3
- OB = 9
- OC = 2
- AC = 4

a. Calcul de OD.

On a $\frac{OC}{OD} = \frac{OA}{OB}$ donc $\frac{2}{OD} = \frac{3}{9}$ donc $3\ OD = 2 \times 9$

donc $3\ OD = 18$ donc $OD = \frac{18}{3} = 6$.

Remarque : On peut aussi écrire $\frac{2}{OD} = \frac{1}{3}$

donc $OD = 2 \times 3 = 6$.

b. Calcul de BD.

On a $\frac{AC}{BD} = \frac{OA}{OB}$ donc $\frac{4}{BD} = \frac{3}{9}$ donc 3 BD = 4 × 9

d'où 3 BD = 36 donc BD = $\frac{36}{3}$ = 12.

Remarque :

On peut aussi écrire $\frac{4}{BD} = \frac{1}{3}$ donc BD = 3 × 4 = 12.

3

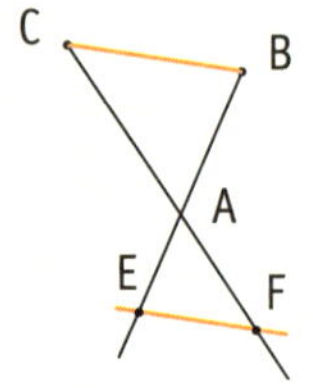

Hypothèses :
- (EF) // (BC)
- AB = 3
- EF = 2
- AC = 4
- BC = 3

a. Calcul de AE.

$\frac{AE}{AB} = \frac{EF}{BC}$ donc $\frac{AE}{3} = \frac{2}{3}$.

En multipliant les deux membres par 3, on obtient AE = 2.

b. Calcul de AF.

$\frac{AF}{AC} = \frac{AE}{AB}$ donc $\frac{AF}{4} = \frac{2}{3}$. D'où AF = $\frac{8}{3}$.

4

t	h	a	ℓ	e	s
5	7,5	2	3	2,8	7
12	8	7,5	5	4	6,4
37,5	28	30	22,4	36	45

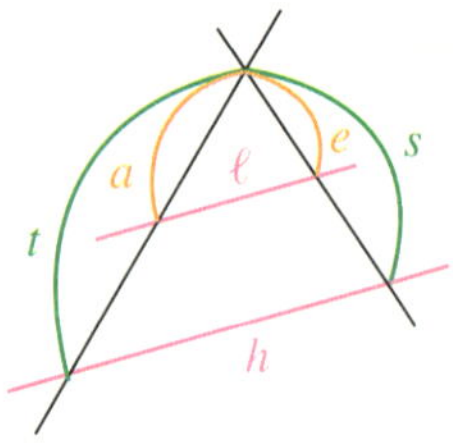

EXPLICATION

Comme les droites rouges sont parallèles on a :

$\frac{a}{t} = \frac{e}{s} = \frac{\ell}{h}$.

Pour la 1re ligne $\frac{2}{5} = \frac{e}{7} = \frac{3}{h}$

d'où $e = \frac{2 \times 7}{5} = 2{,}8$ et $h = \frac{3 \times 5}{2} = 7{,}5$.

5 Comme le bâton est parallèle au sapin, on a :

$\frac{1{,}20}{s} = \frac{1{,}5}{6 + 1{,}5}$ donc $\frac{1{,}20}{s} = \frac{1{,}5}{7{,}5}$

donc $1{,}5s = 1{,}20 \times 7{,}5$

d'où $s = \frac{1{,}20 \times 7{,}5}{1{,}5}$ donc $s = 6$.

Le sapin mesure donc 6 m de haut.

Remarque : bien que peu précis, ce procédé est tout à fait utilisable pour calculer la hauteur d'un pylône, d'un monument, etc.

6 On a $\frac{1{,}20}{d} = \frac{0{,}80}{13}$ donc $0{,}80d = 1{,}20 \times 13$

donc $d = \frac{1{,}20 \times 13}{0{,}80} = 19{,}5$.

Le donjon mesure donc 19,5 m de haut.

16 Démontrer que deux droites sont parallèles

1

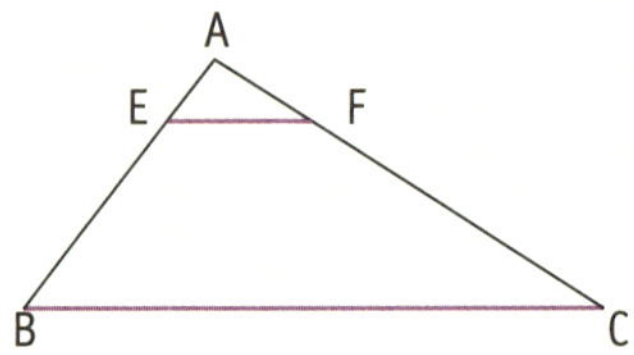

Hypothèses :
- AB = 4 cm
- AE = 1 cm
- AC = 6 cm
- AF = 1,5 cm

a. $\frac{AE}{AB} = \frac{1}{4}$.

On a $\frac{AF}{AC} = \frac{1{,}5}{6} = \frac{15}{60} = \frac{15 \times 1}{15 \times 4} = \frac{1}{4}$.

b. On a $\frac{AE}{AB} = \frac{AF}{AC}$ donc les droites (EF) et (BC) sont parallèles.

Remarque : il s'agit du cas ① de la réciproque de la propriété de Thalès ; (EF) et (BC) sont du même côté par rapport à A.

2

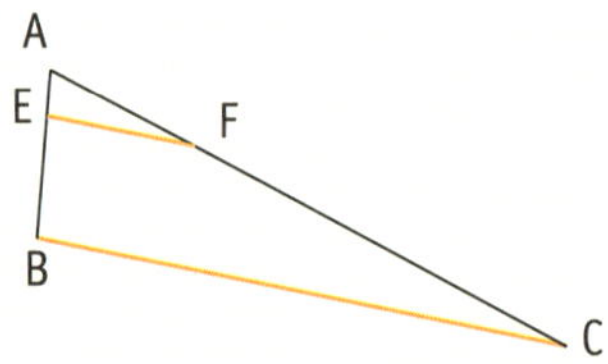

Hypothèses :
- AB = 1,4 cm
- AE = 0,4 cm
- AC = 5 cm
- AF = 1,4 cm

a. Si les droites (EF) et (BC) étaient parallèles, on aurait $\frac{AE}{AB} = \frac{AF}{AC}$.

b. Or :

$\frac{AE}{AB} = \frac{0{,}4}{1{,}4} = \frac{4}{14} = \frac{2}{7}$. $\frac{AF}{AC} = \frac{1{,}4}{5} = \frac{14}{50} = \frac{7}{25}$.

c. On a 2 × 25 = 50 et 7 × 7 = 49

donc $\frac{2}{7} \neq \frac{7}{25}$ et donc $\frac{AE}{AB} \neq \frac{AF}{AC}$.

Donc les droites (EF) et (BC) ne sont pas parallèles.

Remarque : on peut aussi observer que $\frac{0{,}4}{1{,}4} = 0{,}2857...$ et $\frac{1{,}4}{5} = 0{,}28$ à l'aide de la calculatrice. Donc ces deux quotients sont inégaux.

3

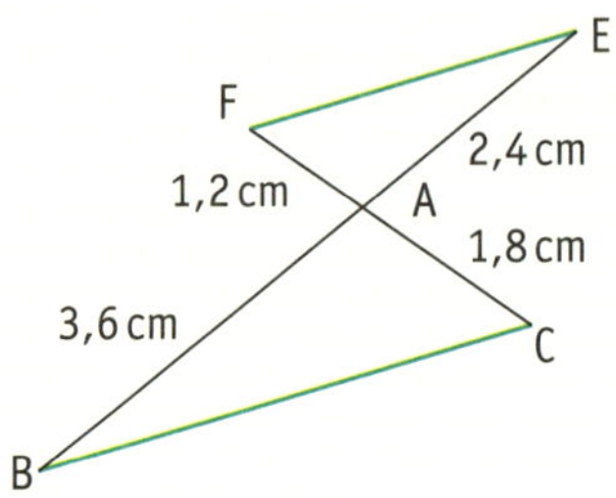

a. $\dfrac{AE}{AB} = \dfrac{2,4}{3,6} = \dfrac{24}{36} = \dfrac{2 \times 12}{3 \times 12} = \dfrac{2}{3}$.

$\dfrac{AF}{AC} = \dfrac{1,2}{1,8} = \dfrac{12}{18} = \dfrac{2 \times 6}{3 \times 6} = \dfrac{2}{3}$.

b. On a $\dfrac{AE}{AB} = \dfrac{AF}{AC}$ donc les droites (BC) et (EF) sont parallèles.

Remarque : il s'agit du cas ③ de la réciproque du théorème de Thalès : (EF) et (BC) sont de part et d'autre du point A.

4

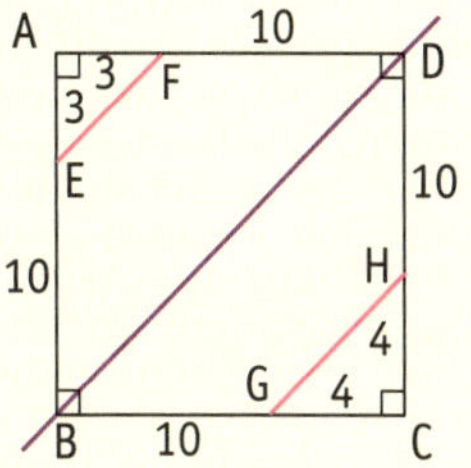

a. $\dfrac{AF}{AD} = \dfrac{3}{10} = \dfrac{AE}{AB}$ donc les droites (EF) et (BD) sont parallèles.

b. $\dfrac{CH}{CD} = \dfrac{4}{10} = \dfrac{CG}{CB}$ donc les droites (GH) et (BD) sont parallèles.

Remarque : a. et **b.** Il s'agit du cas ① de la réciproque du théorème de Thalès.

c. D'après **a.** et **b.**, (EF) et (GH) sont parallèles car deux droites parallèles à une même droite sont parallèles entre elles.

5

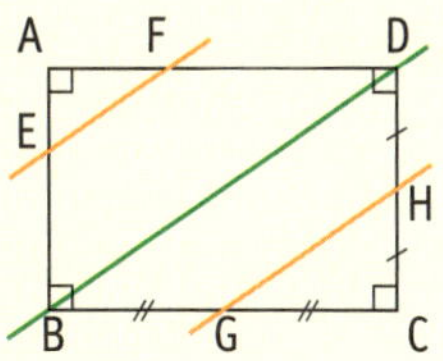

Hypothèses :
AD = 9 cm
AF = 3 cm
AB = 6 cm
AE = 2 cm

a. Comme G est le milieu de [BC], alors $\dfrac{CG}{CB} = \dfrac{1}{2}$;

de même H est le milieu de [DC] donc $\dfrac{CH}{CD} = \dfrac{1}{2}$.

Donc $\dfrac{CG}{CB} = \dfrac{CH}{CD}$, donc (GH) // (BD).

b. On a $\dfrac{AF}{AD} = \dfrac{3}{9} = \dfrac{1}{3}$ et $\dfrac{AE}{AB} = \dfrac{2}{6} = \dfrac{1}{3}$.

c. On a $\dfrac{AF}{AD} = \dfrac{AE}{AB}$, donc les droites (EF) et (BD) sont parallèles.

Mais on a aussi (GH) // (BD) d'après le **a.**, donc (EF) // (GH).

Remarque : a. et **c.** Il s'agit du cas ① de la réciproque du théorème de Thalès.

6

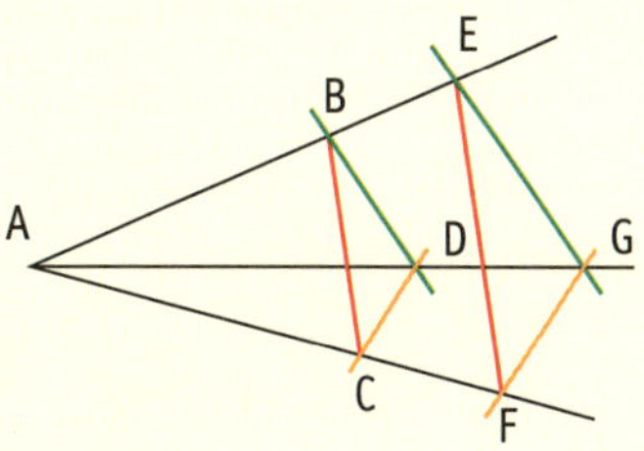

Comme (BD) // (EG) alors $\dfrac{AB}{AE} = \dfrac{AD}{AG}$.

De même, comme (DC) // (GF) alors $\dfrac{AD}{AG} = \dfrac{AC}{AF}$.

Donc $\dfrac{AB}{AE} = \dfrac{AC}{AF}$. Donc (BC) // (EF).

EXPLICATION
On utilise deux fois le théorème de Thalès, puis une fois sa réciproque pour conclure.

17 Connaître les transformations simples

1 a.

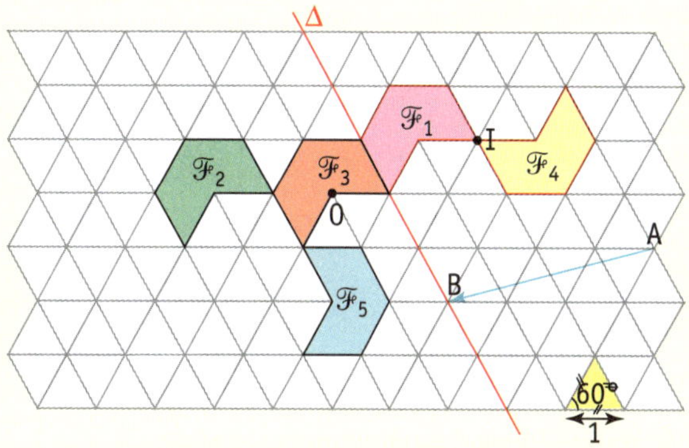

b. Les rotations conservent les longueurs ; donc le périmètre de $\mathscr{F}_5$ est égal à celui de $\mathscr{F}_1$; donc égal à 6.

c. Les translations conservent les aires ; donc l'aire de $\mathscr{F}_2$ est égale à celle de $\mathscr{F}_1$: à savoir $\sqrt{3}$.

2

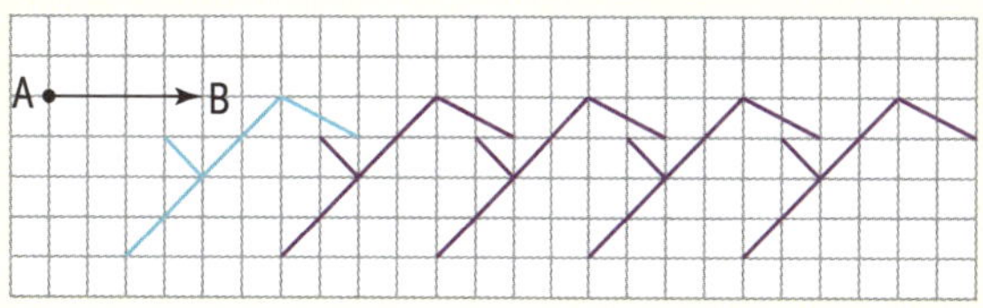

3

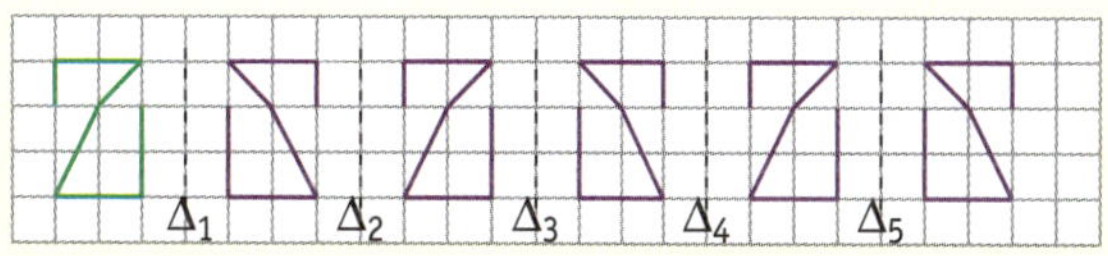

4 a.

b. Le motif ② est l'image de ① par la rotation de centre B et d'angle 90° ↺.

c. ③ à pour image ⑦ par la rotation de centre C et d'angle 90° ↺.

d. ② est l'image de ⑤ par la translation qui envoie D sur B : t_{DB}.

e. ① est l'image de ③ par la rotation de centre A et d'angle 180° ↻ (c'est aussi la symétrie centrale de centre A).

5 **a.**

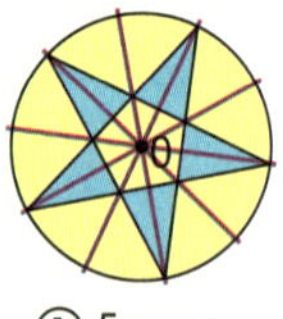

① 5 axes

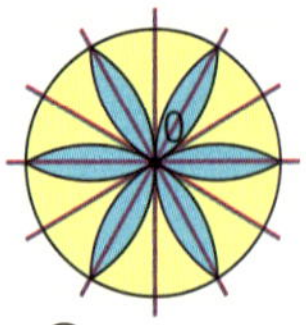

② 6 axes

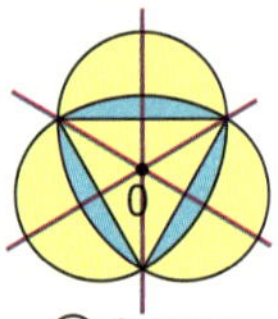

③ 3 axes

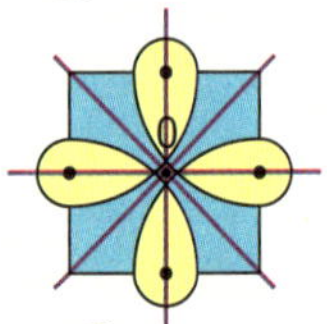

④ 4 axes

b. ① : 72° ② : 60° ③ : 120° ④ : 90°. Ou encore des angles multiples de ceux-ci.

18 Connaître les homothéties et les triangles semblables

1 **a.**

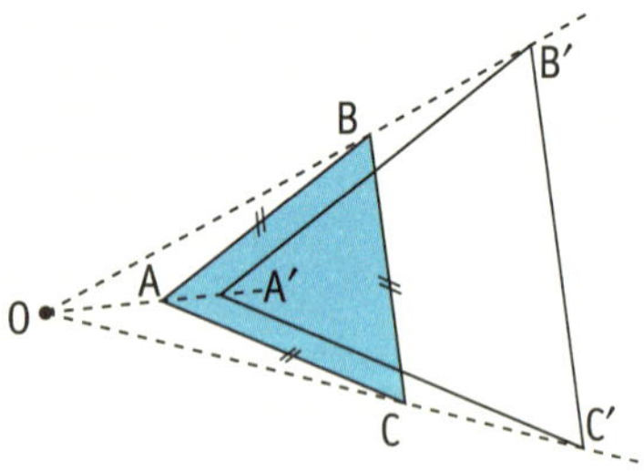

b. Dans une homothétie de rapport 1,5, les dimensions sont multipliées par 1,5. Donc A'B' = 1,5 × AB ; A'C' = 1,5 × AC et B'C' = 1,5 × BC. Mais AB = AC = BC, donc A'B' = A'C' = B'C'. Donc A'B'C' est équilatéral.

2 **a.**

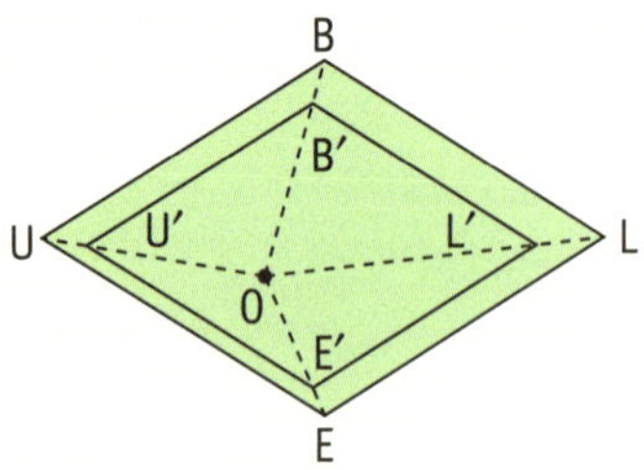

b. Le rapport de l'homothétie est 0,8 donc B'L' = 0,8 × BL ; L'E' = 0,8 × LE ; E'U' = 0,8 × EU et U'B' = 0,8 × UB.
Mais BLEU est un losange donc BL = LE = EU = UB.
Donc, B'L' = L'E' = E'U' = U'B'. Donc B'L'E'U' est un losange.
c. Les longueurs sont multipliées par 0,8. Donc le périmètre de B'L'E'U' mesure 16 × 0,8 = 12,8 cm.
Mais B'L'E'U' est un losange, donc B'U' mesure 12,8 ÷ 4 = 3,2 cm.

3 Bonnes réponses : « rectangles isocèles » et « équilatéraux ». En effet, ces deux catégories de triangles ont des angles fixes : (90°, 45°, 45°) pour les premiers, (60°, 60°, 60°) pour les seconds.

4 **a.** $BC = \sqrt{15^2 + 20^2} = \sqrt{225 + 400} = \sqrt{625} = 25$

b. Les triangles ABC et HBA sont tous les deux rectangles et possèdent l'angle $\hat{B}$ en commun. Donc ils ont deux angles homologues égaux. En conséquence, ils sont semblables.

c. Comme ABC et HBA sont semblables, on peut écrire (en superposant les sommets homologues) :

$$\frac{ABC}{HBA} \longrightarrow \frac{AB}{HB} = \frac{BC}{BA} = \frac{AC}{HA}$$

En remplaçant les longueurs connues par leurs valeurs,

on obtient : $\frac{15}{HB} = \frac{25}{15} = \frac{20}{HA}$.

De $\frac{15}{HB} = \frac{25}{15}$, c'est-à-dire $\frac{15}{HB} = \frac{5}{3}$,

on tire $HB = \frac{15 \times 3}{5} = 9$.

De $\frac{5}{3} = \frac{20}{HA}$, on tire $HA = \frac{20 \times 3}{5} = 12$.

Enfin, HC = BC − BH = 25 − 9 = 16.

19 Utiliser des racines carrées en géométrie

1 ABC est rectangle en A, donc son hypoténuse est BC. On applique le théorème de Pythagore.

a. Comme AB = 12 et AC = 5,

alors $BC^2 = AB^2 + AC^2 = 12^2 + 5^2 = 144 + 25 = 169$.

Donc $BC = \sqrt{169} = 13$.

b. Comme $AB = \sqrt{5}$ et $AC = \sqrt{11}$

alors $BC^2 = AB^2 + AC^2 = (\sqrt{5})^2 + (\sqrt{11})^2 = 5 + 11 = 16$.

Donc $BC = \sqrt{16} = 4$.

2 La diagonale du carré est l'hypoténuse d'un triangle rectangle isocèle.

$d^2 = 7^2 + 7^2 = 49 + 49 = 98$. Donc $d = \sqrt{98}$ m.

Donc $d \approx 9{,}90$ m.

3 Côté du carré : $\sqrt{72{,}25} = 8{,}5$ cm.

Périmètre du carré : 4 × 8,5 = 34 cm.

EXPLICATION

Le côté d'un carré est la racine carrée de son aire.

4 On a $AB^2 + AC^2 = (\sqrt{12})^2 + (\sqrt{13})^2 = 12 + 13 =$ **25**.

D'autre part, $BC^2 = 5^2 = 25$ d'où $AB^2 + AC^2 = BC^2$.

Donc ABC est rectangle en A d'après la réciproque du théorème de Pythagore.

5 Pour démontrer que deux côtés ont la même longueur, on va, ici, calculer les deux longueurs AB et AC.

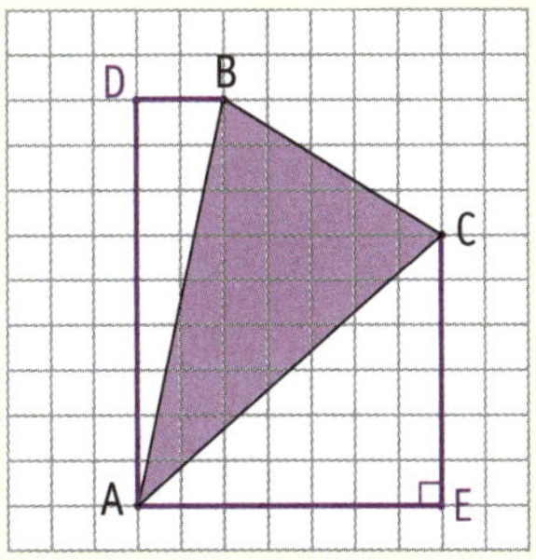

a. $AB^2 = AD^2 + DB^2 = 9^2 + 2^2 = 85$.
Donc $AB = \sqrt{85}$.

b. $AC^2 = AE^2 + EC^2 = 7^2 + 6^2 = 85$.
Donc $AC = \sqrt{85}$.

c. Comme AB = AC, alors le triangle ABC est isocèle en A.

6

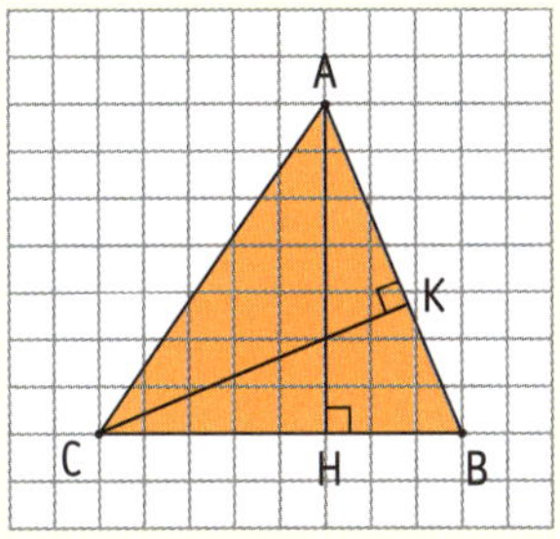

a. CB = 8 AH = 7

Remarque : on trouve CB et AH en comptant les carreaux.

b. L'aire du triangle CAB est :
(base × hauteur) ÷ 2 = (CB × AH) ÷ 2
= (8 × 7) ÷ 2 = 28.

c. $AB^2 = AH^2 + HB^2 = 7^2 + 3^2 = 58$. Donc $AB = \sqrt{58}$

d. $\dfrac{AB \times CK}{2} = \dfrac{\sqrt{58} \times CK}{2} = 28$,

donc $\sqrt{58} \times CK = 56$, donc $CK = \dfrac{56}{\sqrt{58}} \approx 7{,}35$.

EXPLICATION
d. On exprime l'aire de CAB en fonction de la base AB et de la hauteur CK. Ceci donne une équation d'inconnue CK.

7 Comme RAS est équilatéral, H est le milieu de [RS] et donc RH = 4 cm.

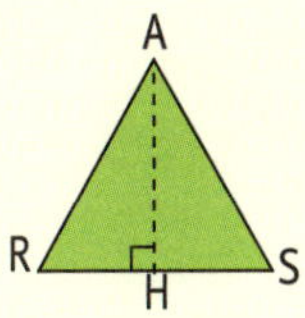

$AH^2 + RH^2 = AR^2$.
Donc $AH^2 = AR^2 - RH^2 = 8^2 - 4^2 = 64 - 16 = 48$.
Donc $AH = \sqrt{48} \approx 6{,}93$ cm.

8

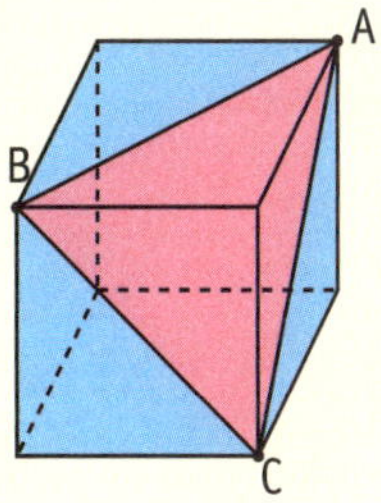

$AB^2 = 5^2 + 5^2 = 50$.
Donc $AB = \sqrt{50} \approx 7{,}07$ cm.

EXPLICATION
Les côtés du triangle équilatéral ABC sont des diagonales de carrés.

20 Utiliser la trigonométrie

1

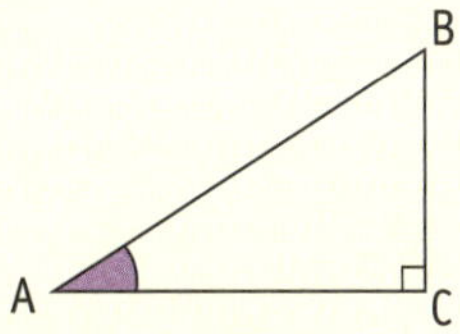

a. Sachant que AC = 5 et BC = 4,
on peut immédiatement calculer :
$\tan(\hat{A})$ qui est égal à $\dfrac{BC}{AC} = \dfrac{4}{5} = 0{,}8$.

b. Sachant que AC = 6 et AB = 7,
on peut immédiatement calculer :
$\cos(\hat{A})$ qui est égal à $\dfrac{AC}{AB} = \dfrac{6}{7}$ (qui n'est pas une valeur décimale).

c. Sachant que AB = 8 et BC = 3, on peut immédiatement calculer :
$\sin(\hat{A})$ qui est égal à $\dfrac{BC}{AB} = \dfrac{3}{8} = 0{,}375$.

2

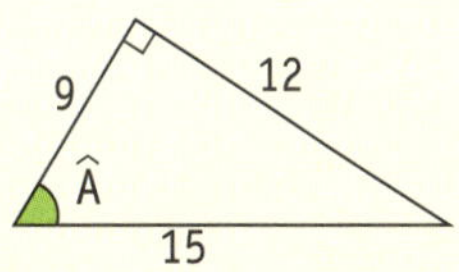

$\cos(\hat{A}) = \dfrac{9}{15} = \dfrac{3 \times 3}{3 \times 5} = \dfrac{3}{5} = 0{,}6$.

$\sin(\hat{A}) = \dfrac{12}{15} = \dfrac{3 \times 4}{3 \times 5} = \dfrac{4}{5} = 0{,}8$.

$\tan(\hat{A}) = \dfrac{12}{9} = \dfrac{4}{3}$.

CONSEIL
Ne pas oublier de simplifier les fractions.

3 À 0,01 près : $\cos(33°) \approx 0{,}84$; $\sin(1°) \approx 0{,}02$; $\tan(10°) \approx 0{,}18$.

4

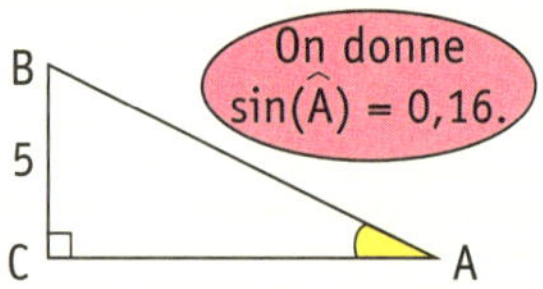

a. On a $\sin(\hat{A}) = \dfrac{BC}{AB}$ donc $0,16 = \dfrac{5}{AB}$

d'où AB × 0,16 = 5 et donc AB = 5 ÷ 0,16

donc AB = 31,25.

b. Comme le triangle ABC est rectangle en C,

on a $AC^2 = AB^2 - BC^2$ donc $AC^2 = (31,25)^2 - 5^2 = 951,5625$

donc $AC = \sqrt{951,5625}$ soit AC ≈ 30,85.

c. $\cos(\hat{A}) = \dfrac{AC}{AB} \approx \dfrac{30,85}{31,25}$ donc $\cos(\hat{A}) \approx 0,99$.

5 **a.**

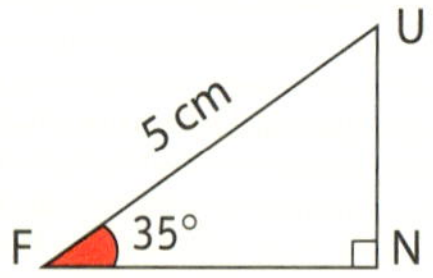

NF = FU × cos(35°) = 5 × cos(35°) ≈ 4,10 cm.

UN = FU × sin(35°) = 5 × sin(35°) ≈ 2,87 cm.

b.

On a $\tan(27°) = \dfrac{EA}{SA}$ donc tan(27°) × 4 = EA

donc EA ≈ 2,04 cm.

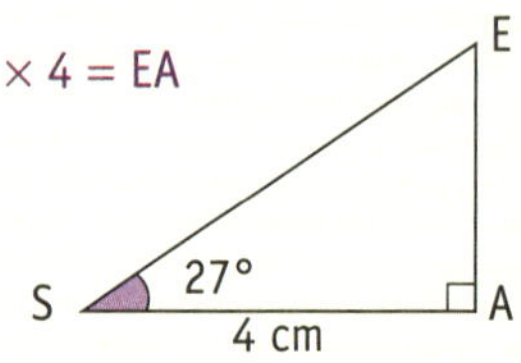

De plus, $\dfrac{SA}{SE} = \cos(27°)$

donc $SE = \dfrac{SA}{\cos(27°)} = \dfrac{4}{\cos(27°)} \approx 4,49$ cm.

c.

On a $\tan(49°) = \dfrac{YO}{JY}$ donc tan(49°) × JY = 4

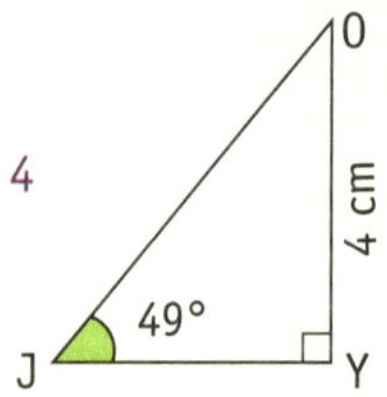

donc $JY = \dfrac{4}{\tan(49°)} \approx 3,48$ cm.

De plus $\dfrac{YO}{JO} = \sin(49°)$ donc $\dfrac{YO}{\sin(49°)} = JO$

donc $JO = \dfrac{4}{\sin(49°)} \approx 5,30$ cm.

Remarque : b. et **c.** Pour calculer SE et JO, on peut aussi utiliser le théorème de Pythagore.

6 **a.**

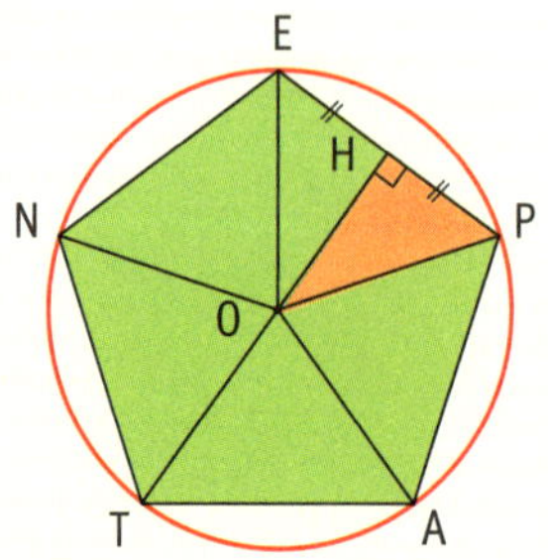

Le triangle OPE est isocèle en O car OP = OE = 3. Comme H est le pied de la hauteur issue de O, alors H est le milieu de [EP]. De plus, (OH) partage l'angle $\widehat{POE}$ en deux angles égaux.

$\widehat{POE} = \dfrac{360°}{5} = 72°$. $\widehat{POH} = \dfrac{72°}{2} = 36°$.

b. On a OH = OP × cos(36°) = 3 × cos(36°) ≈ 2,427.

PH = OP × sin(36°) = 3 × sin(36°) ≈ 1,763.

PE = 2 × PH ≈ 3,527.

21 Calculer des angles

1 **Remarque :**

• Sur certaines calculatrices, les touches $\sin^{-1}$, $\cos^{-1}$ et $\tan^{-1}$ sont dénommées arcsin, arccos et arctan.

• Pour déterminer x dans la 2e ligne,
on tape arccos(0,3), et on obtient 72,542°.
Pour les lignes suivantes on utilise successivement arcsin puis arctan.

x (en degrés)	$\cos(x)$	$\sin(x)$	$\tan(x)$
5	0,996	0,087	0,087
72,542°	0,3	0,954	3,180
11,537°	0,980	0,2	0,204
72,121°	0,307	0,952	3,1

2

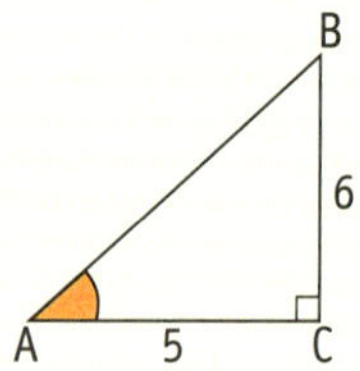

$\tan(\hat{A}) = \dfrac{BC}{AC} = \dfrac{6}{5} = 1,2$. Donc $\hat{A} \approx 50,194°$.

$\cos(\hat{A}) \approx 0,640$. $\sin(\hat{A}) \approx 0,768$.

EXPLICATION

• arctan (1,2) ≈ 50,194°.

• Par suite $\hat{A}$ est connu, donc on calcule directement $\sin(\hat{A})$ et $\cos(\hat{A})$.

3

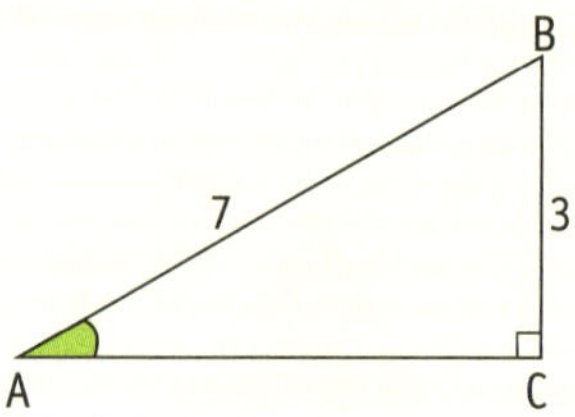

$\sin(\hat{A}) = \dfrac{BC}{AB} = \dfrac{3}{7}$. Donc, $\hat{A} \approx 25,377°$,

et donc, $\cos(\hat{A}) \approx 0,904$ et $\tan(\hat{A}) \approx 0,474$.

EXPLICATION

$\arcsin\left(\dfrac{3}{7}\right) \approx 25,377°$.

4

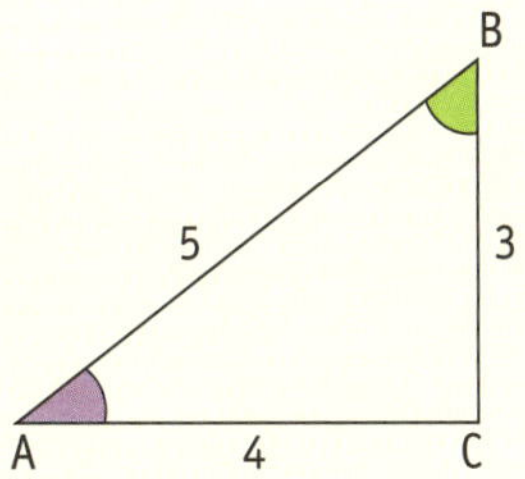

a. On a $AB^2 = 5^2 = 25$; $BC^2 = 9$ et $AC^2 = 16$.
Donc $AC^2 + BC^2 = 16 + 9 = 25 = AB^2$.
Donc ABC est rectangle en C, d'après la réciproque du théorème de Pythagore.

b. $\sin(\hat{A}) = \dfrac{BC}{AB} = \dfrac{3}{5} = 0{,}6$.

Donc $\hat{A} \approx 36{,}87°$ et on a $\hat{B} = 90° - \hat{A} \approx 53{,}13°$.

EXPLICATION
Les angles aigus d'un triangle rectangle sont complémentaires, cela signifie que leur somme vaut 90°.

5

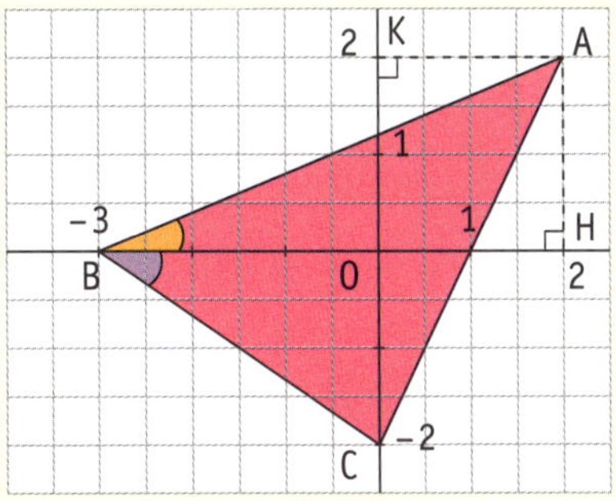

a. Dans le triangle rectangle AHB,
on a $\tan(\widehat{ABO}) = \dfrac{AH}{BH} = \dfrac{2}{5} = 0{,}4$.

On obtient alors $\widehat{ABO} \approx 21{,}80°$.

b. Dans le triangle rectangle OBC,
on a $\tan(\widehat{OBC}) = \dfrac{OC}{OB} = \dfrac{2}{3}$, d'où $\widehat{OBC} \approx 33{,}69°$.

$\widehat{ABC} = \widehat{ABO} + \widehat{OBC} \approx 21{,}80° + 33{,}69° \approx 55{,}49°$.

c. Dans le triangle rectangle OBC,
on a $\tan(\widehat{BCO}) = \dfrac{3}{2} = 1{,}5$ donc $\widehat{BCO} \approx 56{,}31°$.

Dans le triangle rectangle KCA,
on a $\tan(\widehat{KCA}) = \dfrac{1}{2} = 0{,}5$ donc $\widehat{KCA} \approx 26{,}57°$.

$\hat{C} = \widehat{BCO} + \widehat{KCA}$ d'où $\hat{C} \approx 56{,}31° + 26{,}57° \approx 82{,}88°$.

d. On a $\hat{A} = 180° - (\hat{B} + \hat{C})$
donc $\hat{A} \approx 180° - (55{,}49° + 82{,}88°) \approx 41{,}63°$.

EXPLICATION
La somme des angles d'un triangle est égale à 180°.

6 On a $\cos^2(\hat{A}) + \sin^2(\hat{A}) = 1$
donc $\cos^2(\hat{A}) = 1 - \sin^2(\hat{A}) = 1 - 0{,}352^2 = 0{,}876\,096$
d'où $\cos(\hat{A}) = \sqrt{0{,}876\,096} = 0{,}936$.

De plus, $\tan(\hat{A}) = \dfrac{\sin(\hat{A})}{\cos(\hat{A})} = \dfrac{0{,}352}{0{,}936} \approx 0{,}376\,068$.

EXPLICATION
On a pu calculer $\tan(\hat{A})$ avec une grande précision car $\cos(\hat{A})$ et $\sin(\hat{A})$ sont connus exactement.

22 Calculer le volume de la boule et se repérer sur la sphère

1

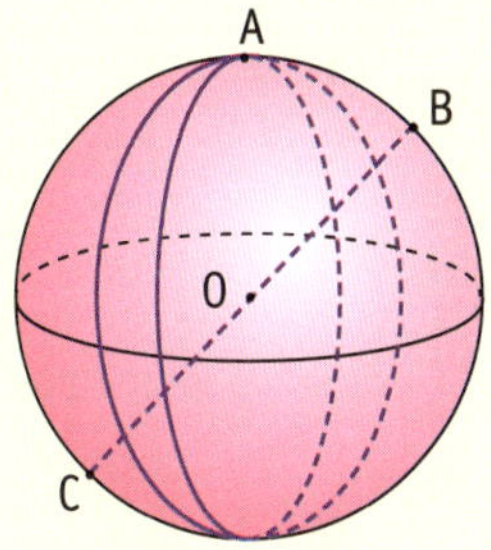

Remarques :
- Ne pas hésiter à tracer d'autres grands cercles, car le dessin à main levée nécessite un peu d'entraînement.
- [BC] est un diamètre de la sphère : il passe par le centre O.

2 **a.** Volume $= \dfrac{4}{3} \times \pi \times 12^3$
$= 2\,304\pi \approx 7\,238{,}230$ mm^3

b. Volume $= \dfrac{4}{3} \times \pi \times 9^3 = 972\pi \approx 3\,053{,}628$ cm^3

c. Volume $= \dfrac{4}{3} \times \pi \times 15^3 = 4\,500\pi \approx 14\,137{,}167$ m^3.

3 **a.** Si l'agrandissement est de rapport 3, alors les volumes sont multipliés par $3^3 =$ **27.** D'où :
volume de la boule A = 123 × 27 = 3 321 cm^3.
b. Rayon de la boule A' = 15 × 0,2 = 3 m.
Volume de la boule A' $= \dfrac{4}{3} \times \pi \times 3^3 = 36\pi \approx 113{,}10$ m^3.

4 **a.** Volume $= \dfrac{4}{3} \times \pi \times 6\,400^3 \approx 1098$ milliards de km^3.
b. Pour obtenir le rayon de la Lune, on divise 6 400 par 3,7 soit 6 400 ÷ 3,7 ≈ 1 730 km.
D'où le volume de la Lune :
$\dfrac{4}{3} \times \pi \times (1\,730)^3 \approx 2{,}2 \times 10^{10}$ km^3
soit environ 22 milliards de km^3.
Remarque : Ces résultats sont impressionnants : un km^3 est le volume d'un cube de 1 km de côté.

5 **a.** N : nord ; E : est ; W : ouest ; S : sud (en anglais, *North*, *East*, *West*, *South*).
b. Sa latitude est : 0°.
c. Sa longitude : 0°.
d. C'est l'équateur.
e. La réponse est non car ce sont des demi-cercles.
f. 180°, E ou W.

6 **a.** Athènes (24° E ; 38° N)

b. Voir la figure.

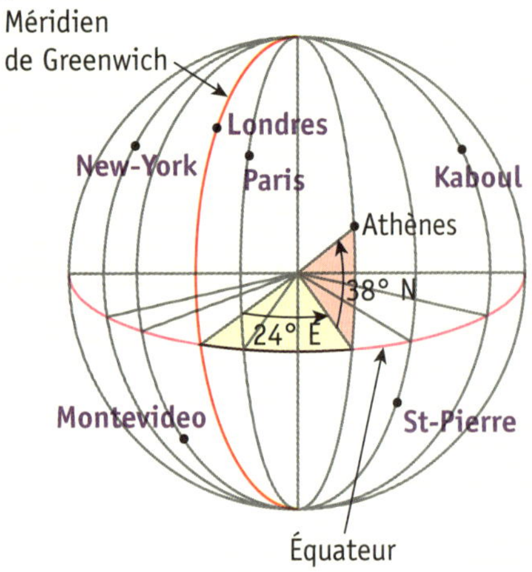

7 Le point O est à l'intersection du méridien passant par Rio et du parallèle passant par Moscou.

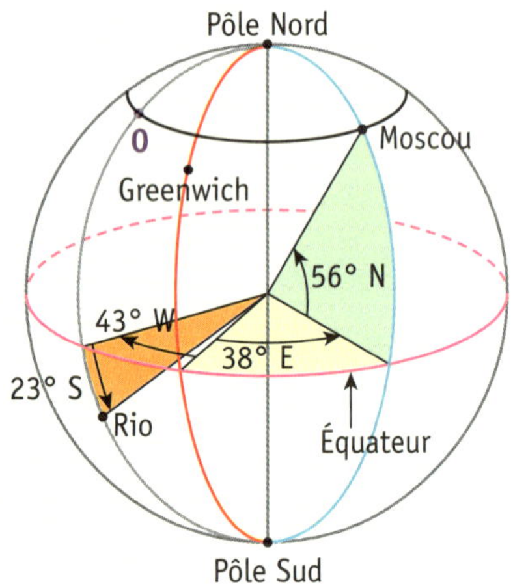

23 Couper un solide par un plan

1 **a.**

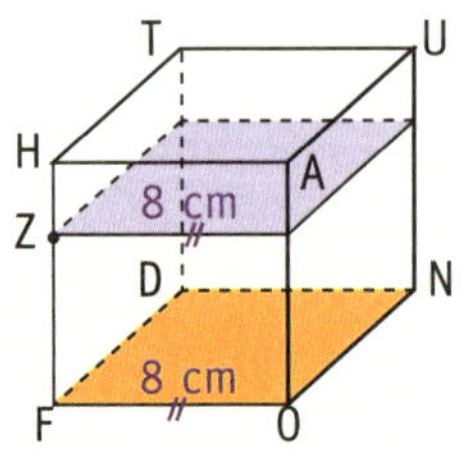

b. Cette section est un carré. Aire = $8^2 = 64$ cm^2.

EXPLICATION
On applique les résultats du cours. Les côtés du carré à tracer sont parallèles à ceux du carré HAUT.

2 **a.**

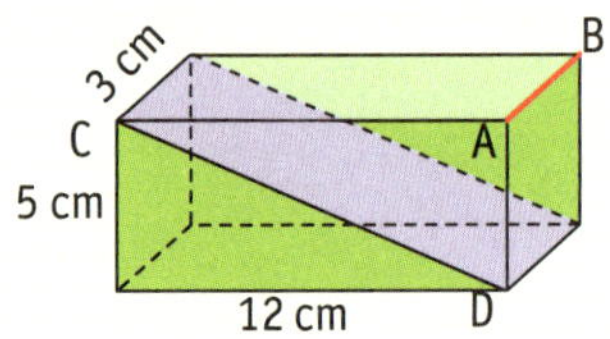

Cette section est un rectangle.

b. Le triangle CAD est rectangle en A, on a donc

$CD^2 = AC^2 + AD^2 = 5^2 + 12^2 = 169$

donc $CD = \sqrt{169} = 13$.

Les dimensions de cette section sont : 13 cm sur 3 cm.

3 **a.**

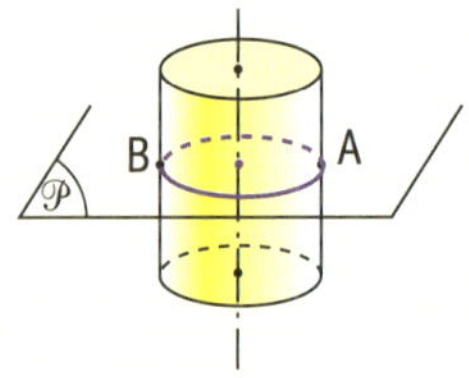

Cette section est un cercle.

b. Périmètre $= 2 \times \pi \times 3 = 6\pi$ soit environ 18,8 cm.

EXPLICATION
L'information « 10 cm de haut » n'intervient pas.

4 **a.**

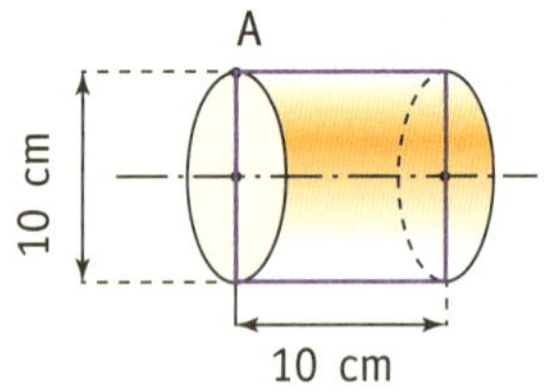

Cette section est un rectangle (et même un carré !).

b. Aire = 10^2 soit 100 cm^2.

EXPLICATION
Quand le plan contient l'axe du cylindre, la section obtenue est un rectangle dont les dimensions sont la hauteur et le diamètre du cylindre.

5 **a.**

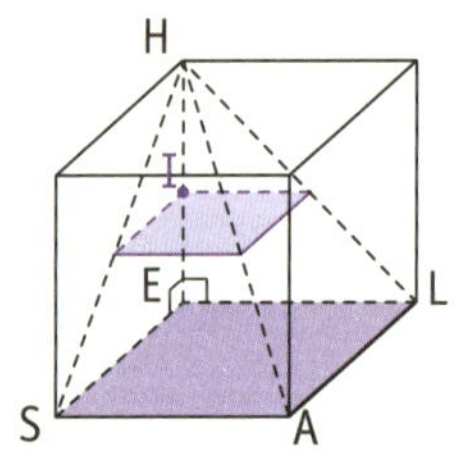

b. Les côtés de la section sont parallèles aux côtés correspondants de la base.

c. Cette section est une réduction de la base carrée SALE ; c'est donc un carré.

Le coefficient de réduction est $\frac{1}{2}$;

la section est donc un carré de 3 cm de côté.

6 **a.** et **b.**

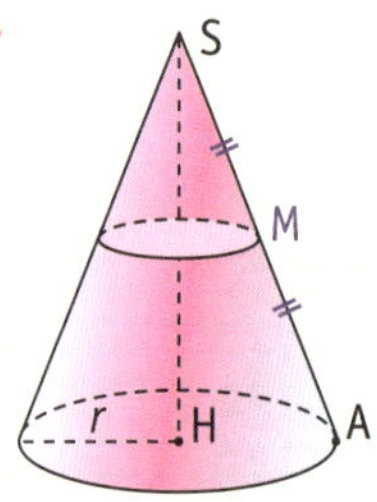

c. Cette section est une réduction de moitié du disque de base : c'est donc un disque de rayon 5 cm.

Remarque : comme M est le milieu de [SA] alors $\frac{SM}{SA} = \frac{1}{2}$ et les dimensions du petit cône sont la moitié de celles du grand.

24 Manipuler des vitesses et autres grandeurs

1 **a.** La vitesse en m/s : $72 \div 3\,600 = 0{,}02$ km/s soit 20 m/s.

b. Elle parcourt 100 m en $100 \div 20 = 5$ s.

c. Elle parcourt en une minute :
$20 \times 60 = 1\,200$ m soit 1,2 km.

> **EXPLICATION**
> Rappel : 1 h = 3 600 s. 1 min = 60 s.

2 **a.** La fusée parcourt :
$561 \times 3\,600 = 2\,019\,600$ m en 1 h.
Sa vitesse est donc 2 019,6 km/h.

b. Comme $561 \times 60 = 33\,660$ m soit 33,66 km, alors elle fait plus de 30 km en une minute.

Remarque : On peut aussi calculer le temps mis sur 30 km.

3 **a.** Quantité totale d'information :
$700 \times 3\,600 \times 24 \times 30 \times 16 \approx 2{,}9 \times 10^{10}$ octets
soit 29×10^9 octets soit encore 29 Go.

b. 29 Go = 29 000 Mo. C'est 2 900 cahiers Chouette.

4 **a.** Le débit moyen de la Loire est :
$56\,000 \div 60 \approx 933$ m^3/s.

b. En 1 h, il s'écoule : $56\,000 \times 60 = 3\,360\,000$ m^3.
En 1 jour, il s'écoule :
$3\,360\,000 \times 24 = 80\,640\,000$ m^3.

5 **a.** Pour parcourir 1 km, il faut $15 \div 350$ et pour 100 km, il faut 100 fois plus.
D'où $15 \div 350 \times 100 \approx 4{,}30$ c'est-à-dire environ 4,3 litres/100 km.

b. 45 litres c'est 3 fois 15 litres.
Donc elle peut parcourir 3×350 km = 1 050 km.

> **EXPLICATION**
> On utilise ici la proportionnalité.

6 **a.** $16\,830 \div 51 = 330$ habitants/km^2.

b. 1 ha = 1 hm^2 donc 1 km^2 = 100 ha ;
donc 51 km^2 = 5 100 ha.
D'où la superficie moyenne par habitant :
$5\,100 \div 16\,830 \approx 0{,}3$ ha/hab.

> **EXPLICATION**
> La superficie moyenne par habitant est l'aire moyenne dont « dispose » chaque habitant.

7 Poids de la récolte : $75 \times 16 = 1\,200$ q = 120 t.
Pour connaître le nombre de tours, effectuons la division de 120 par 35 : $120 = 35 \times 3 + 15$. Il faudra 4 tours, la remorque du dernier tour contenant 15 tonnes.

8 0,51 kg = 510 g, donc la masse volumique du fer est égale à $510 \div 65 \approx 7{,}8$ soit environ 7,8 g/cm^3.

> **EXPLICATION**
> Pour obtenir la masse volumique exprimée en g/cm^3 on divise la masse en g par le volume en cm^3.

25 Retrouver l'algorithmique et la programmation

1 **a.** Si la réponse est « oui », le lutin dit : « Moi aussi. » puis « Le sport, c'est la santé. »

b. Si la réponse n'est pas « oui », le lutin dit seulement : « Le sport, c'est la santé. »

Remarque : nous savions déjà que les variables informatiques peuvent contenir des nombres. Ce programme nous apprend qu'elles peuvent aussi contenir des lettres, des mots, des phrases.

2 Si la touche A est rapidement pressée, le lutin tourne de 90° dans le sens horaire.

3 **a.** Le reste de la division de 42 par 5 est 2.
Celui de 42 par 6 est 0.

b. 42 modulo 5 = 2 ; 42 modulo 6 = 0 ;
27 modulo 7 = 6 ; 12 modulo 3 = 0.

c. Lorsque N modulo $d = 0$, cela signifie que d est un diviseur de N.

d. Le programme trouve : 2, 3, 4, 6, 9, 12, 18 et 36.

e. Il suffit de remplacer 1 par 0 dans l'instruction « mettre d à 1 » située juste avant la boucle.

f. On peut proposer le programme ci-dessous :

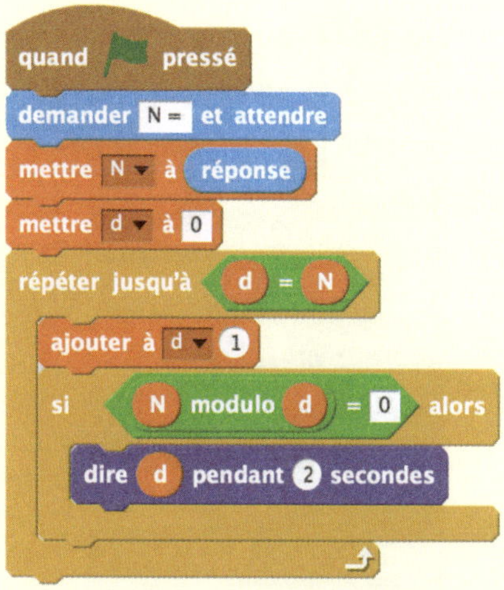

Il peut donner, par exemple, les diviseurs de 441.
Ce sont : 1, 3, 7, 9, 21, 49, 63, 147 et 441.

4 **a.** et **b.** On utilise l'instruction « **si .... alors ....sinon** » pour programmer une **alternative.** Cela convient aux situations où il faut choisir une seule voie parmi deux possibles.

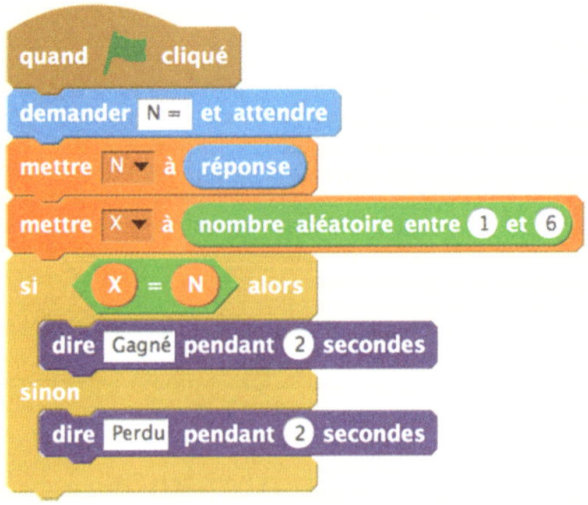

5 Le clic du drapeau vert fait démarrer les 2 lutins à la fois.

26 Programmer une figure géométrique

1 **a.** Ce programme trace un triangle rectangle isocèle en commençant par les deux côtés perpendiculaires et en finissant par l'hypoténuse.

b. En appliquant le théorème de Pythagore, on a :
$(\text{hypoténuse})^2 = 160^2 + 160^2 = 51\ 200$.
Donc hypoténuse $= \sqrt{51\ 200} \approx 226{,}27$.

c.

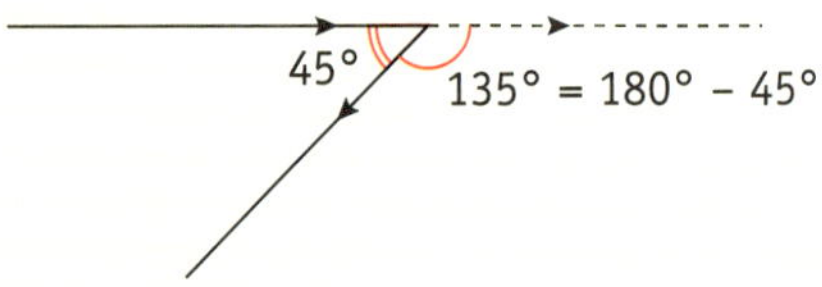

d. Le triangle ABC est rectangle car la somme des deux angles connus est $60° + 30° = 90°$.
Donc le troisième angle est $180° - 90° = 90°$.
Le côté inconnu mesure $\sqrt{200^2 - 100^2}$
$= \sqrt{40\ 000 - 10\ 000} = \sqrt{30\ 000} \approx 173{,}2$.
D'où le programme ci-dessous :

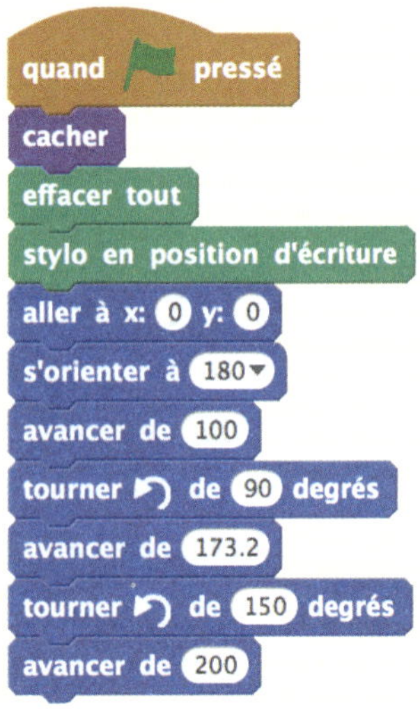

2 **a.** Le bloc MOTIF dessine la figure à laquelle on applique les translations.

b. Voici le programme qui dessine le motif et ses images par une translation répétée.
(Le bloc MOTIF est inchangé.)

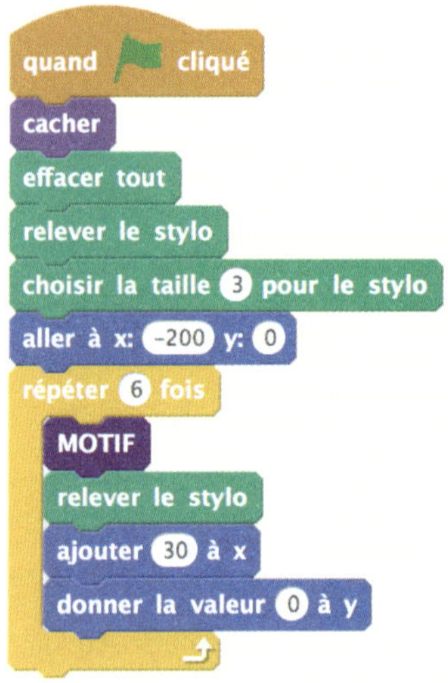

3 **a.** Le bloc DESSIN programme la figure (une sorte de canne) à laquelle on applique les rotations de 60°.

b. On passe d'un dessin au suivant par une rotation d'angle 60°.

c. En tête de boucle, on remplace 6 fois par 12 fois, et dans la boucle, on remplace 60° par 30°.

d. Cette fois, l'angle de la rotation est $\dfrac{360°}{8} = 45°$.

Alors il faut remplacer 12 fois par 8 fois et 30° par 45°.

e. L'angle de rotation est $\dfrac{360°}{5} = 72°$.

On remplace alors 8 fois par 5 fois et 45° par 72°.
Dans le programme principal, juste avant l'instruction « DESSIN », on insère l'instruction « ajouter 30 à la couleur ».

4 **a.** Les deux dessins sont symétriques par rapport à l'origine du repère (même si le repère n'est pas dessiné).

b. La rotation d'angle 180° et de centre A est la symétrie centrale de centre A.

Brevet blanc 1

1 **1.** On a $2\,205 = 3^2 \times 5 \times 7^2$ donc **c.**

2. $\frac{7}{4} - \frac{3}{4} \times \frac{2}{7} = \frac{7}{4} - \frac{6}{28} = \frac{49}{28} - \frac{6}{28} = \frac{43}{28}$ donc **a.**

3. $\frac{3^4 \times 3^3}{3^8} = \frac{3^7}{3^8} = \frac{1}{3}$ donc **b.**

4. $(2x - 3)(2x + 4) = 2x \times 2x + 4 \times 2x - 3 \times 2x - 12$
$= 4x^2 + 8x - 6x - 12$
$= 4x^2 + 2x - 12$ donc **c.**

5. $91 = 7 \times 13$; $99 = 3^2 \times 11$ donc **a.**

2 Le périmètre du rectangle est $2(x + 4)$ et celui du triangle $3x$.
On a $2(x + 4) = 3x$ soit $2x + 8 = 3x$ d'où $8 = x$.
Vérification :
Périmètre du rectangle $= 2\,(8 + 4) = 2 \times 12 = 24$.
Périmètre du triangle $= 3 \times 8 = 24$.
Donc les deux figures ont le même périmètre pour $x = 8$.

3 **1.** f n'est pas linéaire car d ne passe pas par l'origine du repère.
2. L'image de 3 est 0,5.
3. L'antécédent de 1 est 2.
4. $x = 4$ est la solution de l'équation $f(x) = 0$.

4 **1.** Les 3 côtés de ABC sont des diagonales de faces du cube. Ils ont donc la même longueur. Donc ABC est équilatéral.
2. Les diagonales d'un carré se coupent en leur milieu. Il suffit donc de tracer la seconde diagonale dans les 3 faces du cube qui contiennent les côtés de ABC. On obtient ainsi les milieux des côtés de ABC.
3. Cette pyramide a pour base OAB et pour hauteur OC.

$$\text{Volume} = \frac{1}{3} \times \text{OC} \times \text{Aire(OAB)} = \frac{1}{3} \times \text{OC} \times \frac{1}{2}\ \text{OA} \times \text{OB}$$
$$= \frac{1}{6} \times 6 \times 6 \times 6 = 6^2 = 36\ \text{cm}^3.$$

4. Volume du cube $= 6^3$. Pourcentage $= \frac{6^2}{6^3} = \frac{1}{6} \approx 17\ \%$.

5 **1.**

Prix	7 €	8 €	9 €	10 €
Effectifs	3	3	1	3

$3 + 3 + 1 + 3 = 10$

Prix	11 €	12 €	15 €	16 €	17 €
Effectifs	2	3	2	2	1

$2 + 3 + 2 + 2 + 1 = 10$

2. $m = \frac{(3 \times 7) + (3 \times 8) + (1 \times 9) + (3 \times 10) + (2 \times 11) + (3 \times 12) + (2 \times 15) + (2 \times 16) + (1 \times 17)}{20}$

d'où $m = 11{,}05$ €.
3. 10,5 € est un prix médian.
4. L'étendue de cette série statistique est $17 - 7 = 10$.

6 **1.** Les 36 cases du tableau correspondent aux 36 cas possibles.

2.

Dé 2 \ Dé 1	1	2	3	4	5	6
1	2	3	4	5	6	7
2	3	4	5	6	7	8
3	4	5	6	7	8	9
4	5	6	7	8	9	10
5	6	7	8	9	10	11
6	7	8	9	10	11	12

3. Le total 2 apparaît dans une seule case. Donc la probabilité d'obtenir 2 points est $\frac{1}{36}$.
Le total 8 apparaît dans 5 cases. Donc la probabilité d'obtenir 8 points est $\frac{5}{36}$.

4.

Somme des points	2	3	4	5	6	7	8	9	10	11	12
Probabilité	$\frac{1}{36}$	$\frac{2}{36}$	$\frac{3}{36}$	$\frac{4}{36}$	$\frac{5}{36}$	$\frac{6}{36}$	$\frac{5}{36}$	$\frac{4}{36}$	$\frac{3}{36}$	$\frac{2}{36}$	$\frac{1}{36}$

5. La probabilité d'avoir une somme inférieure ou égale à 6 est $\frac{1 + 2 + 3 + 4 + 5}{36} = \frac{15}{36}$.
Celle d'avoir une somme strictement supérieure à 6 est $\frac{6 + 5 + 4 + 3 + 2 + 1}{36} = \frac{21}{36}$.
Avec cette règle, le jeu n'est pas équitable : Tom a plus de chances de gagner que Jerry.

7 **1.** L'image de -3 est 12.
2. Les antécédents de 7 sont 2 et -2.
3. $f(x) = x \times x + 3 = x^2 + 3$, comme le montre la formule $\text{B1} \times \text{B1} + 3$.
4. $f(5) = 5^2 + 3 = 25 + 3 = 28$.
5.

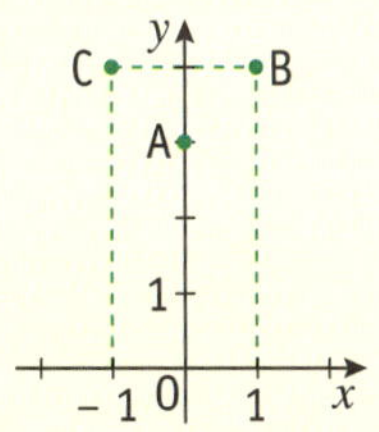

$f(0) = 3$
$f(1) = 4$
$f(-1) = 4$.

Une fonction affine est représentée par une droite. Comme les points A, B et C ne sont pas alignés, alors f n'est pas affine.

Brevet blanc 2

1 **1.** En appliquant le théorème de Pythagore, on trouve $\sqrt{3^2 + 3^2} = \sqrt{18}$. Donc la réponse est b.

2. On a une réduction de rapport 3, donc les aires sont divisées par $3^2 = 9$. L'aire du triangle réduit est donc $36 \div 9 = 4$ donc c.

3. D'après le théorème de Thalès : $\frac{AC}{AE} = \frac{BC}{ED}$;

donc $\frac{AC}{5} = \frac{2}{3}$, donc $AC = 5 \times \frac{2}{3} = \frac{10}{3}$, donc a.

4. On a d'une part $AB^2 + BC^2 = 40^2 + 9^2 = 1\,600 + 81 = 1\,681$ et d'autre part $41^2 = 1\,681$.

Donc $AB^2 + BC^2 = AC^2$.

D'après la réciproque du théorème de Pythagore, ABC est rectangle en B, donc b.

5. On a $\sin(\hat{B}) = \frac{AC}{12}$; donc $AC = 12 \times \sin(37°)$ d'où $AC \approx 7{,}22$ cm donc b.

EXPLICATION

$\sin(\hat{B}) = \frac{\text{côté opposé}}{\text{hypoténuse}} = \frac{AC}{BC}$

Une figure peut faciliter le raisonnement.

2 **1.** $A = 12x - 9x^2 + 4 - 3x = -9x^2 + 9x + 4$

$B = y^2 + 6y - 5y - 30 = y^2 + y - 30$

$C = a^2 - 4a + 4a - 16 = a^2 - 16$

2. $D = x(6 + x)$; $E = y(y - 4)$; $F = 9(8 - x)$.

3 **1.** La fonction f_1 est linéaire car $\mathscr{C}_1$ est une droite passant par l'origine.

2. La fonction f_3 n'est pas affine car sa représentation graphique n'est pas une droite.

3. A(– 4 ; 5).

4. – 4 a pour image 5 par f_1 et par f_2.

5. – 6 et 2.

EXPLICATION

Ce sont les abscisses des points où $\mathscr{C}_3$ coupe l'axe des abscisses.

6. On résout l'équation $\frac{1}{2}x + 7 = 0$ et on obtient $x = -14$.

Remarque : Le calcul nous apprend ce que le dessin ne montre pas.

4 En 1 h, le microtracteur parcourt 3 km ; et 20 min, c'est le tiers de 1 h.

Donc en 1 h 20 min le microtracteur parcourt :

$3 + 1 = 4$ km $= 4\,000$ m.

La surface tondue est donc : $4\,000 \times 1{,}1 = 4\,400$ m².

EXPLICATION

On peut faire comme si cette surface était un rectangle.

5 **1.** Il y a $3 + 6 + 1 = 10$ boules dans l'urne. Parmi elles, 3 boules sont rouges.

La probabilité de E_1 est donc $\frac{3}{10} = 0{,}3$.

Remarque : Le dénominateur 10 incite à donner les résultats sous forme décimale. Mais les fractions sont toujours possibles.

2. Les boules qui ne sont pas blanches sont au nombre de 4 (les 3 rouges et la verte).

Donc la probabilité de E_2 est $\frac{4}{10} = 0{,}4$.

3. La probabilité de $\overline{E_2}$ est $1 - \frac{4}{10} = 0{,}6$.

6 $BC = AB \times \tan(\widehat{a}) = 10 \times \tan(40°) \approx 8{,}39$ cm.

EXPLICATION

$\tan(\hat{a}) = \frac{BC}{AB}$, donc ...

La calculatrice calcule directement $10 \times \tan(40°)$.

Inutile de noter la valeur de $\tan(40°)$.

$BD = BC \times \cos(\widehat{b}) \approx 8{,}39 \times \cos(25°) \approx 7{,}60$ cm.

EXPLICATION

$\cos(\hat{b}) = \frac{BD}{BC}$, donc ...

$BE = BD \times \sin(\widehat{c}) \approx 7{,}60 \times \sin(50°) \approx 5{,}82$ cm.

EXPLICATION

$\sin(\hat{c}) = \frac{BE}{BD}$, donc ...

Par ailleurs, si on conserve en machine les valeurs trouvées pour BC et BD, on trouve $BE \approx 5{,}83$ cm.

7 **1.** SA est l'hypoténuse du triangle SHA rectangle en H.

$SA = \sqrt{SH^2 + AH^2} = \sqrt{4^2 + 2^2} = \sqrt{20} \approx 4{,}472$ cm.

EXPLICATION

Le rayon du cône est égal à la moitié de l'arête du cube. Donc AH = 2 cm. On utilise le théorème de Pythagore dans le triangle SHA.

2. Volume du cône :

$\frac{(\pi \times 2^2) \times 4}{3} = \frac{16\pi}{3} \approx 16{,}755$ cm³.

EXPLICATION

$\text{Volume} = \frac{(\text{aire de base}) \times \text{hauteur}}{3}$

Et la base est un disque de rayon 2 cm.

3. Volume du cube : $4^3 = 64$ cm³.

Volume approché du cône : $\frac{16\pi}{3} \approx 16{,}755$ cm³.

Calcul du pourcentage :

16,755	x
64	100

Donc $x \approx \frac{16{,}755 \times 100}{64} \approx 26{,}18$.

Donc le cône occupe environ 26 %.

8 **1.** C'est évidemment le a.

2. On a créé la variable r, donc b.

3. $r = 30$, donc le lutin avance de 30, donc c.

4. $r = 25$, donc $r < 30$, donc le lutin tourne de 25°, donc b.

Calculatrices : prise en main

Attention ! La calculatrice est très utile pour exécuter des calculs non évidents ; mais, si tu peux calculer de tête, il faut profiter de l'occasion pour t'entraîner au calcul mental.

Utiliser la calculatrice

	Texas Instruments, TI-Collège Plus	Casio, Fx-92 Spéciale Collège
Allumer	touche on	touche on●
Utiliser les deux fonctions d'une touche La seconde fonction est inscrite au-dessus de la touche. Elle s'obtient en pressant d'abord :	2nde	SECONDE●
Éteindre	fonction off : d'abord 2nde puis on	fonction off : d'abord SECONDE● puis AC
Effacer l'écran	touche annul	touche AC
Corriger une faute de frappe Les flèches horizontales déplacent le curseur sur la ligne écrite.	Si le curseur est en fin de ligne, la touche suppr efface en arrière, sinon elle efface sous le curseur.	La touche SUPPR efface en arrière du curseur.
Remettre la calculatrice dans son état initial	Taper réinit puis taper 2 pour confirmer. Pour réinit taper 2nde 0.	Taper EFF puis taper 3 pour tout initialiser. Pour EFF taper SECONDE● 9.

Faire des calculs

	Texas Instruments, TI-Collège Plus	Casio, Fx-92 Spéciale Collège
Effectuer une division décimale Calculer 23 ÷ 4 Passer de l'écriture décimale à l'écriture fractionnaire pour le quotient de cette division	Taper : 23 ÷ 4 entrer On lit : 5,75 ou $\frac{575}{100}$ touche ◀▶	Taper : 23 ÷ 4 EXE On lit : 5,75 ou $\frac{23}{4}$ touche S⇔D
Effectuer une division entière (ou euclidienne) Trouver le quotient et le reste de la division de 23 par 4.	Taper : 23 2nde ÷ 4 entrer On lit : Q = 5, R = 3	Taper : 23 ⊢ 4 EXE On lit : Q = 5 ; R = 3
Calculer avec des parenthèses $7 \times (3 + 5)$ $1 + [4 \times (2 + 5) + 8] - 6$ En présence de crochets, on tape des parenthèses à la place.	Taper comme on écrit. On lit : 56 On lit : 31	Taper comme on écrit. On lit : 56 On lit : 31
Appliquer un taux de pourcentage Calculer 13 % de 250. (On peut calculer 250 × 13 ÷ 100, mais on peut aussi utiliser la touche %.)	Taper : 250 × 13 % entrer On lit : 32,5	Taper : 250 × 13 % EXE On lit : 32,5 Pour % taper SECONDE● Rép
Calculer la longueur d'un cercle Cercle de rayon 7 cm. (Formule : 2 × π × R.)	Taper : 2 × π × 7 entrer On lit : 14π ou 43,982...	Taper : 2 × π × 7 EXE On lit : 14π ou 43,982... Pour π taper SECONDE● ×10ˣ

les nombres décimaux

Comment les écrire ?

ÉCRITURE

2

2 **centaines**

7 **dizaines**

3 **unités**

Comment les comparer ?

COM

6,35

5,781

72,9

72,9

Comment effectuer les opérations ?

MULT

• Pour

4,

×

1 2

2 1 3

2 2,6

DIVISION

• Pour **poser une division** :

27	4
30	6,75
20	
0	

Le **quotient exact** est 6,75.

6 est un **quotient approché** à 1 près, et 7 aussi. Souvent, le quotient ne peut être qu'approché (exemple : 2 ÷ 3).

• Pour **diviser par 10 ; par**
on décale la virgule vers l

36,45 ÷ **10** = 3,645

24 ÷ **100** = 0,24

, 4 5

5 **centièmes**

4 **dixièmes**

Les chiffres après la virgule sont les **décimales**.

N

donc 6,35 > 5,781

donc 72,934 < 72,961

ORDRE CROISSANT OU DÉCROISSANT

- L'ordre croissant va du plus petit au plus grand.
  0,17 < 0,4 < 1,5 < 5,1
- L'ordre décroissant va du plus grand au plus petit.
  3,21 > 3,12 > 2,31 > 2,13

N ET SOUSTRACTION

2 845,39
84 − 61,272
04 784,118

Pense à mettre la virgule **sous** la virgule.

N

multiplication :

chiffres après la virgule

chiffre après la virgule

donc

chiffres après la virgule

- Pour **multiplier par 10 ; par 100 ; par 1 000...** on décale la virgule vers la **droite**.

48,35 × 10 = 483,5 ← On décale d'**un rang** vers la droite.

2,7 × 100 = 270 ← On décale de **deux rangs** vers la droite.

- Pour **multiplier par 0,1 ; par 0,01...** on décale la virgule vers la **gauche**.

36,45 × 0,1 = 3,645 ← On décale d'**un rang** vers la gauche.

24 × 0,01 = 0,24 ← On décale de **deux rangs** vers la gauche.

00...

e d'**un rang** vers la gauche.

e de **deux rangs** vers la gauche.

les nombres relatifs

Comment les écrire et les qualifier ?

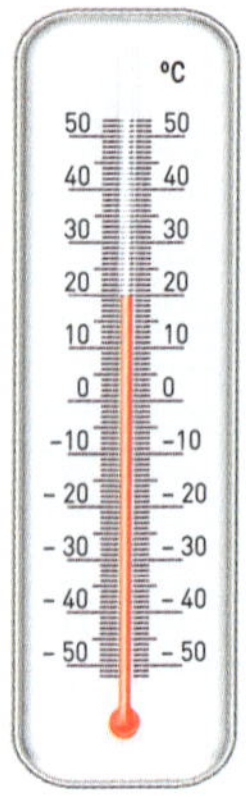

Comment les comparer ?

Comment les additionner et les soustraire ?

ADDITION

- de nombres de **même signe** :

3 + 8 = 11 (− 3) + (− 8) = − 11

- de nombres de **signes contraires** :

3 + (− 8) = − 5 (− 3) + 8 = 5

Comment calculer une expression ?

Comment résoudre une équation simple ?

RÉSOLUTION D'

Premier exemple

$x + 7 = -4$

$x + 7 + \mathbf{(-7)} = -4 + ($

d'où $x + 0 = -11$

d'où $x = -11$

OMBRES POSITIFS ET NÉGATIFS

Sur ce thermomètre, on peut lire des **nombres relatifs**.

ombres **positifs** upérieurs à zéro) — nombres de **signe +** (mais souvent écrits sans le signe)

ombres **négatifs** nférieurs à zéro) — nombres de **signe –**

Zéro est à la fois **positif** et **négatif**.

Exemples de nombres **négatifs** :
- les altitudes des fonds marins ;
- les températures inférieures à 0 °C ...

NOMBRES OPPOSÉS

- Les nombres – 2 et + 2 sont **opposés**.
- L'**opposé de 0** est 0.

COMPARER DEUX NOMBRES...

...négatifs : – 3,7 < – 1,2

...de signes contraires : – 1,2 < 2,3

...positifs : 2,3 < 4,5

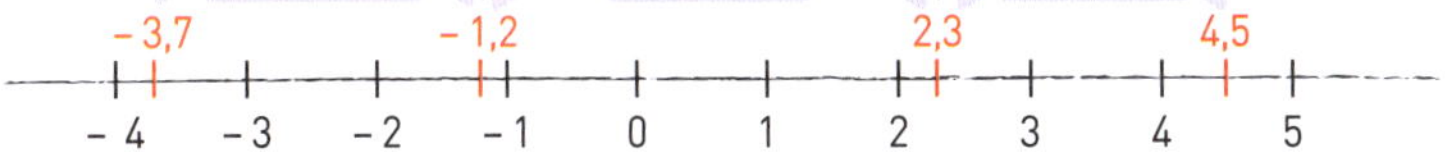

La somme de deux nombres **opposés** est égale à zéro.

SOUSTRACTION

Pour soustraire, on **ajoute l'opposé** :
- (+ 5,3) – (– 3,2) = (+ 5,3) + (+ 3,2) = 8,5
- (– 1,2) – (+ 9,5) = (– 1,2) + (– 9,5) = – 10,7
- (– 5) – (– 5) = – 5 + 5 = 0

CALCUL D'UNE EXPRESSION

❶ Effectuer les calculs à l'intérieur des **parenthèses**.
❷ Transformer les **soustractions en additions**.
❸ Effectuer les **additions**.

Exemple

(7 – 5) + (2 – 3) – (– 8 + 5 + 1)
= 2 + (– 1) – (– 2)
= 2 + (– 1) + 2
= 3

le *x* **en ajoutant – 7** eux membres.

Second exemple

– 15 + *x* = – 10
15 – 15 + *x* = **15** – 10
d'où 0 + *x* = 5
d'où *x* = 5

On isole *x* **en ajoutant 15** aux deux membres.

Résoudre l'équation, c'est chercher la valeur de l'**inconnue** *x*.

les fractions

Comment les écrire et les simplifier ?

ÉCRITURE

$\frac{49}{14}$

49 : le **numérateur** de la fraction

14 : le **dénominateur** de la fraction

Comment les comparer ?

COMPARAISON

- Deux fractions de

Exemple : $\frac{12}{23} <$

- Pour comparer d

Exemple : $\frac{3}{4}$ est

$\frac{3}{4} = \frac{3 \times 3}{3 \times 4} = \frac{9}{12}$

or $\frac{9}{12} > \frac{8}{12}$ don

Comment les additionner et les soustraire ?

ADDITION

- de deux fractions de **même dénominateur**

$$\frac{11}{5} + \frac{6}{5} = \frac{11 + 6}{5} = \frac{17}{5}$$

- de deux fractions de **dénominateurs différents**

$$\frac{5}{2} + \frac{7}{9} = \frac{9 \times 5}{9 \times 2} + \frac{2 \times 7}{2 \times 9} = \frac{45}{18} + \frac{14}{18} = \frac{59}{18}$$

Comment les multiplier et les diviser ?

MULTIPLICATION

- Pour multiplier deux fractions, on multiplie **les numérateurs entre eux** et **les dénominateurs entre**

$$\frac{5}{8} \times \frac{-7}{9} = \frac{5 \times (-7)}{8 \times 9} = \frac{-35}{72}$$

SIMPLIFICATION

Pour simplifier une fraction, on utilise la **propriété** suivante :

Soit $\frac{a}{b}$ une fraction et k ≠ 0. On a : $\frac{k \times a}{k \times b} = \frac{a}{b}$

- $\frac{15}{33} = \frac{3 \times 5}{3 \times 11} = \frac{5}{11}$ ← On a simplifié par 3.
- $\frac{56}{42} = \frac{2 \times 28}{2 \times 21} = \frac{28}{21} = \frac{7 \times 4}{7 \times 3} = \frac{4}{3}$ ← On a simplifié par 2 puis par 7.

nominateur sont rangées dans l'ordre des numérateurs.

ns **quelconques**, on les **réduit** au même dénominateur.

ore plus grand que $\frac{2}{3}$?

$\frac{2}{3} = \frac{8}{12}$ ← On écrit $\frac{3}{4}$ et $\frac{2}{3}$ avec le dénominateur 12.

Pour additionner ou soustraire des fractions, pense à les **réduire** au même dénominateur.

SOUSTRACTION

- Pour soustraire, on **ajoute l'opposé**.

$$\frac{7}{6} - \frac{5}{8} = \frac{7}{6} + \frac{-5}{8} = \frac{4 \times 7}{4 \times 6} + \frac{3 \times (-5)}{3 \times 8} = \frac{28}{24} + \frac{-15}{24} = \frac{28-15}{24} = \frac{13}{24}$$

L'**opposé** de la fraction $\frac{a}{b}$ est $\frac{-a}{b}$.

L'**inverse** de la fraction $\frac{a}{b}$ est $\frac{b}{a}$.

DIVISION

- Pour diviser, on **multiplie par l'inverse**.

$$\frac{7}{8} \div \frac{11}{9} = \frac{7}{8} \times \frac{9}{11} = \frac{63}{88}$$

les puissances

Comment les écrire ?

Comment multiplier ou diviser des puissances d'un même nombre ?

Comment écrire un nombre en notation scientifique ?

EXPOSANT POSITIF

Soit a un nombre.

- $a \times a = a^2$ — a^2 se dit « a au **carré** ».
- $a \times a \times a = a^3$ — a^3 se dit « a au **cube** ».
- $\underbrace{a \times \ldots \times a}_{n \text{ facteurs}} = a^n$ — a^n se dit « a **puissance** n ».

EXPOSANT NÉGATIF

- $a^{-2} = \dfrac{1}{a^2} = \dfrac{1}{a} \times \dfrac{1}{a}$
- $a^{-n} = \dfrac{1}{a^n} = \underbrace{\dfrac{1}{a} \times \ldots \times \dfrac{1}{a}}_{n \text{ facteurs}}$

a^{-n} est l'**inverse** de a^n.

CAS DES PUISSANCES DE 10

Exposant positif

- $10^3 = 10 \times 10 \times 10 = 1\,\underbrace{000}_{3 \text{ zéros}}$
- $10^n = \underbrace{10 \times \ldots \times 10}_{n \text{ facteurs}} = 1\underbrace{0 \ldots 0}_{n \text{ zéros}}$

Exposant négatif

- $10^{-2} = \dfrac{1}{10^2} = \dfrac{1}{100} = \underbrace{0,0}_{2 \text{ zéros}}1$
- $10^{-n} = \dfrac{1}{10^n} = \underbrace{0,0 \ldots 0}_{n \text{ zéros}}1$

10^{-n} est l'**inverse** de 10^n.

TIPLICATION

$\times 7^3 = (7 \times 7) \times (7 \times 7 \times 7) = 7^5$

$\times 10^{-2} = 10\,000 \times 0,01 = 100 = 10^2$

Soit n et m deux entiers relatifs.

- $a^n \times a^m = a^{n+m}$
- $10^n \times 10^m = 10^{n+m}$

Pour **multiplier** deux puissances d'un même nombre, on **ajoute** leurs exposants.

DIVISION

Pour diviser, on **multiplie par l'inverse**.

- $\dfrac{3^5}{3^3} = 3^5 \times 3^{-3} = 3^{5-3} = 3^2$
- $\dfrac{10^4}{10^7} = 10^4 \times 10^{-7} = 10^{4-7} = 10^{-3}$

NOTATION SCIENTIFIQUE

Exemples : Écrire 0,002019 et 235,711 en notation scientifique.

- $0,002019 = 2,019 \times 10^{-3}$
- $235,711 = 2,357\,11 \times 10^2$

On doit placer la virgule après le 1er chiffre **autre que zéro**.

L'exposant de la puissance de 10 dépend du **déplacement de la virgule**.

L'art de programmer

Scratch Offline Editor version 2 est téléchargeable gratuitement à l'adresse suivante :
scratch.mit.edu/scratch2download/

Les variables

- La variable `réponse` est prédéfinie, elle reçoit la réponse tapée au clavier, quand s'exécute l'instruction `demander ............... et attendre`.

Exemple

```
demander [Ça va ?] et attendre
```

La réponse tapée (par exemple « oui ») est stockée dans `réponse`.

- On peut créer des variables.

Exemple : `a` ; `nombre` ou `MOT`.

Ces variables peuvent contenir soit des nombres (comme 72), soit des mots (comme bonjour).

Les boucles

- **La boucle « répéter 10 fois »**

Exemple

```
mettre [a] à 1
répéter 10 fois
    dire (a) pendant 1 secondes
    ajouter à [a] 1
```

Les instructions dans la boucle sont répétées 10 fois.
Le programme affiche la séquence 1, 2, 3, ..., 9, 10.

- **La boucle « répéter jusqu'à .... »**

Exemple

```
mettre [a] à 1
répéter jusqu'à <(a) = 11>
    dire (a) pendant 1 secondes
    ajouter à [a] 1
```

Dès que la condition $a = 11$ est réalisée, la boucle s'arrête. Le programme affiche : 1, 2, 3, ..., 9, 10.

- **La boucle « répéter indéfiniment »**

On l'utilise lorsque le nombre de répétitions n'est pas limité. Dans ce cas, l'utilisateur interrompt le programme en cliquant sur le panneau « stop » (octogone rouge près du drapeau vert).

Test « si (condition) alors (action) »

- On jette un dé cubique. Si le nombre obtenu est 1, 2, 3, 4 ou 5, on gagne 1, 2, 3, 4 ou 5 points. Mais si le nombre obtenu est 6, alors on gagne 12 points.
- Le programme suivant simule un jet de dé et indique la somme gagnée.

```
quand [drapeau] pressé
mettre [N] à (nombre aléatoire entre 1 et 6)
si <(N) = 6> alors
    mettre [N] à 12
dire (N)
```

Ici, la **condition** est `<(N) = 6>`,

et l'**action** est `mettre [N] à 12`.

Cette action est réalisée si la condition est vérifiée, c'est-à-dire si la variable N est effectivement égale à 6.
Si $N \neq 6$, l'action est ignorée et le programme passe à l'instruction suivante.

Test « si (condition) alors (action 1) sinon (action 2) »

- On achète les tickets de bus aux tarifs suivants :
  - pour moins de 5 tickets, le prix est de 1 € par ticket ;
  - à partir de 5 tickets, le prix est de 0,85 € par ticket.
- Le programme suivant demande un nombre de tickets et calcule leur prix.

```
quand [drapeau] pressé
demander [Nombre de tickets =] et attendre
si <(réponse) < 5> alors
    mettre [Prix] à (réponse)
sinon
    mettre [Prix] à ((réponse) * 0.85)
dire (regroupe [Le prix est] (Prix)) pendant 2 secondes
```

Ici, la **condition** est `<(réponse) < 5>`

l'**action 1** est `mettre [Prix] à (réponse)`

et l'**action 2** est

`mettre [Prix] à ((réponse) * 0.85)`.

Si *réponse* est un nombre strictement inférieur à 5, alors l'action 1 est réalisée et l'action 2 ignorée.
Si *réponse* est un nombre supérieur ou égal à 5, alors l'action 1 est ignorée et l'action 2 réalisée.

Notes

PAPIER À BASE DE FIBRES CERTIFIÉES

Hatier s'engage pour l'environnement en réduisant l'empreinte carbone de ses livres. Celle de cet exemplaire est de :
2 kg éq. CO_2
Rendez-vous sur www.hatier-durable.fr

Achevé d'imprimer en Italie par L.E.G.O. S.p.A. - Lavis (TN)
Dépôt légal : 06476 - 8/01 - Mars 2020